KNAUR

HERA LIND

ZEIT ZU VERZEIHEN

Roman nach einer wahren Geschichte

KNAUR

Besuchen Sie uns im Internet:
www.knaur.de

MIX
Papier | Fördert gute Waldnutzung
FSC® C014496

Originalausgabe Mai 2024

Ein Imprint der Verlagsgruppe
Droemer Knaur GmbH & Co. KG, München

Redaktion: Antje Steinhäuser
Covergestaltung: buxdesign, München
Coverabbildung: Buxdesign unter Verwendung verschiedener Motive von AdobeStock, Getty Images, Mauritius Images und Trevillion Images
Satz: Daniela Schulz, Gilching
Druck und Bindung: GGP Media GmbH, Pößneck
ISBN 978-3-426-52838-9

2 4 5 3 1

Vorbemerkung

Dieses Buch basiert zwar zum Teil auf wahren Begebenheiten und behandelt typisierte Personen, die es so oder so ähnlich gegeben haben könnte, einen Anspruch auf Faktizität erhebt es aber nicht.

Diese Urbilder wurden jedoch durch künstlerische Gestaltung des Stoffs und dessen Ein- und Unterordnung in den Gesamtorganismus dieses Kunstwerkes gegenüber den im Text beschriebenen Abbildern so stark verselbstständigt, dass das Individuelle, Persönlich-Intime zugunsten des Allgemeinen, Zeichenhaften der Figuren objektiviert ist.

Für alle Leser und Leserinnen erkennbar erschöpft sich der Text nicht in einer reportagenhaften Schilderung von realen Personen und Ereignissen, sondern besitzt eine zweite Ebene hinter der realistischen Ebene. Es findet ein Spiel der Autorin mit der Verschränkung von Wahrheit und Fiktion statt. Sie lässt bewusst Grenzen verschwimmen.

* Im Text kommen die Wörter »Zigeuner«, »Hasenscharte« und »Rassenschande« vor. Diese Bezeichnungen gelten heute als despektierlich und abwertend und werden nicht mehr verwendet. Die Wörter werden jedoch wiedergegeben und weder umschrieben noch vermieden oder nur angedeutet, da es das Anliegen der Autorin ist, durch die ausdrückliche Benennung und Wiedergabe die Zeit, die Zustände und die Gepflogenheiten darzustellen.

ERSTER TEIL

ROSA

25. Januar 1945.
Wartenburg, unweit Allenstein,
Ostpreußen

Nebenan warf die Nachbarin ihr Hab und Gut zum Fenster hinaus. Dicke Bündel in Kissenbezügen, Koffer und Kisten plumpsten auf den dick verschneiten Hof hinaus. Igor, der ihr zugeteilte ukrainische Kriegsgefangene, der längst unser gemeinsamer Freund und Helfer war, ließ die Tiere frei. Unwillig trotteten sie in der eisigen Kälte in der Dunkelheit des frühen Morgens herum und wussten nicht, wohin. Die Adern an seinem Hals traten hervor und sein Gesicht unter der Fellmütze war rot, als Igor das ganze Gepäck auf einen bereitstehenden Planwagen wuchtete und das letzte lahmende Pferd davorspannte. Das sah eindeutig nach Flucht aus, und Flucht war bei Todesstrafe verboten. Artilleriefeuer und Schüsse waren die ganze Nacht zu hören gewesen, und der Feuerschein züngelte am Himmel.

Ich setzte meinen kleinen Viktor neben seine Brüder auf den Fußboden und riss das Fenster auf. »Ida? Was soll das werden? Du haust doch nicht etwa ab?«

»Doch, Rosa, und das solltest du auch schleunigst tun! Hast du nicht gehört, dass die Russen bereits in Hirschberg sind? Heute Nacht war dort ein entsetzliches Massaker!«

Ida strich sich eine graue Haarsträhne aus dem Gesicht und stopfte sie unter ihr dickes wollenes Kopftuch. Die kompakte Frau war in mindestens drei Mäntel und Schals gehüllt. Der Atem stand in kleinen weißen Wölkchen vor ihrem Mund. Die Panik ließ ihren Blick hart werden. »Sie haben die jungen Frauen vergewaltigt und viele getötet, die Häuser angesteckt und das Vieh verbrannt.

Spätestens morgen sind sie hier! Auch unser kleines Dorf wird nicht verschont werden, glaube mir!«

»Um Gottes willen, Ida!« Während ich durch den Fensterspalt spähte, klopfte mir das Herz bis zum Halse. Ich hatte die ganze Nacht nicht geschlafen und, dicht an meine drei Jungs gepresst, versucht, ihnen Halt und Geborgenheit zu geben. »Aber Flucht ist strengstens verboten, im Radio haben sie gesagt, dass jeder, der jetzt das Heimatland verlässt, ohne Vorwarnung erschossen wird.«

Mit einem besorgten Blick auf meine drei kleinen Söhne, die ahnungsvoll am Boden kauerten, versuchte ich, meine Stimme zu senken. »Entweder die Russen erledigen es oder die eigenen Landsleute. Da bleibe ich mit meinen Kindern lieber in meinen eigenen vier Wänden.«

Mit meinem Ehemann Paul hatte ich vor zehn Jahren dieses Haus gebaut, Stein für Stein, und mühsam unseren Garten bewirtschaftet. Wir besaßen zwei Kühe, zwei Kälber, Federvieh und Ziegen. Es ging uns gut, wir waren eine bescheidene, aber glückliche Familie, bevor Paul in den Krieg einberufen wurde. Seit fünf Jahren versorgte ich nun den Haushalt und die Kinder allein. Ich war stark und selbstständig geworden, es gab nur uns und dieses Haus, dieses Stück Heimat, und ich wollte mich nicht aus unseren vier Wänden vertreiben lassen. »Ida, ich schaffe das nicht mit den drei Kleinen! Wir kommen niemals die ganzen siebzehn Kilometer bis nach Allenstein, und dann … Wo sollen wir denn hin!«

»Rosa, du kannst hier unmöglich bleiben!« Ida schloss nun von außen ihre Haustür ab und stand direkt unter meinem Fenster. »Pack deine Jungs und komm mit! Igor hilft dir!«

Der gutmütige, treue Igor, der sich als unser gemeinsamer Hausmeister stets nützlich machte, schaute zu mir herauf. »Ja, Rosa, pack schnell zusammen, ich helfe dir!«

»Du fährst doch sicher mit Ida mit?« Wie die gesamte Dorfgemeinschaft wusste, war Igor inzwischen längst mehr als nur der Ida zugeteilte Kriegsgefangene. Die beiden waren ein Paar.

»Nein, ich bleibe hier. Als ukrainischer Zwangsarbeiter werde ich von den Russen so oder so erschossen.« Er schob sich die Mütze in den Nacken. »Der Jean, der ist Franzose, den werden sie befreien, aber ich habe keine Chance.«

Jean war der französische Zwangsarbeiter, der mir zugeteilt worden war, und wir wussten nie, ob wir dem jungen Mann trauen konnten. Er tat nur das Nötigste und saß meistens rauchend irgendwo in der Ecke. Nachdem ich mich geweigert hatte, mit ihm etwas anzufangen, ließ er sich schwerlich zur Arbeit überreden und ignorierte mich und die drei Jungen einfach. Der würde uns nicht helfen, so viel war sicher.

»Rosa, die Russen werden dich vor den Augen der Kinder … und sie sind nicht zimperlich! Was wird aus deinen drei Jungs, wenn sie dich … nun mach doch schon, reich die Kinder aus dem Fenster!«

»Aber sie sind noch nicht angezogen, ich muss erst packen …«

Von fern peitschten bereits Schüsse und Artilleriefeuer in den dunklen eiskalten Morgen. Der Feuerschein zuckte am Horizont und züngelte in die Schwärze des wolkenbedeckten Himmels hinein. Die Kinder schreckten auf und weinten. »Mama! Wir haben Angst!« Sie klammerten sich an meine Beine.

»Rosa! Es heißt, von Allenstein geht ein letzter Zug in den Westen! Schau doch nur, die Leute rennen alle in diese Richtung!« Ida kletterte auf ihren Planwagen und hüllte sich in Decken. »Ich will auf jeden Fall noch mit!«

Plötzlich gab sie ihrem Pferd die Peitsche, und der Wagen setzte sich ruckartig in Bewegung, ohne uns. Igor riss seine Mütze vom Kopf und starrte ihr fassungslos nach. Wollte sie uns doch nicht mitnehmen? Ida drosch in Panik auf den Gaul ein, und das Gefährt holperte und klapperte um die nächste Ecke.

Tatsächlich sah man nun aus den umliegenden Häusern ebenfalls dick vermummte Gestalten ihre Wagen und Schlitten beladen und verstohlen ihr Vieh freilassen. Zwischen das Artilleriefeuer, die Schüsse und die Explosionen aus der Ferne mischten sich jetzt unwilliges Muhen und Meckern der verängstigten und frierenden Tiere, die im tiefen Schnee versackten. Es war ein erbärmliches Bild, wie Kälbchen, Zicklein und Federvieh fassungslos über das dicke Eis rutschten und nicht wussten, wohin. Genau wie wir!

Wie sollte ich da mit meinen drei kleinen Kindern zu Fuß nach Allenstein kommen? Unser Pferdegespann war längst beschlagnahmt worden, Pauls Moped auch, und auf dem Schlitten konnte ich alle drei doch nicht ziehen, mitsamt dem Gepäck. Es war so bitterkalt, dass wir Bettdecken und Kissen brauchten, um nicht auf dem Schnee zu erfrieren!

Manisch begann ich, Eingemachtes in Gläsern aus dem Vorratsschrank in ein Betttuch zu wickeln, Brot und Wurst abzuschneiden und die Milchkanne mit Gummibändern zu umwickeln. Wie sollte ich das alles transportieren? Plötzlich war Igor auch nicht mehr zu sehen!

»Kinder, zieht euch an, wir müssen hier weg.«

»Aber wohin denn, Mami?«

»Bitte, tut, was ich euch sage. Ihr müsst jetzt ganz tapfer sein. Zieht euch alles an, was übereinanderpasst, so schnell ihr könnt.«

Mit zitternden Händen quetschte ich den armen Viktor, der keine drei Jahre alt war, in Hosen, Strümpfe, Hemd und Pullover, zwängte ihm noch einen zweiten und einen dritten über den Blondschopf und zerrte sein Mäntelchen darüber. »Halt still, die Mama muss dich zuknöpfen. Jetzt wird nicht mehr geweint, hört ihr!«

Draußen mischten sich immer mehr panische Rufe in das Pferdegeklapper, Tiergeschrei und die Geräusche von Flüchtenden. »Sie kommen, sie kommen!«

Mir gingen die Nerven durch. Wenn sich alle aus dem Dorf davonmachten, konnte ich wohl kaum alleine hierbleiben! Ich durfte die Kinder nicht im Stich lassen. Ich hatte es Paul versprochen.

So oder so war unsere Lage aussichtslos. Panisch drehte ich mich zu meinen Kindern um, die weinend und schockiert am Boden saßen und mit ihren Strümpfen und Hosenbeinen kämpften. Walter war sieben, Heinz war fünf und der kleine Viktor nicht ganz drei Jahre alt. »So macht ihr das gut, warte, ich helfe dir mit den Stiefeln und den Schuhbändern …« Meine Finger zitterten so sehr, dass ich kaum zurande kam, zumal sich die Kinder heftig wehrten. Es war noch nicht mal sechs Uhr früh und draußen unter minus zwanzig Grad.

»Aber wir haben nicht gefrühstückt!« Heinz heulte Rotz und Wasser. »Mir ist kalt, und ich will zurück ins Bett!« Der kleine Kerl hatte Schüttelfrost.

Ach, wenn doch nur mein geliebter Mann da wäre! Paul war im Sommer das letzte Mal auf Urlaub hier gewesen, in unserer dörflichen Idylle, wo wir mit den polnischen Nachbarn in schönster Eintracht nebeneinanderlebten, bevor meiner sich auf jugoslawischen Boden zurückbegeben hatte.

»Du weißt, dass ich es hasse, für die Nazis zu kämpfen, und dass ich niemals eine Waffe in die Hand nehmen wollte, aber auf Fahnenflucht steht die Todesstrafe, und die Familien von Deserteuren werden im Krieg nicht versorgt. Also tue ich es notgedrungen für euch.«

Wir hatten noch ein Abschiedsfest in unserem Garten gefeiert, mit selbst gepflanztem Gemüse, Apfelmost und meinem legendären Kartoffelsalat mit Frikadellen, alles aus Eigenanbau und Eigenzucht. Wir hatten noch gesungen und getanzt mit unseren freundlichen Nachbarn, mit Ida, Igor und all den anderen. Jean hatte sich abseits gehalten und nicht mitgefeiert, er hatte nur meinen Mann von der Seite angestarrt.

Paul hatte unseren kleinen Viktor auf dem Arm gehalten und genau gewusst, dass es das letzte Mal war. Beim Tanzen hatte er mit Tränen in den Augen zu mir gesagt: »Rosa, sie haben mich nun zur Waffen-SS gesteckt, ganz bewusst, damit ich schieße. Wir haben schon viele Partisanen erschossen, sogar ein kleiner Junge war dabei, aber den haben wir leben lassen. Der stand schon vor seinem offenen Grab, da hat ein Offizier geschrien: ›Die Deutschen erschießen keine Kinder!‹ – Der Kleine war höchstens acht und ist seit Jahren mit den Partisanen in den Wäldern unterwegs gewesen! Seine Eltern sind bei grauenvollen Angriffen der eigenen Landsleute in die Luft geflogen, er selbst war jahrelang schwer verletzt, das hat der kleine Kerl uns alles erzählt.« Mit einem Blick auf unsere drei Söhne, die in ihrem liebevollen Elternhaus aufwachsen und sorglos spielen durften, fuhr er fort: »Wir haben ihn richtig ins Herz geschlossen, den kleinen schwarzen Lockenkopf mit den braunen Augen. Mein Kamerad Gustav kam dann auf die Idee, ihn als Maskottchen mitzunehmen in unser Lager, da haben sie dem verlumpten kleinen Kerl sogar eine SS-Uniform geschneidert, und jetzt läuft er stolz im Lager rum und übt den Hitlergruß …«

Ich hatte ihm nur kopfschüttelnd zugehört. »Was der Krieg mit unseren Kindern macht …«

Paul hatte nur traurig den Kopf geschüttelt. »Die Schlinge zieht sich zu.« Er hatte sich über die Augen gewischt: »Ich weiß, dass ich meine Kinder nicht wiedersehen werde. Pass auf sie auf, Rosa, versprich mir das. Du bist stark!«

»Paul, bitte, sag so was nicht …« Ich hatte mich an ihn geklammert. »Wir brauchen dich doch, du musst zu uns zurückkommen!«

»Die Partisanen haben alle Brücken gesprengt, sie kämpfen aus dem Hinterhalt, wir sind ihnen auf den schmalen Gebirgsstraßen und in den dichten Wäldern ausgeliefert, und ich werde aus dieser Hölle nicht mehr lebend zurückkehren.« Dann hatte er mit Viktor auf dem Arm mit mir verzweifelt weitergetanzt und uns mit Küssen überdeckt. »Bleib mir treu, Rosa. Ich liebe dich. Du wirst und musst das schaffen.«

Paul war sechsunddreißig Jahre alt, als man mir die Nachricht überbrachte, er sei für Volk und Vaterland heldenhaft kämpfend gefallen. Zeit zum Trauern hatte ich nicht. Mein Lebenswille für meine drei Jungs war umso stärker. Ich würde sie großziehen und anständige Männer aus ihnen machen, so wie Paul einer gewesen war. Das war ich meinem Mann schuldig.

So schuftete ich weiter auf dem Hof, auf dem Feld, im Garten und im Haus und ernährte meine drei Söhne ganz allein. Wir waren Selbstversorger, und ich fühlte mich autark.

Und oft fragte ich mich noch, was aus dem kleinen schwarzhaarigen Jungen wohl geworden war, der ja jetzt die Seiten gewechselt hatte und genauso unfreiwillig wie mein Mann zur Waffen-SS gehörte. Was für ein Wahnsinn, dieser unsinnige, grausame Krieg. Und was das mit den armen Kindern machte, die rein gar nichts dafür konnten.

»Mama! Ich habe Angst!«

»Wir haben alle Angst, Viktor. Aber wir müssen jetzt von hier weg. Haltet euch aneinander fest.«

Ich setzte meine drei Jungs auf den Schlitten, band das Bettzeug auf ihnen fest und ergriff das Seil. In völliger Verzweiflung setzte ich mich zu Fuß mit ihnen in Bewegung.

Aus Viktors Erinnerungen, fast siebzig Jahre später, aufgeschrieben für seine Enkelinnen

Die Parteiführung verbot dem Volk 1945 unter Todesdrohung, das Land zu verlassen. Es hieß, die Russen kämen nicht so weit und das Vaterland würde bis auf den letzten Mann verteidigt. Nachdem jedoch die Front durchbrochen war, flüchtete auch Gauleiter Koch, und erst dann, nachdem die Sowjettruppen die Grenze zu Ostpreußen überschritten hatten und die vielen grausamen Massaker an der Zivilbevölkerung bekannt geworden waren, setzte der große Exodus der Menschen ein. Trecks wurden eilig zusammengestellt und zogen im Verbund mit Hunderten und Tausenden Flüchtlingen zu Fuß und auf Planwagen Richtung Westen. Als bekannt wurde, dass auch die Trecks unterwegs angegriffen, von Panzern überrollt, die Frauen vergewaltigt und die Menschen massakriert und auch auf der zugefrorenen Ostsee die Trecks beschossen und versenkt wurden, beschlossen viele Leute, darunter meine Mutter Rosa, damals vierunddreißig Jahre alt, lieber zu Hause zu bleiben.

Meine Mutter Rosa hatte schon den Ersten Weltkrieg mitgemacht und erlebt, wie sich die Kosaken der Zivilbevölkerung gegenüber tadellos verhalten hatten.

Zu ihrer Nachbarin Ida und zu uns Kindern sagte sie immer: »Die Russen sind doch auch nur Menschen, die haben auch Kinder, und uns werden sie schon nichts antun.«

Die Frontführung wurde in Form von Kesselschlachten vollzogen. Größere Gebiete wurden von mächtigen Militärverbänden eingekreist und dann die kleineren Kreise durch Panzerverbände und Infanterie umzingelt und durch einen Ring geschlossen.

So zog sich langsam, aber sicher auch die Schlinge um Ermland mit der Hauptstadt Allenstein in Ostpreußen bedrohlich zu. Wir waren in einem kleinen Dorf zu Hause, sieben Kilometer von

Hirschberg und siebzehn Kilometer von Allenstein entfernt. Unser Dorf hieß Wartenburg.

Als am 17. Januar 1945 Allenstein durch Artilleriebeschuss brannte, sah man das Feuer kilometerweit purpurrot am Himmel leuchten. Es fanden noch schwere Kämpfe am Verteidigungsring um Allenstein statt, zu der, als topografisch verteidigungsgünstige Kampfzone mit Wäldern, Seen und hügeligem Gebiet, Orte wie Hirschberg gehörten. Das Gebiet wurde an strategisch wichtigen Punkten massiv vermint, auch in Wartenburg, hinter unserer Scheune, wo sich am 1. April 1946 eine unfassbare Tragödie ereignete.

Zweimal wurden die Russen um den Ring von Allenstein zurückgeschlagen, bevor die Stadt, heute Olsztyn, am 22. Januar 1945 fiel.

Am 24. Januar 1945 war die Front bis auf ein paar Häuser von unserer Haustür entfernt herangekommen. Die Armee lieferte sich mit den russischen Truppen mitten im Dorf Gefechte, einige Häuser sind abgebrannt und zerstört, und fast die gesamte Bevölkerung von Hirschberg ist umgebracht worden.

Nach diesem entsetzlichen Massaker in Hirschberg beschloss der Rest des Dorfes Wartenburg, nun doch, noch am gleichen Tag, jeder, wie er kann, zu flüchten. Bei Temperaturen von minus 20 Grad und Schneetreiben ging es für uns am 25. Januar mit einer Kiste mit Dokumenten, Lebensmitteln und den drei Kindern auf dem Schlitten Richtung Allenstein. Von dort aus sollte noch ein Zug in den Westen gehen. Rosas letzte Hoffnung.

ROSA

25. Januar 1945.
Auf dem Weg nach Allenstein

»Kinder, haltet euch gut fest, ich biege jetzt auf die Landstraße ab, hier auf den Feldwegen kriege ich euch keinen Meter mehr von der Stelle!«

Ich zog und zerrte an der Schnur, die mir trotz der Wollhandschuhe längst blutige Striemen in die Hände geschnitten hatte. »Walter, steig ab und hilf mir ziehen.«

Der Siebenjährige krabbelte sofort hilfsbereit vom hintersten Teil des voll beladenen Schlittens, kämpfte sich durch die von allen Seiten wie Nadelstiche auf ihn einprasselnden Schneeflocken. An manchen Stellen schienen sie sogar von unten zu kommen. Er stemmte sich mit mir gemeinsam gegen den heulenden Sturm. Inzwischen war ein grauer, trostloser Tag heraufgezogen, und nur weit hinter uns schimmerte noch am Horizont der Feuerschein, unter dem gerade unser Dorf in Schutt und Asche fiel.

»Hoo-ruck, hoo-ruck, hoo-ruck … es geht nicht, Heinz, du musst auch absteigen.«

»Aber dann fällt Viktor runter in den Schnee …« Die beiden Kleinen heulten vor Kälte und Schmerz. Beide saßen eingepfercht und festgezurrt zwischen der schweren Holzkiste mit den Papieren, den Wertsachen und dem Bettbezug mit den Einmachgläsern. Ich stapfte durch den hüfthohen Schnee, hob einen nach dem anderen herunter und trug die armen Seelen, die sich trostsuchend an mich klammerten, die fünfhundert Meter zur Landstraße hin. Hier schob sich stoisch der nicht enden wollende Flüchtlingstreck aus der weiten Umgebung, zu Fuß oder mit völlig überladenen Planwagen, mit vollgepackten Fahrrädern oder Kinderwagen, im Zeitlupentempo der Stadt Allenstein entgegen.

»Bleibt hier stehen, rührt euch nicht von der Stelle, ich hole den Schlitten!«

In panischer Angst, sie könnten überrollt oder überfahren oder in dem endlosen Pulk verängstigter Menschen mitgeschleift werden oder verloren gehen, schrie ich in dem Lärm von Sturm und menschlichen Schreien auf sie ein: »Bleibt hier stehen! Haltet euch fest! Lass deine Brüder nicht los, Walter! Verstanden?«

»Mamaaa, bleib, ich habe Angst!«

Meine armen Kleinen klammerten sich an mich, denn ich hatte sie mitten in die furiose stampfende Hölle gebracht: ohne Rücksicht auf Verluste trappelten die Pferde vor den Schlitten auf sie zu, fast wären sie von einer völlig überladenen Kutsche gerammt worden.

»Walter, halte Viktor fest, ich hole unsere Sachen!« Ich drückte die drei Kinder in eine mannshohe Schneewehe, vor der die Wagen zum Stehen kamen, Pferde scheuten und mussten zurücksetzen.

Gegen den eisigen Wind, der mir ins Gesicht peitschte und an meinem Kopftuch riss, kämpfte ich mich erneut durch den hüfthohen festgefrorenen Schnee über den Acker, um unseren Schlitten zu holen. Er war bereits vom Winde verweht eine Böschung hinuntergerutscht und schwebte nur wenige Zentimeter über einem von einer dicken Eisschicht bedeckten Bach. Die Schnur hatte sich in eisigen Tannenzweigen verfangen, die sie im tobenden Sturm nicht freigeben wollten.

Fluchend riss und zerrte ich an den peitschenden Zweigen, bis ich endlich den Schlitten wieder auf das Feld hinaufgezogen hatte. Als ich eine halbe Stunde später endlich an der Landstraße ankam, standen meine drei Jungs weinend und schockiert von all dem Elend, das an ihnen vorbeigezogen war, irgendwo im dreckigen

Eiswasser am Straßenrand. Längst pflasterten menschliche wie tierische Leichen den Weg. Die russischen Panzer, die hier überall in Stellung lagen, schossen einfach auf die unschuldigen Flüchtenden oder fuhren sie schlichtweg zu Brei.

Ich biss die Zähne zusammen und warf mich gegen den tosenden Sturm. Der Wind peitschte mir die Schneeflocken in die Augen, und meine Nase war schon fast abgefroren, genau wie die Nasen der Kinder. Ihre Lippen waren aufgeplatzt, Frostbeulen zierten ihre kleinen runden Gesichter. Der Schock stand ihnen in den weit aufgerissenen Augen.

»Los, Kinder, wieder aufsitzen, festhalten, ich ziehe euch bis nach Allenstein …« Mit letzter Kraft stemmte ich mich gegen die morsche Schnur. Der Schlitten wollte sich einfach nicht mehr weiterziehen lassen, er war völlig überladen!

Als ein deutsches Militärfahrzeug von hinten heranpreschte, ging ein Aufschrei durch die Mengen, und alle stoben zur Seite, warfen sich kreischend in die Böschung.

»Jetzt erschießen sie uns, unser letztes Stündlein hat geschlagen … eine Schande, dass Deutsche auf Deutsche schießen, völlig wehrlos, wie wir sind …« Lautes Schreien, Beten und Jammern wehte mit dem kalten Wind über die Tausende von Menschen.

»Mamaaaa! Ich habe Angst!«

Instinktiv warf ich mich über meine drei Söhne auf dem Schlitten und bedeckte ihre kleinen Körper mit meinem Mantel. Zuerst mussten sie mich erschießen! Aber was würde dann aus meinen Kindern? Ich hatte Paul doch versprochen, auf sie aufzupassen!

Plötzlich hielt der Militärjeep, spritzte Eis und Schnee auf und rutschte noch ein paar Meter in der eisigen Fahrspur. Zwei deutsche junge Soldaten sprangen heraus. Sie rissen an den Kindern, ich ließ sie nicht los, während ich sicher annahm, jetzt hätte unser letztes Stündlein geschlagen.

»Steigen Sie auf, schnell!«

»Wie? Meinen Sie uns?«

»Ja, machen Sie schon, wir nehmen Sie mit in die nächste Stadt! Dort soll noch ein Zug in den Westen gehen!«

Ehe wir es begriffen hatten, wuchteten die beiden jungen Männer meine drei Jungs auf die Ladefläche und warfen den Schlitten samt Kiste, Koffer und Bettbezug hinterher.

Mit zitternden Knien kletterte auch ich auf den Wagen und schlang meine Arme um die Kinder.

»Danke«, brüllte ich nach vorn, wo die beiden Soldaten saßen. »Ich hätte es ohne Sie nicht mehr geschafft!« Meine Zähne schlugen vor Kälte, Angst und Stress aufeinander. Aber ich durfte mir vor den Kindern nichts anmerken lassen. »Na, seht ihr?« Ich rüttelte die armen Kerlchen bei der Schulter. »Das hättet ihr nicht gedacht, was? Eine feine Autofahrt und ein Service bis zum Bahnhof! Jetzt sind wir schneller da als Ida und die anderen!«

»Wir haben den Befehl, die Zivilbevölkerung in Sicherheit zu bringen«, schnarrte der Beifahrer über die Schulter zurück.

»Und das ist jetzt keine Wehrkraftzersetzung mehr?« Ich konnte es mir nicht verkneifen, ihm diese Bemerkung durch den Fahrtwind zuzuschreien.

Plötzlich scherte der Jeep aus und bog in einen Feldweg ein. An den inzwischen Tausenden von Flüchtlingen vorbei war wohl kein Weiterkommen mehr. »Haltet euch fest!« Ich presste meine Kleinen an mich und versuchte gleichzeitig, die wertvolle Kiste festzuhalten, die herunterzufallen drohte. Es holperte und rumpelte, und unsere Köpfe stießen an die Stangen, an denen wir uns festkrallten. Von ferne ertönte unverdrossen Kampflärm, Schüsse und Artilleriebeschuss. Der Himmel stand in Flammen.

»Au, Mama, der Mann soll anhalten, das tut mir weh … ich muss Pipi!«

»Wir sind gleich da, zieht die Köpfe ein und legt eure Arme darüber, schaut … so …«

Der Höllenritt durch den peitschenden Eissturm war alles andere als angenehm, aber ich rechnete doch innerlich mit einem Zeitgewinn und sah mich schon mit den Kindern als Erste in den viel gepriesenen Zug nach Westen steigen. Ich presste die Zähne aufeinander, schloss die Augen und zwang mich, einfach weiterzuatmen.

Das Heulen und Schreien der Kinder überhörte ich, so gut ich konnte. Meine Finger bohrten sich in ihre kleinen Ärmchen, als könnte ich ihnen damit noch einen Funken Kraft übertragen. Plötzlich krachten auch hier wieder Schüsse, Granaten schlugen ein, Feuer züngelte in den metallisch kalten Himmel hinein. Man hörte Artilleriedonner und heftigen Kampflärm in der Nähe. Schüsse peitschten über uns hinweg. Es stank grauenvoll nach Feuer, Ruß und verbranntem Fleisch.

Mitten auf dem Feld hielt der Jeep, sodass wir gegen den rückwärtigen Fahrersitz geschleudert wurden. Der Beifahrer sprang so schnell raus, dass wir gar nicht reagieren konnten. Er kletterte auf die Ladefläche, packte die Kleinen, einen nach dem anderen, und warf sie in den Schnee. »Schnell, runter, wir müssen wenden.«

»Ja aber …« Schon hatten sie mich gepackt und über die Stange gezerrt.

»Machen Sie schon! Der Ring beginnt sich zu schließen, und wir dürfen kein Leben der Bevölkerung mehr riskieren!«

»Mamaaa, ich will nach Hause!«

»Ja, nehmen Sie uns mit zurück, lieber will ich mit den Kindern zu Hause sterben als hier in dieser Hölle!«

»Wir müssen euch leider hier aussetzen. Wir selbst werden versuchen, uns durch die Kampflinie zurückzukämpfen.«

Die Kiste wurde vom Wagen gezerrt und einfach zu Boden geschmissen, der Bettbezug mit den Einmachgläsern und der Koffer krachten auf harten Grund und kullerten eine steinerne Böschung hinunter. »Viel Glück!«

Der Jeep wendete, indem er uns Schnee und Eis ins Gesicht spritzte, und holperte, nach Schwefel und Abgasen stinkend, über den Feldweg zurück.

»Mamaaa!« Die Kinder brüllten vor Schmerzen, Schreck und Panik, hatten sie sich doch beim Aufprall wehgetan, und der kleine Viktor hatte das Gesicht voller Eissplitter und Steinchen.

Aus dem Augenwinkel sah ich, wie sich der Koffer im Fallen öffnete, und unsere Dokumente und wichtigen Papiere in alle Winde flatterten.

»Ich versuche, sie zu retten …«

»Mamaaaaaa!«, brüllten die Kinder dreistimmig. Sie taten mir so unendlich leid! Aber es blieb keine Zeit, sie zu trösten.

Im hüfthohen Schnee versinkend, stapfte ich verzweifelt hinter den Papieren her, die unser Leben dokumentierten: Geburtsurkunden, meine Heiratsurkunde, das Familienstammbuch, meine Besitzurkunde von Haus und Grundstück, und schließlich der Totenschein von Paul, der mir vielleicht irgendwann eine bescheidene Witwenrente einbringen würde.

Der Sturm hatte sie jedoch in alle Richtungen fortgezerrt, und ich konnte kein einziges Blatt mehr retten. Das letzte Papier flatterte noch minutenlang an einem Stacheldraht, doch gerade als ich es zu fassen versuchte, löste es sich und flog weit über meinem Kopf davon.

»Kinder, wir müssen nun zu Fuß weiter, kommt, wir dürfen nicht aufgeben, sonst frieren wir hier fest!« Nachdem ich Erste Hilfe bei blutenden Wunden geleistet hatte, indem ich einfach nur darauf pustete, wuchtete ich ein Kind nach dem anderen aus seiner Schneewehe und trug sie in Richtung Landstraße, wo wir schließlich humpelnd und völlig erschöpft wieder auf den kilometerlangen Flüchtlingstreck stießen. Nun hatten wir buchstäblich nichts mehr, außer unser nacktes Leben und die eiskalten, nassen Sachen, die wir auf dem Leibe trugen. Und in die die Kinder längst in ihrer Angst hineingepieselt hatten.

Ich hatte meinen kleinen Viktor huckepack genommen und schleifte an der einen Hand den heulenden Walter, an der anderen den brüllenden Heinz hinter mir her. Hilfreiche Männer waren weit und breit nicht zu sehen, nur Frauen mit kleinen Kindern wie ich oder alte Leute, die versteinert auf Schlitten oder Planwagen saßen oder an Stöcken stoisch vor sich hin humpelten. Immer wieder schraken wir zurück, wenn hinter der nächsten Schneeverwehung ein nächster russischer Panzer stand, bereit, seine Kanone auf uns zu richten oder uns niederzuwalzen, ganz nach Gutdünken der jungen sowjetischen Soldaten, die vielleicht Langeweile hatten. Man konnte sie ja nicht sehen!

So zogen wir wie die Lemminge in Richtung der Stadt Allenstein, die zum Großteil in Flammen stand. Unter dem Geheul der Sirenen zerrte ich die Kinder im Strom der schreienden und kreischenden Frauen am Bahnhof die Treppen hinunter, um in einer Unterführung Schutz zu suchen. Wir waren fast die Letzten, die noch ein Plätzchen fanden. Dicht an dicht standen wir gepresst an fremde andere Leute, die wiederum ihre Kinder an sich pressten. Babys wurden im Stehen gestillt, damit sie aufhörten zu schreien, und Kleinkinder mit heftigem »Pscht!« und »Sei still!« zur Ruhe gebracht. Es stank ganz fürchterlich nach menschlichen Exkrementen. Sicher war kaum eine einzige Person hier, die sich nicht vor Angst in die Hose gemacht hatte.

»Mama, ich kann nichts sehen!«

»Mama, wo bist du, ich habe Angst!«

»Mamaaaa, ich will nach Hause, mein Bein tut so weh!«

»Psst, halten Sie doch die Kinder ruhig!«

»Warte, mein Schatz, ich habe noch ein Streichholz in der Manteltasche, ich mache es kurz an, damit du sehen kannst, wo ich bin!«

»Unterstehen Sie sich!«

»Nur eine Sekunde!« Mit zitternden Fingern und letzter Kraft ließ ich ein Streichholz gegen die Zündfläche schnarren. Nur damit meine Kinder mich sehen konnten. Nur eine Sekunde!

In dem Moment flog auch schon eine sirrende Kugel ganz dicht an meinem Kopf vorbei, und der Knall barst als Echo von jeder Wand, dass mir fast das Trommelfell platzte.

Geschrei und Gekreisch von Kindern und Müttern war die Antwort.

»Sind Sie WAHNSINNIG! Machen Sie das DING aus!«

»Entschuldigung …« Jetzt brach ich selbst in Tränen aus. Ich hatte den ganzen Luftschutzkeller beleuchtet und damit in Gefahr gebracht!

»Verhalten Sie sich ruhig, ducken Sie sich auf den Boden und bleiben Sie da, wo Sie sind!«

Meine wimmernden Kinder fand ich schließlich auch im Dunkeln, zog sie alle drei an mich und breitete meinen nassen, schweren Mantel über ihnen aus. So verharrten wir zitternd und schluchzend die ganze Nacht in diesem eiskalten und stinkenden Loch unter dem Bahnhof, wo an den nassen Wänden die Ratten herumhuschten. So sah also die Hölle aus! Was hatten meine drei Jungs getan, dass sie das erleben mussten? Aber es sollte noch schlimmer kommen.

Irgendwann am Morgen glitten von oben an der Treppe die Scheinwerfer von Taschenlampen über uns schwarze nasse Menschentraube hinweg. Ich kniff die Augen zusammen und blinzelte gegen das grelle Licht. Russische Uniformen schälten sich aus der Schwärze.

»Frauen! Raufkommen!«, bellte es Befehle mit eindeutigem Akzent. »Du, Frau, und du, und du. Mitkommen!«

Die Frauen fingen jämmerlich an zu weinen und zu schreien, als die Russen herunterstolperten und sie einfach von ihren Kindern wegzerrten. An den Armen, an den Haaren, mit Gewehrkolben auf den Rücken und den Hinterkopf, mit Fußtritten wurde nachgeholfen. Ich machte mich ganz klein, warf mich unter meinem Mantel über die Kinder und hielt die Luft an. Mich hatten sie noch nicht gesehen …

»Du! Frau! Mitkommen!« Eine lüsterne Stimme war ganz nah an meinem Ohr. »Dawai, dawai!«

Der Mantel wurde weggerissen, und ich blickte auf die Spitze eines Bajonetts.

»Das geht nicht, ich habe drei Kinder!«

Ratsch, hatte das Bajonett mir einen blutigen Strich über das Gesicht gezogen. Ich schmeckte Blut und fühlte, wie sich das Rinnsal von der Schläfe über die Wange bis an den Hals hinunter schlängelte.

»Mammmaaaaaa …«

»Wenn du willst leben, du jetzt mitkommen.«

Um mich herum wurden andere Frauen unter Geschrei und lautem Weinen abgeführt.

Ich drehte mich zu meinen Kindern um. »Ihr seid jetzt ganz stark und tapfer. Ich komme wieder. Ehrenwort.«

Den Gewehrkolben im Rücken, den widerlichen Atem des Soldaten im Nacken, stieg ich vor ihm her wie ein Lamm zur Schlachtbank, die kalte steinerne Treppe hinauf. Jeder Widerstand war zwecklos, und ich wollte meinen Kindern den Anblick ersparen.

Der bullige Russe, den ich nun endlich im Neonlicht der Bahnhofsunterführung zu Gesicht bekam, führte mich hart am Arm in Richtung Damentoilette. In meiner Not hätte ich diese sowieso seit Stunden dringend aufsuchen müssen, doch alle drei Kabinen waren bereits besetzt. Drinnen wurden Frauen vergewaltigt, geschlagen und misshandelt, und ihre entsetzlichen Schreie drangen durch die gesamte Unterführung. Mein Peiniger stieß mich durch eine andere Tür in einen fensterlosen, muffigen Raum, in dem einige Koffer und Kisten, Säcke und rostige Fahrräder standen. Sogar ein paar Schirme und Spazierstöcke lagen herum. Offensichtlich der Raum für verlorene Gegenstände.

Der Mann verschloss die Tür und packte mich lüstern, drängte mich zu einem Tisch, fegte sämtliche Gegenstände herunter und riss mir Rock und Bluse vom Leib. Den Mantel hatte ich bei den Kindern gelassen. Mit einem Ratsch fetzte er auch noch meine Strumpfhalter vom Mieder und drückte mir brutal die Beine auseinander.

Ich wehrte mich mit aller Kraft, die mir geblieben war, biss ihn, so fest ich konnte, in die Hand, was mir einige schallende Ohrfeigen einbrachte, und strampelte und trat, so fest ich konnte, zwischen seine Beine. Dabei verlor ich einen Schuh, den er wütend griff und damit auf mein Gesicht einschlug. Ich drehte es weg und spuckte Galle vor Ekel, wobei er anfing mich zu würgen. Die Schimpfworte, die er auf Russisch aus seinem alkoholgeschwängerten Atem auf mich schleuderte, konnte ich nicht verstehen, aber der Tonfall und die Wut und Gier in seinen Augen waren eindeutig zu verstehen. Während der ganzen schrecklichen Szene hatte ich meinen Mann Paul vor Augen, und ich hörte seine letzten Worte: Du schaffst das, Rosa. Du bist stark. Bringe unsere Söhne heile durch den Krieg.

Dabei war ich nur eins zweiundsechzig groß und ein Leichtgewicht, wie so viele Frauen am Ende des Krieges. Aber ich wollte mich nicht unterkriegen lassen. Nicht von diesem primitiven Menschen mit dem aufgedunsenen roten Gesicht.

Doch ich war ihm unterlegen und unter seinem Gewicht auf dem kalten Tisch gefangen. Er hatte bereits seinen Gürtel mit einem Ratsch aus seiner Uniformhose gezogen und schlug damit auf meine nackten blutenden Schenkel ein. Ich schrie aus Leibeskräften.

In dem Moment polterte es von draußen an die Tür. Mein Peiniger ließ sich davon nicht abhalten und versuchte mit aller Kraft, in mich einzudringen, doch immer wieder stieß ich ihm meine Beine in den Unterleib.

Es pochte heftiger und immer fester, und jetzt waren es eindeutig keine Fäuste mehr, die gegen die Tür donnerten, sondern ein Gewehrkolben. Russische Befehle aus tiefer Männerstimme befahlen, sofort die Tür zu öffnen.

Der Kerl glitt von mir ab, fluchte, zog seine Hose wieder hoch und drehte den Schlüssel um. Die Tür flog auf, und der Bullige bekam einen Hieb mit dem Gewehrkolben, dass er gegen die Wand flog. Ein junger russischer Offizier sah mich fast nackt auf dem Eisentisch liegen, eilte zu mir und zog mich hoch. Instinktiv bedeckte ich meine Blöße mit den Fetzen meiner Bluse. Das Blut lief mir am Bein herunter.

»Njet Kultura!«, schimpfte der Offizier und schien sich gleichzeitig bei mir zu entschuldigen.

Da ich ja ein paar Brocken Polnisch konnte, verstand ich die Standpauke, die er dem Bulligen hielt. »Das ist keine russische Kultur, so etwas machen wir nicht mit deutschen Frauen!«

Der Soldat verzog sich auch sofort aus diesem schrecklichen dunklen Verlies, und ich suchte auf allen vieren meine Sachen zusammen und kleidete mich notdürftig wieder an. Der russische Offizier, mein Retter und Schutzengel, war bereits weitergestürmt und donnerte an die nächsten Türen. »Njet Kultura!«

Mit weichen Knien und unendlich gedemütigt schlich ich mich durch das Inferno zurück in den Luftschutzkeller, wo meine drei Kinder zitternd und heulend unter meinem Mantel kauerten.

»Da bin ich doch schon wieder!« Wie es mir gelang, eine tröstende Wärme in meine Stimme zu legen, weiß ich nicht mehr. »Ich habe euch doch versprochen, dass es ganz schnell geht und ich gleich zurück bin!«

»Mami, haben sie dir wehgetan?«

»Aber nein, ich musste nur etwas unterschreiben …«

»Aber du blutest ja!«

»Ach, das war die dumme Stehlampe, gegen die ich gestolpert bin …«

Auch andere Frauen kamen nun zurück, gedemütigt, geschlagen, übel zugerichtet, mit zerzausten Haaren, blauen Augen und Beulen, stolperten sie schluchzend oder völlig apathisch mit toten Augen die Treppe wieder herunter.

Ich versuchte, meinen Kindern diesen Anblick zu ersparen. Innerlich dachte ich an meinen Schutzengel, den russischen Offizier, der noch Anstand im Leib hatte und die Menschenwürde achtete. Vielleicht hatte Paul ihn mir geschickt?

Nach Stunden wurden erneut Befehle laut.

»Der Zug steht bereit«, übersetzte jemand. »Alle raustreten und fertig machen zur Abreise!«

Ich packte mir meine drei Kleinen, richtete sie halbwegs wieder her und schob sie vor mir her, die Treppe hinauf, in das dichte Gewühl hinein. Nicht nur die Frauen, Kinder und Alten aus dem Luftschutzkeller, auch ein neuer Strom von Flüchtlingen, die die vergangene Nacht aus allen umliegenden Dörfern und Orten herbeigekommen waren, drängelten sich nun in der Unterführung. Manche hatten noch richtig viel Gepäck dabei, schoben sogar Fahrräder oder überladene Kinderwagen und spähten nach einer Möglichkeit, an den anderen vorbei schnell die Treppe hinauf auf das richtige Gleis zu kommen.

Doch mitten in der Unterführung, direkt gegenüber der Damentoilette, kam der Menschenpulk zum Stehen.

»Was ist da los, Mama?« Keines meiner Kinder konnte ja mehr sehen als Hintern und Beine.

»Da ist eine Militärkontrolle. Wir haben ja leider keine Papiere mehr …« Skeptisch blickte ich zu den bewaffneten Russen, die die Leute aussortierten wie Viehhändler. »Alte Männer nach links, alleinstehende Frauen ganz nach vorn, Frauen mit Kindern nach rechts, alte Frauen nach hinten … Gepäck hierlassen, Fahrräder und Schlitten abstellen.«

Plötzlich durchschoss mich hell und scharf ein innerer Warnton.

Das war kein Zug in den Westen. Sie sortierten die Leute nach bestimmten Kriterien aus … Arbeitslager!

»Sie da, ganz nach vorn, wie viele Kinder?«

»Drei! Aber ich habe es mir anders überlegt, ich möchte nicht mehr …«

»Weiter!«

Rüde wurde ich in meine Schlange geschubst mitsamt den Kindern, die mir mit weit aufgerissenen Augen folgten wie geschlagene kleine Hunde. So glitten wir im Pulk der anderen, sicher über hundert junge Frauen mit Kindern, wie ein endloser Bandwurm die Treppe hinauf auf den Bahnsteig, wo schon ein ellenlanger Güterzug stand.

Vorne an der Lok zischte und qualmte es, mehrere Arbeiter in abgerissenen Uniformen fegten mit groben Besen das Stroh und die Abfälle aus den Waggons, und trotz der eisigen Kälte fraß sich ein beißender Gestank nach Fäkalien und Urin auf den Bahnsteig. Ein strohbeladener Karren fuhr die Wagen ab, und mehrere Männer warfen frische Strohballen hinein. Vorne an der Lok wurde Kohle in den Brikettwagen geschaufelt.

Panisches Geschrei wurde laut.

Immer deutlicher wurde mir bewusst, dass dieser Zug nie und nimmer in den Westen fahren würde. Alle meine Antennen standen auf Warnung und Flucht! Doch wir wurden unter harschen Befehlen und Schlägen von Gewehrkolben immer weiter gedrängt, bis wir schließlich ganz am vordersten Wagen angekommen waren.

»Mama, da will ich nicht rein, der ist kalt und stinkt!«

»Kinder, warten wir es ab, vielleicht gibt es noch eine Lösung …« Verzweifelt stellte ich mich auf die Zehen und versuchte, mir einen Eindruck von unserer Lage zu verschaffen. Gab es nicht irgendwo ein Schlupfloch? Zurück, raus aus diesem Höllen-Bahnhof?

Ich wischte Tränen und Rotz aus allen Kindergesichtern, tröstete und pustete auf Beulen und Wunden. Dabei tat mir selbst jede

Faser meines erschöpften Körpers weh, und jede Zelle schrie nach Ruhe und Wärme. Mein Magen rebellierte, und ich fühlte immer noch die widerlichen Hände des Russen auf meinen Schenkeln, roch seinen fauligen Atem an meinem Hals und spürte seine harten Schläge mit dem Gürtel.

»Wann gibt es etwas zu essen!«

»Ich will nach Hause!«

In dem Moment peitschte ein Schuss direkt neben uns, und der Lokführer fiel vor unseren Augen aus seinem Lokführerhäuschen auf den Bahnsteig. Mehrere uniformierte und bewaffnete Russen schrien und brüllten und traten nach ihm, und jetzt schälte sich auch in mein Hirn, warum da vorne so lange und böse geschrien worden war. Der Lokführer wollte nicht nach Sibirien fahren! Denn dahin sollte die Reise gehen! Alle meine inneren Sensoren hatten recht gehabt, und aus den Brocken Russisch, die gebrüllt wurden, hatte sich in meinem Unterbewusstsein die Gewissheit manifestiert, dass hier alle Menschen getäuscht wurden!

Mit dem »letzten Zug in den Westen« rannten sie wie die Lemminge in die Falle!

Während ich meine panisch brüllenden Jungs an mich presste, gaben sie dem Lokführer den Rest. Sie erschossen ihn vor unseren Augen, keine fünf Meter von uns entfernt, und traten ihn dann auf die Schienen hinunter.

Offensichtlich musste jetzt Ersatz gefunden werden. Ich wollte die Gunst der Sekunde nutzen und unauffällig den Rückweg antreten, doch inzwischen hatte man Viehgatter aufgestellt und uns zu einem Menschenknäuel zusammengepfercht, für das es nur noch eine Richtung gab: in den Zug zu steigen! Und das taten die Menschen, willig und hoffnungsvoll. Mithilfe der Russen, die an jedem Wagen standen, wurden Frauen, Kinder und Gepäck, soweit noch vorhanden, in die Waggons gehoben, gezogen oder auch geworfen. Alles ging plötzlich rasend schnell. Sie wollten wohl verhindern, dass noch mehr Leute darauf kamen, wohin die Reise in Wirklichkeit gehen sollte.

Während hinter dem Gatter ein neuer Lokführer herangezerrt wurde, der offensichtlich in den Diensträumen ausfindig gemacht worden war, stopften sie siebzig, achtzig Frauen und Kinder in die Viehwaggons, aus denen es eiskalt tropfte. In jedem Waggon stand ein Eimer, der wohl für die Notdurft vorgesehen war. Sonst gab es keinen einzigen Sitzplatz, keine Fenster und natürlich keine Heizung.

»Los, jetzt ihr, worauf wartet ihr! Dawai Dawai!« Kräftige Hände packten mich und wollten mich und die Kinder als Letzte in den Waggon quetschen.

»Nein! Ich will da nicht rein!« Ich wehrte mich mit Händen und Füßen und schrie, so laut ich konnte. »Der Zug fährt nicht nach Westen!«

»Rein mit dir!«

In der Sekunde sah ich den jungen russischen Offizier hinter dem Gatter stehen, der mich gerettet hatte, und unsere Blicke trafen sich.

»Njet Kultura!«, brüllte ich aus Leibeskräften. »Das sind kleine Kinder! Die kommen doch niemals lebend in Sibirien an!«

Meine polnischen Brocken schien er verstanden zu haben. Und er hatte mich erkannt! »Njet Kultura!«

Mein Schutzengel zog das Gatter zur Seite und ließ mich und die Kinder hindurchschlüpfen. Bevor die Umstehenden so recht mitbekommen hatten, was geschehen war, schob er das Gatter wieder zu.

BARBARA

25. Januar 1945.
Am selben Ort zur selben Zeit

»Er steht noch da, er wartet! Kommen Sie, Frau Kozlowski, wir schaffen das!«

Die junge Frau, die heute Nacht aus dem Inferno davongelaufen war, presste ihr Baby an sich und rannte die Stufen zur Unterführung herunter. Sie waren nass und glänzten vor Urin und Fäkalien.

»Vorsicht, fallen Sie nicht, es ist glatt!«

»Halten Sie sich an mir fest, lassen Sie die Kleine nicht los!«

»Haben Sie den Koffer?«

»Ja, ich habe ihn!«

Sie und ihre ältere Nachbarin waren die Letzten gewesen, die lebend aus dem Luftschutzkeller des brennenden Mehrfamilienhauses in Allenstein entkommen waren. Kurz nachdem sie den Vorgarten verlassen hatten, barsten die Fenster, und das Haus krachte in sich zusammen. Im Bombenhagel und unter Artilleriebeschuss, während die Kugeln ihnen um die Ohren sausten, waren die beiden Frauen weitergelaufen, Hand in Hand, über Leichen und Sterbende, die um Hilfe flehten, an verendenden Tieren und tiefen Kraterlöchern vorbei durch die Dunkelheit und Kälte, immer den rettenden Zug in den Westen vor Augen.

»Meinen Sie, ich schaffe es schnell noch einmal auf die Toilette? Mein Gott, stinkt das hier.«

»Nein, das können Sie nicht riskieren, der Zug fährt jeden Moment los!«

»Aber ich hätte die Kleine gern noch mal frisch gemacht!«

»Das können Sie doch im Zug tun! Und da gibt es auch Toiletten!«

»Laufen Sie, es steht ja schon niemand mehr auf dem Bahnsteig! O Gott, da kommen schon Leute zurück, hoffentlich ist er nicht zu voll!«

»Er ist überfüllt, schauen Sie doch! Halt! Warten Sie auf uns! Wir kommen!«

Frau Kozlowski wedelte mit dem Koffer und dem Schal, der ihr im Eifer des Gefechts von den Schultern gerutscht war, und Barbara, dreißig Jahre jünger als sie, galoppierte langbeinig neben ihr her. Ihre blonden langen Haare hatten sich aus dem Zopf gelöst und tanzten um ihren Kopf herum wie wild gewordene Geister. Ihre kleine Tochter Ilona fest an sich gedrückt, nahm sie immer zwei Stufen auf einmal. Es war nicht zu erahnen, dass hier noch vor einer halben Stunde vor lauter Menschen, die sich Schulter an Schulter weitergeschoben hatten, keine der ausgetretenen Stufen zu sehen gewesen war.

Ein russischer Offizier stand noch einsam ganz vorne an einem Gatter und winkte sie mit großen Gesten heran. »Dawai, Dawai!«

»Danke, dass Sie auf uns gewartet haben«, strahlte Barbara den gut aussehenden jungen Mann an. In einer anderen Welt hätte sie ihm jetzt wohl einen Kuss auf die Wange gedrückt.

Barbara war auffallend groß und hübsch, und ihr langes weißblondes Haar wallte ihr beim Rennen über die Schultern wie kostbares Seidengewebe.

Der junge Offizier stemmte zuerst die alte füllige Frau Kozlowski in den völlig überfüllten Wagen, sodass die anderen Frauen und Kinder, die darin standen, ihre Füße noch weitere Zentimeter nach hinten schieben mussten. Dann griff er nach der jungen Frau, die schon ein Bein auf den hohen Einstieg gestellt hatte. In dem Moment fiel sein Blick auf das Baby, das sie unter dem Mantel an sich presste.

Es hatte ein rotes Mützchen auf und lächelte ihn aus einem rot gefrorenen Gesichtchen zahnlos an, wobei sich zwei Grübchen bildeten. Der Offizier blickte auf die junge Frau zurück, und auch diese lächelte ihn dankbar an, woraufhin sich genau die gleichen Grübchen auf ihrem Gesicht bildeten. Sie versuchte, in der Masse der Frauen im dunklen Wagen Halt zu finden, und strauchelte einen Moment.

Njet Kultura, hörte er eine innere Stimme, und in dieser Sekunde packte er das kleine Mädchen, riss es von seiner Mutter los, drehte sich um und verschwand hinter dem Gitter.

Barbara war wie versteinert. Erst begriff sie es gar nicht und streckte suchend die Arme nach ihrem Baby aus, aber der Schrei blieb ihr im Halse stecken, als sie sah, wie der russische Offizier hinter dem Gitter einen Finger auf seine Lippen legte, ein internationales Zeichen zum Schweigen. Noch einmal lächelte er sie an und nickte, als wolle er sagen: Das hat schon alles seine Richtigkeit.

In dem Moment wurden die eisernen Türen von außen zugeschlagen und verriegelt.

Die Frauen standen in völliger Schwärze und Dunkelheit.

»Mein Baby … ILLOOONAAA!«

Barbaras markerschütternder Schrei ging in dem Geschrei und Weinen der anderen Frauen und Kinder unter.

»Er fährt nicht nach Westen, er fährt nach Osten!«

»Sie haben uns reingelegt!«

»Anhalten, anhalten, ich will hier raus!«

»Meine Ilona, er hat meine Ilona! Frau Kozlowski, helfen Sie mir!«

»Er fährt nach Sibirien! O Gott, wir sind alle verloren!«

»So seien Sie doch still und hören auf, so hysterisch zu schreien! Sie machen uns ja noch die Kinder verrückt!«

»Barbara, wo sind Sie? Ich habe hier Ihren Koffer, darauf können Sie mit dem Kind sitzen … Frau Urban? Wo sind Sie? Sie liegt am Boden, o Gott, Ich glaube sie ist in Ohnmacht gefallen … So wachen Sie doch auf, Mädchen, Hilfe, hat jemand einen Schluck Wasser …?«

Das waren die letzten Geräusche und Wortfetzen, die auf dem nun völlig verlassenen Bahnsteig von Allenstein aus dem Inneren des Zuges zu hören waren.

Ein junger Offizier verließ mit langen Schritten das Bahnhofsgebäude, während auf den Gleisen quietschend und schlingernd der endlos lange Güterzug in die graue Einöde zwischen Trümmern und kahlen Bäumen an Häuserruinen entlang verschwand.

ROSA

25. Januar 1945.
Am Bahnhof von Allenstein

So Kinder, hier biegen wir noch mal ab, auch wenn es stinkt und grausig ist. Aber ihr braucht alle einen Schluck Wasser.«

Die Türen der Damentoilette hingen schief in den Angeln und quietschten im Wind traurig vor sich hin. Es war ekelerregend, mit meinen kleinen Buben durch Lachen von Blut, Urin und Kot zu steigen, aber es blieb uns nichts anderes übrig. Wir waren alle verdreckt, verfroren und nahe am Verdursten.

»Bitte wascht euch, so gut es geht, die Hände, aber vorher machen wir alle einmal Pipi.«

»Mama, da liegt was.«

»Ja, bitte guckt nicht hin.« Überall lagen noch abgerissene Wäscheteile, BHs, Gürtel, Schnallen, aber auch Schnapsflaschen und Spuren männlicher Gewalt. Es stank bestialisch.

»Mama, da liegt ein Baby!«

»Walter, bitte. Wasch dich und gib Heinz und Viktor etwas zu trinken, und versucht, euch nicht so nass zu machen.« Ich verschwand in einer der grässlichen Kabinen und versuchte, meine schmerzenden Wunden notdürftig zu reinigen.

»Da liegt aber wirklich ein Baby.«

»Das wird eine Puppe sein, Schatz. Die Leute haben in der Eile hier so einiges vergessen.«

Ich kam wieder heraus, hob meinen kleinen Viktor an den Wasserhahn, und er lechzte regelrecht nach dem eiskalten Wasser, das spärlich aus dem Hahn tröpfelte. »So mein Kleiner, und jetzt waschen wir dir einmal die Hände und das Gesicht …« Obwohl mein armer Jüngster schon durchnässt und verfroren war, ließ er sich artig von mir säubern. Sein Hosenboden war völlig klamm und enthielt so ziemlich alles, was er seit der gestrigen Flucht in seiner Not von sich gegeben hatte.

»Mama, das ist keine Puppe, das ist ein Baby.«

»Bitte, Walter, ich kann mich jetzt nicht auch noch darum kümmern.« Mir wollte schier das Kreuz durchbrechen, als ich meine drei Jungs wieder halbwegs angezogen und auch mich selbst menschenwürdig hergerichtet hatte. »Wir gehen jetzt nach Hause, das habe ich euch versprochen.« Die siebzehn Kilometer zurück nach Wartenburg wollte ich unbedingt noch vor Einbruch der Dunkelheit in Angriff nehmen. Vielleicht fanden wir sogar irgendwo einen zurückgelassenen Schlitten oder Karren. Alles war besser als der Zug nach Nirgendwo. Übernachten mussten wir sowieso unterwegs in einer Scheune.

Ich zog meine Meute aus dem grässlichen Raum und versprach ihnen das Blaue vom Himmel, wenn sie sich jetzt mit mir in Bewegung setzen würden, als es eindeutig aus einer Ecke des Raumes raunzte. Ich stutzte. Es war ein lebendiges Wesen. Und selbst wenn es eine Katze war: Die konnte ich doch hier nicht so elendiglich in der Kälte verrecken lassen!

Mein Blick fiel auf die offen stehende erste Kabine, und da lag, neben der Toilette auf einem eilig zusammengekehrten Haufen Stroh: ein kleines Mädchen. Es hatte ein rotes Mützchen auf und spielte mit seinen Händchen und lallte und krähte vor sich hin.

»Um Gottes willen, das ist ja ein Baby!« Ich fasste mir an den Hals.

»Siehst du, Mama, ich habe es dir gesagt!« Walter zerrte an meinem Ärmel.

Fassungslos hob ich das kleine Bündel auf und reinigte zuerst seine Händchen, mit denen es in allerlei Dreck gegriffen hatte. Dann gab ich ihm schlückchenweise von dem Wasser zu trinken.

Es griente mich zahnlos an und brabbelte etwas Unverständliches. Offensichtlich war das kleine Wesen erfreut, wieder Gesellschaft zu haben.

»O Mama, ist die süß! Können wir die behalten?«

»Aber Walter, das schaffen wir beim besten Willen nicht!«

»Aber wir können sie doch auch nicht hier liegen lassen!«

»Nein, das können wir nicht.«

Ich drehte und wendete das Kind, ob nicht doch irgendwo ein Zettel vorhanden war, aber außer einem ordentlich gewickelten Popo und nahezu unversehrten Stramplern, Mäntelchen und Mützchen, alles Ton in Ton selbst gestrickt, war an dem Kind nichts zu finden.

Es biss sich aufs Fäustchen und lallte »Laa krah lala kraaa« und lachte uns an. Es hatte ganz hinreißende Grübchen, und als ich das Mützchen lüftete, kamen hellblonde dünne Härchen zum Vorschein.

Andächtig und gleichzeitig um eine Sorge mehr beschwert, trug ich das Bündel die Treppe hinauf in die menschenleere Bahnhofshalle, wo die Jungs sofort auf eine hölzerne Bank sanken und sich anschickten zu schlafen.

»Nicht einschlafen, Kinder, wir müssen nach Hause!« Alles in mir schrie danach, meinen Kindern ihr Zuhause wiederzugeben, unser Haus, das Paul und ich für sie erbaut hatten. Vielleicht war es nicht zerstört. Und wenn doch, würde ich es neu aufbauen. Es gab keinen anderen Ort auf der Welt, an den wir hätten gehen können. Ich fühlte, dass ich das tun musste. Nur zurück. Nach Hause.

In dem Moment wurden Stimmen laut, und trappelnde Schritte stürmten in die Bahnhofshalle.

»Er ist weg! Mutter, er ist weg! Wir haben ihn verpasst!«

Eine junge Frau, oder vielmehr ein junges Mädchen, ließ frustriert einen Koffer fallen. »Du brauchst dich nicht mehr zu beeilen, es war alles umsonst!« Sie kämpfte mit den Tränen und warf die Arme in die Luft.

Eine abgehetzte Frau um die vierzig erschien keuchend und schnaubend, und die Enttäuschung stand ihr ins Gesicht geschrieben. »Der letzte Zug in den Westen. Und wir haben ihn verpasst. – Ach, Elvira, wir müssen sehen, dass wir zu Fuß weiterkommen!«

»Ich kann nicht mehr, Mama, und ich will nicht mehr! Überall sind Russen!«

Erst jetzt nahmen sie mich und die Kinder wahr. »Haben Sie ihn auch verpasst? Ist das nicht furchtbar? Wir haben so gebetet, dass Gott uns Hilfe und Rettung schickt, und jetzt ist er weg.«

»Ich bin sicher, er ist nicht in den Westen gefahren.« Ich schaukelte automatisch das Baby, dessen Brabbeln sich langsam in Weinen verwandelte. »Sie haben die Leute reingelegt, wissen Sie. Der Zug ist eindeutig nach Osten gefahren. Den Lokführer haben sie erschossen. Die Leute werden alle nach Sibirien gebracht.« Ich warf Mutter und Tochter einen verschwörerischen Blick zu. »Sie haben Glück gehabt, das kann ich Ihnen sagen!«

»Mama, jetzt heult sie! Mach doch was!«

»Um Gottes willen, und Sie stehen hier mit vier kleinen Kindern?!« Die Frauen sahen mich fassungslos und gleichzeitig mitfühlend an. »Wo wollen Sie denn jetzt hin? Meinen Sie, es kommt noch ein weiterer Zug?«

Ich erklärte ihnen, dass ich gestern nach siebzehn Kilometern von Wartenburg hierhergekommen war und dass ich jetzt mit meinen dreien die siebzehn Kilometer auch wieder zurückgehen würde.

»Wir haben nämlich das Baby im Klo gefunden«, krähte Heinz. »Das gehört uns nämlich gar nicht.«

»O Mutter, dann nehmen wir es!« Die junge Frau streckte schon die Arme nach der Kleinen aus. »Sag Mutter, dass wir es nehmen!«

»Meinst du wirklich, Elvira? Das ist eine große Verantwortung!«

»Ich wäre Ihnen unendlich dankbar«, stammelte ich. »Ich könnte es nicht tragen, wir haben selbst kein Gefährt!«

Die beiden, Mutter und Tochter, liebkosten und tätschelten jetzt das fremde Kind mit dem roten Mützchen.

»Wie heißt du denn, Kleine? Und sollen wir dich mitnehmen?«

»Kra la kla«, machte das Kind und biss hungrig auf seine Fäustchen.

»Es heißt bestimmt Clara!« Die junge Frau, die Elvira hieß, sah fragend in die Runde. »Es hat uns vielleicht gerade seinen Namen gesagt!«

In dem Moment wurde von innen ein Vorhang im Fahrkartenschalter aufgezogen, und die Tür öffnete sich knarrend. Ein alter Fahrkartenverkäufer schälte sich aus dem Verschlag.

»Ein russischer Offizier hat das Kind hier abgelegt.« Er rieb sich seine schmerzenden Gelenke, als habe er lange im Versteck ausgeharrt und sei nun erst sicher, dass die Luft rein war. »Sie haben den Lokführer erschossen und nach einem Ersatz für ihn gesucht, da bin ich abgetaucht. Aber kurz darauf kam der Offizier mit dem Kind und wusste nicht, wohin damit. Dann ist er damit zur Damentoilette gelaufen, hat sogar noch Stroh zusammengekratzt und das Kind daraufgelegt. Bestimmt dachte er, dass bald jemand kommt und es findet.«

Da dachte er richtig, mein Lebensretter und Schutzengel. Natürlich geht jede Mama mit ihren Kindern als Erstes aufs Klo. Er wollte also, dass ICH es finde.

»Wo ist der Offizier denn jetzt?« Ahnungsvoll schaute ich mich um.

»Oh, der ist in einen Militärjeep gesprungen und weggefahren.« Der Fahrkartenverkäufer zog seine zerschlissene Dienstuniform glatt. »Wenn ich Ihnen einen Rat geben darf; machen Sie alle, dass Sie wegkommen. Es werden bald wieder Menschen hierhergetrieben und neue Züge nach Osten eingesetzt, um sie zu verfrachten. Ich werde jetzt auch verschwinden.«

»Elvira, wir können so froh sein, dass wir nicht in diesen Zug gestiegen sind!« Die Mutter riss ihren Schal ab und wickelte die kleine Clara fest hinein. »Wir wollen nämlich nach Rügen, zu den Verwandten meines Mannes. Die haben ein Haus in Sassnitz. – Ich bin übrigens Margit.«

In aller Eile packten wir unsere Bündel und die Kinder zusammen.

Vor dem Bahnhof standen zwei Schlitten. »Hier, gute Frau, nehmen Sie einen davon für Ihre Jungs, wir kommen mit einem zurecht.« Margit bettete ihre Tochter Elvira mit dem Baby auf dem einen und überließ uns den anderen. »Wir sind so erleichtert, dass wir jetzt nicht in dem Zug nach Sibirien sitzen!«

»Sie würde nicht einmal sitzen.« Ich packte meine Jungs auf den Schlitten und band sie aneinander fest. »Alles Gute für Sie, und Gottes Segen.«

Wir Mütter umarmten einander, beide unendlich erleichtert, diesem Schicksal entkommen zu sein.

»Danke für den Schlitten. Ohne Sie würde ich wohl nicht mehr nach Hause kommen.«

»Passen Sie auf sich auf!«

So legte ich mir die Schnur um den Bauch, atmete einmal tief ein und aus und stapfte durch die rauchenden Trümmer in Richtung Osten davon.

Margit selbst ging mit ihrem verbliebenen Schlitten mit Elvira und der kleinen Clara in die andere Richtung.

Aus Viktors Erinnerungen, fast siebzig Jahre später, aufgeschrieben für seine Enkelinnen

Die Entscheidung des Offiziers, Rosa und die Kinder nicht nach Sibirien zu schicken, war für die ganze Familie lebensrettend. Noch immer fassungslos darüber, dass sie als Einzige von mehreren Hundert, wenn nicht Tausenden Frauen wieder nach Hause gehen durfte, zog Rosa die drei Kinder auf dem Schlitten, den die nette Margit ihr überlassen hatte, auf der Hauptstraße aus Allenstein hinaus zurück Richtung Hirschberg. Zwischen den Panzern, die rechts und links auf der Straße zwischen den Bäumen postiert waren, zog sie stoisch weiter. Noch immer war sie in höllischer Gefahr. Die Geräusche vom Laden der Panzerkanonen erschreckten Rosa und die Kinder derart, dass sie alle wieder in die Hose machten. Aber jetzt nur nicht anhalten, beschwor Rosa, sich selbst der Tatsache wohl bewusst, dass sie die einzige Chance nutzen musste, die sie vom Schicksal erhalten hatte. Es ging also wieder den knarrenden Panzern entgegen, die unverdrossen auf sie zukamen, bei heftigem Schneetreiben und minus zwanzig Grad, Schritt für Schritt zurück, nach Hause. Und plötzlich fuhren auch einige Lastwagen in diese Richtung. Ob Rosa noch einmal Glück haben würde?

Trotz der seltsamen Lage, in die sie sich gebracht hatte, nämlich in die Gegenrichtung des gestrigen Flüchtlingsstromes stur nach Hause zu ziehen, hielt sie die Hand beim Gehen hinaus und versuchte, einen Laster aufzuhalten, dieser scherte jedoch aus und fuhr auf den Schlitten zu, rammte ihn, sodass er kippte und die Kinder in den zugeschneiten Graben fielen. Die Kinder weinten, und Viktor hörte einfach nicht auf zu brüllen, er hatte wohl etwas mehr abbekommen als »nur« den Schreck. Rosa zog ihre Kinder aus dem Graben, klopfte sie ab, tröstete sie, wuchtete den Schlitten zurück auf die Straße und stemmte sich weiter gegen Artilleriebeschuss, Granaten, Schüsse und das Schneetreiben, das ihr aus der Heimat entgegen und ins Gesicht peitschte. Innerlich hörte sie die Stimme von Paul: Du schaffst das, Rosa. Wenn eine das schafft, dann du. Bring mir die Kinder heile durch den Krieg.

Während sie noch die brüllenden Jungen mit letzter Kraft hinter sich herzog, hielt plötzlich ein Laster an. Der russische Beifahrer sprang heraus und fragte Rosa, wohin sie wolle.

»Nach Wartenburg!«

Der Soldat nickte, packte die Kinder und warf den Schlitten auf den Laster, zog ein Stück Schwarzbrot heraus und einen Hering, der mit einer dicken Salzkruste bedeckt war.

Freundlich reichte er den Kindern und Rosa das Essen, nachdem er den Hering mit seinem Filzstiefel abgeklopft hatte.

Nachdem Viktor immer noch brüllte und nicht essen wollte, kramte er in seiner Tasche nach einer Tablette und reichte sie Rosa. »Der Junge braucht Aspirin, sonst schafft er die lange Fahrt nicht.«

Wieso lange Fahrt, dachte Rosa, es sind doch höchstens noch zwölf Kilometer …

Da wendete der Soldat und fuhr wieder in Richtung lichterloh brennendes Allenstein!

»Nein, wir wollen nach Wartenburg!«, deutete Rosa verzweifelt, aber der Soldat verstand entweder nicht oder wollte nicht verstehen!

»Allenstein! Zug!« wedelte er mit dem Arm. »Zug in den Westen! – Alle Frauen und Kinder Zug in den Westen!«

Rosa ließ sich nichts anmerken, immerhin hatten die Kinder jetzt etwas zu essen und Viktor ein Aspirin. Sie sammelte ihre Kräfte und dachte nach. Zwei Schritte vor, einer zurück. Wie beim Schach. Ich bringe euch zurück nach Hause, Kinder, das schwöre ich euch. Vor dem Bahnhof von Allenstein, an dem sie vor Stunden losgegangen war, ließ sie sich und die Kinder absetzen, bedankte sich höflich bei dem Russen und wartete, bis er weggefahren war. Dann band sie die Kinder wieder auf dem Schlitten fest und machte sich erneut auf den Weg.

Als Rosa und die drei Kinder drei Tage später in der bereits einsetzenden Dunkelheit mit buchstäblich letzter Kraft Wartenburg erreichten, trafen sie als Erstes auf den erschossenen Igor, der mitten auf der Straße beim Ortseingang lag. Jean war, wie Igor vorhergesagt hatte, von der russischen Armee befreit worden. Überall waren Spuren von Kämpfen, ein deutscher Tiger-Panzer am Ortsrand, den die deutschen Soldaten wegen Spritmangels gesprengt zurückließen, eine Feldhaubitze, ein ausgebrannter legendärer russischer T34-Panzer in der Ortsmitte an der Kreuzung, neben dem Bildstock mit der Muttergottes-Figur, zerschossene Fahrzeuge und allerlei Kriegsmaterial. Auch einige zerstörte Wohnhäuser, Scheunen und Ställe gähnten und grinsten wie die Gebisse von toten Pferden zu dem völlig verfrorenen und fast ohnmächtigen Häuflein Elend, das sich zentimeterweise durch Schnee und Eis kämpfte. Längst waren Viktor und Heinz nicht mehr ansprechbar, und Walter hatte sich nur wach und warm gehalten, indem er Rosa beim Ziehen half.

Die einzigen Worte, die Mutter und Sohn aus ihren Frostbeulen-Gesichtern miteinander wechseln konnten, waren: »Ob unser Haus wohl noch steht?«

ROSA

29. Januar 1945. Wartenburg

Junge, wir haben es geschafft.« Das Eiswasser in meinen Schuhen schwappte, die blutigen Blasen brannten, meine Knie schmerzten, als würde bei jedem Schritt jemand mit einem Stock dagegenschlagen, und meine Arme schienen aus dem Körper geschraubt zu sein. Aber wir standen vor unserem Haus. Es war am Abend, bereits stockdunkel, und ich war froh, dass zumindest Heinz und Viktor das Grauen und die Zerstörung unseres geliebten Dorfes nicht gesehen hatten. Walter starrte nur noch ins Leere und schien aus seinem kleinen schlotternden Körper hinausgetreten zu sein.

Alle Häuser lagen verlassen da, viele wiesen Einschusslöcher auf, andere waren halb zerbombt, mit abgedecktem Dach, die Türen und Fenster hingen schief in den Angeln oder waren ganz durch gähnende schwarze Löcher ersetzt. Der Wind heulte durch die Löcher und sang ein schauriges Lied. Keine Menschenseele war weit und breit zu sehen.

Viele Gebäude waren auch unzerstört, aber größtenteils geplündert. Lebensmittel, Bekleidung, Werkzeuge, Pferde, Kühe, Schweine, Federvieh, sogar der Nachbarhund, der uns immer fröhlich bellend begrüßt hatte in seinem Zwinger, waren weg.

Es herrschte gespenstische Stille, niemand war anzutreffen in dem kleinen Ort.

Wir waren die Einzigen, die es gewagt hatten, nach vier Tagen zurückzukehren.

»Walter, lehn dich hier an, ich schaffe deine Brüder ins Haus, und dann mache ich Wasser heiß.« Mein Siebenjähriger rutschte wie ein nasser Sack an der Hausmauer herunter und kippte zur Seite.

Wie ein Gespenst schlich ich in das dunkle Haus, dessen Tür nicht verschlossen war.

Stockfinstere Kälte schlug mir entgegen, und ich zündete ein Streichholz an.

Mein erster Blick fiel auf das grenzenlose Chaos, das wohl Plünderer angerichtet hatten:

Alle Schubladen waren herausgerissen worden, die Schränke und Truhen standen offen und waren teilweise umgekippt, der Tisch lag auf der Seite, die Stühle fehlten ganz. Im Schlafzimmer waren Bettwäsche, Decken und Kissen verschwunden oder zerstört und zerschnitten, man hatte wohl nach darin versteckten Schätzen gesucht. Die Bettgestelle hatte man versucht hinauszutragen, war aber damit wohl mehrfach an die Wand gestoßen, wie die hässlichen Schrammen an der Tapete zeigten, und hatte es dann aufgegeben.

In der Küche stand nur noch der schwere massive Küchenschrank, den sie wohl nicht von der Stelle bekommen hatten. Porzellan, Geschirr und Töpfe fehlten oder lagen in Scherben am Boden. Ich fand ein paar Kerzenstummel und zündete sie an. Im Schein der züngelnden Flammen, die im scharfen Wind immer wieder ausgehen wollten, begutachtete ich den Rest der Verwüstungen.

Auf dem Fußboden lagen Fäkalien und Spuren eines Trinkgelages; Scherben, leere Flaschen, in der Ecke Erbrochenes.

Aber ich war wieder da. Ich war mit meinen Kindern wieder da. Paul würde stolz auf mich sein. Ich war die Einzige vom ganzen Dorf, die es gewagt und geschafft hatte zurückzukommen.

Alle drei meiner Söhne waren mehr tot als lebendig, gaben keinen Laut mehr von sich und schienen zu Eisklumpen gefroren zu sein. Lieber Gott, lass sie nicht tot sein, lass sie noch atmen.

Ich legte mein Ohr an ihre Münder und spürte ganz leichten Atem.

Mit letzter Kraft zog ich die ohnmächtigen Kleinen vom Schlitten beziehungsweise aus dem Schnee und schleifte sie regelrecht auf die Bettgestelle, zog ihnen die eiskalten nassen Sachen aus, riss die Vorhänge von den Fenstern und wickelte sie darin ein. Walter taumelte wie ein Schlafwandler hinter mir her und starrte ins Leere. Er knickte in den Beinen ein und glitt auf den eiskalten verdreckten Boden. Auch ihn hüllte ich, so gut ich konnte, in Vorhänge und Gardinen, fand noch eine Tischdecke aus meiner Aussteuer, rieb seine blau gefrorenen Füße damit ab, bis wieder Farbe in sein Gesicht kam, und legte ihn zu seinen Brüdern auf die Bettstatt. Ich legte alles, was ich an Stoffen finden konnte, über die drei Jungen und fand zwei Decken von den Pferden im Stall, die zwar ebenfalls eiskalt und dreckig waren, aber die Kinder hoffentlich allein durch ihre Schwere etwas wärmen würden. Noch immer klapperten sie mit den Zähnen und hatten Schüttelfrost und wimmerten im Fieberwahn vor sich hin.

Ich stolperte durch das ganze Haus, tastete mich mit meinem Kerzenstummel auch in den Keller und fand dort unversehrte Kisten mit Vorräten. Gott sei Dank. Wir würden fürs Erste nicht verhungern. Hier waren die Vandalen nicht gewesen.

Ich brachte in der Küche den Kessel mit Wasser zum Kochen. Mir schossen die Tränen ein, als der Teekessel flötete. Das erste vertraute Geräusch wieder in den eigenen vier Wänden! Es gab mir so viel Kraft, dass ich mechanisch weitermachte. Dann flößte ich meinen Jungen immer abwechselnd tropfenweise Tee mit Honig ein.

»Bitte wach auf, mein Schatz. Es ist vorbei. Wie haben es überstanden. Bitte trink, nur ein winziges Schlückchen!«

Die erste Nacht verbrachte ich hellwach auf der Bettstatt neben meinen Kindern. Ich drückte, massierte und rieb die kleinen Körper immer wieder in der panischen Angst, sie könnten ihr Leben aushauchen. Ich erhitzte mehrere lose Ziegelsteine, die ich aus den

Wänden pflücken konnte wie reife Pflaumen, wickelte sie in Fetzen und legte sie meinen Kindern an Füße und Hände. Zwischendurch zwang ich mich, selbst literweise heißen süßen Tee zu trinken, denn ich war ihre einzige Rettung. Wenn ich das Bewusstsein verlieren würde, wären sie verloren. Irgendwann fiel ich selber in einen unruhigen Schlaf.

Als der nächste Tag heraufdämmerte, wurde mir das ganze Ausmaß der Zerstörung erst richtig bewusst.

Unser kleines Anwesen war fast vollständig geplündert, aber nicht so zerstört wie die umliegenden Häuser. Unsere Tiere waren verschwunden, ich nahm an, dass Igor sie noch freigelassen hatte. Gespenstisch reckten die Nachbarhäuser ihre verbrannten Holzgiebel in den wolkenverhangenen Himmel, die herausgeschlagenen Fenster waren leere schwarze Löcher, aus denen es immer noch rauchte, lose herumhängende Fensterläden schlugen im Wind hin und her. Die Ställe und Scheunen waren leer und gähnten mich aus offenen Stalltüren an. Nachdem ich mich vergewissert hatte, dass die Kinder fest schliefen, zog ich mich notdürftig an und schlich durch die Nachbarschaft, auf der Suche nach etwas Essbarem, um unsere allzu bescheidenen Vorräte aufzustocken. Doch die Plünderer hatten so gut wie nichts zurückgelassen.

Alle Truhen und Schränke waren leer, es herrschten ähnliche Zustände wie bei uns zu Hause.

Ich nahm all meinen Mut zusammen und stieg auch in die Keller oder auf die Dachböden, schreckte ein über das andere Mal mit einem Laut des Entsetzens in der Kehle zurück, wenn ich über Leichname stolperte oder auch den einen oder anderen Nachbarn auf dem Dachboden hängen sah. Einige hatten es nicht mehr gewagt, die Flucht anzutreten, und hatten sich vorher selbst das Leben genommen. Ein Nachbar hatte seine ganze Familie getötet: Sie lagen zu sechst nebeneinander im Bett und hielten sich an den Händen.

Es war die Familie des Dorfschullehrers, der vier Töchter und eine bildhübsche Frau hatte. Sie sollten den Russen nicht in die Hände fallen. Er hatte erst die Frauen und dann sich selbst mit einem Schuss in die Schläfe getötet.

Dieses Bild des Grauens meißelte sich in mein Gehirn ein, und es kostete mich alles an Überwindung, auch in diesem Haus nach versteckten Vorräten zu suchen, um meine Söhne vor dem Verhungern zu retten.

»Lieber Gott, verzeih mir, was ich jetzt mache, aber ich muss es tun.«

Ich kniff die Augen zusammen und zog die Bettdecken und die Kissen von den toten Nachbarn, riss auch hier die Vorhänge herunter und kramte einen Wintermantel unter dem Bett hervor. »Ihr braucht ihn doch nicht mehr, bitte verzeiht mir!«

Bepackt mit einem Schlitten voller nützlicher Dinge, Einmachgläsern, einem Sack voller Dörrfleisch, der Bettwäsche, den Kissen und Decken, zog ich nach meiner ersten Hamstertour wieder zurück zu meinem Haus.

»Mama! Wo warst du denn? Wir hatten solch eine Angst!« Barfuß tappten mir Walter und Heinz entgegen, während der kleine Viktor sich gähnend die Äuglein rieb. Alle drei hatten die Nacht überstanden, mit viel heißem Tee, Honig und Liebe! Ich weinte vor Erleichterung.

»O mein Gott, ihr seid wach und am Leben!« Ich sank vor meinen drei Goldschätzen in die Knie und küsste sie alle unter Tränen. »Wie geht es euch? Habt ihr Fieber?«

Ich presste meine Hand auf ihre Stirn, und natürlich hatten sie Fieber, alle drei.

Wieder flößte ich ihnen heißen Tee mit Honig ein und fütterte sie mit dem Dörrfleisch und dem Eingemachten, das ich gehamstert hatte, machte ihnen kalte Wadenwickel und tröstete und streichelte sie.

Nach einigen Tagen waren sie über den Berg. Sie hatten wohl eine zähe Natur von Paul und mir geerbt.

Walter und Heinz halfen mir mit ihren kleinen eifrigen Händchen, so gut sie konnten, zuerst den Unrat hinauszuschaffen, dann das Haus zu reinigen und zu schrubben und in den nächsten Tagen in der Nachbarschaft auf Jagd nach nützlichen Dingen zu gehen. Der kleine Viktor lag noch lange mit hohem Fieber im Bett, aber die Liebe und Fürsorge von uns tat ihm ebenso gut wie das Bewusstsein, zurück zu Hause zu sein. Der Albtraum unserer viertägigen Flucht war vorbei. Mir war bewusst, dass wir unglaubliches Glück gehabt hatten, und immer wieder dankte ich in Gedanken dem russischen Offizier, der mich gleich zweimal gerettet hatte. Wir waren die einzigen Menschen im ganzen Dorf, aber die Türen standen uns offen.

ROSA

Februar 1945. Wartenburg

Der Februar 1945 verging mit Eiseskälte, ständigem neuen Schneefall und gespenstischer Einsamkeit. Aber ich hatte es geschafft, Wärme und Sauberkeit ins Haus zurückzubringen. Mein kleiner Viktor war wieder gesund, das gab mir Kraft und Mut. Ich hatte einen eisernen Willen zum Überleben und ich war erfinderisch. Innerlich war Paul bei mir. Rosa, du schaffst das. Bring mir meine Kinder heile durch den Krieg.

»Kinder, unsere Vorräte sind aufgebraucht, ringsum in den Häusern gibt es nichts mehr zu essen und auch kein Holz mehr zum Heizen. Wir dürfen hier nicht erfrieren! Also müssen wir uns auf den Weg machen und in den Nachbarorten suchen!«

Der Hunger trieb uns hinaus. Die Kinder, inzwischen alle ausgerüstet mit Kleidung, die ich gefunden und zum Teil umgeschneidert hatte, setzten sich auf den Schlitten, und wir machten uns auf den Weg in umliegende Weiler und Dörfer.

»Schaut nur, da hinter dem Wald liegt ein einsamer Aussiedlerhof!« Die ganze Welt schien uns vergessen zu haben, aber ich schritt tapfer durch den tiefen Schnee voran, über Wurzeln und Steine. Solange ich meine Kinder hatte, war jeder Schritt es wert. Sie lebten, sie plauderten, sie lachten sogar manchmal wieder. Bergauf mussten die Kinder absteigen und durch den hüfthohen knirschenden Schnee stapfen, in dem sie allzu oft versanken, und bergab durften sie aufsitzen. Ich versuchte, sie mit allen möglichen Spielen bei Laune zu halten. »Ob da wohl das Schneewittchen wohnt, hinter den sieben Bergen, bei den sieben Zwergen?«

»O Mama, ich habe solchen Hunger! Und mir ist so kalt!«

»Aber nicht so kalt wie bei unserer Flucht. Ihr habt doch Decken und heiße Steine auf dem Schoß!«

»Die sind schon kalt geworden, Mama. Meine Zehen sind schon taub, ich spüre sie nicht mehr!«

»Na, dann nichts wie absteigen und laufen! Schaut doch nur, das sieht mir fast wie das Hexenhaus von Hänsel und Gretel aus!«

Endlich hatten wir das abgelegene Gehöft erreicht. Alle Spuren jeden Lebens waren schon lange zugeschneit. Auf einer Gartenbank vor dem Haus türmte sich meterhoch der Schnee, und die Eiszapfen hingen armdick und meterlang vom Dach. Unauffällig spähte ich in den kleinen Stall und sah eine tote Kuh, ein erfrorenes Kalb und mehrere Zicklein und Kaninchen im Eis am Boden liegen. Schnell lenkte ich die Kinder ab.

»So, und nun schauen wir, ob die Hexe zu Hause ist.«

Mit einem Knarren öffnete sich die Tür. In der Eiseskälte lag eine tote alte Frau am Boden, erfroren offenbar. Hastig warf ich eine Tischdecke über sie. Die Kinder hatten sie hoffentlich noch nicht bemerkt.

»Kinder, wir schauen im Keller nach.« Ich versuchte, das Schwanken in meiner Stimme zu verbergen und auch das Zittern meiner Hände. »Puh, ist es hier kalt. Wenn das Holz nicht verheizt ist, finden wir es vielleicht noch irgendwo?«

Walter leuchtete mir mit der Lampe, die wir mitgebracht hatten, und ich tastete mich an den eiskalten Wänden entlang, die von Eiszapfen und Spinnweben bedeckt waren.

Oben hörte ich die Kleinen schreien: »Die Hexe ist tot!«

»Kinder, kommt schnell herunter, hier unten ist ein ganzes Paradies an Vorräten!«

Ich klatschte in die Hände. »Bringt die Säcke herein, die wir mitgebracht haben! Walter, halte die Lampe höher, hier ist ein Regal mit Einmachgläsern …«

Mit zitternden Händen tastete ich nach den Schätzen, die die arme alte Frau angehäuft hatte. Wunderbare Marmeladen, Würste, Sülze, Gemüse und Früchte in Gläsern, Mehl, Kartoffeln, Räucherspeck, selbst gebackene Plätzchen! Honig! Zucker! Backpulver!

Alles lag von dicker Staubschicht bedeckt in und unter den eisigen Holzregalen. Es war also buchstäblich tiefgekühlt und hart gefroren.

»Mama, die Regale können wir zerhacken!« Viktor hatte eine Axt entdeckt. »Sieh nur, da ist sogar eine Säge!«

»Wir müssen das alles auf den Schlitten laden, und morgen kommen wir wieder, zerhacken die Bretter, und dann haben wir Feuerholz!«

Ein unbeschreibliches Glücksgefühl machte sich in mir breit. Wir saßen alle vier auf umgekippten Kisten und stopften uns die Backen voll. Die Kekse waren steinhart und trocken, aber sie schmeckten paradiesisch! Wir tauchten sie tief in das Marmeladeglas, und ich streute den Kindern noch Zucker darüber.

»Vorsicht, nicht alles auf einmal, das muss jetzt für Monate reichen!«

»Mama, wenn wieder Frühling ist, kochst du dann selber Marmelade ein?«

»Ja, mein Schatz. Aber erst müssen wir schauen, ob auch Kirschen auf unseren Bäumen wachsen!«

»Aber mit dem Mehl kannst du uns einen Kuchen backen!«

»Ja, das kann ich, Heinz. Aber wichtiger ist es, Brot zu backen.« Mit Tränen in den Augen betrachtete ich die Mehlsäcke, die wir wohl kaum alleine würden schleppen können.

»Wenn wir jetzt noch eine Kuh finden, die uns Milch gibt …«

»Wir können doch auf den Markt fahren und schauen, ob uns jemand eine verkauft!«

»Ach Walter, dafür müssten wir erst mal Geld haben.«

»Aber wir können doch Sachen aus diesem Keller verkaufen!«

Mein Großer baute sich vor mir auf. »Du nimmst das Mehl und die Kartoffeln mit auf den Markt, und dafür kriegen wir vielleicht eine kleine Kuh.«

»Eine ganz kleine.«

»Vielleicht eine mit nur einem Euter?« Heinz sah mich treuherzig an. »Die reicht ja vielleicht.«

Ich drückte meine süße Bande an mich. Was hatten die kleinen Kerlchen alles erdulden und aushalten müssen! Aber jetzt war Ende Februar, und der Winter würde irgendwann ein Ende haben. Innerlich schwor ich mir, dass wir diesen Winter überleben würden. Und dann konnte nur noch alles besser werden.

»Dass uns niemand dieses Hexenhäuschen hier verrät! Das muss unser Geheimnis bleiben!«

»Wem sollten wir das denn verraten?« Viktor kaute mit vollen Backen. »Es gibt doch nur noch uns auf dieser Welt!«

Aber ganz so war es nicht! Immer wieder zogen marodierende russische Truppen durch das Dorf, die alles Beutegut, was sie nur finden konnten, auf Lastwagen verluden und Richtung Osten karrten.

Als wir an diesem späten Nachmittag mit dem voll beladenen Schlitten aus dem Wald kamen, stand wieder ein solcher Lastwagen in der Dorfmitte.

»Still! Duckt euch! Sie dürfen uns nicht sehen!« Wir blieben stehen wie angewurzelt und wagten kaum zu atmen. Ich legte den Finger auf die Lippen und glaubte, mein Herzschlag würde uns verraten.

Alle drei Kinder erkannten sofort den Ernst der Lage. Keines machte auch nur ein Geräusch.

Während dort unten im Dorf die russischen Plünderer fluchend von Haus zu Haus eilten und sich enttäuschte Bemerkungen zuriefen, flehte ich die Kinder mit Blicken an, sich nicht zu rühren und um Gottes willen nicht zu husten oder zu niesen.

Krachend flogen noch einige Schränke, Küchengeräte, Lampen und Bettgestelle auf den Lkw, dann trug noch einer eine Ziehharmonika herbei, die gequälte Laute von sich gab.

Mehr konnten die Russen wohl nicht finden. Nach einer gefühlten Ewigkeit, in der wir am Boden festgefroren waren, hörten wir die Türen schlagen und den Motor starten.

Noch immer warteten wir über zwanzig Minuten, bis wir uns trauten, hörbar auszuatmen.

»Puha. Das war knapp. Wenn die uns gefunden hätten, hätten sie Hackfleisch aus uns gemacht.« Walter sprach aus, was ich mich kaum zu denken traute. Ja, sie hätten uns gezwungen, das Versteck preiszugeben, und was sie mit mir gemacht hätten, konnte ich mir ja nun vorstellen. Ich schluckte trocken. Danke, Gott. Du hast Paul erlaubt, auf uns aufzupassen.

Während der nächsten Tage schlichen wir uns wie die Diebe immer wieder durch den Wald zum Hexenhäuschen und räumten es nach und nach völlig aus. Die tote alte Frau lag unter der Tischdecke. Sie war am Fußboden festgefroren.

»Mama, nehmen wir die Tischdecke denn nicht mit?« Der kleine Viktor stand neben mir und fasste mich am Ärmel. »Daraus könntest du doch ein paar Hosen für uns nähen!«

»Nein, Viktor. Die lassen wir ihr. Sie friert doch sonst.« Ich strich ihm über die Haare. Er war keine drei Jahre alt und dachte schon so pragmatisch.

»Aber die Frau ist doch tot!«

»Aber wir können sie trotzdem nicht so liegen lassen, Viktor.« Ich zog ihn in die Küche und setzte mich auf einen Schemel. »Sieh mal, normalerweise werden tote Menschen begraben. Aber das schaffen wir jetzt nicht, weil der Boden unter dem Schnee noch zugefroren ist.« Ich zog ihn auf meinen Schoß und wollte den kleinen Kerl am liebsten mit Küssen bedecken.

»Und wenn der Boden nicht mehr zugefroren ist?« Der Blick aus seinen treuen Kinderaugen zerriss mir fast das Herz. »Wacht sie dann wieder auf?«

»Nein, die Seele von dieser Frau ist längst im Himmel. Aber ihr Körper braucht auch einen Schutz. Und weil wir keinen Sarg haben und keine Kiste, in die wir sie legen können, braucht sie die Tischdecke.«

»Ach so«, sagte Viktor mit seinem hellen Stimmchen und sprang von meinem Schoß. »Dann sage ich ihr jetzt aber trotzdem Danke für die Kekse.«

ROSA

März 1945. Wartenburg

Nach Wochen kehrten die ersten Flüchtlinge vorsichtig und ganz verstört in unser Dorf zurück. Alle hatten sie Entsetzliches erlebt, gesehen und durchgemacht, und fast alle hatten während der Flucht Angehörige verloren. Unter Tränen erzählten sie mir von Vergewaltigungen, Erschießungen und Verschleppungen nach Sibirien, und innerlich dankte ich dem lieben Gott beständig für unsere Rettung.

Meine drei Jungs waren mir von ihm anvertraut, und ich kämpfte bis zur völligen Selbstaufgabe dafür, sie durch diese schwere Zeit zu bringen. Es gab keinen Arzt, keine Medikamente und so gut wie keine Vitamine. Sie mussten dennoch überleben. Das war ich Paul schuldig.

Unser Haus war das Erste, das wieder einigermaßen in Schuss war. Wir hatten Holz zum Heizen, sorgfältig eingeteilte Lebensmittel zum Kochen und immer einen Kessel heißes Wasser auf dem Herd. Die Kinder halfen mir, so gut sie konnten, mit ihren eifrigen kleinen Händchen. Selbst der inzwischen vierjährige Viktor hatte schon gelernt, mitzudenken und zu -planen.

»Mama, unsere Sachen müssen wir gut verstecken, nicht wahr?«

»Ja, mein Schatz, da hast du recht.«

»Du hast ja immer gesagt, wenn man was Süßes hat, muss man davon die Hälfte abgeben. Aber das gilt jetzt nicht, oder?«

»Nein, wie schlau du bist, Viktor. Jetzt gilt das nicht.«

»Wenn wir sie offen rumliegen lassen, dann stehlen es uns die Plünderer.«

»Also müssen wir sie so gut verstecken, dass sie niemand findet.«

»Auch nicht unsere Nachbarn?«

»Weißt du, Viktor, normalerweise würde ich davon etwas abgeben, aber jetzt müssen wir zuerst an uns denken, damit wir nicht verhungern. Verstehst du das?«

»Ich glaube schon, Mama. Jeder ist sich selbst der Nächste.«

»Wo hast du das denn aufgeschnappt?«

»Mama, das murmelst du dauernd vor dich hin.«

»Dann hilf mir jetzt, die Mehlsäcke im Stall zu vergraben. Da, wo die Kälbchen standen. Da weichen wir den Boden auf.«

Wir schleppten Kessel mit heißem Wasser zu den entlegensten Stellen, und die Kinder gruben und schaufelten Löcher, in die wir unsere Kostbarkeiten verstauten. Danach legten wir feuchtes, verschimmeltes Stroh darüber.

Als der Frühling nahte, wanderte ich mit den Kindern einmal in der Woche ganz frühmorgens nach Hirschberg auf den Markt. Jedes der Kinder schleppte einen Rucksack mit Lebensmitteln und Gegenständen, die wir entbehren konnten, und der Schlitten, das Geschenk von Margit und Elvira, war ebenfalls vollgepackt. Was wohl aus der kleinen Clara geworden war? Ob sie es bis nach Rügen geschafft hatten?

Stundenlang standen wir auf dem Markt und boten unsere Waren zum Tausch an.

Die Kinder brauchten Milch, etwas Käse und Quark, um zu wachsen und zu gedeihen. Dafür gab ich Dinge her, die wir bei der alten Frau gefunden hatten: Wäscheklammern, Nähgarn, Knöpfe, Gardinenringe, Löffel, einzelne Tassen oder Teller, Seife, Waschlappen, sogar Schreibzeug und kleine Bilder, die dort an den Wänden gehangen hatten. Auch Mehl und Zucker in kleinen Mengen, um keinen Verdacht zu erregen. Mit unseren Tauschgegenständen, wie Kinderkleidung, frischen Milchprodukten und sogar etwas Fett zogen wir dann wieder ab.

Auf dem Rückweg sangen wir. »Das Wandern ist des Müllers Lust …«

»Wie sagst du immer, Mama? Mühsam nährt sich das Eichhörnchen.«

»Sage ich das?« Plaudernd wanderten wir in der Dämmerung durch den Wald zurück in unser Dorf.

Hier und da knackte es im Geäst, ein Tier flüchtete, oder ein Vogel flog auf. Aber wir durften keine Angst haben.

»Kennt jemand ein Lied mit einem Eichhörnchen?«

»Nein, nur mit einem Fliegenpilz. Ein Männlein steht im Walde ganz still und stumm.«

»Wartet!«

»Was?!«

»Da sind schon wieder fremde Leute im Dorf.«

»Aber es sind keine Russen!«

»Da steht ein Pferdewagen vor unserem Haus!«

»Also Besuch ist das nicht … jedenfalls kein willkommener.«

Wieder blieben wir wie angewurzelt stehen. Ich starrte in die Dämmerung und traute meinen Augen nicht. »Das sind Leute in abgerissener Kleidung! Auch Frauen sind dabei! Das sind Polen!«

»Mama, die Leute sind in unserem Haus!« Viktor hatte wohl bessere Augen als ich.

Jetzt kam aber Leben in mich! »Na wartet! – Ihr bleibt hier und rührt euch nicht! Bewacht den Schlitten!«

Ohne nachzudenken, stürmte ich aus dem Wald und hinunter in unser Dorf. Tatsächlich. Eine ganze Gruppe von sehr einfach gekleideten Leuten war gerade im Begriff, unser mühsam zusammengetragenes Hab und Gut aus unserem Häuschen zu tragen und auf den Pferdewagen zu laden. Unser Tisch, die zwei Stühle, das Regal, die Pfanne, der Wasserkessel, sogar unsere mühsam zusammengenähte Bettwäsche flog eines nach dem anderen auf den Wagen.

Sie waren zu viert, zwei Männer und zwei Frauen!

Die Kinder rannten angstvoll hinter mir her. »Mamaaa! Sie sind in der Überzahl!«

Das war mir egal. Hier ging es um meine Kinder und unser Überleben.

»Versteckt euch beim Schlitten im Wald! Tut, was ich euch sage!«

Wie eine Furie stürzte ich mich auf die Frau, die gerade meinen Mantel angezogen hatte.

»Geben Sie das her, das ist meiner!« Wir lieferten uns einen regelrechten Ringkampf. Sie wollte den Mantel nicht hergeben, und ich riss sie mit aller Kraft an den Haaren. Beide schrien wir wie am Spieß. Auch wenn es Polen waren, die ihrerseits aus ihren Dörfern vertrieben worden waren: Es herrschte blanke Anarchie. Jeder war sich selbst der Nächste.

Die andere Frau durchstöberte gerade unser Schlafzimmer und riss alles an sich, was nicht niet- und nagelfest war. Die neuen Gardinen, die ich genäht hatte, die Bettwäsche aus den Schränken, sogar den Nachttopf unter dem Bett angelte sie gerade hervor.

»Lassen Sie das, ich schlage Sie, dass Sie keinen heilen Knochen mehr im Leibe haben!«

In meinem Zorn sprach ich wohl polnisch, denn es waren Polen, die plünderten!

Nachdem die Löwen abgezogen waren, kamen die Hyänen! Aber mit denen wurde ich fertig.

Ich riss ihr den Nachttopf aus der Hand und schlug ihr damit mit aller Wucht auf den Kopf und die Schultern. Sie kreischte und flüchtete. Ich rannte hinter ihr her, nahm den Schürhaken neben dem Kamin und drosch damit auf die Frau mit dem Mantel ein. Ich kannte mich selbst nicht mehr wieder, aber es war der pure Überlebenstrieb. Die Männer, die erschrocken über diesen Lärm aus dem Keller heraufstürmten, schleppten unsere Kartoffelsäcke und unser Mehl! Ich hieb ihnen den Schürhaken über den Buckel und auf die Arme, dass sie alles fallen ließen. Ich schlug um mich und schrie und tobte, als wäre der Teufel in mich gefahren! Und schaffte es, alle vier Plünderer in die Flucht zu schlagen. Sie gaben ihrem

Gaul die Sporen und polterten über das Kopfsteinpflaster ratternd davon.

Wie betäubt saß ich schließlich auf dem Holzschemel, den sie auch schon wegtragen wollten, und starrte auf den Schürhaken in meinen Händen. Mein Herz raste, in meinen Ohren rauschte das Blut. Ich hätte sie wohl totgeschlagen in meinem Zorn. Wo ich früher mit meinen polnischen Nachbarn gescherzt und gesungen hatte, wo ich sie eingeladen und mit ihnen gefeiert hatte. Ja, in der Tat, es herrschte jetzt nur noch pure Anarchie. Wie hatte es bloß so weit kommen können! Was hatte der Krieg aus uns Menschen gemacht! Meine Halsschlagader pochte, und das Blut pulsierte mir zwischen den Schläfen.

Erst nach einer ganzen Weile beruhigte sich mein Atem. Sofort fielen mir meine Kinder wieder ein, die wohl immer noch verstört am Waldrand hockten. Wilde Flüche vor mich hin murmelnd und weiterhin den Schürhaken in der Hand, stapfte ich schließlich durch die Dunkelheit zu ihnen. Ich war zum Tier geworden. Bereit, jeden zu erschlagen, der mir oder meinen Kindern zu nahe kam. Ich war selbst erschrocken über mich.

Aus Viktors Erinnerungen, fast siebzig Jahre später, aufgeschrieben für seine Enkelinnen

Eines Tages begannen die Russen riesige Kuhherden zusammenzutreiben, erst zu Sammelstellen, und dann wurden diese Richtung Osten zu Bahnhöfen getrieben, unter anderem durch unser Dorf nach Hirschberg, wo sie verladen und nach Russland transportiert wurden. An drei Tagen und drei Nächten wurden die Kühe ununterbrochen in einer endlosen Kolonne an unserem Haus vorbeigetrieben, dabei spielten sich entsetzliche Dramen ab.

Wir drei Brüder hingen entsetzt an den Fenstern und sahen mit unseren Kinderaugen, was wir nicht hätten sehen sollen: Schreiende und brüllende Tiere – die Kühe litten schrecklich wegen ihres großen Hungers, reihenweise platzten die Euter der Kühe auf, weil sie über Tage nicht gemolken wurden, Milch wurde auf den Wegen verspritzt, im Gehen wurde gekalbt, die Kälbchen wurden zertrampelt. Auch andere schwache Kühe fielen um, wurden einfach von den nachfolgenden panischen und verzweifelten Kühen zertrampelt. Die russischen Panzer fuhren ganz dicht auf, und die letzten wurden erbarmungslos zu Brei gefahren.

Mir drehte sich der Magen um, und auch meine Brüder mussten sich bei dem Anblick übergeben. Unsere Mutter riss uns vom Fenster weg.

»Kinder, das ist so schrecklich, das sollt ihr nicht mit ansehen!«

»Aber Mama, wir müssen den armen Tieren doch helfen!«

»Ich habe eine Idee, aber dazu muss ich warten, bis es Nacht ist.«

Mutter stieß uns energisch in unsere Betten und schloss die Vorhänge, die sie inzwischen genäht hatte. »Versucht zu schlafen, Jungs. Haltet euch aneinander fest. Ich habe euch sehr lieb.«

Walter flüsterte, kaum dass die Mutter weg war: »Die Kadaver werden von den Leuten nachts gestohlen und geschlachtet. Das ist streng verboten. Wenn die Mama das vorhat, dann werden sie sie einsperren, und wir sehen sie nie wieder!«

ROSA

Kinder, geht vom Fenster weg, das ist nichts für Kinderaugen!« Das sinnlose, grausame Gemetzel da draußen hätte ich meinen Jungs gerne erspart. Aber jeder im Dorf hing wohl jetzt am Fenster. Erst waren die Frauen und Kinder nach Sibirien transportiert worden, und jetzt waren die Kühe und Kälber dran. Zu Tausenden wurden sie auf grausame Weise durch unser Dorf getrieben, tage- und nächtelang. Die armen um ihr Leben brüllenden Viecher würden doch nie und nimmer den wochenlangen Transport in den vollgestopften Waggons überleben!

»Mama, wo gehst du hin?«

»Hört zu, ich muss noch mal weg.«

»Aber wir haben Angst! Das ist so furchtbar da draußen! Die schreien so entsetzlich!«

Mit einem Ruck zog ich die Vorhänge zu. Mir brach fast das Herz, dass meine kleinen Jungen so etwas Bestialisches mit ansehen mussten. Und dennoch würde ich alles versuchen, um an eine kleine Kuh heranzukommen. Das war ich meinen Söhnen schuldig. Nur eine von den Tausenden!

»Walter, du sorgst mir dafür, dass deine Brüder ins Bett gehen. Erzähl ihnen eine Geschichte oder sing ihnen was vor. Hörst du! Kann ich mich auf dich verlassen!«

»Ja, Mama. Aber bitte mach nichts Gefährliches!«

»Junge, ich mache alles, damit ihr leben könnt! Und jetzt gute Nacht!«

Eilig zog ich mir den Mantel an, den ich der plündernden Polin wieder abgetrotzt hatte, und schlüpfte zur Haustür hinaus. Die Kuhherde wälzte sich brüllend und kreischend wie eine riesige

Welle aus schwarz-weißen und braunen Leibern durch unsere Straße. Ich balancierte durch ihre Ausscheidungen und stieg über die Kadaver, die bereits von anderen Dorfbewohnern an den Beinen unauffällig in Seitengassen gezogen wurden. Das Schlachten der toten Tiere war bei strenger Strafe verboten, aber auch die anderen Frauen und Mütter taten alles, um ihre Kinder am Leben zu erhalten.

Da erspähte ich eine junge Kuh, die elendiglich blökend im Pulk mitlief. Ihr hing die Zunge zum Halse hinaus, und sie verdrehte unter Qualen die Augen. Ihr Euter schwankte prall zwischen ihren Beinen, dicke blaue Adern traten hervor, und die Milch schoss ihr bereits in dünnen Strahlen am Bauch herab.

Ich lockte und streichelte die Kuh, während ich scheu nach den russischen Wärtern Ausschau hielt. Nein, sie waren weiter hinten damit beschäftigt, auf die letzten müden Tiere einzuschlagen. Geistesgegenwärtig packte ich die junge Kuh bei den Hörnern und lockte sie in eine Seitengasse, wobei ich ihr eine kleine Kartoffel ins Maul steckte, die ich aus der Manteltasche zauberte. Die Kuh leckte mir dankbar die Hände und ließ sich willig mitziehen.

Mit einem raschen Blick in die stockdunkle Gasse stellte ich fest, dass um zwei Ecken herum das Schulhaus zu erreichen war. Natürlich fand in dieser Zeit kein Unterricht statt, und in den Klassenräumen lagerten oft wochenlang Flüchtlinge oder wurden Leichen aufgebahrt.

»Komm, komm, kleine Kuh, sei leise, ich führe dich weg, ich tu dir nichts Böses, vertrau mir …« Hastig bog ich um die zwei Ecken ab von der Hauptstraße weg, von der nach wie vor erbärmliches Geschrei, Schüsse und Panzerlärm ertönte.

Als würde sie spüren, dass ich nur Gutes mit ihr im Sinn hatte, taperte das junge Tier dankbar mit mir mit. Um den Rufen, Schüssen und Peitschenhieben der oft sehr betrunkenen, blutrünstigen, ja sich wie wahnsinnig aufführenden Russen zu entwischen, führte ich die Kuh durch einen dunklen Hintereingang in die Dorfschule hinein. Hier waren Erschießungen und Erhängungen vorgenommen und viele Frauen vergewaltigt worden, es lagen umgekippte Bänke und Stühle herum, überall Blut, Dreck und Fäkalien, und die meisten Schulmöbel waren sowieso als Brennholz entfremdet und gestohlen worden. Aber ich kannte dieses Gebäude wie meine Westentasche, war ich doch selbst darin zur Schule gegangen.

Obwohl mein Herz raste vor Angst, hier auf einen oder mehrere Russen zu treffen, führte ich das junge Tier die Treppe hinauf in den ersten Stock, öffnete die Tür zu dem Klassenzimmer, in dem ich selbst vor dreißig Jahren als Schülerin gehockt hatte, und wie durch ein Wunder stand hier noch das Harmonium, an dem unsere Lehrerin inbrünstig mit uns gesungen hatte, und auch ein paar alte morsche Bänke standen noch da. Der Mond schien zum Fenster herein, und ich fand nach einigem Suchen sogar einen Blecheimer unter dem Gerümpel im Abstellraum.

Ich band die Kuh an und molk sie mit geübten Griffen. Sie verhielt sich ganz ruhig, so als ahnte sie, dass sie dem sicheren Tod knapp entkommen war. Andächtig zermalmte sie die drei kleinen Kartoffeln, die ich ihr ins Maul gestopft hatte. Ihr warmer Atem wehte mir vertraut über die Hände. Die Milch spritzte nur so in den Eimer!

»Gut gemacht, kleine Kuh. Ich werde dich Liese nennen.« Ich umarmte ihren zitternden Hals und flüsterte ihr ins Ohr: »Verhalte dich ruhig, Liese, ich komme zurück. Verrate uns nicht, du darfst nicht muhen, verstanden?«

Die Kuh schnaubte und nickte mit dem Kopf. Sie spürte, dass ich es gut mit ihr meinte!

Mit meinem halb vollen Eimer warmer, dampfender Milch schlich ich mich durch den Hintereingang der Dorfschule hinaus, schlüpfte durch die dunklen Nebengassen und gelangte wieder nach Hause, wo ich mit Herzklopfen von innen gegen die Haustür sank.

Ich hatte es geschafft! Die Kinder schliefen ruhig in ihren Betten.

Mein Glücksgefühl war ähnlich wie damals, als ich das abgelegene Hexenhäuschen gefunden hatte, in dem es von Vorräten wimmelte! Wir hatten eine Kuh! Wir hatten Milch!

In den folgenden zwei Monaten schlich ich jede Nacht zu meiner Liese, fütterte und versorgte sie und brachte regelmäßig die frische Milch zu meinen Kindern. Ich machte heimlich nachts Butter, Quark und Käse für sie und hielt meine Jungs auf diese Weise am Leben.

Sie dankten es mir mit Begeisterung und Liebe. Ihre Augen strahlten, ihre Wangen waren rosig, Walter und Heinz wuchsen aus ihren Sachen heraus und wurden richtige Lausbuben, und der kleine Viktor hing an mir wie eine Klette. Liese war unser kostbares Geheimnis. Niemand durfte von ihr wissen, auch nicht die Dorfbewohner, denn zu dieser Zeit war sich jeder selbst der Nächste, und jede Mutter kämpfte um das Überleben ihrer Kinder.

Umso grausamer war der Schock, als ich eines Nachts wieder in die Schule schlich, und nur noch der Strick an der Wand hing! Liese war entdeckt und abgeführt worden. Ob von den Russen oder von anderen Dorfbewohnern, konnte ich nie in Erfahrung bringen.

Wir jedenfalls hatten unsere Milchquelle erneut verloren.

Als ich in dieser Nacht verzweifelt nach Hause zurückschlich, sah ich zwei Russen vor unserer Haustür stehen. Mein Herz machte einen Satz. War es ein Bestrafungskommando wegen der Kuh? Drinnen schliefen meine drei arglosen Jungs, oder sie warteten bereits auf ihren Becher Frühstücksmilch?! Wenn die Russen mich jetzt festnahmen, wären sie verloren!

Geistesgegenwärtig drückte ich mich an die gegenüberliegende Hauswand. Mein Mund war trocken, meine Kehle wie ausgedörrt. Ich verharrte regungslos. Die Russen redeten laut miteinander, wütend, ärgerlich, polterten mit den Gewehrkolben an die Tür. Hoffentlich würden meine Jungs nicht öffnen! Aber die Männer würden die Tür einschlagen, so viel war sicher. Ich musste zu meinen Kindern!

Mit dem Mut der Verzweiflung löste ich mich aus meinem Versteck und rannte um unser Haus herum, schlich mich zwischen dem leer stehenden Stall und dem kleinen Gemüsegarten zum Hintereingang und … prallte zurück. Auch dort standen bereits zwei Russen.

»Du! Frau! Mitkommen!«

Sie waren betrunken. Wütend. Gierig. Bewaffnet. Plump taumelten sie auf mich zu, und ich spürte, dass mir der Boden unter den Füßen wegbrach. Der Fluchtreflex ließ mich zu einem Geist werden! Ich raste zwischen ihnen hindurch, meine Beine flogen, als wären sie ferngesteuert, mein Gehirn war auf Überleben fokussiert, meine Jungs schützen, kämpfen, ich warf ihnen mit zitternden Händen alles in den Weg, was ich zu fassen bekam; Besenstiel, Schuhe, einen Stuhl, einen leeren Eimer, sogar mit Kartoffeln bombardierte ich sie und flitzte die Treppe hinauf. Die Kinder standen schon angstvoll hinter der Schlafzimmertür.

»Mamaaaa!«

»Verratet mich nicht!«, flüsterte ich. »Ich bin nicht hier!«

In Windeseile flitzte ich die schmale Holzstiege hinauf auf den Dachboden und schob eine Kiste vor die Öffnung. Meine Halsschlagader pulsierte, das Blut rauschte mir in den Ohren, und vor meinen Augen tanzten grelle Kringel, während ich mich im Dunkeln nach einem Versteck umsah. Unten polterten die Russen und brüllten meine Jungs an.

»Frau! Wo Frau?!«

»Hier ist keine Frau!«, kreischten sie in Todesangst. »Wir alleine! Mama weg!«

Die Russen stießen mit ihren Bajonetten in die Betten. Wenn einer von ihnen noch drin gelegen hätte oder wenn es noch ein Baby gegeben hätte … man stelle sich etwa vor, wir hätten dieses

Baby damals mitgenommen … Meine Gedanken schnellten blitzschnell wie Pfeile durch mein armes, gemartertes Hirn, als ich auch schon polternde Schritte auf der Dachbodenstiege hörte. Das ganze Gemäuer zitterte.

»FRAU! WO FRAU!«

Die Kinder schrien und quietschten in Todesnot: »Hier ist keine Frau!«

Walter behauptete tapfer: »Die Mama arbeitet in der Kolchose!«

»Mama weg!«, brüllte der kleine Heinz unter Tränen. »Mama weg!«

Ich verkroch mich in der Kiste, hielt mir die Hände über die Ohren und kniff die Augen zusammen. Unter mir bebte bereits der Fußboden. Sie versuchten, die Dachbodenluke von unten zu öffnen, aber ich stemmte mich mit meinem lächerlichen Gewicht von kaum noch fünfundvierzig Kilo dagegen. Mit der Kraft meiner Verantwortung wog ich viel schwerer.

Paul, flehte ich meinen toten Mann an. Paul, du hast gesagt, ich sei stark. Jetzt beschütze du mich, damit ich die Kinder beschützen kann! Kalte Blitze durchzuckten mich bei der Vorstellung, was die Russen mit meinen drei kleinen Jungs machen würden, wenn ich nicht mehr wäre.

Es schepperte und zitterte noch eine ganze Weile unter mir, die Dachbodenluke hob und senkte sich, und das Geschrei der Russen und der Kinder quoll zu mir herauf.

Und schließlich …. wie durch ein Wunder … ließen sie von ihrem Vorhaben ab. Es hieß ja, dass Russen eigentlich kinderlieb seien, und meine drei tapferen kleinen Krieger müssen ihnen irgendwie leidgetan haben. Nach etwa einer halben Stunde stampften und polterten sie frustriert hinaus, und ich hörte nur noch das unterdrückte Flüstern und Schluchzen meiner kleinen Söhne.

Schließlich klopfte es verhalten gegen die Dachbodenluke. »Mama! Die Luft ist rein! Du kannst rauskommen!«

Mit zitternden Knien und nass vor Angstschweiß schälte ich mich aus meinem Versteck.

Meine Beine schlotterten so sehr, dass ich mich nur rückwärts auf allen vieren zurück zu meinen Kindern hinuntergleiten lassen konnte. Ich hustete mir den Staub aus der Lunge.

Meine drei Jungs waren aschfahl im Gesicht und weinten vor Angst und Erleichterung, als ich sie endlich in die Arme nehmen konnte.

»Mama, Mama, das war so schrecklich, sie haben unsere Betten zerstochen und alles kaputtgeschmissen, sie haben alle Möbel zerhauen und in die Ecke gepisst!«

»Es ist ja alles gut, sie haben mir nichts getan, ich bin ja noch hier, wir räumen das wieder auf, wir kriegen das hin …« Ich küsste alle drei tränennassen Gesichter … »Hauptsache wir vier haben uns und halten zusammen wie Pech und Schwefel.«

Danke, Paul, stieß ich ein Stoßgebet in den Himmel. Ich bringe dir die Kinder durch den Krieg.

Dabei brachte ich es noch nicht übers Herz, ihnen zu sagen, dass wir fortan keine Milchquelle mehr haben würden.

Aus Viktors Erinnerungen, fast siebzig Jahre später, aufgeschrieben für seine Enkelinnen

Von Januar 1945 an ist Ostpreußen von den Russen besetzt worden, doch im Sommer zogen Polen hinzu, und das Gebiet wurde unter polnische Verwaltung gestellt. Ihr müsst wissen, dass auch Hunderttausende von Polen durch die wiederum einwandernden Russen heimatlos und in unsere Gegend evakuiert wurden. Die nächste Ernte wurde schon von den Polen organisiert und von polnischen Soldaten überwacht. Die Bevölkerung, Rosa natürlich ebenfalls, wurde hierzu verpflichtet.

Bereits nach einigen Monaten kamen die Polen nach Hirschberg, die selbst aus ihrer polnischen Heimat vertrieben worden waren, die meisten aus Litauen aus dem Gebiet um Wilna. Aber auch einige Deutsche, denen die Flucht mit dem Treck über die Ostsee gelang, sogar eine Familie, der die Flucht nach Hannover gelungen war, kehrte wieder nach Hirschberg zurück.

Überall wurde versucht, die Kriegsspuren zu beseitigen. Das Alteisen von Kriegsmaterial war für die Siegermächte sehr wichtig; es wurde von Spezialtrupps mittels Schweißbrenner in transportable Blöcke zerlegt und per Lastwagen abtransportiert. Zuerst waren die deutschen Kriegsgeräte an der Reihe, dann wurde der russische T34-Panzer zerlegt. Als der Turm vom Panzer abgehoben wurde, sind die Kugeln, auf dem der Panzerturm sich rundum drehte, freigelegt worden, und die Spezialisten haben diese an uns Kinder verschenkt. Eine sympathische Geste, wir freuten uns sehr darüber. Die Umgebung war jetzt von sichtbarem Kriegsmaterial befreit worden, aber nicht von unsichtbar lagernden Gefahren.

Durch das Potsdamer Abkommen am 2. August 45 wurde durch die drei Siegermächte Sowjetunion, USA und England die Übersiedlung der deutschen Bevölkerung hinter die neu gezogene Oder-Neiße-Grenze beschlossen.

Die wenigen Deutschen, die es zu diesem Zeitpunkt noch oder wieder im nun polnisch besetzten Gebiet hielt – Hirschberg im Kreis Allenstein gehört dazu –, wurden mittels Transporten in die sowjetische Besatzungszone, die spätere DDR, zwangsumgesiedelt.

Der von den Polen eingesetzte Bürgermeister musste Listen erstellen von den Deutschen, die immer noch in ihren Häusern sind, und diese weiterleiten an die Behörden. So wurden auch Rosa und die drei Söhne eines Tages von polnischen Militärs heimgesucht. Sie sollten in die DDR ausgesiedelt werden.

ROSA

März 1946. Wartenburg

»Was soll ich? Ich lasse mich nicht aus meinem Haus vertreiben!«

Vor der Haustür stand ein polnischer Militärlastwagen, bereit, mich und die Kinder auf der Stelle mitzunehmen, zu einem »Transport in den Westen«.

Von einem solchen Transport hatte ich gründlich die Nase voll!

Wir lebten seit geraumer Zeit wieder hier, ich hatte das Haus bewohnbar gemacht, wir hatten überall Lebensmittel gesucht und herumgeschleppt, wir hatten um jedes Teil gekämpft und schließlich mühsam versteckt, was wir zum Überleben brauchten, und wir hatten sogar eine kleine Kuh im Klassenzimmer der Schule gehalten, bevor sie uns gestohlen wurde. Ich hatte mich gegen die Russen verteidigt und ich würde mit Zähnen und Klauen unser Haus gegen alle Eindringlinge verteidigen!

Auf keinen Fall würde ich das alles hier wieder aufgeben, um mit meinen drei unschuldigen Kindern ins Ungewisse zu fahren. Es war März und immer noch bitterkalt, und der Altschnee türmte sich meterhoch mit schmutzigen Rändern zu beiden Seiten der Dorfstraße. Ich sah uns schon in einem Viehwaggon zusammengepfercht, so wie ich es mit eigenen Augen gesehen hatte.

»Doch, alle Deutschen kommen über die Oder! Mitkommen, aber ein bisschen plötzlich!«

Schon zerrten die Soldaten meine Kinder an den Armen, aber ich ging dazwischen wie eine Furie: »Das ist MEIN Haus, das haben mein Mann und ich mit eigenen Händen erbaut, in diesem Dorf bin ich geboren, und ich lasse mich nicht vertreiben!«

»MITKOMMEN! IHR SEID DIE LETZTEN! Alle anderen sind schon auf Transport!«

Ich weiß nicht, woher ich die Kraft nahm, aber wieder griff ich zum ersten besten Gegenstand, den ich packen konnte, diesmal eine Mistgabel, ließ sie über meinem Kopf sausen und ging mutig auf die Kerle zu, während die Kinder hinter dem Küchenschrank Deckung suchten. »Ich komme nicht mit! Von euch hergelaufenen Soldaten lasse ich mir gar nichts sagen! Ich verlange euren Chef zu sprechen! Ich rede nur mit einem Offizier!«

So etwas hatten die polnischen jungen Männer wohl noch nicht erlebt. Fluchend und ausspuckend stiegen sie auf ihren Wagen und brausten davon.

Kurz darauf fuhr der Offizier im Jeep vor und betrat kopfschüttelnd unser Haus. Immerhin nahm er seine Mütze ab und legte sie vor sich hin auf den Tisch.

Ich sprach ihn auf Polnisch an, so wie ich viele Jahre lang mit unseren Nachbarn nett und freundlich geplaudert hatte, und bot ihm einen Stuhl an.

»Herr Offizier, haben Sie Kinder?« Ich reichte ihm eine Tasse Tee mit selbst gemachtem Honig, die er dankend in Empfang nahm.

»Ja. Zwei Söhne.« Er pustete in seine Tasse.

»Und, haben die eine gute Mutter?«

»Ja, die haben sie. Eine sehr gute Mutter.« Er stellte die dampfende Tasse auf den Tisch, neben seine Mütze. »Worauf wollen Sie hinaus?«

»Sehen Sie, meine Kinder haben die auch.«

»Wie?« Seine Augenbrauen schossen in die Höhe.

»Eine gute Mutter. Nämlich mich.« Ich baute mich in voller Größe mit meinen ein Meter zweiundsechzig vor ihm auf und sah ihm furchtlos ins Gesicht. Ich war im Stehen kaum größer als er im Sitzen. »Eine gute Mutter sorgt dafür, dass ihre Kinder ein sicheres Zuhause haben.«

»Ja, aber Sie müssen verstehen ... das Gesetz nach dem Potsdamer Abkommen sieht vor, dass alle Deutschen hinter die Oder gehen.« Er nahm seine Dienstmütze, besah sie von allen Seiten und legte sie wieder hin. »Wir sind selber aus unserer Heimat Polen vertrieben worden.«

»Dann wissen Sie, wie sich das anfühlt.« Ich setzte mich wieder an den Tisch.

»Wir müssen alle Opfer bringen ...« Er nahm die Tasse und schlürfte einen heißen Schluck. »Oh, der ist gut. – Gute Frau, der Krieg ...«

»Das haben wir weiß Gott getan. Der Krieg ist vorbei, und WIR gehen nicht über die Oder. Wir gehören an diesen Ort. Das ist unsere Heimat. Ich habe mir die Hände wund geschuftet, um nach unserer Rückkehr nach dem großen Bombenangriff alles wieder wohnlich zu machen, und an diesem Ort bleiben die Kinder und ich. Die Kinder sollen hier zur Schule gehen und ihr Land lieben, so wie ich es tue. Ich bleibe auf der Scholle.«

Das alles sagte ich auf Polnisch, und in den Augen des Offiziers sah ich wachsenden Respekt.

Seine Augen wanderten im Wohnraum umher, und plötzlich sah ich, was er sah: eine warme, gemütliche Stube, in der gerade Kartoffeln und Rüben geschält wurden. Selbst genähte Vorhänge und Gardinen, eine Suppe auf dem Herd und eine Katze vor dem Ofen. Drei kleine Jungen, die zwar ärmlich, aber liebevoll angezogen waren. Im Hintergrund zwei Betten, ordentlich gemacht, mit selbst bestickten Überwürfen aus Stoffresten.

Plötzlich stand er auf, trank den Tee aus und setzte seine Mütze auf.

»Gnädige Frau, ich persönlich verstehe Ihre Haltung. Ich bewundere und respektiere Sie.«

»Das freut mich, Herr Offizier.«

»Sie hören von mir.«

»Am liebsten nicht.«

Er klappte die Hacken zusammen, drehte sich um und verschwand.

Ich hörte dann auch tatsächlich noch einige Male von ihm. Und zwar immer dann, wenn neue Transporte der Deutschen »über die Oder« anstanden. Dann kam der Bürgermeister und warnte mich. Und wir verschwanden für einige Tage in dem abgelegenen Hexenhaus.

Den Leichnam der alten Frau hatten wir längst beerdigt.

Aus Viktors Erinnerungen, fast siebzig Jahre später, aufgeschrieben für seine Enkelinnen

Nachdem die Transporte abgeklungen waren, fing die Verfolgung der deutschen Minderheiten seitens der Behörden an. Die deutsche Sprache wurde strengstens verboten. Es kam zu Verhaftungen und Schauprozessen wegen des Sprechens der deutschen Sprache. Rosa vermied jegliche Provokation und sprach nicht in der Öffentlichkeit. Auch die Söhne durften nur noch zu Hause Deutsch sprechen, wenn sie draußen waren, mussten sie schweigen. Sie hielten sich daran.

Nach einiger Zeit erklärte die polnische Regierung, dass es keine deutschstämmige Bevölkerung in den besetzten Gebieten mehr gebe, weil alle Deutschen nun ausgesiedelt seien. Diese Aussage konnte aber nicht für glaubwürdig gehalten werden, und diese Minderheit wurde dann im jetzigen Polen als »staatenlose Minderheit« anerkannt. Wir gehörten zu den »Autochthonen«, Menschen, die weder eine deutsche noch eine polnische Staatsangehörigkeit hatten und fast rechtlos waren. Eine Nachbarin, die Mutter vom kleinen Herbert, wagte es einmal, beim Bäcker auf Deutsch um Zucker zu bitten, wurde sofort verhaftet und verschleppt. Der kleine Herbert sah sie nie wieder.

Später, nach Stalins Tod, hörten die Repressalien schlagartig auf. Die polnische Bevölkerung, die in das ehemals deutsche Dorf Wartenburg umgesiedelt worden war, war hilfsbereit und mitfühlend gegenüber uns staatenlosen, letzten Verbliebenen. Sie hatten ja selbst eine unfreiwillige Übersiedlung in Kauf nehmen müssen und waren direkt nach dem Krieg in den verlassenen deutschen Höfen zwangsweise einquartiert worden, ob sie etwas von Landwirtschaft verstanden oder nicht. Oft haben einige gesagt: »Das ist auf Dauer nicht unser Eigentum.« Es wurden an den Gebäuden jahrelang keine nennenswerten Reparaturen, Umbauten und Erweiterungen vorgenommen, es wurde nur von der Substanz gelebt.

Und dann kam der Tag der unfassbaren Tragödie.

ROSA

1. April 1946. Wartenburg

Mama! Der Karl ist wieder da!« Walter stürmte in die Küche, riss sich die Kappe vom Kopf und streifte seine schmutzigen Schuhe ab. »Der Karl war in Hannover und ist zurückgekommen! – Hm! Hier riecht es ja gut! Was hast du gekocht, Mama?«

»Erbsensuppe.« Ich strich ihm lächelnd über die blonden struppigen Haare. »Ich freue mich selber, dass die Familie vom Karl wieder da ist! Jetzt sind wir nicht mehr ganz alleine unter den Rechtlosen. Sieh mal …« Ich lupfte den Topfdeckel und rührte in der sämigen Suppe, in die ich ein paar Kräuter aus dem eigenen Garten eingestreut hatte: »Die Erbsen haben sie uns als Geschenk mitgebracht. Aber setz dich, Walter! Aber wasch dir vorher die Hände.«

Mein Ältester ließ sich auf den letzten freien Hocker am Küchentisch fallen. Heinz und der kleine Viktor hockten bereits hungrig am Tisch und hauten mit ihren Löffeln auf den noch leeren Teller. »Wir haben Hunger, Hunger, Hunger, haben Hunger, Hunger, Hunger …«

»Jungs, ihr raubt mir den letzten Nerv!«

»Mama, die sagen, Hannover ist so kaputt und zerstört, da haben ihre Verwandten keinen Platz für sie gehabt, die standen selber auf der Straße, und da sind sie … Mama! Darf ich nachher mit dem Karl spielen? Wir wollen an den Bach! Der Karl sagt, in Hannover war alles ganz schrecklich, und da war kein Baum und kein Bach, und jetzt ist doch Frühling, und wir können schon mit den Füßen rein …«

»Natürlich, mein Großer.« Ich wischte mir die Hände an der Schürze ab. »Aber die gute Suppe wirst du dir doch nicht entgehen lassen?«

»Nein, ich sterbe vor Kohldampf!«

Die kleineren Jungen hockten auf der Bank und ließen die Beine baumeln.

»Ich will auch an den Bach!«, trompetete Heinz, mein Sechsjähriger. Und der vierjährige Viktor echote krähend: »Ich will auch an den Bach!«

Wir hatten einen weiteren harten Winter überstanden. Die Russen waren weg, mit den Polen hatten wir uns arrangiert. Was Kinder doch alles wegstecken können, dachte ich, während ich die Suppe mit Salz und Petersilie abschmeckte. Alle drei hatten wieder Lebensfreude, und ein unternehmungslustiges Grinsen überzog ihre rosigen Wangen. Sie waren richtige Lausbuben geworden.

Natürlich war ich, wie alle anderen verbliebenen oder zurückgekehrten Deutschen unseres Dorfes, zur Zwangsarbeit auf der Kolchose verpflichtet worden. Das bedeutete, dass ich zweimal sechs Stunden dort auf dem verstaatlichten Feld und Ackerboden arbeiten musste, auch die Ställe mit dem verbliebenen Vieh fielen in meinen Zuständigkeitsbereich. Aber weil ich drei kleine Kinder hatte, durfte ich mittags eine Stunde nach Hause, um für sie zu kochen. Umso mehr beglückte es mich, dass ich nun über einige Grundnahrungsmittel verfügte, wie zum Beispiel heute die nahrhafte Erbsensuppe, wenn auch ganz und gar ohne Würstchen.

Meine drei kleinen Räuber waren sich den ganzen Tag über selbst überlassen, aber das war damals völlig normal. Wir Mütter arbeiteten täglich zwölf Stunden in der Kolchose und durften, wenn wir uns nichts zuschulden kommen ließen, abends ein paar Lebensmittel oder Reste mit nach Hause nehmen.

»So, ihr Räuber. Jeder bekommt einen ganzen Teller voll …« Beherzt füllte ich mit der Schöpfkelle die Näpfe meiner Sprösslinge und ließ mich schließlich erschöpft neben meine Bande gleiten. Aber halt: erst beten.

Die drei Blondschöpfe senkten die Köpfe und murmelten im Schnelldurchgang:

»Komm, Herr Jesus, sei uns Gast, und segne, was du uns bescheret hast. AMEN.«

»Na dann, guten Appetit!« Synchron griffen die drei nach ihren Löffeln.

»Na? Schmeckt's?« Paul wäre stolz auf mich.

»So gut wie im Himmel, Mama.« Der kleine Viktor strahlte mich an.

»Vorsicht, erst pusten!«

Viktor pustete mit einer Hingabe, dass die Tropfen nach allen Seiten spritzten.

Die großen Brüder lachten. »Alles immer schön auf Mamas Kittel!«

»Gleich, wenn der Karl kommt, versuchen wir zu angeln! Gell, Mama, jetzt im Frühling kommen schon die ersten Forellen unter den Steinen hervor ...«

Gerührt betrachtete ich meine drei plappernden Struwwelpeter, wie sie genüsslich die Suppe in sich hineinschaufelten. Das mit den Tischmanieren klappte noch nicht wirklich, aber ich brachte es nicht übers Herz, ihren Genuss durch Sprüche wie »Ellbogen vom Tisch« oder »Man führt den Löffel zum Mund und nicht den Mund zum Löffel« zu zerstören.

Endlich war Frühling! Draußen zwitscherten und jubilierten die Vögel, als wenn es nie einen Krieg gegeben hätte, die Blumen in meinem Garten sprossen, die Bäume waren mit hellgrünen Blättern gesegnet, und am blauen Himmel flogen längst keine bombenwerfenden Tiefflieger mehr, sondern wattige bauschige weiße Wölkchen.

Endlich herrschte Frieden!

Natürlich waren wir Dorfbewohner und – hauptsächlich – Dorfbewohnerinnen alle sehr arm, liefen in zerschlissenen Arbeitskitteln herum und unsere Kinder in zu kurz gewordenen schmutzigen Fetzen. Natürlich lebten wir noch von der Hand in den Mund, hackten und jäteten nach einzelnen Körnern, schufteten für einen Viertelliter Milch, nähten und flickten aus Lumpenresten unsere Kleider, organisierten uns aus Resten und sammelten immer noch in Kriegsruinen nach Brauchbarem, natürlich fehlte es noch an allen Ecken und Enden. Aber ich war so stolz und dankbar, als Erste in mein Heimatdorf zurückgekehrt zu sein. Ich hatte mich nicht vertreiben und nicht unterkriegen lassen. Das hatte ich meine Söhne gelehrt: Aufgeben ist was für Feiglinge. Und immer wieder sah und hörte ich vor meinem inneren Auge meinen Paul: Du schaffst das, Rosa. Wenn es eine schafft, dann du. Du hast sie heile durch den Krieg gebracht.

Ich wischte mir eine Träne aus den Augen.

»Mama? Du hörst mir gar nicht zu.«

»Oh, doch, mein Schatz. Du hast gerade gefragt, ob du den Zwirnsfaden aus meinem Nähkorb haben darfst, um dir ein Fischernetz daraus zu basteln.«

»Ja? Darf ich?« Walter kratzte die letzten Reste von seinem Teller. »Der Karl sagt, sein Opa hat eine Reuse, die können wir reparieren, und heute Abend bringe ich dir ein paar Fische, die kannst du braten …«

»Ich will mitmachen!« Heinz stieß schon seinen Teller von sich. »Fertig. Ich bin Erster. Los. Wir rennen zu Karl!«

»So wartet doch auf den Kleinen!« Schon stand ich auf und räumte die Teller zusammen. Vom Brunnen würde ich gleich Wasser holen, es auf dem Herd erwärmen und so die Reste unseres üppigen Mahles für den Abend retten, bevor ich wieder auf die Kolchose eilen würde.

»Ihr müsst auf Viktor warten, und der ist noch nicht fertig mit dem Essen.« Mein Kleiner schlang mit roten Backen seine Suppe in sich hinein und kratzte und schabte mit dem Löffel die Reste vom

Teller. »Magst du ihn ablecken?« Ich zwinkerte ihm zu. »Ausnahmsweise!«

In dem Moment schrillte der Pfiff des zwölfjährigen Karl unter unserem offen stehenden Küchenfenster. Die ganze Luft schien zu flirren vor Lebens- und Unternehmungslust.

»Los, lauft!« Ich nickte meinen beiden Großen zu. »Der Viktor kommt sofort nach.«

»Danke, Mama!« Beide Jungs sprangen von ihren Schemeln auf, dass diese fast umfielen, und rannten hinaus in den herrlichen Frühlingstag.

»Viktor, magst du noch einen Nachschlag?«

Ich lupfte den Deckel. Auf dem Grund des blechernen Topfes hatte sich besonders dicker, schmackhafter Schmand gebildet. Mein kleiner Viktor konnte eine Extraportion gut vertragen, er war für seine vier Jahre viel zu klein und schmächtig.

»Aber dann hast du nichts mehr, Mama.« Seine runden Augen ruhten besorgt auf mir.

Mein Herz zog sich zusammen vor lauter Liebe. Wie kann ein Vierjähriger schon so viel Empathie haben, schoss es mir durch den Kopf. »Das macht doch nichts, ich kriege auf der Arbeit was …«, flunkerte ich. »Ich muss ja auch nicht mehr wachsen, aber du schon!«

Gerade als ich ihm den letzten Löffel auf den Teller gekratzt hatte, sprang mein Jüngster plötzlich auf. »Nein, das gehört dir. Und außerdem muss ich zu den anderen, sonst sind sie weg, und dann langweile ich mich den ganzen Nachmittag.«

»Das geht natürlich nicht!« Ich strich ihm durch die blonden Locken, die schon längst einen neuen Haarschnitt nötig gehabt hätten. »Dann lauf, mein Kleiner, aber fall nicht, denn wenn du dir wehtust, bin ich nicht da.«

Seine kleinen Beinchen trampelten über den Holzfußboden der Diele, dann flog die Tür zu.

Einen Moment lang atmete ich tief durch und genoss die Stille. Dann kratzte ich seinen Teller leer, genoss die köstliche säuerliche, schon kalt gewordene Suppe und machte mich daran, das Geschirr und den Topf zu spülen. Draußen hörte ich die Kinder aufgeregt schreien.

Der Bach, die Fische, die blanken Steine, sie hatten etwas gefunden, das blitzte, und dann …

WUMMM! Es krachte ohrenbetäubend. Eine Riesenexplosion zerriss mir fast das Trommelfell. Eine Druckwelle donnerte ohrenbetäubend gegen das Haus. Die Wände wackelten, Putz bröckelte von der Decke, ein Holzbalken donnerte knapp neben mir auf den Tisch, das Geschirr zersprang, der Topf prasselte gegen den Herd. Krieg, es ist wieder Krieg! Eine Granate! Im ersten Moment schoss mir durch den Kopf: Die Russen sind zurück. In dem Moment flogen auch schon die Fensterscheiben aus dem Rahmen und krachten in tausend Scherben in meine winzige Küche. Mehrere Geschosse trafen mich am Kopf, an der Schulter und im Rücken. Der Schmerz schoss wie tausend Messer in mich ein, aber der Schock und die Sorge um meine Kinder waren stärker. Raus, ich musste raus, ihnen helfen!

Die Druckwelle hatte mich gegen die Küchenwand geschleudert, ein spitzer Schmerz schoss mir zwischen die Schulterblätter und zuckte wie tausend Blitze durch meinen Hinterkopf. Immer noch regnete es Scherben, Mörtel und Staub, automatisch bedeckte ich meinen Kopf mit den Händen, spürte überall spitze Steinchen, Scherben und blutende Wunden an mir, und doch: die Kinder!

Ich versuchte mich aufzurichten, als auch schon draußen ein lautes Wehgeschrei losging:

Die Nachbarinnen waren hinausgerannt und fanden alle vier Jungen leblos am Bach liegen.

»Eine Mine! Karl und Walter sind auf eine Mine getreten! O Gott, der kleine Heinz liegt in seinem Blut! Und Viktor rührt sich nicht mehr!«

Es war, als hätte man mir einen riesigen spitzen Felsbrocken in den Magen gerammt. In meinem Kopf war nichts als Scherben, Krater und schwarze gähnende Leere. Es konnte nicht noch schlimmer kommen, es konnte nicht. Sie brauchten mich doch, ich musste sie doch beschützen! Ich hatte sie doch heil durch den Krieg gebracht, ich hatte es Paul doch versprochen! Gekrümmt vor Schmerzen, schleppte ich mich taumelnd hinaus, Pauls Worte in den Ohren: Du bist stark, du schaffst das. Da lagen sie, meine drei verstrubbelten Blondschöpfe, mit verzerrten Gliedmaßen, von Schmutz und Steinen bedeckt, reglos am Boden.

Ich schrie, wie ich noch nie im Leben geschrien hatte. »Viktor! Heinz! Walter! NEIN!« Ich fiel auf die Knie, wühlte mich mit meinen Händen durch den Dreck und legte ihre Gesichter frei.

Wie durch eine Masse aus tiefem Wasser hörte ich meine eigene verzerrte Stimme brüllen:

NEIN! NEIN! NEIN, das tust du mir nicht an … sah, wie hilfreiche Hände die Jungen hochnahmen und auf einen Leiterwagen legten, spürte kaum die Hand, die sich mir schwer auf die Schulter legte: »Rosa, der Walter lebt nicht mehr, aber du musst den Heinz und den Viktor ins Krankenhaus bringen!«

Die Mutter von Karl schrie auch wie ein Tier, sie hielt ihren zwölfjährigen toten Sohn im Arm und brüllte vor Fassungslosigkeit und Schmerzen. Hatte sie den Jungen doch über Monate auf der Flucht vor den Russen über die zugefrorene Ostsee geschleppt, bei Minusgraden unter dreißig, war mehrfach vor seinen Augen vergewaltigt worden, hatte mit ihm die Hölle erlebt und war schließlich im völlig zerstörten Hannover angekommen, wo für sie beide kein Platz gewesen war. Unter Hunger und Entbehrungen hatte sie ihn zurückgebracht, und endlich, als sie endlich zurück zu Hause waren und ihr zerstörtes kleines Haus aufgeräumt hatten, als Karl wieder draußen spielte und glücklich war, da flog er vor ihren Augen in die Luft!

Die Körperteile von Karl und Walter lagen zerstreut über die ganze Wiese.

»Rosa!« Jemand rüttelte an meiner Schulter. »Du musst Heinz und Viktor ins Krankenhaus bringen, hier ist weit und breit kein Arzt!«

Meine beiden Jüngeren, der sechsjährige Heinz und der fast vierjährige Viktor, lagen bleich und blutüberströmt inzwischen festgezurrt auf dem Leiterwagen. Niemand von den anderen Dorfbewohnern konnte mit mir gehen, sie mussten längst zurück auf die Kolchose. Auf Arbeitsverweigerung stand die Todesstrafe!

Wie in einem entsetzlichen Albtraum zog ich den schweren, sperrigen Leiterwagen über Stock und Stein in das siebzehn Kilometer entfernte Allenstein, dorthin, wo wir damals zum »letzten Zug in den Westen« gelaufen waren, mit dem Schlitten, bei zwanzig Grad unter null.

Die Landstraße stand diesmal nicht unter Kriegsbeschuss, es fuhren keine Panzer oder russische Lastwagen auf uns zu, sondern die jungen Bäume blühten in weißer und rosafarbener Pracht. Es war wie in einem skurrilen, furchtbaren Traum, aus dem man einfach nicht erwachte. So zog ich schweißgebadet den Wagen, und merkwürdigerweise kam auch kein Auto oder ein Pferdegespann, das mich aus diesem Albtraum erlöst hätte. So vergingen Stunden, in denen ich glaubte, tot zu sein.

So viel Leid konnte es doch gar nicht geben! So etwas kann kein Mensch ertragen!

Paul, wisperte ich aus ausgedörrten Lippen vor mich hin. Ich habe es nicht geschafft! Pass mir da oben auf meinen Walter auf. Er wollte zu dir!

Immer wieder blieb ich stehen und beugte mich über die beiden blassen Kindergesichter.

Der kleine Viktor war ohnmächtig, aber Heinz wimmerte mit blutleeren Lippen:

»Durst, Mama, Durst!«

»Ich darf dir nur die Lippen benetzen, Heinz, du hast schwere innere Verletzungen und du darfst jetzt nichts trinken, deine Organe schaffen das nicht …«

»Durst, Mama, Durst!«

»Ich habe nichts. Bitte stirb mir nicht, Junge, ich flehe dich an …«

Und dann zog ich den Wagen stoisch weiter.

Aus Viktors Erinnerungen, fast siebzig Jahre später, aufgeschrieben für seine Enkelinnen

Viktor wachte auf der Pritsche auf und sah neben sich Heinz in Decken gehüllt, und er verlor wieder das Bewusstsein. Unterwegs verstarb Heinz, der zuvor mit immer schwächer werdender Stimme gefleht hatte: »Ich habe Durst!« Aufgrund der schweren Bauchverletzungen durften ihm aber keine Getränke verabreicht, sondern lediglich die Lippen und das Gesicht befeuchtet werden.

Viktor kam also ins Marienkrankenhaus nach Allenstein, ein altes Backsteingebäude, und wurde sofort operiert. Er hatte zum Glück nur mehrere Fleischwunden erlitten, es waren keine Knochen, wichtigen Nerven oder lebenswichtigen inneren Organe betroffen.

Aufgrund des Mangels an schmerzstillenden Mitteln wurden die vielen Splitter an Beinen und Händen ohne lokale Betäubung und Narkose herausoperiert. Wunderbarerweise hatte der größte, zehn Zentimeter lange Splitter das linke Bein von vorn ganz nah am Schienbein entlang durchbohrt, ohne den Kochen und wichtige Nerven zu beschädigen. Er wurde von hinten durch die Wade herausoperiert. Welch ein unermesslich großes Glück Viktor doch hatte, denn wäre das Schienbein durchtrennt gewesen, hätte er keine Chance gehabt und wäre auf dem langen Weg nach Allenstein verblutet. Seine Mutter Rosa zog ihn viele Stunden lang über Stock und Stein, seinen toten Bruder neben sich.

Die Ärzte vollbrachten jedenfalls ein Kunststück und schafften es, Viktor das Leben zu retten. Vom Schreien wegen der Schmerzen und vom Zuhalten des Mundes auf dem OP-Tisch wurden allerdings die Stimmbänder beschädigt, und der kleine Viktor verlor über Monate hinweg die Sprache.

Viktor erlebte, wenn auch nicht bewusst, seinen vierten Geburtstag am 4. Mai 1946 im großen Krankensaal, der etwa zwanzig

Personen beherbergte. Er war das einzige Kind. Er schaute sich um, als er das Bewusstsein wiedererlangte, und sein erster, erstaunter Gedanke war: Mein Gott, ich lebe ja noch, ich kann sehen und fühlen!

Auf den anderen Krankenbetten: so viel Elend! Verstümmelte Gestalten, ohne Arme und Beine, auf Krücken, mit zerfetzten und verbrannten Gesichtern, geblendeten Augen, blutverschmierten Verbänden um den Kopf: Es stank erbärmlich, und die Gestalten schrien bis zum letzten Atemzug nach ihrer Mutter, bevor sie elendiglich verreckten: einfach furchtbar!

Immer wieder wurden aus ganz Ostpreußen solche Unfallopfer ins Marienkrankenhaus nach Allenstein gebracht. Viktor war nicht allein mit seinem Schicksal, ein sogenanntes Nachkriegsopfer zu sein: Durch Explosionen von Kriegsmaterial wie Munition, Granaten, Minen und Blindgänger, oft von Räumkommandos, genauso oft aber auch von Kindern freigelegt, passierten regelmäßig schreckliche Unfälle, die den Müttern auch Jahre nach dem Krieg die Kinder raubten. So wie noch lange Zeit täglich Bauern auf den Feldern durch Blindgänger getötet oder schwer verletzt wurden. Munitionsbeseitigungskommandos haben selbst Jahrzehnte später regelmäßig die Entsorgung vorgenommen.

ROSA

April 1946. Allenstein,
Marienkrankenhaus

Der Junge lebt, aber er kann keine feste Nahrung zu sich nehmen.«

Das war das Erste, was ich den neugierigen Nachbarn mitteilte, als ich ein paar Tage später wieder zu Fuß in unser Dorf zurückkehrte. Ich musste mich ja in der Kolchose melden.

»Dann lass ihn rohe Eier schlürfen, Rosa!«

Die Nachbarn brachten mir je ein einzelnes Ei, und nachdem ich von der Aufseherin der Kolchose die Erlaubnis erhalten hatte, machte ich mich mit dem Korb am Arm wieder auf den langen Weg nach Allenstein. Ich war derart unter Schock, dass ich gar nichts mehr um mich herum wahrnahm. Ich funktionierte nur noch, wie eine Maschine.

Wie unter einer Wolke spielte sich mein Dasein ab: Mir war ein Sohn geblieben. Die beiden Großen waren beerdigt. Den Kleinsten hatte Gott mir gelassen. Und der brauchte mich. Der kleine Kerl lag in einem Saal voller Schwerverletzter, mindestens zwanzig Männer, die um ihr Leben wimmerten. Der einzige Professor, der als Unfallchirurg ausgebildet und noch nicht tot oder selbst zum Kriegsopfer geworden war, operierte rund um die Uhr. Und mein kleiner Viktor kam immer wieder zwischendurch an die Reihe.

»Viktor, hör auf zu schreien, es nützt nichts, wir müssen erneut in den OP!«

Der grobschlächtige Pfleger Koziolek schlurfte in seinem blutverschmierten Kittel herbei und presste meinem Kleinen gerade seine fleischige Hand auf den Mund, als ich in den Krankensaal kam. Die siebzehn Kilometer hatten mich alle Kraft gekostet, und am liebsten hätte ich mich neben meinen kleinen Sohn zum Sterben gelegt.

»Los, Kleiner, sei ein tapferer Mann, hier kannst du drauf beißen, der Professor wird dir schon nicht den Kopf abreißen!«

»Mamaaaa …«, röchelte Viktor in Angst und Panik, als er mich kleine schmale betongraue Gestalt im Türrahmen erblickte. »Mamaaaa, hilf mir!«

Unter dem weißen Laken streckte er mir seine blutüberströmte kleine Hand entgegen.

»Hilfe! So sehen Sie doch! Er verblutet!«, schrie ich mit letzter Kraft. Und tatsächlich gönnte der abgebrühte Koziolek dem Ärmchen meines Sohnes einen Blick. »Oje. Das muss schnellstens neu verbunden werden … na, dann lassen wir das heute mit der OP, dann sag ich dem Professor Bescheid …«

»Nein, nichts da, Sie zeigen das dem Professor!« Woher ich die Kraft nahm, diesem Riesen von Mann entgegenzutreten, weiß ich nicht mehr.

»Herr Professor, sehen Sie nur …«

»Ja, das sieht übel aus. Halten Sie ihm den Mund zu, hier, geben Sie ihm das, da kann er drauf beißen, das wird jetzt leider sehr wehtun …«

Und unter grausamen Seelenschmerzen musste ich meinen kleinen Sohn festhalten, ihm einen nassen Lappen auf den Mund pressen und mit ansehen, wie sie ihn ohne Betäubungsmittel behandelten. Dabei quollen ihm seine weit aufgerissenen Augen fast aus dem Kopf. Immer wieder fiel der kleine Kerl in Ohnmacht, und aus seinem anfänglichen spitzen Schreien wurde mehr und mehr ein verzweifeltes Röcheln, bis er überhaupt keine Stimme mehr hatte.

»Er schläft jetzt, der wird heute nicht mehr zu sich kommen, gönnen Sie sich etwas Ruhe, gute Frau.« Der grobschlächtige Pfleger schob mich aus dem Krankensaal. Ich wusste nicht, was ich tun sollte, so unendlich verzweifelt war ich. Wie gerne hätte ich mich einfach irgendwo zum Sterben hingelegt, was sollte ich noch auf dieser Welt.

Mein Mann war tot, zwei meiner kleinen Söhne lebten nicht mehr – wollte Gott mir denn alles nehmen, wofür ich wie ein Tier gekämpft hatte?

Wie hinausgetreten aus meinem Körper, sah ich mir selbst dabei zu, wie ich mechanisch den Weg zur Krankenhauskapelle einschlug. Ich taumelte mehr, als dass ich ging.

Ich darf nicht verrückt werden, murmelte ich entschlossen vor mich hin. Ich werde nicht verrückt und ich gebe mich nicht auf. Viktor lebt und Viktor braucht mich.

In der kühlen, dunklen Kapelle angekommen, strömte mir ein beruhigender Geruch entgegen. Weihrauch, Kerzenduft, oder war es nur der Duft nach Geborgenheit und Trost?

Die hölzerne Statue der heiligen Muttergottes saß mir direkt gegenüber, sie hatte ihren kleinen Sohn Jesus im Arm und lächelte mich kaum merklich an. Bildete ich mir das ein, oder nickte sie mir begütigend zu? Ich würde doch noch verrückt werden? Ich sank in eine hölzerne Bank, sank auf die Knie, faltete die Hände und vergrub mein Gesicht darin.

Lieber Gott, ich flehe dich an, sag mir, warum du mir das alles antust und wie es weitergehen soll. Welche Last soll ich noch tragen, welche Qual willst du mir noch aufbürden, wie lange soll mein kleiner unschuldiger Sohn noch leiden, wann wirst du uns endlich erlösen?

Ich betete so innig und tief, wie ich noch nie gebetet hatte, und plötzlich fühlte ich ganz tief in mir drinnen eine Wärme und Ruhe, die sich ausbreitete wie eine warme Welle.

»Dir soll es leichter werden.« Drei geliebte, vertraute Stimmen, direkt hinter mir!

Ich fühlte deutlich Paul hinter mir stehen. Er hatte unsere Söhne Walter und Heinz bei sich, ich konnte sie riechen. Ich fühlte, wie sie mich berührten, ihre kleinen rauen Hände auf meine Schulter legten, und ich hörte deutlich, ja, ich roch sogar ihren vertrauten Atem, als sie mir ins Ohr flüsterten: »Du schaffst das, Mama. Du bist stark. Gib nicht auf. Unser Viktor wird leben.«

Erschrocken fuhr ich herum. Das hatte ich mir doch nicht eingebildet!

Doch die Kirche war leer. Keine Menschenseele.

Mit plötzlicher Leichtigkeit stand ich auf und sah mich in der Kapelle um. Sie waren da gewesen, ganz nah, deutlich spür- und hörbar! Sie waren bei mir, ich war nicht allein! Noch immer saß die Gottesmutter mit dem Kinde lieb da, und noch immer lächelte sie mich an. Ja, sie nickte mir zu. Sie sind bei dir. Sie leben in deinem Herzen weiter. Es muss weitergehen, Rosa. Dir bleibt eine Aufgabe. Viktor wartet auf dich.

Und plötzlich fiel aller Ballast von mir ab. Ich straffte mich, öffnete die Kapellentür und blinzelte in die strahlende Frühlingssonne hinaus. Ein gackerndes Huhn trippelte auf der Wiese vor mir herum und pickte angelegentlich neben den Grabsteinen des Friedhofs nach Körnern. Plötzlich wusste ich, dass meine Familie im Jenseits es mir geschickt hatte, damit ich Viktor jeden Tag ein Ei bringen könnte. Ich lockte das Huhn an wie damals die junge Kuh, streichelte es und steckte es in den Korb, den ich mitgebracht hatte.

Gerade als ich durch das Friedhofstor schlüpfte, stand ein polnischer Polizist wie aus dem Boden geschossen da.

»Wohin den Weges, junge Frau?« Mir schoss das Blut in den Kopf. Diebstahl wurde hart bestraft, und dieses Federvieh gehörte dem Staat! Hatte er mich gesehen und auf frischer Tat ertappt?

»Ich komme gerade aus der Kapelle und gehe zurück ins Krankenhaus, wo mein kleiner Sohn mit Verletzungen durch eine Mine liegt.« Mit fester Stimme sah ich ihm direkt in die Augen. Das Huhn saß ganz still im Korb und ließ sich von meiner freien Hand streicheln.

»Na, dann alles Gute für Sie und den Kleinen.« Der Polizist tippte grüßend an seine Mütze und ging weiter.

Nachdem ich mich davon überzeugt hatte, dass mein kleiner Viktor schlief und die schrecklichen Schreie und das Stöhnen der anderen heute Nacht nicht hören musste, lief ich die siebzehn Kilometer mit dem Huhn im Korb nach Hause zurück. Denn wo hätte ich sonst schlafen können. Ich arbeitete morgens ab sechs und durfte mittags gehen.

Und brachte meinem Sohn jeden Tag ein Ei.

Aus Viktors Erinnerungen, fast siebzig Jahre später, aufgeschrieben für seine Enkelinnen

Der Heilungsprozess gestaltete sich schwierig, die Wunden wollten nicht schnell verheilen. Es gab eben keine Antibiotika, alle Wunden waren stark vereitert, mussten immer gewaltsam neu aufgerissen werden, um sie zu reinigen. Ich schrie und schrie, bis ich keine Stimme mehr hatte. Mutter konnte nicht immer bei mir sein, war sie doch jeden Tag über dreißig Kilometer zu Fuß unterwegs, um mir mein tägliches Ei zu bringen. Sie hatte ein Huhn »gestohlen«, das Staatseigentum war, und musste es zu Hause verstecken. In der Kolchose wurde sie irgendwann freigestellt.

Wie ein Skelett schleppte sie sich täglich den langen, heißen, staubigen Weg zu mir nach Allenstein ins Krankenhaus und konnte doch nur tatenlos mit ansehen, wie ihr kleiner Sohn gequält wurde. Doch sie ließ mich nicht einen Tag im Stich. Sie hatte seit ihrem Erlebnis in der Kapelle ihre letzten Kraftreserven mobilisiert. Besonders, als die Ärzte sagten, sie hätten alles Menschenmögliche getan und ich könnte jetzt nicht weiterhin sinnlos ein Bett belegen.

»Es besteht nur noch eine Chance auf Heilung und auf Wiedererlangung der Sprache, wenn Sie Ihren Sohn jetzt mit nach Hause nehmen, gute Frau. Sie müssen ihn mit viel Liebe und Aufopferung pflegen und ganz viel Geduld und Durchhaltewillen haben.« Mit diesen guten Ratschlägen gab ihr der Arzt Verbandsmaterial, Pflaster, Zinksalbe, Lebertran und zwei saubere Nachthemden für mich mit auf den Weg.

Meine Mutter zog mich auf dem Handkarren zurück nach Hause.

Über ein Jahr lang sprach ich nicht. Meine Mutter redete mit sanfter Stimme wie zu einem Baby auf mich ein, um mich zum Nachsprechen anzuregen. Sie flößte mir täglich mein rohes Ei und abends ein dünnes Süppchen ein. Sie sang und betete mit mir und wiegte mich in den Armen. Ich lag monatelang starr vor Schmerzen und Angst im Bett und schaute sie nur an. Es dauerte ein ganzes Jahr, bis ich wieder zu sprechen begann. Die Freude meiner lieben Mutter darüber war riesengroß. Nicht lange und ich plapperte ununterbrochen, selbst wenn wichtige Erwachsene im Raum waren oder Mutter mit mir bei der Marienstatue zum Beten war. Die Marienstatue an der Wegkreuzung nach Wartenburg war ein wichtiger Treffpunkt für alle gläubigen Frauen mit Kindern geworden, auch die polnischen Frauen, die jetzt hier lebten, waren sehr fromm.

Mutter unterbrach mich nie, wenn ich während der Rosenkranz-Gebete anfing zu reden, und hielt die tadelnden Blicke der anderen betenden Frauen aus. Jetzt galt ihre ganze Willensstärke dem Großziehen ihres einzigen verbliebenen Kindes.

Die Landwirtschaft war zwar da, aber fast alles Greifbare, Werkzeuge, Maschinen, Geräte, Tiere, Samen, war gestohlen worden. Nur die Gebäude und Ställe waren übrig. Die fünf Hektar an Land, aufgeteilt in vier Parzellen, und ein Stückchen Wald.

Im Gegensatz zu anderen sozialistischen Staaten war in Polen kleine private Landwirtschaft erlaubt. Nur die Großen, die Gutshöfe, sind in landwirtschaftliche Genossenschaften umgewandelt und verstaatlicht worden. Oft wurden zu besonderen Anlässen, etwa für das Sammeln von Kartoffelkäfern oder die Kartoffelernte, ganze Schulklassen verpflichtet, was uns Kindern Spaß machte, denn es wurde nicht so streng genommen, wenn wir Kinder nach dem Motto verfuhren: zwei Kartoffeln ins Staatskörbchen und eine irgendwie zur Mama.

Wichtig für uns Kinder war nur, dass wir nach getaner Arbeit schmackhaftes Schwarzbrot mit Marmelade bekamen.

Übrigens, nach diesem System funktionierte die Landwirtschaft. Sie wurde stark subventioniert und mit Maschinen, Geräten und

Hilfsmitteln ausgestattet, aber es fehlte an persönlicher Motivation der Mitarbeiter und deshalb an Effektivität. Es wurde strikt nach Stundenplan gearbeitet, das Wesentliche jedoch aus den Augen gelassen.

Bei der privaten Landwirtschaft musste sich jeder selbst helfen, wie er nur konnte und es möglich war. Wie sagte meine Mama immer: Jeder ist sich selbst der Nächste.

VIKTOR

Weihnachten 1948. Wartenburg

Hör zu, Viktor, die Mama muss noch mal weg.«

Wir saßen in der guten Stube, in der meine Mama jeden Abend strickte und häkelte, was das Zeug hielt. Sie fertigte aber auch Schuhe für mich, indem sie alte Schuhe, die sie bei dem hexenhausartigen Aussiedlerhof gefunden hatte, zerschnitt, auf neue Rohlinge in Kindergröße auflegte und dann mit breitköpfigen Dachpappennägeln die Lederschäfte annagelte. Sie fettete die Schuhe ein und dichtete sie ab, sodass sie wasserdicht wurden und ich damit im Schnee herumtollen konnte. Das alles war mir noch nicht bewusst, aber ich hockte immer neben ihr in der molligen Wärme, die der Ofen spendete, und ließ mir von ihr Geschichten erzählen, wobei sie mich gleichzeitig in leichte Tätigkeiten einspannte. Hilf dir selbst, dann hilft dir Gott, war ihre Devise.

»Schau, wenn du unter die Schuhe Stahldraht fest anbindest, hast du vielleicht bald Schlittschuhe.« Sie stand auf, hob den Deckel von unserem einzigen Kochtopf und schob die Kartoffeln, die in etwas Fett und Zwiebeln brieten, umeinander. Ein betörender Duft zog durch unsere wohlige kleine Bude. Später würde meine Mama zur Feier des Tages noch ein Ei darüber schlagen oder vielleicht sogar zwei.

»Aber Mama, wohin willst du denn noch, es ist doch Heiligabend?«

Der kleine Tannenbaum in unserer Wohnküche war bereits mit Selbstgebasteltem geschmückt, und ich konnte es vor Spannung fast nicht mehr aushalten.

»Ich muss nach dem Weihnachtsmann schauen. Nicht dass der unser kleines Häuschen übersieht.«

»Aber Mama, ohne dich habe ich Angst …«

»Mein Großer.« Ich war jetzt sechs Jahre alt. Die Mama schob bereits die zusammengerollten Decken und Matten zur Seite, die unsere Haustür gegen die minus dreißig Grad, die draußen herrschten, abdichteten. »Sei nur schön artig und fleißig und sorge dafür, dass der Ofen nicht ausgeht, dann hat es der Weihnachtsmann später auch schön warm. Und rühre ab und zu mal in den Kartoffeln, aber nicht naschen, hörst du.«

Mit einem Augenzwinkern schob sie sich durch den Türspalt ins Dunkle, Kalte hinaus.

Eifrig klebte und bastelte ich weiter an meinen Schlittschuhen, die Mutter so kunstvoll für mich zugeschnitten und genäht hatte, und schob auch alle Viertelstunde ein Holzscheit im Ofen nach. Wo blieb denn nur die Mama? Vielleicht musste sie noch nach den Hühnern und Enten schauen, das war ich ja gewohnt, und ich hatte gelernt, mich in Geduld zu üben. Immer wieder kletterte ich auf das Höckerchen, hob den Topfdeckel und rührte mit dem großen Holzlöffel darin herum, wobei der köstliche Duft nach Bratkartoffeln mit Zwiebeln meinen kleinen Magen quälte. Wann käme sie denn endlich zurück, damit wir essen konnten?

Plötzlich klopfte es ungewohnt grob an den Fensterladen. Ich erstarrte auf meinem Höckerchen. »Wer ist da?«

»Der Weihnachtsmann! Draußen vom Walde komm ich her …« Eine tiefe, gehauchte Stimme, die mir entfernt bekannt vorkam.

Ja, das war ja mal ein ganz mieser Zeitplan. Mama weg, und jetzt steht der Weihnachtsmann vor der Tür. Ich Knilch fiel fast vom Hocker und zog die schwere Tür auf. Sofort fauchte eiskalter Sturm herein und wehte auch ein paar Schneeflocken in die gute Stube.

»Brrr, ist das kalt!«, hauchte der Weihnachtsmann. Er hatte einen langen weißen Bart, eine rote Mütze, war in graues Fell gekleidet und zog einen leise bimmelnden Schlitten hinter sich her.

Was meine neugierigen Augen noch erhaschen konnten, bevor der Weihnachtsmann mit Nachdruck die Tür schloss, waren Geschenke auf dem Schlitten! Oh, mein Gott, wo blieb denn nur die Mama!

»Ich komme von weit her und bin sehr müde!« Der Weihnachtsmann sank auf den Küchenstuhl und rieb sich die schmerzenden Waden. »Außerdem habe ich großen Hunger! Hm, hier riecht es aber gut!«

»Lieber Weihnachtsmann, kannst du noch einen Moment warten, die Mama ist gerade im Stall bei den Hühnern, sie bringt Eier mit, und dann machen wir uns ein ganz leckeres Weihnachtsessen, du bist herzlich eingeladen!«

Täuschte ich mich, oder gluckste der Weihnachtsmann in sich hinein?

»So lange habe ich keine Zeit«, raunte er, nachdem er sich geräuspert hatte. »Ich muss ja weiter zu den anderen Kindern, auch wenn es polnische Blagen sind.«

Bitte? Hatte ich mich verhört? Der Weihnachtsmann kam doch vom Himmel und hatte alle Kinder auf der Welt lieb, das hatte die Mama mir immer wieder erklärt!

»Kannst du mir denn ein Gedicht aufsagen?« Der Weihnachtsmann putzte sich die Nase, wobei sein Bart fast ins Taschentuch gefallen wäre, räusperte sich erneut, gluckste und sah mich erwartungsvoll an.

Artig stellte ich mich in der Mitte des Raumes auf und sagte mein Weihnachtsgedicht auf.

»Und warst du immer brav?«

»Ja, auf jeden Fall!«

»Und hilfst du auch immer deiner Mama?«

»Ja, auf jeden Fall!« Mir fiel nichts anderes ein, hatte ich doch so einen Respekt vor dem heiligen Mann, und außerdem hoffte ich, die Mama würde endlich hereinkommen und es dem Weihnachtsmann bestätigen, dass ich immer hilfsbereit, fleißig und artig war. Na ja, bis auf die paar Schlägereien mit den polnischen Jungs, die mich immer »Bastard« nannten. Das erzählte ich dem Weihnachtsmann lieber nicht.

»Guck, ich bastle mir gerade Schlittschuhe! Damit kann ich dann den Kindern notfalls eins über die Birne hauen, hier, schau ...«

Wieder gluckste der Weihnachtsmann und räusperte sich. Dann raunte er in seiner seltsamen gehauchten Stimmlage: »Ich habe wirklich großen Hunger, kannst du mir nicht ein kleines bisschen zu essen geben?«

»Immer wenn man die Mama braucht, ist sie nicht da«, murmelte ich altklug, stieg auf das Höckerchen, fuhrwerkte in dem Topf und balancierte ein paar Kartoffeln auf den Teller.

»Leider ohne Ei.« Bedauernd hob ich die Hände. »Aber wie sagen meine Freunde immer: Der Hunger treibt's rein.«

Der Weihnachtsmann hustete und verschluckte sich, schob seinen Bart beiseite und verspeiste die trockenen Kartoffeln mit Genuss. »Tadellos, sehr fein, ich muss schon sagen, so etwas Schmackhaftes bekomme ich bei den Pol... Polarsternen, da, wo ich herkomme, nicht.«

Er stand auf, bedankte sich, öffnete die Tür – weit und breit keine Mama! – und tätschelte mir den Kopf. »Ich muss dann jetzt auch weiter, behüte dich Gott, und sage deiner Mutter liebe Grüße von mir.«

»Ja, wenn sie dann endlich mal mit ihren blöden Eiern aus dem Stall kommt. Die wird es nicht glauben, dass du inzwischen da warst. Dann sagt sie wieder, ich habe eine blühende Fantasie.«

Der Weihnachtsmann zuckte irgendwie so komisch mit den Schultern und hustete.

Andächtig und mit klopfendem Herzen schob ich die Tür hinter ihm zu. Wie sehr ich darauf brannte, der Mama alles zu erzählen!

Das dauerte! In meiner Verzweiflung und meinem Hunger stellte ich mich auf das Höckerchen und wollte mir gerade mit den Fingern eine Kartoffel in den Mund stecken, als plötzlich die Mutter hereinschneite, im wahrsten Sinne des Wortes.

»Mama! Der Weihnachtsmann war da!«

»Was du nicht sagst!« Sie hatte die ersehnten Eier mitgebracht, gleich vier Stück im Körbchen. »Und, hast du es mit der Rute bekommen?« Sie wies auf die Kartoffel, die ich, auf frischer Tat ertappt, wieder in den Topf geworfen hatte.

»Nein, ich habe ihm Gedichte aufgesagt, und er hatte Geschenke auf dem Schlitten, aber jetzt ist er WEG! – Und, Mama, der hatte richtig Hunger, der kam ja vom Polarstern, da habe ich ihm was zu essen gemacht, und es hat ihm GESCHMECKT!«

»Na brav, mein Junge. Nun schau doch mal aus dem Fenster, ich glaube, der Weihnachtsmann hat dir etwas dagelassen.«

Ich hauchte ein Loch in die Eisblumen, und da stand … im Schnee … vor unserer Haustür … der Schlitten. Mitsamt dem Glöckchen dran. An einem roten Band, das im eisigen Winde flatterte.

»Mama!! Wie ist der Weihnachtsmann denn wieder in den Himmel gekommen …?«

»Ach, er kann doch fliegen!« Mama schlug die Eier in die Pfanne und zerschnitt die Kartoffeln zu knusprigen Scheiben. Es duftete immer köstlicher.

»Der kann fliegen? So sah der aber gar nicht aus, der hatte doch gar keine Flügel …«

Aufgeregt zerrte ich das sperrige, bimmelnde Holzgestell herein in die gute Stube. Es war aus mehreren alten kaputten Schlitten zu einem großen zusammengezimmert worden.

Und statt einer Antwort hörte ich die Mama murmeln: »Der Junge muss doch einen Schlitten haben …«

Ostern 1949. Wartenburg

»Mama, da im Garten unter dem Apfelbaum ist ein Osternest mit bunten Eiern, Bonbons und einem Stundenlutscher!«

»Na den wird wohl der Osterhase gebracht haben!« Mama werkelte gerade an der Blechwanne mit der Wäsche herum und schrubbte meine verdreckten Hosen.

»Mama, nichts für ungut, aber ich glaube nicht mehr an den Osterhasen!« Ich stemmte die Hände in die Hüften und konnte mich nur schwer bremsen, nicht sofort in den Garten zu laufen und die bunte Köstlichkeit an mich zu reißen. Vielleicht war sie ja gar nicht für mich.

»Aber Viktor, ich habe ihn mit eigenen Augen eben am Gartenzaun entlanghoppeln sehen!«

»Es gibt keinen Osterhasen, Mama. Das haben die anderen Kinder gesagt.«

»Herr Voiticzek?« Mama riss das Fenster auf und rief in den Nachbargarten, wo ein alter Mann in der Erde wühlte. »Haben Sie auch den Osterhasen gesehen, der eben an unserem Zaun entlanggehoppelt ist?« Sie zog eine ganz komische Grimasse, als ob sie irgendwas im Auge hätte.

Der Nachbar stützte sich auf seine Harke, schob sich die Mütze in den Nacken und nickte bedächtig. »Ja, das war vielleicht ein Riesenvieh! Ich habe schon überlegt, ob ich den packen und schlachten soll, aber es ist ja Ostern. Also war es der Osterhase!«

Ich hatte den Mann noch nie drei ganze Sätze am Stück mit Mama reden hören.

Mama klappte das Fenster wieder zu. »Na siehst du. Natürlich gibt es einen Osterhasen. Und jetzt lauf und hol dir das Nest, bevor es andere Kinder tun.«

Während ich genüsslich mit rot verfärbter Zunge an dem

Stundenlutscher schlürfte, betrachtete die Mama mich ganz seltsam.

»Jungchen, es ist die Zeit für dich gekommen, dass du in die Schule gehst.«

»Es gibt ja nur die polnische Schule.« Gelangweilt lutschte ich weiter, die Augen sehr aufmerksam auf die Mama gerichtet. Was heckte sie denn jetzt wieder aus? »Du sagst doch, wir sind und bleiben Deutsche. Also kann ich schlecht in die polnische Schule gehen.«

»Schule ist Schule, und du musst lernen.« Die Mama stand energisch auf und klaubte meine nasse Hose aus der Blechwanne. »Die polnischen Kinder sind zwangsumgesiedelt worden, die sind neu hier, die fürchten sich bestimmt genauso davor wie du.«

»Aber ich fürchte mich doch gar nicht …« Schmatzend leckte ich an dem Dauerlutscher herum.

»Ich glaube, wenn sie einen Schulkameraden haben, der von hier ist, dann tun sie sich leichter.« Mama schüttete das Waschwasser in den Ausguss.

Und während sie die Dreckshosen auswrang, sodass ich die Adern auf ihren Armen betrachten konnte, und über die Leine schwang, erzählte sie mir, dass sie schon selbst in diese Schule gegangen war. »Wenn einer aus dem Dorf da hingehört, dann du!«

Mama machte sich sogleich daran, mir einen Schulranzen zu nähen. »Gib mir mal den Pappkarton da!« Sie bezog ihn geschickt mit einem blauen Stoff, den sie unter dem Küchenvorhang hervorzog. »Den sollte dir der Osterhase auch bringen, hat er vergessen.«

Schon hatte sie ein paar Sicherheitsnadeln im Mund. Der blaue Stoff war mit Gräsermotiven bestickt. Sie nähte ihn zu einem kleinen Schulranzen mit schmalen Lederriemchen zusammen.

»Setz ihn auf, mal sehen, ob er dir passt.«

Ich platzte fast vor Stolz! Bei meiner Einschulung war ich der einzige Junge, der einen Schulranzen besaß, die anderen Kinder trugen ihre Habseligkeiten unter dem Arm.

Später bekam ich noch einen Bleistiftkasten aus Holz mit Einschiebelineal, das Mama in Allenstein gekauft hatte. Am ersten Schultag bekamen die Kinder eine Schiefertafel mit Griffel zum Schreiben. Es wurde begonnen die Buchstaben zu schreiben, der Lehrer war ein sehr netter junger Mann namens Krotoschzyn, und der erste Satz, den ich stolz schreiben konnte, war: Ala i as poszly w las.

Ala und As gingen in den Wald.

Mama kauerte sich immer erwartungsvoll neben mich an den Tisch, wenn es nach dem Mittagessen darum ging, Hausaufgaben zu machen.

»Endlich lerne ich mal gescheit Polnisch!«

Sie lernte fast noch eifriger als ich, und auch in dieser Hinsicht waren wir ein eingespieltes Team. Als ich Jahre später einmal die Aufgabe hatte, ein Modell zur »Elektrifizierung des Dorfes« zu bauen, ließ es sich meine Mama nicht nehmen, kräftig mitzuhelfen. Zuerst wurden aus Pappe auf hölzernem Untergrund Modellhäuschen angefertigt, dann Bäume, Masten und Menschen ausgeschnitten, bemalt und mit Kartoffelmehl-Kleister auf die Grundplatte geklebt. Dann wurden die Leitungen aus Nähgarn zwischen den Häuschen gezogen und auf den Dächern befestigt.

»Mama, das sieht total echt aus!«

»Dann haben wir es ja richtig gemacht.« Mama lächelte mich liebevoll an. »Aber sage Herrn Krotoschzyn nicht, dass ich dir geholfen habe. – Es war ja auch nur ein ganz kleines bisschen.« Sie löschte die Petroleumlampe und scheuchte mich in das kleine Schlafzimmer.

»Und jetzt gute Nacht, mein kleiner Ingenieur.«

Mein Modell bekam die beste Note der Klasse

Aus Viktors Erinnerungen, fast siebzig Jahre später, aufgeschrieben für seine Enkelinnen

Rosa fing an, Hühner zu züchten und Hühner und Eier auf dem Markt in Wartenburg zu verkaufen, um andere notwendige Gebrauchsgegenstände erstehen zu können. Nach den Hühnern schaffte Rosa die ersten Enten und Gänseküken an, zog sie auf und züchtete dann selbst. Die Enten machten sehr viel Spaß, da sie selbstständig im Gänsemarsch pünktlich mittags und abends vom Dorfteich zum Füttern nach Hause kamen.

Viktor holte besonders nahrhafte Blumen aus dem Moor, Sumpfdotterblumen, zerhackte sie und fütterte die Enten damit. Er kannte seine Enten und gab ihnen Namen.

Die Gänse waren eingesperrt auf der Wiese hinter dem Drahtzaun. Ab und zu mussten sie aber freigelassen werden, darunter ein frecher zorniger Ganter. Viktor musste ihm ab und zu mit dem Stock eins über die Rübe hauen, er griff nämlich alle Passanten an. Er wurde dann für kurze Zeit friedlich und verzog sich. Die Hühner waren erst im Stall und hatten später Freilauf. Mit der Zeit wurden es immer weniger. Rosa war wütend auf die Habichte, die erst ruhig in den Lüften kreisten und sich dann blitzschnell auf die Beute stürzten. Die Hühner samt dem Gockel veranstalteten ein riesiges Gegacker und Spektakel und rannten ganz wild in den Saal zurück. Rosa lief hinaus und verscheuchte den Habicht immer wieder.

Rosa kaufte vom erwirtschafteten Geld ein kleines schwarz-weißes Zicklein, das heranwuchs. Die Ziege war sehr anhänglich, gedieh gut und wurde später zum Ziegenbock in die Nachbarschaft gebracht. Mit der Zeit wurden es immer mehr Ziegen, und Viktor hatte seine helle Freude daran, sie zu hüten. Barfuß stapfte er als Achtjähriger hinter den meckernden Zicklein her und trieb sie mit einer Weidenrute an den Bach.

Mutter hatte mir ein Lied beigebracht: An meiner Ziege hab ich Freude, sie ist ein wundersames Tier. Sie hat Haare wie aus Seide und schwarze Augen noch zur Zier.

Besonders meine Lieblingsziege, die bockige kleine Lotte, die immer mit gesenkten Hörnchen angriffslustig auf mich zustürmte, um mit mir zu kämpfen, war mir ans Herz gewachsen. Wenn wir uns müde gekämpft hatten, wälzten wir uns auf der Wiese, und der Kampf artete dann eher in eine Schmuserei aus. Ich knuddelte und drückte sie mit aller Kraft, und sie leckte mir das Gesicht und knuffte mich mit ihren Vorderhufen in die Brust.

Ausgerechnet meine bockige Lotte fehlte eines Morgens, als Mutter zum Markt nach Hirschberg gegangen war! Sie schob immer den Leiterwagen mit Eiern und Kleinvieh darauf, und manchmal trottete auch eine Ziege am Seil mit.

»Mama! Hast du etwa meine bockige Lotte verkauft?« Verschwitzt kam ich gerade aus der Schule gerannt und vermisste meinen kleinen Liebling.

»Ja, Viktor, das muss ich zugeben.« Mutter strich mir über den Kopf. »Schau, ich habe dreißig Zloty dafür bekommen, davon können wir eine ganze Woche leben!«

»Aber Mama, das war doch meine Freundin!« Mir schossen die Tränen in die Augen, und obwohl ich gelernt hatte, dass ein Junge nicht weint, brach ich in Tränen aus.

»Aber Viktor, du weißt doch, dass wir davon leben, Tiere zu züchten und zu verkaufen, etwas anderes bleibt uns doch nicht …« Mutter zog mich zu sich heran und nahm mich in den Arm. »Ein Schornsteinfeger hat sie gekauft, ist das nicht ein Glück?«

Ich schniefte und wischte mir den Rotz mit dem Handrücken ab. »Nein. Das ist kein Glück. Der Schornsteinfeger macht mit ihr keine Ringkämpfe und schmust nicht mit ihr. Und am Ende schmeißt er sie noch in den Kochtopf.«

Der Gedanke war mir unerträglich, und ich weinte bitterlich.

»Ich will meine Lotte wiederhaben!« Erneut überkam mich pure Verzweiflung. Dass mir aber auch alles genommen wurde, was mir lieb und teuer war! Damals, nach dem schrecklichen Unfall, hatte ich nicht um meine Brüder trauern können, so sehr war ich mit meinen eigenen Schmerzen beschäftigt und in meinem Trauma gefangen, aber um diese Ziege trauerte ich mit voller Wucht. »Ich will meine Lotte, du musst sie mir zurückkaufen!«

»Aber Schatz, das geht nicht mehr! Verkauft ist verkauft! Und Handschlag drauf!«

»Bitte sag mir, wo der Schornsteinfeger wohnt. Ich will mich wenigstens von Lotte verabschieden …« Mir war das Herz so schwer, dass ich nur noch schluchzen konnte.

Mutter wischte sich inzwischen selbst verstohlen die Augen. »Ich weiß nicht, wo er wohnt, aber so viele Schornsteinfeger wird es in Hirschberg nicht geben. Übrigens heißt das jetzt Barczewo, du weißt ja, dass du keine deutschen Namen mehr gebrauchen darfst!«

»Mama, erlaubst du es mir? Darf ich Lotte suchen?«

»Na dann lauf, mein Kleiner. Aber wir können sie nicht zurückkaufen, hörst du?«

Die Mutter sah mir kopfschüttelnd nach, wie ich kleiner Knirps die sieben Kilometer in Angriff nahm, um mich von meiner bockigen Lotte zu verabschieden. Unterwegs weinte ich die ganze Zeit. Stockend erkundigte ich mich beim Ortseingang nach dem Schornsteinfeger, und freundlich wurde mir auf Polnisch der Weg gewiesen.

Die Frau des Schornsteinfegers öffnete mir sehr erstaunt die Tür; ein in Tränen aufgelöster Achtjähriger, der seine Ziege noch einmal sehen wollte!

Inzwischen ging ich ja im Dorf zur Schule, und wir sprachen dort ausschließlich polnisch.

»Ja, Junge, die steht im Stall und meckert verdrossen vor sich hin!«

»Bitte, darf ich sie sehen?«

»Natürlich, Kleiner, na, dann komm mal mit.« Sie führte mich um das Haus herum zu einem kleinen Stall, und in dem Moment, als ich den Verschlag betrat, machte Lotte an ihrem Pflock Freudensprünge, meckerte in den hellsten Tönen und leckte mir das Gesicht, als wollte sie sagen: Na endlich, wo warst du denn so lange, und was soll ich hier? Ich drückte sie ganz fest an mich und roch an ihrem seidigen Fell. Ich wollte ja tapfer sein, aber es tat mir so unendlich weh, meine bockige Lotte nun in diesem fremden Stall zu wissen.

»Ja, das glaube ich dir nun, dass das deine Ziege war«, lachte die Frau. »Na, na, na, wer wird denn gleich so weinen!« Sie steckte mir ein Stück Zucker zu, und automatisch gab ich es Lotte, die es gierig kaute und verschluckte. Ihre schwarzen Augen blitzten mich dabei übermütig an. »He, so war das nicht gemeint, die Süßigkeit war für dich!«

Die Frau schüttelte ungläubig den Kopf. »Das habe ich noch nie gesehen, dass ein kleiner Junge sein Trostpflaster einer Ziege ins Maul steckt.«

»Weil ich sie doch so arg lieb habe«, schniefte ich verlegen. »Meine bockige Lotte.«

»Hör mal zu, Kleiner. Von mir aus kannst du deine bockige Lotte jeden Sonntag besuchen, ist das ein Angebot?« Die Frau zog mich aus dem Stall und zog die Tür hinter uns zu. »Und eines Tages hast du vielleicht so viel Geld zusammengespart, dass du sie zurückkaufen kannst.«

»Ja, vielen Dank.« Meine Hoffnung, die gute Frau würde mir meinen kleinen Liebling einfach wieder aushändigen, schwand nun endgültig. Natürlich war sich jeder selbst der Nächste, das hatte meine Mama mir oft genug gesagt. In Zeiten wie diesen hat niemand etwas zu verschenken.

Und so besuchte ich meine bockige Lotte noch den ganzen Sommer über, jeden Sonntag nach der Kirche.

ROSA

Mai 1951. Wartenburg

Guten Morgen Mama, du bist ja schon so früh draußen, was machst du denn da?«

Mein verstrubbelter Blondschopf spähte verschlafen zum Schlafzimmerfenster heraus.

»Ich pflücke Maiglöckchen.«

Wie durch ein Wunder lebten Viktor und ich immer noch in unserem kleinen Haus, obwohl nun alle Nachbarn Polen waren. Wir kamen gut mit ihnen aus, wenn wir uns auch ziemlich bedeckt hielten. Wir wollten auf keinen Fall auffallen, denn noch immer hätte der polnische Bürgermeister uns aussiedeln lassen können. Die Polen duldeten uns, wir grüßten uns freundlich, sprachen ein paar unverbindliche Worte über den Gartenzaun, oft trafen wir einander bei der Marienstatue zum gemeinsamen Rosenkranzbeten. Mein einziger Sohn war nun neun Jahre alt, und wir waren uns selbst genug. Ich hatte keinen Menschen mehr auf dieser Welt außer ihm. Das Schicksal hatte uns aneinandergeschweißt wie Pech und Schwefel. Natürlich hegte mein aufgeweckter Junge enge Freundschaften zu seinen Schulkameraden, mit denen er nun in der Dorfschule polnisch sprach, und stellte auch allerlei Unsinn mit ihnen an. Aber es war ihm tief in seiner Seele bewusst, dass es nur noch uns zwei gab und dass wir beide immer zusammenhalten mussten. Egal, was noch kommen würde.

Ich war nun einundvierzig Jahre alt, hatte aber nie wieder einen anderen Mann angeschaut als meinen Paul. Und jetzt war ich ganz für meinen Sohn Viktor da. Alles, was wir gemeinsam erlebten, planten und in Angriff nahmen, war nur eine Sache zwischen uns beiden. Es war wie ein Wunder, dass mein Viktor gesund und fröhlich durch sein abenteuerliches Leben stromerte, aber er verfügte über großes Verantwortungsgefühl mir gegenüber.

»Willst du die Maiglöckchen verkaufen?« Viktor zupfte an seinem Schlafanzugkragen.

»Ja natürlich, heute nach der Messe auf dem Sonntagsmarkt. Es ist doch Pfingsten, und die Leute werden mir die Sträußchen aus der Hand reißen!« Ich drückte mein schmerzendes Kreuz durch.

»Na dann komme ich doch gleich runter und helfe dir!« Zack, war mein Viktor vom Fenster verschwunden. Kurz darauf stand er bereits am Pumpenschwengel und steckte seinen Kopf unter das eiskalte Wasser. Der halbe Schlafanzug war pitschnass, aber das machte ihm nichts aus. »Los, Mama, zeig mir die besten Stellen!«

Noch im Morgengrauen hatten wir den gesamten Wald und Wiesengrund abgeerntet, und kurz danach saßen wir bei einer Tasse Honigmilch Kopf an Kopf nebeneinander auf der Küchenbank, den Korb mit den Blüten zwischen uns, und ich zeigte ihm, wie ich mir die Sträußchen vorstellte. Er lehnte sich vertraulich an mich, eifrig bemüht, alles richtig zu machen.

Ich betrachtete seinen kleinen zähen Körper, die unterschiedlichen Narben, die aus seinem Halsausschnitt lugten. Über seiner Hüfte verlief eine kurze gezackte silbrige Linie, die von schwach erkennbaren Einstichstellen gesäumt war. Ich erschauderte unwillkürlich und fuhr mit dem Zeigefinger darüber. Seine Haut unter dem zu kurz gewordenen Schlafanzug war warm.

»Mama? Was guckst du mich so an?« Er kam noch dichter an mich heran, und ich genoss heimlich seinen Geruch. Plötzlich nahm ich ihn ganz fest in meine Arme. Beinahe hätte ich geweint. Ich fuhr mit den Händen kurz in sein blondes, weiches Haar.

»Mama?« Er lächelte kläglich. »Meine bockige Lotte war mein Schmusekissen, nicht du!«

Ich räusperte mich und rutschte ein wenig von ihm weg. Er hatte so eine gewisse Art, mich anzusehen. »Schau, du nimmst immer einen Stängel, dann etwas Grün, das schneidest du auf eine Länge, dann bindest du hier von den bunten Bändern zwei hinein, dann wieder eine Blüte…«

»Mama das sieht wunderschön aus!« Seine flinken Bubenhände stellten sich sehr geschickt an, und als es von Hirschberg her zur Messe läutete, hatten wir fast hundert Sträußchen gebunden.

»Nun wasch dir die Hände und zieh dir deinen Sonntagsanzug an, dann gehen wir mit dem Korb nach Hirschberg. Wenn wir uns beeilen, schaffen wir es gerade noch zur Messe und bieten die Sträuße vor der Kirche an.«

»Mama, ich muss dir was zeigen.« Eifrig sprang mein Viktor auf. »Du darfst aber nicht schimpfen.« Ich ertappte mich dabei, dass ich ihn argwöhnisch anschaute.

»Wie sollte ich schimpfen, wo du doch gerade so fleißig warst… außer du hast Flausen im Kopf.« Um meine sonst so dunkel umrandeten Augen bildeten sich Lachfältchen, wie ich im Küchenspiegel sehen konnte.

Viktor stürmte schon aus dem Haus, rannte zu dem verlassenen Schuppen gegenüber und kam mit einem riesigen alten verrosteten Fahrrad wieder, das er kaum schieben konnte. Die Fahrradschläuche waren ganz brüchig, der Sattel fehlte ganz. Es war im Grunde nur ein altes verrostetes Gestänge. Seine Augen leuchteten, als er das sperrige Gefährt über den lehmigen Weg zerrte. Der nackte Rahmen rasselte und klapperte über die losen Steine.

»Was willst du denn mit dem Ungetüm?« Ich schüttelte den Kopf.

»Mama, ich habe eine Idee.« Er sah mich an und lächelte spitzbübisch, und irgendetwas in mir schmolz dahin. »Wenn ich jetzt die Maiglöckchen mit dem Fahrrad nach Hirschberg bringe, kommen sie noch vor der Messe an, und die Leute können sie mit in die Kirche nehmen!«

»Aber Viktor!« Ich reagierte überraschend milde darauf. »Du

kannst doch auf dem Ungetüm nicht fahren, du kommst doch mit dem Popo gar nicht über die Stange!«

»Nein, Mama, aber unter der Stange kann ich fahren!«

Ich hob die Augenbrauen ein wenig, sagte aber nichts. Mir fiel auf, dass ich mich in diesem Moment zum ersten Mal ohne Traurigkeit fühlte.

Mit hochrotem Kopf und heiligem Eifer führte er mir das vor; mein großer wundervoller kleiner Junge im Schlafanzug, ein Bein unter der Stange hindurch auf das rostige Pedal, das andere hüpfte noch mehrere Meter neben dem schief dahergeschobenen Fahrrad her, dann pendelte er das Gleichgewicht aus und ratterte klappernd und scheppernd mit dem Ding über die Dorfstraße!

»Es geht, Mama, es funktioniert! Ich habe schon oft heimlich geübt!« Er wirkte so lebendig wie ein sprudelnder Bach im Frühling. Ich betrachtete die Form seines sehnigen kleinen Körpers, wie er sich geschickt unter der Stange bewegte, strampelte und arbeitete, sodass er das Gleichgewicht halten und dem rostigen Gestänge trotzen konnte. Einen Moment lang atmete ich heftig, in kurzer Panik, er könnte fallen und sich wehtun. Ich schlug die Hände vor das Gesicht. Doch er zog eine rasante, elegante Kurve, kam zurück und schlüpfte noch geschickt unter dem Rahmen hindurch, bevor das Ding klirrend zu Boden fiel. »Ich ziehe mich jetzt an, Mama, und in der Zeit bindest du den Korb auf den Gepäckträger …«

Er war so eifrig und so rührend bemüht, dass ich gar nicht anders konnte. Mit Paketschnur verzurrte ich die kostbare Fracht, und keine drei Minuten später war mein Großer schon bereit. »Mama, ich sehe dich in der Kirche!«

Brachte sich unter der Stange hindurch geschickt auf den Pedalen in Stellung und radelte klappernd und schlingernd los.

Insgeheim hatte ich meine Maiglöckchen schon aufgegeben, denn er würde vielleicht stürzen und die kostbare Fracht verlieren. Viel wichtiger war, dass meinem über alles geliebten Viktor nichts

Schlimmes passieren würde. Natürlich brachte er gelegentlich Schrammen und Beulen mit heim, aber nie wieder sollte ihm etwas annähernd so Furchtbares passieren wie damals!

Ich konnte ihn nicht aufhalten, nicht jetzt und auch später nicht im Leben. Er war Gott sei Dank ein ganz normaler Junge, der tobte und rangelte und barfuß herumlief und dabei auch mal in Scherben trat. Hauptsache, er trat nie auf eine Mine.

So machte ich mich zu Fuß auf den Weg ins sieben Kilometer entfernte Hirschberg, und als ich an der Marienstatue an der Wegkreuzung vorbeikam, betete ich zur Mutter Gottes: Bitte lass mir diesen Jungen. Beschütze ihn und füge ihm kein Leid mehr zu. Lass ihn heil ankommen, er will mir doch immer nur helfen.

Als ich eine gute Stunde später an der Kirche ankam, fiel mir ein Stein vom Herzen: Das rostige kaputte Fahrrad lag neben der Friedhofsmauer im Gras.

Lautlos öffnete ich die Kirchentür und traute meinen Augen nicht: Jede einzelne Bank war mit Maiglöckchensträußen geschmückt! Alle hingen wunderbar unversehrt in voller Schönheit an bunten Bändern, und die Gemeinde sang gerade »Großer Gott, wir loben dich!«.

Mir schossen die Tränen ein vor Glück. Es war so eine feierliche Stimmung wie seit vor dem Krieg nicht mehr! Und ich liebte meinen Sohn mit einer schmerzlichen Leidenschaft.

Nach der Messe schritten die Menschen mit feierlichen Gesichtern aus der Kirche, und jede Familie trug andächtig ihr gesegnetes Maiglöckchensträußchen nach Hause.

»Mama, ich habe sogar noch einen Rest übrig!« Er zerrte an meiner Hand. »Komm mal mit!«

Viktor stapfte hinter die Friedhofsmauer und zog den Korb mit den übrigen Sträußen aus einem Versteck beim Brunnen. »Die verkaufen wir jetzt noch!«

»Aber Viktor, die Leute haben doch alle schon einen!«

Mein Blondschopf ließ sich nicht abhalten. Im Schneidersitz kauerte er in seiner zerschlissenen Strickjacke, dem Sonntagshemd und seinen kurzen Hosen auf der Mauer und bot weitere Sträußchen feil. »Ganz frisch, von heute Morgen!«

Und siehe da: Die Leute kauften noch eines, und noch eines, und strichen ihm über den Kopf und murmelten: »Du bist ja ein schlaues Kerlchen, Deutscher!«

Und als sie alle weg waren, da waren auch die Sträußchen bis auf das letzte verkauft.

»Na, was sagst du nun, Mama?« Er grinste mich siegessicher an, und seine Sommersprossen leuchteten wie Sterne.

»Ich bin unglaublich stolz auf dich.« Meine Stimme klang ein wenig belegt.

»Schau nur, wie viele Zloty wir verdient haben!« Er hielt mir einen ganzen Blechnapf voller Münzen hin, und wir zählten sie: »Dreißig Zloty! Das ist so viel, wie die bockige Lotte gekostet hat!« Kurz zuckte es dunkel in seinen runden Kinderaugen. »Mama, gehen wir sie besuchen?«

Ich hoffte und betete, dass das Zicklein nicht dem Pfingstbraten der Schornsteinfeger zum Opfer gefallen war!

Aber schon von Weitem ertönte ihr helles Gemecker, als wir, das Fahrrad schiebend, in die Straße einbogen. »Mama, sie kann mich schon riechen! Das macht sie immer, wenn ich um die Ecke biege!«

Er ließ das Fahrrad fallen und rannte mit fliegenden Hemdzipfeln zum Stall hin, während ich den Napf mit den Münzen trug.

Etwas verlegen näherte ich mich dem Ort des Geschehens und entschuldigte das ungestüme Verhalten meines Sohnes, und das am heiligen Sonntag.

Die Frau jedoch kam freundlich lächelnd herbeigelaufen: »Ihr Sohn kommt jeden Sonntag, er weiß den Weg schon, und er darf der Ziege immer ein Stück Zucker geben!« Dann senkte sie die Stimme: »Eigentlich wollten wir sie bald schlachten, aber wir bringen es einfach nicht übers Herz! Vielleicht, wenn Ihr Sohn etwas älter ist und er andere Vorlieben haben wird …?«

Statt einer Antwort reichte ich ihr den Blechnapf.

»Sie wollen sie zurückkaufen?« Eifrig zählte sie die Münzen. »Es sind genau zweiunddreißig Zloty. Das ist zwar etwas wenig, denn die Ziege ist ja inzwischen gewachsen und reif für den Bock, aber dann soll es so sein.«

Nie werde ich das strahlende Gesicht von Viktor vergessen, wie er mit der Ziege am Strick wieder herauskam. Und so wanderten Mutter und Sohn an einem strahlenden Maitag mit einem alten verrosteten Fahrrad und einer daran gebundenen gar nicht mehr so bockigen Ziege in unser Dorf zurück und sangen: »An meiner Ziege hab ich Freude …«

Und als wir an der Marienstatue vorbeikamen, zwinkerte ich der Muttergottes verstohlen zu.

ROSA

4. Mai 1952,
Viktors zehnter Geburtstag

Was hast du mir denn heute mitgebracht, du Stromer?«

Ich werkelte in meinem Garten, den ich unendlich mühevoll mit dem uralten stumpfen und verrosteten Gerät aus dem Aussiedler-Hexenhäuschen wieder in Schuss gebracht hatte, und betrachtete meinen Viktor, der strahlend mit einer Weidenrute voller kleiner Fische, die er an den Kiemen aufgespießt hatte, am Gartentor stand. Sein Gesicht war rot vor Anstrengung, wegen der Hitze und sicher auch vor Freude, und seine kurzen Hosen waren ihm über den aufgeschrammten Knien schon viel zu klein. Er schoss nur so in die Höhe!

»Mama, ich hatte Anglerglück!« Mein Geburtstagskind grinste über das ganze Gesicht. Heute hatte ich zur Feier des Tages Spatzen auf dem Speiseplan, die ich mit einem Getreidesieb gefangen hatte. Dazu streute ich Roggenkörner aus, klemmte ein mit Bindfaden verbundenes Holzstück zwischen Sieb und Deckel, und wenn sich genug kreischende Spatzen in der vermeintlichen Kantine versammelt hatten und sich um die Körner balgten, zog ich blitzschnell an der Schnur, womit der Deckel herunterkrachte, und hatte dann bis zu zehn Spatzen auf einmal im Nudelsieb gefangen. Gebraten und gekocht waren die gerupften Spätzchen ein Leckerbissen für meinen Viktor. Von irgendwas musste ich den Jungen ja ernähren! Aber auch der geliebte Lausbub trug selbstverständlich zu unser beider Ernährung bei.

»Mama, deine selbst gebastelte Angel hat nicht funktioniert!« Ich hatte für ihn eine Angel aus Haselnussrute, mit einer Angelschnur aus fein gezwirntem Textilgarn, einen Schwimmer aus

Flaschenkorken mit Gänsefeder in der Mitte und einem leider etwas zu großen Angelhaken zum Geburtstag gebastelt, und er war heute Morgen stolz wie Oskar damit zum zwei Kilometer entfernten Aarsee aufgebrochen, mitsamt seinem klapprigen Rad, um sich sein eigenes Festmahl zusammenzustellen.

»Mama, das hat nicht funktioniert, die Fische sind schlauer, als du denkst, der Angelhaken kam ihnen spanisch vor, aber ich bin NOCH schlauer!«

Er zog eine schelmische Grimasse und legte die Weidenrute mit den immerhin fünfzehn daran baumelnden Fischen ab. »Ich kenne die Stellen, wo die Ukeleie laichen, die sind so träge, dass man sie mit der Hand fangen kann!« Er wischte sich ein paar verschwitzte Strähnen aus dem Gesicht. »Und außerdem habe ich Steinpilze und Pfifferlinge gefunden, einen ganzen Korb voll!« Eifrig löste er den Korb vom Gepäckträger seines rostigen Ungetüms, mit dem er inzwischen wie ein Rennfahrer über die unbefestigten Wege schepperte, immer auf der Suche nach Essbarem, nach Brauchbarem, nach Dingen, die mich, seine einzige liebe, alte, schrumpelige Mama, wie er mich zärtlich nannte, erfreuen könnten.

Unauffällig taxierte ich die verschiedenen Waldpilze und sortierte sie heimlich aus. Heute würde mein Geburtstagskind eine köstliche Pfanne voller gebratener Pilze mit Speck und Rührei bekommen. Ich musste nur noch die Torfschichten zum Trocknen aufstellen, damit wir im Winter damit heizen könnten.

»Mama, und hier ist der Nachtisch!« Mein emsiger Sohn hielt mir auch noch einen Eimer mit Blaubeeren und Waldhimbeeren entgegen, die er auf dem Rückweg im Gestrüpp des Feuchtgebietes zwischen unserer Wiese und dem Torfgebiet gefunden hatte.

Gerührt drückte ich meinen sommersprossigen Buben an mich und wischte mir heimlich ein paar Tränen weg. Ich hatte drei von der Sorte gehabt. Aber ich wollte heute nicht darüber nachdenken. Was Viktor schon alles vollbrachte, um uns beide über Wasser zu halten, war unfassbar. Ich schaute leicht benommen in den Korb hinein und schluckte einen dicken Kloß hinunter.

Die Wunden von früher würden zwar nie heilen, aber es war eine dicke Narbe auf meiner Seele gewachsen und sicher auch auf der Kinderseele von Viktor. Unsere viele Arbeit, das unermüdliche Sammeln, Reparieren, Angeln, Fangen, Holzhacken und Einmachen von Essbarem, ließ uns fast keine Zeit, um über die Schrecken des Krieges und unsere unfassbaren Verluste nachzudenken.

»Mama. Im Dorf sagen sie, dass ein sehr schöner Mann aus Elbling dir schon vier Briefe geschrieben hat.« Viktor ließ sich auf einen Torfballen fallen und rieb sich seine verschrammten Knie. »Sie sagen, du bist zu hochmütig, um ihm zu antworten. Er findet dich nämlich wunderbar und würde dich heiraten.«

Ich fuhr von dem Pilzkorb hoch. »Vier Briefe? Ein Mann aus Elbling?« Kurz klopfte mir das Herz. Ja, ich kannte diesen wirklich gut aussehenden Mann, der bei der Eisenbahn arbeitete, hatte er mir doch schon so manche Bahnfahrt nach Hirschberg oder in die Kreisstadt Allenstein gratis spendiert. Unsere Blicke hatten sich ein paarmal getroffen, aber mehr war nie gewesen. Und der sollte mir Briefe geschickt haben?

»Aber Viktor, erstens habe ich nie Briefe bekommen, und zweitens könnte ich keinen Mann außer deinem Vater heiraten.« Ich ließ mich neben ihn auf einen Torfballen sinken, den Korb mit den Pilzen auf meinem Schoß. »Möchtest du denn, dass ich wieder heirate?« Ich sah ihn von der Seite an.

»Ich möchte noch ein Geschwisterchen bekommen.« Mit gesenktem Kopf murmelte er etwas in seine Fische hinein. »Alle anderen haben Geschwister, nur ich nicht.«

»Aber Viktor!« Ich setzte den Korb auf die Wiese und nahm ihn in den Arm. »Kein Baby auf der Welt könnte deine Brüder je ersetzen … und ich bin ja auch schon zweiundvierzig Jahre alt. Da kommt der Storch nicht mehr so oft vorbei.«

»Mama.« Er riss einen Grashalm ab und pustete verlegen darauf herum, bis er einen jämmerlichen Quietschton erzeugte. »Der Storch ist ein Märchen, wir haben in der Schule gelernt, dass ein Mann und eine Frau heiraten müssen, damit sie Kinder bekommen. Und jetzt wollte dich einer heiraten, und du antwortest ihm nicht mal.« Seine Augenbrauen schossen in die Höhe. »Mir sagst du immer, dass man höflich sein muss.«

»Viktor, ich habe keine Briefe bekommen!« Traurig kraulte ich ihm den Nacken. »Weißt du, wir als einzige Deutsche hier im Dorf kriegen jeden Tag zu spüren, dass wir nichts wert sind. Der Briefträger kommt gar nicht zu uns, und ich habe ihn sagen hören, dass sie es der hartnäckigen Deutschen schon zeigen werden, damit die eines Tages aufgibt und von selber geht.«

Innerlich zerriss es mich fast. Ich hatte als alleinstehende Frau und noch dazu einzige Deutsche weit und breit so viele Demütigungen hinzunehmen, von denen ich Viktor eigentlich nichts erzählen wollte. Er hatte sich mit seinen polnischen Nachbarskindern und Schulkameraden wunderbar arrangiert und wechselte die Sprache mit einer Leichtigkeit, die ihm vermutlich gar nicht bewusst war. Er sprach längst akzentfrei Polnisch und mit mir genauso selbstverständlich Deutsch, wenn auch mit dem uns eigenen starken ostpreußischen Akzent.

Die Behörden machten uns das Leben schwer, wo sie nur konnten, lieferten weder Post aus, noch gab es irgendeine Form von Witwen- oder Waisenrente. Bis auf die Gottesdienste durfte ich an keinerlei Versammlungen teilnehmen, wurde nirgendwohin eingeladen und von den Dorfbewohnern freundlich gemieden. Im Kaufladen wurde ich nicht bedient, durfte kein Wort Deutsch sprechen und galt als die wilde Außenseiterin, eine Art Hexe, die trotz des Todes ihrer Söhne und ihres Mannes beinhart weiter ihr Stückchen Land beackerte und den Jungen großzog, ohne sich ihre Gefühle anmerken zu lassen. Wie es in mir drinnen aussah, ging keinen was an.

Aber nun war Viktor zehn und stellte berechtigte Fragen.

»Weißt du, dass du fast noch eine kleine Schwester gehabt hättest?« Ich versuchte, ihn vom Thema abzulenken, und reichte ihm einen Becher kaltes Wasser, das ich vom Brunnen geschöpft hatte. Seine großen braunen Augen wurden rund.

»Wieso?« Er trank in durstigen Schlucken und blinzelte dabei verwirrt. Ich betrachtete seine zarten und gleichzeitig energischen Gesichtszüge, seine Muskeln und Sehnen, seine verschrammte Haut, und meine Gedanken wirbelten sieben Jahre zurück.

»Nun, an diesem schrecklichen Tag im Januar 1945, als wir nach Allenstein gelaufen sind, um den letzten Zug in den Westen zu nehmen, da warst du drei Jahre alt, erinnerst du dich?«

Er schüttelte heftig den Kopf, und seine Augen wurden schmal.

»Das ist auch gut so, Viktor. Wir wären schon fast in den Zug eingestiegen, aber ich hatte plötzlich so ein Gefühl, dass er gar nicht in den Westen fährt, sondern nach Sibirien. Du weißt schon, dahin sind ja ganz viele Deutsche, besonders Frauen und Kinder, verschleppt worden. Dort ist es entsetzlich kalt, und da gibt es keine Häuser und Gärten wie hier, sondern nur elende überfüllte Baracken.«

»Und wieso ein Schwesterchen?« Viktor starrte in seinen Becher.

»Ja, stell dir vor, in dem Moment, als ein sehr netter russischer Offizier …« Ich nahm einen Schluck Wasser, riss mich von den entsetzlichen Erinnerungen los, die ich Viktor nie, niemals sagen würde … »… der mich vor den bösen Soldaten gerettet hat … uns hinter die Absperrung gelassen hat, damit wir weglaufen konnten, da hat er auch ein kleines Mädchen aus dem Zug gerettet, die war vielleicht ein Jahr alt und hatte ein rotes Mützchen auf. Dein Bruder Walter fand sie wenig später in der Damentoilette in der Unterführung, und fast hätten wir die Kleine mitgenommen.«

Viktor hackte mit dem Taschenmesser auf seine Angelroute ein. »Und wieso nur fast?«

»Weil ich es damals einfach nicht geschafft hätte, noch ein weiteres Kleinkind mitzunehmen. Wir hatten ja nicht mal mehr den Schlitten, und ihr drei wart völlig erschöpft und durchnässt. Dann kam aber eine Frau mit ihrer vielleicht sechzehnjährigen Tochter, die hießen …« Ich ließ meinen Blick über mein Gärtchen schweifen und verlor mich in Erinnerungen, über die ich nie wieder hatte sprechen wollen … »Margit und Elvira.«

Ich unterbrach mich und schüttelte lächelnd den Kopf. »Dass mir das noch einfällt …«

Ich durfte mir nicht anmerken lassen, wie sehr mich diese Erinnerungen nach wie vor aus dem Gleichgewicht brachten. »Das Mädchen hat sofort gesagt: Mama, nehmen wir die Kleine mit? Und die Mutter hat es genommen. Und da war mir dann leichter ums Herz.« Ich sah auf meinen Sohn herunter, der seine Finger um den Becher verkrampft hatte.

»Weißt du, was aus dem kleinen Mädchen geworden ist?« Er sah mich an, als versuchte er, sich an irgendetwas zu erinnern.

»Nein, mein Schatz. Wir kriegen ja keine Post.« Ich rang mir ein bitteres Lächeln ab. »Und die beiden Frauen wussten ja auch nicht, wie wir mit Nachnamen heißen. Wir haben nur noch festgestellt, dass die Kleine Clara heißen soll, denn so hörte sich ihr Gekrähe an, so … klara la krala.« Ich machte es ihm vor und stellte erleichtert fest, dass er wieder lächelte. »Und dann sind die beiden mit der Kleinen ihrer Wege gezogen. Ich glaube mich zu erinnern, dass sie Verwandte auf Rügen hatten, und dahin wollten sie gehen.«

»Sind das die Leute, die uns ihren zweiten Schlitten geschenkt haben?« Er blinzelte gegen das Licht der Sonne und rupfte gedankenvoll Grashalme aus.

»Ja, genau, das hatte ich euch Jungs immer wieder erzählt.« Das Gute hatte ich unbedingt bewahren und erzählen wollen, das Schlechte lieber für mich behalten.

Plötzlich änderte sich die vertrauliche Atmosphäre. Es war, als wenn ein Raubvogel über uns kreiste und damit das Licht der Sonne verdeckte. Alle Antennen in mir gingen auf Warnung.

»Mama, da steht ein Mann.« Viktors sehniger Körper spannte sich wie eine Feder, und im Nu stand er auf seinen mageren Beinen. »Der sieht nicht besonders freundlich aus.«

»Hast du was angestellt?« Schon erhob ich mich und schritt dem Eindringling entgegen, der einfach über den Nachbargartenzaun in unseren Garten gestiegen war. Ein älterer Mann, als Weiberheld im Dorf bekannt. Wie es hieß, hatte Thadeusz bereits mehrere Kinder mit mehreren Frauen gezeugt und war auch noch stolz darauf.

»Dschen dobry, was kann ich für Sie tun?« Freundlich, aber bestimmt begrüßte ich ihn auf Polnisch und ging auf ihn zu.

»Was du für mich tun kannst, wirst du schon merken.« Mit diesen Worten packte der Kerl mich und zerrte mich hinter den Himbeerstrauch. »Du elende deutsche Schlampe musst es auch mal besorgt bekommen!«

»Du Hurenbock, mit dir rede ich nicht!« Ich ließ meine Fäuste auf ihn einprasseln, aber er packte meine Handgelenke und rang mich zwischen den Sträuchern zu Boden.

»Ja, sei nur wild, das mag ich. Du wilde Witwe!« Er warf sich bereits über mich und versuchte, mir den Kittel vom Leib zu reißen. Die Knöpfe flogen in alle Richtungen.

Ich biss und kratzte und schrie aus voller Lunge. Entweder hatte der Kerl meinen Jungen nicht gesehen, oder er rechnete nicht mit dessen Widerstand. Mein Viktor schnappte sich eine am Boden liegende trockene Himbeerrute mit Stacheln, drosch dem Alten damit über Gesicht und Hals und zog zugleich, sodass sich die Stacheln in sein Fleisch bohrten und dort tiefe Spuren hinterließen. Sofort rann das Blut ihm in Strömen von Stirn, Schläfen und Wangen.

»Na warte, du Sauhund …« Der Widerling ließ von mir ab und taumelte nun hinter Viktor her, der aber flink wie eine Feder auf seinen sehnigen Beinen wegrannte und mehrere Haken schlug. Der Schuft schlug der Länge nach hin und fluchte auf Polnisch wie ein Kutscher. Das gab mir Zeit, mich aufzurichten und meinem Sohn zu Hilfe zu eilen. Ich packe den Blecheimer mit den Beeren und drosch sie ihm von hinten über den Kopf. Die schönen Beeren flogen zwar in alle Richtungen, aber wir schlugen der Kerl gemeinsam in die Flucht.

Als wir Stunden später in unserer kleinen Küche beim Geburtstagsessen saßen, war ich wieder mal unendlich stolz auf ihn. »Junge, was würde ich nur ohne dich machen?«

»Keine Ahnung«, sagte Viktor, schaufelte Speck und Rührei in sich hinein und ließ die Beine baumeln. »Aber du hast mich ja, ich bleibe bei dir, und da kannst du einen drauf lassen.«

Aus Viktors Erinnerungen, fast siebzig Jahre später, aufgeschrieben für seine Enkelinnen

Eines Tages tauchten zwei Gestalten bei uns auf; es waren polnische Verwaltungsarbeiter, die mit einem amtlich aussehenden Papier wedelten.

»Du bist enteignet, Rosa, du hast hier nichts mehr zu suchen!«

»Macht, dass ihr wegkommt!« Mama schleppte gerade Heuballen für die zwei Kühe, die wir inzwischen besaßen, in den Stall. »Kommt mir nicht mit so einem Papperlapapp!« Sie stieß ein paar saftige polnische Flüche aus, die ich ihr beigebracht hatte.

»Mach, dass DU wegkommst, deutsche Schlampe, mitsamt deinem Bankert!« Die beiden Kerle fuchtelten mit den Händen, als wollten sie einen herrenlosen Hund vertreiben. »Die Parzelle gehört dem polnischen Staat, und WIR sind berechtigt, jetzt hier zu wohnen!« Sie wedelten mit dem grauen, fadenscheinigen Papier. »Wir haben das Recht, dich zu verjagen, und das tun wir jetzt!«

Da hatten sie aber die Rechnung ohne meine Mama gemacht. Auch wenn alle unsere Papiere verloren gegangen waren – wie Mama erzählt hatte, waren sie bei minus zwanzig Grad auf dem zugeschneiten Feld am Zaun geflattert, während wir drei Jungs heulend bis zum Hals im Schnee standen –, Mama war für dieses Grundstück eingetragen, im Grundbuch von Wartenburg, auch wenn das Dorf jetzt Barczewo hieß. Das hatte sie mir immer wieder gesagt. Das war unser Haus und Grund, den Mama mit Papa und später mit mir beackert und bewirtschaftet hatte.

»Gesetzlosigkeit und Anarchie wie im Wilden Westen!«

Ich hatte inzwischen zu einer Mistgabel gegriffen, und meine Mama zu einer Axt. Wir würden uns wehren bis zum letzten Atemzug!

»Verzieht euch«, brüllte Mama und schwang die Axt.

Ich verzog mich sicherheitshalber hinter einem Heuballen.

»Das alles hier gehört uns, wir werden euch helfen, ihr deutsches Dreckspack! Krieg verloren, aber dann das Maul aufreißen!«

Die Kerle zerrten an den Heuballen und wollten sie mir wegnehmen.

Doch plötzlich entwickelten wir ungeahnte Kräfte. Mit Geschrei und Gebrüll gingen wir auf die beiden los, ich mit der Mistgabel, Mama mit der Axt! Fluchend und tobend, mit Fäusten und Fußtritten und saftigen polnischen Flüchen vertrieben wir auch diese beiden Eindringlinge von unserem Grundstück.

Dieser Gegenwehr-Angriff brachte uns weiteren Respekt ein, es sprach sich rum im ganzen Dorf: Mit der Deutschen und ihrem sommersprossigen Struwwelpeter ist nicht gut Kirschen essen!

ROSA

Sommer 1952. Wartenburg

Im Garten hinter dem Haus waren einige Bienenstöcke aufgestellt. All das hatte ich in mühsamer Arbeit und mithilfe des Wissens, das Paul mir vermittelt hatte, nach dem Krieg neu aufgebaut, ich züchtete seit Jahren wieder Bienen. Wenn eine Königin mit ihrem Volk ausschwärmte und sich an einem Ast oder Zaun niederließ, eilte ich gleich dorthin, um sie einzufangen und in einen neuen, bereits vorbereiteten, leeren Bienenkorb zu bringen. So wuchs die Bienengemeinschaft von Jahr zu Jahr. Die viereckigen Bienenkörbe waren aus Strohgeflecht und Draht von mir an unzähligen Winterabenden gebaut worden, die Bienen also bestens gegen Kälte geschützt. Ich konnte die mit Honig gefüllten Wabenrähmchen mit bloßen Händen aus dem Bienenkorb nehmen.

»Sieh nur, Viktor, man muss ganz gelassen und ruhig an die Sache herangehen, dann tun sie dir nichts.« Ich spürte seinen aufmerksamen Blick auf mir, obwohl ich konzentriert auf die Waben schaute.

Das, was Paul mir vor dem Krieg beigebracht hatte, gab ich nun an unseren Sohn weiter. »Schau, man muss sich nur vorher die Hände und Arme beräuchern. Dein Vater hat dafür Handschuhe benutzt und hat als Imker auch den Kopf und den Hals mit der üblichen Schutzkleidung bedeckt, aber jetzt, wo wir nichts mehr dergleichen haben, muss es ohne gehen …« Unendlich vorsichtig und respektvoll näherte ich mich dem Bienenschwarm und erntete den Honig, den wir so dringend benötigten, um ihn dann auf dem Markt zu verkaufen.

Wohl aus Rache für den Rausschmiss der Männer fand ich eines Morgens alle meine Bienenkörbe im Garten hinter dem Haus umgekippt und demoliert und kaputt getreten. Die Bienen waren weggeflogen, und viele von ihnen lagen erschlagen am Boden.

»Viktor, das ist wieder eine Lektion, die wir beide lernen: Die Bienen haben aufgegeben, aber wir werden das niemals tun.« Ich packte meinen Großen bei den Schultern, legte zwei Finger unter sein zitterndes Kinn und zwang ihn, mir in die Augen zu sehen.

»Versprich mir, dass wir beide nie aufgeben werden.«

Zornig wischte er sich die Tränen aus den Augen. Zwischen zusammengebissenen Zähnen brachte er hervor: »Wir beide geben niemals auf.«

Um ihn von seinem Zorn abzulenken, brachte ich Viktor das Schachspielen bei, so wie sein Vater es mir beigebracht hatte. In Ermangelung eines Schachbrettes bastelten wir uns eines: Auf dicker Pappe ließ ich meinen Sohn die schwarzen Kästchen aufmalen, schon um seine Wut zu zähmen, und formte aus Papierschnipseln mit Wasser und Mehl die notwendigen Schachfiguren.

»Das ist der König, das die Dame, und hier sind Springer, Turm und Bauern …«

Viktor begriff unglaublich schnell, und so spielten wir bereits am selben Abend mit großem Eifer unsere erste Partie Schach. Natürlich waren die dummen Bauern, die als Erste fielen, unsere polnischen Eindringlinge, die wir erfolgreich in die Flucht geschlagen hatten, und bekamen sofort deren Namen. Hätten wir nicht vorher die Fensterläden geschlossen, wäre wohl der eine oder andere Nachbar lauschend stehen geblieben und hätte uns möglicherweise im Rathaus angeschwärzt. So aber kamen wir uns wie zwei Verschwörer vor, hielten wie Pech und Schwefel zusammen. Ich kam wohl mit diesem Spiel Viktors kindlichem Drang nach Kampfspielen entgegen. Ein Holzgewehr, wie die anderen Burschen, bekam er nämlich nicht. Jegliches Kriegsspielzeug war mir zuwider.

Ein paar Monate später

»Weißt du was, Viktor? Wir lassen uns diese Übergriffe nicht mehr gefallen.«

Immer wieder standen irgendwelche Leute vor der Tür, die uns das Leben schwer machten.

Wir hätten kein Recht, hier zu wohnen, das sei polnisches Gebiet, und die Deutschen seien alle längst ausgesiedelt worden. »Wir besorgen uns einen Hund. Was hältst du davon?«

Viktor sprang mit leuchtenden Augen von seinen Schulaufgaben auf.

»Mama, das ist die beste Idee, die du je hattest!« Eifrig baute er sich vor mir auf und gestikulierte temperamentvoll: »Der Hund vom Opa von meinem Freund Witek hat Junge bekommen, und die wollen die im Teich ertränken, Mama, lass uns ganz schnell laufen und eins davon abholen!«

So schnell konnte ich gar nicht in meine Holzpantinen schlüpfen, wie mein Sohn mich schon an der Kittelschürze nach draußen zog. Im Eilschritt rannten wir durch das Dorf, das immer noch nicht über Strom und befestigte Straßen verfügte, und standen bald darauf vor dem alten Bauernhaus, das früher von stattlicher Schönheit gewesen und jetzt verkommen war. »Hier wohnt der Opa vom Witek!«

Viktor klopfte stürmisch an die Tür, und ein brummiger Alter öffnete.

In fließendem Polnisch sprudelte Viktor hervor, was unser Begehr war. Nebenan in der Hundehütte jaulte und bellte ganz verzweifelt die Hündin, offenbar ohne Junge. Oh, wie gut ich ihren Schmerz verstehen konnte! Es gibt keinen größeren Schmerz auf der Welt!

Der Alte zeigte auf den Teich, und ich verstand, dass sein

grausames Werk bereits vollbracht war! Mir zog sich der Magen zusammen.

Schon wollte ich Viktor wegziehen, als er barfuß über die Stoppelwiese durch den Morast zum Teich hinunterrannte, bis zur Schulter in den Teich sprang und mit verzweifelten Armbewegungen nach überlebenden Hundebabys suchte. Er tauchte unter, tauchte wieder auf … Junge, so lass das doch, das hat doch keinen Zweck mehr, du wirst dich erkälten … und plötzlich hielt er ein schlappes Etwas in der Hand, das noch zuckte.

»Mama, es lebt noch!« Er atmete bebend aus und spuckte Wasser. Ich wusste, dass ich etwas sagen sollte, aber in meinem Kopf peitschten grauenvolle Erinnerungen, selbst wenn es lebte, würde es vielleicht gleich die Augen für immer schließen … Ich fand die Worte nicht, meine Kehle war wie zugeschnürt. Es kam mir vor, als hätte ich mehrere Leben gelebt, und doch musste ich mich jetzt auf meinen Sohn konzentrieren.

»Ja, das hast du großartig gemacht, Viktor.« Ich zog meinen pitschnassen, aber glücklichen Sohn aus der Brühe, wir drückten und streichelten das zuckende kleine Bündel, bis es japsend nach Luft schnappte und sich schließlich schüttelte, und da war es zu erkennen: ein Kurzhaarcollie-Rüde, bildschön, schwarz-weiß-gescheckt. Dankbar leckte es uns die Hände, als ich es in meine Kittelschürze wickelte.

Wir brachten das Hundebaby behutsam nach Hause und päppelten es auf. Der kleine Kerl war ganz allerliebst, und ich freute mich an der Liebe und Fürsorge, mit der Viktor, der sonst oft wild und ungestüm war, dieses Hundekind aufzog.

»Er darf mir aber später nicht ins Haus. Sobald er groß ist, muss er im Hof bleiben.«

»Aber Mama, der Fiffi ist doch so süß …«

»Er ist ein Hund, und er soll uns bewachen.«

»Na gut, dann bauen wir ihm eine Hundehütte.«

Das taten wir. Viktor und ich, wir schleppten Bretter herbei, schnitten sie zu, leimten und hämmerten, und während Fiffi unser Tun neugierig und schwanzwedelnd umschnüffelte, zimmerten wir ihm ein schmuckes, ja prachtvolles Holzhäuschen.

»Die ist viel größer als eine normale Hundehütte.« Viktor strahlte mich begeistert an. »Und wir legen ihn an eine ganz lange Leine, damit er das ganze Grundstück bewachen kann!«

Fiffi bekam eine entsprechend lange Leine mit Wirbel, die ich an ein Drahtseil befestigte, das die gesamte Diagonale unseres Hofes und Gartens abdeckte. So konnte unser Fiffi den gesamten Bereich ablaufen. Fiffi war ein guter Wachhund, sehr aufmerksam und pflichtbewusst. Er reagierte sofort auf ungebetene Gäste und schreckte die sich in letzter Zeit häufenden unliebsamen Besuche mit lautem Gebell ab. Er war nicht bissig, aber dass er anschlug, reichte absolut, um unsere Sicherheit bei Tag und Nacht zu gewährleisten.

Kaum aus der Schule nach Hause gekommen, nahm Viktor seinen Fiffi mit zum Spielen. Er und Witek waren dicke Freunde geworden, und oft beobachtete ich die beiden Racker vom Fenster oder vom Stall aus, wie sie den Hund anheizten: »Fiffi, such Maus!«

Wie von Sinnen begann Fiffi dann in der Erde zu graben, so tief, bis er sich erschrocken umsah, weil er geradezu darin versank. Die beiden Jungen lachten sich kaputt, als Fiffi sich daraufhin verblüfft und laut schnaufend im Gras wälzte, um sich wieder zu säubern, und mir wurde warm ums Herz. Wenigstens einer meiner Söhne durfte eine ganz normale Kindheit haben.

Später kaufte ich noch zwei kleine Schweine, auf denen Viktor mit Begeisterung ritt. Die Schweinchen wurden von ihm liebevoll aufgezogen, gestreichelt, gewaschen und gefüttert, und Viktor balgte mit den Ferkeln herum wie mit seinem Hund und seiner Ziege, der bockigen Lotte.

Dennoch musste ich, ob ich wollte oder nicht, eines der Schweine im nächsten Mai schlachten! Ich wollte unbedingt unabhängig bleiben, also durfte das Schwein nicht größer als fünfzig Zentimeter werden. Es tat uns beiden weh, aber Viktor musste das Schweinchen am Strick halten, ich machte drei Kreuzzeichen, betete unter bitteren Tränen von uns beiden drei Vaterunser und schlachtete es mit einem gezielten Stich in den Hals ab. Es wurde in der Holzwanne abgebrüht, die Borsten entfernt, in Einzelteile zerlegt, wobei beachtet werden musste, dass so viel wie möglich davon verwendet werden konnte. Kopffleisch, Ohren und Schwänzchen für Sülze, natürlich auch Innereien wie Leber und Magen. Die Därme wurden gereinigt, gewendet, abgeschabt und für Wurstpelle verwendet. Vieles wurde in Einweckgläser für den späteren Verzehr konserviert, denn Kühlschränke oder gar Gefriertruhen gab es ja nicht. Es wurden verschiedene Würste gemacht, Knackwürste und Schinken wurden geräuchert.

Um effizienter zu räuchern, nahm ich eine Holztonne, entfernte die unteren Ringe, sodass zwischen den Hölzern Spalten entstanden, durch die Luft eindringen konnte und ein fein dosiertes kontrolliertes Räuchern möglich wurde. Die Schinken und Würstchen wurden golden bräunlich, dufteten und schmeckten köstlich. Das war für meinen Viktor ein Leibgericht.

Das zweite Schweinchen wurde weiter bis zu einem Prachtexemplar gemästet und konnte später nicht mehr von mir selbst geschlachtet werden. Der Nachbar schlachtete es dann für mich, brühte aber die Borsten nicht ab, sondern, wie es im Osten üblich war, sengte es im freien Feld auf einer Pritsche mit Strohbüscheln ab und schabte es mit scharfem Messer ab. Die weitere Verarbeitung nahm ich dann wieder selber vor. Die Schweinsblase wurde aufgeblasen, getrocknet und war als Luftballon Viktors beliebtes Spielzeug.

Was Viktor sehr fehlte, war ein Vater, der ihm ein Vorbild war.

Als kleiner Junge musste er sich alles von anderen abschauen und selbst beibringen. Sosehr ich mich bemühte, den Vater konnte ich meinem Jungen nicht ersetzen. Mein Viktor war vom Charakter her sehr gutmütig und duldsam. Als er sich mit den anderen Jungen aus seiner Klasse auf die erste heilige Kommunion vorbereitete, kam er ganz beseelt nach Hause.

»Mama, der Herr Pfarrer sagt, wenn einer dich auf die eine Wange haut, musst du ihm auch noch die andere Wange hinhalten.«

Besorgt betrachtete ich das dicke Veilchen, das er auf dem rechten Auge trug. Auch seine rechte Wange war deutlich gezeichnet von Ohrfeigen. »Aber du hast dich doch nicht wirklich schlagen lassen?«

»Doch Mama, immer wenn wir zum Kommunionunterricht nach Hirschberg gehen, lauern uns ein paar größere Jungs auf und verprügeln uns.«

Entsetzt griff ich nach der Jodsalbe und reinigte ihm mit einem feuchten Lappen die blutenden Schrammen.

»Du musst dich wehren und die Jungs feste verprügeln.«

»Aber so komme ich nicht in den Himmel, sagt der Pfarrer. – Au, das brennt.«

»Wenn einer in den Himmel kommt, dann du, Viktor, glaube mir. Dein Vater und deine Brüder halten dir da schon einen Platz in der ersten Reihe frei.«

Ungläubig schaute er mich an, leise zischend ob des Schmerzes, den ich ihm vielleicht etwas zu heftig zufügte beim Reinigen seiner Wunden.

»Wirklich, Mama?«

»Hör zu, Viktor. Wenn du das nächste Mal zum Kommunionunterricht nach Hirschberg gehst, nimmst du Fiffi mit, und außerdem einen Stock. Und dann schlägst du die Bande in die Flucht, versprochen?«

Beim nächsten Mal gingen Viktor, Witek und Fiffi brüllend und bellend auf die Bande los und schlugen Knüppel schwingend auf sie ein.

Danach ging mein Sohn reinen Herzens zur heiligen Beichte. Man musste doch die Kirche im Dorf lassen.

ROSA

1953 bis 1958. Wartenburg

Bis zum Ende der Schulzeit war die Kindheit und Jugend für meinen Viktor eine geradezu schöne, sorglose Epoche, wenn man davon ausgeht, dass es ja allen Kindern und Jugendlichen in dieser Nachkriegszeit gleich ging. Es gab fast nichts zu kaufen, man erfreute sich an der Natur und an der Bewegungsfreiheit, die man damals hatte – ohne Autos auf den Straßen. Zum Glücklichsein reichte meinem Sohn eine Haselnussrute zum Angeln oder die Gegenwart seiner geliebten Tiere. Die Trillerpfeife schnitzte er sich aus Ästen, er rannte gern hinter einer Fahrradfelge her, die durch einen Stecken geschoben wurde, und das Organisieren von Essen und nützlichen Dingen füllte seinen Alltag weitestgehend aus.

Von seinem ersten selbst verdienten Geld kaufte er sich einen Sattel und Reifen für sein altes Fahrrad, das er mit Liebe pflegte.

Als Viktor mit vierzehn Jahren aus der Schule kam und es absolut keine Weiter- und Ausbildungsmöglichkeiten für ihn als einzigen deutschen Jungen mehr gab, begannen für ihn ernste und düstere Zeiten. Er wurde bei keiner Lehrstelle angenommen, durfte natürlich auch nicht auf die höhere Schule und bekam noch nicht einmal Gelegenheitsjobs. Und das bei einem spitzenmäßigen Zeugnis, das ihm nur Einser beschert hatte, sogar in Betragen!

Nach allem, was ich für uns erkämpft hatte, sah ich mich plötzlich vor einer unüberwindbaren Mauer. »Ich kann dir leider nicht helfen, mein Junge, habe ich doch keinerlei Beziehungen.«

»Ich weiß, Mama, wir sind Autochthone.« Gesenkten Blickes fummelte Viktor an seinem Hemdzipfel herum. »Wir haben damals nach dem Krieg die polnische Staatsangehörigkeit nicht angenommen und sind staatenlos. Mir steht keine Weiterbildung zu.«

In dem Moment zerriss es mir fast das Herz. »Aber du kannst es doch versuchen, Junge, bei deinem Auftreten und deinen guten Manieren. Versuch, dich nach Ausbildungsmöglichkeiten oder Lehrstellen umzuschauen.«

Mein Junge ging in verschiedene Betriebe und Werkstätten und fragte diesbezüglich nach. Ich hatte ihm dafür ein nagelneues Hemd genäht, seine lange Hose verlängert und die Schuhe auf Hochglanz gebracht. Sogar einen Scheitel hatte er sich selbst mit Kamm und Spucke gezogen in seinen wilden widerspenstigen Blondschopf.

Doch er wurde überall vertröstet: »Frag am besten nächstes Jahr noch mal nach.«

Aber auch im nächsten und übernächsten Jahr wiederholte sich das demütigende Prozedere. Der fähige, fleißige, hochintelligente und lernwillige junge Mann mit den hervorragenden Manieren und seiner perfekten Zweisprachigkeit wurde fast wie ein räudiger Hund weitergewinkt.

Er hatte viel freie Zeit. Um diese sinnvoll zu nutzen und nicht auf der Straße herumzulungern, wie das zu der Zeit viele junge Männer machten, die dann mit Alkohol und zwielichtigen Gestalten in Verbindung kamen, nahm er sein Fahrrad und fuhr nach Allenstein in die Stadtbibliothek und schmökerte nach Lust und Laune in den Büchern.

Die Bibliothekarin hatte ihn schon bald ins Herz geschlossen und suchte ihm immer die passende Lektüre heraus. Auch wenn er mir zu Hause nach wie vor viel zur Hand ging, unterstützte ich doch seinen Lesedrang und ließ ihm seine Ruhe. Für den Sommer hatte ich ihm zwischen zwei Apfelbäumen eine Hängematte befestigt, in der er stundenlang hin und her schaukelte und sich in andere Welten träumte, und im Winter tat es die Küchenbank vor dem Ofen.

Es waren wunderschöne, heimelige Stunden mit ihm, ich strickte und nähte und verspann die Wolle meiner eigenen Schafe – längst hatte ich auch das Schafscheren gelernt –, und er hockte oder lag lesend dabei. Oft las er mir längere Passagen vor, und wir beide reisten in unserer Fantasie in ferne Länder oder vergangene Zeiten. Es fehlte mir inzwischen niemand mehr; er war mir Freund und Lebensmensch.

Und doch keimte in mir der Gedanke auf, dass es nicht gut für einen Sechzehnjährigen war, nur mit seiner Mutter zusammenzuhocken. Er würde noch ein Sonderling werden! Außerdem musste er Geld verdienen, er war inzwischen groß und stark und platzte vor Muskeln und Sehnen und Tatendrang.

»Viktor, du musst etwas machen.« Ich blätterte in dem polnischen Tagesblättchen, das der Nachbar uns gutmütig vor die Tür geworfen hatte.

»Hier steht, dass der Forstverwalter demnächst eine große Parzelle am Waldrand mit Baumsetzlingen bepflanzen will und noch Hilfsarbeiter sucht.«

Am nächsten Morgen um sechs war Viktor bereits zur Stelle. Einige Monate lang setzte er mithilfe eines schmalen Spatens mehrere Tausend Setzlinge in den Waldboden, erhielt auch einen Tagelohn und war dankbar und zufrieden. Aber dann war die Arbeit getan, und es war inzwischen heißer Hochsommer.

»Mama, ich habe ihn gefragt, was ich sonst tun kann. Er hat gesagt, ich kann mit meinem Fahrrad jeden Tag die Strecke zwischen Wartenburg und Hirschberg durch den Wald abfahren und schauen, ob auch kein Feuer ausbricht.«

Ich zog fragend eine Augenbraue hoch. Das Wort Beschäftigungstherapie war mir damals fremd.

»Das ist eine gute Arbeit für mich, Mama, ich habe nämlich eine

Stunde Mittagspause, da kann ich noch schnell einen Kopfsprung in den Jezioro Kiermas See machen und dir einen schönen Barsch oder Hecht fangen.« So war mein Viktor. Eifrig, fleißig, immer optimistisch und dankbar. Er hatte schlicht einen Charakter aus Gold. Gibt es ein schöneres Geschenk für eine Mutter als einen solchen Sohn?

Aus Viktors Erinnerungen, fast siebzig Jahre später, aufgeschrieben für seine Enkelinnen

Es folgten noch drei harte, kalte Winter, in denen ich mich beim Eisfischen als Helfer nützlich machte. Noch vor Sonnenaufgang fand ich mich dick eingemummt bei minus zwanzig Grad an der Sammelstelle ein, von wo aus die Fischer per Pferdeschlitten zum Fangplatz auf dem zugefrorenen See fuhren. Als Erstes wurde ein etwa drei mal fünf Meter rechteckiges Loch im Eis ausgesägt und die ausgesägte Eisplatte unter das Eis nach hinten geschoben. Dann schlugen wir auf einer hundertzwanzig Meter langen Strecke parallel auf beiden Seiten in regelmäßigen Abständen von circa fünf Metern kleine Löcher in das Eis und steckten mit zwei verbundenen Stangen die Netzflügel unter die Eisdecke und schoben das Netz von einem Loch zum anderen weiter. Das war eine sehr mühsame, eiskalte Angelegenheit, mir schmerzten die Finger, aber die körperliche Arbeit war so anstrengend, dass mir unter meinen drei Kleiderschichten der Schweiß lief. Ich wollte für Mama unbedingt etwas zu essen mitbringen, und das waren für einen Hilfsarbeiter wie mich nach getaner Arbeit immerhin drei Fische! Wie könnte ich meiner Mutter mehr Dankbarkeit zeigen als mit solchen Delikatessen? Während ich hinten an der Winde das volle Netz nach Stunden aus dem Eisloch drehte, freute ich mich schon auf ihr Gesicht, wenn ich ihr einen Barsch, einen Hecht und ein Rotauge überreichen würde. Die köstliche, nahrhafte, lachsartige Maräne, die in diesem See vorkam, durfte ich als deutscher Hilfsarbeiter nicht mitnehmen. Aber die Vorfreude auf die frisch gebratenen Delikatessen am Abend, auch der Gedanke, dass Mutter sich freuen würde, ließen mir schon hier auf dem eiskalten Aarsee das Wasser im Munde zusammenlaufen und die Kälte und Mühsal vergessen.

»Schaut mal hier, Leute, man kann durch die Eisschicht die Fische sehen, wie sie ganz dicht beisammenstehen und sich kaum bewegen!«

»Denen ist genauso kalt wie uns!« Die Kollegen schlugen sich frierend die Arme um den Leib und pusteten in ihre löchrigen Handschuhe.

»Aber wir kriegen sie, passt nur auf!« Mit der Stumpfseite der Axt schlug ich auf das Eis, die Fische waren betäubt! »Los, bedient euch, Freunde!«

Ja, die polnischen Arbeiter und Fischer waren längst meine Freunde geworden, und einer von ihnen schenkte mir zum Dank für meinen Fleiß einmal ein Radio.

»Pass aber auf, dass du dich nicht erwischen lässt, das sehen die Behörden hier nicht so gerne, wenn ihr deutsche Sender hört!«

Als ich an diesem Abend glücklich nach Hause kam, hatte ich nicht nur drei Fische dabei, sondern dieses batteriebetriebene Radio. »Mama, schau mal, was ich hier ergattert habe!«

Ich löste die riesige braune Kiste vorsichtig vom Gepäckträger meines Rades.

»Junge, das können wir uns doch nie und nimmer leisten!« Mutter schlug die Hände über dem Kopf zusammen. »Wie funktioniert das denn?« Neugierig spähte sie über die Schüssel, in der sie bereits gekonnt die Fische säuberte, entgrätete und auseinandernahm.

»Ich habe Batterien gekauft, die halten über ein halbes Jahr, wirst schon sehen!« Vorsichtig klaubte ich die kleinen kostbaren Dinger aus meiner Jackentasche.

»Junge, du bist einfach der Größte.« Sie ließ das Messer fallen, mit dem sie die Schuppen abgekratzt hatte, wischte sich die Hände an der Kittelschürze ab und beobachtete andächtig, wie ich das Radio in Gang brachte. Ein alter, brauner Kasten, an dessen großem Drehknopf ich hin und her drehte, was ein Fiepen und Knacken auslöste.

»Hier! Jetzt hab ich ihn! Rias Berlin! Mama, jetzt sind wir wieder mit der Welt verbunden! Jetzt können wir wieder die deutsche Sprache hören!«

Mama sank überwältigt auf den Küchenstuhl, ließ die Fische Fische sein und wischte sich über die Augen. »Junge, dass ich das noch erleben darf! Hoffentlich kommt uns keiner drauf und macht uns Ärger!«

»Mama, so streng soll das gar nicht mehr sanktioniert werden. Zur Verbesserung der Wiedergabe installiere ich quer über den Hof eine Antenne, das machen die anderen doch auch!«

Als wir wenig später die köstlichen gebratenen Fische mit Bratkartoffeln und Zwiebeln genossen, die Mama so liebevoll gezaubert hatte, hörten wir bereits die Nachrichten auf Mittel- und Kurzwelle.

Und so verging ein Jahr nach dem anderen, ohne eine positive Perspektive für meine Zukunft. Die Sechzigerjahre waren inzwischen angebrochen, ich war neunzehn Jahre alt.

Natürlich half ich meiner Mama kräftig in unserem kleinen landwirtschaftlichen Betrieb, den sie mit eigener Hände Arbeit in den fünfzehn Nachkriegsjahren aufgebaut hatte, Stück für Stück, Meter für Meter, Tier für Tier. Wir hatten jetzt mehrere Kühe, Schweine, Ziegen, Federvieh, Hund und Katze, aber die brauchten ja auch Nahrungsmittel wie Futterrüben, Schrot, Heu, Stroh. Es war ein Kreislauf ohne Ende, sieben Tage in der Woche, von morgens um fünf bis abends um zehn.

»Mama, ich weiß, du liebst dieses Leben.« Müde stützte ich den Kopf auf, als sie mir meine abendliche Honigmilch servierte. Meine liebe, gute Mama. »Aber ich werde bald zwanzig, und irgendwie muss ich doch noch etwas anderes erreichen im Leben.«

»Ich verstehe dich, Viktor.« Liebevoll und besorgt blickte sie mich an, meine geliebte Mutter, und legte ihr Strickzeug zur Seite.

»Es ist nicht normal und nicht gut, wenn ein junger Mann auf diese Weise mit seiner Mutter zusammenlebt. Du musst ja auch mal ein nettes Mädchen kennenlernen.«

»Ach, Mama, daran denke ich gar nicht …« Mir war die Röte ins Gesicht geschossen, und ich kratzte mich peinlich berührt an der Stirn. »Wir beide, wir sind so eingeschworen, ich könnte mir gar nicht vorstellen, eine andere Frau zu lieben.«

»Das ist nicht gut, das ist nicht gut …« Mamas Blick glitt zu dem Foto von Papa, an den ich mich gar nicht mehr erinnerte, das eingerahmt an der Küchenwand hing, und das Foto meiner Brüder daneben … »Das würdet ihr auch nicht gutheißen, nicht wahr?«

»Mama, so war es nicht gemeint, es ist nur … ich möchte mich weiterbilden, irgendwo die Schule besuchen, vielleicht sogar eines Tages studieren, und hier ist das absolut unmöglich.«

»Ich weiß, Junge.« Mamas Hand legte sich auf meine. »Sieh, mein Junge, du weißt, ich habe bisher alles für dich getan, von klein an bis jetzt, alles aufgebaut und gehofft für eine gute Zukunft für uns beide.« Ihre lieben müden Augen ruhten besorgt auf meinem sommersprossigen Gesicht. Mit einer Geste wollte sie mir über das Haar streichen, wie sie es Tausende Male davor gemacht hatte, aber plötzlich hielt sie inne und zog ihre Hand zurück.

»Als man mich damals drängte, mein Land, mein Haus und mein Grundstück zu verlassen, da war ich voller Überzeugung, dass ich das niemals tun würde. Ich liebe nämlich meine Scholle innig, egal, unter welcher Verwaltung sie steht, und ich würde nie meine geliebte Heimat Ostpreußen verlassen, auch wenn sie inzwischen anders heißt und man hier eine andere Sprache spricht. Ich war immer autark und ich hatte dich …« Sie brach ab und rührte in ihrem Abendtee, der schon ganz kalt geworden war. »Aber jetzt gibt es wohl keinen Ausweg mehr, als zu versuchen, eine Ausreisegenehmigung zu bekommen.«

Ich versteifte mich und starrte sie an. »Mama?! Das ist das erste Mal, dass ich dich so reden höre!« Im Radio hatten wir inzwischen von den Möglichkeiten gehört, eine Familienzusammenführung zu beantragen. Mamas Schwester Erna war damals bei der großen Vertreibung mit ihrer Familie in den Westen gegangen und lebte jetzt in Biberach.

Inzwischen stellte man uns wieder Briefe zu, und so hatte Mama Kontakt zu ihrer Schwester.

»Ich bin bereit, meinen inneren Widerstand aufzugeben, mein Junge.« Mama sah mir lange und tief in die Augen. »Du bist mein einziger Schatz auf dieser Welt, und du hast ein Recht auf Weiterbildung und eine gute Zukunft.« Ihre Finger zitterten, als sie in ihrem kalten Tee rührte. Und in ihren Augen schwammen Tränen, die sie sich hastig wegwischte.

»Mama, bist du dir sicher? Du willst das hier alles aufgeben?« Schon wieder schoss mir die Röte ins Gesicht, als ich begriff, dass Mama mir ihr Lebenswerk opfern wollte. Wie sehr sie mich doch lieben musste! Und wie sehr ich SIE liebte! Ich war so gerührt und gleichzeitig erfreut, dass meine Mutter ALLES hergeben wollte, die Tierchen, die wir so liebten, das Land, das Haus, jeden Grashalm und jedes Stückchen Stoff, das sie selber zu irgendwas Schönem gewirkt und gezaubert hatte.

»Mama, du weißt, dass du dem polnischen Staat das alles schenken musst? Es ist ein sozialistischer Staat, und dass sie unser kleines Eigenleben mit etwas Besitz geduldet haben, verdanken wir nur deiner Stärke und deinem Mut.«

»Mit dem Mut ist es jetzt vorbei.« Mama lehnte sich wie ermattet zurück auf ihrem Stuhl.

»Jetzt bist du an der Reihe, mein Sohn. Gleich morgen werde ich zur Post gehen und an Erna schreiben, ob sie uns eine Einladung mit der erforderlichen Geldquote schickt, denn sie muss für uns bürgen, dass wir dem deutschen Staat nicht auf der Tasche liegen.«

»Ich weiß, Mama.« All das hatten wir ja inzwischen im Radio gehört. »Du glaubst gar nicht, wie ich mich freue, wenn ich im Westen eine Chance bekomme!«

»Die hast du allerdings verdient.« Mutters Augen ruhten erschöpft auf mir. Sie wirkte wie eine Zehnkämpferin, die alles getan hatte, um zu gewinnen, und kurz vor dem Ziel einfach aufgibt. Sie konnte nicht mehr. Sie war ausgelaugt. Sie war fünfzig Jahre alt.

Ich sprang auf und nahm sie in den Arm. »Mama, du wirst sehen, wir fangen ein ganz neues Leben an, und ab jetzt sorge ich für DICH!«

ROSA

Sommer 1961

»Junge, ich drücke dir ganz doll die Daumen! Wir haben so viel geübt! Du kannst es!«

Mein Großer saß in der Hauptstadt Allenstein, die jetzt Olsztyn hieß, bei einem Schachturnier in einer großen Sporthalle. Es wurde nach dem K.-o.-System gespielt, und Viktor war bis ins Finale gekommen! Es bildete sich eine Zuschauertraube über die Finalpartie. Sein verstrubbelter Blondschopf leuchtete aus den Köpfen der umstehenden Menge heraus. Immer wieder raufte er sich die Haare, überlegte, ich sah sein Gehirn förmlich arbeiten, wie er drei oder vier Züge im Voraus berechnete, seine langen schönen Finger zuckten schon über die schön gedrechselten Schachfiguren, doch er nahm sie zurück, überlegte neu, plante, verwarf, um dann plötzlich die nächste Figur auf das richtige Feld zu setzen. Ein Raunen ging durch die Menge.

»Jetzt trifft die Sense auf den Stein.«

»Der Deutsche gewinnt!«

»Aber ganz schöne Schande, wenn der Deutsche uns hier in Polen plattmacht.«

»Ist ja nur ein Spiel.«

»Aber er ist der Klügste. So sieht es aus.«

Innerlich sah ich uns beide, meinen Zehnjährigen und mich, in der heimeligen Stube über selbst gebastelten Papierfiguren am Papp-Schachbrett sitzen und üben. Wie viele Winterabende hatten wir damit zugebracht! Sehr schnell war Viktor der Bessere von uns beiden gewesen, und ich konnte nur noch staunen und lachend die Hände in die Luft werfen bei jedem schelmisch verkündeten »Schach!«. Und dann, mit schelmischem Grinsen: »Schachmatt!«

Und hier hatte es mein kluger Sohn nun ins Kreisfinale gebracht.

Ganz ohne Schulabschluss und weiterführende Ausbildung, wie sie seine Gegner alle genossen. Der Direktor des hiesigen Gymnasiums, Herr Witkowski, hatte die Begabung meines Sohnes erkannt und ihn teilnehmen lassen. Denn leider hatte sich mit unseren Ausreiseanträgen, die wir seit Monaten regelmäßig stellten, bislang nichts getan. Einer nach dem anderen wurde ohne Begründung abgelehnt.

Es tat sich Wesentliches! Dicht vor dem Radio hockend, hatten wir mitgehört, dass man in Berlin eine Mauer gebaut hatte. Der Kalte Krieg schwelte heftig, und in mir breitete sich Panik aus! Wir würden für immer hierbleiben müssen, und mein Viktor träumte doch so sehr von der Freiheit, davon, sich bilden und weiterentwickeln zu dürfen! Das allein war ihm wichtig, und das stand ihm doch wahrlich zu! Längst hatte ich mich innerlich damit abgefunden, mein Hab und Gut dem polnischen Staat zu überlassen, wenn mein Junge nur seinen Traum leben konnte!

Plötzlich ging ein Raunen durch die Menge, abgelöst von tosendem Applaus, und ich schoss aus meinen Gedanken auf.

»Der Deutsche hat ihn schachmatt gesetzt!«

»Gratulation, Viktor, du bist der Beste, das muss man dir lassen!«

Der Gegner, wie auch die Zuschauer ringsum, klopften meinem Sohn anerkennend auf die Schulter, und sein vor Freude und Verlegenheit gerötetes Gesicht leuchtete aus der Menge wie die Glut im Ofen. Seine Augen suchten meine, und ich nickte ihm anerkennend zu. Mir wurde so warm ums Herz! Das hast du dir verdient, mein Großer, diese Anerkennung gönne ich dir so sehr!

»Sind Sie nicht die Mutter von unserem Gewinner? Herzlichen Glückwunsch, ich bin Herr Witkowski, der Direktor des Gymnasiums hier in Olsztyn.« Ein grau melierter Herr mit Parteiabzeichen schüttelte mir förmlich die Hand. »Da können Sie wirklich stolz auf Ihren Sprössling sein.«

»Und wie ich das bin, Genosse Direktor.« Wir lächelten etwas unbehaglich.

»Was hat er denn weiterhin so vor, in der Zukunft?« Der Direktor zog mich ein wenig beiseite, sodass wir in dem Lärm und Getümmel ein paar Sätze wechseln konnten. Aus dem Augenwinkel sah ich, wie sie meinen Viktor auf die Schultern genommen hatten und unter Siegesgeheul durch den Saal trugen. »Er ist ja sehr schlau und wissbegierig, und es tut mir leid, dass wir ihn nicht in unserer Schule aufnehmen konnten.«

Jetzt oder nie, schoss es mir durch den Kopf. Jetzt packe ich den Stier bei den Hörnern!

Es sprudelte nur so aus mir heraus; dass Viktor der einzige Überlebende meiner drei Söhne war, dass er alles dafür tat, um uns am Leben zu erhalten, dass er fleißiger war als alle Bauarbeiter, Waldarbeiter, Fischer und Landarbeiter auf jeder Kolchose weit und breit, dass er aber keine Chance auf einen festen Arbeitsplatz, geschweige denn auf eine Weiterbildung in diesem Land bekam, weil wir beide die letzten Mohikaner waren, die sich der Polonisierung entzogen hatten.

»Und das ist ja alles meine Schuld, Genosse Direktor. Da kann der Viktor gar nichts dafür.« Ich versuchte, unbeschwert zu klingen.

»Ja haben Sie es dann mal mit einem Ausreiseantrag in den Westen versucht?« Er lächelte mich schon warmherziger an. Ich zog ihn am Ärmel beiseite.

Der Direktor wurde nämlich fast umgerannt von der jubelnden Meute, die Viktor gerade durch die Turnhalle trug. »Passt doch auf, Jungs!« Kopfschüttelnd sah er der Bande nach.

»Natürlich haben wir es versucht, Dutzende Male, Herr Direktor!« Ich zögerte, doch dann sprudelte es erneut nur so aus mir heraus. »Meine Schwester Erna hat uns Einladungen und Bürgschaften geschickt, doch wir sind hier die Autochthonen, die einfach keine Rechte haben, und ich kann mir vorstellen, dass der

Sachbearbeiter unsere Anträge einfach ungelesen in den Papierkorb schmeißt, so wie der Briefträger uns jahrelang nicht die Post gebracht hat …« Oje. Jetzt hatte ich ihn überfordert.

»Gute Frau, ich muss jetzt zur Preisverleihung.« Der Direktor drückte mich am Arm, sah mich irgendwie ganz merkwürdig an, so als wollte er mich davor warnen, über solche Dinge hier zu sprechen, und schritt auf die Bühne, wo er meinem Viktor ganz förmlich die Siegerurkunde und ein wunderschönes Schachbuch mit sämtlichen Partien der Weltmeister überreichte.

Seinen stolzen, glücklichen Blick in meine Richtung, seine zerzausten blonden Haare, die nach allen Seiten abstanden, und sein vor Freude gerötetes Gesicht, in dem die Sommersprossen funkelten wie die Sterne, würde ich nie vergessen.

Zwei Wochen später

»O Gott, o Gott, mir geht das alles viel zu schnell, wie soll ich das nur alles bewerkstelligen?«

Ich drehte mich ein paarmal um mich selbst und raufte mir die Haare, die sich aus meinem Haarknoten gelöst hatten und mir wirr um das erhitzte Gesicht hingen.

»Mama, ganz ruhig, eines nach dem anderen, erst die Schenkungsformalitäten an den Staat erledigen und danach alle Punkte gemäß dem vorliegenden Schreiben abhaken. Ruhig und konsequent, eines nach dem anderen.« Viktor nahm mich bei den Schultern und sah mir tief in die Augen. »Panik bringt uns jetzt nicht weiter.«

Da kam wieder der besonnene Schachkreismeister in meinem Viktor durch. Ich selbst rannte zitternd und zagend von einer Ecke in die andere, umklammerte weinend meine Tiere und konnte es noch gar nicht richtig begreifen: Dem Ausreiseantrag war stattgegeben worden. Und nicht nur das: Wir mussten innerhalb von zehn Tagen unser Hab und Gut verschenkt, unser Haus auf Hochglanz gebracht und unsere Sachen gepackt haben!

Als seitens der Behörden bestätigt wurde, dass alles Land vorschriftsmäßig abgegeben worden war und wir zukünftig auch keine Ansprüche auf Wiedererlangung stellen, da wir dieses Land nicht mehr betreten würden, wurde der Weg für die Auflösung des Inventars freigegeben.

»Mama, ich ziehe mit den Viechern auf den Markt und werde sie wohl oder übel zu einem schlechten Preis verschleudern müssen, und du verschenkst indessen das Eingemachte, Fleisch, Obst, Kartoffeln und Zwiebeln an die Nachbarn.« Er klopfte mir sacht auf die Schultern, bevor er sich auf sein Fahrrad schwang, an dem unsere Kühe, Schweine und Ziegen angebunden waren.

Viktor hatte die Regie übernommen. Er wusste genau, dass ich es nicht fertigbringen würde, meine geliebten Tiere, die ja unsere einzigen Familienmitglieder waren, an irgendwelche gierigen Bauern zu verscherbeln. »Was machen wir nur mit dem schwarzen Brocken von Kater?« Ich streichelte das verwöhnte Katzenvieh, das sich wie immer schnurrend auf meinem Schoß aalte, nicht ahnend, was ihm blühen würde. Zum Mäusefangen war er längst zu fett. Niemand würde ihn haben wollen.

»Mama, mach dir keine Sorgen, mein Schachpartner Waldemar, den ich im Finale besiegt habe, holt ihn mit dem Moped ab. Der Kater wird in einen Jutesack gesteckt, damit er sich nicht orientieren kann. Denn sonst liefe er sicher die siebzehn Kilometer von Allenstein zu unserem Haus zurück.«

Viktor handelte viel besonnener als ich.

Während ich also mit den Einweckgläsern, Kartoffel- und Mehlsäcken auf dem Schubkarren durch die Nachbarschaft marschierte und alles verschenkte, reiste Viktor von Allenstein aus sogar nach Warschau in die französische Botschaft, die damals die Interessen der Bundesrepublik vertrat, denn es gab noch einige Formalitäten zu erledigen. Alle wichtigen Urkunden und Dokumente mussten übersetzt und staatlich beglaubigt werden.

»Was ist los, Rosa, zieht ihr tatsächlich weg?« Der Nachbar, Herr Voiticzek, der damals behauptet hatte, den Osterhasen gesehen zu haben, stand mit seiner Mistforke vor dem Stall. »Stimmen die Gerüchte also doch!«

»Ja, und ich wäre dir dankbar, wenn du meine Möbel abholst.«

»Ich brauche keine Möbel, aber mein Neffe, der hat gerade geheiratet, der springt in die Luft vor Freude …« Seine Stimme war ausdruckslos, als interessiere ihn das nicht unbedingt.

»Ja, dann mach ihm Beine!« Hastig eilte ich weiter. »Es muss alles schleunigst raus und weg!«

Noch am selben Nachmittag fuhr ein junger Mann mit seinen

Kumpels in einem riesigen Lastwagen vor und durfte alles, was er gebrauchen konnte, nach Belieben mitnehmen. Und das ließ sich der Jungvermählte nicht zweimal sagen.

Fassungslos stand ich dabei, während sich mein Haus und Hof quasi von selbst entsorgte!

Einerseits freute ich mich mit den jungen Leuten, die mich immer wieder vor Freude umarmen wollten, was ich etwas verlegen abwehrte, andererseits sah ich zu, wie mein ganzes bisheriges Leben sich vor meinen Augen in Luft auflöste. Jedes einzelne Teil hatte ich selbst gezimmert, selbst herbeigeschleppt, selbst repariert, verschönert, verziert, immer wieder erneuert und verbessert, bis alles gemütlich und behaglich war und mein Viktor sich heimisch und wohlfühlen konnte. Als sie die beiden Betten rausschleppten, fühlte ich mich augenblicklich wie nach dem Krieg. Nur diesmal durfte ich nicht mit dem Knüppel dazwischenstehen, sondern musste mich noch mit ihnen freuen.

Und dann mussten als Letztes die Zollformalitäten in Olsztyn, meinem guten alten Allenstein, erledigt werden, Bahntickets gekauft und Platzkarten reserviert werden, und als mein aufmerksamer und fürsorglicher Viktor von dort zurückkam, brachte er Herrn Witkowski gleich mit.

»Es hat also geklappt?« Die Unterlider des grau melierten Direktors zuckten leicht, als er das leer geräumte, besenreine und frisch gewischte Häuschen betrat. »Aber warum denn Tränen, gute Frau? Das war doch das, was Sie wollten, oder nicht?«

»Ich weiß eigentlich gar nicht mehr, was ich will, das hier war mein Leben …« Ich wusste nicht, was ich sagen sollte, um die schreckliche, lastende Stille zu durchbrechen, die jetzt über meinem kleinen Häuschen lag. Kein Muh und kein Mäh mehr aus dem Stall, kein Katerschnurren und kein Hundegebell.

»Aber Mama, natürlich ist es das, was wir wollen.« Viktor legte den Arm um mich und griff nach dem Schachweltmeister-Buch, das ich nicht übers Herz gebracht hatte, wegzugeben. »Herr Direktor. Darf ich Ihnen dieses Buch zurückschenken? Wir können es nicht mitschleppen, und so haben Sie ein Andenken an mich.«

Jetzt wurden auch dem Direktor die Augen feucht! Viktor schenkte unseren letzten Schnaps aus, und plötzlich standen die bewegten Nachbarn vor der Tür, samt Waldemar, Witek, seinem knurrigen Großvater, meinem Osterhasen-Nachbarn Herrn Voiticzek und dessen frisch verheiratetem Neffen sowie dessen Frau und Brüdern! Selten hatte jemand von ihnen in den letzten fünfzehn Jahren länger mit uns geredet, aber jetzt wünschten sie uns doch alle Glück! Mit Tränen in den Augen umarmten sie uns, und so manch einer flüsterte mir ins Ohr, wie stark und mutig ich doch die ganzen Jahre gewesen sei.

Plötzlich miaute es ganz bitterlich, und wir fuhren herum. Der dicke Kater begehrte beleidigt Einlass, schnurrte um meine Beine und schrie seinen Frust heraus.

»Wo kommt der denn her?« Waldemar warf die Hände in die Luft. »Ich habe ihn in einen Sack gesteckt und auf dem Moped festgebunden, der kann doch nicht schon wieder hier sein?«

»Was machen wir denn nur mit ihm?« Ratlos und voll des tiefsten Mitleids für meinen treuen Kater streichelte ich ihm die bebenden Nackenhaare.

»Rosa, ich nehme ihn.« Der Nachbar, der behauptet hatte, den Osterhasen gesehen zu haben, streckte seine Hände nach ihm aus. »Er wird sich nicht von diesem Haus trennen können, aber ich sorge für ihn, versprochen.« Dabei zwinkerte er Viktor zu, als hätte er etwas im Auge. »Versprochen, ich schlachte ihn nicht.«

So feierten wir noch die halbe Sommernacht vor unserem leeren Häuschen Abschied, die Nachbarn holten Stühle und Kisten, damit wir uns darauf setzen konnten, und die eine oder andere Schnapsflasche kreiste. So gesellig und fröhlich hatte ich meine Dorfgemeinschaft nach dem Krieg noch nie erlebt!

Als am nächsten Morgen in aller Herrgottsfrühe das Taxi vorfuhr, war mein Viktor ganz grün im Gesicht. »Mensch Mama, das war viel Schnaps gestern!«

Ich zwang mich, nicht mehr zurückzuschauen, als der Wagen langsam knirschend über die immer noch unbefestigte Dorfstraße in Richtung Allenstein davonfuhr.

Die Stirn an die kühle Scheibe gepresst, betrachtete ich die sich endlos windende Landstraße, die in der Morgensonne dalag wie eine Schlange. Hier haben wir uns damals bei minus zwanzig Grad nach Allenstein geschleppt, um »den letzten Zug in den Westen« zu erreichen. Hier hatte uns der Militärlaster aufgegabelt, hier war er mit uns in den Feldweg eingebogen. Hier hatte er uns wieder abgeladen, dort hinten hatten meine Dokumente am Zaun geflattert. Hier hatte ich meine drei Söhne hüfthoch im Schnee stehen lassen, um das Gepäck zu retten, vergebens.

Hier hatte ich sie weitergezogen, hier hatten die Panzer gestanden, und von dort vorne hatte es lichterloh brennend rot herübergeschienen. Hier hatte das Artilleriefeuer gekracht, und da waren wir in die Kolonne der Flüchtlinge hineingeraten, die panisch schreiend eine Zuflucht gesucht hatten …

»Mama? Wir sind da.« Viktor rüttelte mich von hinten an den Schultern. Ich war auf dem Beifahrersitz des Taxis völlig in Gedanken versunken.

»Oh, Viktor. Zahlst du?« Ich schälte mich wie erschlagen von meinen Erinnerungen aus dem Taxi und griff nach unserem Gepäck, das der Taxifahrer aus dem Kofferraum angelte.

»Schon erledigt. Mama, lass mich das machen. Nimm du die Umhängetasche und den Beutel mit dem Proviant.«

Damals hatte ich die nassen, fast erfrorenen, schwer traumatisierten Kinder weitergezogen, heute zog Viktor mich weiter. »Komm, Mama, unser Zug wartet nicht!«

Fast wollten sich meine Beine sträuben. Erinnerungen schlugen wie eine kalte Axt auf mich ein. Doch jetzt gab es kein Zurück mehr. Mit angehaltenem Atem hastete ich weiter.

Wir eilten durch die Unterführung, mein Blick fiel auf die Damentoilette, in der sich damals Schreckliches abgespielt hatte. Da war die Tür zum Luftschutzbunker, heute verrammelt und verrostet, und da war die Kammer mit den Fundsachen … kurz spürte ich den widerlichen Atem des feisten Soldaten und fühlte den Schmerz, als ich auf diesem Eisentisch lag und er mich schlug …

»Mama? Hier müssen wir rauf. Gib mir deine Tasche.«

»Njet Kultura!«

»Ich muss noch mal, Viktor. Ich muss auf die Toilette.«

»Uns bleiben fünf Minuten!«

»Das reicht.« Ich wollte ein letztes Mal den Ort sehen, an dem das kleine blonde Mädchen mit dem roten Mützchen gelegen hatte. »Mama, da liegt ein Baby!«, hatte Walter gerufen, und ich hatte völlig überfordert und gereizt geantwortet: »Ach, das wird eine Puppe sein.«

»Mama? Bist du so weit? Die Leute sind schon eingestiegen!« Viktor lehnte draußen an der Wand. Ich sah ihn als kleinen Knirps völlig verstört und vollgeschissen in seinen nassen Hosen auf der Erde sitzen und weinen. »Ich will nach Hause, Mama!«

Am Arm meines Sohnes hastete ich die Treppe hinauf. Es war genau der Bahnsteig, an dem damals »der letzte Zug in den Westen« losgefahren war! Plötzlich bockte ich wie ein Pferd, das die letzte Hürde nicht nehmen will.

»Mama, was ist denn?« Viktor hatte schon das Gepäck hineingewuchtet und reichte mir seinen Arm.

»Was, wenn er gar nicht in den Westen fährt?«

»Aber Mama, das ist der Expresszug Warschau–Paris, schau doch nur, hier steht es!«

Und es war auch wahrlich kein Güterwaggon, sondern ein Personenzug mit Abteilen, in denen die Leute behaglich auf gepolsterten Sitzen saßen.

»Natürlich, Viktor, entschuldige.« Willig ließ ich mich von meinem neunzehnjährigen Sohn hineinhieven, und hinter uns schlugen bereits die Türen zu. »Vorsicht bei der Abfahrt des Zuges!« Ein Pfiff, und die Dampflok setzte sich schnaufend und Dampf ausstoßend in Bewegung. Der Zug in den Westen. Nach sechzehn Jahren hatten wir ihn endlich erreicht.

ROSA

August 1961, Biberach an der Riß

Rosa! Bis du das wirklich? O mein Gott, wie alt du geworden bist! Du hast ja schlohweiße Haare!« Meine Schwester schlug die Hände über dem Kopf zusammen und starrte mich an wie eine Erscheinung von einem anderen Stern.

»Erna! Danke, Schwester, für deine offenen Worte! Du siehst dafür richtig gut aus! Ist das eine Dauerwelle?« Ich ließ den Koffer fallen und reichte ihr beide Hände.

»Oh, entschuldige, es ist nur …« Meine zehn Jahre ältere Schwester senkte verschämt die blaulila geschminkten Augen, mit denen sie mich auf dem Bahnsteig minutenlang angestarrt hatte. »Es ist nur … man sieht dir die viele Arbeit an. Und dass ihr da drüben … nichts hattet.« Schnell wandte sie sich an Viktor. »Sag bloß, du bist das kleine Vickilein. So ein stattlicher, großer, hübscher Mann bist du geworden!«

»Danke, liebe Tante. Es ist übrigens gar nicht so, dass wir nichts hatten.« Während Viktor das Gepäck trug, wanderten wir den Bahnsteig entlang. »Trotz aller Schicksalsschläge hatte ich die beste Kindheit, die man haben kann, verbunden mit der reinen Natur, mit Angeln in kristallklaren Seen, mit unendlichen Wäldern, mit der großen Freiheit, die meine Mutter mir gab, mit spannender Schatzsuche und mit dem heimeligsten Zuhause, das sich ein Junge nur wünschen kann.«

»Aber so war es doch gar nicht gemeint …« Meine Schwester Erna krallte die Finger in den Kragen ihres schicken Tuchmantels. »Wie war die Fahrt?«, versuchte sie, die Peinlichkeit zu überbrücken.

»Oh, die Mama hat nur apathisch vor sich hin gestarrt«, sprudelte Viktor weiter. »Aber ich habe alles in mich aufgesogen; die

Grenze zur DDR, mein Gott war das nervenaufreibend, ein paar Leute wurden durchsucht und mussten wieder aussteigen, dann die nächtliche Fahrt durch die dunkle Ostzone, und plötzlich, am Grenzübergang Berlin Friedrichstraße, dann der Bahnhof Zoo, das Lichtermeer ...«

Wir waren an der Bushaltestelle vor dem Bahnhofsgebäude angekommen. Ein grauer, nasskalter Wintertag empfing uns in diesem hügeligen Land. »Wir sind dir so dankbar, Erna, dass du die Einladung geschickt und die Bürgschaft übernommen hast ...«

»Ach, das war doch das wenigste.« Mit einem mitleidschwangeren Blick auf mich arme alte Elendsgestalt zog sie uns in den Bus. »Wir wohnen in einer Neubausiedlung am Stadtrand: ›Am weißen Bild‹, so heißt sie! Da könnt ihr als Spätaussiedler eine Dreizimmerwohnung beziehen!«

»Drei Zimmer?« Ich sank auf den Sitz im Bus und starrte sie an. »Das können wir nie und nimmer bezahlen!«

»Na, ihr müsst sie euch vorübergehend mit zwei anderen Familien teilen.« Meine Schwester Erna knöpfte sich den Mantel auf. »Wegen der Kuba-Krise kommen zurzeit ganz viele, wisst ihr ... und bei uns könnt ihr nicht wohnen, weil unsere Söhne schon ihre Freundinnen haben mit einziehen lassen, ich sage euch, Sodom und Gomorrha, aber seit den Kriegsheimkehrern nennt man das ja wilde Ehe ...«

Sie plauderte munter und ungehemmt laut im Bus auf uns, die wir hinter ihr hockten, ein, dass mir ganz angst und bange wurde. Ja saßen denn hier keine Spitzel, die einen gleich abführten mit den Worten »Zur Klärung eines Sachverhalts«?

Ein Mann vom Wohnungsamt übergab uns sehr förmlich den Schlüssel zu »unserer« Wohnung im Erdgeschoss, in der einige zweckmäßige Einbaumöbel standen, ein Tisch, vier Stühle, zwei Räume mit je drei Bettgestellen, eine schäbige dunkelbraune

Einbauküche, alles wirkte im Gegensatz zu unserem gemütlichen Haus sehr behelfsmäßig, ja fast lieblos. Hätte es so viel bedurft, ein kleines Blümchen herzustellen, einen kleinen Obstkorb oder ein Schild »Herzlich willkommen«? Aber was durfte man als Spätaussiedler erwarten? Viktor hingegen war von allem begeistert und zog hier und da bereits Schubladen auf. »Steckdosen, Mama! In jedem Zimmer zwei! Und elektrisches Licht! Und ein Kühlschrank! Da ist zwar nichts drin, aber das wird schon …« Er schenkte mir immer wieder aufmunternde Blicke. Wir luden unsere Koffer in eines der Zimmer auf die Betten und wuschen uns die Hände. Mir war plötzlich schrecklich kalt.

»Kommt mit in meine Wohnung, die ist im Nachbarwohnblock im achten Stock mit prima Aussicht, wir haben sogar einen Balkon mit Blick auf die Stadt und den Fluss!« Erna wirbelte in ihren modischen Stiefeln, die sie über blauen Hosen, die man Jeans nannte, trug, durch den Hausflur des Nachbarhauses vor uns her. »Ihr werdet sehen, im Nu habt ihr euch eingelebt, und dann …« Ihre Worte verhallten. Sie betrat ein winziges Verlies und hinderte mit dem Stiefel die Tür daran, von alleine zuzugehen. »Na los, worauf wartet ihr noch!«

»Da geh ich nicht rein …« Panisch wich ich zurück. Das Ding war ja noch enger als eine Gefängniszelle, ein fensterloser Verhörraum, von denen man schreckliche Dinge hörte!

»Aber Mutter, das ist ein Fahrstuhl!« Viktor lachte.

»Nein, das ist mir ungeheuer.«

»Aber Rosa, willst du acht Stockwerke zu Fuß gehen?« Erna schüttelte ihren rötlich gefärbten Lockenkopf.

»Ja.« Entschlossen stapfte ich drauflos, durch das gekachelte und nach Bohnerwachs riechende Treppenhaus. Alle Wohnungstüren waren gleich grau und gleich unpersönlich schmucklos. Und auf den Fußmatten standen eine Menge Schuhe.

Keuchend erreichte ich die Wohnung meiner Schwester, deren Tür bereits offen stand.

»Mutter, sie haben einen Fernseher! Und einen Staubsauger! Und eine Dusche mit Duschvorhang aus Plastik, da sind Ananas und Melonenscheiben drauf!«

»Wie? Was sollen denn Melonenscheiben auf einem Duschvorhang?«

»Doch nur als Muster, Mama, nur als Muster!«

Viktor zog mich begeistert herein. »Schau doch nur, der Musikschrank mit integriertem Radio und Plattenspieler …« Ich hatte keine Ahnung, was das alles war. Beeindruckt spähte ich durch das Wohnzimmerfenster, hinunter in die Siedlung. Der Blick reichte weit hinüber in die Stadt, dessen Lichter sich an einen dunklen Hügel schmiegten.

»Und sie haben ein Auto!« Viktor wanderte in großen Schritten in der Wohnung herum. »Kannst du dir das vorstellen, Mama!«

Ich nickte ergeben. Plötzlich fühlte ich eine bleierne Müdigkeit und sehnte mich nach meinem selbst gestopften Entendaunen-Federbett, das längst das Brautbett der Jungverheirateten in meinem Nachbardorf schmückte. Wahrscheinlich war darin schon der Thronfolger gezeugt worden. Wie es wohl meinem dicken Kater ging, so allein und ohne uns … ich rieb mir fröstelnd die Arme. Wehe, Waldemar hatte ihn in die Suppe gesteckt.

Aus dem Zimmer der Jugendlichen plärrte eine helle Frauenstimme: »Komm doch mit, komm ein bisschen mit … nach Italien … an den Gardasee …«

Mich überzog eine Gänsehaut. Ich wollte nach Hause, zu meinen Tieren, meinem Garten, meinem Teich und meiner Arbeit!

Erna drückte mich auf das Sofa und überreichte mir ein langstieliges Glas mit irgendwas, das rötlich schimmerte und prickelte und auf dem eine Kirsche auf einem roten Stab thronte. Auf dem niedrigen Wohnzimmertisch in Form einer Niere tummelten sich seltsame Köstlichkeiten, deren Ursprung nicht mehr zu erkennen war: bunte Salate in Plastikdosen, Dips, Käsestücke, Ananasscheiben auf Schinkenröllchen … war das Spargel? Es duftete unfassbar nach knusprigem warmem Weißbrot, obwohl weit und breit kein Ofen zu sehen war. Mein Magen zog sich vor Hunger zusammen. Wann hatte ich zuletzt etwas gegessen?

»Was ist das?« Ich zeigte auf ein stacheliges Ding aus rohem Fleisch mit Gürkchen an Holzstäbchen. »Habt ihr einen Igel gebraten?«

»Ein Mettigel! Das ist der neueste Schrei!«

In dem Moment flogen mit einem Knall zwei kross gebratene Scheiben Brot aus einer Maschine. Ich fasste mir ans Herz. »Mein Gott, habe ich mich jetzt erschrocken!«

»Aber Rosa, das ist ein Toaster! Das musst du probieren, hier, nimm …«

Ich verbrannte mir fast die Finger an dem frisch gerösteten Brot, ließ mich dann aber von meiner Schwester gerne bedienen. Mein Gott, und hier lebte sie schon seit fast siebzehn Jahren?

Die Jugend – in Form von zwei erwachsenen Männern, die ich als Kleinkinder zuletzt gesehen hatte, samt deren langhaarigen blonden Freundinnen in engen Jeans und entzückenden Pullöverchen, die keinesfalls selbst gestrickt sein konnten, samt meinem bäuerlich wirkenden Viktor, dem dauernd nur die Augen aus dem Kopf fielen, gesellte sich nun auch zu uns. Man versank in Sesseln, nahm sich einen Pappteller auf den Schoß und lud ihn voll mit kalten Häppchen, auf denen Sonnenschirmchen aus Papier oder Käsewürfel steckten.

Das Stimmengewirr erschlug mich fast. Im Hintergrund ertönte inzwischen die Stimme einer Sängerin, die von »weißen Rosen aus Athen« schwärmte.

»Warte, ich dreh die Platte um!« Viktor sprang auf, mit vollem Mund.

»Nein, du zerkratzt sie mir nur …« Der erste Cousin sprang gleich hinterher. »Die muss man behandeln wie ein rohes Ei!«

»Ich weiß, wie man rohe Eier behandelt«, schnaubte Viktor.

»Wie redet der denn?« Eines der Mädchen fasste sich kichernd an den Kopf.

»Ja, das ist eben unser Dialekt. Ihr habt übrigens auch einen, das könnt ihr mir glauben!«

Die jungen Leute schwäbelten so sehr, dass ich nur die Hälfte verstand.

»Warte, ich habe noch eine ganz heiße Scheibe …« Der Neffe legte eine neue Platte auf.

Eine heiße Scheibe hatte ich selber in der Hand! Nämlich dieses köstlich krosse, duftende und zarte Weißbrot, das aus dem Toaster gesprungen war!

Erna übernahm die Gesprächsführung. Sie war bereits Rentnerin, ihr Mann war im Krieg bei Elbling gefallen, und sie bezog seit siebzehn Jahren hier in der Bundesrepublik Witwenrente.

Bereits mit der Zwangsumsiedlung war sie damals mit anderen Frauen und Müttern in diese Gegend gekommen, hatte zuerst in Holzbaracken gewohnt, in einem Lager am Stadtrand.

»Aber dann wurde mit dem Bau dieser Siedlung begonnen, für die Unterbringung der Flüchtlinge und dann der Spätaussiedler.« Sie strahlte mich an, und ich bemerkte, dass sie eine sehr hübsche ebenmäßige Zahnprothese trug. »Wir bekamen dann recht schnell diese Wohnung mit Aussicht, und die gesamte Wohnungseinrichtung habe ich sofort angeschafft und mittels Ratenzahlung von meiner Witwenrente abgestottert.«

Ich hielt im Kauen inne, schluckte und starrte sie an.

»Es herrscht aber immer noch Wohnungsnot«, plauderte Erna weiter, während sie sich eine Zigarette anzündete und den Rauch aus dem rosa geschminkten Mundwinkel in die linke Ecke blies. Sie hatte tatsächlich lackierte Fingernägel! »Jetzt kommen gerade vermehrt Flüchtlinge aus der DDR, die Leute flüchten über Ungarn, die Tschechoslowakei und Österreich … Kinder, macht doch mal die Musik leiser! Und dann natürlich die Spätaussiedler aus Schlesien und Ostpreußen, Pommern und so weiter. Das alles gibt es ja nicht mehr. Stell dir vor, auf den Landkarten im Atlas sind diese Gegenden einfach nicht existent.«

Meine Vergangenheit fühlte sich an wie abgeschnitten. Ja, sie hatten unser Land längst ausradiert.

»Sogar aus Sibirien kommen jetzt noch Leute heim!« Erna nahm einen tiefen Zug. »Es stört dich hoffentlich nicht, wenn ich rauche, aber so halte ich mir meine Figur. Letztens habe ich ein paar ganz ausgemergelte Frauen gesehen, die kamen mit dem Bus aus einem Übergangslager, man munkelt, die waren fünfzehn Jahre und länger in Sibirien … und viele haben das gar nicht überlebt. Die sollen in Kohlebergwerken gearbeitet haben, bei minus dreißig Grad …«

Mir wurde plötzlich ganz kalt. Vielleicht wäre ich jetzt unter ihnen, wenn ich damals in diesen Zug gestiegen wäre. Und plötzlich fiel mir wieder dieses Kind mit der roten Mütze ein.

»Entschuldige, Erna, ich muss jetzt wirklich erst einmal für mich sein.« Ich rappelte mich mühsam aus dem tiefen Sofa hoch, wofür ich drei Anläufe brauchte, bis Viktor mich schließlich hochzog, und bedankte mich für den herzlichen Empfang. »Viktor, kommst du?«

»Ach Mama, lass mich doch noch ein bisschen hier!« Bittend schaute er auf die Zimmertür, hinter der inzwischen eine neue Schallplatte spielte. »Mama, das ist Elvis Presley! Der King of Rock 'n' Roll!«

Ich verstand kein Wort von dem Gejaule, es hörte sich einfach nur laut an.

»Natürlich kannst du hierbleiben, mein Sohn. Für dich fängt jetzt endlich ein neues Leben an.«

Die Traurigkeit, mit der ich kurz darauf einsam und verwirrt mein Bett an der Wand des schmucklosen Zimmers bezog, ist kaum zu beschreiben.

BARBARA

Pfingsten 1965, Biberach,
psychosomatische Sonnenschein-Klinik, Zimmer 208

Frau Urban, sind Sie so weit?« Die junge Ärztin strich ihrer Patientin, die wie ein Schatten am Fenster saß, besorgt über den Arm. »Ihr Mann ist jetzt da.«

Barbara Urban nickte stumm. Ihre mageren Finger verkrampften sich ineinander. Der Blick aus ihren blassblauen Augen war auf ihre Füße gerichtet, die in groben Wollsocken steckten. Ihr war immerfort kalt. Auf dem Tisch standen zwei unberührte Tassen, eine Kaffeekanne und ein Milchkännchen.

»Dann hole ich ihn jetzt.« Die Ärztin eilte hinaus auf den Flur, wo ihr schon ein groß gewachsener Mann Anfang fünfzig entgegenkam. Zögerlich suchte er die Nummern der Zimmer ab, unter dem Arm eine Aktentasche und einen kleinen Blumenstrauß.

»Herr Urban?« Die Ärztin reichte ihm die Hand. »Wir haben telefoniert. Hatten Sie eine angenehme Fahrt?«

»Nun ja, sie zog sich über einige Stunden, in denen es in meinem Kopf drunter und drüber ging. – Wie geht es ihr?« Er wies mit dem Kopf an die geschlossene Tür, aus der die Ärztin gekommen war, und zupfte unsicher am Papier des Blumenstraußes herum.

Die Ärztin senkte die Stimme. »Sie ist immer noch sehr schwach und tieftraurig. Seit sechs Wochen haben wir sie nun aufgepäppelt mit Infusionen und Vitaminen, wir machen hier auch Bewegungstherapie und natürlich Gesprächstherapie, sie bekommt Massagen und nimmt Moorbäder, aber letztlich ist sie eine gebrochene Frau, sie friert immerzu von innen heraus, und Sie dürfen es sich bitte nicht allzu sehr anmerken lassen, dass sie sehr alt und gebrechlich wirkt.«

Die Ärztin ließ ihren Blick schweifen über die große, gut aussehende Gestalt des Mannes, der im tadellos sitzenden Anzug mit blank geputzten Schuhen vor ihr stand, den Mantel locker über den Arm gelegt. Ein Mann aus besseren Kreisen, ein Familienvater mit Haus und Garten. Mit eigenem Pkw und sicher einem guten Einkommen. Er hatte zwei Kinder, einen Sohn von zweiundzwanzig und eine Tochter von vierzehn. Das hatte er ihr am Telefon erzählt. Und er wollte auch noch zurückfahren nach München, um das morgige Pfingstfest mit ihnen zu verbringen.

»Wenn Sie mich brauchen, ich bin in der Nähe.« Die Ärztin hatte extra ihren Dienst auf den heutigen Samstag gelegt, um ihrer Patientin, aber auch deren Mann, im Notfall beizustehen.

»Dann lasse ich Sie jetzt … erwarten Sie nicht zu viel und seien Sie behutsam … viel Glück.«

Der Mann nickte dankend, zupfte das Papier von den Blumen und klopfte an die Zimmertür. Als sich nichts rührte, trat er mit heftigem Herzklopfen ein.

Der fast durchsichtige Schatten, der am Fenster saß, erhob sich mühsam. Die magere Frau mit den schlohweißen kurz geschnittenen Haaren stützte sich am Tisch ab.

»Gerhard …« Ihre Stimme hörte sich dumpf und rau an.

»Barbara! Dass ich dich doch noch einmal wiedersehe …« Zögerlich trat er auf seine Frau zu. Er hätte sie umarmen sollen, doch ihr Anblick schockierte ihn so sehr, dass er nur mit zitternden Händen die Blumen auf den Tisch legte. Gealtert, abgemagert, schwach. Ihr betongraues Gesicht war eingefallen und von unzähligen Falten durchfurcht. Ihre Lippen zitterten, als sie versuchte zu sprechen. Sie hatte nicht mehr alle Zähne im Mund, und ihr Körper war leicht nach vorn gebeugt. Sie musste jetzt fünfundvierzig Jahre alt sein.

Die beiden standen stumm voreinander und sahen sich an.

Barbara erkannte sofort den feschen, gut aussehenden und

durchtrainierten Mann wieder, den sie 1943 in Allenstein geheiratet hatte. Sie war Sportlehrerin dort am Gymnasium gewesen, und er studierte Medizin, bevor er in den Krieg eingezogen worden war. Sie hatten sich im Freibad kennengelernt, wo sie beide täglich ihre fünfzig Bahnen schwammen. Als sie mit einem tadellosen Kopfsprung vom Fünfmeterbrett neben ihm ins Wasser glitt, hatte er sich in sie verliebt. Und sie sich in ihn, der dort ehrenamtlich als Rettungsschwimmer arbeitete.

Seit dem kurzen Heimaturlaub damals in Allenstein, während dem die kleine Ilona getauft worden war, hatten sie einander nie wieder gesehen noch voneinander gehört.

»Setz dich doch! Möchtest du Kaffee?« Zitternd sank Barbara wieder in den Stuhl am Fenster, und ihre eiskalten klammen Hände schafften es nicht, die Kanne aufzuschrauben.

»Warte, ich mach das.« Gerhards Hände zitterten nicht weniger, als er die beiden Tassen halb voll schenkte. »Milch? Ich weiß gar nicht mehr, ob du Milch in den Kaffee nimmst …«

»Ich weiß es selber nicht.« Barbara rang sich ein Lächeln ab. »Vor dem Krieg haben wir Milchkaffee geliebt, weißt du noch? Aber dann gab es das alles nicht mehr.«

Die beiden rührten verlegen in ihrem Kaffee. Als sich ihre Hände versehentlich berührten, zuckten sie beide zurück. Seine Hände waren ganz weich und warm.

»Wie geht es dir?« Gerhard zwang sich, seine einstmals so schöne und kräftige Frau anzusehen, die nur noch ein trauriger Schatten ihrer selbst war. Die Sachen, die sie am Leibe trug, schlotterten ihr um den mageren Körper.

»Den Umständen entsprechend.« Sie betrachtete ihn, der sich kaum geändert hatte, und ihr Kinn fing an zu zittern. »Fang du an … Weißt du etwas von Ilona?«

Er zuckte zurück, seine Augenlider flatterten. »Ich hatte gehofft, von dir etwas über sie zu erfahren.«

Gerhard räusperte sich und riss unbehaglich an seiner Krawatte. Dann schob er den Stuhl ein ganzes Stück nach hinten, um seine langen Beine besser ausstrecken zu können. Verlegen nahm er die Untertasse an sich und versuchte, einen Schluck zu trinken. »Sie ist also nicht mehr bei dir?« Der Löffel in seiner Tasse klapperte.

»Nein, Gerhard. Als ich mit unserer Tochter am 25. Januar 1945 in Allenstein den Zug in den Westen besteigen wollte …« Sie schluckte und steckte ihre Hände zwischen ihre Knie, um das starke Zittern zu verbergen. »Frau Kozlowski war bei mir, erinnerst du dich an Frau Kozlowski, unsere Nachbarin, die eine Etage tiefer …? Sie rief mir zu, auf dem Eimer könnte ich mit dem Kind sitzen.«

»Nicht wirklich. Bitte weiter.« Zitternd schlürfte Gerhard seinen Kaffee, verbrannte sich die Zunge und stellte dann klirrend die Tasse ab. Es ging einfach nicht. Einen Cognac hätte er gebraucht, einen doppelten.

»Wir wurden alle in den Zug gepresst, immer mehr Frauen und Kinder, den Lokführer hatten sie erschossen, es herrschte plötzlich Panik, da kam ein junger russischer Offizier, und ich dachte, er will mir beim Einsteigen helfen, aber er nahm mir unsere Ilona weg …« Ihre eh schon leise, raue Stimme brach. Sie starrte aus dem Fenster.

»Ein Russe hat dir unser Kind weggenommen?« Gerhard starrte sie an. Sein Gesicht war so fahl geworden, dass es sich kaum mehr von der Wand hinter ihm abhob.

»Ich wollte schreien, aber ich war wie betäubt. Der Offizier legte seinen Zeigefinger an die Lippen und lächelte mich an, so als wollte er sagen: Das hat schon alles seine Richtigkeit.«

Barbara sprach mit eintöniger Stimme weiter, ohne ihn anzusehen. »Und heute weiß ich, dass es so war. Sie hätte die Hölle in Kasachstan nie und nimmer überlebt. Wir haben so gehungert und gefroren, die Kinder liefen nackt herum, wir hatten einfach nichts, womit wir sie hätten kleiden können. Von der Irene das Kind ist verhungert, das Kind von der Anneliese ist erfroren, das lag noch lange in einem Schuhkarton auf der Fensterbank, das konnten wir gar nicht begraben bei minus fünfunddreißig Grad und fünf Meter hoch liegendem Schnee … und ich hatte nach einer Vergewaltigung zum Glück eine Fehlgeburt.«

Gerhard spürte sein Herz hart unter seiner gestärkten Hemdbrust klopfen. Unwillkürlich raufte er sich die Haare und kippelte mit seinem Stuhl nach hinten, als wollte er noch mehr Abstand zwischen sich und die Frau bringen, die monoton weitersprach, so als wäre er gar nicht im Raum.

Es entstand eine lange, unbehagliche Stille. Nur die Schritte von irgendwem quietschten draußen über den Gang.

Vom Garten her drang das Zwitschern eifriger und munterer Vögel in das Zimmer. Was denn für ein Krieg? Schienen sie zu singen. Der ist doch schon soooo lange her …

»Jedenfalls bin ich froh, dass unsere Ilona nicht mehr lebt. Sie dürfte schon vor zwanzig Jahren gestorben sein, entweder umgebracht von dem Russen oder erfroren, im Schnee neben den Gleisen. Weißt du, damals fuhren die Panzer in Allenstein einfach alles nieder, was sich bewegte.«

Barbara presste die Lippen aufeinander und starrte an die Wand. Ihr Profil sah aus wie ein Scherenschnitt aus dem vergangenen Jahrhundert.

Gerhard konnte lange nichts sagen. Seine Augen standen voller Tränen, und unendliches Mitleid für diese arme Frau stieg in ihm auf. Sein Gesichtsausdruck war fassungslos, leer und unendlich traurig. Plötzlich erhob er sich, sank auf die Knie vor ihrem Stuhl nieder, er ergriff ihre Hände und küsste sie, dann flossen seine Tränen über diese abgearbeiteten, rauen, rissigen und eiskalten Hände mit den vielen Schwielen und Narben von den unzähligen Eiterbeulen, die sie gehabt hatte. Er fühlte ganz zart einen Kuss auf seinem vollen Haar, und dann lagen sie sich weinend in den Armen.

Lange verharrten sie so, im Leid verbunden. Als draußen eine Amsel schimpfte, zog sie ihre Hände zurück, Gerhard stand auf und setzte sich wieder auf seinen Stuhl.

»Die zwanzig Jahre sind nicht wegzuwischen«, sagte sie mit leerem Blick an die Wand gerichtet. »Du wirst inzwischen dein Leben gelebt haben. Und ich freue mich, dass du so gut aussiehst.«

»Ach, Barbara …« Gerhard wischte sich brüsk über die Augen.

»Bitte erzähl es mir. Verschone mich nicht, ich gehe davon aus, dass du längst wieder eine Familie hast.« Sie legte ihre Hände um ihre unberührte Tasse und wärmte sie daran.

»Ja.« Gerhard schluckte trocken. Seine Finger drehten unkontrolliert an seinem Krawattenzipfel herum.

»Ich versuche es kurz zu machen. Nach Kriegsende geriet ich drei Jahre lang in französische Kriegsgefangenschaft, es war schrecklich, aber wem erzähle ich das …«

»Weiter.« Barbara sah ihn gefasst an.

»Nach drei Jahren kamen wir frei, mein Freund Rudi und ich. Wir waren beide Medizinstudenten und die Jüngsten im Lager, konnten uns nützlich machen bei den Kameraden und halfen mit den wenigen bis gar nicht vorhandenen Mitteln …«

»Dein Leben, Gerhard.« Er spürte ihren Blick auf sich gerichtet, obwohl er auf den Boden starrte.

»Ich ging schließlich mit Rudi, nachdem es kein Zuhause wie Allenstein mehr gab. Rudi kam aus Dachau bei München, und ich durfte bei seiner Mutter wohnen. Der Vater war im Krieg geblieben. Es gab noch eine Schwester, Friederike …«

Gerhard schluckte und räusperte sich. »Friederikes Mann war ebenfalls gefallen, sie hatte einen kleinen Sohn, Volker. Der war damals vier.«

Barbaras Augenlider zuckten ahnungsvoll.

»Jedenfalls arbeitete Friederike damals als Dolmetscherin bei den Amerikanern und brachte immer den Kleinen zu ihrer Mutter, bei der ich wohnte. So wurden wir erst Freunde und dann …« Er brach ab und schluckte trocken.

»Ihr wurdet ein Paar.« Barbara verschränkte die Arme vor ihrem Körper.

»Ja, nachdem ich jahrelang von dir kein Lebenszeichen mehr hatte. Bitte verzeih …«

Um Verständnis ringend wollte er ihre Hand nehmen, aber sie entzog sie ihm.

»Da gibt es nichts zu verzeihen. Wir sind nicht die Einzigen, denen so etwas passiert ist. Aber du hast sie doch nicht geheiratet, nein?« Ihre Hände tasteten zu einem Stapel Papiere, der auf der Fensterbank lag. »Ich habe nämlich noch unsere Heiratsurkunde und unsere Geburtsurkunden. Sogar die von Ilona.«

»Ich habe sie nicht geheiratet.« Gerhard schüttelte den Kopf. »Nicht heiraten können. Denn auf dem Papier bin ich nach wie vor verheiratet, und Bigamie ist in Deutschland strafbar.«

Er warf einen Blick auf die vergilbten alten Zettel, offensichtlich die Dokumente, die sie über all die Jahre gerettet hatte. Die altdeutsche Schrift, die fast vergilbten Stempel, ihr verblichener Mädchenname, ihrer beider gemeinsamer Name: Urban.

»Hättest du sie denn heiraten wollen?« Barbara knetete ihre Hände.

»Ja, denn wir haben inzwischen noch eine gemeinsame Tochter, sie ist vierzehn.« Seine Stimme wurde brüchig. »Sie fragt immer, warum wir nicht verheiratet sind, denn wir wohnen im ach so katholischen Bayern, und da gilt eine wilde Ehe als etwas Anrüchiges.« Er versuchte sich an einem spöttischen Lachen, das ihm wie ein Krächzen in der Kehle stecken blieb.

»Und was erklärst du ihr dann?« Barbara nahm zitternd einen Schluck Kaffee, der längst kalt geworden war.

»Wir haben ihr nicht die Wahrheit gesagt, sie weiß nichts von dir.« Gerhard verschränkte die Hände hinter dem Kopf.

»Und was hast du ihr gesagt, wen du heute im Krankenhaus besuchst?« Klirrend stellte sie die Tasse ab.

Wieder breitete sich eine lange Stille aus, unterbrochen von dem Klirren des Kaffeewagens draußen, den eine Helferin durch den Gang schob.

»Eine ... alte Bekannte.« Gerhard rieb sich den Nacken. »Es tut mir leid, Barbara, ich wusste ja nicht ...«

»Natürlich nicht, Lieber.«

»Friederike wird sicher Sorge haben, dass du jetzt Ansprüche stellst ...« Gerhard wischte sich mit beiden Händen fahrig über das Gesicht. »Finanzielle Ansprüche sollst du selbstverständlich stellen, wir unterstützen dich mit allem, was wir haben ...«

»Ich stelle keine Ansprüche.« Sie sah ihn aus farblosen Augen an wie ein müder Steinadler.

»Ich meine, wir würden so gerne eine Familie bleiben, Friederike, Volker, Martina und ich ...«

Die Stille, die zwischen beiden herrschte, war zum Schneiden dick.

»Bitte verzeih«, stammelte Gerhard mit tränenerstickter Stimme. »Wir sind einander fremd geworden, ich könnte nicht mehr mit dir leben, bitte willige in die Scheidung ein!«

»Es gibt nichts zu verzeihen.« Barbara presste die Hände an die Schläfen. »Ich willige ein. Ich bin dir nicht böse. Es ist absolut verständlich. Ich wünsche dir und deiner Familie alles Glück der Welt.«

»Barbara, du beschämst mich so!« Schon wieder kniete Gerhard vor ihr und griff nach ihren Händen, küsste ihre hervorstehenden Fingerknöchel und ließ bittere Tränen darauf fallen. »Ich fühle mich furchtbar schäbig und klein!«

»Die Hoffnung auf dich und Ilona hat mich zwanzig Jahre lang am Leben gehalten. Andere verschleppte Deutsche dort hatten keine Hoffnung. Die haben aufgegeben und sind jämmerlich gestorben.« Barbara wischte sich über die zitternden Augenlider. »Die letzte Deutsche, die mit mir in Kasachstan war, lag tagelang tot auf dem Boden. Sie war weiß vor Läusen.«

Fassungslos starrte Gerhard seine ehemalige Frau an. Er konnte es nicht mehr ertragen.

»Was wird jetzt aus dir, Barbara? Ich meine, wenn du hier … fertig bist?« Er stand auf, rückte seinen Stuhl zurecht, zuckte bei dem quietschenden Scharren über den gescheuerten Linoleumboden zusammen. Draußen zwitscherten die Vögel. Er wollte nur raus.

»Man hat mir eine kleine Wohnung zugewiesen, dort hinten im Neubaugebiet. Am weißen Bild heißt es. Da wohnen viele Spätaussiedler und solche wie ich.«

»Ich unterstützte dich monatlich mit einem Scheck!«

»Ich komme zurecht, Gerhard.« Zitternd stand sie auf und ging zögerlich auf ihren Noch-Ehemann zu, um ihn zur Tür zu begleiten. Sie war nach diesem Gespräch derart müde und erschöpft, dass sie nur mit geschlossenen Augen auf dem Bett liegen wollte. »Ich habe wirklich nur eine Bitte an dich.«

»Alles, Barbara, alles, was menschenmöglich ist.« Gerhard zog sie aufschluchzend an sich und küsste ihr stumpfes, kurzes Haar. Sie löste sich von ihm und sah ihn ein letztes Mal an:

»Stell bitte die Blumen ins Wasser.«

ROSA

Pfingstsamstag 1965, Biberach,
psychosomatische Sonnenschein-Klinik

Hallo, sind Sie hier zuständig?«

Der Mann, der sichtlich bewegt und mit Tränen in den Augen aus dem Zimmer kam, reichte mir einen leicht zerknitterten Blumenstrauß.

»Ja, ich bringe eine Vase, warten Sie bitte einen Augenblick.«

Seit bald vier Jahren hatte ich hier in der Klinik eine Putzstelle, und am Wochenende wurde doppelt bezahlt. Also war ich am heutigen Pfingstsamstag anwesend. Die sehr nette, patente junge Oberärztin, die sich um eine besonders bedürftige Patientin kümmerte, hatte ebenfalls Dienst. Sie saß in ihrem Besprechungszimmer und hatte die Tür offen gelassen.

»Ist der Mann von 208 fertig?« Sie blickte von ihren Akten auf.

»Ja, er hat mich gerade um eine Vase gebeten.«

»Bringen Sie die Vase hinein und schauen Sie bitte mal unauffällig, wie es der Patientin geht, Frau Lipka. Sie sind doch selber aus Ostpreußen, oder nicht?«

»Ja, ich bin vor vier Jahren mit meinem Sohn aus Wartenburg gekommen.« Ich füllte die Vase mit Wasser und wollte gerade zu der Patientin gehen, als ich den Mann laut aufschluchzen hörte.

»Frau Doktor? Ich glaube, der Mann braucht Sie.«

»Aber bitte, Herr Urban, kommen Sie doch herein. Ich habe schon auf Sie gewartet. Wie ist das Gespräch verlaufen?«

Eigentlich wollte ich nicht lauschen. Aber nachdem die Ärztin mir gerade verraten hatte, dass es sich bei der Patientin um eine Landsmännin aus Ostpreußen handelte, blieb ich mit meiner Vase wie angewurzelt stehen. Bevor ich zu ihr hineinging, wollte ich erst einmal wissen, worum es überhaupt ging.

»Sie war so unglaublich gefasst und tapfer«, schluchzte Herr Urban am Schreibtisch der Ärztin sitzend. »Sie hat mir überhaupt keine Vorwürfe gemacht und keine Ansprüche gestellt. Sie hat sofort in die Scheidung eingewilligt, Frau Doktor, ich schäme mich so!«

»Aber Herr Urban, bitte beruhigen Sie sich …« Ich hörte, wie die Ärztin ihm den Spender mit den Papiertaschentüchern hinüberschob.

»Diesen Moment habe ich ebenso befürchtet wie herbeigesehnt!« Herr Urban schnäuzte sich in das Taschentuch. Ich hörte, wie der Treteimer bedient wurde. »Meine Frau … also meine Lebensgefährtin Friederike und Mutter meiner Kinder … denn auch Volker ist inzwischen mein Kind … wünscht sich so sehr, dass wir endlich heiraten, aber dazu brauchte ich die Scheidungseinwilligung von Barbara, und jetzt habe ich sie und fühle mich erbärmlich!«

»Herr Urban, alle Folgen des Krieges sind tragisch, und die wenigsten können persönlich etwas dafür. Sie wussten all die Jahre nicht, ob Ihre Frau noch lebte …«

»Und so hätte es auch bleiben können.« Herr Urban murmelte etwas, das ich nicht verstehen konnte. »Wenn erst mal das Rote Kreuz im Spiel ist, wird alles offiziell, und es gibt kein Zurück mehr!«

»Aber Ihre Frau, also Barbara Urban, meine Patientin, hat mir in langen Gesprächssitzungen ihre Geschichte erzählt. Sie können mir glauben, wie schwer es ihr und selbst mir gefallen ist, diese Grausamkeiten aufzuarbeiten. Das Einzige, was ich am Ende für sie tun konnte, war, das Rote Kreuz zu kontaktieren. Und die schickten mir bereits nach drei Tagen die Adresse Ihrer Praxis in Dachau.«

Innerlich konnte ich bereits eins und eins zusammenzählen. Der Mann hatte nach dem Krieg sein Glück gemacht, die Frau lag hier als körperliches und seelisches Wrack und hatte ihn nun freigegeben.

»Das Schlimmste ist, dass unsere gemeinsame Tochter Ilona auch schon seit zwanzig Jahren nicht mehr lebt«, schluchzte Herr Urban nebenan. »Ich hatte so gehofft, dass Barbara sie bei sich hätte. Oder dass sie irgendwas von ihr wüsste.«

»Ein Baby hätte damals schon die Fahrt nach Sibirien nicht überlebt.« Die Ärztin zündete sich eine Zigarette an und bot auch Herrn Urban eine an, ich hörte die Feuerzeuge klicken.

»Übrigens war Ihre Frau in Kasachstan. Der Waggon, in dem sie mit sechzig anderen Frauen und Kindern eingepfercht war, wurde auf freier Strecke abgehängt.«

»Das hat sie mir nicht erzählt.« Herr Urban schluchzte.

»Die Geschichte hätte viel zu lange gedauert …« Die Ärztin seufzte. »Wie alt war denn Ihr Kind damals?«

»Sie war knapp über ein Jahr!« Herr Urban nahm einen tiefen Zug. »Ihr Geburtsdatum ist der 18. Dezember 1943!«

»Ja, das Datum hat mir Ihre Frau schon genannt. Es steht hier in meiner Akte.« Die Ärztin blätterte in ihren Dateikarten. »Sie hat sogar alle Geburtsurkunden und ihre Heiratsurkunde gerettet, die liegen alle bei ihr auf der Fensterbank.«

»Ich bin auch sicher, dass unsere Ilona Sibirien nicht überlebt hätte. Hat meine Frau Ihnen erzählt, dass ein junger russischer Offizier ihr das Baby aus den Armen genommen hat?«

Mein Herz setzte aus. In meinem Kopf begann ein Hamsterrad, sich rückwärtszudrehen. Schnell, schneller, immer schneller. Oder war das mein Puls, der so raste?

Njet Kultura!

»Wo war das, sagten Sie, Herr Urban?« Die Ärztin blätterte rauchend in ihren Akten.

»In Allenstein. Am 25. Januar 45 in Allenstein. – Wenn Sie mir jetzt erlauben würden, mit meiner Frau zu telefonieren, sie möchte sicher wissen, wie alles gelaufen ist.«

»Natürlich. Ich lasse Sie allein.«

Die Patientin lag regungslos auf dem Bett, die Decke bis zum Kinn gezogen. Sie hatte sich zur Seite gedreht, eine Hand unter die Wange gelegt, die Beine angezogen wie ein Embryo, und starrte an die Wand. Sie war mager, elend und verzweifelt, und doch bildete ich mir ein, mich an sie zu erinnern. Sie war die große, blonde Frau gewesen, die das Kind mit dem roten Mützchen unter dem Mantel gehabt hatte. Ich hätte es schwören können. Sie war es. Sie war uns mit langen Schritten und wehenden blonden Haaren entgegengelaufen, damals, auf der Treppe!

Ich hatte leise geklopft, aber keine Antwort erhalten, und so schlüpfte ich mit der Blumenvase einfach hinein. Ich war die Putzhilfe, und sie hatte nach einer Vase gefragt.

So unauffällig wie möglich machte ich mich am Tisch zu schaffen, steckte die Blumen in die Vase, stellte die Kaffeetassen zusammen und räumte sie wieder auf das Tablett.

Innerlich überlegte ich fieberhaft, ob ich es wagen sollte, sie anzusprechen. Ob es mir zustand, sie mit meinem losen Verdacht zu konfrontieren. Aber es passte doch alles zusammen! Das Datum, die Gestalt der Frau, das Alter des Kindes, der Bahnhof Allenstein. Der russische Offizier. An den ich jeden Tag dachte und den ich in meine Gebete mit einschloss. Und wenn er mehrere Babys aus dem Zug genommen hatte an dem Tag? Wir hatten aber nur eines gesehen. Das Baby mit dem roten Mützchen, vor der Damentoilette.

Der Fahrkartenverkäufer hatte den russischen Offizier dabei beobachtet, wie er das Kind abgelegt hatte. Und kurz darauf hatte es diese Margit mit ihrer Elvira mitgenommen. Doch wie könnte man sie je finden? Das Kind hatte seinen Namen noch nicht sagen können. Die Frauen hatten beschlossen, es Clara zu nennen. War Clara Ilona? Und was, wenn ich jetzt einen weiteren Stein ins Rollen brachte?

Die Ärztin hatte durch ihre Anfrage beim Roten Kreuz nach drei Tagen den Ehemann von Barbara ausfindig gemacht und herbestellt, aber ging es der Patientin jetzt dadurch besser? Sie wirkte so hoffnungslos, so apathisch, so fern von dieser Welt, dass ich sicher war, sie hatte kein Fünkchen Lebensmut mehr in ihren Adern.

Mein Blick fiel auf das Röhrchen mit den Tabletten, das griffbereit neben einem vollen Wasserglas auf ihrem Nachttisch stand. Was, wenn sie jetzt eine Überdosis Schlaftabletten nehmen würde? Ihre Verzweiflung konnte niemand besser verstehen als ich!

Beim Herausschlüpfen aus ihrem Zimmer kam mir nur ein einziger rettender Gedanke.

Ich nahm das Röhrchen mit den Tabletten vom Nachttisch und stellte es auf mein Tablett.

ZWEITER TEIL

CLARA

1. Juli 1965, Sommerferienbeginn, Sassnitz auf Rügen

Na endlich, mein Schatz! Immer wenn du allein mit dem Zug fährst, stehe ich Höllenqualen aus! Bist du etwa den ganzen Weg vom Bahnhof zu Fuß gegangen mit dem schweren Koffer? Ich hätte dich doch abgeholt! Papa hat mir extra den Trabi dagelassen!«

Mama stand schon am Gartentor und rannte mir freudestrahlend entgegen, umarmte mich innigst und hielt mich dann auf Armeslänge von sich ab. »Du wirst ja immer hübscher, meine Kleine!«

Ich stellte meine zwei Koffer ab, reckte meinen müden Rücken, der hörbar knackte, und konnte mich kaum der heftigen Umarmung meiner Mama erwehren, die auf mich zugeschossen kam, als wäre ich in akuter Lebensgefahr gewesen.

»Hallo, meine liebste Mama, ich habe mich schon so nach dir und Papa gesehnt …«

»Mein Gott, Clara, bist du etwa noch weiter gewachsen?« Sie hielt mich erneut von sich ab wie ein Kleid auf einem Kleiderbügel, das man bei Licht betrachten will, und sah mich prüfend an. »Du strahlst ja so … ja sag mal, bist du verliebt? Gibt es einen feschen Arzt bei euch in der Klinik in Berlin …? Ist es dieser Assistenzarzt, von dem du Elvira geschrieben hast?« Sie plapperte in einem fort, als hätte jemand einen Schlüssel auf ihrem Rücken aufgezogen. So aufgeregt und fast ein wenig … als wollte sie etwas überspielen.

Typisch Elvira, schoss es mir durch den Kopf. Hatte wieder ihre Klappe nicht halten können.

»Mama, ich strahle, weil ich endlich zu Hause bin! Die letzten sechs Monate im Schwesternwohnheim waren schrecklich, die

Zugfahrt hat acht Stunden gedauert, ich musste im Gang stehen, und jetzt bin ich hier und habe dich zurück, meine geliebte Mama!«

»Der ist ja furchtbar schwer, Kind!« Mama versuchte, einen der Koffer durch das Gartentor zu ziehen.

»Da sind meine ganzen Anatomiebücher drin.«

Mama schlug die Hände über dem Kopf zusammen. »Und das musst du alles lernen bis zum Examen? Ich dachte, du kannst dich hier ein bisschen erholen!«

»Was denkst du denn! Fast hätten sie mich zum Examen nicht zugelassen, aber das erzähle ich dir alles später, hier haben doch die Nachbarfenster Augen und Ohren!«

Endlich konnte ich mich von ihr lösen, und Arm in Arm schlenderten wir, jede einen Koffer in der Hand, durch den Vorgarten in das kühle, von Efeu umrankte Haus hinein. Begonien wucherten geradezu in den Balkonkästen und schienen ihre üppige Blütenpracht mir zum Willkommen im Winde zu schütteln. Der Nachbarhund bellte, um mich zu begrüßen. Es roch wie immer, würzig nach der Ostseebrise, salzig, frisch. Sofort schlug mir der vertraute Duft des Hauses entgegen, der alte Kronleuchter blinkte im Sonnenlicht, die Katze schmuste schnurrend um meine Beine, die Uhr an der Küchenwand tickte, als wäre ich nie weg gewesen. Ich seufzte tief auf. Es war so lange her, dass ich mich unbekümmert und lebendig gefühlt hatte! Mein geliebtes Elternhaus!

»Wo ist Papa?«

»Magst du dich erst wieder in deinem Zimmer einrichten und auspacken, oder sollen wir gleich weiterfahren?« Mama schleppte schon den größeren Koffer hinauf. »Papa ist gerade unten im Hafen und macht sich auf einer Schwedenfähre nützlich, die einen Maschinenschlosser brauchte. Aber er kommt später nach! Er kann es kaum erwarten, sein Mädchen wiederzusehen!«

Ich sah mich in meinem alten Mädchenzimmer mit den Rosentapeten und den Erkern um. Die Puppen saßen steif im Regal, neben meinen Schulbüchern, die Reitgerte hing an der Wand neben den Pferdepostern, und der von mir selbst gehäkelte Bettüberwurf wies keine einzige Falte auf. Draußen zogen verheißungsvoll ein paar wattige Sommerwolken am blauen Himmel vorbei.

»Dann lassen wir doch alles liegen und stehen! Gib mir zehn Minuten, und dann fahren wir zu Elvi und Claudia, ich freu mich doch so auf die beiden!«

Nachdem ich mich frisch gemacht hatte, quetschten wir beide uns in den Trabi, der eigentlich Papa gehörte. »Darf ich fahren?« Bittend streckte ich die Hand nach dem Autoschlüssel aus. »Ich kann das, Mama, eine Freundin in Berlin hat mich im Hinterhof fahren lassen!«

Mama konnte mir nicht widerstehen. Widerstandslos rückte sie auf den Beifahrersitz.

»Du liebe Güte, wenn uns die Polizei erwischt!« Mama sah sich mehrmals hektisch um, als ob ich beim rückwärts Ausparken ihre heilige Gartenmauer streifen könnte. »Der Papa darf das nicht erfahren … aber heute ausnahmsweise, weil …« Wischte sie sich etwa über die Augen? Weinte sie vor Wiedersehensfreude?

»Weil was?« Ich schob schon routiniert den ersten Gang rein. »Was guckst du mich denn die ganze Zeit so an? Ich kann das, Mama, vertrau mir!«

»Ach Kind, was machst du nur immer für Sachen.« Wieder und wieder sah sie zu mir herüber, als würde sie mich gerade zum ersten Mal sehen.

»Kind, du bist noch viel schöner geworden. Groß und blond und schlank … die Assistenzärzte müssen sich die Augen nach dir ausschauen!«

»Ich durfte in Berlin jetzt tatsächlich ein paarmal als Model arbeiten, stell dir vor. Sabine und ich haben uns an der Pforte der Charité abgemeldet, aber statt zu unserer Dozentin zum Lernen zu gehen, habe ich einen Bummel am Alex gemacht, und da wurde ich angesprochen, ob ich Kleider vorführen möchte, während Sabine ganz brav zu der Dozentin ging …«

»Hoffentlich hat sie dich nicht verpetzt.« Mama sah mich so merkwürdig von der Seite an.

»Aber nein, Mama, wir halten auf dem Zimmer ganz doll zusammen, wir haben schon einige Streiche ausgeheckt, zum Beispiel haben wir den Knochenmann aus dem Anatomieraum geklaut und …« Ich bremste heftig ab, weil die Straße hier Löcher hatte. »Autsch, der Keilriemen.«

»Das musst du alles gleich erzählen, damit deine Schwester und deine Nichte das hören können.« Sie griff mir in die blonden langen Haare, die ich zum Pferdeschwanz gebunden hatte, und löste das Haargummi. »Wie hat der liebe Gott dich reich beschenkt.« Andächtig strich sie mir über die wallende Mähne und ließ meine Haarsträhnen durch ihre Finger gleiten. »Aber mich erst …«

»Mama, bitte, ich muss fahren!« Ich streckte die Hand nach dem Gummiband aus, nahm es zwischen die Zähne und fummelte es mir während des Fahrens wieder in die Haare. Diesmal machte ich gleich einen improvisierten Dutt daraus.

»Also, um auf deine Frage von vorhin zurückzukommen, ein Assistenzarzt in der Charité namens Jörg macht mich ziemlich dreist an, und ich kann das echt nicht ertragen. Der sagt auch immer, wie schön ich bin und was für eine tolle Figur ich habe und so lange Beine und den ganzen Quatsch, den kein Mensch von einem Kollegen am Arbeitsplatz hören will. Ich will für meine Leistung beurteilt werden und nicht für mein Aussehen.«

Mama zog erschrocken die Hand zurück. »Entschuldige, Kind. Ich wollte dir nicht zu nahe treten.« Mein Blick zuckte zu ihr rüber. Hatte sie etwa immer noch Tränen in den Augen oder waren das die blöden Abgase?«

»Liebste Mama! Ich bin jetzt wieder da und bleibe den ganzen Sommer!« Ich setzte den Blinker und bog von der Landstraße ab in

Richtung des Bauernhofes, wo Elvira mit Fred und Claudia wohnte. »Ich freue mich so auf das Ausreiten, aber lernen muss ich eben auch.« Ich seufzte tief auf und drehte das Fenster herunter. Sofort quoll der scharfe Gestank nach Auspuff, Benzin und Öl herein, und es knatterte ganz fürchterlich. Schnell kurbelte ich das Fenster wieder hoch.

»Du bist hier zu Hause, mein Schatz.« Mamas Stimme klang ganz merkwürdig. »Ich bin so glücklich, dass du heile zurück bist, und ich hab euch alle drei gleich lieb.«

Eine Weile schwiegen wir, und ich konzentrierte mich auf das Umfahren der großen Schlaglöcher auf der baumgesäumten Allee. Dann setzte sie plötzlich nach: »Und euer Vater hat euch auch alle gleich lieb.«

Ich stieß ein verlegenes Lachen aus. »Was ist denn nur los mit dir, Mama? Hat sich die Schulleitung bei euch beschwert? Ich kann euch alles erklären, sie müssen mich zur Prüfung zulassen, ich habe nur Einsen und Zweien!«

»Ja, es waren ein paar Leute vom Politbüro hier, die haben Papa und mir gesagt, dass der Lehrvertrag hinfällig wird und die ganzen vier Jahren umsonst waren, wenn du dich nicht an die Regeln hältst. Das sei eine letzte Verwarnung.«

Ach, das war es, weshalb sie mich immer so merkwürdig von der Seite anstarrte!

»Mama, ich lerne jetzt die ganzen Sommerferien, und dann lege ich eine gute Abschlussprüfung hin, mitsamt sämtlichen politischen Fächern und Russisch. Versprochen.«

Mit einem Knirschen fuhr ich die Einfahrt zu der Tierarztpraxis hinauf, die im ländlichen Idyll zwischen Pferdekoppeln, Kuhställen und dem schmucken Wohnhaus meiner Schwester Elvira und ihrer Familie lag. Kühe und Pferde grasten geruhsam auf den grünen Wiesen, die Kornfelder wiegten sich im Wind, und vom Waldrand rief ein Kuckuck herüber.

Ich stellte den Motor ab und schälte mich aus dem kleinen Trabi. Endlich verebbte der Gestank nach Auspuff, und der Geruch nach meinen geliebten Pferden, würzigem Heu und blühenden Bäumen nahm von meinen Lungen Besitz. Ich schloss die Augen und inhalierte tief. Die salzige Ostseebrise löste ein Glücksgefühl in mir aus.

Und da sprangen sie mir auch schon entgegen: Meine geliebte ältere Schwester Elvira und meine süße mollige Backfisch-Nichte Claudia, mitsamt ihren Hunden! Wir umarmten uns unter Freudengeheul, dass die Knochen nur so krachten.

»Mama, hast du sie etwa fahren lassen? Weiß der Papa das?«

»Ja, sie wollte unbedingt … und heute, ausnahmsweise …« Mama klaubte den Behälter mit dem Kuchen aus dem Kofferraum.

»Wieso heute, ausnahmsweise? Kriegt unsere Prinzessin wieder eine Sonderbehandlung?«

»Ach, ich hab euch doch alle gleich lieb …«

»Das hat sie eben auch schon gesagt«, kicherte ich aufgekratzt. »Sagt mal, habt ihr Mama was in den Tee getan?«

Gott, war das schön, wieder zu Hause zu sein!

Lachend und tratschend wanderten wir Arm in Arm den Weg von der Koppel hinauf zum Wohnhaus, die Hunde begleiteten uns bellend und schwanzwedelnd.

Kurz darauf saßen wir Frauen der Familie gemütlich am liebevoll gedeckten Kaffeetisch auf der Veranda: Mama, Elvira, Claudia und ich. Mama stellte die mitgebrachte Kuchenplatte auf den Tisch, und Elvira brachte eine Kanne Kaffee, frische Zitronenlimonade und eine Schüssel mit frischer Sahne, nach der Claudia sofort gierig griff.

»Was hast du wieder angestellt in Berlin?« Meine vierzehnjährige Nichte Claudia kaute glücklich auf dem kross-buttrigen Streuselkuchen herum, den niemand so fantastisch hinbekam wie unsere Mama, und sah mich sensationslüstern an. »Erzähl mir von deinen ganzen Missetaten, Clara. Hier ist es nämlich ohne dich stinklangweilig!«

»Na ja, wir haben eher so militärischen Drill im Schwesternwohnheim. Mit sechs Kolleginnen wohne ich auf einem kleinen Zimmer mit Doppelstockbetten. Um zehn Uhr abends müssen wir alle im Bett sein, das wird von der Heimleitung überprüft. Auch die Schränke und die Betten werden regelmäßig überprüft, da geht die Oberschwester mit dem Finger über die Böden. Und wehe, da ist nur ein einziges Krümelchen Staub …«

»Das muss auch sein, wenn man Kinder- und Säuglingsschwester werden will.« Mama hob rechthaberisch die Augenbrauen.

»Mama, ich wollte Ärztin werden, schon vergessen?« Etwas zu heftig wirbelte ich zu ihr herum. »Sie haben mich nicht das Abitur machen lassen, weil ich nicht in die FDJ wollte.«

»Erzähl von deinen Streichen!« Claudia zupfte mich kauend am Ärmel. »Der Rest ist langweilig.«

»Wir haben halt Partys gefeiert und Westradio gehört. Kennst du die Beatles? Oder Elvis Presley? Für den schwärmen wir alle … Mama, das reicht, danke!« Ich ließ mir von Mama noch einen dicken Klecks Sahne auf den Teller legen, Protest hatte keinen Zweck. »Dann hat uns die Aufseherin erwischt und hat uns das Radio weggenommen, aber wir haben einfach weitergefeiert und die Lieder selbst lauthals gesungen, denn die Schlager von Radio Luxembourg kennen wir längst auswendig …«

Claudia sah mich mit ihren kugelrunden dunkelbraunen Augen staunend an. »Dass du dich das traust!« Mit ihrer dunkelbraunen Ponyfrisur wirkte sie süß wie ein Welpe. »Aber wir schauen auch manchmal heimlich Westfernsehen!« Sie verschränkte die Arme und grinste in die Runde. »Gell, Mama, Bonanza mögen wir besonders.« Elvira versetzte ihr einen Stoß. »Halt den Mund, Claudia, Papa hat Leute von der Partei im Haus.«

»Kinder, bitte, wir haben es doch gerade so nett.« Mamas Stimme zitterte ein wenig. »Nehmt doch noch ein Stück! Und lasst uns nicht politisch werden.«

»Ich platze gleich, Mama, danke. Aber meine Nichte sollte es doch rechtzeitig wissen, dass es vom Politbüro richtig Ärger gibt, wenn man sich nicht an die Regeln hält. Denn du willst ja Tierärztin werden wie dein Papa, nicht wahr?«

»Claudia muss erst mal gute Noten bringen.« Elvira schüttelte den Kopf. »Ihr fliegt das nicht so zu wie dir.«

Ich schluckte und bemerkte, dass Claudia bockig die Arme vor der Brust verschränkte. Sie sollten uns doch nicht immer vergleichen! Ja, Elvira und Claudia waren dunkelhaarig, klein und kompakt, genau wie Mama, und ich fiel mit meinen staksigen Storchbeinen und meiner weißblonden Mähne irgendwie aus der Art. Papa behauptete immer, sein Vater wäre ein so langer dünner Schlaks gewesen, und ganz blond noch dazu.

Ich bemerkte eine kleine Irritation zwischen ihr und Mama. Mama schüttelte unbehaglich den Kopf. Ein paar kaum verhüllte Blicke vernebelten die bisher so ausgelassene Atmosphäre. Ich versuchte, wieder Mädcheninternats-Träume herbeizureden.

»Jedenfalls werden wir nun ununterbrochen laut beschallt mit politischen Beiträgen, die die Heimleitung auswählt. Dabei kann man natürlich nicht lernen!« Ich schob den Kuchenteller von mir. »Ach, was war das in meinem ersten Ausbildungsjahr 1961 noch schön, als wir vor dem Mauerbau rüberkonnten in den Westen!«

»Erinnerst du dich, wie du über den antifaschistischen Schutzwall in der erweiterten Oberstufe ein Referat halten musstest?« Meine Schwester Elvira grinste nun doch wieder. »Und du hast vor dem ganzen Prüfungskomitee gesagt, du verstehst das gar nicht, das sei doch kein Schutzwall, sondern eine Mauer, die Familien und Freunde trennt …«

»Ja, da habe ich eine Fünf bekommen und unsere Eltern die Androhung, dass ich meine Ausbildungsstelle verliere, wenn ich nicht sofort ein Referat in ihrem Sinne halte.« Ich zwinkerte Claudia zu, die mich sensationslüstern anstarrte. »Man muss mit den Wölfen heulen, hat mein Papa daraufhin gesagt.«

»Clara, bitte.« Mutter sandte mir einen warnenden Blick und wies auf die benachbarten Ställe. »Fred ist nicht allein. Wir wollten doch nicht politisch werden.«

»Erzähl, Clara!« Claudias dunkle Augen fixierten mich. Sie hob ihr Kinn herausfordernd ein wenig an. »Ihr konntet einfach so rüber? Was habt ihr da drüben gemacht? Wie sah es aus? Stimmt es, dass da alles viel bunter ist? Gibt es da die richtige Coca-Cola?« Sie streckte ihre mollige Hand aus und tätschelte mich an der Schulter. »Ich will Coca-Cola und Nutella!«

Ich senkte die Stimme. Verschwörerisch wisperte ich ihr zu: »Wir kannten Westberlin besser als Ostberlin! Wir gingen dauernd ins Kino, und auf dem Ku'damm war abends ein einziges Lichtermeer, die Schaufenster …«

»Wann kommt eigentlich Fred?« Mama hatte plötzlich einen ganz bemühten Tonfall drauf. »Ich meine, lässt er sich zur Feier des Tages noch mal bei uns blicken?« Nervös schaute sie auf ihre Armbanduhr und ließ sich in ihren Stuhl zurücksinken. Elvira sah sie verständnislos an.

»Der hat gerade eine Besprechung im Stall mit dem Kaderleiter. Es geht um die Turnierpferde, die bis zum großen Rennen noch ein bisschen fitter gemacht werden sollen.«

»Der Papa gibt denen so Spritzen, dass die schneller laufen.« Das pubertäre Küken schaute mit ihren runden Kinderbacken ganz unschuldig. »Das muss aber ein Geheimnis bleiben, wie so einiges in unserer Familie.« Sie saugte provokativ an ihrem Strohhalm.

Meine Schwester wechselte abrupt das Thema. »Claudia ist jetzt bei den Pionieren!«

»Oh! Ihr heult also auch mit den Wölfen.« Ich nahm schnell einen Schluck von der Zitronenbrause. »Claudia, geh du deinen Weg, du wirst schon das Richtige tun. Und deine Mama wird dich immer gut beraten, so wie meine mich.« Ich lächelte Mama liebevoll an. Sie hatte mir immer geraten, auf mein Herz zu hören, und ich hatte mich gegen das Einheitsmuster samt Halstuch entschieden. Was mich später ständig anecken ließ und in Schwierigkeiten brachte.

»Kommst du denn auch zu meiner Jugendweihe?«

»Ich werde alles tun, damit mein Drachen von Oberschwester mir freigibt.«

Wir plauderten und lachten und hänselten einander, und ab und zu glitt mein Blick zu Mama, die wiederum uns Schwestern dauernd betrachtete, als sähe sie uns heute zum ersten Mal. Hatte ich mich im letzten halben Jahr in Berlin wirklich so verändert, dass sie mich dauernd mustern musste? Bestimmt war das der Stress, die vielen Nachtschichten, das unregelmäßige Essen, die langen Abende, aber auch meine strenge Oberschwester, die mich ganz besonders auf dem Kieker hatte, sodass jetzt alles Runde, Kindliche und Naive von mir abgefallen war. Mama hatte mich früher immer ihren pausbäckigen blonden Friedensengel genannt. Damals, als wir aus dem Krieg flüchten mussten und schließlich hier in Sassnitz Papa wiederfanden. Die Leute wussten erst gar nicht, ob ich Elviras Kind war oder Mamas, und sie munkelten, dass sich Mama als meine Mutter ausgab, um Elvira zu schützen. Aber diese alten Geschichten wollte ich nun wirklich nicht mehr hören.

MARGIT

1. Juli 1965, Sassnitz auf Rügen

Na endlich, Fred, da bist du ja! Wir haben dir sogar noch ein Stück Kuchen übrig gelassen!« Fast erleichtert sprang ich von dem Gartenstuhl auf und umarmte meinen Schwiegersohn. »Sind die Leute weg?« Meine Wangen brannten, mein Kopf dröhnte.

»Jo.« Fred war schon immer von der einsilbigen, ruhigen Sorte und grüßte nur »Moin!« in die Runde. Er wischte sich mit dem Taschentuch die Hände ab. Sein Blick zuckte über die schnatternde Mädelsrunde, und ich gab ihm mit Blicken zu verstehen, dass wir noch nicht über die Sache gesprochen hatten. Aber gestern Abend hatte er mich angerufen und mir etwas erzählt, was mich völlig aus der Bahn geworfen hatte. Nur mühsam hatte ich mich bis jetzt beherrscht. Ich wäre wohl in Ohnmacht gefallen, wenn er jetzt nicht endlich erschienen wäre. Es dauerte mehrere Sekunden, bis ich registrierte, dass er mich allein sprechen wollte, und zwar jetzt! Doch meine neugierige kleine Enkelin Claudia wollte ihren Papa für sich haben.

»Stimmt es, dass die Turnierpferde von dir flottgemacht werden?« Die drei Mädels belagerten ihn mit Fragen zu den Vitaminspritzen, die er nur einsilbig beantwortete.

»Muss nicht, aber kann.« Er zwinkerte nervös mit den Augen, ließ sich von Elvira Kaffee einschenken und vertilgte dann konzentriert und schnell die letzten beiden Stücke von meinem Streuselkuchen. Seine Kieferknochen mahlten. Dabei zuckten seine Blicke immer wie zufällig zu Clara hinüber, die gerade eifrig von ihrem Schwesternschülerinnenleben und dem lästigen Assistenzarzt erzählte, der ihr nachstellte.

»Ist was, Fred? Mama hat mich eben auch schon so angestarrt.« Sie sah ihren Schwager stirnrunzelnd an. »Hab ich irgendwas Ekliges an mir? Sahne am Mundwinkel, Streusel auf der Nase, einen Pickel auf der Stirn?«

»Nichts, gar nichts, alles bestens.« Fred kaute weiter, spülte mit einem Schluck Kaffee hinterher und griff dann zu dem Päckchen Zigaretten, das eigentlich Elvira gehörte.

»Seit wann rauchst du denn?« Wie eine langsam ansteigende Flut drängte sich eine Ahnung in mein Herz. Es war etwas passiert, und er musste dringend mit mir reden.

»Och, manchmal muss das einfach sein.« Seine Stimme klang belegt und zögerlich.

Fred steckte sich eine an, und ich merkte, wie seine kräftigen kurzen Finger zitterten.

»Wisst ihr was, Mädels, warum geht ihr nicht rüber zu den Pferden und sattelt für Clara Little Joe?« Fred stellte zwei Bierflaschen auf den Tisch.

»Ja, wenn ihr uns loswerden wollt …«

»Au ja, ich will ausreiten, ich kann es kaum erwarten …«

Alle drei sprangen auf, Clara drückte mir noch einen Kuss auf die Wange und bedankte sich für den Kuchen. »So was Köstliches bekommen wir bei uns in der Schwesternküche nicht! – Mama, ich bin so froh, dass ich wieder zu Hause bin!«

Die drei Mädels trollten sich in Richtung Pferdekoppel. Zwei dunkelhaarige, kräftige und eine hochgewachsene Blonde. Mir war heiß und schwindelig.

»Jau, das kann man sehen.« Fred blies Ringe in die Luft. »Und mit dem Trabi hast du sie auch fahren lassen? Margit, du verwöhnst die Kleene zu sehr. Aber ich sag's nicht Klemens.«

»Danke, dass du mich gestern Abend noch angerufen hast.« Ich legte meine Hand auf seinen Arm und merkte, dass sie zitterte. »Aber deine Andeutungen haben mich nicht schlafen lassen. Du sagtest, es ginge um Clara und es wäre etwas Schwerwiegendes … Wird sie nicht zur Prüfung zugelassen oder hat sie wieder was ausgefressen, was weißt du denn?«

Fred sog den Rauch tief ein, vergewisserte sich, dass die Mädels außer Hörweite waren, und legte los. »Als ich gestern spät von der Pferdekoppel kam, lief im Haus der Fernseher, aber keiner saß davor. Das hab ich ja nicht so gern, und ich wollte schon ausschalten, das ist schließlich Stromverschwendung. Außerdem war es Westfernsehen, was mich in eine peinliche Lage gebracht hätte, wenn mein Kaderleiter zufällig mit reingekommen wäre!«

»Hat Claudia schon angedeutet.« Ich stieß einen zischenden Laut aus. »Ihr habt hier so viele Privilegien, die solltet ihr euch nicht verscherzen. Aber was hat das mit Clara zu tun?«

Fred schüttelte ärgerlich den Kopf. Er zupfte sich einen Tabakkrümel von der Zunge. »Ich wollte gerade ausschalten, zumal die Sendung langweilig war. Es wurde über Renten gesprochen, irgendwas, was mich nicht interessierte, aber dann horchte ich doch auf, es ging um Spätaussiedler, die erst jetzt in der BRD angekommen sind, nach zwanzig Jahren, stell dir vor, kommen die armen Schweine aus Sibirien zurück. Und da war diese Frau … die exakt aussah wie Clara.«

Einen Moment lang blieb mir die Luft weg. Plötzlich spürte ich, wie die Vergangenheit ihre Tentakel nach mir ausstreckte, um mich komplett aufzusaugen, wie ein grauenvolles giftiges Rieseninsekt. Ich würde nicht mehr existent sein, wenn Fred zu Ende gesprochen hätte!

Als ich meinen Gesichtsausdruck halbwegs wieder unter Kontrolle hatte, hörte ich, wie Fred sagte: »… Elvira rief von oben: ›Ich bin schon im Bad!‹ Und unsere Lütte war längst im Bett. Also stand ich da im Wohnzimmer und starrte auf die Mattscheibe. Die Frau sah alt und verbraucht aus, als hätte man sie für einen Horrorfilm geschminkt. Aber die Stimme … Sie sprach zwar mit einem ganz merkwürdigen, harten Dialekt, aber die Stimme, Margit …« Er drückte die Zigarette im Aschenbecher aus und knetete seine Hände.

Mein Herz tat einen ganz und gar unrhythmischen Schlag gegen meine Lungenflügel, wie ein Vogel, der gegen ein Hindernis geflogen ist und zu Boden kracht und hilflos flattert, und ich spürte eine heftige Hitzewallung über mich rollen wie eine brennende Decke. Fred redete zögerlich weiter, wobei er meine Reaktion mit ärztlicher Besorgnis beobachtete.

»Die Frau saß in einer Gesprächsrunde, und mit vergrämten Gesichtszügen und ganz harter Stimme und mit diesem seltsamen Dialekt sagte sie, dass sie zwanzig Jahre in Sibirien war und jetzt überhaupt keinen Anspruch auf eine Rente hat. Die Frau war gar nicht alt, fünfundvierzig Jahre, das wurde extra eingeblendet, und sie erzählte, dass sie sich schon umbringen wollte, aber eine Putzhilfe im Krankenhaus hat sie davon abgehalten.«

»Um Gottes willen!« Ich umklammerte meine Stuhllehne, bis die Fingerknöchel hervortraten.

»Spätestens da hab ich mich hingesetzt, Margit, das kannst du mir glauben.« Fred registrierte meine Panik und fingerte nach der nächsten Zigarette. »Ich habe in den Fernseher gestarrt und gedacht, das kann doch gar nicht sein. Das gibt's doch nicht, nicht nach zwanzig Jahren. Und dann dachte ich, die Clara kommt doch morgen aus Berlin zurück. Du musst es wissen, bevor du es von anderer Seite erfährst. Claras Mutter lebt.«

Fred sah mich von der Seite an, und ich krallte meine Hände in die Armlehnen des Gartenstuhls, auf dem ich glaubte, festgewachsen zu sein. Mein Mund war staubtrocken, und ich lechzte nach einem Schluck Zitronenwasser, war aber nicht fähig, den Krug zu heben. Ich hielt inne, wie erstarrt.

»Du weißt es also.« Ich schluckte trocken. »Elvira hat nicht dichtgehalten wie versprochen.«

Fred wischte sich mit beiden behaarten Handrücken über die Augen. »Sie hat es mir schon vor Langem erzählt, Margit, und du darfst ihr deswegen nicht böse sein. Ich weiß, ihr beide habt euch damals das Ehrenwort gegeben, darüber zu schweigen. Aber wir haben keine Geheimnisse voreinander. Sie hat es mir in der Hochzeitsnacht gesagt. Damals, als ich festgestellt habe, dass sie … nun ja, die Leute im Dorf redeten ja, dass Clara eventuell Elviras Kind sein könnte, aber das ist sie definitiv nicht.«

Ein schmales Lächeln stahl sich um seine zitternden Mundwinkel.

»Nein«, hauchte ich.

»Weiß es Claudia?« Der Kloß in meinem Hals wurde immer dicker.

Fred sah mich von der Seite an und legte seine Hand auf meine, und ich fühlte die Tränen aufsteigen.

»Nein, Margit. Natürlich nicht. Die Lütte ist vierzehn. Die träumt von Hanni und Nanni.«

Ich biss mir auf die Zunge, bevor ich die alles entscheidende Frage stellte, vor der ich mich so fürchtete.

»Hat sie Clara erwähnt? – Ich meine, die Frau im Fernsehen. Hat sie gesagt, dass sie Clara sucht?«

Fred seufzte einmal tief. »Ja. Sie hat unter Tränen die Geschichte mit dem russischen Offizier erzählt, und sie nannte das Datum 25. Januar 1945 und Allenstein. Sie ist Claras leibliche Mutter.« Er raufte sich mit beiden Händen die Haare und kippelte hilflos mit seinem Stuhl nach hinten, als wollte er Abstand zu der unabwendbaren Tatsache erreichen.

Die Stille zwischen uns dehnte sich wie ein endloses dunkles Wolkenband, hinter dem kein Horizont mehr zu sehen ist. Jeden Moment würde ein fürchterliches Unwetter losprasseln, und die Erde würde sich auftun. Ich würde in einen tiefen Krater fallen, aus dem ich nie wieder herauskäme. Ich würde Clara verlieren! Mein geliebtes, kluges, schönes und kämpferisches Mädchen, an dem ich in so besonderer Weise hing. Diese Lüge würde sie mir nie verzeihen.

Schließlich krächzte ich hilflos: »Was machen wir jetzt, Fred?«

Fred steckte sich umständlich die nächste Zigarette an, wobei seine Finger heftig zitterten. »Ich wage nicht, mich da einzumischen, Margit. Es ist dein Geheimnis, und das von Elvira. Ich nehme an, Klemens weiß es auch?«

Ich nickte stumm. Eine Serie glühender Nadelstiche überzog mich, als hätte jemand Stacheldraht über mich geworfen.

»Ihr wart immer Claras Mutter und Schwester, und wir sind ihre Familie.« Fred nahm einen tiefen Zug und blies heftig den Rauch aus. »Wir würden ihre heile Welt zerstören, wenn wir es ihr sagen. Sie ist jetzt einundzwanzig, ihr hättet es längst vorher tun müssen.«

»Wir waren felsenfest überzeugt davon, dass die Frau nicht zurückkommt.« Ich war so fassungslos, dass ich kaum sprechen konnte. »Eine Frau mit drei kleinen Jungen hat uns erzählt, dass sie mit Hunderten oder Tausenden von Frauen und Kleinkindern in einen Viehwaggon gestopft worden ist … und diese Frau ist dem Transport gerade noch entkommen. Einer ihrer Jungen hatte die Kleine gefunden, in der Damentoilette, auf einem Bündel Stroh. Wir haben ihr dann einen unserer Schlitten gegeben, denn die konnte selbst kaum einen Meter voranmachen mit ihren drei heulenden und frierenden Jungs, und sind mit Clara weitergelaufen … und später gelangten wir über Umwege nach Sassnitz, wo ich ja meine Schwiegereltern wusste.«

Klemens' Eltern, die inzwischen gestorben waren, in deren Haus wir aber nun schon seit zwanzig Jahren lebten.

Mein Herz mühte sich, als würden immer neue schwere Ziegelsteine auf meinem Brustkorb abgeladen. »Aber mir tut sie so leid … was muss die arme Frau durchgemacht haben!«

»Ja, das denke ich auch die ganze Zeit. Sie muss in der Hölle gewesen sein. Sie sah furchtbar aus, Margit.«

Ein eiskalter Schauer lief mir über die Seele. Ich atmete mit einem zittrigen Seufzer aus. »Mein Gott, und wir waren am selben Tag dort am Bahnhof, nur ein paar Minuten zu spät! Ich wollte ja mit meiner Elvira auch noch diesen Zug in den Westen erreichen!« Die nächste Hitzewallung schoss mir in jede Zelle, und ich fühlte mich innerlich verbrennen. »Mein Gott, mein Gott ...« Jetzt liefen mir die Tränen in Strömen über die Wangen. »Und jetzt kommt doch noch alles ans Licht!«

»Hier, trink mal 'nen Schluck.« Fred schob seinen Daumen unter die weißen Korken, öffnete mit einem Plopp die Bierflasche und reichte mir eine herüber. Der Schaum quoll mir eiskalt über die Finger wie die entsetzliche Nachricht über meine Seele.

»Was hat sie noch gesagt?«

»Sie wollte sich erst das Leben nehmen, ihr Mann hat längst eine andere, mit der er Kinder hat und so weiter, aber die Putzhilfe in dem Krankenhaus, in dem sie monatelang behandelt wurde, hat sie auf die Idee gebracht, sie solle ins Fernsehen gehen und nach ihrer Tochter fragen.« Fred nahm einen Schluck aus der Flasche und wischte sich mit dem Handrücken den Schaum von den Lippen. »Das sei ihre einzige, letzte Hoffnung, bevor sie sterben würde, hat sie gesagt.« Fred presste die Lippen zusammen und sah mich betroffen an. »Dass sie ihre Tochter wiederfindet. – Und jeder, der was von ihr weiß, möge sich bitte bei ihr melden.«

»Fred, was machen wir?« Ich umklammerte die kalte Bierflasche mit beiden Händen. Sie schien mich vor dem inneren Verbrennen zu retten.

Fred saß vorgebeugt und knibbelte an seiner Unterlippe herum. »Ich habe die ganze Nacht darüber nachgedacht, Margit. Auch ich bin der Meinung, dass die arme Frau von Clara erfahren muss. Das

Problem ist nur …« Er starrte mich mit einem eindeutigen Blick an und zog die Augenbrauen hoch.

»Clara kann gar nicht rüber!« Fast spürte ich Erleichterung, und ein kratziges Lachen entfuhr mir.

»Genau. Clara wird nie und nimmer eine Ausreisegenehmigung kriegen. Sie kann froh sein, dass sie durch meine Beziehungen zur Partei den Ausbildungsplatz in der Charité bekommen hat, nach ihren ganzen aufmüpfigen Protestaktionen.«

Ich ließ mich in meinen Stuhl zurücksinken. Das Bier breitete sich beruhigend in meinen Magenwänden aus. »Aber selbst wenn sie nicht ausreisen darf; vielleicht kann die … ähm … Mutter … diese arme Frau … einreisen?«

»Margit, sie wirkte sehr schwach und angegriffen. Sie war monatelang in der Klinik, sie hat starke Lungenprobleme und ist extrem untergewichtig. Sie machte nicht den Eindruck, als ob sie reisen könnte.«

Ich atmete einmal tief ein und aus. »Fred, ich würde die Frau bei uns aufnehmen. Sie hat doch da drüben niemanden.«

»Offensichtlich nur die Putzhilfe.« Fred drückte seine vierte Zigarette im Aschenbecher aus. »Die hat sie mehrmals erwähnt. Sie wohnt inzwischen in der gleichen Unterkunft, und die Putzhilfe, oder die Hoffnung, ihre Tochter wiederzusehen, hat sie sogar so weit gebracht, dort inzwischen einen Sprachkurs für Spätaussiedler zu machen. Sie will gutes Deutsch sprechen können, wenn sie ihre Tochter erneut sieht. Sie hat ja zwanzig Jahre nur Russisch gesprochen.«

»Aber sie wird sie nicht wiedersehen, wenn sie nicht in die DDR kommt, denn andersherum gibt es sicher keinen Weg …« Ich nahm einen tiefen Schluck von dem kalten Bier. Es strömte beruhigend in meine brennenden Eingeweide. Meine Hilfsbereitschaft war inzwischen größer als meine Panik. Die Frau musste einfach herkommen! Ich würde sie im Zimmer vom verstorbenen Schwiegervater unterbringen, und wir könnten Clara behalten.

»Margit, wir müssen sie anrufen.«

»O Gott, mir wird schlecht … nein, Fred, lass mich noch mal drüber schlafen!« Ich massierte mir die Schläfen. »Zuerst muss ich doch mit Clara sprechen, meinst du nicht?«

»Das kannst du gleich tun.« Fred drehte sich um. »Schau, da kommen sie.«

Ich duckte mich unwillkürlich. »Nicht heute, Fred. Ich brauche noch Zeit. Lass mich erst mit Klemens sprechen.«

ROSA

Juli 1965, Biberach

Viktor! Da kommt er! Mein Viktor!«

Schon seit Stunden hatte ich am Fenster gehangen und Ausschau gehalten nach meinem lieben, einzigen Sohn, der nun schon seit drei Jahren in Lübeck studierte. Er war fast fertiger Ingenieur und verdiente schon richtig gutes Geld! Ich war so stolz auf ihn. Als der orangefarbene VW Käfer fröhlich hupend um die Ecke unserer Siedlung bog, rannte ich wie ein junges Mädchen vor die Tür unseres Wohnblockes und stand mit ausgebreiteten Armen im Vorgarten unseres Mehrparteienhauses. Die Leute, die vorbeikamen, schüttelten lachend den Kopf. Eine schrullige Alte, die im Kittel tanzt!

»Mama!« Viktor sprang aus seinem orangefarbenen VW Käfer mit dem Kennzeichen HL für Hansestadt Lübeck, bückte sich zu mir herunter und umarmte mich, dass mir fast die Knochen krachten. »Was für eine lange Fahrt, aber so wunderschön! Einmal diagonal durch Westdeutschland, bei dem Traumwetter! Ich habe ein paarmal Tramper mitgenommen, die in den Süden wollten …«

»Komm doch rein, Junge.« Ich streckte die Hand nach seiner Tasche aus, die er vorne aus dem Kofferraum des Käfers gefischt hatte, aber er lachte. »Mama, das schaffe ich gerade noch!« Er hielt mich auf Armeslänge von sich ab: »Wie geht es dir? Du siehst blendend aus! Ist das eine Dauerwelle?«

»Aber nein, Junge, so was kann ich mir doch gar nicht leisten.« Verlegen zupfte ich an meinen neuen, kringeligen Locken herum. »Ich habe mir eine Ladung Lockenwickler zugelegt, weil Erna meinte, ich könne nun wirklich nicht mehr wie eine Vogelscheuche mit Kopftuch herumlaufen.«

»Du wirkst zehn Jahre jünger, wirklich!« Viktor stürmte in die Wohnung, die ich inzwischen allein bewohnte. »Wie schön du das alles eingerichtet hast!« Er strich mit dem Finger über die goldbraune Tapete, die dazu passenden dunkelroten Vorhänge und die gebraucht gekauften Möbel, die ich mir von meinem Putzhilfengeld hatte leisten können.

Nachdem er sich die Hände gewaschen hatte, ließ er sich auf das behagliche Sofa im Wohnzimmer fallen. Ich hatte natürlich gebacken und liebevoll den Tisch gedeckt.

Erwachsen war er geworden, mein Viktor. Der ewig struppige Blondschopf war einer modernen Kurzhaarfrisur gewichen, und statt seiner geflickten, zu kurzen Hosen, mit denen ich ihn in Erinnerung hatte, trug er ein weißes Oberhemd, eine lange hellbraune Cordhose und einen dazu passenden Blouson, den er aber wegen der Hitze sofort ablegte. Er war schlank und lang und durchtrainiert … eine richtige Augenweide. Ob er wohl in Lübeck schon ein Mädchen hatte?

»Das ist der Dresscode bei uns im Ingenieurbüro.« Viktor lachte, und mir fiel auf, wie strahlend weiß seine Zähne jetzt waren. »Mama, ich habe so ein Glück mit meiner Arbeit, das kann ich dir gar nicht sagen. Sie werden mich nach meinem Examen übernehmen, die Stelle ist mir schon sicher!« Er nahm dankend die Tasse Kaffee in Empfang, die ich ihm eingeschenkt hatte. »Mein Chef ist ein herzenswarmer, kluger Mann, fast ein Vaterersatz, die Kollegen alle prima, und die Arbeit macht mir Spaß! – Na, und was sagst du zu meinem ersten eigenen Auto?« Mit dem Kinn wies er auf das offen stehende Fenster auf die Straße hinaus. »Ich stottere es natürlich in Raten ab, aber es ist mein erster fahrbarer Untersatz, und ich möchte damit Europa bereisen.«

Lächelnd beobachtete ich meinen wunderschönen, einzigen Sohn, der mir alles haarklein erzählte aus seiner neuen Heimat Lübeck, wo er in der Nähe des Holstentores bei einer alleinstehenden älteren Dame zur Untermiete wohnte. »Mama, die kocht auch für mich und macht die Wäsche, und sie fragt auch immer mal wieder, ob ich noch zu haben bin, weil ihre Schwester eine Tochter hat, die dringend Anschluss in Lübeck sucht …«

Verzückt lauschte ich seinen Geschichten aus der großen weiten Welt. Viktor fuhr fast jedes Wochenende an die Ostsee, natürlich mit Freunden und Kollegen, sie waren eine herzliche, fröhliche Clique, die das Leben in vollen Zügen auskostete. Es war richtig gewesen, nach Westdeutschland auszureisen! Er war angekommen, sprach akzentfrei Hochdeutsch.

Mein Viktor war jetzt dreiundzwanzig, und er war endlich aufgeblüht.

»Mama, alles klar bei dir? Was macht die Arbeit im Krankenhaus?«

»Es geht mir wunderbar, Junge. Zuerst war es hart, ich war die Spätaussiedlerin mit dem gebrochenen harten Deutsch, manche Leute hier sagten auch Polin oder sogar Polackin zu mir. Polenpack, faules, ungebildetes, Menschen zweiter Klasse eben.« Ich schenkte ihm Kaffee nach und legte ihm ein zweites Stück Kuchen auf den Teller. »Die Vorurteile der Deutschen gegenüber uns deutschen Spätaussiedlern sind unglaublich.«

»Ja, das stimmt, das habe ich auch anfangs in Lübeck erlebt.« Viktor spießte ein Stück Apfelkuchen auf seine Gabel und verzog das Gesicht vor Wonne. »Schmeckt wie damals, Mama. – Die Hanseaten sind alle so ganz fein und pingelig, und ein hergelaufener Pole mit meinem starken Akzent und bäuerlichen Benehmen war denen am Anfang ein Dorn im Auge. Aber heute sind wir alle längst Freunde.«

»Ich glaube, da hat uns der Sprachkurs geholfen«, waren wir uns einig. »Als wenn die Schwaben hier in Biberach keinen merklichen Akzent hätten!«

»Anfangs wollten mich manche Patienten gar nicht in ihr

Zimmer lassen mit der Behauptung, ich würde gewiss klauen.« Den letzten Satz hatte ich betont schwäbisch herausgebracht, worüber Viktor sich königlich amüsierte.

»Mama, das ist ja großartig.« Viktor nahm sich noch einen Nachschlag von der frisch geschlagenen Schlagsahne und verputzte sein zweites Stück Apfelkuchen. »Ich bin so froh, dass ich mir um dich keine Sorgen mehr machen muss.« Er kaute und schluckte. »Am Anfang, als ich diese Chance in Lübeck bekam, wusste ich nicht, ob ich dich bei den Schwaben überhaupt alloi lasse kann.«

»Kannscht, Viktor.«

»Koi Kearrle?« Spielerisch drohte er mit der Kuchengabel.

»Koi Kearrle. In meine Wohnung lasse ich bestimmt kein Mannsbild, außer dir. Außerdem habe ich ja noch meine Schwester Erna und die überaus hilfsbereiten Neffen mit ihren blonden Giften.«

Wir lachten, dann wurden wir wieder ernst. Es hatte an der Tür geklingelt.

»Viktor, ich habe ein Attentat auf dich vor.«

Ich hielt meine flache Hand auf den Ausschnitt meiner Bluse. Ich atmete tief ein, bevor ich aufstand und in den Flur hinausging.

VIKTOR

Juli 1965, Biberach

Kommen Sie rein, Frau Urban, mein Sohn ist jetzt da.« Mutter öffnete die Tür, und eine große, dünne, ja, geradezu klapprige Frau im Alter meiner Mama schlurfte von der Nachbarwohnung herbei. Sie hatte offensichtlich Mühe, sich gerade zu halten, und hielt sich für die paar Meter sogar am Treppengeländer fest. Kurz geschnittene, schlohweiße Haare, ein eingefallenes Gesicht und ihr schleppender Gang, dazu ein ständiger röchelnder Husten, das waren meine ersten Eindrücke von dieser Frau.

»Kommen Sie, Frau Urban, nehmen Sie Platz, was darf ich Ihnen anbieten?«

Ich starrte sie an. Sie war gar nicht so alt! Meine Mama und ich wechselten verstohlen einen Blick.

»Nichts, meine Liebe, gar nichts. Ich bin viel zu nervös ...«

Die Nachbarin sank auf unser Sofa, wo sie sogleich einen Hustenanfall erlitt. Peinlich berührt riss sie ihr Taschentuch aus der Kitteltasche und röchelte hinein.

»Viktor, das ist meine Freundin Barbara Urban, sie war bei uns Patientin, und jetzt sind wir sogar Nachbarinnen.« Mutter schenkte ihr Kaffee ein und warf vier, fünf Zuckerstückchen hinterher. Die Frau lächelte kopfschüttelnd hinter ihrem Taschentuch hervor.

»Nicht doch, Frau Lipka, so viel Zucker ist gar nicht gut für mich ...« Sie sah mich mit einem Blick an, der sagte, dass sie schon viele zuckerlose Tage erlebt hatte.

»Sie können gar nicht genug Zucker bekommen, meine Liebe. Sie brauchen doch endlich mal wieder was auf den Rippen.«

Ich begriff sofort, dass diese Frau mindestens ein so hartes Schicksal hinter sich haben musste wie wir. Sie war eine Spätaussiedlerin, darauf deutete ja schon ihre Wohnung. Aber auch ihr herbes Aussehen und ihr harter, ostpreußischer Akzent.

»Junge, ich habe dir doch von dem Baby erzählt, das wir in Allenstein am Bahnhof gefunden haben. Das Mädchen mit der roten Mütze.«

Mein Herz schlug hart. »Ja?« Fragend schaute ich von einer zur anderen. »Was hat es jetzt damit auf sich?«

»Frau Urban ist vor ein paar Wochen in einer Fernsehsendung aufgetreten. Ich habe sie dazu überredet.«

Überrascht spielte ich mit dem Wasserglas in meinen Händen. »Sie ist doch nicht etwa …?« Meine Frage klang wie ein leiser Aufschrei.

Es entstand eine kleine Pause, bevor die Frau nickte und Mutter gleichzeitig antwortete. »Doch, Viktor. Das ist die Frau, der der russische Offizier das Baby weggenommen hat. Frau Urban war zwanzig Jahre lang in Kasachstan.«

Ich spürte, wie ich blass wurde. Alle sorglose Heiterkeit unseres Wiedersehens war wie weggeblasen.

»Ihre Mutter hat mir das Leben gerettet«, röchelte Frau Urban in ihr Taschentuch. »Ich hatte zwanzig Jahre lang die Hoffnung, meinen Mann und mein Kind wiederzusehen. Mein Mann hat eine neue Familie und will die Scheidung …« Sie unterbrach sich, ihr Gesicht fror kurz ein, bis sie sich erneut unter Kontrolle hatte. »… aber jetzt haben wir meine Ilona gefunden.«

Ich zog die Augenbrauen hoch. »Wie das? Durch die Fernsehsendung etwa?« Meiner Mutter war alles zuzutrauen. Wir hatten zwar noch nie einen Fernseher besessen, aber sie hatte beherzt eine Nachbarin um Hilfe gebeten.

»Nach ein paar Wochen klingelte bei uns das Telefon.« Mutter schob Frau Urban ein Glas Wasser hin. »Frau Urban hat ja noch keines. Und da war ein gewisser Fred Armbrüster aus Sassnitz in der Leitung.«

»Sassnitz auf Rügen? Ich wohne ja direkt an der Grenze!«

»Genau. Da ist der Mann Tierarzt und verheiratet mit der Schwester von Clara.«

Der Name schoss mir mit solcher Wucht in meine Gehirnwindungen wie eine Billardkugel ins Loch. Wie oft hatte Mutter mir erzählt, dass das Baby selbst seinen Namen gebrabbelt hatte, natürlich unwissend, wie es wirklich hieß.

»Clara, die Ihre Tochter ist …?« Mein Puls ging plötzlich doppelt so schnell. »Das kann doch nicht wahr sein!«

»Doch, das ist es.« Die Frau hatte endlich aufgehört zu husten und sah mich mit ihren graublauen, matten Augen an. »Dank Ihrer Mutter habe ich meine Tochter gefunden. – Also nicht gefunden, aber ich weiß, dass sie lebt.«

»Ja, aber … haben Sie sie schon …?«

»Nein, Junge. Das geht nicht. Sie wohnt in der DDR.«

»Und jetzt soll ich Sie …« Ich schluckte und suchte nach den passenden Worten. »… liebe Frau Urban, rüberfahren?«

Sie schüttelte den Kopf. »Das traue ich mir nicht zu. Ich bin wirklich krank, junger Mann. Ich hatte mich schon aufgegeben, und nun bekomme ich noch nicht einmal Invalidenrente. Wenn ich Ihre Mutter nicht hätte …« Sie sah meine Mama aus wässrigen Augen an. »Sie gab mir Kleidung, kocht für mich und kümmert sich um mich wie eine Schwester. Jedenfalls, Ihre Mutter lässt nichts unversucht, um mir ein bisschen Lebensmut zurückzugeben, und da kam ihr die Idee, dass Sie, Viktor …«

Mir fiel der Unterkiefer herunter. Sie wollte doch nicht, dass ich …? Ratlos sah ich zwischen den beiden Frauen hin und her. Ich wollte doch nach Italien!

»Moment. Was hat denn der Herr Dings … Rummelkötter …«

»Armbrüster.«

»Was hat der denn überhaupt gewollt? Weiß denn Clara inzwischen von …« Ich wagte nicht, weiterzusprechen. Von ihrer Mutter? Von dieser armen, kranken, hustenden Frau?

»Nein.« Mutter stellte mit leisem Klirren ihre Untertasse ab. »Wir haben lange telefoniert, der Herr Armbrüster und ich. Frau Urban fühlte sich nicht in der Lage, den Hörer zu nehmen.«

Ich nickte betroffen in ihre Richtung. Sie hatte sich schon wieder hinter ihrem Taschentuch verschanzt. Aus ihren Augen rollten unaufhörlich und lautlos Tränen.

»Herr Armbrüster ist der Schwager von Clara, und Clara verbringt gerade ihre Sommerferien bei ihrer Familie dort in der Tierarztpraxis oder auf einem Pferdehof. Sie lernt für ihr Examen. Ab September muss sie zurück nach Ostberlin, wo sie in der Charité eine Ausbildung zur Kinderkrankenschwester macht.«

Ich musste die arme Mutter immerzu anstarren.

»Herr Armbrüster schildert sie als lebensfrohe junge Frau, sehr sportlich, sie reitet, schwimmt, genau wie ihre Mutter! Frau Urban hat mir erzählt, dass sie selber in dem Alter Sportlehrerin war und ihren Mann bei einem Sprung vom Fünfmeterbrett kennengelernt hat.«

»Das tut aber jetzt nichts mehr zur Sache.« Bescheiden wehrte die Frau ab.

»Nein. Natürlich nicht.« Mutter legte die Hand auf Frau Urbans Arm. »Herr Armbrüster hatte die Sendung im Fernsehen rein zufällig gesehen und betonte, wie groß die Ähnlichkeit zwischen Clara und ihrer Mutter sei.« Aufmunternd lächelte sie die Nachbarin an. »Sogar die Stimme sei ähnlich gewesen, er wäre richtig zusammengezuckt. – Westfernsehen dürften sie eigentlich überhaupt nicht schauen, der Fernseher sei zufällig gelaufen, als er aus dem Pferdestall kam.«

»Clara hat es nicht gesehen?« Ich rieb mir die Nase.

»Nein. Sie hat überhaupt keine Ahnung.«

»Unglaublich.« Ich schüttelte den Kopf. »Nach zwanzig Jahren! Was für ein Schicksal!«

»Dem du jetzt auf die Sprünge helfen musst.« Mutter sandte mir einen jener hypnotisierenden Blicke, die ich von früher kannte. Wenn sie etwas von mir wollte, tat ich es lieber, bevor sie diesen Blick aufsetzte.

Also doch. Ich spülte meine Überraschung mit dem letzten Schluck Kaffee herunter. Er war längst kalt geworden. »Ich soll also nach Sassnitz auf Rügen fahren.«

»Ja. Bitte. Tun Sie das. Für mich.« Jedes Wort wurde so inbrünstig ausgestoßen, dass mir heiß und kalt wurde. »Es ist das Letzte, was man im Leben für mich tun kann.«

»Und diese … Clara treffen.« Mein Herz machte einen nervösen Hopser. »Wie alt ist sie jetzt … nur so, zur Information?«

»Einundzwanzig.«

Ich biss mir auf die Lippen und sehnte mich plötzlich nach einer Zigarette.

»Machen Sie es, Viktor?« Frau Urban sah mich flehentlich an, ihr Kinn zitterte.

»Ich kann sie aber nicht mitbringen … nicht, dass Sie sich da Hoffnung machen. Die Mauer ist dicht.« Ich wollte mir die Haare raufen! Was für eine grauenhafte Wendung des Schicksals! Nun war die arme Frau endlich hier in Deutschland, und ihre Tochter war in der abgesperrten Ostzone.

»Bitte seien Sie unser Mittelsmann. Ich will ja nur wissen, wie es ihr geht.« Sie wischte sich die Augen. »Machen Sie einige Fotos, sprechen Sie mit ihr. Richten Sie ihr aus, dass ich sie nie vergessen habe. Dass ich nur überlebt habe, weil ich gehofft hatte, sie eines Tages wiederzusehen. Und bringen Sie ihr ihre Geburtsurkunde mit.« Mit zitternden Fingern kramte sie einen vergilbten, zerknitterten Zettel hervor. »Reden Sie auch mit ihrer Mutter und sagen Sie ihr, dass ich ihr unendlich dankbar bin.« Wieder unterbrach sie sich, weil sie husten und weinen musste. »Ihre Mutter hat gesagt, wenn einer das Fingerspitzengefühl dafür hat, dann Sie.«

CLARA

Anfang August 1965,
Sassnitz auf Rügen

»Clara, da drückt sich ein Cowboy rum. Guck nicht hin: groß, blond, schön. Aus dem Westen.«

Claudia stand am Gatter der Ranch, wie wir den Hof nach der beliebten Westernserie »Bonanza« oft nannten, in der die Brüder Adam, Hoss und Little Joe Cartwright mit ihrem Vater Ben durch die Prärie ritten. Ich zog meinem Pferd die Zügel an und zwang es vom heftigen Galopp in den Trab und schließlich in den Schritt. Meine Wangen glühten, und mein langer blonder Pferdeschwanz wippte bei jedem Tritt.

»Süße, du schaust zu viel Westfernsehen. Wer soll das denn bitte sein?«

»Keine Ahnung, ein Mann mit einem VW!« Sie formte die Hände zu einem Trichter. »Mit einem West-Kennzeichen!«

»Das muss ein Irrtum sein, ich kenne keinen aus dem Westen!« Schon gab ich meinem Pferd die Sporen und ritt im Galopp von dannen.

Ich wollte keinen Ärger haben, den hatte ich schon genug gehabt. Wenn ich mit einem Mann aus dem Westen reden würde, würde ich bestimmt dabei beobachtet, und dann sprach sich das nur wieder rum im Dorf. Ich wollte nichts, als in Ruhe gelassen werden und mich auf meine Prüfung vorbereiten.

In wilden Sprüngen ließ ich mein Pferd über Zäune und Gatter springen und ritt über die Wiese hinaus bis zum Strand. Mein Freiheitsdrang war grenzenlos, und wenigstens beim Reiten vergaß ich die vielen Schranken, die mein Leben beherrschten.

Nach einer Weile zügelte ich meinen Hengst und ließ mich in die

Dünen fallen. Es war ein herrlicher Spätnachmittag im Spätsommer, und ich genoss den würzigen Geruch nach frischem Heu, Salz und dem Wald. Während mein Little Joe genüsslich schnaubend auf seinem Zuckerstückchen kaute, hing ich meinen Gedanken nach.

Es war schön, wieder zu Hause zu sein, bei meiner geliebten Mutter Margit, meinem Vater Klemens und meiner Schwester Elvira. Auch meine Nichte Claudia liebte ich von ganzem Herzen, aber ihre vielen neugierigen Fragen und manche übergriffigen Bemerkungen nervten mich. Regelmäßig bohrte sie nach, ob ich nicht eigentlich die Tochter meiner Schwester Elvira sei, die Leute würden das im Dorf herumerzählen. Dann wäre ich gar nicht ihre Tante, sondern ihre Schwester und Mutter meine Großmutter! Claudia war eben vierzehn und lebte in ihrer Teenagerwelt. Ein bisschen Drama musste immer sein.

So ein Blödsinn! Aufgebracht schlug ich mit einem Stock auf einen Stein ein.

Elvira war nur sechzehn Jahre älter als ich, und sie sah mir kein bisschen ähnlich. Ich hatte ganz klar die Statur meines Großvaters väterlicherseits geerbt, der groß gewachsen und schlank war, wie Vater nicht müde wurde, mir zu versichern. Mein Vater Klemens arbeitete nach dem Krieg als Maschinenschlosser auf den Fähren, die in der Werft lagen und nach Schweden hinüberfuhren. Ach, wie gerne wäre ich da einmal mitgefahren! Aber das ging natürlich nicht.

Ich kaute auf einem Grashalm herum und schaute in die leicht dahinziehenden Wolken.

Und dass meine Mama mit Mitte vierzig noch ein Kind bekommen hatte, nämlich mich, das erzählte sie mir ja selbst immer freudestrahlend! Und das mitten im Krieg! Vater war später in Kriegsgefangenschaft, und sie musste mit Elvira und mir aus dem Dorf Wetzhausen in Ostpreußen flüchten. Aber wir gelangten über

Umwege heil und wohlbehalten hier nach Sassnitz, ins Haus meiner Großeltern väterlicherseits. Nach zwei Jahren kam Vater aus der Kriegsgefangenschaft frei, und von da an war meine Kindheit gut.

Zum Haus gehörte ein riesengroßes Grundstück mit einem Garten, in dem alle erdenklichen Obstsorten wuchsen. Auf einem Stück Ackerland wurden Kartoffeln angebaut und Zuckerrüben, aus denen im Herbst Sirup gerührt wurde. Von der Ernte konnte mein Vater so einiges gegen andere Lebensmittel oder auch Zuckersäcke eintauschen, die gebleicht wurden und aus denen Mutter und Elvira Kleidung für uns nähten. Ich konnte unbesorgt im Garten herumtollen. Opa erzählte mir später, dass kurz vor unserer Ankunft noch russische Kriegsgefangene aus unserem Garten nach einem Bombenangriff einen Blindgänger entschärfen und entsorgen mussten. Zum Glück ist nie ein Kind in die Luft geflogen!

Meine Cousins spielten mir gerne Streiche. Manchmal hatte ich das Gefühl, dass sie eifersüchtig auf mich waren. Wenn Mutter mich zum Beispiel in den Keller schickte, um Kartoffeln oder andere dort gelagerte Lebensmittel heraufzuholen, konnte ich ziemlich sicher sein, dass einer von ihnen mit einem Sack über dem Kopf dort stand und »Buh!« machte.

Oder sie lockten mich im Hof in eine schlammige Pfütze und freuten sich, wenn ich mit meinen weißen Kniestrümpfen darin versank. Heute waren die Cousins längst beim Militärdienst und beschützten die DDR gegen den Klassenfeind.

Unsere Großmutter blieb jedenfalls immer freundlich und gelassen und drohte uns spielerisch: »Wenn dieser Unfug nicht aufhört, müsst ihr alle barfuß ins Bett!« Im Gegensatz zu den älteren Cousins verstand ich natürlich überhaupt nicht die Sinnlosigkeit dieser leeren Drohung.

Während der Grundschulzeit hatte ich dann endlich mehr Kontakt zu gleichaltrigen Mädchen. Wir spielten auch häufig woanders als bei uns zu Hause, machten Klingelstreiche und sonstigen Unfug.

Zu dieser Zeit lernte Elvira Fred kennen, die beiden zogen auf die Ranch und bauten gemeinsam die Tierarztpraxis auf. Ich bewunderte meine große Schwester, die ihr Leben so wunderbar gemeistert hatte. Spätestens seit sie selbst Mutter war, war sie immer liebevoll und herzlich zu mir.

Eine dunkle Wolke, die vor die Sonne gezogen war, holte mich aus meinen Erinnerungen zurück. »Komm, Little Joe, wir machen noch eine Runde zu den Kreidefelsen.« Mit Schwung glitt ich wieder auf den Sattel und gab meinem Hengst die Sporen.

Schnaubend setzte sich mein Pferd in Bewegung, und kurz darauf knirschte der Steinstrand unter seinen Hufen. Gierig sog ich die salzige frische Brise der rauschenden Ostsee in meine Lungen.

Die Kreidefelsen waren von der Nachmittagssonne in goldgelbes Licht getaucht. Bizarr leuchteten die einzelnen Maserungen dieses gigantischen Naturwunders. Hier oben hatten die Villen der russischen Besatzer gestanden, als ich noch ein Kind war. Sie lebten mit ihren Familien in einem separaten Viertel in den schönsten Häusern und sogar Hotels, sodass man sie selten zu Gesicht bekam. Sie hatten auch ihre separaten Geschäfte und Schulen, und der ganze Stadtteil war von einer Mauer umgeben und streng bewacht. Nur ab und zu marschierte eine Kompanie Soldaten durch den Ort. Mutter zog mich dann immer eilig weg, und Elvira hatte regelrecht Angst vor ihnen.

Für uns Jugendliche war es ab der fünften Klasse Pflicht, am Russischunterricht teilzunehmen. Auch sollte ich zu den Pionieren, obwohl ich viel lieber mit Mutter und Elvira in die Alt-Sassnitzer Kirche ging. Dort gab es nicht nur einen Chor, in dem ich so gerne mitsang, sondern auch eine Theatergruppe. Wie gern spielte ich die Hauptrolle und wie stolz war ich, wenn ich meine Eltern und meine Schwester im Publikum im Gemeindehaus sah!

Aber meine Schulleitung ordnete an, dass ich dort nicht mehr hingehen, sondern bei den Pioniernachmittagen mitmachen sollte. Ich trotzte herum, aber Elvira, damals schon mit Fred verheiratet, legte mir nahe, mich nicht querzustellen, man müsse mit den Wölfen heulen, und so trottete ich widerwillig mit meiner blöden Uniform zu diesen Veranstaltungen, die mir keine Freude machten. Über meine Pionieruniform zog ich immer eine Strickjacke, weil ich keine Uniformierung mochte.

Alles, was mit Uniformen zu tun hatte, machte mir Angst, und meine Mutter verstand das.

Ich machte mir oft Gedanken, warum es »Freie Deutsche Jugend« hieß, schließlich waren wir nicht frei, denn die Mitgliedschaft war Pflicht. Zu den Feiertagen wie am Ersten Mai wurden Flaggen gehisst, und wir marschierten auf, alle in Uniform. Zum Fahnenappell hieß es: »Seid bereit – immer bereit!« Wir Mädchen trugen blaue Röcke und blaue Blusen mit einem großen FDJ-Abzeichen, dazu blaue oder rote Halstücher. Wie ich diese Uniformen gehasst hatte!

Spontan gab ich Little Joe die Sporen, und wir galoppierten mit donnernden Hufen und Gischt verspritzend über den Strand zurück. Die Sonne war schon untergegangen und malte die Kreidefelsen mit leuchtend roten Farben gegen den zartviolett schimmernden Himmel.

»Wenn du hier vorwärtskommen willst, musst du dich anpassen. Wir müssen mit den Wölfen heulen«, waren die Worte meines Vaters gewesen. Daraufhin hatte ich mir vor Zorn mein Pioniertuch vom Hals gerissen und genüsslich damit die Treppe geputzt, bevor ich es in den Müll warf. Vater hatte nur den Kopf geschüttelt: »Dieser Eigensinn, dieser Trotz! Von mir hat sie's nicht!«

Aber von Mutter ganz bestimmt auch nicht. Sie war die sanfteste, liebste und verständnisvollste Frau, die ich kannte.

Als mein Pferd schweißgebadet war, ließ ich es in einen gemächlichen Trab fallen. Ich spürte meinen innerlichen Zorn und wollte ihn wahrlich nicht an meinem geliebten Hengst auslassen. Ich kam am Sassnitzer Hafen vorbei und musste schmunzeln. Hier hatten wichtige Leute vom Fernsehen aus Berlin damals einen Film gedreht, und ich war als Statistin ausgewählt worden. »SAS 181 antwortet nicht« hieß der Streifen, der auf einer wahren Geschichte beruhte. Mitarbeiter eines Fischkombinats waren nicht vom Fischfang zurückgekehrt und galten wochenlang als vermisst. Für den Film wurde die Handlung dahingehend geändert, dass Staatsfeinde der DDR die Fischer gekidnappt hatten. Letztlich war es ein Propagandafilm, aber das wusste ich als Teenager natürlich nicht. So durfte ich wochenlang vor- und nachmittags zu den Proben hier im Sassnitzer Hafen, bekleidet mit Gummistiefeln, Gummischürze und einer weißen Haube auf dem Kopf, und hoffte, für den Film entdeckt zu werden.

»Bestimmt wegen deiner blonden langen Haare«, hatten die Schulkameradinnen gestichelt.

»Und weil du so groß und dünn bist!«

Ich war einerseits stolz, von allen ausgewählt worden zu sein, andererseits traurig, dass sie mir die kleine Freude nicht gönnten. Außerdem war das anstrengend und irgendwann schlicht langweilig, den ganzen Tag im Hintergrund zu stehen. Und entdeckt wurde ich auch nie.

Ich tätschelte meinem Pferd den Hals. »Komm, Kleiner, wir traben nach Hause.«

Es nickte, als hätte es verstanden, und trottete ergeben heim. Die Erinnerungen waren hier in jeden Stein gemeißelt. Einmal in der Woche hatten wir keine Schule, sondern den sogenannten Produktionstag. Die älteren Schüler mussten arbeiten, zum Beispiel im Fischkombinat oder in der Landwirtschaftlichen Produktionsgenossenschaft, der LPG. Wir wurden im Fischkombinat eingeteilt. Auf dem Netzboden wurden die Fischnetze repariert. In der Fischverarbeitung mussten die Schüler am Fließband Fische säubern. Unter den Fischfrauen hieß es, wir arbeiteten in der »Kütt«. Fische auf Spieße aufziehen zum Räuchern, Fische in Dosen einlegen, Dosen putzen und etikettieren. In der LPG mussten wir Kuh- und Schweineställe ausmisten, Futter verteilen, in der Werkstatt helfen, landwirtschaftliche Geräte und Traktoren reparieren. Natürlich waren alle Arbeiten unentgeltlich, so waren wir Schüler billige Arbeitskräfte. Wie oft stank ich abends nach Fisch! Mutter steckte mich dann gleich in die Badewanne und tröstete mich: »Morgen werden deine Haare nach Rosen duften, mein Schatz!«

Im Herbst, während der Schulferien, mussten wir Schüler während der Kartoffel- und Zuckerrübenernte auf die Felder. Abends tat uns der Rücken weh. Aber wir waren zufrieden mit unserem Leben, einen Vergleich hatten wir ja nicht! Manchmal deuteten die Eltern an, wie viel schlimmer und mühsamer es im Krieg gewesen war, zumal sie alle ihr Zuhause verloren hatten, aber dann schwiegen sie schnell wieder darüber, und auch Elvira wollte an diese Zeit nicht zurückdenken. Sie war damals erst sechzehn gewesen.

Statt, wie von mir sehnlichst gewünscht, in der Alt-Sassnitzer Kirche, wo ich mich als Kind mit meiner Großmutter so wohlgefühlt hatte, konfirmiert zu werden, wurde ich mit vierzehn Jahren im Sassnitzer Kino mit einer Feierstunde in den Kreis der Erwachsenen aufgenommen. Der Bürgermeister überreichte mir mit ernster Miene das Buch *Weltall, Erde, Mensch.* Alles in mir sträubte sich gegen diese Jugendweihe.

Manchmal dachte ich darüber nach, warum die Machthaber auf der Staatsflagge der DDR wohl die Symbole »Hammer, Zirkel und Ährenkranz« ausgewählt hatten. Sollte es bedeuten, dass es darum ging, die gesamte DDR zu ummauern und dabei mit Hammer und Zirkel zu arbeiten? Oder sollten die Bürger es wörtlich nehmen als Aufforderung, mit dem Hammer die Mauern zu zerschlagen und mit dem Zirkel einen neuen Kurs festzulegen, wie in der

Schifffahrt? Einen neuen Kurs in die Freiheit? Als mir klar wurde, dass meine Gedanken nur noch sinnlos umeinanderkreisten, schnappte ich mir die Zügel und gab dem Tier die Sporen.

Erst als mein Brauner mit den Hufen scharrte und seine Brust gegen das Gatter der Ranch drückte, merkte ich, dass er ganz automatisch nach Hause gelaufen war.

Wir waren über zwei Stunden unterwegs gewesen. Ich musste einfach allein sein. Was, wenn sie mich nicht zur Prüfung zulassen würden? Dann könnte ich in der Fischfabrik Dosen putzen, für den Rest meines Lebens.

Ich ließ mich von seinem Rücken gleiten und sprang auf den sandigen Boden. »Gut gemacht, Little Joe. Jetzt reibe ich dich erst mal trocken.«

Gerade als ich das Gatter öffnete, fiel mein Blick auf etwas Oranges, Rundes. Dort hinten am Zaun stand ein VW Käfer. Mit einem Lübecker Kennzeichen. Und daneben stand ein verdammt gut aussehender, blonder junger Mann.

CLARA

Anfang August 1965,
Sassnitz auf Rügen

Mit einem Mal überfiel mich blanke Panik. Was sollte das heißen, er wolle gemeinsam mit meinen Eltern mit mir sprechen? War er von der Stasi auf mich angesetzt?

»Bitte steigen Sie ein.« Er sah mich ein paar Sekunden länger an, als es für uns beide angenehm war.

»Zur Klärung eines Sachverhalts?« Ich lächelte ihn zuckersüß an, während meine Halsschlagader wummerte.

»Ja, wenn Sie das so ausdrücken wollen.« Seine Kiefermuskeln verspannten sich. Er sah mich erstaunt an, und ich spürte seine Blicke auf mir. Es folgte eine kurze Stille. »Dann also bitte.« Er hielt mir galant den Schlag auf, und ich roch sein herbes Parfum. Das gab es bei uns nicht.

Aus dem Augenwinkel sah ich Claudia, die sich am hinteren Gatter herumdrückte. Sie verdrehte die Finger ineinander und starrte unter ihrem Pony hervor.

Schweigend stieg ich zu ihm ein. Er sah verdammt gut aus, viel zu sympathisch eigentlich für einen, den die Schulbehörde geschickt hatte. Und er hatte eine sehr ruhige, tiefe Stimme. Das waren die Gefährlichsten.

Auf seine Bitte hin zeigte ich ihm den Weg. Er sprach eigentlich gar nicht in dem Befehlston, den ich sonst von der politischen Obrigkeit hier gewohnt war. Außerdem roch er ganz anders als die aalglatten, schmierigen Typen in den Polyesterhemden. Er trug ein weißes, kurzärmliges Hemd über Jeans, wie es sie nur im Westen gab. Und er hatte sehr gepflegte, kräftige Hände, auf deren Handrücken sich rotblonde Härchen zwischen Sommersprossen tummelten. Unauffällig musterte ich ihn von der Seite, wagte aber keine Fragen zu stellen.

Auch im Gesicht hatte er Sommersprossen, so viel wie Sterne am Himmel. Mit Sicherheit ging es um meine Prüfungszulassung. Wenn sie mich nicht zuließen, waren vier Jahre meiner Ausbildung umsonst gewesen, und Vater würde sogar noch die Kosten für die »staatliche Unterstützung« zurückzahlen müssen.

Mein Herz klopfte dumpf und in banger Erwartung, als wir vor unserem Haus anhielten.

Wie bestellt standen meine Eltern bereits im Vorgarten, beide mit steinernen Mienen. Sie hatten sich fein gemacht! Mutter im hellblauen Kostüm mit weißer Bluse, Vater im grauen Anzug. O mein Gott, das musste etwas sehr Offizielles sein. Sie gaben wohl alles, um mich da rauszuboxen.

»Herr und Frau Burmeister, mein Name ist Viktor Lipka, wir haben telefoniert.«

»Kommen Sie herein.«

Vaters Kiefermuskeln mahlten, als er unserem merkwürdigen Gast den Weg ins Haus wies.

Ich versuchte, unser Haus mit seinen Blicken zu sehen: Hinter dem weitläufigen Flur mit hoher Decke, Parkettboden und dem alten, schon fast blinden Spiegel an der Wand, an dem die Porträts der verstorbenen Großeltern mit je einem Trauerflor an der Seite steckten, davor das antike Tischchen mit dem frischen Blumenstrauß, den Mutter alle paar Tage erneuerte.

Das gemütliche, nach Bohnerwachs riechende Wohnzimmer mit den schweren Vorhängen, die, vom Krieg unversehrt, wahrscheinlich seit hundert Jahren da hingen. Das große Biedermeiersofa. Auf dem festlich gedeckten Tisch standen bunte Häppchen und eine Flasche Wein.

»Aber das wäre doch nicht nötig gewesen …« Herr Lipka sah sich erstaunt lächelnd im Raum um.

Sein Blick glitt zu den gerahmten Schwarz-Weiß-Fotos von uns dreien auf dem Klavier: Elvira als Kommunionkind, damals noch in Ostpreußen, ich bei meiner Jugendweihe und schließlich Claudia pausbackig und kurzbeinig, ebenfalls bei ihrer Jugendweihe.

»Ein Drei-Mäderl-Haus, wie schön«, sagte Herr Lipka. »Wir waren ein Drei-Buben-Haus.« Er räusperte sich, hielt inne und schüttelte den Kopf.

Es trat eine kurze Stille ein. Ich sah Mutter ein Taschentuch in den Händen drehen, und Vater rückte die Weinflasche und den Korkenzieher zurecht. Mutter lächelte mit zitternden Lippen und sah mich an, als erwartete sie, dass ich etwas sagte. Aber ich schwieg beharrlich. Ich war mir keiner Schuld bewusst.

»Bitte. Sie werden hungrig sein nach der langen Fahrt.«

»Oh, ich bin schon ein paar Stunden hier, aber Ihre Tochter ritt gerade weg, als ich ankam, da habe ich mich ein bisschen mit der reizenden Claudia unterhalten …«

Also doch. Ich schluckte. Er hatte bereits meine Nichte ausgehorcht.

»Setzen Sie sich doch bitte, Herr Lipka. Und du, Clara, setz dich bitte hierher.« Vater drückte mich auf das Sofa, und merkwürdigerweise glitten meine Eltern rechts und links neben mich, ganz dicht, so als wollten sie mir gleich die Hand halten. Ich kam mir vor wie beim Zahnarzt.

»Bitte, greifen Sie zu!« Mutter schob mit übereifriger Geste die Teller und Schüsseln vor den merkwürdigen Eindringling, sie tat eher so, als sei er ihr zukünftiger Schwiegersohn und nicht etwa ein ganz und gar ungebetener Gast!

Ich nutzte die Gelegenheit, ihn verstohlen zu mustern. Seine Nase hatte einen interessanten Knick, so als habe er als Junge schon so manchen Boxkampf ausgefochten. Er war sehr sportlich und durchtrainiert, seine Muskeln zeichneten sich unter seinem Hemd ab. Mich faszinierten viel mehr die Lachfältchen um seine graugrünen Augen. So eine warme Farbe hatte ich noch nie gesehen. Innerlich kämpfte ich dagegen an, ihn unfassbar sympathisch zu finden. Was wollte er nur von mir, und unbedingt in Anwesenheit meiner Eltern?

Wir lächelten uns verlegen an. Er strich sich eine Haarsträhne aus der Stirn, und automatisch machte ich dieselbe Geste.

»Wollen Sie dann beginnen, Herr Lipka?« Mutter schlang ihren Arm um meinen. O Gott. Es würde schlimm werden. All meine Verfehlungen, Streiche, Aufmüpfigkeiten würden mir jetzt vorgeworfen, und ich würde von der Schule geworfen werden. Innerlich verkrampfte ich mich.

»Nein, Frau Burmeister, ich denke, den Anfang sollten Sie machen.« Dieser Herr Lipka schob das Stück Käse, das er schon auf die Gabel gespießt hatte, von sich. Vielleicht hörte er ja lieber zu, als selbst zu reden.

»Oder trinken wir nicht zuerst mal einen Schluck Wein?« Vater entkorkte die Flasche. »Das lockert die Zunge, nicht wahr?«

»Was ist eigentlich los?« Ich ließ meine Fingerknöchel knacken. »Wisst ihr was, bringen wir es einfach hinter uns. – Papa, du musst für mich keine Verantwortung übernehmen. Ich werde in die Fischfabrik gehen.«

Um Papas Mundwinkel zuckte es, es war nicht ganz klar, ob er lachen oder weinen wollte.

Auch Herr Lipka schien kurz um Fassung zu ringen.

Plötzlich wurde ich schrecklich nervös. »Ist jemand … gestorben?«

»Nein, mein Schatz. Jemand, von dem wir dachten, er beziehungsweise sie sei schon lange gestorben, lebt.«

Unsicher sah ich von einem zum anderen. Ich presste meine Hände zwischen meine Beine.

»Und wer, bitte, soll das sein?«

»Deine Mutter, Clara.« Das war Herr Lipka, der sprach. Gefasst, mit fester tiefer Stimme, beruhigend. Er merkte sicher nicht, dass er mich plötzlich geduzt hatte. Und ich merkte sicher nicht, wie ich den Mund öffnete und schloss wie ein Goldfisch.

Und dann zog Herr Lipka bedächtig und langsam ein Foto hervor. Er legte es vor mich hin, auf meinen leeren Teller. Ungläubig nahm ich es und registrierte, dass es sich um alles handeln konnte, nur nicht um meinen Schulverweis.

Es war ein Schwarz-Weiß-Foto, ganz vergilbt und zerknickt, und es zeigte … mich … oder zumindest mein Abbild … mit einem gut aussehenden schwarzhaarigen Mann und einem Baby auf den Armen. Und das Baby hatte ein rotes Mützchen auf. Darunter quollen blonde Härchen hervor.

»Das bist du, Clara.« Mutter drückte wieder meinen Arm, als wolle sie mich vor dem Ertrinken retten.

»Das bin ich nicht!« Noch immer dachte ich, es sei von der jungen blonden Frau die Rede, die in die Kamera lächelte. »Die sieht mir ähnlich, ja, das gebe ich zu, aber das Bild ist ja von anno Tobak …«

Meine Stimme erstarb. Alle Blicke ruhten auf mir. Ich atmete schwer aus. Es wurde so still, dass man die Stille mit dem Messer zerschneiden konnte. So still, dass nur das Ticken der Küchenuhr mich daran erinnerte, dass wir gerade alle vier hier am Wohnzimmertisch saßen und nicht aus der Zeit gefallen waren.

»Was … was wollt ihr mir … ich meine, wer ist …« Mein Puls beschleunigte sich.

Plötzlich schlug die Erkenntnis in meinen Magen, als wäre der ganze Kreidefelsen über mir zusammengestürzt. »Das ist … meine Mutter?«

»Ja, Liebes. Das ist deine Mutter.«

Ich fühlte, wie mir jeder Tropfen Blut aus dem Kopf wich. Meine Haut fing an zu kribbeln, meine Knie zitterten, meine Zunge fühlte sich taub an, und automatisch griff ich nach dem Glas Wein, das

Vater mir reichte. Ich trank einen großen Schluck, versuchte zu verstecken, was man mir garantiert von den entsetzt geweiteten Augen ablesen konnte.

Der Wein schoss mir in den Magen und drehte ihn mir augenblicklich um. Ich wusste nicht, wie lange ich die Luft angehalten hatte, um nicht in Ohnmacht zu fallen oder mich zu übergeben.

»Sie wurde damals nach Kasachstan verschleppt.« Mutter sprach schleppend, ihre Augen waren gerötet, als hätte sie geweint. Bestimmt hatte sie das getan! Sie hob langsam den Kopf. »Sie war in dem Zug, und du wurdest gerettet.«

»Das verstehe ich nicht …« Mein Kopf zuckte von einem zum anderen.

»Und wir haben dich gefunden, Elvira und ich. Ein russischer Offizier hatte dich in Allenstein am Bahnhof vor der Damentoilette abgelegt, in einer eiskalten Januarnacht 1945. Er wollte dich retten, Clara. Sonst wärst auch du nach Sibirien verschleppt worden und …« Sie unterbrach sich und schluchzte. »Oder Kasachstan oder was immer.«

»Und das hat kaum eines der Kinder überlebt.« Herr Lipka drehte sein Glas in den Händen und schaute mir direkt in die Augen. »Ihre Mutter hat es uns erzählt, Clara.«

Und dann erzählte er alles, von der Fernsehsendung, die Fred gesehen hatte, von dem Anruf bei seiner Mutter, die die Nachbarin dieser Frau war … meiner Mutter, schoss es mir in die vom Wein vernebelten, von der unfassbaren Wendung blockierten Gehirnwindungen. Seine Mutter war die Putzhilfe, die meine daran gehindert hatte, sich umzubringen. Meine Mutter lebte nur in der Hoffnung, mich noch ein einziges Mal wiederzusehen.

Ich schloss kurz die Augen und versuchte, den schrecklichen Angstknoten in meinem Magen aufzulösen. Er wurde nur immer größer und schwerer, je mehr ich den Kloß in meinem Hals hinunterzuschlucken versuchte. Hastig trank ich einen großen Schluck

Wein, und dann noch einen. Zitternd stellte ich das leere Glas auf meinem Teller ab.

Mama lächelte mich unendlich liebevoll an, legte den Kopf schräg und die Hand auf meinen Arm. Wie von einem giftigen Insekt gestochen, zuckte ich zurück und setzte mich auf meine Hände. Die Berührung konnte ich im Moment nicht ertragen. Sie hatten mich über zwanzig Jahre lang belogen!

»Wir haben es dir nicht sagen wollen, Liebling.« Sie rückte ein wenig von mir ab, um mir zu zeigen, dass sie mein Bedürfnis nach Abstand respektierte. »Du warst ein Findelkind, das jemand abgelegt hat, und wir gingen davon aus, dass du ein Waisenkind warst. Du konntest ja deinen Namen noch nicht sagen. Als du zehn warst und sich immer noch niemand gemeldet hatte, haben dein Vater und ich dich adoptiert.«

Mein Herz setzte für einen Moment aus, bevor es polterte und hämmerte, in unregelmäßigen Abständen, dumpf und schwer. Ich versuchte, die aufsteigende Panik zu bekämpfen. Nur das Schnurren unserer Katze war zu hören, die sich neben Herrn Lipka auf dem Sessel niedergelassen hatte und sich von ihm genüsslich streicheln ließ. Er warf mir einen entschuldigenden Blick zu.

Vater saß wie erstarrt da. »Bitte sei uns nicht böse, Liebes«, war alles, was er murmelte.

Die Stille zwischen uns dehnte sich ins Unermessliche. Nur die Uhr und die Katze schienen sich nicht um meine tiefe Verzweiflung zu scheren. Sie taten so, als wäre alles normal. Dabei war nichts mehr so, wie es noch vor zehn Minuten gewesen war! Meine Welt war aus den Angeln gehoben! Vor meinen Augen drehte sich alles. Meine ganze Welt brach in sich zusammen. Nichts stimmte mehr, nichts! Meine Eltern waren nicht meine Eltern, meine Schwester war nicht meine Schwester, Claudia nicht meine Nichte und Fred nicht mein Schwager! Dieses Haus war nicht mein Zuhause und Sassnitz nicht meine Heimat! Ich starrte wohl minutenlang leise keuchend vor mich hin. Auf einmal war mir alles zu viel. Atmen, befahl ich mir selbst. Frische Luft. Ich wartete, bis sich meine Beine wieder so anfühlten, als könnten sie mich tragen.

Mit unsicheren, puddingweichen Beinen stand ich schließlich auf, taumelte ein paar Schritte, sah die besorgten Gesichter meiner Eltern und das von Herrn Lipka, der mich mitfühlend ansah, vor meinen Augen verschwimmen und rannte dann zur Tür hinaus. Mehrmals unterdrückte ich heftiges Würgen, das in unkontrolliertes Schluchzen mündete.

»Geben Sie ihr Zeit«, hörte ich die tiefe, leise Stimme von Herrn Lipka. »Ich bleibe sowieso ein paar Tage hier …«

In blinder Verzweiflung rannte ich hinter das Haus zu meinem Schuppen, in dem ich mich als Kind immer verkrochen hatte, und erst als ich im hintersten Schlupfwinkel zwischen Spinnweben, Gartengeräten, Eimern, einer Schubkarre, ausrangierten Skiern und meinem alten Kinderfahrrad auf meinem alten Schlitten saß, konnte ich endlich weinen.

»Clara, sind Sie hier drin?«

Es mussten wohl zwei Stunden vergangen sein, die ich da auf dem Schlitten hockte und weinte, bis ich keine Tränen mehr hatte.

»Ja, ich bin hier.« Ich riss mich zusammen. Schließlich konnte niemand etwas dafür, keiner hatte mir je mit Absicht wehgetan. Warum hätten sie es mir sagen sollen, das hätte nur meine ungetrübte schöne Kindheit zerstört. Zu der Erkenntnis war ich inzwischen gekommen. Ich hatte nur noch nicht den Mut und die Kraft, zu ihnen zurückzugehen und sie in den Arm zu nehmen. Und nun stand er da, dieser Herr Lipka.

»Darf ich zu Ihnen kommen?« Leise ächzend öffnete sich die Tür. Es war das vertrauteste Geräusch meiner Kindheit, diese Mischung aus Quietschen und Knarren. Verstecken spielen mit den Cousins. Die nicht meine Cousins waren. Zurückziehen, wenn ich

Kummer hatte. Getröstet werden von meiner Mama. Die nicht meine Mama war. Aber sie war es dennoch! Wie oft hatte sie mich hier gefunden, in den Arm genommen und mich mit etwas Schönem abgelenkt.

Ich schluckte trocken. »Bitte.«

Er bahnte sich einen Weg durch das Gerümpel, strich sich die Spinnweben vom Gesicht und setzte sich auf einen umgedrehten Eimer.

»Ich bitte Sie vielmals um Entschuldigung.«

»Wofür? Dass Sie mich aus meinem Leben gerissen haben?«

Er presste die Lippen aufeinander, knetete seine Hände, die er locker über seinen Knien hielt.

»Wenn Frau Urban nicht aufgetaucht wäre, hätte ich es nicht getan. Niemand hätte Ihnen das angetan. Sie haben es verdient, glücklich und sorglos zu sein, Sie haben es verdient, in dieser liebevollen Familie zu leben, Sie haben es verdient, Ihr Examen an der Charité zu machen.« Er rieb sich über das Kinn. »Ich habe mich inzwischen ausführlich mit Ihren Eltern unterhalten und weiß nun ein bisschen etwas über Sie. Aber …« Er beugte sich vor. »Haben Sie inzwischen Zeit gehabt, über sie nachzudenken? Ich meine, Frau Urban, Ihre Mutter?«

»Habe ich, ja.« Ich nickte. »Ich bin für sie ganz verzweifelt und möchte ihr so gerne helfen.« Ich zupfte mir etwas Krabbeliges aus den Haaren. »Ich will sie natürlich kennenlernen, mit ihr sprechen, ihr zuhören, sie in den Arm nehmen. Aber ich kann nicht zu ihr, das ist so unfassbar ungerecht, dass ich gleich wieder weinen möchte.«

»Dann weinen Sie, Clara.« Er rutschte auf seinem Eimer etwas näher zu mir. »Es ist überhaupt nicht peinlich, über so etwas Unfassbares, Grausames zu weinen.«

Und schon liefen mir wieder die Tränen herunter. Er hatte etwas so Warmes, Tiefes, Reifes an sich, als hätte er selbst schon alles auf dieser Welt erlebt. Wie selbstverständlich reichte er mir ein Taschentuch. Es war weiß und gebügelt, und es roch aprilfrisch nach einem Waschmittel, das es bei uns nicht gab. Ich kannte nur die Werbung aus dem Fernsehen.

Unter Tränen musste ich lächeln. »Persil, nicht?«

»Bitte? – Ach so, ja, das kann schon sein.« Er grinste. »Hat meine Mutter mir zugesteckt.«

Ich wollte ihm so viele Fragen stellen, die in den zwei Stunden, die ich hier saß, in meinem Kopf herumgekreist waren wie die Taube, die sich mal aus Versehen in diesen Schuppen verflogen hatte.

»Wie … wie ist sie denn so, meine … ähm … Frau Urban? Sieht sie mir immer noch ähnlich?«

»Sie sieht Ihnen verblüffend ähnlich, oder andersherum: Sie sehen ihr verblüffend ähnlich.« Er stützte die Ellbogen auf die Knie und spielte mit seinen Fingern. »Nur dass Ihre Mutter durch die zwanzig Jahre in Kasachstan sehr … mitgenommen aussieht. Sie hat im Winter bei minus dreißig Grad auf der Steppe Schafe gehütet, und im Sommer wüteten in der Steppe heiße Wüstenstürme. Sie hat mit kasachischen Nomadenfamilien in einer Jurte gelebt. Und sie hat wirklich jahrelang hart gehungert.«

Ich fühlte meine Halsschlagader pochen. »Das ist so entsetzlich …« Mir wurde schwarz vor Augen, und ich schlug die Hände vor das Gesicht. »Ich möchte nur noch schrcien!«

Er klopfte mir sanft auf die Schulter. »Schreien Sie, Clara. Schreien Sie es raus.«

Und ich schrie. Und weinte. Und er nahm mich sacht in die Arme und wiegte mich hin und her. Ich hörte, wie die Tür in den Angeln quietschte, und sah durch den Schleier aus Tränen meine Eltern da stehen. Ich spürte, wie er ihnen mit einem Winken zu verstehen gab, dass sie im Moment nichts für mich tun konnten. Ich hörte sie leise murmelnd verschwinden. Und sein Hemd roch nach Persil.

Ein paar Tage später, Sassnitz auf Rügen

Es war ein warmer Sommerabend, und wir beide hatten uns auf das Dach seiner Ferienpension verzogen. Es roch nach Dachpappe, aus der die Hitze des Tages hervorkroch. Er hatte mir die versteckte Leiter gezeigt, über die wir hier heraufgeklettert waren, schon um die neugierigen Blicke der Leute zu vermeiden, die natürlich den gut aussehenden Mann aus dem Westen mit Argusaugen beobachteten.

Viktor und ich hatten die letzten Tage fast ausschließlich miteinander verbracht, hatten lange Spaziergänge am Strand gemacht und einander unser Leben erzählt, begleitet von kreischenden Möwen, die uns umkreisten, als wollten sie nichts verpassen, und der ständigen erfrischenden Meeresbrise, die die Wellen der Ostsee mit sich brachten. Es war unfassbar, was auch dieser junge Mann bereits erlebt und erlitten hatte, und am meisten faszinierte mich, wie er und seine Mutter – jene Putzhilfe, die sich um meine Mutter kümmerte – in diesen entsetzlichen Zeiten zusammengehalten hatten.

Er war knapp vier gewesen, als seine beiden Brüder vor seinen Augen in die Luft flogen. Dieses Wissen ließ die Haare auf meinen Armen prickeln und trieb mir einen Schweißfilm in den Nacken. Er erinnerte sich minutiös an diesen entsetzlichen Vorfall. Und er hatte wochenlang ohne Betäubungsmittel mit eiternden Wunden im Krankenhaus gelegen! Die Ärzte und Pfleger pulten ihm über hundert Scherben und Splitter aus dem Körper. Seine Mutter hatte ihn mit je einem Ei täglich am Leben erhalten, das er roh aus der Schale schlürfte. An all das erinnerte er sich und sprach darüber, als wäre es gestern geschehen. Und er sprach ohne Bitterkeit, ohne Selbstmitleid. Einfach so.

Mir war völlig klar, dass er es sein musste, der mir die Nachricht von meiner Mutter brachte. Kein anderer Mensch hätte das so einfühlsam gemeistert.

Hand in Hand waren wir kilometerweit am Strand entlanggeschlendert, und längst hatte ich mich innig und tief in diesen wunderbaren Mann verliebt.

»Erinnerst du dich denn auch an … mich?« Ich sah ihn ein bisschen schüchtern und zugleich schelmisch an. »Das kleine Baby mit der roten Mütze?«

»Nein. Ehrlich gesagt, nein. Ich war damals zweieinhalb. Da muss ich passen.«

»Stell dir vor, deine Mutter hätte mich mitgenommen statt Margit und Elvira! Dann wäre ich jetzt deine Schwester!«

Wir sahen uns in gespieltem Entsetzen an, und irgendwie verwandelte sich das ganze Drama zwischen uns zu etwas, was wir lustig fanden. So lustig und abstrus, dass wir laut lachen mussten. Es war die Art von Lachen, die an Hysterie grenzt, von der man Seitenstiche bekommt. Aber es mündete in einer festen, herzlichen Umarmung und in einem innigen, festen Kuss.

Und nun saßen wir in der abendlichen Sommerhitze Schulter an Schulter auf dem Dach seiner Pension »Zum Adler«, hielten uns an den Händen und redeten. Wenn wir uns nicht verliebt ansahen und küssten. Sein Lächeln, seine Haut, das leise Prickeln, wenn sich unsere Lippen berührten, das alles elektrisierte und beglückte mich gleichermaßen und versetzte mich vollends in einen unwirklichen Schwebezustand.

»Ich bin so froh, dass du deinen Eltern nicht böse bist.« Viktor streichelte meine Hand. »Es ist stark von dir, dass du gleich am nächsten Tag mit ihnen geredet hast.«

»Sie waren am Boden zerstört.« Ich zerpflückte einen trockenen Ast und betrachtete sein verdorrtes Innenleben. »Dabei hatten sie doch nie eine andere Wahl, als genau das zu tun, was sie ihr Leben lang für mich getan haben. Sie waren und sind die liebevollsten Eltern der Welt.«

»Haben sie denn ihrerseits Nachforschungen nach deiner Mutter angestellt?« Viktor sah mich aus seinen moorgrünen Augen an, als wollte er jeden Moment in mich reinbeißen. Sein Zeigefinger elektrisierte gerade meinen Nacken.

»Sie sagen, sie hätten zehn Jahre lang mit bangem Herzen auf einen Anruf vom Roten Kreuz gewartet. Immer wenn das Telefon klingelte, waren sie wie schockgefroren. Aber ehrlich, davon habe ich gar nichts mitgekriegt.« Verlegen zupfte ich an dem modrigen Ast herum. »Damals war ich so mit meinen Pferden und meinen Mädchenträumen beschäftigt … ich wollte immer zum Theater oder zum Film, ich liebte es, mich zu verkleiden und Texte vorzutragen, die ich sehr schnell auswendig lernen konnte …«

Ich drehte ihm mein sonnengebräuntes Gesicht zu, er fasste mir in den Nacken, strich mir den langen blonden Zopf über die Schulter und küsste mich. Seine Sommersprossen explodierten vor meinen Augen, bevor ich sie schloss.

Die Möwe, die uns umkreiste, musste den Eindruck haben, dass hier ein verliebtes Pärchen saß, das sich schon ewig kannte. Und das einer gemeinsamen Zukunft entgegensah.

Doch dem war nicht so.

Die restlichen Tage vergingen wie im Flug. Viktor verschoss einen ganzen Film, so viele Fotos machte er von mir.

»Das wird deiner Mutter neuen Lebensmut geben.«

Und wir verbrachten viel Zeit mit meinen Eltern zu Hause. Viktor blätterte alle Fotoalben durch, las meine Kinderaufsätze, betrachtete meine Kinderbilder und ließ sich von mir auf dem Klavier vorspielen. »Für Elise« nahm er sogar auf das Tonbandgerät auf, das Vater ihm zur Verfügung gestellt hatte. Immer wenn es mir zu peinlich wurde, sagte er: »Für deine Mutter! Das wird ihr neue

Kraft geben!« Und wenn meine Mama dabei war, sagte er taktvollerweise: »Für Frau Urban.«

Am letzten Wochenende vor seiner Abreise waren wir zu Fred, Elvira und Claudia gefahren.

Mir wurde klar, wie gut es mir tat, wieder bei meiner Familie zu sein. Wie sehr ich den Geruch nach Pferden liebte, nach Freiheit und unberührter Natur. Viktor wurde von allen herzlich aufgenommen. Wie nicht anders zu erwarten, konnte er wunderbar reiten, und wir galoppierten unter den Kreidefelsen entlang, an den Stätten meiner Kindheit vorbei.

Später, als wir auf der Veranda bei der Ranch saßen, bemerkte ich mit Freude, dass sich Fred und Viktor blendend verstanden. Sie tauschten allerlei Fachkundiges aus dem Bereich Landwirtschaft und Tierpflege aus und fachsimpelten über Gerätschaften, von denen ich keine Ahnung hatte. Viktor hatte schon als kleiner Junge Kühen beim Kalben und Pferden beim Fohlen geholfen beziehungsweise seiner Mutter dabei assistiert. Als die beiden Männer ausgiebig die Ställe besichtigten und Mutter und Elvira in der Küche Ordnung schafften, setzte sich meine Nichte Claudia zu mir und zupfte an ihrem Pony.

»Bist du verknallt?« Sie ließ ihren Blick an mir hinunter- und wieder hinaufwandern.

Möglicherweise starrte ich sie wie ertappt an. Möglicherweise wurde ich auch rot. »Sieht man das?«

»Das steht in Riesenbuchstaben auf deiner Stirn.« Sie malte Zeichen in die Luft. »Verliebt, verlobt, verheiratet.«

Ich hatte das Gefühl, noch nie von jemandem so durchschaut worden zu sein.

»Claudia, ich liebe ihn mehr als mein Leben. Ich würde alles tun, um mit ihm in den Westen zu gehen.«

»Küsst er gut?«

Ich kicherte. »Himmlisch.«

»Wart ihr schon im Bett?«

»Claudia! Das geht dich gar nichts an!« Mir wurde unwohl zumute. »Noch so eine Frage und dieses Gespräch ist beendet.«

Wir schwiegen eine Weile, sie schien zu schmollen, und ich versuchte, mein Herzklopfen wieder in den Griff zu bekommen. Sein Lächeln, seine zarten Finger, die mich streicheln konnten wie einen filigranen Schmetterling und doch so zupacken konnten, dass er mich mit Leichtigkeit auf mein Pferd hob, seine moosgrünen Augen, die in unendliche Tiefen zu blicken schienen, wenn sie mich betrachteten, seine blonden, zerzausten Haare, wenn wir … nachdem wir … ich schluckte trocken. Nein, das ging nur uns beide etwas an.

»Und wie stellst du dir das jetzt vor?« Claudia rieb sich die Nase und zog eine Grimasse. »Schon vergessen? Er ist einer von den Bösen hinter dem antifaschistischen Schutzwall.«

Ich sah sie scharf an, um festzustellen, ob das ein Witz sein sollte, aber sie meinte es anscheinend ernst. Sie kramte in ihrer Schultasche und zog eine Tafel Schokolade hervor. Eine Milka, die Viktor ihr als Gastgeschenk mitgebracht hatte. »Das schmeckt so verboten köstlich …«

»Claudia …« Ich biss mir auf die Lippen und schüttelte den Kopf, als sie mir von der Schokolade anbot. »Ich weiß, dass er unerreichbar für mich ist. Aber darüber möchte ich noch nicht nachdenken und auch nicht mit dir sprechen.« Ich versuchte, den aufsteigenden Liebeskummer zu bekämpfen. Noch war er ja da. Ich konnte sein Lachen hören, seine liebe, warme Stimme. »Außerdem kommt er wieder. Er wird mir sicher Grüße von meiner leiblichen Mutter überbringen. Er will mir ein Tonband mit ihrer Stimme aufnehmen.«

»Willst du sie sehen?« Claudia steckte sich ein weiteres Stück Schokolade in den Mund.

»Das würde ich gern.« Ich zupfte an den trockenen Blättern

eines Busches, der die Veranda abgrenzte. »Aber sie ist zu schwach und krank, um herzukommen, sie traut sich die Reise nicht mehr zu, und das ist ja verständlich, nach allem, was sie durchgemacht hat.«

»Und du kannst leider nicht rüber.« Claudia warf mir einen Seitenblick zu. »Oder willst du das etwa? Sie werden dir keine Ausreisegenehmigung geben!«

Es war ein Fehler gewesen, mich mit einer Vierzehnjährigen auf ein derart heikles Thema einzulassen. Ich hatte das Gefühl, dass der Gartenstuhl, auf dem ich saß, schwankte.

»Lassen wir einfach ein bisschen Zeit vergehen.«

»Dann ist sie womöglich tot.« Claudia brach mit einem leisen Krachen einen weiteren Riegel von der Tafel und stopfte ihn sich in den Mund. Teenager können grausam sein.

Am letzten Abend vor seiner Abreise kam Viktor mit einem Riesenstrauß weißer Rosen – keine Ahnung, wo er die aufgetrieben hatte, bei uns im Blumenladen gab es nur Nelken – und überreichte sie … meiner Mama. Die wich vor Freude und Ungläubigkeit an der Haustür zurück. Wahrscheinlich hatte sie gedacht, die seien für mich …? Ich hatte es ehrlich gesagt fast gehofft.

»Frau Burmeister, ich möchte Ihnen für alles danken. Es war eine Freude, Sie und Ihre Familie kennenzulernen. Und ich komme mit wunderbaren Nachrichten zu den Müttern im Westen zurück.«

Elvira, Fred und Claudia waren zur Feier des Abschieds natürlich auch gekommen, und wir saßen alle dicht zusammengequetscht auf dem gemütlichen Sofa. Mir zog es den Boden unter den Füßen weg, als ich seine liebe, warme Stimme hörte. Claudia knuffte mich in die Rippen und feixte. »Verliebt, verlobt, verheiratet …«

»Kommen Sie doch herein, Viktor.« Mama wies ihm freundlich-vertraut den Weg ins Wohnzimmer. »Wir würden Sie gern noch ein letztes Mal zum Abendbrot einladen.«

»Viktor!« Auch Vater kam erfreut aus seinem Arbeitszimmer. »Immer schön, Sie zu sehen! Ich möchte Ihnen noch was zeigen, was Sie interessieren könnte.«

»Sehr gerne, aber ich habe eine große Bitte …« Viktor drückte mir heimlich fest die Hand, nachdem er die anderen alle freundlich begrüßt und Claudia wieder eine Tafel Schokolade zugesteckt hatte. »Ich habe mit meiner Mutter telefoniert, und sie hat mit Frau Urban gesprochen und …«

Mir schlug das Herz bis zum Hals. »Wie geht es ihr? Wie hat sie reagiert?«

Mama, Elvira und Claudia sahen aus wie Drillinge, so ähnlich war ihr Gesichtsausdruck.

Viktor zögerte einen Moment lang. »Sie fühlt sich in der Lage, mit dir zu telefonieren, Clara.«

Ich wehrte mit beiden Händen ab. »Oh, das ist mir … ich kann noch nicht …«

»Liebling.« Vater drückte mir sanft die Schulter. »Ich denke, das ist ein guter Zeitpunkt, den Anfang zu machen.«

»Aber was für ein Anfang? Ich kann doch gar nicht rüber, und …« Ich sprach nicht mehr weiter. Abwartend ließ ich meinen Blick zwischen den anderen hin und her wandern. Mich hatte schlicht der Mut verlassen, und es ging mir plötzlich zu schnell.

Sie starrten mich an wie früher, wenn ich auf der Schulbühne stand und zu einem langen Monolog ansetzte. Doch diesmal kam mir kein Wort über die Lippen.

»Wir werden alles tun, dass du für einen Besuch rüberkannst.« Viktor kratzte sich an der Stirn. »Ich habe mich schon erkundigt, vielleicht ist das ein Fall für Amnesty International.«

Elvira sah ihn an, und ihr Blick stoppte alles, was er vielleicht noch hätte sagen wollen. »Clara ist ja nicht wirklich eingesperrt. Amnesty International kümmert sich um Menschen, die im Gefängnis sitzen«, sagte Elvira spitz.

»Also, um zum Punkt zu kommen: Frau Urban sitzt jetzt bei meiner Mutter in der Wohnung und wartet auf unseren Anruf.« Viktor sah von einem zum anderen. »Lassen wir alles andere erst mal beiseite. Aber Clara: Sie wartet.«

Aufmunternd stupste Mama mich am Arm. »Das schaffen wir, Liebes.«

»Wir?«

»Ja, wir reden natürlich alle mit ihr. – Klemens, wir müssen das Gespräch anmelden!« Und zu Viktor gewandt: »Das kann jetzt ein paar Stunden dauern, kommen Sie, wir trinken noch ein Glas Wein zusammen.«

Während Vater das Gespräch anmeldete, setzten wir uns alle wieder ins Wohnzimmer. Mutter schob die Tür zum Garten weit auf. Draußen zwitscherten die Amseln, es roch nach frisch gemähtem Gras, der Nachbarhund bellte, weil er reingelassen werden wollte, und ein paar späte Sommerfrischler spazierten plaudernd vorbei. Sassnitz war mit seinen Fährschiffen ein beliebtes Urlaubsziel. Es war mein Zuhause, und ich wollte hier eigentlich nicht weg. Plötzlich war ich so hin- und hergerissen wie ein Segelschiff im Wind.

Elvira, Fred und Claudia waren unserem Gespräch gespannt gefolgt, hüllten sich aber weitestgehend in Schweigen.

»Wie geht es denn jetzt mit euch weiter?« Mama legte mir kurz die Hand auf den Arm und sah uns mitfühlend an. »Ihr seid so ein schönes Paar … könntest du dir vorstellen, zu uns in die DDR zu ziehen, Viktor?« Sie merkte wohl gar nicht, dass sie ihn plötzlich duzte.

»Mama!« Mir schoss die Röte ins Gesicht. Nervös griff ich zu meinem Weinglas und trank einen großen Schluck. Elvira schüttelte unmerklich den Kopf und verdrehte die Augen.

»Sosehr ich mich in eure Tochter verliebt habe, Margit …« Viktor duzte sie herzenswarm zurück und drückte mir die Hand. »Ich habe hin und her überlegt, und natürlich war auch das in meinen Gedanken. Aber wie ihr wisst, habe ich meine Mutter in Biberach, und ich würde sie nie allein lassen. Wenn ich in die DDR einreisen und mich einbürgern lassen würde, könnte ich nicht mehr zurück.« Er fuhr sich mit der Hand über die Stirn. »Das versteht ihr hoffentlich.«

»Natürlich. Das verstehen wir.« Mir fiel ein schwerer Stein auf den Magen.

Wenn es nicht so aussichtslos gewesen wäre, hätte ich ihn in diesem Moment liebend gerne umarmt.

»Vater und ich haben natürlich auch schon darüber nachgedacht. Liebes, du musst deine Mutter noch einmal sehen.« Mama schluckte und wischte sich über die Augen. »Wir würden es verstehen, wenn du einen Ausreiseantrag stellst.«

»Aber …« Ich schüttelte den Kopf, hatte auf einmal einen riesigen Kloß im Hals. Nachdem ich noch einen Schluck Wein getrunken und mich geräuspert hatte, bemerkte ich, dass Mama und die anderen mich weiter abwartend anstarrten. »Nein, wirklich, ich … dann könnte ich ja nicht mehr zurück … bitte versteh, Viktor, ich … das ist mir alles zu …« Ich machte eine vage Handbewegung und merkte, wie mir die Tränen kamen. »Ich komme mir vor, als müsste ich mich zerreißen, ich habe euch alle doch so lieb! Ich würde ja auch nur für ein paar Tage rüberfahren wollen und nur mal schauen, wie sie ist!«

»Und was ist mit Viktor?« Claudia rollte mit den Augen. »Ich denke, du liebst ihn.«

Von rechts hörte ich ein Klappern, mit dem Vater beinahe den Hörer fallen ließ. »Seid ihr verrückt, das Mädchen so kirre zu machen? Von alldem kann doch überhaupt keine Rede sein!« Er tippte sich ans Ohr und verdrehte die Augen in Richtung Hörer.

Er räusperte sich. »Die Leitung steht jetzt. Es klingelt bei Ihrer Mutter, Viktor.«

Sanft schob er mich zum Telefon und drückte mir die Schulter. Mein Herz raste. Ich kam mir vor, als stünde ich auf einer großen Bühne und stellte fest, dass es ein ganz fremdes Stück war. Wie in einem immer wiederkehrenden Albtraum.

Mama und die anderen waren aufgesprungen. Zu siebt versuchten wir, unser Ohr an den Hörer zu drücken, wobei Viktor mir beruhigend über den Rücken strich.

Das Telefon klingelte lange durch, und einen Moment lang überkam mich der heftige Wunsch, es würde auf der anderen Seite niemand drangehen. Vorhang runter, falsches Stück, Abgang.

Dann meldete sich eine fremde ältere Frauenstimme, und die heisere Art, wie sie das R rollte, ließ mich in den Knien weich werden. »Ja, hier ist Frau Urban?«

Es klang so schwach und zerbrechlich und gleichzeitig so hoffnungsvoll, dass ich kein Wort herausbrachte. Die anderen stupsten mich aufmunternd in den Rücken und zogen erwartungsvoll die Augenbrauen hoch.

»Hallo?«, krächzte es verunsichert, enttäuscht. »Mit wem spreche ich?«

»Hallo, Frau Urban.« Viktors warme, volle Stimme tönte mir von hinten ins Ohr. »Hier ist Viktor. Wir sind hier in Sassnitz alle im Wohnzimmer der Familie Burmeister versammelt, das ist Klemens Burmeister, Margit Burmeister, Elvira, ihre Tochter, deren Mann Fred, die gemeinsame Tochter Claudia und natürlich Clara.« Er drückte mir aufmunternd die Schulter. »Und Sie können sich denken, dass wir alle genauso aufgeregt sind wie Sie. Wie geht es Ihnen, Frau Urban?«

»Nicht so gut«, kam es wie ein Hauch. »Aber vielleicht geht es mir ja gleich besser … kann ich Ilona denn einmal kurz sprechen, bitte?«

Kurze Stille folgte. Mein Herz dröhnte mir in den Ohren. Das war die Stimme meiner leiblichen Mutter, und doch war sie eine fremde, bemitleidenswerte, alte Frau. Ich war ganz sicher nicht Ilona. Mein Hals war wie zugeschnürt, und ich brachte keinen Laut heraus.

»Hier ist Margit«, brachte sich nun Mama betont munter ein. »Wir sind alle völlig baff, seit unser Fred Sie im Fernsehen gesehen hat, nicht wahr, Fred?«

»Korrekt«, bellte Fred in den Hörer.

»Ich möchte Ihnen sehr danken für alles, was Sie für mein Kind …« Für einen Moment hielt meine Mutter inne. Dann plapperte sie weiter wie aufgezogen: »Das ist ja fast wie ein Lottogewinn, und wir wissen noch gar nicht so recht, was wir damit anfangen sollen und wie es nun weitergeht, wir haben schon alle Möglichkeiten hin und her überlegt, aber wir können ja alle nicht so, wie wir wollen …«

»Margit!« Vater stieß einen zischenden Laut aus. »Hier ist Klemens Burmeister. Ich bin der Vater von Clara, also Ilona, und sie steht hier neben uns, und sie wird jetzt ein paar Worte zu Ihnen sprechen.«

Er nickte mir zu und drückte mir den Hörer in die Hand. Mit einer wischenden Handbewegung scheuchte er die anderen an den Tisch zurück.

Mir wurde flau. Geistesgegenwärtig schob Vater mir einen Stuhl in die Kniekehlen. »Sag Hallo.«

»Hallo, Frau Urban.« Ich räusperte mich. Meine Stimmbänder schienen mir nicht gehorchen zu wollen. »Ich bin es, Clara. Also Ilona.« Ich hörte beinahe, wie die Erinnerungen schon bei meinem bloßen Namen auf sie einstürmten, und ich fühlte mich merkwürdig schuldig. »Ich kann mich nicht an Sie erinnern.« Viktor lächelte mich aufmunternd an. »Aber ich würde Sie natürlich gern kennenlernen.«

»Mein Kind, mein liebes Kind …« Plötzlich schwankte die Stimme, und dann folgte eine lange Stille. Weinte sie?

»Frau Urban?« Ich wischte mir verzweifelt über die Stirn. Ich hätte sie Mutter nennen sollen, aber ich brachte es nicht fertig.

»Ja? Ich bin hier, ich bin nur so …«

Erneut trat lange Stille ein. Ich hörte Geräusche im Hintergrund und dann eine kräftigere, energische Frauenstimme, ebenfalls mit rollendem R. »Frau Urban? Ist alles in Ordnung?«

Erneut Stille. Die anderen starrten mich an, als würde ich brennen.

»Hier ist Frau Lipka, ich bin die Mutter von Viktor. Frau Urban ist gerade ein bisschen überwältigt von ihren Gefühlen.«

»Guten Abend, Frau Lipka.« Mein Herz klopfte. »Viktor sitzt hier bei uns …möchten Sie ihn sprechen?«

»Nein danke, dann wird das Gespräch für Sie zu teuer.« Ich hörte ein Klappern im Hintergrund. »Wir müssen uns kurzfassen, also, ich gebe Ihnen jetzt noch mal Frau Urban.«

»Mein Kind, meine liebe kleine Ilona … darf ich dich noch einmal sehen?«

»Ja, natürlich …« Ich fasste mir an den Hals. Und plötzlich kam mir die Stimme nicht mehr fremd und hart vor, sondern ihre Mutterliebe traf mich mitten ins Herz. Mit einem Mal fühlte ich nicht mehr nur Mitleid, sondern eine starke Liebe zu ihr. Sie hatte mich geboren und gestillt und beschützt und trug mich an ihrer Brust, als sie in den Zug stieg. Man hatte mich ihr aus den Armen gerissen. Es war, als würde eine unsichtbare Nabelschnur uns wieder verbinden. »Ich werde es versuchen … Mutter … dich zu besuchen …« Plötzlich spürte ich die Tränen aus meinen Augen rinnen. »Ich möchte dich auch so gerne sehen.« Meine Stimme brach, und ich versuchte, nicht loszuschluchzen.

Viktor sah mich mit einer Mischung aus Liebe und Besorgnis an. Unter Tränen lächelte auch er. Der Rest der Familie wischte sich verstohlen die Augen. Sogar Fred zog die Nase hoch und schaute demonstrativ aus dem Fenster.

»Versprich es mir, mein Mädchen …«, kam es gehaucht aus dem Hörer. »Ich habe zwanzig Jahre lang auf diesen Moment gehofft, und jetzt ist er in greifbare Nähe gerückt. Mein Leben ist nicht mehr lang, aber darauf werde ich noch warten.«

Der Kloß in meinem Hals war so dick wie eine Kröte.

»Versprichst du es mir, mein Kind?«

»Ich verspreche es …« Ich zwirbelte die Telefonschnur zwischen meinen Fingern, sodass sie ganz verdreht war.

»Der liebe Gott hat dich bis jetzt behütet, er wird dich mir auch wieder zurückbringen. Darauf vertraue ich ganz fest. Ich will dich nur noch einmal sehen und dich in den Arm nehmen, mein Mädchen.«

Stille. Ich würgte an Tränen, schluckte und konnte nicht antworten. Der Kloß in meinem Hals war so dick, dass es schmerzte.

»Behüt dich Gott, mein kleiner Schatz.«

»Dich auch … Mutter.«

Dann war es still in der Leitung. Ich ließ den Hörer fallen, warf mich an Viktors Brust und brach in Tränen aus. Die ganze Familie schlang die Arme um uns und weinte mit. Wir waren ein einziges Knäuel aus Armen und Köpfen, als wir uns schluchzend aneinanderdrängten.

Drei Tage später, Ostberlin

Drei Tage nachdem Viktor wieder weg war, legte ich in Ostberlin mein Examen als Kinder- und Säuglingsschwester ab. Die Liebe zu Viktor und das letzte Versprechen meiner leiblichen Mutter gegenüber gaben mir Kraft, und ich fühlte mich wie ein starker Adler, der seine Flügel ausgebreitet hat. Flügel, von denen er bis vor Kurzem gar nicht wusste, dass er sie hatte.

Nachdem ich alle Prüfungen mit der Bestnote bestanden hatte, kam der Vorsteher des Prüfungskomitees nicht umhin, mir noch einige Belehrungen mit auf den Weg zu geben.

»Wir gehen davon aus, dass Sie sich ab sofort vorbildlich und parteikonform verhalten. Sie werden in Zukunft die Ausbildung der neuen Bewerberinnen übernehmen, und es reicht nicht, dass Sie kompetent in fachlichen Dingen sind, sondern Sie müssen auch ein politisches Vorbild für unsere junge Generation sein.« Er blätterte in seinen Akten. »Ihre Verbindungen zum kapitalistischen Klassenfeind sind ab sofort zu unterbinden.«

Ich zuckte die Schultern und sah ihm mutig in die Augen. »Meine Arbeit mit Säuglingen und Kleinkindern hat wohl kaum etwas mit meiner politischen Einstellung zu tun. Und mein Privatleben geht hier niemanden etwas an.«

Ich wusste selbst nicht, woher ich die Kraft nahm, aber meine Stimme war fest, meine Knie zitterten nicht, und ich wurde noch nicht einmal rot. Innerlich sah ich Viktors Augen intensiv auf mich gerichtet, und ich sah ihn aufmunternd nicken.

»Es ist bekannt, dass Sie in letzter Zeit sehr intensiv mit einem Mann aus Westdeutschland zusammen waren.« Der Vorsitzende verlieh seiner Stimme jetzt mehr Härte. »Das geht uns im Kollegium hier sehr wohl etwas an. Sie haben intime Beziehungen zu diesem Mann gehabt, und ich hoffe, ich muss nicht noch deutlicher werden.« Sein Blick war stahlhart auf mich gerichtet. »Sie haben das ab sofort zu unterlassen. Das gilt sowohl für Anrufe nach …«, er sah auf seine Akten, »… Biberach als auch für persönliche Begegnungen in der DDR.«

Der Assistenzarzt, Jörg Unger, der am Rande des Prüfungstisches saß, zuckte zusammen, als hätte ihm jemand ein Stethoskop an den Kopf geworfen.

»Sollten Sie zuwiderhandeln, können wir Ihr Diplom auch ganz schnell wieder durch den Schredder schicken.« Mit einer widerlich jovialen Geste erhob der Vorsitzende sich von seinem Stuhl und überreichte es mir gönnerhaft. »Aber Sie sind jung und naiv, und da lassen wir solche Verirrungen noch mal durchgehen.«

»Ach wissen Sie, das Examen ist mir ganz egal, wenn es nur mit Erpressungen und Drohungen zu bekommen ist.« Ich ließ die Hand wieder sinken, und das Diplom mit dem Hammer-und Zirkel-Emblem schwebte eine Weile in der Luft. »Wenn ich eine Gelegenheit bekomme, die DDR zu verlassen, werde ich zu meinem Verlobten in den Westen gehen.« Ich ertappte mich dabei, das wichtige Papier zu nehmen, weil es mir die Höflichkeit gebot, aber ich legte es auf den Tisch.

»Im Übrigen wartet dort auch meine leibliche Mutter auf mich. Sie war nämlich zwanzig Jahre in Sibirien, als Strafgefangene. Jede Schwerverbrecherin wird nach einer Zeit begnadigt, aber sie, die keiner Seele etwas zuleide getan hat, nicht. Sie wurde nicht begnadigt von unserem großen Bruder Sowjetunion. Und jetzt kriegt sie als Deutsche nicht mal eine Rente.« Meine Stimme war immer noch fest und sachlich. Ich sah ihnen der Reihe nach in die Augen. »Das zum Thema vorbildliches Verhalten der jungen Generation gegenüber.«

Niemand rührte sich. Alle Blicke waren wie versteinert auf den Boden gerichtet.

»Gehen Sie mir aus den Augen, Fräulein Burmeister.« Der Vorsitzende schlug mit der flachen Hand auf den Tisch. Und als ich schulterzuckend gehen wollte, pfiff er mich wie einen Hund zurück: »Und das hier nehmen Sie gefälligst mit!«

CLARA

Zwischen 1965 und 1967,
Sassnitz auf Rügen und Ostberlin

In den nächsten zwei Jahren kam Viktor immer wieder zu Besuch, mal für einige Wochen nach Sassnitz und mal nur für einen oder zwei Tage nach Westberlin.

Er durfte als Westdeutscher von West- nach Ostberlin einreisen, mit einem Tagesvisum und dem Zwangsumtausch von D-Mark zu Ostmark mit einem Kurs von eins zu eins, solange er um Mitternacht wieder drüben war.

Wir verbrachten so viel Zeit wie möglich miteinander, entweder in meinem Schwesternzimmer, das ich nun für mich allein hatte, oder wir bummelten durch die Stadt.

Bei all diesen Begegnungen und innigen Treffen hatte ich das Gefühl, beobachtet zu werden, aber es war mir egal. Einmal klopfte es sogar an meine Zimmertür, während Viktor und ich gerade innig und vertraut beisammenlagen. Es war mein freier Tag, und Viktor hatte aus seinem West-Hotel das Schild »Bitte nicht stören!« an die Klinke gehängt. Eindeutiger ging es ja wohl nicht.

Er hatte mich mit zwei Verlobungsringen überrascht, und daraufhin hatten wir den restlichen Nachmittag in sehr glücklicher Zweisamkeit verbracht. Natürlich hatte ich abgeschlossen.

»Fräulein Burmeister, Sie haben Besuch!« Ich wurde von Geräuschen aufgeschreckt, mit denen jemand versuchte, meine Zimmertür zu öffnen.

Ich stolperte aus dem Bett, schnappte mir meinen Besen und stellte mich mit rasendem Herzklopfen an die Tür. Ja, es war verboten, Herrenbesuch zu haben in diesem Schwesternheim, aber mein Viktor ging hier inzwischen diskret ein und aus. Die Kolleginnen kannten und schätzten ihn mit seinen tadellosen Manieren und seinem stets freundlichen, hilfsbereiten Wesen. Wie oft hatte er schon Glühbirnen ausgewechselt, die Heizung wieder zum Laufen gebracht, verstopfte Toiletten oder Wasserleitungen repariert und auch für jede meiner Kolleginnen immer etwas Nettes aus dem KaDeWe mitgebracht.

»Das kann nicht sein, und außerdem ist mein Besuch schon da.« Die Arme über der Brust verschränkt, den Kiefer empört angespannt, stand ich nackt mit meinem Besen hinter der Tür. Geistesgegenwärtig warf Viktor mir meinen Bademantel zu.

»Besuch im Zimmer ist verboten.« Eine junge, weibliche Stimme. Weiterhin heftiges Klopfen. Ich starrte auf die Tür, plötzlich von einer bösen Ahnung erfüllt, rieb mir über das Gesicht.

Widerwillig zog ich meinen Hausmantel enger zusammen, Viktor schoss in seine Hosen.

»Machen Sie auf, es ist jemand aus Sassnitz, der Ihnen etwas Dringendes von Ihren Eltern ausrichten muss.« Ich schüttelte langsam den Kopf. In meinem Kopf kreisten auf einmal die Gedanken wie auf einer entgleisten Kirmes-Achterbahn. Was war meinen Eltern passiert? Herzinfarkt? Schlaganfall? Unfall? Mein Herz raste, und ich massierte mir die Schläfen. Ich versuchte, mich zu konzentrieren.

»Mach auf«, signalisierte mir Viktor. Seine Augen waren besorgt auf mich gerichtet.

Ich schlüpfte in meine hautengen Jeans, die Viktor mir von drüben mitgebracht hatte, und zog mir eiligst meinen hellblauen Pulli über den Kopf. »Bleib hier und rühr dich nicht!«

Ich rieb mir das rotfleckige Gesicht und folgte eilig der jungen Schwesternschülerin, die uns aus unserer innigen Zweisamkeit gerissen hatte.

Unten an der Pforte angekommen, standen zwei junge Männer in den üblichen Polyester-Blousons und grauen Bundfaltenhosen, wie sie Stasi-Mitarbeiter trugen. Grauenvolle Typen.

»Fräulein Burmeister, Ihre Eltern schicken uns.« Sie streckten mir die Hand hin, die ich tunlichst übersah.

»Ja, was!« Ich strich mir die Haare glatt und fühlte meine Halsschlagader wummern. »Ist etwas passiert?« Wahrscheinlich war mein ganzes Gesicht und Hals voller roter Flecken.

»Nein, überhaupt nicht, wie kommen Sie darauf?« Die beiden lächelten so süßlich und falsch, dass mir fast schlecht wurde. Kurz herrschte Stille, bevor ich darauf reagierte.

»Was wollen Sie dann?« Meine Beine fühlten sich merkwürdig schwach an. Wieso versetzten mich zwei so pickelige hässliche Jünglinge dermaßen in Aufruhr?

»Heute ist Ihr freier Tag, nicht wahr?« Immer noch klebrig-süßliches falsches Lächeln.

Nickend putzte ich mir die Nase. Ich versuchte zu lächeln, aber meine Knie hatten angefangen zu zittern, und meine Handflächen waren feucht, als ich mich am Treppengeländer festhielt.

»Wir würden Sie gern zu einem Spaziergang einladen. Hier in der Nähe ist ein ganz nettes Pärkchen, da gehen Sie doch gerne spazieren, nicht wahr?«

»Danke, ich habe keine Lust.« Ärgerlich drehte ich mich um und rannte die Treppen wieder hinauf. Viktor ließ mich ins Zimmer schlüpfen und schloss direkt hinter mir ab.

»Wer war es denn?« Besorgt nahm er mich in den Arm. Seine Augen waren dunkel vor Besorgnis.

»Ach nichts, nur zwei Heuchler von der Stasi.« Wütend drosch ich mit der Faust auf das Kopfkissen ein, auf dem es vor zehn Minuten noch so himmlisch gewesen war.

»Liebes, wir müssen besser aufpassen. Nicht dass du hier Ärger kriegst.«

Viktor sah mich besorgt an und zog mich wieder in seine Arme. »Du hast so für diese Stelle gekämpft!«

Das hatte ich in der Tat! Die Charité lag direkt an der Mauer, und aus meinem Zimmer hatte ich die Aussicht sowohl auf das Brandenburger Tor als auch auf die Siegessäule. So fühlte ich mich Viktor näher.

Am Abend riefen wir meine Eltern an, und sie hatten die beiden natürlich nicht geschickt.

Mama lachte. »Ich würde dir doch nie jemanden schicken, ohne ein Päckchen mit Leckereien für dich mitzugeben! Grüß mir Viktor, ich hab dich lieb!«

Viktor brachte immer mehr Neuigkeiten von meiner Mutter, und jedes Mal einen handgeschriebenen Brief, den sie mit krakeligen, zittrigen Buchstaben vollgeschrieben hatte. Oft war die Tinte von Tränen verschmiert, oder sie hatte vor Erschöpfung nicht weiterschreiben können. In jedem Brief flehte sie mich an, bald zu kommen, denn es ginge mit ihrer körperlichen und seelischen Verfassung bergab. Sie habe nicht mehr viel Kraft, aber sie könne nicht sterben, ohne mich noch einmal gesehen zu haben. Meine Mutter war siebenundvierzig Jahre alt.

Und dann brachte Viktor eines Tages ein Tonband mit.

Meine Mutter hatte seiner Mutter inzwischen erzählt, wie es ihr wirklich ergangen war.

Mit ihrer Erlaubnis hatte Viktor die Schilderungen für mich aufgenommen, und fassungslos hörte ich es mir an. Unterbrochen von vielem Husten, Krächzen und manchmal auch minutenlangem Ringen um Fassung kam der Bericht, oft nur gehaucht, sodass ich mein Ohr dicht an das Tonbandgerät halten musste:

»Wir waren in diesem Zug nach Sibirien, Frau Kozlowski, meine Nachbarin, war die Einzige, die mir beistand, nachdem mein Kind weg war, und die Fahrt dauerte Wochen. Es wurde immer kälter, immer mehr Menschen aus unserem Waggon verhungerten, erfroren, erst die Kinder, dann die Älteren. Ab und zu hielt der Zug irgendwo auf freiem Feld, dann wurden die

Türen von außen aufgeschraubt und die Leichen einfach ins Freie geworfen.

Und dann kam der Tag, als wir nach ungefähr vier Wochen in Kasachstan ankamen. Das wussten wir natürlich nicht, wir standen sicherlich zwei, drei Tage auf freiem Feld. Es wurde uns eiskaltes Wasser hineingereicht, und dann haben die Russen alle Frauen, die noch halbwegs am Leben waren, vergewaltigt. Auch mich.«

Lange Pause.

»Irgendwie hatte ich das Gefühl, dass unser Waggon abgekoppelt wurde. Wir dämmerten einfach nur so vor uns hin, waren dem Tod näher als dem Leben. Und auf einmal wurde mir klar, dass der restliche Zug ohne uns weitergefahren war. Wir waren in einem verschlossenen Waggon auf freier Strecke stehen gelassen worden. Wir sollten da sterben.

Wahrscheinlich waren sich die Russen darüber einig, dass keine von uns je würde arbeiten können. Tagelang standen wir da, das kalte Wasser war bald aufgebraucht, wir waren nur noch vier oder fünf Frauen, die am Leben waren.

Irgendwann hörten wir draußen Stimmen, es waren Nomaden, die mit Kamelen und Ochsengespannen herumzogen, auf der Suche nach einem neuen Platz für ihre Jurten. All das wusste ich natürlich nicht. Sie riefen von draußen, und ich hatte noch die Kraft, von innen an den Waggon zu pochen, und dann wurden sie aufgeregt und holten Werkzeuge herbei, und dann haben sie es geschafft, die Tür aufzudrücken. Ein Fenster gab es ja nicht.

Menschen mit dunklen Gesichtern, ganz zerfurcht, dick verpackt in Fellmäntel und Mützen, zogen uns heraus und luden uns wie Pakete auf ihre Kamele. Sie haben uns mitgenommen. Und ich wurde in eine Lehmhütte oder Jurte an die Feuerstelle gelegt und mit Kräutern versorgt. Als ich wieder zu mir kam, hatte ich Angst, denn sie sahen mit ihren Fellen und Schafmützen aus, als hätten sie Hörner. Das war im Gebiet von Semipalatinsk.

Die Hütte wurde beheizt mit einem offenen Feuer. Es gab keinen Kamin, nichts zum Regulieren, der Rauch zog durch die Hütte. Das Weidengestänge, welches das Dach bildete, war ganz schwarz durch den Rauch. Und alles war voller Wanzen!

Ich weiß nicht, wie lange ich da in der Ecke gelegen habe, aber ich kam irgendwie mit dem Leben davon, und sie nahmen mich mit.

Später im Sommer sind die alten Frauen hergegangen und haben oben am Dach alles mit Lehm verschmiert, damit die Wanzen nicht mehr herunterkommen konnten. Die Kasachen haben uns aufgenommen in ihre Familien, obwohl sie selbst nichts hatten. Sie haben alles mit uns geteilt. Die Kasachen waren menschlich, haben Mitleid gehabt.

Als der Sommer kam, merkte ich, dass ich schwanger war. Die Kasachen zogen weiter, um in einer Kolchose zu arbeiten, das war in der Sowjetunion für jeden Menschen Pflicht. Ich wurde mit den anderen Frauen einer Molkerei zugewiesen, die allerdings erst aufgebaut werden sollte.

Zwei Monate lebten wir unter freiem Himmel, sahen gerade mal einen Vogel vorbeifliegen, sonst kein lebendiges Wesen. Die Kasachen bauten sich Balahans, etwas Ähnliches wie Jurten: aus Weidenholz hergestellte, geflochtene, runde Hütten. Das Dach mit Lehm verschmiert und auch geweißt, mit weißer Erde, Kalk gab es nicht. Darin lebten mehrere Familien – kümmerlich. Aber sie hatten mich angenommen, und ich gehörte dazu.

Meine neue Familie, die zog umher, wir blieben immer nur einen Monat am selben Platz. Dann wurden die Jurten abgebaut, zusammengeschnürt und auf die Kamele geladen, und wo der Platz etwas grüner wurde, da wurden die Jurten wieder aufgebaut.

Die Kasachen waren wunderbare Leute! Sie haben auch immer gesagt, als ich sie dann verstanden habe, später, viele Jahre später: Wir stolpern, aber wir fallen nicht.

Zu der Zeit verhungerte die Großmutter der Familie, die blind und immer mitgezogen war, man hatte sie auf einem der Kamele festgebunden. Man hatte keinen Sarg für sie, da haben die Kasachen eine Art Kiste aus Brettern gebaut, in die sie ihre Großmutter gelegt haben, und haben Äste auf sie gebreitet, damit die Erde nicht direkt auf sie fiel, denn ein Tuch hatten sie nicht übrig für eine tote alte Frau.

Mit mir wurde eine andere junge Frau der Molkerei zugewiesen, Veronika, die war selbst so klein wie ein Kind, hatte aber schon fünf Kinder und eines an der Brust. Ihre Kinder waren nackt – nichts zum Anziehen. Das Baby war nur Haut und Knochen, weil die kleine dürre Mutter selbst nichts in der Brust hatte. Sie war völlig ausgelaugt. Aber sie musste in der Molkerei arbeiten. Zwei Monate lang haben vierzehn Personen von acht Kilo Weizen gelebt, und dann wurde einmal am Tag etwas davon verteilt. Es wurde ein großes Feuer gemacht, und in einer Pfanne mit einem langen Stiel wurde der Weizen gebacken, dann erhielt jeder am Abend einen Löffel voll Weizen. Dazu gab es abgekochtes Wasser.

Wenn die Kasachen ein Rind schlachteten, nahmen sie das Blut, kochten es, bis es fest wurde, und dann wurde es geschnitten und gegessen. Die Rinderhaut wurde geflämmt, gewaschen und gekocht. Aber trotz des Hungers und obwohl ich schwanger war oder vielleicht genau deshalb: Ich konnte das Blut nicht essen.

Der Säugling von Veronika verhungerte. Und sie hatten nicht einmal ein Gerät, um für das Bay ein Grab zu schaufeln. Veronika hat dann ein Stück Blech gefunden und dann ein kleines Loch gekratzt für das Kind. Es war nicht viel größer als ein Vögelchen.

Zu dieser Zeit erlitt ich eine Fehlgeburt. Ich war erleichtert darüber. Wir verscharrten auch das.

(Pause.)

Die anderen Kinder von Veronika haben überlebt. Wir lebten viele Jahre im Gebiet von Semipalatinsk, umgeben von Steppe und

Sand, den extremen klimatischen Bedingungen des asiatischen Kontinents ausgeliefert. Sehr heiße Sommer und sehr kalte Winter. Sandstürme, Trockenheit.

Läuse, das bringt doch die Armut mit sich: nichts waschen können, keine Seife, nichts zum Anziehen. Die alten Frauen haben mit Asche die Wäsche gewaschen, einmal im Monat. Eine sehr junge Frau, vielleicht zwölf oder dreizehn, hatte inzwischen ein Kind geboren, keiner von uns hatte gedacht, dass sie schwanger ist, ein kleines Mädchen, das ist später nackig herumgelaufen. Im Winter konnte es nicht raus, da wurde es mit Tüchern zugedeckt und musste drinnen bleiben.

Obwohl ich mich sehr bemühte, die Kinder der beiden Familien zu unterrichten: Alle mussten arbeiten. Sie haben uns zur Arbeit gejagt. Da war auch nichts, keine Technik, nichts, alles Handarbeit. Wir mussten auf einer Kolchose arbeiten im Sommer, unentgeltlich, und haben von dem gelebt, was wir stehlen konnten, und von aufgelesenem Getreide. Davon schwollen die Hände an, es bildeten sich Blasen, die bluteten. Abends erhielten wir dafür die übrig gebliebene Kleie. Aber es gab in der Kolchose auch gute Menschen, die hatten Mitleid mit uns ›Zigeunern‹ und taten eine Handvoll Mehl dazu. Zu Hause wurde die Kleie nochmals durchgemahlen. So lebten wir mit vierzehn, später nur zwölf Personen bis 1954. Da gab es zum ersten Mal wieder etwas Butter und Zucker.

In der Kolchose, da gab es vier Ochsen, die wurden eingespannt, oder zwei Kamele, da haben wir gepflügt. Ich habe den Strick gehalten, den Ochsen geführt, und hinten waren Kinder, kaum acht oder neun, die mussten den Pflug heben und durch den schwarzen, harten Boden führen, den ganzen Tag. Morgens um drei mussten wir schon auf, die Kinder haben die Augen nicht aufgebracht, so zugepappt waren sie, und so kalt, nichts zum Anziehen, barfüßig, die Füße waren blutig von all den spitzen Stoppeln und Steinen. Ich dachte immer an mein Mädchen, das jetzt genauso alt sein musste, und betete, dass sie entweder tot war oder eine bessere Kindheit hatte.

Oft kamen wir zu nichts – die Ochsen haben sich einfach fallen lassen, die waren todmüde, die sind gar nicht zum Ausruhen gekommen.

Um zwölf Uhr in der Nacht haben wir sie ausgespannt, und um drei haben sie schon wieder losgemusst, wie wir. Die haben nichts gefressen, das war schrecklich. Die Ochsen haben sich hingeschmissen, da haben die Vorarbeiter ihnen die Nase durchgestochen, da sind sie mit einem schrecklichen Schreien zurück auf die Beine. Die haben sie totgequält, so wie viele von uns. Wir waren einfach nur Arbeitsmaterial, ganz ohne wertes Leben. Wer liegen blieb, blieb liegen und wurde von Läusen zerfressen oder zugeschneit. Dann war man einfach weg.

Wenn die Ochsen sich hingeschmissen haben, dann sind die Kinder gesprungen und haben die nackten Füße unter den Ochsen gestopft oder unter das Kamel und haben sich die Füße gewärmt. Sind wir dann um Mitternacht nach Hause, da war nichts zum Essen und nichts zum Anziehen, nichts zum Zudecken, und so ist dann auch mit sieben Jahren ein weiteres Mädchen aus der Familie gestorben. Sie war nicht größer geworden als eine Dreijährige.

Wir, die wir arbeiten konnten, mussten bei jedem Wetter raus, ich musste den Traktor fahren, die Kinder mussten den Pflug lupfen, ob es geregnet hat oder geschneit, den ganzen Tag, weiter, weiter, für die Kolchose musste gearbeitet werden, vierzehn Stunden am Tag. Wir haben da gehockt in nassen Lumpen und festgefrorenen Fetzen, nichts zum Anziehen und nichts zum Essen, mein Gott, wenn ich da jetzt so dran denke … nur für mein Mädchen in Deutschland habe ich durchgehalten. Sie braucht doch ihre Mutter. Und sie war doch ein Kind der Liebe.

Wir hatten mal bessere Zeiten, Gerhard, Ilona und ich, und ich dachte das zwar immer seltener, aber manchmal hoffte ich noch, dass wir wieder zusammenfinden würden, eines Tages.

(Pause.)

Manchmal, wenn der Brigadier gekommen ist, der Chef, dann hat er mit der Peitsche über alle drübergeschlagen, die Tiere, die Kinder, über uns alle, da ist das Blut gelaufen, so geschlagen und geflucht, und was er mit den Mädchen getan hat, das kann man gar nicht erzählen. Ich war froh, dass mein Kind das nicht mehr erleben musste.

In den schlechten Jahren, da war ja nichts zum Anziehen. Die Schaffelle, die haben sie gegerbt. Mit Kleie und Molke haben sie gegerbt, beides gekocht, etwas Salz ist drangekommen, darein kamen die Felle, mit der Wolle drauf. Dann haben sie die Pelze genäht, Hosen, Brusttücher, alles aus Fell, und diejenigen, die das besonders gut konnten, haben sie so weich gemacht wie Stoff. Die Felle mussten wochenlang in einer Mischung liegen, dann wurden sie gereinigt und auf dem Boden getrocknet. Danach wurden die Felle mit dem Stößel bearbeitet und anschließend geschabt. Das Fleisch war alles weg und nur das Weiße vom Inneren der Haut übrig. Und dann haben sie das Fell gefärbt: Grüne Weidenruten wurden geschält, zusammengewickelt, getrocknet. Zum Färben wurden diese Bälle dann gekocht, und das ergab die gelbrote Farbe. Da wurden die Felle reingelegt, und die wurden dann braun. Daraus wurden dann Kappen genäht, die trugen wir im Winter, wenn wir rausmussten auf die verschneite Steppe. Da war uns dann warm im Gesicht.

Im Winter standen die Schafe nicht im Stall, auch wenn der Schnee hoch war, mussten sie bis zum Hals darin laufen, genau wie wir. Mit den Hufen hackten sie den Schnee weg und suchten sich ihr spärliches Gras raus, genau wie wir Menschen. Im März, wenn sie anfingen zu lammen, dann haben wir die, die so weit waren, in die Kolchose gebracht, durch den hohen Schnee gezerrt, aber viele haben schon unterwegs gelammt. Ich habe an manchen Abenden bis zu zehn Lämmer nach Hause geschleppt. Blutige, zappelnde, kleine Leiber, an Stricken durch den Schnee hinter mir hergezogen.

Die Schafe wurden zweimal im Jahr geschoren, und aus der Wolle haben wir Wolldecken gemacht. Dazu wurde die Wolle geschlagen und auf die Binsenmatten gelegt. Mit andersfarbiger Wolle haben wir Blumenmuster darauf gelegt. Wir saßen im Schneidersitz vor der Jurte, die anderen Frauen und ich, haben gelacht und gearbeitet, und ich habe ihnen manchmal etwas vorgesungen, sie mir aber auch. Unterdessen wurde alles mit kochendem Wasser bespritzt, bis es fest wurde. Daraufhin wurde die Binsenmatte mit der Wolle zusammengerollt, gut mit kochendem Wasser begossen, und anschließend wurde das Ganze mit den Füßen gestampft. Zwei Personen haben die Rolle gezogen, sechs bis sieben Leute haben gestampft, bis die Haare von der Wolle rauskamen. Dann war die Decke fertig, wurde schnell ausgewickelt und mit den Unterarmen glatt gestrichen. Nach mehrmaligem Schlagen und Trocknen hatten wir dann Teppiche. Ich habe heute noch so einen Teppich bei mir, das haben sie mir beigebracht, diese wunderbaren Leute. Den Teppich möchte ich meiner Tochter schenken … wenn ich sie wiedersehe. – Ich warte jeden Tag.

(Pause.)

Wenn das Pflügen durch war, wenn die Ernte gesetzt war, dann haben die Kinder und ich ins Heu gemusst. Mit Geräten, die gab es in Deutschland nicht, mit denen ist das Heu zusammengebracht worden. Wir drei erwachsenen Frauen haben die Heuhaufen gemacht, die Kinder rannten barfuß und brachten die Halme in den kleinen Armen. Das ging so von morgens bis abends. Da war im Sommer eine große Hitze, vierzig Grad, kein Schatten, nichts zu essen, nichts zu trinken. Da haben wir Kopfschmerzen gehabt, ich habe oft geglaubt, mein Gehirn platzt. Die Kinder sind gesprungen und haben gegraben, wo Sand war, mit den Händen, schwarzer

Sand, ganz tief, und da ist ein bisschen warmes Wasser zutage gekommen. Es war uns egal, ob es dreckig war, wir haben das warme Wasser aufgesaugt aus den bloßen Händen.

Ich blieb bei ihnen über viele Jahre. Weglaufen konnte ich nicht; wohin denn, in jede Richtung Tausende Kilometer Steppe, Wind, Sand und im Winter Schnee.

Die kasachischen Nomaden zogen manchmal nur mit zwei Familien umher, später taten sie sich mit anderen zu Verbänden zusammen. Die Jurten waren rund und wurden innen mit den Filzteppichen ausgehängt, sodass man nur die oberen Holzstangen sah. Der Auf- und Abbau einer Jurte geschah innerhalb einer halben Stunde. Ein starker Mann, oft mit meiner Hilfe, weil ich so groß war, nahm an einem langen Stock den Jurtenkranz hoch, und die anderen steckten die Holzstützen in Windeseile ab.

Später zeigten wir deportierten Deutschen, die wir einander inzwischen gefunden hatten, den Kasachen den Ziegelbau. Viele lernten auch durch uns Deutsche jetzt erst die Kartoffel kennen und die Zwiebel. Allmählich wurden wir dann sesshaft, und unsere Nomadenfamilien legten selber Gärten an, mit Melonen, Tomaten, Paprika, Kohl und Gurken. Ich zog sogar Blumen. Da kamen die Leute von weit her und haben sie bestaunt. So haben wir dann gelebt, das ging so bis 1957. Da haben wir erst angefangen, so ein bisschen wie Menschen zu leben. Da haben wir schon ein Stückchen Brot zu sehen gekriegt, und noch immer nichts zum Drauflegen, aber Brot haben wir schon gehabt. Ich war für sie eine alte Frau, keine Zähne mehr im Mund, graue Haare, ich wollte keinen Mann mehr und hätte auch keinen mehr abgekriegt. (Raues Lachen, das in Husten übergeht.)

Von dem Weizen, den wir als Lohn für unsere Arbeit auf der Kolchose bekommen haben, haben wir immer ein Stückchen zurückgelegt, und den haben wir dann auf dem Markt verkauft. Da haben wir einen oder zwei Meter Stoff für bekommen, um den

Kindern ein Kleidchen zu nähen. Wir sind alle vorher nur in Selbstgestricktem herumgelaufen.

Wenn sie früher die Kamele gebracht haben, sind wir, die Kinder und ich, hingegangen und haben heimlich die Wolle rausgezogen, sodass die Aufpasser es nicht gesehen haben. Unter den Buckeln haben wir sie ausgezupft, haben uns eine Jacke gestrickt, Strümpfe. Das durfte keiner sehen von denen, sonst gab es Schläge mit der Peitsche. Abends wurde das Garn gesponnen, oft im Lichtschein einer stinkenden rußigen Ölfunzel. Da war das Gesicht hinterher schwarz, und wir bekamen von dem giftigen Öl Kopfschmerzen. Aber wir haben etwas zum Anziehen gehabt, wenn auch aus stinkender Kamelwolle. Ich habe für die Kinder gesorgt, wie es ihre eigenen Mütter nicht getan haben. Die gingen alle ziemlich rau miteinander um. Ein Baby lag oder krabbelte einfach den ganzen Tag allein in der Jurte rum, da waren noch Ziegen drin und Schafe und Hühner, die haben auf dem Baby rumgepickt.

Wer überlebt hat, musste ab vier, fünf Jahren mitarbeiten, wer nicht, hatte Glück gehabt. Oder Pech, wie man es nimmt. Die Frauen waren ständig schwanger, das war nichts Besonderes.

Wir haben nicht gewusst, für wen wir arbeiten. Im Sommer mussten wir immer aufs Feld. Bis weit in die Fünfzigerjahre. Im Winter bin ich dann zu Leuten vermittelt worden, als Dienstmagd. Es hieß, die Zigeuner klauen, die nehmen wir nicht, aber ich sah immer noch anders aus. Ich sprach schon längst kein Deutsch mehr. Mich haben sie genommen, ich habe mir heimlich kleine Taschen genäht in meine Dienstkleider, und wenn niemand schaute, habe ich Weizenkörner reingesammelt, da durfte man sich aber nicht erwischen lassen.

Wenn ihr mich jetzt fragt, wie ich das überlebt habe, ich habe immer gewusst, es gibt ein Kind in Deutschland, und das will ich noch einmal wiedersehen.

Ja, ihr fragt, wie kann man so was durchstehen, Sie müssen doch in gewisser Weise noch etwas wie Hoffnung gehabt haben. Wenn ich mir überlege, das war bis 1962, das waren siebzehn Jahre, die ich dort verbracht habe. Und habe immer an meine kleine Ilona gedacht, jeden Tag. Was macht sie, wo ist sie, wie sieht sie jetzt aus … lebt sie noch.

Ich hatte immer die Hoffnung zu leben, von einem Tag auf den anderen. Wenn wir etwas bekommen haben von einem Menschen oder etwas gekauft haben, einen Meter Stoff oder ein halbes Brot, dann waren wir so froh, das haben wir dann geachtet, und wir haben drauf aufgepasst, und dann haben wir es geteilt, und dann haben wir mit Freude gelebt und dem lieben Gott gedankt: wieder ein Tag, an dem wir nicht sterben mussten.

Später haben wir Hirse gehabt, sie nannten es Herscher. Die Nomaden haben sich das aus China geholt, auch rote Früchte, die ich nicht kannte, und Tee. Sie haben den roten Herscher genommen und in große Pfannen getan und gekocht, und sie haben ihn dann auf Binsenmatten, die sie natürlich selbst gemacht hatten aus Fasern, ausgebreitet, und dann haben sie ihn gekocht, dann wurde er ganz schlüpfrig, die Brühe wurde dick, dann haben sie ihn schön abgewaschen und in der Sonne getrocknet. Dann haben sie Mörser gehabt, da wurde die Hirse gestampft, dann ist er durch den Wind gelassen worden, da sind die Schalen weggeflogen, danach ist er ein zweites Mal gestampft worden.

Dann wurde Blude hergestellt; sie haben Milch genommen, die haben sie gekocht, dann haben sie saure Milch dazugetan. Dadurch konnte die Milch gerinnen. Bis die Molke weg war, und da waren die Stückchen Käse, der erste Käse seit fünfzehn Jahren, der hat geschmeckt, so himmlisch, als hätte man Zucker da reingetan! Das haben sie Rintschik genannt. Davon haben sie ganz, ganz viele Säcke gemacht, für den nächsten Winter … Das war wunderbar, wie sie das alles gemacht haben. Ich dachte zu dieser Zeit schon nicht mehr daran, jemals zurückzukehren. Ich war jetzt schon eher die

Großmutter für die Kinder, denn die hatten ja schon längst selbst wieder welche. Zu mir sind sie immer gekommen, wenn sie Hilfe brauchten.

Wir hatten natürlich kein Geschirr. Deshalb wenn sie Schafe geschlachtet haben, dann haben sie den Magen, den großen, genommen, haben ihn abgewaschen und dann getrocknet. Um den Schafsmagen immer wieder gebrauchen zu können, wenn er leer war, wurde er erst in Sauermolke gelegt, dann ins Salzwasser. Davon wurde er ganz weiß. Anschließend wurde er aufgeblasen und zum Trocknen aufgehängt. In diesen Säcken haben die Kasachen dann später die Butter aufgehoben, schön fest zusammengebunden, dass keine Luft drankam, und so ist alles gut geblieben und nicht verdorben. Ansonsten haben die Kinder mit den aufgeblasenen Schafsmagen gespielt, so wie wir früher mit einem Luftballon.

Die Menschen wussten sich zu helfen. Ich bin durch eine sehr harte Schule des Lebens gegangen, aber letztlich bin ich dankbar dafür. Wer weiß, ob ich das Arbeitslager in Sibirien überlebt hätte. Ich war bei guten Menschen, den Kasachen, Nomaden, Zigeuner genannt, und … ich glaube, dass all das passiert ist, damit ich meine Ilona eines Tages wiedersehen kann.

Bis Anfang der Sechzigerjahre lebte ich bei meinen Nomaden, wir waren längst eine Familie geworden, und ich gehörte ja schon zu den Älteren, der dritten Generation. Frauen über vierzig waren dort meistens schon mehrfache Großmütter. Sie überließen mir wieder die Kleinkinder zum Hüten, und ich sang mit ihnen die Lieder, die ich schon den anderen beigebracht hatte, und versuchte, ihnen das Lesen und Schreiben beizubringen, als sie älter waren, aber da merkte ich, dass ich selber fast kein Deutsch mehr sprach!

Wenn wir gewaschen haben, sind wir morgens um vier Uhr aufgestanden. Wir haben keine Waschmaschine gehabt, und dort habe ich gestanden mit dem Wäscherubbel. Die Sachen der Männer habe ich gar nicht sauber bekommen, die der Babys waren dagegen ein Kinderspiel. Ich nahm Papierkleie, damit konnte ich die Wäsche einweichen. Währenddessen musste ich auf die Kinder aufpassen, manchmal zwölf unter drei, die da in der Hütte rumkrabbelten, und die Kühe melken, und da waren noch die Schafe. Aber niemand von uns hat sich je beschwert oder gesagt, ich bin müde, ich muss mich ausruhen.

Weil ich doch manchmal etwas wusste, was sie nicht wussten, wurde ich auch zum Bauen eingesetzt, musste mit anderen zusammen die Erde aufgraben, Baumasse, nämlich Erde, Lehm und Stroh mit den Füßen treten, sodass das Stroh oft in die Haut einschnitt. Zu dieser Zeit waren oft schon Glasscherben darunter, die Männer tranken schon viel. Wir haben die Baumasse in Kisten mit zwei Henkeln gefüllt und sie zu Fuß transportiert, dass uns das Kreuz zusammengebogen ist. Die schweren, mit Zement gefüllten Kisten mussten wir dann oft noch auf den Baustellen in den oberen Stock tragen. Aber das war eine Zeit, wo die Nomaden sesshaft wurden und sich ihre Häuser bauten.

Erst im August 1964 formulierte die Sowjetregierung einen Erlass, in dem alle Deutschen in der Sowjetunion rehabilitiert waren. Nachdem ich wieder in Deutschland war, habe ich erfahren, dass das Gebiet, in dem ich so viele Jahre lebte, eines der Gebiete mit den sowjetischen Atombombenversuchen war und dass auch dadurch meine Gesundheit stark gelitten hat. Jetzt wundere ich mich nicht mehr: Das, was wir oft für Erdbeben hielten, das waren Atombombenversuche.

Zu dieser Zeit fuhr eine der Frauen, zu deren Familie ich inzwischen gehörte, nach Karaganda. Das war fünfhundert Kilometer weit weg. Sie wollte dort die heiligen Sakramente der Kirche erhalten, da gab es einen katholischen Pfarrer. Das war meine Chance, ich wollte unbedingt mit. Für meine Fahrkarte wurde vorher monatelang gesammelt. Aber dann bin ich mit der Frau gefahren, und als ich in Karaganda war, traf ich auf andere Deutsche, die in die

Bundesrepublik auswandern wollten. Ich lebte dort noch zwei Jahre und arbeitete hart, um mir das Geld für einen Pass und die Fahrkarte zu verdienen. Und im Mai 1965 … kam ich schließlich im Lager für Spätaussiedler an. Und dann erfuhr ich, dass mein Mann seit vielen Jahren eine eigene Familie hat … das war sehr schwer … aber dann erfuhr ich, dass meine Tochter Ilona noch lebt. Ich wusste es die ganze Zeit … es hat sich gelohnt, dass ich durchgehalten habe. Jetzt bin ich müde … aber ich will sie nur noch einmal sehen.«

Dieses Tonband hatte Viktor mir und meiner Familie eines Abends vorgespielt, und wir waren stumm vor Entsetzen. Immer wieder schlugen wir uns die Hände vor das Gesicht, mussten weinen, umarmten uns, schüttelten die Köpfe. Viktor musste mehrmals zwischendurch die Pausentaste drücken und erzählte uns mit leiser Stimme, dass er für die Aufnahme mit Barbara mehrere Tage gebraucht hatte. Ihr Erzählen war oft von Husten und auch Weinen unterbrochen. Seine Mutter Rosa saß dabei, hielt ihr die Hand und brachte ihr immer wieder heißen Tee.

Während des Abhörens zog mich eine unsichtbare Nabelschnur immer stärker zu meiner Mutter hin. Ich war so fassungslos, dass ich kaum sprechen konnte.

»Ich muss zu ihr, oder was meint ihr?« Der Boden schwankte heftig unter mir.

Nach tagelangem Abwägen und Ringen, nach allem Für und Wider rieten mir meine Eltern dazu, mit Viktor in den Westen zu gehen.

»Es gibt keine Alternative, Clara. Das bist du deiner Mutter schuldig!«

Inzwischen war ich auch so weit, dass ich einen Ausreiseantrag stellen wollte. Alle meine Gesuche, für einen oder zwei Tage rüberfahren zu dürfen, waren abgelehnt worden. So stellte ich also einen endgültigen Ausreiseantrag wegen Heirat. Meine Eltern unterstützten uns darin, was ich ihnen hoch anrechnete. Selbst auf die Gefahr hin, meine Familie dann nicht mehr zu sehen und nicht mehr in meine geliebte Heimat zurückkehren zu dürfen, waren wir uns sicher, das Richtige zu tun.

Die Liebe zu Viktor war so stark geworden, dass ich ihm folgen wollte, wohin auch immer er ging, und die Liebe zu meiner Mutter durchströmte mich von innen wie die aufgehende Sonne nach einer langen dunklen Nacht. Ich war der Grund, warum sie noch lebte! Ich hatte ihr ein Versprechen gegeben, und das wollte ich um alles in der Welt halten.

Nachdem wir uns immer und immer wieder unter Tränen am Bahnhof Friedrichstraße kurz vor Mitternacht getrennt hatten, hatte Viktor den großen Schritt getan, seine gute Stelle in Lübeck zu kündigen, und war nach Westberlin gezogen.

Umso entsetzlicher war der nächste Schicksalsschlag: Ohne Vorwarnung durfte Viktor plötzlich nicht mehr rüberkommen! Ihm wurde der Übertritt am Bahnhof Friedrichstraße, den er seit inzwischen zwei Jahren mit schöner Regelmäßigkeit und mit sämtlichen Schikanen wie Schlangestehen, Pass- und Taschenkontrollen, teurem Zwangsumtausch und dem Behandeltwerden, als sei man ein Staatsverbrecher, absolviert hatte, eines Tages schlichtweg verweigert.

In seinen Pass wurde ein Stempel hineingeknallt, der ihn als unerwünschten Besucher markierte. Und ich erfuhr tagelang nichts davon, sondern wartete in größter Sorge, ob ihm etwas passiert war, in meinem Zimmer auf ihn.

Tagelang wartete ich vergeblich auf sein leises Klopfen, seine liebe Stimme, wenn er sich bereits auf dem Flur mit meinen Mitbewohnerinnen unterhielt, sein gewinnendes Lächeln, seinen Duft, wenn er mich in die Arme nahm, seine Zärtlichkeit und seinen grenzenlosen Optimismus.

Erst von meinen Eltern erfuhr ich am Wochenende darauf am Telefon, dass mein Verlobter nicht mehr einreisen durfte.

»Lass dir nichts anmerken, Tochter«, riet mir mein Vater. »Du musst mit den Wölfen heulen. Gehe deiner Arbeit nach, triff dich auch mal mit anderen Kollegen, sodass Gras über die Sache wächst. Und dann … du weißt schon. Eines Tages ergibt sich die eine oder andere Möglichkeit.«

Sicher hatte er recht. Mehr durfte er am Telefon sowieso nicht sagen. Jedes Wochenende, wenn ich zu Hause anrief, fragte ich deshalb nach meiner Mutter. Und damit meinte ich die im Westen. Und aus den Antworten konnte ich sehr genau heraushören, wie es Viktor ging.

»Deine Mutter wird sehr liebevoll von ihrer Nachbarin gepflegt«, informierten mich meine Eltern dann in belanglosem Ton. »Deren Sohn kümmert sich ebenfalls um sie, er hat ja ein Auto, erledigt ihre Einkäufe und begleitet sie zu Arztbesuchen.«

Daraus konnte ich entnehmen, dass Viktor wieder in Süddeutschland war. Er hatte seine Stellung in Westberlin aufgegeben!

Mir zog sich das Herz zusammen vor Sehnsucht und Liebe, aber ebenso vor Zorn. Nicht, dass es irgendwelchen unsichtbaren scheinheiligen Hintermännern gelingen sollte, unsere Liebe zu zerstören! Da kannten sie mich aber schlecht! Auch wenn ich so tat, als sei alles in bester Ordnung, grämte ich mich vor Einsamkeit, Liebeskummer und Sorge.

Etwa drei Monate nach unserer Verlobung – und damit unserem vorerst letzten Wiedersehen – beschloss ich, erneut einen Ausreiseantrag zu stellen. Ich setzte ein Schreiben auf, in dem stand, dass meine leibliche Mutter nach zwanzig Jahren Zwangsarbeit in Kasachstan nun in Westdeutschland lebte und mich noch einmal sehen wollte. Außerdem sei ich mit einem Westdeutschen verlobt und wolle in Westdeutschland heiraten. Ich bezog mich auf das

Gesetz der Familienzusammenführung. Auf diese Weise moralisch innerlich gestärkt, wanderte ich an meinem freien Tag frühmorgens zum Roten Rathaus am Alexanderplatz. Nicht ahnend, was ich in diesem Gebäude noch erleben würde.

Nach endlosem Warten auf dem Flur ließ mich eine streng blickende Uniformierte endlich in eines der Büros eintreten.

Ich trug mein Anliegen dem zuständigen Beamten vor und übergab ihm meinen schriftlichen Antrag. Natürlich im Stehen, einen Besucherstuhl gab es nicht. So stand ich mit meinen knapp eins achtzig vor diesem grauen Männlein mit Seitenscheitel und Wachsgesicht.

Er überflog die eine Seite, die ich mit Schreibmaschine geschrieben hatte, und schüttelte verständnislos den Kopf.

»Ich kann hier gar keinen Sinn erkennen.« Er nahm die Brille ab und schnalzte mit der Zunge.

»Eine Heirat ist doch wirklich kein Grund, aus der DDR auszuwandern. Ihr Verlobter kann herzlich gerne in die DDR einwandern. Jeder, der hier arbeiten möchte, ist herzlich willkommen.«

»Aber er darf ja noch nicht mal mehr mit einem Tagesvisum rüberkommen!« Ich versuchte, nicht laut zu werden. Es folgte eine halbe Stunde mühsamer Konversation, die nirgendwo hinführte außer zu der Behauptung, dass Viktor jederzeit einen Einbürgerungsantrag in die DDR stellen könne.

»Aber die gängige Handhabung der Familienzusammenführung … mein Antrag bezieht sich ja ebenfalls auf das Wiedersehen mit meiner Mutter!«

Nachdem ich beide Adressen im Westen angegeben hatte, zuckte er spöttisch mit den Lippen: »Ach, wohnen die Herrschaften schon bei derselben Postadresse!«

Er stieß einen schnalzenden Laut des Unmutes aus. »Das kann ja gar nicht sein. Der antifaschistische Schutzwall besteht ja nicht zum Spaß.«

Ich wischte mir über das Gesicht. »Bitte. Meine Gründe stehen hier schriftlich aufgeführt.«

Er schüttelte schon minutenlang den Kopf wie ein Wackeldackel auf der Hutablage.

»Ein Ausreiseantrag – so was gibt es hier nicht. Das habe ich noch nie erlebt, dass jemand aus dem Arbeiter-und-Bauern-Staat ausreisen möchte. Und schon gar nicht, nachdem er oder sie auf Kosten des Staates eine wundervolle Ausbildung machen durfte. Und eine wundervolle Arbeitsstelle hat. Nein. Das ist mir noch nie zu Ohren gekommen. Wenn Ihr Verlobter einen Einreiseantrag in die DDR stellt, wird sein Besuchsverbot gerne aufgehoben.«

Und als wollte er die Bedeutung seines letzten Satzes unterstreichen, zerriss er gleichzeitig meinen Antrag.

Ende des Jahres 1967 fuhr ich mit dem Zug nach Sassnitz zu meiner Familie. Es war ein trauriges Weihnachten, denn ich war am Boden zerstört. Die ganze Familie hatte sich an Viktor gewöhnt, und er fehlte uns an allen Ecken und Enden!

In einem Weihnachtspaket von Viktor und den beiden Müttern waren viele Köstlichkeiten wie Kaffee, Nutella und Milka für Claudia, Kaugummis, Schokolade, Seidenstrümpfe für Mama, Elvira und mich, ein teurer Scotch für Vater und Fred, aber was mich und uns alle zu Tränen rührte, war eine rote Mütze, selbst gestrickt von Frau Urban »Für ihr Mädchen«.

Als er dann anrief und meine Mutter ans Telefon holte, war es um unser aller Fassung geschehen. Sie hustete und röchelte und rang nach Luft, dass sie fast kein Wort hervorbrachte. Nur dass sie darauf wartete, mich noch einmal im Leben wiederzusehen, das hauchte sie mit letzter Kraft in den Hörer.

Viktor ließ verschlüsselt durchblitzen, dass er im Sommer für drei Wochen nach Ungarn an den Plattensee fahren würde, und da schöpfte ich wieder Hoffnung. Er liebte mich noch, er hatte mich nicht aufgegeben! Ich saß mit meiner roten Mütze auf dem Kopf im Sessel unter dem Weihnachtsbaum und weinte bitterlich. Die anderen versuchten sich in guten Ratschlägen, nur Elvira war der Überzeugung, es wäre besser, wenn ich mir Viktor aus dem Kopf schlagen würde. »Das packst du nicht, Clara. Vergiss ihn.«

Claudia, inzwischen sechzehn, sang: »Es waren zwei Königskinder, die hatten einander so lieb, die konnten zusammen nicht kommen …« Hier brach sie ab und kicherte, nachdem Elvira ihr zischend zu verstehen gegeben hatte, sie solle ihren vorlauten Schnabel halten.

Vater nahm mich beiseite, und wir beide stapften in der dunklen Winternacht durch den Schnee, kämpften uns bei eisigem Wind an den Strand hinunter und wanderten bei dem Lärm der tosenden Wellen in Richtung der Kreidefelsen. Als Kind hatte ich mich nie getraut, im Winter diesen Weg zu gehen, konnte einen doch eine Welle erfassen oder der Wind gegen die Felsen drücken. Aber hier waren wir wenigstens vor Lauschern sicher. Denn in Sassnitz wusste inzwischen jeder von Viktor, hatte ich doch nicht nur einmal stolz meinen Verlobungsring hergezeigt!

»Liebes, wenn ich dir einen guten Rat geben darf …« Vater stand der kalte Atem in kleinen Wölkchen vor dem Gesicht. Er hatte den Arm um mich gelegt und sprach ganz dicht an meinem Ohr. Ich hatte die rote Mütze aufgesetzt, und mein langer Zopf peitschte mir im Sturm über den Rücken. »… du musst mit den Wölfen heulen. Dein ewiger Starrkopf und dein offener Trotz bringt dich nicht weiter. Schlag sie mit ihren eigenen Waffen, spiele einfach mit und tu so, als hättest du Viktor vergessen.«

Die nassen Steine knirschten unter unseren Schritten.

»Aber ich kann Viktor nicht …« Der Wind verschluckte fast meine Worte und legte an Lautstärke zu. »Vater, er ist meine große Liebe, ich werde nie wieder einem Mann wie ihm begegnen …«

»Aber das weiß ich doch. Aber du musst es nicht so herausschreien wie gerade.« Er drückte mich an sich. »Jetzt schrei es noch einmal ganz laut heraus, aber dann schließe es in dein Herz ein. Zeige auch niemandem mehr deinen Verlobungsring, wie neulich beim Bäcker, als die ganze Schlange einen Blick drauf werfen durfte …« Er lächelte mich traurig an. »In Sassnitz spricht sich alles herum.«

»Ja aber …« Mir brummte der Schädel bei dem Gedanken, dass ich Viktor aus meinem Leben tilgen sollte!

»In Berlin erwähne ihn einfach nicht mehr. Und jetzt hör mir genau zu: Du arbeitest doch in der Kinderkardiologie. Und dort haben sie, wie du selbst erzählt hast, keine Herz-Lungen-Maschine. Wie du selbst sagst, wird es so gehandhabt, dass schwer kranke Kinder, die am Herzen operiert werden müssen, mit besonders zuverlässigen Schwestern nach Westberlin geschafft werden, um dort behandelt zu werden.«

Ich sah ihn von der Seite an, schluckte schwer. Daran hatte ich natürlich auch schon gedacht!

»Ja, das ist richtig, und soll ich dir was sagen, Vater? Keine von denen ist je zurückgekommen.«

Vater erhöhte seinen Druck an meiner Schulter. »Das ist deine Chance, Clara! Sobald du dich als politisch korrekt und eifrig bemüht gibst, bekommst du vielleicht diese Chance! Arbeite an deiner Schauspielkunst! Du wolltest doch mal Filmstar werden!« Er knuffte mich liebevoll gegen den Oberarm.

»Und wenn ich dann wirklich drüben bleibe? Seid ihr mir wirklich nicht böse und haltet mich für undankbar?« Ich presste mir die Mütze über die Ohren, die im Sturm wegfliegen wollte.

»Aber nein, Liebes. Geh, wohin dein Herz dich trägt. Eines Tages sind wir Rentner. Und dann kommen wir dich und Viktor und eure bis dahin entstandene Kinderschar natürlich besuchen.« Er nahm seine Wanderung gegen den Wintersturm wieder auf. Täuschte ich mich, oder wischte er sich etwas aus den Augen?

Ich stemmte mich gegen den heulenden Wind und nahm seine Hand. Er steckte sie zu sich in die Manteltasche. In diesem Moment liebte ich meinen Vater so sehr wir noch nie. Obwohl er gar nicht mein Vater war.

CLARA

Pfingsten 1968, Ostberlin, Charité

Wenn man an einem herrlichen Frühlingsnachmittag allein in seinem stickigen Schwesternzimmer hockt, herrscht eine ganz besondere Stille. Ich hatte Frühschicht gehabt und war um vier Uhr nachmittags fertig. Es war Freitag, und ein langes, einsames Wochenende lag vor mir. Immer wieder hatte ich mir die Worte meines Vaters durch den Kopf gehen lassen: mit den Wölfen heulen! Und so hatte ich meinen Verlobungsring abgelegt, interessierte mich scheinbar für politische Vorträge und ließ mich immer öfter mit falsch-freundlichem Lächeln auf den Veranstaltungen sehen, die uns als Mitarbeitern von der Krankenhausleitung aufgedrückt wurden.

Am Ersten Mai war ich mitmarschiert und hatte Fahnen geschwenkt, sehr zur Freude meiner Oberschwester, die mich daraufhin in der Intensivstation als erste Hilfskraft für Dr. Jörg Unger einsetzte. Jörg Unger hatte natürlich auch Fahnen geschwenkt.

Heute war mir ein Fall ganz besonders nahegegangen: Ein Elternpaar hatte aus dem Westen ein lebenswichtiges Medikament für ihr zweijähriges Töchterchen beschafft, das bei mir auf der Intensivstation lag und mit dem Tode rang. Die Kleine hatte eine hochinfektiöse Lungenentzündung, und man konnte eine Embolie nicht ausschließen. Ich hatte das röchelnde Kind an verschiedene Schläuche angeschlossen und gab Sauerstoff, merkte aber, dass nicht mehr genügend Injektionslösung vorhanden war. So hatten die Eltern Himmel und Hölle in Bewegung gesetzt und durch ihre Westverwandtschaft das rettende Medikament beschafft. Nun standen sie da, mit dunklen Ringen unter den Augen, in denen ein Hoffnungsschimmer zuckte.

Sie mussten das Medikament aber dem diensthabenden Arzt aushändigen, kein anderer als Jörg Unger, dem ich untergeben war, und dieser stellte es – originalverpackt – in den Schrank. Und schloss ihn ab. Anschließend schickte er sich an, ins Wochenende zu gehen.

»Jörg …« Mein Gesicht war aschfahl, ich fühlte eine Schlinge, die sich um meinen Brustkorb zusammenzog. Das konnte er doch nicht machen!

»Für Sie immer noch Herr Doktor Unger, Fräulein Burmeister!« Er wollte mich beiseiteschieben. Ich sah seinen mahlenden Kiefer, seine harten Augen.

Aha, waren wir also wieder beim Sie. Das musste ich ändern, schon um des kleinen Mädchens willen.

»Herr Doktor, sollten wir der kleinen Jenny nicht die Injektionslösung intravenös geben?«

»Schwester Clara, das liegt nicht in Ihrer Befugnis.«

»Selbstverständlich nicht, Herr Doktor. Ich dachte nur …« Ich unterbrach mich und biss mir auf die Zunge.

»Das Denken überlassen Sie besser mir.« Er packte seine Tasche zusammen.

»Es ist nur, weil die Eltern der Kleinen das Mittel extra aus dem Westen …« Meine Beine fühlten sich merkwürdig schwach an.

»Eben. Wir sind die Charité und nicht auf das chemische Dreckszeug aus dem Westen angewiesen.« Er ließ die Laschen seiner Aktentasche zuschnappen. »Die DDR ist technisch und medizinisch auf dem allermodernsten Stand, und wir haben selbst die besten Medikamente.«

»Herr Doktor, unsere Reserven sind aufgebraucht, und die Kleine ist in einem sehr kritischen Zustand.« Ich ballte die Hände in den Kitteltaschen und fühlte beruhigend den schmalen Ring, der mir sofort Sicherheit gab und mich an Viktors freundliche Gelassenheit erinnerte.

Gib ihm das Gefühl, dass er es entscheidet, Clara. Versuch nicht, ihn zu zwingen, dann reagiert er nur trotzig und eingeschnappt. Er ist zu stolz, um das Medikament zu verabreichen. Gib ihm Zeit.

»Natürlich, Herr Doktor. Ich wünsche Ihnen ein schönes Wochenende.«

Damit hatte ich ihm ein zuckersüßes Lächeln aus meinem knallrot angelaufenen Gesicht geschenkt und so leise und sanft wie möglich die Tür hinter mir geschlossen.

Und nun stand ich in Jeans und Pulli in meinem Zimmer, hatte geduscht und mir einen halben Toast reingezwungen, einen halben Liter Wasser direkt aus der Leitung getrunken und das Fenster geöffnet. An Frühlingsnachmittagen wie diesen, wenn die Straßen voller flanierender Paare waren und die Menschen lachend und plaudernd in den Park oder ins Kino gingen, fühlte ich ganz besonders die Sehnsucht nach Viktor. Ich starrte über die Mauer, hinüber zum Brandenburger Tor und weiter durch den grünen Tiergarten in Richtung der Siegessäule. Mein inneres Gespür sagte mir, dass ich am falschen Ort war, dass ich zu meiner Mutter und zu Viktor rüberwollte, und zwar schnell. Es war ein Moment, in dem ich meine Einsamkeit von innen wie eine Glocke schlagen fühlte.

Ich räumte ein bisschen auf, wusch meine Schwesternuniform mit dem letzten Rest Rei in der Tube, den ich noch ausquetschen konnte. Das waren die äußeren Zeichen meiner inneren Einsamkeit: der letzte Rest Westzahnpasta, der letzte Rest des duftenden Deosprays, der letzte Rest Bohnenkaffee im Schrank. Bald würde nichts mehr an Viktor erinnern.

Gerade, als ich mich in tiefster Melancholie und Hoffnungslosigkeit mit der Nase in sein vergessenes Unterhemd vergrub, klingelte das Telefon.

»Die Kleine«, schoss es mir durch den Kopf. »Sie stirbt.«

»Schwester Clara« meldete ich mich.

»Hier ist Jörg.«

»Welcher Jörg?«, fragte ich mit scharfer Stimme, obwohl ich sofort wusste, wer es war. Jörg Unger. Sicher würde er mir jetzt sagen, dass die Kleine es nicht geschafft hatte und dass ich die Eltern verständigen sollte. Ich umklammerte den Hörer, dass meine Fingerknöchel weiß hervortraten.

»Doktor Jörg Unger. Wir hatten eben gemeinsam Dienst.«

»Ja?«

»Ich stehe hier unten vor dem Schwesternheim und frage mich, ob du Lust hast, mit mir ins Blaue zu fahren.«

Ich machte einen Schritt seitwärts und spähte aus dem Fenster. Da stand er, mit einer Lederjacke statt seines Arztkittels und einem Motorradhelm in der Hand, und schwenkte ihn grüßend zu mir herauf.

»Aber was ist mit der Kleinen?«

»Das ist nicht unser Bier, die Kollegen haben Dienst.«

»Ich möchte lieber zur Sicherheit in der Nähe bleiben.«

»Clara, untersteh dich, den Kollegen in ihre Schicht reinzupfuschen.« Er blies die Wangen auf und pustete Luft wieder aus. »Im Übrigen habe ich den Schlüssel und sonst niemand.«

Das war es, was mich innerlich einknicken ließ. Mein Hals wurde zum Wendehals.

»Und wohin willst du mich einladen, Jörg Unger?«

»Auf meine Baustelle im Neubaugebiet, etwas außerhalb. Ich will dir was zeigen.«

Mein Lachen klang etwas zu schrill. »Eine Baustelle also. Welche Ehre.«

Kurz darauf stand ich unten vor dem Gebäude. Er streckte mir den Helm entgegen.

»Hier. Ich kann doch nicht riskieren, dass die schönste aller Schwestern ihre blonde Mähne verwüstet.«

»Du bist Arzt und willst selber ohne Helm fahren?« Ich hielt seinem Blick stand und stieg bereits langbeinig auf seinen Rücksitz.

»Da bin ich ein Ehrenmann. Eine Lady hat bei mir immer Vorrang.« Er schlug sich auf die Brust. »Klammere dich an mir fest und leg dich mit mir ganz weich in die Kurven. Dann kann dir nichts passieren.«

»Falls doch was passiert, bist du ja wenigstens imstande, mich wieder zusammenzuflicken.« Flirtete ich etwa mit ihm?

Er ließ den Motor an und knatterte mit mir von dem Gelände. Kollegen, die uns sahen, hoben grüßend die Hand. Mit den Wölfen heulen, hörte ich Vater sagen. Na bitte, geht doch.

Wir hatten uns bereits in den dichten Wochenendverkehr eingefädelt. Jörg gab Gas, bremste wieder, und so flog ich, ob ich wollte oder nicht, gegen seinen Oberkörper. Es blieb mir gar nichts anderes übrig, als mich an ihn zu klammern. Meine blonde Mähne schlug mir in peitschenden Wellen über den Rücken. Wir schlängelten uns an knatternden Trabis und Wartburgs und Lieferwagen vorbei, überholten rechts eine stehende Straßenbahn – mein Gott, da wollten doch gerade Leute aussteigen! – und rasten in Richtung Stadtrand. Ich musste die Augen schließen, mich an seine Lederjacke pressen und hoffen, dass er mich nicht schreien hörte.

Wir fuhren aus Berlin hinaus, die Gärten wurden größer, gingen dann in Felder über, und die Gehöfte wurden grauer und vereinzelter. Schließlich steuerte er über einen holprigen Feldweg auf ein Gatter zu und stellte den Motor ab. Die Abgase stiegen mir übel in die Nase, und ich saugte die frische Landluft in meine verpesteten Lungen.

Die arme Kleine, schoss es mir durch den Kopf. Lieber Gott, mach, dass sie noch lebt. Ich werde mit dem Schlüssel zurückkommen, sobald ich kann.

Der Herzschlag dröhnte mir unablässig in den Ohren, als ich betont lässig den Helm abnahm und mit beiden Händen mein verschwitztes Haar aufzulockern versuchte.

Jörg öffnete das Gatter und zeigte auf ein paar Männer, die Ziegel aufeinanderstapelten.

»Die helfen mir, mein Haus zu bauen. Jetzt über Pfingsten geht richtig was weiter.«

»Oh, das ist schön.« Ich ließ meinen Blick über die weiten Felder bis zum Waldrand schweifen.

»Nicht wahr?« Jörg legte besitzergreifend den Arm um mich und schob mich auf die Baustelle. Wir wateten über Bretter und Ziegelsteine und Betonplatten, die über dem gelblichen Stoppelfeld verteilt lagen. Unauffällig schüttelte ich seinen Arm ab.

»Ich meine, es ist doch schön, solche Freunde zu haben!«

Ich starrte die Betonplatten, Eisenstangen und den Bagger an, der jetzt rumpelnd im Hintergrund auftauchte. Hier waren mindestens zwanzig Leute am Werk. War das da hinten nicht der Gynäkologe, den ich vom Sehen kannte?

Jörg sah mich mit einem derart selbstgefälligen Gesichtsausdruck an, dass ich herunterschluckte, was ich sagen wollte.

Diese Leute hätte ich dir gar nicht zugetraut, Jörg.

»Eine Hand wäscht die andere.« Jörg zuckte mit den Schultern, bückte sich und nahm eine Bierflasche aus einem Holzkasten, der dort für die Arbeiter bereitstand. »Vitamin B. Die haben alle ein Kind bei mir auf der Station oder hatten mal eines oder werden mal eines haben. Bei Kindern kann man ja nie wissen.«

»Wie bitte?« Ich starrte ihn an.

»Trink mal einen Schluck, das macht dich lockerer.« Er streckte mir die Flasche hin.

Ich trank, direkt aus der Flasche. Danach reichte ich ihm die Pulle. Er wischte mit dem Ärmel über den Flaschenhals und trank dann auch. Sein Adamsapfel glitt über seinem Hemdkragen rauf und runter und vollführte wahre Freudensprünge an seinem von roten Pünktchen übersäten Hals. Wahrscheinlich hatte er sich eben noch etwas zu hastig rasiert.

Nachdem er mich stolz seinen mehr oder weniger unfreiwilligen Bauarbeitern vorgestellt hatte, zog er mich in den Rohbau hinein.

»Hier kommt das Sofa hin und hier noch eines, weil da kommt das große Panoramafenster rein, und dann hast du diese tolle Aussicht.«

»Nicht schlecht.« Unauffällig schüttelte ich seine Hand ab, die wie ein gestrandeter Fisch auf meinem Rücken klebte.

»Da lasse ich mir eine Sauna einbauen, und hier kommt der Kamin hin.«

»Donnerwetter.« Innerlich sah ich ein ganzes Rudel Wölfe, das mit weit aufgerissenen Mäulern in den Himmel heulte, und meinen Vater dazu begeistert dirigieren.

»Jetzt fehlt nur noch die Frau, mit der ich in der Sauna und vor dem Kamin sitzen kann.«

Er sah mir begehrlich in die Augen, und mir stellten sich sämtliche Nackenhaare auf.

»Und hier kommt das Schlafzimmer hin.« Er deutete mit den Armen, wie er das Bett zu stellen gedachte. »Komm, wir machen mal Probeliegen.« Er zog mich auf den Fußboden, die Bierflasche immer noch in der Hand.

Draußen wurde es langsam dunkel, und die freiwilligen Bauarbeiter verzogen sich nach und nach und wollten auch nicht länger stören.

»Aber morgen früh um sechs steht ihr wieder auf der Matte!«, brüllte Jörg zum nicht vorhandenen Fenster hinaus. »Und bringt was zu essen mit!«

Dann wurde es still. Ich sah ein paar Hühnern zu, die sich empört gackernd um den endlich stillstehenden Bagger scharten.

»Sag mal, Clara Burmeister, kann es sein, dass man dir nur mal ein bisschen auf die Sprünge helfen muss?« Jörg fing an, meinen Rücken zu kraulen. Hinter uns flog mit rauschenden Flügeln eine Taube auf. Ich widerstand der Versuchung, ihm meinen Ellbogen in den Magen zu rammen.

»Du bist doch sonst nicht prüde, nach allem, was so geredet wird.« Er schob mir das Haar zur Seite und griff mir in den Nacken.

Mir schoss der kalte Schweiß aus allen Poren. »Ich denke, wir fahren zurück nach Berlin. Und vorher gibst du mir den verdammten Schlüssel zu dem verdammten Medikamentenschrank, sonst werde ich dich bei der Dienstaufsicht anzeigen.«

Eine Minute später saßen wir wieder auf seinem verdammten Motorrad.

Der tief beleidigte Doktor Jörg Unger verbot mir nicht nur, an diesem Abend noch nach der kleinen Jenny zu sehen, er legte mir sogar nahe, nicht vor Ende der Feiertage die Station zu betreten. Das sei eine dienstliche Anordnung, er hätte sehr wohl zuverlässige Informanten, und wenn ich mich nicht nach dem Dienstplan halten würde, könnte ich mit meiner sofortigen Entlassung rechnen.

Ich lachte. Es brach einfach aus mir heraus, schrill und ziemlich laut.

»Was du doch für ein armseliges Würstchen bist, Jörg. Du hast nicht im Ernst geglaubt, dass ich mit dir in dein jämmerliches Haus ziehe.«

Statt einer Antwort gab der beleidigte Doktor Gas und knatterte durch die milde Pfingstnacht davon.

Erst nach den Feiertagen erfuhr ich, dass die Kleine die Nacht nicht überlebt hatte.

Und dass eine Frau, die seit Freitagmorgen in den Wehen lag, vier Tage lang auf einer Pritsche allein im Kreißsaal gelegen hatte, dem grellen heißen Sonnenlicht ausgeliefert, das durch die Fenster hereinschien, vollgepumpt mit Faustan, weil auch der zuständige Gynäkologe auf der Baustelle half. Das Kind, das am Pfingstmontagabend durch beherztes Eingreifen der Hebamme zur Welt kam, trug eine schwere körperliche und geistige Behinderung davon. Aber auf der Baustelle war Richtfest.

CLARA

Sommer 1968,
Von Ostberlin nach Prag

Im Juli 1968 marschierten russische Soldaten und solche der Nationalen Volksarmee in Prag ein. In Berlin hörte man immer wieder, dass DDR-Bürger im Verlauf dieser Unruhen einen Urlaub in der Tschechoslowakei zur Flucht über die grüne Grenze nach Österreich genutzt hätten.

Nach meiner Dienstbeschwerde über Jörg Unger hatte ich ganz plötzlich Urlaub bekommen. Und merkwürdigerweise wurden meine Urlaubsanträge sowohl für die Tschechoslowakei als auch für Ungarn ohne Probleme gestattet. Innerhalb von Tagen klappte das, wovon ich jahrelang nicht zu träumen gewagt hatte.

Mit den gültigen Visa in der kleinen schwarzen Tasche, die mir Viktor bei unserem Treffen vor einem Jahr am Plattensee geschenkt hatte, saß ich im Zug von Ostberlin nach Prag. Mein Herz klopfte vor Aufregung und Vorfreude auf meinen geliebten Viktor, dem ich sofort ein Telegramm geschickt hatte: »Prag! Stop. Urlaub! Stop. Grüß Mutter!«

Ich wusste, dass er sofort alles stehen und liegen lassen würde, um mich in Prag zu treffen.

Letztes Jahr hatten wir alle Möglichkeiten ausgeschöpft, doch wir waren nie unbeobachtet gewesen, und so hatten wir uns für ein weiteres Jahr trennen müssen. Meine Mutter lebte immer noch, wurde von Viktors Mutter liebevoll gepflegt und hoffte einem Treffen mit mir entgegen. Umso größer war der Entschluss, es nun diesen Sommer endgültig zu schaffen!

In Prag angekommen, flogen wir uns in die Arme. Mein Viktor sah so gut aus, dass ich ihn ohne Unterlass abküssen musste, und meine Finger folgten seinen Sommersprossen, die sich noch ein bisschen tiefer in seine gebräunte Haut eingegraben hatten. Wir mieteten uns in einem Hotelzimmer ein, aus dem wir erst einmal nicht wieder herauskamen.

Aber dann begannen wir, uns nach Möglichkeiten einer Flucht nach Westdeutschland umzuhören. Wie ich heute weiß, wurden wir während des gesamten Prag-Aufenthaltes rund um die Uhr bewacht.

Im »Hotel Jalta« befand sich die Handelsmission, die wir aufsuchten, weil es in Prag keine westdeutsche Botschaft gab. Wir hatten die Hoffnung, dass man uns hier falsche Pässe besorgen könnte, doch niemand konnte oder wollte uns helfen.

Unser nächster Anlaufpunkt war die österreichische Botschaft. Viktor als Westdeutscher wurde auch ohne Probleme vorgelassen und konnte unser Anliegen dem entsprechenden Mitarbeiter vortragen, während ich nervös draußen wartete und auf dem Bürgersteig auf und ab ging. Ich fühlte mich die ganze Zeit beobachtet, konnte aber nicht herausfinden, von wem.

Doch auch Viktor kam bedauernd mit leeren Händen zurück: nichts zu machen!

»Lass uns Prag verlassen, Viktor. Ich fühle mich hier wie auf dem Silbertablett!«

Wir spazierten Hand in Hand durch die wunderschöne Altstadt unterhalb der Burg, aber immer wenn wir stehen blieben, um ein Schaufenster oder eine Antiquität zu bestaunen, blieben gewisse Personen auch stehen. Wenn ich sie dann herausfordernd anschaute, warfen sie plötzlich einen Blick auf die Uhr und gingen weiter, aber kurz darauf standen schon wieder andere da. Ich bekam langsam Verfolgungswahn!

So fuhren wir am nächsten Morgen mit dem Zug an die tschechisch-österreichische Grenze und quartierten uns in einer schlichten Pension in dem Ort Třeboň ein.

»Bleib du hier und versuch, ein bisschen zu schlafen, Clara. Ich laufe herum und teste unsere Möglichkeiten aus. Vielleicht kann man hier einfach über die grüne Grenze durch den Wald spazieren.« Viktor gab mir einen zärtlichen Kuss und schlich aus dem Zimmer.

Obwohl die Angst an mir nagte, zwang ich mich, die vergilbten fadenscheinigen Vorhänge zu schließen, und zog mir die muffige Decke in dem knarrenden Bett über den Kopf. Meine Gedanken kreisten in meinem Kopf und ließen mich nicht zur Ruhe kommen. Was, wenn es in diesem Sommer wieder nicht klappen würde? Wir versuchten es nun seit drei Jahren!

Ich sah mich erneut unter der Fuchtel von Jörg Unger in der Charité weiterarbeiten. Ihm war nichts passiert, noch nicht mal eine Verwarnung. Inzwischen war mir das alles dermaßen zuwider, dass ich innerlich damit abgeschlossen hatte. Sosehr mir meine kleinen Patienten am Herzen lagen, so wenig konnte ich mit diesem verlogenen System weiter umgehen.

Ich wollte nicht mehr mit den Wölfen heulen! Ich wollte frei sein, frei für meinen Viktor! Und endlich meine Mutter sehen! Dass sie dank der Fürsorge und Pflege von Rosa noch lebte, glich ja fast einem Wunder.

Ich musste wohl doch eingeschlafen sein, denn als der Zimmerschlüssel sich knarrend in dem maroden Schloss drehte, schreckte ich hoch und glaubte, Jörg Unger mache sich am Schloss zu schaffen. Ich hatte wohl von ihm geträumt! Verwirrt rieb ich mir die Augen, als sich Viktor frohgemut mit einem Lichtschwall zur Tür hereinschob.

»Ich wollte dich nicht wecken, Liebes. Konntest du ein bisschen schlafen?«

»Ja, aber ich hatte Albträume.« Ich fuhr mir durch die zerzauste Mähne, die wie ein Kranz aus Strohblumen auf dem Kopfkissen gelegen hatte. Als Viktor die Vorhänge aufzog, sah ich im Sonnenlicht die Staubkörner tanzen.

»Ich glaube, man kann hier ganz einfach rüberspazieren.« Viktor ließ sich auf den Bettrand sinken und nahm meine Hand. »Ich bin rüber nach Österreich, habe dort ganz nett mit einem Bauern geplaudert, und der meinte, weder hüben noch drüben sei das Land vermint, er wundere sich selbst, aber die Leute würden regelmäßig in Scharen von dem einen Land ins andere gehen.«

Mein Herz machte einen Satz. »Wirklich? So einfach ist das, Viktor?« Vor Überraschung presste ich meine Fäuste vor den Mund. Ich wollte nicht laut aufschreien.

»Ja. Ich bin selbst überrascht. Ich würde sagen: Volltreffer!«

Viktor nahm mich in die Arme, und kurz darauf quietschte und knarrte das alte Bett vor lauter Freude!

Später wanderten wir durch das liebliche Dorf, gingen ganz wunderbar essen in einer Schenke, tranken das herbe tschechische Bier und konnten gar nicht fassen, dass wir morgen schon gemeinsam im Westen sein würden!

»Das heißt, ich werde meine Mutter sehen!« Ich stieß einen tiefen Seufzer aus.

»Ja, Liebes, das wirst du.« Viktor nahm meine Hand und legte sie an seine Lippen. »Ihr geht es besser, seit ich von Österreich aus mit meiner Mutter telefoniert habe.«

»Du hast … heute?« Ich schlug mir die Hände vor den Mund.

»Ja, da stand so ein blau-weißes Häuschen, die Telefonzellen in Österreich sehen komisch aus. Und in meiner plötzlichen Freude habe ich dem Bauern zehn Mark für einen Most gegeben und ihn um ein paar Münzen gebeten, Schillinge heißt das hier … und dann habe ich meine Mutter angerufen und gesagt: Richte Frau Urban aus, dass ich ihr morgen ihre Clara bringe!«

Er gluckste in sich hinein, und in seinen Augen glitzerte es verdächtig.

Schnell nahm ich einen Schluck Bier. Eigentlich wollte ich nie wieder Bier trinken, seit ich mit Jörg in seinem imaginären

Schlafzimmer … aber mit Viktor schmeckte Bier einfach himmlisch.

»Dann habe ich zwanzig Minuten später noch mal angerufen, weil ich so glücklich war, und da war deine Mutter dann am Apparat, und sie hat … gelacht!«

»Sie hat …?« Ich dachte an die ungläubige Freude in ihrer Stimme bei unserem ersten Telefonat.

»Ja, sie hat gelacht, Clara! Sie hat mit einer ganz leichten, hellen Stimme gesagt: Dann bin ich jetzt bereit.« Es gelang Viktor ganz verblüffend gut, ihren Akzent nachzuahmen. Der Blick, den er mir zuwarf, war absolut herzzerreißend. Er wischte sich hastig mit der Handfläche über das Gesicht. »Und wir sind es auch!«

»Oh, Viktor …« Ich schlug mir die Hände vor den Mund. »Es gibt doch noch Zeichen und Wunder …«, jubelte ich, während ich sehnsüchtig aus dem Fenster auf den Wald schaute. Nur zwei Kilometer bis in die Freiheit!

»Es gibt doch noch unbewachte Grenzübergänge, Liebes.« Viktor trank sein Bier aus. Um seine Augen bildeten sich tiefe Lachfältchen. Mit einem lässigen Schulterzucken wischte er sich den Schaum vom Mund.

»Und kein Schwein scheint das zu wissen.«

Am nächsten Morgen wagten wir es: Früh um vier Uhr in der Dämmerung schlichen wir Hand in Hand durch das knackende Unterholz. Viktor orientierte sich an der Landkarte, die er dem Bauern in Österreich abgeschwatzt hatte. Leihweise. Er würde sie ja gleich zu ihm zurückbringen. Ich hatte meine wichtigen Papiere, wie den DDR-Pass, meine Zeugnisse und meine echte Geburtsurkunde in ein Geheimfach in meine schwarze Handtasche gesteckt.

Und in das sichtbare Fach vorsichtshalber die Adresse unserer Pension.

»Wenn wir Glück haben, ist der Bauer schon wach, und es gibt Frühstück!«

»Ich könnte morden für ein Rührei mit Speck.« Mit einem Mal schien ich zu schweben. Alle meine Probleme lagen hinter mir, ich ließ sie wie Luftballons wegfliegen. »Gibt es da drüben nicht diese sagenhaften Palatschinken, die gar keine Schinken sind?«

Viktor drückte meine Hand. »Warte mal, da vorne sind die Schilder.«

Wir tasteten uns Hand in Hand durch das Geäst. Jetzt waren die Schilder schon zum Greifen nahe, und sie waren wirklich nicht zu übersehen: »Halt! Hier Grenze!«

In allen möglichen Sprachen stand es da, und jedes Mal mit diesem schwarzen Totenkopf.

»Und hier bist du gestern einfach vorbeimarschiert?« Betont munter hakte ich mich bei ihm unter. Ich ertappte mich dabei, wie ich argwöhnisch auf diese Schilder starrte. Sie jagten mir Angst ein, und deswegen plapperte ich munter weiter: »Ach, ich meinte Kaiserschmarren …«

»Ja, gestern … still! Da ist jemand!«

Tatsächlich! Durch das Gestrüpp kam uns ein uniformierter junger Mann entgegen, als hätte er auf uns gewartet. Er hatte ein Gewehr umgehängt.

»Vielleicht ist er ein Förster«, wisperte ich. »Frag ihn mal, ob wir schon in Österreich sind!«

»Du bist jetzt mal ganz still!« Plötzlich änderte sich nicht nur Viktors Tonfall, sondern auch seine Gesichtsfarbe. Viktors Blick war gefährlich ausdruckslos geworden.

Ich schluckte trocken. Der vermeintliche Förster legte das Gewehr an und rief: »Passport?«

Ich erstarrte. Auf einmal war meine Kehle wie zugeschnürt. Wie konnte er wissen …

Viktor hatte als Erster seine Fassung wiedererlangt. Mit erhobenen Händen stiefelte er auf den tschechischen Grenzer zu. »Entschuldigung, mein Freund. Wir haben uns wohl verlaufen.«

»Passport!«

Viktor kramte in seiner Hemdtasche und überreichte ihm das westdeutsche, grüne Dokument. Dabei lächelte er verbindlich. In dem Pass steckte ein Zwanzigmarkschein.

Mein Mund war wie ausgedörrt. Vielleicht würde er uns jetzt weiterwinken und darauf verzichten, meinen Pass sehen zu wollen …

Der Grenzer schüttelte erbost den Kopf und winkte mir, ich solle auch meinen Pass zeigen.

Ich starrte auf Viktor und hoffte auf ein Wunder. Die Situation nahm mir den Atem. Mach etwas, mach etwas, du machst doch immer etwas … Ich hielt die Luft an.

Viktor warf mir einen kurzen Blick zu. Er legte einen Fünfziger in den Pass!

Ich wartete ab und versuchte, mir nicht anmerken zu lassen, wie mir der Boden unter den Füßen nachgab.

Der Tscheche schien kurz mit sich zu ringen. »Passport«, schnarrte er dann, mit der Hand in meine Richtung wedelnd.

»Den habe ich in meiner Pension gelassen«, log ich. »Wir haben uns verlaufen, wir wollten eigentlich in diese Pension …« Geistesgegenwärtig zog ich den Zettel mit der Adresse heraus. »Wir sind falsch, oder?«

»Mitkommen!«

Mit dem Gewehr dirigierte er uns aus dem Wald hinaus. Innerhalb kürzester Zeit fuhr ein Jeep vor, in den wir einsteigen mussten.

Viktor beugte sich zu mir und flüsterte: »Bleib ganz ruhig, Clara. Wenn sie uns in die Pension zurückbringen, zeigst du ihnen dort deinen Pass.«

Aber sie fuhren uns auf eine Polizeiwache im tschechischen Grenzgebiet. Viktor durfte aussteigen und wurde in einen Aufenthaltsraum begleitet, wo man ihm Kaffee anbot. Seinen aufmunternden Blick und sein kaum gefühltes Nicken werde ich nie vergessen. Es wurde übrigens der teuerste Kaffee seines Lebens, denn er bekam seine siebzig Mark nicht zurück.

Ich selbst wurde in einen Verhörraum geführt.

In gebrochenem Deutsch fragte ein älterer Beamter, der mich wohl ganz sympathisch fand: »Wo wollten Sie denn hin?«

»In diese Pension hier!« Ich wedelte mit dem Zettel.

»Aber da waren Sie ganz falsch.« Er warf einen Blick darauf, und die Mischung, wie er die Augenbraue hochzog, den Kopf schüttelte und gleichzeitig lächelte, ließ mich wieder Hoffnung schöpfen. Entweder mochte er mich wirklich sehr, oder die siebzig Mark waren bereits aufgeteilt worden.

»Ich weiß. Das ist mir auch sehr … Wir haben nur einen Waldspaziergang gemacht …«

Ich biss auf meiner Lippe herum und versuchte, mir nicht anmerken zu lassen, wie sehr mein ganzer Körper zitterte.

Der ältere Beamte griff zum Telefon und rief offensichtlich in der Pension an. Obwohl es inzwischen erst sechs Uhr früh war, ging dort schon jemand ans Telefon und bestätigte wohl, dass wir dort Gäste seien. Wir hatten uns natürlich nicht abgemeldet und auch ein paar Sachen dort gelassen.

Der Ältere bedankte sich und bellte noch etwas ins Telefon.

Zwei weitere Grenzbeamte kamen herein. Hoffentlich hatte Viktor das Gleiche gesagt! Oder hatten sie ihn gar nicht weiter befragt?

»Leeren Sie mal Ihre Tasche aus.« Sie zeigten auf den blanken Messingtisch.

Mit zitternden Fingern kippte ich sie aus und betete, dass sie das Geheimfach nicht finden würden.

Sie betrachteten alle Gegenstände, die so eine junge Frau bei sich zu tragen pflegt, und nickten schließlich knapp. »Sie können die Sachen wieder an sich nehmen.«

Dann ließen sie mich allein in diesem fensterlosen Kämmerchen sitzen. Von außen wurde abgeschlossen. Ich saß da, umklammerte meine kleine schwarze Handtasche, hörte mein Herz klopfen und sehnte mich mit jeder Faser meines Körpers nach Viktor. Innerlich flehte ich ihn an, mich hier herauszuholen! Ich spürte, dass er in der Nähe war, und zwang mich innerlich, nicht in Panik zu verfallen.

Nach vier Stunden endlich kamen sie herein und teilten mir mit, sie hätten mit den deutschen Kollegen in der Hauptstadt der DDR telefoniert.

»Sie sind des Landes verwiesen und müssen heute noch in die Hauptstadt der DDR ausreisen.«

Ich schluckte. »Ich soll nach Ostberlin?« Ich versuchte, die aufsteigenden Tränen zu unterdrücken. Enttäuschung und Erleichterung mischten sich darin.

»Sie werden zum nächsten Zug nach Prag gefahren. Vorher holen Sie Ihre Sachen aus der Pension und zeigen uns ordnungsgemäß Ihren DDR-Pass.«

»Natürlich.« Während ich nickte, versuchte ich, diese Situation zu verarbeiten. Sie buchteten mich nicht ein. Insofern war das Verhör glimpflich abgelaufen. »Was ist mit meinem … Begleiter?«

»Ihr Begleiter ist frei und kann sich bewegen, wohin er will.«

»Dann kann er also mit nach Prag?«

»Sie fahren von Prag aus sofort weiter nach Ostberlin. Dahin kann Ihr Begleiter nicht mit.«

Sie waren also über alles informiert. Das bedeutete, dass unser lang ersehnter gemeinsamer Sommerurlaub hiermit zu Ende war. Und jede Chance auf eine Flucht in den Westen vertan. Dass ich heute Abend wieder in meinem einsamen Schwesternzimmer in der Charité sitzen würde. Aber immer noch drei Wochen Urlaub hatte. Und womöglich als Erstes Jörg Unger begegnen würde, der wahrscheinlich scheinheilig fragen würde, wie mein Urlaub war. Es war doch zum Schreien!

Viktors Gesichtsmuskeln zuckten, als sie mich endlich zu ihm herausließen. Wir fassten uns nur verstört an den Händen und sagten kein Wort.

Während der Zugfahrt nach Prag hielten Viktor und ich uns immer noch an den Händen und starrten zum Fenster hinaus. Ein heller warmer Sommertag hatte Einzug gehalten, die hügelige Landschaft schmiegte sich zwischen Felder, Wiesen und kleine Dörfer.

»Man müsste hier einfach aussteigen …«, murmelte Viktor und raufte sich die Haare. Seine Stimme schwankte ein bisschen, und er war unter seinen Sommersprossen ganz blass geworden.

»Nein, sie haben mich des Landes verwiesen. Noch ein Ausrutscher und ich bin dran.« Erbost schüttelte ich den Kopf. »Aber weißt du was? Ich habe doch hier das Visum für Ungarn …« Triumphierend zog ich das Dokument aus dem doppelten Boden. »Ass im Ärmel! Joker! Meinst du nicht, wir sollten …?«

»Du meinst, wir könnten …?«

Ich dachte an meine Mutter und ihr Vertrauen in Viktor, der ihr ihre Tochter bringen sollte. Sie hatte gestern am Telefon gelacht! Wahrscheinlich zum ersten Mal seit … zwanzig Jahren! Wir durften sie nicht enttäuschen, wir mussten alles versuchen, wir durften nicht aufgeben!

»Pass auf, wir steigen jetzt in Prag aus, und ich schaue mich unauffällig um, ob ich beobachtet werde. Wir verabschieden uns tränenreich. Du steigst in den Zug nach Budapest, und ich tue so, als wollte ich in die Unterführung zum Zug nach Ostberlin, und kurz bevor der Zug losfährt, springe ich auf.«

Viktors Augen glitzerten, seine Mundwinkel zuckten, und dann nickte er. Ich fühlte diese Mischung aus Konzentration und Freude am Abenteuer, als er mich an die Hand nahm. Er zögerte keinen Augenblick. Der Zug fuhr in Prag ein. »Also los!«

CLARA

Sommer 1968, Budapest

Kein Mensch hatte mich aufgehalten, als ich in letzter Sekunde in den hintersten Wagen des Zuges nach Budapest gesprungen war. Viktor war von innen durch den Zug gelaufen und hatte mir die Tür aufgehalten, mich hineingezogen und … hier saßen wir! Ich fühlte mich immer noch wie elektrisiert, unsere Lungen pumpten, und unsere Haut klebte vor Schweiß.

Ich ertappte mich dabei, wie ich argwöhnisch auf den Gang hinausschaute, aber es war weit und breit niemand zu sehen, und bei der Fahrkartenkontrolle ging alles reibungslos. Niemand war auf uns angesetzt, niemand beobachtete uns. Wir hatten nur inzwischen riesigen Hunger!

In Budapest angekommen, nahmen wir uns gleich wieder ein Hotel und sahen uns in der Stadt um. Die zwei Stadtteile Buda und Pest wurden von der träge dahinfließenden Donau getrennt. Ausflugsboote glitten darüber und verströmten eine heitere Sorglosigkeit.

Seufzend vertilgten wir ein köstliches Szegediner Gulasch, während wir den Schiffen nachschauten, von denen Musik herüberklang. »Ach Viktor, es könnte alles so schön sein …«

»Liebes, ich höre mich mal um, wie es hier mit den Grenzübergängen aussieht.« Viktor wischte sich den Mund mit der Stoffserviette ab und warf sie neben seinen Teller. »Genieß den Ausblick und entspann dich. Es ist besser, wenn sie mit einem aus dem Westen reden.«

So saß ich und starrte auf das glitzernde Wasser, über das sich langsam und träge die blutrote Abendsonne legte. Was für ein Tag! Heute Morgen um vier waren wir so hoffnungsvoll in Třeboň losgestapft!

Nach einer Weile kam Viktor zurück, und diesmal schüttelte er nur enttäuscht den Kopf.

»Alle sagen, dass es hier viel gefährlicher ist als in der Tschechoslowakei. Die Grenzen sind sämtlich vermint und wesentlich stärker bewacht.« Er ließ sich auf den Stuhl fallen und winkte um ein weiteres Bier. »Es ist viel zu gefährlich, es über die grüne Grenze zu versuchen. Da waren sich vom Kellner bis zur Studentin alle einig.«

»Ach Viktor!« Ich stieß einen dumpfen Seufzer aus. »Was machen wir denn jetzt!«

»Alle sagen aber auch ...« Viktor nahm dankend das Bier entgegen. »... dass wir es unbedingt in Jugoslawien versuchen sollen!«

»Jugoslawien!« Ich legte den Kopf schief. »Das habe ich auch schon oft gehört. Aber ich habe kein Visum für Jugoslawien!« Ich fummelte am Untersetzer meines Glases herum, meine Gehirnzellen arbeiteten auf Hochtouren. »Eigentlich fand ich es schon ganz erstaunlich, dass ich so ohne Weiteres die Visa für die Tschechoslowakei und für Ungarn bekommen habe.«

»Dann könntest du doch ebenfalls eines für Jugoslawien beantragen ...« Viktor streichelte meinen Zeigefinger. »Einen Versuch wäre es doch wert!«

Und so fand ich mich bereits am nächsten Tag in der Botschaft der DDR in Budapest wieder. Natürlich ohne Viktor, das wäre allzu deutlich gewesen.

Der überaus freundliche Botschaftsangestellte aus der DDR kam lächelnd auf mich zu und bot mir einen Platz an.

»Junge Frau. Wie kann ich Ihnen helfen?«

»Ich habe nun so eine schöne Zeit in unseren sozialistischen Bruderländern verbracht«, begann ich eifrig. »Prag war ein Traum, Budapest ist ein Traum, meine Kollegen in Berlin werden vor Neid platzen ...« Hier schenkte ich ihm ein schelmisches Lächeln und drehte an meinem langen Zopf. »Und jetzt hätte ich meine Traumreise gerne noch mit einer letzten Urlaubswoche in Jugoslawien gekrönt. Sie wissen schon, das Meer, die Strände, das Wetter … denn ein bisschen braun wollte ich ja auch werden.« Ich sah ihn gewinnend an. »Könnten Sie mir nicht einfach ein Visum ausstellen?«

Sein Gesichtsausdruck blieb gleichbleibend freundlich.»Das kann ich leider nicht, junge Frau, aber …« Er deutete auf den Stuhl, der vor seinem Schreibtisch stand. »… ich werde alles versuchen, dass wir das doch irgendwie hinkriegen. Bitte warten Sie hier, ich telefoniere mit der zuständigen Stelle.«

O Gott, war der freundlich! Und so hilfsbereit! Das hatte ich gar nicht zu hoffen gewagt.

Unauffällig bewegte ich mich zum Fenster und schob die Gardine leicht zur Seite. Und richtig. Da unten ging Viktor unruhig auf und ab und schaute immer wieder hoch.

Ich deutete ihm, dass es klappen würde. Daumen hoch! Ja! Volltreffer!

Ein breites Lächeln glitt über sein Gesicht. Er zog die Schultern hoch, steckte die Hände in die Jeanstaschen und kickte mit Schwung einen Stein in die Büsche. Ich tippte auf meine Uhr und verzog mich rasch wieder auf den Stuhl, hatte ich doch schon Geräusche gehört.

Doch leider kam mein freundlicher Reiseberater nicht zurück. Er ließ mich volle zwei Stunden dort sitzen! Der wird doch hoffentlich jetzt nicht in Ostberlin angerufen haben, durchzuckte es mich. Wer weiß, welche Informationen gerade über mich weitergegeben werden! Wieso dauert das so lange? Schon wollte ich aufstehen und mich unauffällig verdrücken, hätte dann aber an dem gläsernen Büro vorbeigemusst, in dem er jetzt hockte.

Noch einmal spähte ich durch den Gardinenschlitz am Fenster, doch Viktor war nicht mehr zu sehen. Endlich flog die Tür auf, und der Gutgelaunte wehte mit einem Papier in der Hand herein.

»Alles klar, junge Dame! Ihr Visum ist in Arbeit! Engel sollen reisen!« Mein Herz schoss aus meinen Kniekehlen herauf. Am liebsten hätte ich ihn umarmt.

»Das ist ja wunderbar! Vielen Dank! Wann und wo kann ich es abholen?«

»Es liegt in den nächsten Tagen in der Hauptstadt der DDR für Sie bereit.«

Ich wich unmerklich zurück. »Sie meinen … Ostberlin?!«

Befremdet starrte er mich an. »Ja, was denn sonst?«

Ich fasste mir ans Ohrläppchen. »Äh … natürlich … ich dachte nur, Sie könnten das von Berlin aus … vielleicht hierher … schicken lassen? Für das Porto käme ich selbstverständlich auf …«

Sofort lächelte er wieder honigsüß. »Nein, leider, so wichtige Dokumente müssen grundsätzlich persönlich in der Hauptstadt der DDR abgeholt werden, aber wie gesagt, kein Problem, Sie fahren zurück nach Berlin, dort liegt es für Sie bereit.«

Ich versuchte, mir mein Misstrauen und meine Enttäuschung nicht anmerken zu lassen, und schüttelte ihm beherzt die Hand, die er mir entgegenstreckte.

»Natürlich. Haben Sie vielen Dank für Ihre Mühe und Ihre Zeit.«

»Bei so netten jungen Damen immer gerne.« Er hielt mir die Tür auf. Die Tür in die Freiheit.

CLARA

Zwei Wochen später, Ostberlin

Fräulein Burmeister, kommen Sie mal bitte?«

Ich stand gerade Seite an Seite mit dem Oberarzt, Dr. Jörg Unger, im OP.

Nichts hatte sich getan mit meinem Jugoslawien-Visum! Mein Resturlaub war kläglich verstrichen, und seit zwei Tagen hatte ich wieder Dienst. Mein geliebter Viktor war nach Biberach zurück zu unseren Müttern gefahren. Ohne mich!

»Sie kann jetzt nicht«, herrschte Jörg Unger die Kollegin an. »Das sehen Sie doch.«

»Fräulein Burmeister soll sich umgehend in der Verwaltung melden, es geht um das Visum.« Ich ließ den Haken sinken, horchte auf. Also doch? Ein letzter Hoffnungsschimmer kroch wieder aus dunklen Tiefen herauf.

»Es geht um Ihren verbleibenden Resturlaub.«

»Sie sehen doch, dass sie mir gerade den Haken hält«, bellte der Oberarzt. »Höher!«

Keine zwei Minuten später stand ich im Büro der Oberin. Was sie damit zu tun haben sollte, ging mir nicht in den Kopf. Jörg hatte überraschend eingewilligt, dass die Kollegin die Haken halten könnte, und ich war mit rotem Kopf über die Gänge gerannt.

Es hatte geklappt! Der nette Mitarbeiter in Budapest hatte recht behalten!

»Schwester Clara, es geht um Ihren Resturlaub.« Die Oberin saß an ihrem Schreibtisch und klappte nickend eine Akte zu. »Kommen Sie bitte mit, zwei Herren warten schon auf Sie.« Ich strich mir die Haare unter meiner Schwesternhaube zurecht und zupfte meine Uniform glatt.

»Die Herren wollen Ihnen von Amts wegen ein paar Fragen stellen. Dann lass ich Sie jetzt allein.« Die Oberin klopfte kurz an eine Bürotür. Bevor ich überhaupt ganz eingetreten war, war sie schon wieder verschwunden.

»Kommen Sie herein.«

Die Fallhöhe, mit der meine Vorfreude in pure Panik umschlug, war die eines vollen Lastenaufzugs, bei dem die Seilwinde gerissen war. Nein. Bitte nicht.

Die beiden trugen lange schwarze Ledermäntel, der eine zeigte mir seine Dienstmarke, rund und flach, etwas größer als eine Geldmünze. Ich konnte damit nichts anfangen. »Wir hätten ein paar Fragen an Sie.«

Innerlich wappnete ich mich. »Es passt gerade schlecht.« Ich drückte den Rücken gerade und hob das Kinn. »Ich werde im OP gebraucht.«

»Das wissen wir.« Der andere lehnte sich mit überkreuzten Beinen an den Schrank und schüttelte eine Zigarette aus der Packung. »Wir haben schon alles mit Ihrer Oberin geregelt.«

»Dann aber bitte …« Ich tippte auf meine Armbanduhr. »Meine Vertretung ist nicht in den Fall eingeweiht. Und rauchen dürfen Sie hier sowieso nicht.«

»Warum fahren wir dann nicht gleich aufs Präsidium?« Der Raucher steckte seine Zigaretten wieder weg. »Zur Klärung eines Sachverhaltes.«

»Das geht nicht, ich bin mitten in einer OP …«

»Kommen Sie mit aufs Präsidium!« Der Mann, der an der Tür stand, packte mich am Arm. »Sie sind für heute freigestellt, das haben wir alles schon mit Ihrer Oberin besprochen.«

»Aber das kann gar nicht sein, ich bin die Einzige, die für den OP ausgebildet ist!«

»Wollen Sie sich noch umziehen oder wollen Sie in Ihrer Schwesterntracht mitfahren?« Der Raucher sah mich aus dunkel umrandeten Augen an. Es schien so, als hätte er lange nicht mehr gut geschlafen.

Blitzschnell ging mir durch den Kopf, dass sie mein Zimmer so oder so durchsuchen würden. Meine gesammelten Briefe von Viktor. Die von meiner Mutter. Mein letzter Brief an Claudia, den ich noch nicht abgeschickt hatte. In dem ich ihr von meinen Plänen erzählt hatte. Sie war immer so neugierig, wollte alles wissen! Es wäre ein Skandal, wenn sie alles fänden!

Mein Magen zog sich zusammen, während der eine schon auffordernd die Tür öffnete.

»Ich möchte mich noch umziehen.« Heftig schluckend schritt ich vor ihnen her, mit geradem Rücken, den Kopf hoch oben auf den Schultern. Im Treppenhaus fühlte ich, wie dicht sie hinter mir hergingen, ich roch ihren Atem.

»Hier ist Herrenbesuch verboten.« Ich wollte sie vor dem Schwesternflur stehen lassen, aber sie lachten nur dreckig. »Das wissen wir, Fräulein Burmeister. Aber Sie offensichtlich nicht.«

Wie die Ölgötzen bauten sie sich vor meinem Zimmer auf, während ich mit fliegender Hast alle Beweise vernichtete, indem ich sie in klitzekleinen Schnipseln in der Toilette hinunterspülte. Ade, geliebte Briefe von Viktor, ade, ihr Briefe von meiner Mutter, ade, liebes Tagebuch.

Von draußen pochten sie an die Tür. »Fräulein Burmeister, wir warten!«

»Ja, ich komme schon …« Ich drückte auf die Klospülung, wieder und wieder.

Das Einzige, was ich nicht in der Toilette herunterspülen konnte, war das Westgeld. Ich steckte die Scheine in meinen Schuh.

»Komme ja schon …«

Nur zu dumm, dass ich meine Familie in Sassnitz und meinen geliebten Viktor nicht mehr verständigen konnte! Es war kurz nach halb drei am Nachmittag, als ich notgedrungen mit den beiden Fremden in das Auto stieg.

»Aussteigen. Gehen Sie da rein.«

Wir waren in einen Hinterhof gefahren. Er gehörte zum Roten Rathaus am Alexanderplatz, in dem ich vor ein paar Monaten noch den Ausreiseantrag gestellt hatte. Allerdings schoben sie mich durch den Hintereingang des riesigen Komplexes hinein. Sie führten mich über verschiedene endlos lange Flure und Treppen hinauf, und schließlich endete unser Weg in einem kleinen Büro. Hier saß wieder ein anderer Uniformierter mit dem typischen Polyesterhemd über der graugrünen Bügelfaltenhose an einem kleinen Schreibtisch. »Nehmen Sie Platz.« Er wies mit der Hand auf einen Holzstuhl, das einzige weitere Möbelstück in diesem schmucklosen Raum.

Einer der beiden Ledermäntel blieb an der Tür stehen, es war der, der seine Zigarettenpackung in den Händen hielt. Der andere stellte sich ans Fenster. Der am Schreibtisch blätterte in einer Akte und begann, mir meine Aktivitäten der letzten Zeit vorzulesen.

»Am ... trafen Sie sich in Prag mit Herrn Viktor Lipka und bezogen das Hotel ... Zimmer ...«

Ich schluckte. Das stimmte alles haargenau.

»Am soundsovielten des gleichen Monats fuhren Sie mit demselben Begleiter nach Třeboň an die tschechisch-österreichische Grenze.«

Ich schluckte und hielt seinem Blick stand. Mein Herz stach mit jedem Schlag zwischen meine Rippenbogen. Sie wussten alles. Haarklein. Jede Bewegung, jeden Schritt.

»Obwohl Sie nach rechtswidrigem Aufenthalt im Grenzgebiet des Landes verwiesen wurden, nahmen Sie in Ostberlin den Zug nach Budapest.«

Er sah mich mit ausdruckslosen Augen an, so als läse er gerade noch mal meine Einkaufsliste vor.

»Sie bestiegen dann den Zug nach Budapest, wo Sie am Nachmittag des folgenden Tages um 15 Uhr 34 die Botschaft der Hauptstadt der DDR betraten. Hier suchten Sie um ein Visum nach Jugoslawien an, mit der Begründung, Sie wollten auch noch ein bisschen braun werden.«

Erneut sah er mich an, als wiederholte er nur meine Bestellung im Konsum.

Es war einfach unglaublich! Die Genauigkeit, mit der die Einzelheiten dokumentiert worden waren, nahmen mir jegliche Chance zu widersprechen. Mein stolzer Kampfgeist bröckelte in mir wie die Sandburg am Strand von Sassnitz, nachdem zu lange die Sonne darauf geschienen hatte. Ich fühlte ihre harten Schuhe über meine innere, mit Liebe gepflegte und erhaltene Sandburg trampeln.

Trotzdem war mir immer noch nicht klar, in welch aussichtsloser Lage ich mich befand. Das lag vermutlich daran, dass das Verhör in diesem ruhigen, sachlichen Ton geführt wurde und dass ich immer noch fest daran glaubte, in zehn Minuten wieder im OP zu stehen!

Erst nachdem das Verhör über vier Stunden andauerte, schwand meine Hoffnung.

Zwischendurch boten sie mir sogar einen Kaffee an, und innerlich setzte ich mich gerade hin, ließ meine Gedanken wirbeln und wog alle Möglichkeiten ab, die mir eventuell blieben. Aber als sie dann aus meinen Briefen an Viktor zitierten, blieb mir buchstäblich die Luft weg.

»Wir schaffen das, Liebster, ich bin sehr zuversichtlich, dass wir in Jugoslawien eine Möglichkeit finden werden!«

In meiner Verblüffung blieb mir nichts anderes übrig, als zu sagen: »Ja wenn Sie sowieso schon alles wissen, warum sitzen wir dann hier so lange?«

In diesem Moment schob sich die untergehende Sonne blutrot an die grauweiß getünchte Wand und tauchte sie in ein wunderschönes, märchenhaftes Licht. Selbst das grauweiße Gesicht des Beamten leuchtete auf, als wäre er ein Apostel an einem Kirchenfenster.

»Das ist sehr privat.«

»Hier handelt es sich eindeutig um einen Fluchtversuch!« Der Apostel zerknickte den Liebesbrief. »Sie haben auch Ihren Eltern, Ihrer Schwester Elvira und Ihrer Nichte Claudia Briefe mit ähnlichem Inhalt geschrieben.«

»Ich dachte, es gibt das Briefgeheimnis.«

»Nicht, wenn es sich um offensichtliche Republikflucht handelt.«

»Aber ich bin nicht geflohen. Ich stand im OP und erledigte meine Arbeit als Kinderkrankenschwester.«

»Sie haben in eindeutiger Absicht gehandelt und warteten nur auf Ihre nächste Chance.«

Der Apostel leuchtete nicht mehr. Er knipste eine hässliche Lampe über seinem Schreibtisch an und vertiefte sich erneut in seine »Beweislage«.

Inzwischen war es später Abend, längst hallten die Alltagsgeräusche von unten nur noch gedämpft herauf. Ein Müllwagen kehrte die Abfälle zusammen, ein Wasserwagen spritzte die staubige dunkle Straße ab, letzte Abendbummler kamen leise lachend aus den Kinos und Restaurants.

»Brauchen Sie eine Pause?«

»Wie lange dauert das denn hier noch? Ich habe morgen Frühdienst!« Ich schob meinen Kopf hin und her, um meinen steifen Nacken zu lockern, und knackte mit den Fingern.

»Sie sind freigestellt. Das ist mit Ihrer Oberin schon geregelt.«

So verging die ganze Nacht. Immer und immer wieder stellte er mir die gleichen Fragen, und die beiden Ledermantelmänner standen an Tür und Fenster.

Dann kam der nächste Tag. Jemand bot mir Frühstück an, aber mein Hals war wie zugeschnürt. Nur den schwarzen Kaffee schüttete ich gierig in mich hinein.

Es klopfte, und wieder jemand anderes betrat den Raum. Und legte eine Herrenhandtasche auf den Tisch. Ich erstarrte. Das war doch die Tasche von … Viktor! Ich klammerte mich an die Tasse, die schon leer getrunken war, und versuchte, mein Herzklopfen unter Kontrolle zu kriegen.

»Kennen Sie diese Tasche?«

»Ja. Die gehört meinem Verlobten. Wo haben Sie die her?«

»Ihr Verlobter hat heute Morgen versucht, in die Hauptstadt der DDR einzureisen.«

Mein Herz setzte aus. Wer hatte ihn informiert? Das konnte doch nur eine Kollegin gewesen sein, die gesehen hatte, wie ich abgeführt wurde. Viktor war so beliebt gewesen, jemand hatte ihn heimlich angerufen, und er hatte sich sofort ins Auto gesetzt!

»Und wo ist er nun?«

»Nebenan.« Er betrachtete seine Fingernägel. Ich betrachtete ihn.

Ich sprang auf, aber einer der Ledermantelmänner drückte mir die Hand auf die Schulter.

»Setzen.«

»Aber ich will ihn begrüßen! Und ihm seine Tasche wiedergeben!« Mein Lächeln wirkte höchstwahrscheinlich etwas verzerrt.

»Wissen Sie, dieser Raum wird jetzt leider gebraucht, weitere Räumlichkeiten stehen hier nicht zur Verfügung.« Der Beamte klappte mit hochgezogenen Augenbrauen die Akten zusammen und stand auf. »Deshalb führen wir das Verhör an anderer Stelle fort.«

»Ja, aber ich will nur kurz meinem Verlobten …«

Da wurde ich schon zur Tür hinausgeschoben. Meine Blicke zuckten von jeder verschlossenen Büro zur nächsten. Wo war mein Viktor? Der sich für mich in die Höhle des Löwen begeben hatte. Wenn die Kerle seine Tasche hatten, hatte er auch keine Papiere, keinen Pass und kein Geld für die Rückfahrt …

»Viktor!«

»Kommen Sie, wir machen jetzt noch eine kleine Autofahrt!«

Energisch schoben mich die Ledermäntel vor sich her und führten mich durch die endlosen Gänge und Flure.

»Viktor«, brüllte ich über die Schulter, aber da wurde ich schon eine Treppe hinuntergezerrt. Der Beamte bestand darauf, auch meine Handtasche zu tragen, obwohl ich abwehrte mit dem Hinweis, sie wäre doch sehr klein.

Unten vor der Hintertür stand schon ein sogenannter Barkas Bus bereit, ein DDR-Fahrzeug, vergleichbar mit einem VW-Bus mit acht Sitzen. Innen war jeder Sitz vom Nachbarsitz durch Holzbretter getrennt, sodass man die anderen Insassen nicht sehen konnte. Ich musste in der Mitte einsteigen und saß nahe hinter dem Fahrer. Völlig auf mich allein gestellt, übermüdet und überwältigt von den Geschehnissen, saß ich in meinem Holzverschlag wie ein Vogel in der Falle. Eine Weile lauschte ich im Stockdunkeln, hörte aber nur meinen eigenen harten Herzschlag gegen meine Schläfen hämmern. Dann schaukelte der Wagen etwas, und ich spürte, dass weitere Personen einstiegen beziehungsweise in ihren Verschlag gedrängt wurden.

Viktor? Ich spürte, dass es Viktor war, der ganz dicht neben mir saß, obwohl eine Trennwand zwischen uns war und wir eingezwängt waren wie die Fische von Sassnitz in ihrer Dose!

Ich hustete, und sofort kam ein vertrautes Räuspern zurück. Er war es. Viktor saß neben mir!

»Ruhe da hinten!«

Der Motor wurde angelassen, und wir rumpelten endlos durch die Gegend. Immer wieder warfen wir uns in die Kurve, dann bremste der Wagen abrupt, um aufs Neue loszurasen. Obwohl ich seit gestern Morgen nichts mehr im Magen hatte außer Unmengen von schwarzem Kaffee, wurde mir übel. Die Abgase stanken widerlich, und vorne in der Fahrerkabine wurde geraucht.

Die Holzwand war so dicht vor mir, dass ich mit der Stirn dagegenschlug. Meine Beine musste ich anziehen. Wie lange sollte dieser Höllenritt denn noch gehen? Gefühlt waren wir schon lange nicht mehr in Berlin!

Leise kratzte ich rechts an die Holzwand und sofort kamen verstohlene Kratzgeräusche an der gleichen Stelle zurück. Es war, als würde Viktor mich streicheln. Ich versuchte zu fühlen, wo seine Finger waren. Und wünschte mir nichts sehnlicher, als seine Hand nur kurz halten zu dürfen!

»Lassen Sie das!«

»Entschuldigung, mir ist so speiübel, dass ich Ihnen gleich das Auto vollspucke!« Ich klopfte an die vordere Abtrennung. »Könnten Sie bitte etwas Luft hereinlassen?« Ich hoffte, ich könnte vielleicht durch einen Fensterspalt spähen und herausfinden, wo wir hinfuhren oder wo wir uns befanden.

Eine kleine Klappe ging auf, und der Beifahrer fragte schroff: »Was ist?«

»Mir ist schlecht, ich muss mich übergeben!« Ich spannte den Kiefer an, konnte mich fast nicht mehr zurückhalten.

»Na gut, lassen wir einen Moment offen.«

Durch den kleinen Spalt konnte ich erkennen, dass wir in Pankow waren. Was wollten wir denn in Pankow?

»So, jetzt mache ich hier wieder zu.« Zack, die Klappe war dicht. Es war stockdunkel. Mein Herz hämmerte, mein Magen drehte sich um, und ich schloss die Augen und zwang mich, dieses widerliche Gemisch aus Abgasen und Zigarettenrauch einzuatmen. Die Panik überrollte mich wie ein Eisengitter! Ich hätte den Kopf auf meinen Schoß gelegt, so wie wir es im Schwesternseminar gelernt hatten, aber meine Stirn und meine Knie hämmerten mit jedem Pflasterstein gegen die Holzverkleidung.

Kurz darauf konnte ich schwere Eisentore hören, die sich öffneten und dann laut wieder ins Schloss fielen. Mit einem Ruck stoppte das Auto, meine Tür wurde aufgerissen, und ich fiel fast auf einen glühend heißen, mit roten Backsteinen umsäumten

Hof. Ich landete auf allen vieren, und da spie ich auch schon den Kaffee, vermischt mit Magensäure und Galle, auf den dreckigen Boden. Ich sah Sterne und hörte schrille Töne zwischen meinen Schläfen.

»Hey, stehen Sie auf, Sie sind hier nicht auf Erholungsreise.« Mein Blick aus verquollenen Augen glitt über Staub und Dreck und landete auf groben Schnürschuhen. Die nach mir traten! »Aufstehen, habe ich gesagt, aber schnell!«

Von vier groben Händen wurde ich hochgerissen und gepackt und weitergeschleift.

Mein Blick glitt an dem hohen Backsteingebäude empor, ein großes, dunkles Gebäude mit kleinen vergitterten Fenstern, und aus dem Augenwinkel sah ich, wie sie Viktor abführten, der sich hilflos nach mir umdrehte. »Mitkommen, weitergehen, wir sind nicht zum Vergnügen hier!«

»Nein, aber zum Verhör«, hörte ich Viktor freundlich sagen. »Und ich würde gern mit meiner Verlobten …« Weiter kam er nicht, denn eine eiserne Tür schlug quietschend hinter ihm zu.

Ich sog hastig zwei, drei Atemzüge der heiß flirrenden Luft ein, bevor sie auch mich durch einen vergitterten Eingang zerrten. Drinnen schlug mir kühle, modrige Dunkelheit entgegen. Ich rieb mir über das Gesicht. Ich schaute in die schaurige Kälte, die Mauern, die vergitterten Fenster, den Dreck, ließ alles auf mich wirken und konnte es nicht fassen.

»Weitergehen, nicht stehen bleiben, kommen Se, kommen Se!« Ich hastete stolpernd vor ihr her, eine Aufseherin, die ich nicht sehen konnte, ihre Hand hielt mich an der Schulter gepackt.

Wie durch Nebelschwaden oder schwarze Watte erkannte ich, dass sie mich in einen hässlichen Raum geführt hatten, in dem eine weitere, sehr kompakte Angestellte stand.

Auffordernd wedelte sie mit der molligen Hand, an dessen Finger ein Ring eingewachsen war. »Ausziehen.« Die darauf folgende

Pause dauerte lange genug, dass mir die Röte den Hals hinauf und ins Gesicht schoss.

»Wieso ausziehen?« Wenn mir nicht so schlecht gewesen wäre, hätte ich laut aufgelacht, prallte aber an ihren eisernen Gesichtern ab. Ich senkte den Blick und registrierte, dass mich vier untersetzte Frauen in unvorteilhaft engen Uniformen mit verschränkten Armen musterten. »Man hat mir gesagt, hier wird nur ein Verhör fortgesetzt, weil man im Roten Rathaus den Raum braucht …«

»Hören Sie schlecht! Ausziehen!« Eine knallte eine Metallkiste auf den Eisentisch. »Na los, machen Se schon! Alles abgeben!« Sie seufzte, verdrehte die Augen, trat einen Schritt zurück und lehnte sich an die Wand.

So viel ich auch protestierte, ich musste alles auf den Tisch legen: meine Schuhe, die Jeans, mein T-Shirt, meinen BH, meinen Schlüpfer. Ich hielt schützend die Hand vor meine Scham, spürte die roten Flecken, die sich wie Schlangen an meinem Hals herunterzogen, aber sie wedelte erbarmungslos weiter: »Alles, hab ich gesagt! Haarklammern, Haargummi, den Inhalt der Taschen, Ihren Ring!« Das fordernde Wedeln wurde heftiger. »Meinse, ich seh das nicht!« Unter den Augen von vier uniformierten Frauen mit Kurzhaarschnitt unter dem Schiffchen auf dem Kopf blieb mir nichts anderes übrig. Ich konnte ihr beinahe die Gedanken von der Stirn ablesen: Was haben wir denn da für ein hübsches Vögelchen eingefangen. Ich spürte ihre Blicke auf mir, obwohl ich auf den Boden starrte.

Zitternd zog ich meinen Verlobungsring ab und legte ihn in die Kiste. Und das Kettchen mit dem Kreuz, das Viktor mir von meiner Mutter gebracht hatte. Sie hatte es zwanzig Jahre lang in Kasachstan um den Hals getragen, und nun musste ich es ablegen. Ich blieb einen Moment wie erstarrt stehen.

»Lass mich nie allein … ich will bei dir sein …« Mir kamen die Tränen. So gedemütigt war ich mir noch nie vorgekommen. Nur die Gewissheit, dass Viktor auch hier war, ließ mich nicht zusammenbrechen. Ich stand aufrecht und gerade vor ihnen.

Aus dem Augenwinkel sah ich, dass sich die eine dicke Uniformierte mit groben Fingern an meinen Schuhsohlen zu schaffen machte. Verächtlich warf sie die vier Fünfzigmarkscheine auf den Tisch. »Habe ich es mir doch gedacht.«

Ich wusste, dass ich etwas sagen sollte, aber in meinem Kopf herrschten Chaos und Panik, ich fand die Worte nicht, und meine Kehle war wie zugeschnürt.

Ich funkelte die Frau an, wollte noch einmal widersprechen, aber mir fehlten die Worte. Es war so grausam und unpersönlich, als wäre ich kein Mensch.

»Bücken!« Die Aufseherin mit der Brille streifte Latex-Handschuhe über und durchsuchte sämtliche meiner Körperöffnungen. Sie fuhr mir durch die langen blonden Haare, schüttelte jede Strähne aus und bohrte mir routiniert in den Ohren.

Währenddessen räumten die anderen mit genauso routinierten Bewegungen meine Sachen und die Kiste weg, eine robuste Stimme diktierte, was man bei mir gefunden hatte, und eine andere setzte sich mit wippendem Busen an eine Schreibmaschine und hackte sorgfältig jeden Gegenstand »Schlüpfer, hellblau, Jeans, Westmarke, T-Shirt, weiß, ebenfalls Westmarke, mit Micky-Maus-Motiv … Verlobungsring mit der Inschrift ›Viktor 12.8.1965‹ … Haarspange mit kleinem roten Schmetterling, Zopfspange in Kirschform …« hinein. Das dauerte sicher eine halbe Stunde. Schließlich riss sie das Blatt heraus, und es wurde mir ein Klemmbrett hingeschoben:

»Unterschreiben.«

Inzwischen zitterten mir die Finger so sehr, dass ich kaum den Griffel halten konnte. Noch immer stand ich splitternackt vor ihnen.

»So, und nun ziehen Sie das an!«

Es war eine ausgediente Militäruniform, die man mir aufdrängte: eine zerschlissene Hose, die mir viel zu groß war, und eine alte Uniformjacke, deren Abzeichen, die einmal auf den Dienstgrad des Vorbesitzers hingewiesen hatten, abgetrennt waren. Außerdem bekam ich Socken und als Schuhwerk eine Art Kamelhaar-Latschen, die hinten offen waren und dazu mehrere Nummern zu groß. Der Zweck war offensichtlich: Ich sollte nicht schnell laufen können. Damit konnte man nur noch schlurfen wie ein dementer Altersheimbewohner.

Sie hatten mir nicht nur meine Kleidung genommen, sondern auch meine Würde. Ich wollte mich von dannen schleppen und irgendwo für lange Zeit einrollen.

Fertig eingekleidet, übergab man mir eine größere Blechschüssel, einen Kamm, eine Zahnbürste und Zahncreme von der billigen Sorte, die damals in der DDR nur »Kreide« genannt wurde. Das alles stapelte eine robuste Drahtborstige mir auf die ausgestreckten Arme, dann wurde noch eine kleinere Blechschüssel und ein Blechlöffel daraufgelegt.

»Weitergehen.«

»Wofür ist denn die kleine Blechschüssel vorgesehen?« Ich hob eine Augenbraue.

»Zum Essen. Weitergehen.«

Ein Schauer überlief mich. Wer einmal aus dem Blechnapf frisst, schoss es mir durch den Kopf. Das war der Titel eines Buches, das ich während des Studiums gelesen hatte. In dem Moment packte man mir oben auf die Blechschalen noch eine grobe graue Wolldecke, ebenfalls vom Militär, und ich war zurück in der Realität.

»Kommen Sie mit.«

So ausgestattet, musste ich der stämmigen Uniformierten folgen. Und da fühlte ich mich plötzlich bleischwer in diesen zu großen Schlappen, und langsam begann ich zu begreifen, dass ich gerade ins Gefängnis gekommen war.

Wieder einmal ging es über lange Flure, sie schob mich unwillig vor sich her, als wäre ich hier uneingeladen reingeplatzt und hätte sie bei einem gemütlichen Plausch mit ihren Kolleginnen gestört. Bei jeder Gittertür riss sie mit ihren fleischigen Fingern einen dicken Schlüsselbund aus der Hosentasche, der mit mehreren Karabinern an ihrem Gürtel steckte, schloss mit starrem Blick auf, schob mich hindurch, als sei ich ein sperriger Gegenstand, und schloss hinter uns wieder ab.

Der plötzliche Kummer hing über mir wie ein Leichentuch. Von einer Gittertür zur anderen wurde mir immer bewusster, dass dies hier kein Verhör mehr, sondern dass ich jetzt im Gefängnis war. Ich war eine Gefangene. Meiner Rechte beraubt. Meiner Persönlichkeit beraubt. Ausgeliefert diesen Quallen, die den IQ und die Empathie einer groben Leberwurst hatten.

Schließlich stand ich in einer kleinen Gefängniszelle, einem kalten und feuchten Raum. Mein Blick prallte von einer gräulich getünchten Backsteinwand zur anderen hin und her wie ein Ball.

In der einen Wand war eine hochklappbare hölzerne Liege mit einem Schloss festgeschraubt, und an der anderen Wand stand eine kleine Blechtoilette ohne Deckel und Klobrille sowie ein kleines Ausgussbecken. Das vergitterte Fenster aus Glasbausteinen war deutlich über meinem Kopf, sodass man nicht hindurchsehen konnte.

Die Qualle überreichte mir einen Schlüssel. »Das ist für die Liege. Die wird abends runtergeklappt zum Schlafen. Und morgens um sechs kommt sie wieder hoch und wird an der Wand festgeschlossen. Nu machen Sie schon.«

Fassungslos schloss ich die Vorrichtung auf, und die hölzerne Liege fiel mir knarrend entgegen. Darauf lag eine stinkende fleckige Matratze, aus der die Strohhalme hervorquollen. Dann musste ich die Liege wieder hochschließen.

»Na, geben Sie schon zurück.« Fordernd wedelte sie mit der

Hand. Wie in Trance legte ich den Schlüssel zurück in ihre mollige Hand. Kochte sie heute Abend noch etwas für jemanden? Erzählte sie von ihrem langen Tag? Setzte sie sich noch zu ihrem Kind an den Bettrand?

»Das ist alles ein Irrtum«, stieß ich verzweifelt aus. »Ich bin doch gar nicht verurteilt, es gab bis jetzt keine Anklage, ich sollte nur zu einem Verhör … wahrscheinlich hat man mich verwechselt!«

Ihre Miene verschloss sich, ihr Kinn wackelte unter ihrem Kopfschütteln, sie sah mich ausdruckslos an. »Wenn Sie Bekanntschaft mit dem UvD machen wollen, nur zu. Aber ich rate Ihnen dringend davon ab.« Das sagte sie ganz gelassen, sodass ich nicht einschätzen konnte, wie gefährlich dieser Mensch war.

»Wer ist denn der UvD?« Ich spürte, wie die heiße Panik in mir aufstieg wie schwarze Galle und mir schwummrig wurde.

»Sie haben hier keine Fragen zu stellen.« Ihr erbitterter Blick zeigte mir, dass ich wohl ein besonders schwieriger Fall war. Kopfschüttelnd verließ die Stiernackige die Zelle und schloss von außen ab.

Ich wartete so lange ab, bis ich sicher war, wieder gleichmäßig atmen zu können. Dann sank ich auf den kleinen Hocker und starrte in die Zelle hinein. Die Stille war beinahe mit Händen zu greifen.

Am nächsten Tag wurde ich zum Verhör geholt. Ich sollte dem Haftrichter vorgeführt werden und musste vorher eine Einverständniserklärung unterschreiben, dass ich rechtmäßig inhaftiert war.

»Das unterschreibe ich nicht!« Ich warf den Kuli auf den Tisch und rieb mir die Handgelenke.

Die Nacht hatte ich auf feucht-fauligem Stroh auf dieser Pritsche verbracht, die ganze Nacht brannte die Deckenlampe über mir mit ihrem grellen kalten Neonlicht, und alle zehn Minuten war laut die

Klappe aufgegangen, und ein Auge hatte prüfend hindurchgelugt. »Hände auf die Decke, beide!« Ich hatte mich noch nicht einmal drehen dürfen.

»Ich bin nicht rechtmäßig inhaftiert, man hat mir gestern gesagt, ich sei hier nur zum Verhör!«

Mein Gesicht brannte vor Wut und vor Scham, und seit dieser grässlichen Fahrt in dem winzigen Holzkäfig, nach der ich mich hatte übergeben müssen, war mir ständig übel. Das Essen, besser gesagt den Fraß, den man mir gestern Abend und heute Morgen durch die Klappe geschoben hatte, hatte ich nicht angerührt. Er sah nicht nur aus wie Erbrochenes, er roch auch so. Später bemerkte ich, dass die Aufseherinnen gerne vorher drauf spuckten oder ihre Zigaretten darin ausdrückten.

»Sie unterschreiben das jetzt, sonst wird das Verhör überhaupt nicht stattfinden!« Der Stasi-Mann schlug wütend mit der Hand neben das sogenannte Protokoll, das jemand im Hintergrund mit dem Ein-Finger-Such-System stundenlang getippt hatte, während ich, stehend, mit dieser Übelkeit kämpfend, um Fassung gerungen hatte.

»Die ganze Welt ist ein Theater, und jeder muss seine Rolle spielen.« Ich stieß ein spöttisches Lachen aus. »Wenn Sie sich in dieser jämmerlichen Rolle wohlfühlen, werde ich wohl oder übel mitspielen müssen.« Ich griff nach dem Schreibgerät und unterschrieb.

»Mit Ihnen werde ich auch noch fertig!« Der Kerl drückte auf einen Knopf, und kurz darauf erschien ein weiterer Stasi-Mann, packte mich am Arm und brachte mich zum Verhör.

Das ging bis in die späte Nacht, unter Flutlicht und bis zur völligen Erschöpfung. Ich musste auf einem Hocker sitzen und die Hände unter die Oberschenkel legen.

»Ich möchte meinen Verlobten sprechen!«

Das wurde überhört. Wieder und wieder wurden mir meine Vergehen vorgelesen, minutiös, wo ich wann gewesen war, mit wem ich gesprochen hatte, in welche Richtung ich gegangen war, welche Anträge ich gestellt hatte. Und dass ich rechtswidrig in Ostberlin den Zug nach Budapest genommen hätte. Wo ich dann in der Botschaft …

»Ja, das lesen Sie mir jetzt zum hundertsten Mal vor.« Ich warf die Arme in die Luft. »Davon wird es auch nicht besser!«

»Hände unter die Oberschenkel!« Ich beobachtete das seit Stunden laufende Tonband, dessen linke Spule immer dicker wurde und dessen oberster Zipfel sich drehte wie bei einem albernen Kinderspiel. Wer sich umdreht oder lacht …

»Ich möchte bitte meinen Verlobten sprechen!«

»Ihr Verlobter ist allerdings hier. Wir verhören Sie beide jetzt getrennt voneinander so lange, bis Ihre Aussagen sich decken. Bei der kleinsten Abweichung fangen wir von vorne an.«

»Ich muss ihm etwas Wichtiges sagen.« Ich fasste mir auf den Bauch.

»Hände unter die Oberschenkel!«

Unter Schmerzen setzte ich mich wieder auf meine Hände. Mein Steiß war schon wund von dem hölzernen Hocker, auf dem ich seit vielen Stunden saß. Der Vernehmer ging ab und zu raus eine rauchen, das roch ich unter Ekel und Brechreiz, wenn er wieder hereinkam.

»Ich muss bitte wirklich dringend meinen Verlobten sprechen, in einer privaten Angelegenheit!«

»Das können Sie auch uns sagen. Privat gibt es hier nicht. Wenn es wirklich wichtig ist, dann sagen wir es ihm weiter.«

»Ich bin schwanger.«

Der Haftrichter überhörte das einfach und fuhr mit seiner Befragung fort. Immer und immer wieder. Wo waren Sie am … Warum hatten Sie westliche Devisen dabei … Warum haben Sie in Ostberlin den Zug nach Budapest genommen … Warum wollten Sie nach Jugoslawien …

Wieder verbrachte ich nach etwa vierzehn Stunden Verhör eine Nacht in meiner Zelle auf der schmalen stinkenden Pritsche, auf der ich mich nicht rühren durfte. »Hände auf die Decke!«

Das Licht blendete grell, meine Gedanken kreisten, mein Kopf dröhnte, meine Augen brannten. Alle fünf Minuten ging die Klappe geräuschvoll auf, und kalte Blicke taxierten mich. Seit dem Dienstwechsel wurde nun auch aus fiesen dicken Lippen Rauchschwaden in meine Zelle geblasen. »Das wollen wir doch mal sehen, ob die schwanger ist!«

Am nächsten Morgen um sechs schloss ein Bewacher geräuschvoll die Zellentür auf.

»Aufstehen, aber schnell. Sie sind hier nicht im Ferienhotel.«

Ganz benommen sprang ich auf, sofort schwappte wieder eine Welle von Übelkeit in mir hoch.

»Öffnen Sie das Fenster!« Mit dem Fuß trat der Aufseher – wohlgemerkt ein Mann – mir meinen Hocker zu, und ich kapierte, dass ich daraufsteigen sollte.

»Reichen Sie mir die Blechschüssel!«

Er füllte sie aus einem Schlauch mit eiskaltem Wasser. »Ausziehen.« Seine Blicke wurden widerlich. »Na machen Sie schon! Waschen Sie sich, aber gründlich!«

Es blieb mir nichts anderes übrig. Er dachte nicht daran, zu verschwinden oder wegzuschauen. Vor seinen gierigen kalten Blicken musste ich mich nackt ausziehen und mich waschen. »Zwischen den Beinen auch! – Und jetzt umdrehen! Hinten auch!«

Ich dachte an meine Mutter. Das gab mir Kraft. Ich würde das hier durchstehen. Sie hatte ihr Schicksal durchgestanden.

»So, und jetzt schließen Sie Ihre Liege hoch.« Er reichte mir den Schlüssel, und ich musste meine einzige Sitzgelegenheit hochklappen und abschließen.

Kurz darauf wurde die Klappe von außen wieder geöffnet, und ich musste meine kleine Blechschüssel und den Becher reichen.

Lauwarme schwarze Brühe wurde mir aus einer Blechkanne in den Becher gefüllt, ein Stück Graubrot mit Margarine in die Schüssel geworfen. Frühstück. Klappe zu.

Die ersten Tage der Haft verliefen wie ein schrecklicher Albtraum, der wieder und wieder von vorne losging. Aufstehen, waschen, frühstücken, abführen zum Verhör. Auf den Hocker. Setzen, Hände unter die Schenkel. Das Tonband. Es schien endlos viele unbespielte Spulen zu haben, die alle vollgesprochen wurden mit immer und immer wieder denselben, unsinnigen schon tausendmal gesagten Dingen. Wo waren Sie am … Warum nahmen Sie nicht den Zug nach … Was hatten Sie an der tschechisch-österreichischen Grenze zu suchen …

»Ich bin schwanger!«

»Das hören wir hier öfter. Wir sagen dazu ›Haftpsychose‹.«

»Ich habe keine Psychose. Ich bin wirklich schwanger. Hören Sie, ich bin Krankenschwester und kenne die Symptome …«

»Versuchen Sie nicht abzulenken. Wo waren Sie am … Warum nahmen Sie den Zug nach … Was wollten Sie an der tschechisch-österreichischen Grenze … Warum hatten Sie Devisen aus dem kapitalistischen Feindesland im Schuh versteckt … Wieso behaupten Sie, verlobt zu sein, wenn Sie doch keinerlei Kontakt zu Personen hinter dem antifaschistischen Schutzwall …«

Ich hatte schon in der Tschechoslowakei den Verdacht gehabt, schwanger zu sein. Deshalb war meine Hoffnung umso größer gewesen, das Kind in Westdeutschland zur Welt zu bringen. Wenn das Kind in der DDR geboren werden würde, wäre es ja Staatsbürger der DDR und eine Ausreise umso schwieriger. Eigentlich hatte ich vorgehabt, während meiner Tage in Berlin einen Gynäkologen aufzusuchen, aber nicht den Kollegen von Jörg, der über Pfingsten auf dem Bau geholfen hatte! Deshalb war ich bisher nicht dazu gekommen. Selbst Viktor hatte ich noch nicht eingeweiht, denn ich wollte Gewissheit haben, bevor ich es ihm sagte. Und während wir in dem Margarine-Barkas saßen – er hieß so, weil außen eine Werbung für Margarine aufgebracht war und er so aussah wie ein Lieferwagen –, konnte ich es ihm nun wirklich nicht mitteilen.

Die Tage und endlosen Wochen im Gefängnis vergingen und schlauchten mich sehr. Morgens das frühe Aufstehen, tagsüber die Verhöre und die Nächte in der kalten, feuchten und hell erleuchteten Zelle.

Die Einzelhaft. Die Schwangerschaft, von der weiterhin alle meinten, sie sei eine Haftpsychose. Irgendwann war ich so weit, dass ich nur noch weinte. Sie hatten mich kleingekriegt. Wer da draußen konnte mir helfen? Niemand! Meine Eltern wussten nicht, wo ich war, falls sie mich überhaupt schon vermissten. Sicherlich wagten sie nicht, Fragen nach meinem Verbleib zu stellen, um nicht unnötig Verdacht zu erregen. Falls sie erfahren haben sollten, dass ich seit Tagen – oder vielleicht schon Wochen – nicht mehr an meinem Arbeitsplatz war, hofften sie sicher, ich sei in Jugoslawien oder sogar schon bei meinem geliebten Viktor im Westen. Gewiss malten sie sich aus, dass ich jetzt schon bei meiner Mutter in Biberach war, und wollten uns Zeit geben. Sie mussten davon ausgehen, dass ich mich irgendwann bei ihnen melden würde. Wenn alles mit meiner Mutter besprochen wäre.

Weinen brachte mir manchmal etwas Erleichterung, aber sobald ich ins Grübeln kam, merkte ich, dass ich psychisch am Ende war.

In dieser Zeit spürte ich die Anwesenheit meiner leiblichen Mutter körperlich. Wie hatte sie auf den Tonbändern gesagt? Ihr Gottvertrauen hatte ihr weitergeholfen. Die Gewissheit, dass ich am Leben war. Dass Gott uns eines Tages erneut zusammenbringen würde. Sie hatte zwanzig Jahre durchgehalten in dem Vertrauen und Glauben, dass wir uns wiedersehen würden.

Und so fing ich an, mit ihr zu sprechen: »Mutter, ich weiß, dass du jetzt in Gedanken bei mir bist. Ich beginne zu erahnen, was du durchgemacht hast, und ich werde versuchen, dieselbe Kraft aufzubringen, um diese Zeit hier durchzustehen. Ich werde alles tun, um bei Gesundheit zu bleiben, damit du eines Tages nicht nur mich, deine Tochter, sondern auch deinen kleinen Enkel in die Arme schließen kannst. Du hast das verdient, Mutter. Und ich reiße mich jetzt zusammen. Ich schaffe das. Du hast es auch geschafft.«

Und dann wischte ich mir entschlossen die Tränen ab, rotzte mangels Taschentuch einmal auf die Erde und hämmerte an die Zellentür: »Ich will euren Vorgesetzten sprechen!«

Egal, welche schadenfrohen, fiesen Augen mich beim Weinen beobachtet hatten, auf einmal ging die Klappe auf: »Sagen Sie nicht schon wieder, Sie sind schwanger.«

»Ich möchte meine Lehrbücher haben, aus der Charité. Darin gibt es ein großes Kapitel über Schwangerschaft und Geburt. Ich möchte mich vorbereiten.«

Die Klappe ging zu.

Wieder hämmerte ich. »Ich brauche meine Lehrbücher! Das könnt ihr mir nicht verweigern! Ich bekomme ein Kind!«

Die Klappe ging auf. Rauch quoll mit jedem Wort aus fleischigen Lippen: »Gerne können Sie etwas zu lesen bekommen, wenn Sie so bildungshungrig sind. Sie können Bücher über den Sozialismus haben, da lernen Sie endlich, wie man sich in diesem Staat zu benehmen hat. Der Staat sorgt für alle Bürger, die sich an die Regeln halten. Das wird Ihrer Umerziehung dienen.«

»Nein danke!«, brüllte ich und trat mit dem Fuß gegen die Tür.

Die Klappe ging wieder zu.

Weitere Tage und Wochen vergingen. Inzwischen wölbte sich mein Bauch, und ich fühlte zartes Leben in mir wachsen. Das Essen, was sie mir dreimal täglich wortlos durch die Klappe schoben, war allerdings miserabel. Keine Vitamine, kein Zucker und fast kein Fett.

Ich saß buchstäblich bei Wasser und Brot ein! Von 6 Uhr morgens bis 22 Uhr abends hatte ich auf dem kleinen Hocker zu sitzen, der sich in mein Steißbein meißelte und meinen Rücken peinigte. Immer wieder versuchte ich, Gymnastik zu machen, um warm zu werden, um meinen Kreislauf anzuregen, um meine steifen Glieder aufzulockern. Wenn mich jemand an der Klappe beobachtete, hieß es: »Aufstehen! Aber schnell! Wir sind hier nicht im Ferienhotel! Setzen Sie sich auf den Hocker oder stellen Sie sich gefälligst an die Wand, sodass wir Sie sehen können!«

Und dann stand ich wieder und schlang mir meine Arme abwechselnd um den Leib, hüpfte auf der Stelle, setzte mich wieder, und das in einem Rhythmus von fünf Minuten, um mich zu wärmen, zu bewegen und um nicht durchzudrehen.

Ob Viktor noch hier war? Ob meine Mutter noch lebte? Ob meine Familie mich mittlerweile vermisste?

Inzwischen musste es Herbst, wenn nicht Winter geworden sein, die zugige Zelle speicherte schon längst keine Wärme mehr. Beim morgendlichen Waschen am offenen Fenster stand mir der Atem in kleinen Wölkchen vor dem Gesicht, und ich erschauderte unter dem eiskalten Wasser. Immer und immer wieder schöpfte ich Kraft aus den Erzählungen meiner Mutter, die sich in mein Hirn und Herz eingebrannt hatten. Ich halte das durch. Ich schaffe das. Sie hat es auch geschafft. Wir werden uns wiedersehen.

Beim Waschen wurde ich nach wie vor beobachtet. »Kiek ma die Jänsehaut!«

»Eh, die ist wohl wirklich schwanger«, hörte ich es an der offenen Klappe tuscheln. »Guck mal, von der juten Küche hier hatt se die kleene Plauze nicht!«

»Dürfte ich vielleicht eine Limonade haben?«, fragte ich einmal, als die beiden Aufpasserinnen sich wieder an mir weideten. »Ich habe so einen schrecklichen Durst.«

»Wieso das denn, Sie haben doch eine Wasserleitung!« In dem

Moment schwor ich mir, in diesem Gefängnis nie wieder um etwas zu bitten.

Und dann wurde ich zu einem weiteren Verhör geführt. Der Haftrichter schien sich inzwischen von mir erholt zu haben, er lächelte freundlich, als ich eintrat, und bot mir sogar einen Stuhl an und ein Glas Saft.

Gierig schüttete ich das süße Gebräu hinunter. Aaah, endlich. Mein Magen entkrampfte sich, und ich hatte das Gefühl, meinem ungeborenen Kind zum ersten Mal einen Hauch von Vitaminen geboten zu haben. »Danke.« Ich sah ihn erstaunt an. Der führte doch etwas im Schilde? Hinter mir standen die zwei Aufpasser von der Stasi, die der Haftrichter nun mit einer wischenden Handbewegung wegscheuchte. Sie verschwanden augenblicklich, wie gut abgerichtete Wachhunde.

O Gott, schoss es mir durch die gerade wiederbelebten Gedankengänge. Jetzt wird er mir sagen, dass sich alles geklärt hat und dass ich gehen darf. Dass ich mein Kind in einem Krankenhaus auf die Welt bringen darf und dass …

Er ließ seinen Blick über meine zarte Wölbung schweifen, und dann schaute er mir direkt ins Gesicht.

»Sie können gerne in ein Krankenhaus gehen. Sie sind ja wirklich schwanger!« Er lächelte.

Ich nickte dankbar. »Das sage ich ja die ganze Zeit!«

»Wir dachten an das Regierungskrankenhaus, kennen Sie das?«

»Nun ja, in die Charité wollte ich tatsächlich nicht so gerne …« Ich dachte an den Gynäkologen und die Baustelle. »Das Regierungskrankenhaus klingt gut.«

»Dort melden wir Sie gern an, wenn Sie das wollen.«

»Oh, das ist … aber ich bin doch kaum im fünften …« Ich schluckte, als er mich unterbrach.

»Allerdings nur für eine Abtreibung.« Die Miene des Haftrichters blieb gleichbleibend freundlich.

Ich starrte ihn an. Hatte ich das gerade richtig gehört? Meine Halsschlagader pochte, und der Nachgeschmack von dem Orangensaft stieß mir sauer auf. Mein Kind wegmachen lassen? Nie im Leben!

»Schauen Sie, Fräulein … Burmeister.« Er beugte sich etwas vor, sodass ich seine frisch rasierte Haut über dem Hemdkragen betrachten konnte, die sich bei jedem Wort über den Adamsapfel schob. »Dass Sie sich mit einem Westdeutschen, der für die DDR ein Klassenfeind ist, eingelassen haben, das ist genauso widerwärtig, als wenn Sie mit einem Behinderten oder einem mit Hasenscharte oder einem Mörder geschlafen hätten. Einfach widerlich. Wir wären bereit, Ihnen dabei zu helfen, diesen Irrtum aus Ihrem Leben zu tilgen.«

Noch immer starrte ich ihn so fassungslos an, dass mir das Gesicht eingefroren war.

»Und dann, Fräulein Burmeister, wenn Sie gereinigt sind von dieser … ›Rassenschande‹, na, das Wort darf man ja nicht mehr sagen …« Er stellte das Tonband ab und spulte es ein Stückchen zurück. »Verhör Burmeister, 10. Dezember 1968, 14 Uhr 15 … und dann, wenn Sie gereinigt sind von dieser … ›Klassenfeind-Schande‹, dann arbeiten Sie für uns. Sie sind doch intelligent und hübsch und … haben was auf dem Kasten. Auf den Mund gefallen sind Sie auch nicht, also … ich würde sagen, in zwei Wochen … wenn Sie wieder auf den Beinen sind …« Er streckte mir aufmunternd die Hand hin. »Na? Schlagen Sie ein! Sie können eine großartige Karriere bei uns machen!«

In diesem Moment begriff ich die Ungeheuerlichkeit, die da aus seinem widerwärtigen Mund gekommen war.

Ich sprang auf, dass der Stuhl nach hinten kippte, und schleuderte das Glas vom Tisch. Er konnte sich nur noch knapp retten.

»Sie Schwein!«, brüllte ich ihn an. »Wagen Sie es nicht, so über meinen Verlobten oder über mein Kind zu sprechen! Wir sind keine Klassenfeind-Schande! Sie sind eine Schande für Deutschland, für unser Vaterland, Sie und Ihre mörderische Bande!« Ich schrie mich in Rage. »Eines Tages wird Gott Sie dafür strafen!«

Der Haftrichter drückte auf die Klingel, Sturm! Und sofort schnellten die zwei Wachhunde wieder aus ihren Löchern, packten mich und schleiften mich die Treppe hinunter, den Flur entlang, zurück in meine Zelle. Ich schrie und tobte die ganze Zeit.

Plötzlich spürte ich etwas Hartes, Kaltes, auf meiner Schulter, und durch den zischenden, brennenden Schmerz lief warmes, dunkelrotes Blut an mir herunter. Sie hatten mich geschlagen. Sie hatten mich zum ersten Mal richtig hart und brutal geschlagen.

»Die will es nicht anders.«

Kurz bevor ich unter dem Schmerz ohnmächtig zusammensackte, knallte jemand mit Wut meine Zellentür hinter mir zu.

Benommen wachte ich auf. Ich lag auf dem kalten Boden, meine Glieder schmerzten, die Wunde an meiner Schulter pochte und brannte, und meine Zähne schlugen im Schüttelfrost aufeinander. Mein Kopf dröhnte, vor meinen Augen flimmerten Sterne, alles drehte sich. Mein Mund schmeckte nach Blei, und ich lechzte nach einem Schluck Wasser.

So glitt ich aus der erlösenden Ohnmacht in die brutale Wirklichkeit zurück. Sie standen vor dem Guckloch und tuschelten. »Sie wird wieder wach!«

»Zähes Luder.«

Dann ging die Klappe auf, und mein »Essen« wurde hindurchgeschoben.

Ich taumelte auf die Tür zu und wischte es mit einer wütenden Bewegung auf den Boden.

Das Blech schepperte. »Ihr seid keine Menschen!«, brüllte ich in rasendem Zorn, brach aber wieder zusammen, weil mein Kopf und meine Glieder derart dröhnten vor Schmerz. Schluchzend kniete ich auf dem kalten Boden und rang die Hände zum Himmel:

»Lieber Gott, bitte gib mir Kraft und lass mir Hilfe zukommen!«, schluchzte ich unter Tränen. »Gib mir Kraft, ich halte das nicht mehr aus!«

Das Gebet beruhigte mich tatsächlich nach einer Weile. Es war, als hätte eine unsichtbare Gestalt tröstend ihre Arme um mich gelegt. Fast spürte ich einen Hauch, so wie menschlichen Atem an meiner Wange, und ein kühler Windhauch wehte über mich.

Dir soll es leichter werden …

»Geduld, mein Kind. Du musst jetzt stark bleiben. Wir werden uns wiedersehen, daran musst du ganz fest glauben. Die Liebe ist immer stärker als der Hass.«

Sanft und tröstlich redete eine innere Stimme auf mich ein, beruhigend und liebevoll, und das gab mir ein wenig Kraft. Als ich wieder aufsah, merkte ich, dass meine Pritsche heruntergeschlossen war.

War sie das eben auch schon gewesen? Ich hatte das nicht bemerkt! Waren es die Schergen gewesen oder … eine göttliche Hand? Ich schleppte mich auf meine Bettstatt, legte mich auf die Seite, auf der nicht die Schulter schmerzte – auf dem Rücken konnte ich beim besten Willen nicht liegen –, und niemand riss die Klappe auf und brüllte: »Auf den Rücken legen! Hände über die Decke!« Ich hatte meine Ruhe.

Mehrfach glitt ich in eine Art Wachtraum, oder war es endlich ein erlösender Schlaf?

Und wenn die Verzweiflung in kalten, riesigen Wellen über mich schwappen wollte, hörte ich die Stimme meiner Mutter und fühlte ihre Hand auf meiner Stirn: »Du schaffst das. Ich bin bei dir, du bist nicht allein.«

Erneut vergingen Tage, Wochen. Eines Tages wurde ich wieder zum Verhör geholt. Inzwischen musste ich im siebten Monat schwanger sein. Zwar hatte ich meine Lehrbücher nicht bekommen, aber ich erinnerte mich klar an den Unterrichtsstoff, fühlte nicht mehr so eine entsetzliche Übelkeit, und außerdem spürte ich nun rege Kindsbewegungen. Ich war wirklich nicht allein! Ein Teil von Viktor war bei mir!

»So, Fräulein Burmeister. Wir haben inzwischen die Erkenntnis erlangt, dass Sie einen falschen Pass gehabt haben müssen.«

»Habe ich nicht.« Vehement schüttelte ich den Kopf, die Hände schützend auf meinen Bauch gelegt.

Statt des üblichen »Hände unter die Schenkel« kam nur ein missbilligender Blick.

»Wir wollen doch nur Ihr Bestes. Sie kommen hier umso schneller wieder raus, je schneller Sie mit uns zusammenarbeiten.«

»Ich arbeite nicht mit Ihnen zusammen.« Ich hob das Kinn, strich mir eine verfilzte Strähne aus dem Gesicht. »Nie und nimmer.«

»So, fangen wir noch mal von vorne an. Sie hatten einen gefälschten Pass.«

»Nein, hatte ich nicht.«

»Sie können es ruhig zugeben, wir wissen es inzwischen.«

Ich presste die Lippen aufeinander und schüttelte den Kopf. Von innen klopfte mein Kind an: »Geduld. Zieh es nicht in die Länge, sag einfach nichts. Dann ist es eher vorbei.«

»Wenn Sie uns sagen, wer Ihnen den falschen Pass besorgt hat, lassen wir Sie auch schon wieder in Ihre Zelle zurück. Sie brauchen doch Ruhe, nicht?«

Einatmen, ausatmen. Ich drückte das Kreuz durch, dass meine Wirbelsäule leise knackte.

»Was hat Ihr Verlobter an dem Tag in Österreich gemacht, als er ohne Sie losgegangen ist?«

»Keine Ahnung.«

»Er hat sich mit Verbindungsleuten dort getroffen, die Ihnen einen Pass ausstellen sollten.«

»Nein. Er hat sich dort mit einem Bäuerlein unterhalten, der ihn für den nächsten Morgen zum Frühstück eingeladen hat.«

»Jetzt werden Sie verdammt noch mal nicht frech, 1740! Wir können auch anders!« Wenn der Vernehmer die Geduld verlor, redete er mich nur mit meiner Nummer an.

In mir kochte die Wut hoch. Wie dämlich konnten diese Leute sein?

»Ich hatte keinen falschen Pass!«, brauste ich auf. »Wenn ich einen gehabt hätte, säße ich jetzt nicht hier, dann wäre ich längst weg!«

Daraufhin schnellte die Hand des Vernehmers auf die Klingel, die Sturm schrillte, und keine zwei Augenblicke später wurde ich wieder von zwei lauernden Wachhunden in Uniform und Schlagstock die Treppe hinunter, über Flure und Gänge in meine dunkle Zelle zurückgeschleift.

KLEMENS UND MARGIT

Dezember 1968, Ostberlin, Charité

Die Klingel schrillte Sturm und zerschnitt die Stille des Herbstabends. Fast alle Zimmer im Schwesternheim waren schon dunkel.

»Klemens, dass du hier nicht zu sehr die Nachtruhe störst …« Margit zupfte sich nervös den Mantelkragen zurecht. »Bestimmt haben die das gar nicht gern …«

»Ich muss wissen, wo Clara ist. Und wenn ich die Feuerwehr hole.« Klemens presste die Zähne zusammen. Wieder drückte er mit seinem Fingerhandschuh fröstelnd auf die Nachtglocke, und schließlich ging hinter der Milchglasscheibe Licht an, und eine ältere Person kam im Nachthemd die Treppe herunter. »Ja bitte?«

»Mein Name ist Klemens Burmeister, und das hier ist meine Frau Margit. Wir sind die Eltern von Clara, die hier bei Ihnen Kinderkrankenschwester ist.«

Die Tür öffnete sich, und vor dem verdutzten Ehepaar stand die Oberschwester.

»Oh, die arbeitet hier schon einige Zeit nicht mehr.« Ihr Atem stand ihr in kleinen weißen Wölkchen vor dem Mund. Sie zog sich ein selbst gestricktes Bettjäckchen über der Brust zusammen.

»Was heißt das, die arbeitet hier nicht mehr?« Margit sah Klemens fragend an. »Soviel ich weiß, kam sie nach ihrem Ungarn-Urlaub wieder hierher zurück!«

Die Oberschwester schüttelte stumm den Kopf, wobei sie prüfend nach rechts und links schaute, ob auch niemand diesem Gespräch zuhören würde. Aber der Parkplatz des Schwesternwohnheims war so gut wie verwaist. Nur der Trabi von Klemens stand noch da und puckerte leise vor sich hin.

»Meines Wissens hat sie einen Antrag auf ein weiteres Visum nach Jugoslawien gestellt.« Die Oberschwester knipste auf den Schalter der Flurbeleuchtung, weil gerade das Licht in sämtlichen Etagen ausgegangen war.

»Und ist sie dort hingefahren?« Margit trippelte nervös von einem Bein auf das andere. Sie fror in ihren Schnürschuhen unter dem Wollrock und dem dünnen Mantel.

»Das kann ich Ihnen nicht sagen.« Die Schwester machte ein ahnungsloses Gesicht.

»Aber Sie müssen doch irgendeine Spur …« Klemens trat einen Schritt auf sie zu.

Wieder ging das Licht aus, und die Oberschwester knipste es wieder an.

»Wenn Sie als Eltern keine Spur von ihr haben …?« Plötzlich machte sie verstohlen einen Schritt in ihren Nachtlatschen auf das besorgte Paar zu. »Ich darf Ihnen das eigentlich nicht sagen, aber zwei Männer von der Staatssicherheit haben sie damals aus dem OP geholt, um einen Sachverhalt mit ihr zu klären.« Sie schluckte und sah sich nervös um. »Bitte. Von mir haben Sie das nicht. – Gute Nacht.« Damit schob sie die Tür zu.

Als das Licht das nächste Mal ausging, wurde es nicht wieder angemacht.

»Was machen wir jetzt, Klemens?« Margit riss sich fröstelnd den Mantelkragen bis unter das Kinn. »Heimfahren nach Sassnitz?«

»Nein.« Entschlossen schüttelte Klemens den Kopf. Seine Schläfenmuskeln zuckten. »Der Sache müssen wir auf den Grund gehen, und zwar vor Ort. Wir fahren zur Polizei.«

Doch auf der Polizeidienststelle wusste man nichts über den Verbleib ihrer Tochter Clara, so höflich die beiden älteren Leute auch nach ihr fragten.

»Eine Vermisstenanzeige liegt nicht vor. Wollen Sie eine stellen?«

Klemens schluckte ahnungsvoll. »Was würde das bringen?«

»Nicht viel. Ihre Tochter ist ja erwachsen und kann gehen, wohin sie will.«

»Ach wirklich?«, fragte Margit spitz. »Kann sie das! Das ist mir neu!«

»Margit!« Klemens warf ihr einen warnenden Blick zu, nachdem der Polizeibeamte schon mehr als eine Augenbraue hochgezogen hatte. Sie befanden sich in einem Nachtrevier, und an der Wand des kahlen Raumes hing milde lächelnd das Konterfei des Genossen Parteisekretär.

»Komm, Margit, wir nehmen uns ein Zimmer in Berlin.« Damit zog Klemens seine aufgebrachte Frau aus dem Revier. »Liebes! Vergiss dich jetzt bitte nicht! Wenn wir was erreichen wollen, müssen wir besonnen bleiben!«

»Jaja, und mit den Wölfen heulen, Klemens, wie ich das hasse!«

Schweigend setzten die beiden sich wieder in ihren Trabi und suchten in den Straßen Ostberlins nach einem Hotel, das um diese Zeit noch geöffnet hatte.

Am nächsten Morgen suchten sie den Generalstaatsanwalt im Roten Rathaus auf.

Sie begaben sich in die Höhle des Löwen, und obwohl sie beide schon ältere Herrschaften waren, fühlten sie sich wie Schulkinder, die zum Direktor mussten, weil sie etwas ausgefressen haben.

Schließlich, nach Stunden, wurden sie zum Generalstaatsanwalt vorgelassen.

Dieser blätterte umständlich in einem dicken Buch und bestätigte schließlich, was das arme Ehepaar in seiner schlaflosen Nacht im Flüsterton vermutet, aber kaum auszusprechen gewagt hatte.

»Ja, Ihre Tochter Clara Burmeister befindet sich seit gut vier Monaten in Untersuchungshaft, wegen wiederholter versuchter illegaler Republikflucht.« Er blickte die beiden streng an.

Klemens und Margit tauschten einen entsetzten Blick. Alle Farbe war aus ihren Gesichtern gewichen.

»Um Gottes willen! Wo denn?! Kann man sie besuchen?« Margit drehte ihre beigefarbene Handtasche auf dem Schoß hin und her und ließ mit zitternden Fingern das Schloss auf und zu schnappen.

Der Staatsanwalt schüttelte den Kopf. »Nicht bevor ihr der rechtmäßige Prozess gemacht wurde.«

Margit starrte ihn an. »Darf sie denn Post erhalten?«

»Nein. Sie hätten Sie als verantwortungsvolle Eltern davor warnen sollen, so etwas Kriminelles zu tun. Jetzt ist es zu spät. Warten Sie den Prozess ab.« Mit einem weiteren Schulterzucken klappte er die Akte wieder zu und schob sie beiseite. Dann zündete er sich eine Zigarette an und inhalierte tief.

»Aber was können wir denn für unsere Tochter tun?« Margit warf Klemens einen Hilfe suchenden Seitenblick zu, doch der mahlte nur mit den Kieferknochen.

Der Staatsanwalt zuckte mit den Schultern, stand auf und wies ihnen die Tür.

»Fragen Sie sich lieber, was Sie hätten tun können, bevor es für sie zu spät war.«

»Und was ist mit ihrem Verlobten?«, rief Margit noch über die Schulter zurück. »Viktor Lipka, er ist auch seit vier Monaten verschwunden … wir stehen in telefonischem Kontakt mit seiner Mutter in der BRD! – Sie können doch keinen BRD-Bürger inhaftieren!«

»Margit, komm jetzt!«

»Über Bürger der BRD geben wir keine Auskunft. Das liegt nicht in unserem Zuständigkeitsbereich.«

»Aber Sie müssen doch wissen, ob er …« Sie wirbelte herum, beide Hände in Klemens' Mantelärmel gekrallt, und der Blick, mit dem sie ihren Mann ansah, war absolut herzzerreißend. »Haben Sie Kinder, Herr Staatsanwalt?«

Doch da wurde die Tür schon von innen zugeschlagen.

»Wir müssen Rosa Lipka verständigen.« Klemens führte seine

völlig aufgelöste Frau Margit durch das breite Treppenhaus wieder hinunter. Mit letzter Kraft zog er die schwere Tür auf. Kalte, feuchte Luft schlug ihnen entgegen, gemischt mit den Abgasen der Autos, die durch die Pfützen fuhren.

Es regnete, der Himmel hatte wie aufs Stichwort seine Schleusen geöffnet. Sie blieben einen Moment wie erstarrt stehen. Wenn sie jetzt ihrer Panik freien Lauf lassen würden, würde sie sich unaufhaltsam ausbreiten und jeden vernünftigen Gedanken ersticken.

»Und ihre arme Mutter, Frau Urban … ach Gott, das können wir ihr ja gar nicht sagen!«

Margit fing an zu schluchzen. »Nein, dass sie auch das noch erleben muss … das überlebt sie nicht, Klemens, das können wir ihr nicht antun!«

Klemens legte seinen Arm um Margit. »Da vorne ist ein Postamt.« Seine Kieferknochen mahlten, während er mit konzentrierter Miene nach den passenden Münzen in seiner Manteltasche suchte. Um sie herum spritzten die stinkenden Trabis und Wartburgs ihnen Wasser aus kalten, schwarzen Pfützen um die Füße, und vorübereilende Passanten streiften ihre Köpfe mit ihren Schirmen. »Hör zu, Margit, ich mache das jetzt allein. Ich muss das Gespräch anmelden, und mit viel Glück werde ich innerhalb der nächsten Stunden zurückgerufen. Da drüben ist eine Gaststätte, warum setzt du dich nicht rein und wartest auf mich?«

Margit lehnte ihren Kopf an seine Schulter. Sie dachte an die ungläubige Freude in Frau Urbans Stimme, als sie zum ersten Mal Claras Stimme gehört hatte. An die Kraft, die da durch die Leitung gegangen war. An den Lebensmut, den Frau Urban damals wieder geschöpft hatte. Plötzlich überkam sie ein abgrundtiefes Mitleid mit dieser armen Frau, und sie brach in Tränen aus.

»Weil da eine Schlange draußen im Regen steht: Warten Sie, bis Sie platziert werden!« Margit wühlte in ihrer Handtasche nach einem Taschentuch. Stattdessen fand sie die Plastikhülle, die man sich bei Regen aufsetzte, um die Frisur nicht zu ruinieren, und drapierte sie auf ihrem Kopf. »Bevor ich mir da jetzt die Beine in den Bauch stehe und schließlich mit fremden Leuten an einen Tisch gesetzt werde, die mich womöglich noch aushorchen, gehe ich lieber mit dir.« Sie hakte sich unter und schniefte.

Sie schwiegen beide. Margit atmete schwer und versuchte, die immer wieder aufsteigenden Tränen zu unterdrücken.

»Na gut. Aber nur, wenn du nicht in aller Öffentlichkeit weinst.« Klemens klappte den Mantelkragen hoch und lief, seine Frau am Arm, beherzt über den Alexanderplatz.

Vor dem Postamt am Alexanderplatz stand ebenfalls eine längere Schlange geduldig wartender Menschen. Drinnen in der Telefonzelle plauderte eine junge Frau lachend und schäkernd und wickelte die Telefonschnur um ihre lackierten Finger und warf schließlich Kusshände in den Hörer.

Nachdem sie eine halbe Stunde Schlange gestanden und das Gespräch am Schalter angemeldet hatten, quetschten sie sich gemeinsam in die Telefonzelle. Mit zitternden Fingern wählte Klemens die Nummer der Vermittlung. Danach mussten sie weitere zweieinhalb Stunden auf einen Rückruf warten.

»Bitte, Margit, dein Weinen fällt hier schon allen Leuten auf.« Klemens schob sie verschämt in eine Ecke. »Du kannst hier jetzt gar nichts machen außer Aufsehen erregen.«

Sie ging doch in die Speisegaststätte, wartete geduldig, bis sie platziert wurde, und rührte schließlich schweigend in ihrer Suppe, weil fremde Menschen bei ihr am Tisch saßen und sie argwöhnisch beäugten. Klemens kam und kam nicht wieder.

Währenddessen wurde es Margit immer schlechter. Ihr geliebtes Mädchen war im Gefängnis! Hoffentlich ging es ihr einigermaßen gut, und sie bekam genug zu essen …

Jedes Mal, wenn sie die den Löffel zum Mund hob, flutete ein Hitzeschock durch ihren Körper.

Wie konnte das nur passiert sein, wer hatte ihr kleines Mädchen an die Stasi verraten? Welche Feinde hatte sie, wer gönnte ihr ihr Glück nicht? Wer von ihren vielen Kolleginnen kannte Viktor? Er war doch immer so großzügig und freundlich gewesen!

Als Klemens schließlich die graue Gaststätte betrat, musste er warten, bis am Tisch ein Stuhl frei wurde. Das Haar klebte ihm regennass am Kopf. Seine Schläfenmuskeln arbeiteten, während er Margit ansah. Sie wagte nicht aufzustehen und zu fragen. Schließlich wurde ihm ein Platz zugewiesen. Fahrig riss er an seiner Krawatte, bestellte sich einen Tee und pustete hinein. Er war völlig durchgefroren. Er fuhr sich mit der Hand über das Gesicht, dann sah er auf die Uhr, wirkte völlig fertig, todmüde. Sie starrte ihn an, schließlich lief sie zu ihm hinüber.

»Was?«, zischte Margit. »Hast du sie erreicht?«

»Sie war erst noch bei der Arbeit.« Klemens sah seine Frau eindringlich an, um sie daran zu hindern, allzu laute Fragen zu stellen. »Aber dann konnte ich kurz mit ihr sprechen.«

»Ja?« Sie rüttelte an seinem Ärmel. »War Frau Urban auch dabei?« Sie ließ ihre Stimme ganz beiläufig klingen, versuchte es jedenfalls.

Es dauerte ein paar Sekunden, bis Klemens sich sicher genug fühlte, zu sprechen. Ihm kam diese Trostlosigkeit an diesem Ort vor wie eine ansteckende Krankheit, und er fuhr sich durch die feuchten Haare. Beide hörten trotz des verhaltenen Stimmengewirrs in der Speisegaststätte den Regen auf das Dach trommeln. Er dachte kurz nach, wischte sich über das Gesicht.

»Rosa hat es mit Fassung aufgenommen. Viktor ist auch seit einem halben Jahr verschwunden.« Er nahm einen Schluck Tee »Sie sagt es Frau Urban nicht. Ihr geht es wieder schlechter.« Klirrend setzte er die Tasse ab. »Aber sie hat mir geraten, einen Westberliner Anwalt einzuschalten.« Er senkte die Stimme. »Alles Weitere zu Hause.«

Als die beiden die Gaststätte verließen, hatte sich der Himmel zu einem tiefen, unheimlichen Schwarzblau verfärbt, an dessen unterem Rand sich ganz schwach ein Regenbogen zu bilden begann.

CLARA

Januar 1969, Ostberlin

Die Wochen und Monate in Untersuchungshaft vergingen, inzwischen war tiefster Winter, und das kleine vergitterte Fenster lag fast den ganzen Tag im Dunkeln. Eisige Kälte herrschte nun in meiner kleinen Zelle, und ich versuchte trotz meiner Schwangerschaft, auf dem eiskalten feuchten Zementboden Gymnastik zu machen. Nachts bibberte ich unter meiner klammen stinkenden Strohdecke vor mich hin. Immer wieder hielt ich Zwiesprache mit meinem Kind, das sich wundersamerweise noch regte und ab und zu leise unter meiner Bauchdecke anklopfte. Und wenn mich die Verzweiflung allzu arg überkam, sang ich meinem Kind etwas vor.

An meiner Ziege hab ich Freude, sie ist ein wundersames Tier. Sie hat Haare wie aus Seide …

Dann hörte ich die kreischende Stimme der Nachtaufseherin: »Lassen Sie das bleiben, sonst kommen Sie in den Keller!«

Obwohl ich psychisch und physisch in keinem guten Zustand war, fühlte ich mich beschützt.

Ich spürte, dass ein Teil von Viktor bei mir war, und fühlte nun, was meine Mutter gefühlt haben musste. Sie hatte zwanzig Jahre lang durchgehalten und ich inzwischen über zwanzig Wochen. Zwanzig Wochen allein in einer kalten, klammen Zelle.

Ich durfte während der monatelangen Untersuchungshaft keinen Besuch und keine Post bekommen. Mein einziger Kontakt zur Außenwelt – abgesehen von den Verhören – waren die Stimmen aus den umliegenden Zellen; manchmal ein Wimmern, dann ein Weinen, hin und wieder auch lautes Schreien, das irgendwann mit Prügeln oder Wegschleifen erstickt wurde.

Endlich durfte ich einen Brief nach Hause schreiben. Jemand schob mir ein Blatt Papier in der Größe eines Schulheftes und einen Kugelschreiber durch die Luke. »Aber fassen Sie sich kurz. In zehn Minuten hole ich das Blatt ab.«

»Liebe Eltern, es geht mir den Umständen entsprechend gut«, schrieb ich, das Papier mangels Unterlage gegen die Wand gedrückt. »Und ich bin im beinahe siebten Monat schwanger.« Nun rannen mir doch die Tränen. »Ich hoffe, dass ich rechtzeitig rauskomme, und es tut mir leid, dass Ihr Euch Sorgen um mich machen müsst. Ich habe Euch sehr lieb! Bitte grüßt Viktor von mir und Elvira, Fred und Claudia und natürlich die Person, die schon lange auf mich wartet. Bitte erzählt es ihr nicht. In Liebe, Sehnsucht und Dankbarkeit, Clara.«

Damit war das Blatt vollständig zugekrakelt und durchzogen von Wasserflecken meiner Tränen.

Ich klopfte an die Zellentür und überreichte dem Wachmann, der sowieso durch die Luke gegafft hatte, heulend meinen Brief. »Die Adresse ist Sassnitz …«

Er kam herein, las ihn und zerriss ihn sofort. »Das ist verboten.«

Mir fiel der Unterkiefer herunter, und vor lauter Fassungslosigkeit sah ich rote Sterne vor meinen Augen tanzen. Was ich an meine Eltern schrieb, ging diesen Widerling doch gar nichts an!

»Sie dürfen nur schreiben, dass Sie gesund sind, dass das Essen gut ist und sie sich keine Sorgen machen sollen.«

»Aber das stimmt so nicht … ich lüge doch meine Eltern nicht an!«

»Entweder Sie schreiben das, was erlaubt ist, oder Sie lassen es bleiben.« Er war schon wieder halb aus der Tür.

»Warten Sie.« Ich streckte die Hand aus. »Bitte geben Sie mir noch ein Blatt.« Bevor ich gar nichts schrieb, wollte ich lieber irgendein Lebenszeichen von mir geben.

»Vielleicht in einem Monat oder zwei.« Die Tür fiel ins Schloss.

»Mal sehen, wann die Deutsche Demokratische Republik mal wieder ein Blatt Papier für einen Staatsverräter übrig hat.«

Es gab keinen Spiegel in der Zelle, ich fühlte nur, wie mir meine ehemals langen blonden Haare in glanzlosen Strähnen vom Kopf herabhingen. Man konnte sich nicht die Fingernägel schneiden. Als ich einmal nach einer Nagelschere fragte, kam die patzige Antwort, ich könne mir die Nägel ja abbeißen oder abreißen, das täten hier alle.

Ein ungutes Gefühl hatte ich immer, wenn ich duschen gehen musste. Einmal in der Woche wurde ich durch lange Gänge und Treppenhäuser in die Kellerräume geführt, und unter eiskaltem Wasser und unter den Augen der Wärterinnen musste ich mich einseifen und abbrausen. Immer wenn ich in diese Katakomben geführt wurde, hatte ich wieder diese Filme vor Augen, die wir Schüler und Schülerinnen der DDR wöchentlich ansehen mussten. Mir drängte sich der Vergleich auf zwischen den Gefängnissen der Hitlerzeit und dem, in dem ich mich jetzt befand – ich wusste immer noch nicht, wo ich war. Später erfuhr ich, dass ich die ganze Zeit in Pankow war.

Längst hatte ich keinen Namen mehr, sondern eine Nummer. Ich wurde mit »1740« angesprochen und musste mich auch so melden, wenn ich zu Verhören abgeholt wurde.

»Nummer 1740, ich bin bereit!«

Hin und wieder kam mir der Gedanke, ich sollte die Stasi-Leute darauf aufmerksam machen, dass es in der Nazizeit nicht viel anders war, aber inzwischen hatte ich vor solchen Provokationen zu große Angst.

Umso erstaunter, ja, glücklicher war ich, als es eines Tages hieß: »1740, Sie haben heute Nachmittag Hofgang!«

Ich ließ mich an die hintere Wand gleiten und presste die Fäuste an die Stirn. Hofgang! Das würde bedeuten, dass ich mit anderen

Insassen, vielleicht sogar mit Viktor, eine Stunde lang im Kreis würde gehen dürfen! Wir könnten uns unterhalten, Informationen austauschen, vielleicht könnte ich Viktor sogar sagen, dass ich … ach was, innerlich lachte ich auf, er würde es ja sehen, es war ja nicht mehr zu verbergen … wir würden ein Kind bekommen, Viktor und ich würden Eltern werden! Endlich, endlich konnte ich es ihm zeigen, was die Blüte unserer Liebe war! Ach lieber Gott, dachte ich innerlich, während ich mich zu beruhigen versuchte. Du lässt mich nicht fallen. Ich bin doch nicht allein.

Aber als man mich dann Stunden später zum »Freigang« abholte: »1740, ich bin bereit!«, stand ich erwartungsvoll stramm. »Hände auf den Rücken!«

Ich wurde mehrere Flure entlangkommandiert, in denen rechts und links auf Hüfthöhe statt eines Handlaufs Elektrodrähte installiert waren, sodass für mich und meinen Begleiter nur noch ein schmaler Gang übrig blieb und man sich nirgends festhalten konnte. Mit den Riesenschlappen an den Füßen, den Händen auf dem Rücken und zudem meinem gewölbten Bauch, über den ich kaum noch schauen konnte, musste ich höllisch aufpassen, auf den eisernen steilen Treppen nicht auszurutschen oder hinzufallen. Manchmal hörte ich Schreie von Mitgefangenen, die sich einen Stromschlag geholt hatten. Sie trieben mich fünf oder sechs Stockwerke hoch.

Oben wurde eine schwere Tür aufgestoßen, und ich blinzelte ins Tageslicht. Kein Freigang, kein Hof, keine Dachterrasse. Stattdessen vier nebeneinanderliegende etwa vier Quadratmeter kleine Gehege. Ringsum waren sie von hohen Mauern umgeben, oben mit Stacheldraht. Oberhalb auf einem Gatter ging ein bewaffneter Wachmann in schweren Stiefeln über meinem Kopf auf und ab und bewachte alle vier Gehege.

»Na los, gehen Se, gehen Se!« Ich hatte ein Minute fassungslos in den grauen Himmel geblinzelt und einer Taube nachgesehen, die sich auf die gegenüberliegende Dachrinne gesetzt hatte. »Wenn Se nicht gehen, komm Se sofort zurück auf die Zelle!«

Ich machte drei Schritte vorwärts, dann stieß ich schon mit dem Fuß an die Betonwand, wendete und schlurfte drei Schritte zurück. Als ich einmal stehen blieb, um mir die Tränen zu wischen, herrschte der Unbekannte da oben mich gleich wieder an: »Wenn Se nicht sofort weitergehn, ist Ihr Hofgang beendet.«

So schlurfte ich hin und her wie der Panther im Gehege, dessen Gedicht mir gerade wieder in den Sinn kam: »Sein Blick ist vom Vorübergehn der Stäbe so müd geworden … ihm ist, als ob es tausend Stäbe gäbe …«

Ob mein Viktor in einem der anderen Gehege auf und ab schlurfte? Den Geräuschen nach waren alle Käfige gerade im Schlurf-Einsatz.

»Viktor?«

»Sofort den Mund halten! Noch ein Wort, und ich schieße!« Mein Bauchgefühl reagierte, bevor der Verstand einschalten konnte: bedrohte er doch mein Baby! Wie in Trance knickte ich in den Beinen zusammen und schützte meinen Bauch. So hockte ich auf dem nackten Boden, meine Wangen brannten vor Scham. Und dann wieder der wilde Zorn, die heiß aufsteigende Wut. Was erlaubte sich dieser primitive Mensch! In Wellen schwappten diese Gefühle über mich.

»Aufstehn! Sie haben hier rumzugehen, und wenn Sie das nicht tun, schieße ich!«

Erschrocken rappelte ich mich wieder auf, wobei ich mich an der Mauer abstützten musste, und blickte auf den Wachmann, der in bedrohlicher Haltung mit dem Maschinengewehr im Anschlag direkt über mir stand. Ich schlurfte von einer Mauer zur anderen, mein erschrockenes Gesicht verbissen gegen den kalten Wind gerichtet, der hier oben in den Schacht hineinfegte. Jedes dieser Gehege schien seine eigene schwarze Wolke über sich hängen zu haben.

Da hustete jemand. Viktor? Ich konnte es nicht erkennen. Wenn, dann tat er es unter größter Vorsicht. »Weitergehen, los, weitergehen, noch ein Versuch der Kontaktaufnahme, und ich schieße.«

Schlurf, schlurf, schlurf – hin, wenden, schlurf, schlurf, schlurf – zurück. Plötzlich entdeckte ich im alten Mauerwerk auf Augenhöhe verschiedene Kritzeleien. Es waren Botschaften, mit kleinen Steinen oder sogar mit den Fingernägeln hineingeritzt.

»Nicht stehen bleiben!«

Ich versuchte, bei jedem Wendemanöver etwas davon zu lesen, und mit einem Mal entdeckte ich Viktors Handschrift. »Clara!« und darum ein Herz.

Plötzlich war ich unglaublich dankbar dafür, in dieser Hölle nicht allein zu sein. Er war noch immer hier, er war in meiner Nähe! Wieder spürte ich unser Baby, genau in diesem Moment regte es sich und schien von innen die Faust zu recken. »Wir schaffen das!«

Ich sammelte mir vom Boden einen kleinen Stein auf, der groß genug war, dass man ihn zum Schreiben in der Hand halten konnte. Als Nächstes musste ich den Wachposten auf der Mauer im Auge behalten. Wenn er sich einmal umdrehte, konnte ich schnell eine Nachricht für Viktor an die Mauer schreiben.

»Viktor, wir kriegen …«

»Weitergehen da unten!«

Gegen aufsteigende Tränen kämpfend, latschte ich meine restlichen fünf Minuten ab. Der Himmel überzog sich bleigrau, und irgendwo zirpte ein Vogel.

Sehnsuchtsvoll schaute ich in den wolkenverhangenen Himmel. Ganz hoch oben flog ein kleiner Vogel, wie ein schwarzer Punkt, bevor er in den Nebelschwaden verschwand. Wie ich ihn beneidete! Er konnte fliegen, wohin er wollte. Er war frei.

An den Wänden der bitterkalten Zellen lief die Feuchtigkeit herunter wie Quellwasser von den Bergen. Das Stroh auf der Pritsche war dauerhaft feuchtkalt, es stank widerwärtig, und sicher lauerten darin alle möglichen Krankheitserreger. Später wurde bei mir beidseitiges Nierenversagen festgestellt, aber hier kümmerte es niemanden, ob eine schwangere junge Frau Schutz für ihr ungeborenes Leben brauchte. Eisiger Durchzug wehte durch die Zelle. Ich hörte Weinen, Schreie von Mithäftlingen, alles war eine groteske Absonderlichkeit in diesem totalitären DDR-Staat.

»Sie haben nichts dazugelernt«, rief ich laut, während ich in der Zelle Kniebeugen machte. »Das Naziregime wurde verabscheut, aber diese Regierung betreibt ebenfalls eine Diktatur, sie nennt sich nur anders …«

Die kreischende Stimme der Aufseherin unterbrach mich: »Seien Sie still, sonst gibt es Essensentzug!«

Ich schwieg um meines Kindes willen.

Abends stand ich unter dem Fenster und lauschte den verzweifelten Schreien der Mithäftlinge, die sich gegenseitig über den Hof Botschaften zuriefen. Es waren offensichtlich viele Paare hier, denn immer hörte ich »Ich liebe dich!«, »Halt durch!!«, »Bleib stark!« und »Wir schaffen das!«.

Nach einer Weile fasste ich Mut, stellte mich auf meinen Hocker, zog mich am Fenstergitter hoch und klammerte mich für ein paar Sekunden dort fest. Wenn gerade der Wachmann im Flur mit seinem kläffenden Hund in eine andere Richtung ging, rief ich: »Viktor, bist du da?!«

Und von irgendwoher tönte es durch das Stimmengewirr zurück: »Clara!«

»Viktor!«

»Ist das wahr?«

»Ja, Liebster!«, brüllte ich enthusiastisch zurück! »Wir bekommen ein Baby!«

»Ein gutes neues Jahr, Liebling! Halte durch!«

»Ein gutes neues Jahr!«

Ende Januar war endlich die Hauptverhandlung im Roten Rathaus in Berlin-Mitte.

Ich wurde vorher zur gynäkologischen Untersuchung ins Polizeikrankenhaus gebracht. Damit war mein Zustand offiziell, was mir aber während der gesamten Verhandlung keinerlei Vorteil brachte. So musste ich etwa die ganze Zeit stehen, drei Tage lang, mit der Begründung, Schwangerschaft sei keine Krankheit. Die Sitzungen fanden an drei aufeinanderfolgenden Tagen jeweils von morgens acht bis nachmittags um vier statt, unter Ausschluss der Öffentlichkeit. Nicht einmal meine Eltern durften anwesend sein.

Wie ich später erfuhr, hatte man sie um die Weihnachtstage herum verhört, ebenso Fred, Elvira, und sogar Claudia wurde hart drangsaliert: ob sie von meinen Fluchtversuchen gewusst hätten. Das war für meine Familie, die ja nichts von meiner Schwangerschaft ahnte und eigentlich gehofft hatte, ich wäre schon lange im Westen, ein besonders schlimmes Weihnachten. Die Polizei war jeden Tag im Haus, mehrere Polizeiwagen parkten sichtbar vor dem Haus meiner Eltern und auch vor der Ranch von Fred, die Leute tuschelten hinter vorgehaltener Hand, als hätte jemand von ihnen etwas Kriminelles getan.

Da keiner von meiner Familie zugab, etwas von meinen Fluchtversuchen gewusst zu haben – selbst die siebzehnjährige Claudia muss eisern geschwiegen haben! –, zogen sie erst zum Ende des Jahres wieder ab. Es gab jedoch Sanktionen:

Meine gesamte Familie durfte den Hafen von Sassnitz nicht mehr betreten, was für meinen Vater, der ja als Maschinenschlosser dort gearbeitet hatte, bedeutete, von heute auf morgen arbeitslos zu sein.

Arbeitslos, das gab es aber offiziell nicht in der DDR. So fanden sich meine Eltern kurz darauf in der Fischfabrik wieder, wo sie Dosen putzen mussten. Sie waren beide kurz vor der Altersrente und mussten jeden Tag zwölf Stunden im Stehen in der nasskalten, stinkenden Fischfabrik arbeiten.

Das alles ahnte ich zu dieser Zeit nicht. Weihnachten und Neujahr hatten im Gefängnis überhaupt nicht stattgefunden. Außerhalb meiner Zelle spielten sich dramatische Szenen ab: Männer und Frauen stimmten Weihnachtslieder an, die oft genug in Weinkrämpfen endeten, und die Wachleute schlugen mit ihren Schlagstöcken an die Zellentüren und brüllten, sie sollten ihre Schnauzen halten. Wagte es doch jemand, weiterzusingen oder gar zu beten, wurde er kurzerhand aus der Zelle gezerrt und in den Keller geschleift, wo er oder sie die »Feiertage« stehend in Dunkelzellen verbrachte und nichts zu essen und zu trinken bekam.

Die drei Hauptverhandlungstage stand ich unter Schock und wie in Trance durch. Das Stehen machte mir ungeheure Mühe und verursachte mir Qualen, immer wieder wurde mir schwindelig, mein Kreislauf sackte ab, und ich konnte den Worten des Staatsanwaltes und der Ankläger überhaupt nicht folgen. Das Einzige, was ich wahrnahm, war Viktors Anwesenheit! Abgemagert und blass stand er an der anderen Wand, von mehreren Wachmännern umgeben, die ihm kaum einen Blick auf mich ermöglichten.

Wir durften während der drei Tage kein einziges Mal miteinander sprechen.

Am Ende des letzten Tages wurden die Urteile gesprochen:

Viktor und ich bekamen jeweils zwei Jahre und zwei Monate Freiheitsentzug; die Kosten des Verfahrens hatten die Angeklagten zu tragen.

In meinem Fall wurde extra betont, dass dieses eine besonders milde Strafe sei, man hätte mir bis zu fünf Jahre geben können. Sie wären aber der Meinung, gut zwei Jahre würden zur Umerziehung genügen.

»Angeklagte, haben Sie noch etwas zu sagen?«

Viktor schüttelte nur stumm den Kopf. Für ihn als Westdeutschen war es schier unfassbar, dass dieser Staat, dessen Bürger er gar nicht war, sich diese Ungeheuerlichkeit herausnahm. Er sah nur seine schwangere Frau, die sich kaum auf den Beinen halten konnte, und sicherlich sah er vor seinem inneren Auge auch seine und meine Mutter, die uns beide so dringend gebraucht hätten. Dass der Staat auch diese armen Frauen, die wahrhaftig genug mitgemacht hatten, damit auf das Härteste strafte, raubte ihm in diesem Moment schier den Verstand.

In mir brodelte der Zorn. »Ja, habe ich! Sie können mich nicht umerziehen!« Ich räusperte mich. Meine Kehle schien wie ein Fremdkörper, hatte ich doch meine eigene Stimme lange nicht mehr gehört.

»Wenn ich hier rauskomme, werde ich diesen Staat verlassen! Ich habe mit diesem System abgeschlossen!« Ich hob das Kinn und sah Viktor an.

Einen winzigen Moment lang trafen sich unsere Blicke. Er nickte mir anerkennend zu.

Zurück in der Zelle, änderte sich an meinem Alltag wenig. Nur die Befragungen und Verhöre fielen weg. Es vergingen etliche Wochen. Eines Tages wurde ich erneut meinen Vernehmern vorgeführt.

»Nummer 1740, wir sind ja keine Unmenschen.«

»Nein?« Ich zuckte mit den Augenbrauen und hielt seinem Blick stand.

»Wir möchten Ihnen ein Angebot machen. Jetzt, wo sie bald niederkommen werden, sollten Sie sich das gut überlegen.« Der Vernehmer zündete sich eine Zigarette an und blies mir den Rauch direkt ins Gesicht. »Arbeiten Sie für uns, als inoffizielle Informantin. Sie sind eine kluge und intelligente Frau. Sie werden Ihr Kind nicht im Gefängnis zur Welt bringen wollen.«

Ich fühlte mich plötzlich bleischwer und unheimlich traurig. »Nein, das will ich wirklich nicht.« Meine Stimme schwankte. »Und es tut mir jetzt schon unendlich leid für mein Kind, dass ich ihm später sagen muss, wo es geboren wurde.« Ich schluckte. »Aber für dieses verlogene, grausame und widerwärtige System arbeite ich nicht eine Sekunde lang. Ich könnte nie wieder in den Spiegel schauen.«

Der Vernehmer zog deutlich hörbar den Inhalt seiner Nasennebenhöhlen durch den Schlund. Während er die Asche seiner Zigarette abstreifte, zitterte seine Hand.

»Wir können Ihnen das Baby auch wegnehmen.« Er zog in falscher Besorgnis die Stirn in Falten und sah mich an wie ein zerfurchter Mops. »Es kommt ja als DDR-Bürger zur Welt, und als DDR-Bürger soll es auch erzogen werden und aufwachsen. Denn der Erzeuger ist ja kein DDR-Bürger, sondern ein Klassenfeind aus dem kapitalistischen Ausland und hat somit kein Recht darauf.«

In mir sträubte sich alles, ich wäre so gerne schreiend mit ausgefahrenen Krallen auf ihn losgegangen, hätte ihn bei der Gurgel gepackt und ihn gewürgt. Aber ich war eine geschwächte, untergewichtige, von Krankheit und Kälte ausgezehrte, hochschwangere Frau mit schwarzen Augenringen.

Ich funkelte den Widerling an, wollte noch einmal widersprechen, da drückte er seine Zigarette aus und sagte beiläufig: »Überlegen Sie sich das gut. Ich gebe Ihnen drei Tage.«

Mit lauerndem Blick schaute er mich an, die Hände vor der Brust verschränkt: »In drei Tagen könnten Sie bei Ihren Eltern sein und dort Ihr Kind zur Welt bringen. Im Schoße der Familie, wäre das nicht schön? Finden Sie nicht, dass Sie das Ihrem Kind und Ihrer Familie schuldig sind, nein? Nach all dem Ärger, den Sie ihnen gemacht haben?«

Ich schloss die Augen und zog mich tief in mich zurück. Innerlich tastete ich nach der Hand meiner Mutter, die weit Schrecklicheres durchgemacht hatte, um mich noch einmal im Leben zu sehen.

»Ich arbeite nicht für Sie.« Meine Stimme war nur ein Flüstern. »Ich will zurück in meine Zelle.«

Weiterhin war morgens um sechs Wecken, dann ging die Tür weit auf, das Fenster ebenso, ich stand nackt im Durchzug, musste das kalte Waschwasser nutzen, während der Bewacher mich bei der Körperwäsche lüstern beobachtete. Das Essen war schlecht, mit großer Regelmäßigkeit gab es dünne Steckrübensuppe, die nach faulem Wasser schmeckte. Auf dem Land wurden mit so etwas die Schweine gefüttert. Die Bewacher wechselten, manchmal waren weibliche dabei, aber die waren auch nicht freundlicher. Zeitweise hatten sogar Schwerverbrecher die Aufgabe, uns zu bewachen: Schlägertypen. Der Winter war eiskalt; eindringendes Wasser lief in Strömen die Wände herunter. Die Strohsäcke, auf denen wir liegen mussten, waren klamm, und ihre giftigen, vermoderten Ausdünstungen und Inhaltsstoffe zogen in meine Nieren. Eigentlich habe ich ständig gefroren.

Zähneklappernd lag ich nachts da, das Licht ging alle zehn Minuten an und aus, die Klappe wurde willkürlich geöffnet, und dann wurde ich von gierigen, bösen Augen beobachtet, oft wurde mir Zigarettenrauch hereingeblasen. Immer dieselben grausamen Rituale, die den Nachtwächtern wohl die Zeit verkürzen sollten. Regelmäßig musste ich meine Zelle putzen, und nachher wurde kontrolliert, ob alles ordentlich war.

Die schwere Eisentür öffnete sich wieder, und ich musste dann strammstehen und sagen: »Nummer 1740 ist fertig.« Die meisten Insassen hatten eine Registernummer zwischen 1400 und 1900.

In einer dieser eiskalten Nächte bekam ich plötzlich starke Unterleibsschmerzen auf beiden Seiten, die in den Bauch und in den Rücken ausstrahlten. Ich fühlte mich sehr krank, alles schmerzte, und sicher hatte ich Fieber.

Lieber Gott, lass es noch keine Wehen sein, betete ich panisch, die Hände auf meinen schmerzenden Leib gepresst. Es sind doch noch sechs Wochen, bitte lass mein armes Kind nicht als Frühgeburt zur Welt kommen, das schafft es nicht in dieser Hölle!

Zwei, drei Tage versuchte ich tapfer, die Schmerzen zu ertragen, atmete tief ein und aus, massierte mir selbst den Rücken und den Steiß, machte die Übungen, die wir unseren Wöchnerinnen beigebracht hatten, und versuchte immer wieder, die heiße Panik, ja, die aufsteigende Todesangst zu unterdrücken. Ich betete ununterbrochen: Lieber Gott, gib mir jetzt Kraft, ich schaffe das nicht alleine! Und tatsächlich setzten nicht wirklich Wehen ein. Durch meine Erfahrung als Krankenschwester wurde mir klar, dass es eine Eierstockentzündung sein musste.

»Bitte, Wache! Ich habe Schmerzen!«, flehte ich, an die Tür hämmernd.

»Stellen Sie sich nicht so an.« Eine kalte Frauenstimme von draußen.

»Bitte, Sie sind doch auch eine Frau, haben Sie Kinder? Bitte helfen Sie mir, ich brauche eine entzündungshemmende Tablette!«

»Stellen Sie einen Antrag auf eine ärztliche Untersuchung.«

»Ich brauche sie jetzt, bitte!« Ich presste meine schweißglänzende, fiebrige Stirn an die Eisentür. Meine Finger glitten im Eiswasser daran herab.

»Das fehlte noch, dass Sie hier selbst eine Diagnose stellen. Der Arzt kommt alle drei Wochen, also stellen Sie einen Antrag.«

In dem Moment überkam mich eine derartig riesige Panikwelle, dass ich an der Tür herabglitt wie ein sterbender Fisch. Mein Mund öffnete und schloss sich in verzweifeltem Ringen nach Luft, meine Luftröhre verengte sich, ich röchelte um mein und um meines Kindes Leben.

Sie würden mich hier verrecken lassen! Sie würden mir nicht beistehen! Oder, schlimmer noch, sie würden mich unter starke Beruhigungsmittel setzen, die Geburt einleiten und mir später sagen, ich hätte eine Totgeburt gehabt. In Hitler-Filmen hatte ich so etwas schon gesehen, damals, mit den Frauen im KZ, hatten sie es so gemacht. Wie ein Häuflein Elend krampfte ich auf dem Zementboden, rang um Luft und betete mit letzter Kraft: Lieber Gott, steh mir bei, lass uns nicht auf diese Weise sterben!

Mein Röcheln, Klopfen und Flehen muss wohl in der Nachbarzelle zu hören gewesen sein – oder war es ein Schutzengel, der sich für mich einsetzte?

»Geben Sie der armen Frau doch eine Tablette, die stirbt doch, das können Sie doch nicht verantworten! – Wir sind Zeugen, Sie können uns nicht alle zum Schweigen bringen!«

Es schien, als hätte der liebe Gott mir ein paar Erzengel geschickt, die so lange an ihre Türen hämmerten und an ihren Gitterfenstern rüttelten, bis nach weiteren drei Tagen jemand mir wortlos eine Tablette durch den Spalt schob und mir am Abend eine weitere feuchte stinkende Decke hineinwarf. In diese Decke gewickelt, saß ich mit Krämpfen auf meinem Hocker und wippte vor und zurück. Danke, lieber Gott. Du hast mich nicht vergessen. Hilf mir, diese schweren Stunden durchzustehen. Der kalte Schweiß stand mir auf der Stirn, trotz der kaum zwölf Grad, die hier herrschen mussten.

Ich sah vor mir die Bilder von Buchenwald, die wir in der fünften oder sechsten Klasse hatten sehen müssen, und es lief mir kalt den Rücken runter. Zu was war die Stasi fähig?

Dann kamen die letzten vierzehn Tage der Schwangerschaft. Ich fühlte mich sehr einsam, verlassen und verzweifelt, weinte oft, und die Angst stieg in mir hoch. Immer wieder betete ich zu Gott um Kraft und Hilfe. Wo würde ich mein Kind bekommen? Würden sie mich in der Zelle allein lassen? Würde die Stasi es mir wegnehmen?

CLARA

1. Mai 1969,
Ostberlin, Polizeikrankenhaus

Dann kam die Nacht zum Ersten Mai. Ich hatte Wehen und wurde in einem Wagen abtransportiert. Angst war mein ständiger Begleiter. Niemand hielt meine Hand, niemand sprach mit mir. Wieder saß ich eingequetscht in diesem Holzverschlag, mein dicker Bauch drückte an die Holzwände, mein Kind wollte hinaus, ich presste meine glühende Stirn an die Wand, es ruckelte und wackelte, mein Kreislauf sackte ab, ich kämpfte gegen Brechreiz und Ohnmacht und spürte, dass etwas Warmes, Nasses mir an den Beinen runterlief. Sie konnten mich doch nicht hier, in dieser sargähnlichen Kiste eingeklemmt, mein Kind zur Welt bringen lassen?

Der Wagen bremste, ich knallte mit dem Kopf gegen das Holz. Panik, grelle Punkte, Atemnot, Luft! Die nächste Wehe! Lieber Gott, bitte steh mir bei, lass mich nicht unter diesen Qualen sterben, lass mein Kind nicht sterben … atme …

Stimmen draußen, Türenknallen, Schritte, die Tür wurde aufgerissen, »Kommen Se, kommen Se!« Zwei Arme zerrten mich aus dem Verschlag, mir knickten die Beine weg, sie schleiften mich zum Hintereingang eines Gebäudes, das ich wiedererkannte: Es war das Polizeikrankenhaus.

»Stellen Se sich nicht so an, machen Se schon, wir wollen hier keine Schweinerei auf dem Parkplatz …« Mein Herz klopfte wie wild, und die Angst war unvorstellbar groß.

Noch während sie mich hineinschleiften, sank ich in eine erlösende Ohnmacht.

Als ich wieder zu mir kam, spürte ich nasse, kalte Lappen an meinem Kopf und auf den Handgelenken. »Na machen Se schon, jetzt arbeiten Se schon mit, Sie sind nicht Dornröschen und können hier hundert Jahre schlafen …« Eine Hand schlug mir kräftig ins Gesicht. »Hallo! Reißen Se sich mal zusammen hier!«

Über Stunden rollten die Wehen durch mein Inneres, die Schmerzen peitschten durch mein Rückenmark und in meine entzündeten, geschwächten Organe, ich hatte Schüttelfrost und klapperte mit den Zähnen, kaltes Neonlicht war auf mich gerichtet, und irgendwelche fremden Menschen schrien mich an, ich solle mich zusammenreißen und mitarbeiten, und endlich, endlich, um zehn Uhr am nächsten Morgen, kamen die Presswehen, und ich gebar einen kleinen Sohn. Er wog fünf Pfund, wie irgendeine emotionslose Stimme für das Protokoll festhielt.

Niemand gratulierte mir, niemand sprach mit mir. Ich spürte nur, wie mein Bett über hell beleuchtete Flure geschoben wurde. Eine Tür wurde aufgeschlossen, und ich wurde in eine vergitterte Zelle verfrachtet. Draußen standen Wachen, als wäre ich in diesem Zustand in der Lage, weglaufen zu können.

Immerhin brachten sie mir nach einiger Zeit meinen winzigen, rotgesichtigen, zerknautschten Sohn, den ich an mich presste. Er hatte blonde weiche Härchen, ballte seine winzigen faltigen Fäustchen und schnaubte ganz zart, während er schwach auf meiner Brust lag wie ein gestrandetes Vögelchen, das aus dem Nest gefallen war. Feucht und kalt.

Wie dankbar war ich, dass ich in meiner Schwesternausbildung gelernt hatte, wie man stillt.

Ich hatte selbst unzählige Male den jungen Wöchnerinnen ihr Kind angelegt. Der Schmerz schoss mir in die Brust wie ein Messer.

»Geliebter kleiner Junge, ich werde dich Viktor nennen«, murmelte ich, von Liebe überwältigt, als das winzige Wesen ganz schwach anfing zu saugen. Unter Tränen des Glücks und gleichzeitig der Verzweiflung streichelte ich sein noch feuchtes kleines Köpfchen, das man wohl nur mit einem groben Handtuch einmal abgerubbelt hatte. Es gab keine Wiege und keine weiche Decke, aber ich durfte ihn halten und schützen und nähren.

Zu meiner großen Erleichterung durfte ich mit meinem kleinen Viktor in diesem Zimmer bleiben, und die Ärztin, die ich mit »Frau Oberstleutnant« anzusprechen hatte, polterte einmal am Tag ohne Gruß herein. Sie fragte nicht nach meinem Befinden und erledigte mit sachlichem Gesicht ihre Routineuntersuchungen. Sie maß und wog meinen kleinen Sohn und machte mit unbeweglicher Miene ihre Notizen. Auch meine Wochenbettuntersuchungen spulte sie auf diese Weise ab und schob ihre kalten Geräte in mich hinein.

»Frau Oberstleutnant, darf ich meinen Eltern Mitteilung davon machen, dass sie Großeltern geworden sind?«

»Legen Sie sich gerade hin und spreizen Sie die Beine.«

»Bitte, Frau Oberstleutnant … au … autsch …! Ich … darf ich meinen Eltern …?«

»Sie haben hier keine Fragen zu stellen.« Sie erledigte ihre Untersuchungen und knallte das Klemmbrett auf den Medizinschrank. Im Hinausgehen sagte sie kalt: »Der Generalstaatsanwalt entscheidet, ob Ihren Eltern eine Mitteilung gesendet wird.«

Damit knallte sie die Tür hinter sich zu.

Es waren dennoch tröstliche, wunderschöne innige Momente mit meinem kleinen Viktor, den ich fast nicht aus den Händen ließ. Als ich wieder aufstehen konnte, wickelte ich ihn auf dem Bett und streichelte unablässig seine weiße, fast durchsichtige Haut. Ich bedeckte das winzige Wesen mit zarten Küssen und betrachtete es von allen Seiten. Ja, es hatte wirklich Ähnlichkeit mit Viktor, die Wölbung der Stirn, die kleine schnaufende Stupsnase, das ausgeprägte Kinn mit dem winzigen Grübchen darauf und, mit viel Fantasie, sogar ein paar blasse Sommersprossen. Ich fuhr mit den Fingerspitzen die zarte kleine Wölbung seiner Ärmchen und Beinchen nach und küsste jede einzelne winzige Zehe. Was für ein unfassbares Wunder war dieses kleine Menschlein! In Liebe und Wärme entstanden, in Kälte und Hass auf die Welt gekommen.

»Ich werde dich nie verlassen, mein kleiner Schatz«, flüsterte ich ihm ins winzige Öhrchen.

»Was auch immer passiert, ich bin deine Mama!«

Nach etwa vierzehn Tagen flog die Tür auf: »So. Sie kommen zurück in den Vollzug. Fertig machen zum Abtransport.«

Mir blieb das Herz stehen. Sie würden mir doch meinen kleinen Jungen nicht …

»Nehmen Sie das Kind mit.« Peng. Die Tür wurde wieder zugeschlagen. Mit zitternden Händen wickelte ich ihn in das graue Handtuch, das man mir zur Verfügung gestellt hatte, zog meine Sträflingskleidung an und wartete auf den Abtransport.

Draußen wurde knatternd und stinkend der Lieferwagen mit der Margarine-Aufschrift vorgefahren. Ohne ein Wort wurde ich von zwei Wachmännern über die Flure zum Hinterausgang geführt. Ich ging, meinen Sohn fest an mich gedrückt, zum Barkas-Bus, quetschte mich mitsamt Baby in den Holzverschlag und hielt schützend meine Hand über sein Köpfchen, damit er nicht an die Wände prallte, während der Wagen über Schlaglöcher und Kopfsteinpflaster tuckerte.

Die Fahrt ging zurück zum Gefängnis. Kurz darauf fand ich mich in meiner ehemaligen, immer noch kalten, klammen Zelle wieder. Auf dem Höckerchen sitzend stillte ich meinen kleinen Viktor, sooft ich konnte, aber es gab kein anderes Essen deshalb. Wir beide mussten mit dem lauwarmen Steckrübenfraß zurechtkommen. Er lag schlapp in meinen Armen, das Köpfchen fiel ihm nach hinten, und er hatte gar nicht mehr die Kraft zu saugen. »Komm, Kleiner, trink«, flehte ich immer wieder und starrte ihn besorgt an. Er würde mir doch hier nicht noch sterben? Sein

Gesicht war aschfahl und seine Atmung nur ganz schwach. Sehr häufig litt er unter Bauchkrämpfen, dann wurde sein Gesichtchen ganz blau, und er stieß jämmerliche heisere Töne aus, wie ein maunzendes Kätzchen. Mir brach das Herz.

»Babylein, bitte, trink doch etwas, komm, ich massiere dir dein Bäuchlein …«

Wenn ich ihn ablegen wollte, musste ich ihn auf die Erde legen, denn meine Pritsche wurde erst um 22 Uhr heruntergeklappt und morgens um sechs wieder rauf.

»Darf ich meinem Verlobten von der Geburt unseres Kindes Nachricht geben?«, fragte ich schwach, als wieder einmal der Blechnapf mit der Wassersuppe hereingeschoben wurde.

Keine Antwort. Sie haben hier keine Fragen zu stellen. Klappe zu. Ich war eine Nummer, ein Nichts.

Seit der Geburt hatte ich nichts mehr von Viktor gehört; ich hatte nicht mehr die Kraft gehabt, mich am Gitter hochzuziehen und etwas in die Nacht zu rufen, und auch von ihm kam kein Lebenszeichen mehr.

Mithilfe des leeren Blechnapfes schöpfte ich das Wasser aus der Toilette und hielt meinen Kopf tief hinein.

»Hallo, hört mich jemand?« Ich schlug mit der Schüssel gegen das Toilettenrohr. »Hallo, ist da jemand?«

»Ja, hier«, kam es gedämpft aus dem Toilettenschacht. Auch meine Zellennachbarin hatte erst ihre Toilette ausschöpfen müssen. Das war die einzige Möglichkeit, Kontakt zu den Mitgefangenen aufnehmen zu können, man durfte sich nur nicht dabei erwischen lassen.

»Kannst du für mich herausfinden, ob Viktor Lipka noch hier ist?«

»Ich versuche es!«

»Gib ihm Nachricht, dass er einen Sohn hat«, rief ich dumpf in den Toilettenschacht hinein.

Da polterte es auch schon an die Tür. »Nummer 1740! Letzte Verwarnung! Wollen Sie in die Wasserzelle?« Hastig robbte ich rückwärts an die Wand zurück, nahm mein Baby auf und presste es an mich. Das Herz schlug mir hart von innen gegen die Rippen.

Etwa zehn Tage später erhielt ich durch Klopfzeichen an der Wand die Aufforderung, wieder die Toilette leer zu pumpen. Nachrichten über Viktor? Trotz aller Drohungen kniete ich nieder und schöpfte das Wasser heraus in den kleinen Ausguss, der gleichzeitig mein Spülstein war. Schließlich klopfte ich mit dem Napf auffordernd an das Rohr. Vorher hatte ich immer wieder mein Ohr an die Tür gelegt, bis ich sicher war, dass der Wachposten gerade am anderen Ende des Flures war. Mein Baby schlief erschöpft auf seiner Decke an der Wand, ein winziges Häuflein Elend.

»Ich habe Informationen aus dem Männertrakt«, schallte es dumpf durch die Wasserrohre.

»Viktor ist auf Transport gegangen!«

Er war also weg. Sie hatten ihn weggebracht von mir und seinem Sohn.

»Danke!«

Ich krabbelte zurück an die Wand und nahm mein Baby hoch, das schwach in meinen Armen lag. Keine Sekunde zu früh, denn in dem Moment ging das Guckloch auf, und der Wärter schob sein Auge vor den Spalt. Alles gut, Mann. Verzieh dich. Ich saß auf der Erde und grübelte.

Das konnte alles Mögliche bedeuten. Damals wusste ich nicht, dass die meisten westdeutschen Insassen von Westdeutschland freigekauft wurden. Das Ganze lief über den berühmt-berüchtigten Ostberliner Anwalt Vogel, der die Preise für die Häftlinge aushandelte.

Später erfuhr ich, dass man Viktor nach Berlin in ein anderes

Gefängnis gebracht hatte. Dort musste er Zwangsarbeit leisten, am Fließband. Auch sein Martyrium war noch lange nicht zu Ende.

Doch später, nach monatelangen Verhandlungen der Anwälte in Ost und West, wurde Viktor nach Karl-Marx-Stadt verbracht und dort einige Tage gut verpflegt, damit er wieder Farbe im Gesicht und etwas Fleisch auf den Rippen bekam. So wurde er dem Rechtsanwalt Vogel vorgeführt, der sich auf Gefangenenfreikäufe spezialisiert und es damit zu allerhand Reichtum und zweifelhafter Berühmtheit gebracht hatte. Vogel war der Staranwalt der DDR, brachte er doch auf diese Weise wertvolle Devisen ins Land. Natürlich hatte auch er selbst viele Vorteile aus dem Leid der Häftlinge, zum Beispiel die uneingeschränkte Reisefreiheit ins westliche Ausland.

Viktor schilderte ihm seinen Fall und berichtete von mir, seiner Verlobten, die immer noch in Pankow einsaß. Man hatte ihm lediglich mitgeteilt, dass ich entbunden hätte. Nicht mehr und nicht weniger. Er wusste also nicht, ob das Kind lebte und ob es ein Junge oder ein Mädchen war. Er wusste auch nicht, ob und wie ich das Ganze überstanden hatte.

Vogel machte sich allerhand Notizen, zeigte aber keinerlei Mitgefühl und äußerte sich nicht zu dem Fall.

Einige Wochen später kam Viktor dann auf Gefangenentransport, ohne dass er wusste, was man mit ihm vorhatte.

Für Viktor ging der Transport bis Eisenach und an die Grenze. Dort herrschte erste Alarmstufe: überall sowjetische und NVA-Soldaten, Grenzsicherheitsorgane und Staatssicherheitsmitarbeiter. Es war schon Abend, und alles spielte sich in der Dunkelheit ab.

Der Bus fuhr vor, der Schlagbaum zwischen Ost und West ging hoch, die Businsassen mussten aussteigen und zu Fuß über die Grenze gehen. Auf der anderen Seite stiegen sie in einen anderen Bus, der inzwischen vorgefahren war. So in die Freiheit entlassen, ging die Reise zunächst weiter nach Gießen, in ein Lager für

Immigranten. Viktor, der sieben Jahre vorher schon einmal als Spätaussiedler in die BRD gekommen war, durchlief dasselbe noch einmal.

Von all diesen Dingen wusste ich zu der Zeit nicht das Geringste. Ich saß weiter mit meinem Säugling in meiner Zelle und hatte keine Ahnung, wo sie meinen Viktor hingeschafft hatten, als er »auf Transport« ging.

CLARA

3. August 1969, Ostberlin

Nummer 1740, stehen Sie auf!«

Seit einem Jahr saß ich nun in dieser Zelle, drei Monate davon mit meinem kleinen Säugling auf dem Schoß, auf der Decke, an die Wand gelehnt. Sein kleines Leben gab mir Kraft und Sinn, und ich konnte meine Augen nicht von dem zarten Wesen lassen, das immer noch atmete, das mich nun manchmal fast verlegen anlächelte und das seine Fingerchen um meinen Finger krallte, als wolle es mich nie wieder loslassen.

Es war mir klar, dass sie mir irgendwann befehlen würden, meine Haft wieder auf dem Hocker zu verbringen. Vorsichtig legte ich meinen kleinen Viktor auf die Decke, wo er weinerlich vor sich hin maunzte. Auch jetzt im Hochsommer war es viel zu kalt und klamm in der Zelle, und durch die schlechte Nahrung hatte ich kaum noch Muttermilch. Er war viel zu klein und zerbrechlich für einen drei Monate alten Säugling.

Hastig rappelte ich mich auf und stand in der Zelle stramm. »Nummer 1740 steht bereit.«

Eine fette Wachtel – so nannten wir unsere Bewacherinnen heimlich – stand da, in ihre graugrüne Uniform gequetscht, und plärrte mir einen amtlichen Beschluss vor, den sie völlig emotionslos von ihrem Klemmbrett ablas:

»Es ist nicht weiter förderlich für das Kind, im Gefängnis bei der Mutter zu verbleiben. Die Entwicklung des Kleinkindes soll zukünftig außerhalb der Vollzugsanstalt stattfinden. Über den weiteren Verbleib des Kindes entscheiden die Behörden. Bleiben Sie stehen, Sie haben lange genug rumgesessen. Das Kind wird in Kürze abgeholt.« Damit knallte sie die Tür wieder zu.

Ich stand da, als hätte sie einen Kübel Eiswasser über mir ausgeschüttet. Meine Knie wurden weich, mein Herz setzte aus, und mein Mund schmeckte nach Galle. Die kalten Worte prasselten wie Peitschenhiebe in meine Gehirnwindungen.

Nein, das würden sie nicht tun. Sie würden mir meinen kleinen Viktor nicht wegnehmen. Nein, hämmerte es von innen gegen die Schläfen wie mit brennenden Nägeln. Nein, nein, nein.

Plötzlich schoss mir der Gedanke an Margot Honecker ein. Man erzählte sich, dass die Bildungsministerin, als die sie fungierte, über Kinder verfügte. Man nahm sie ihren Eltern weg, die politisch mit dem DDR-System nicht einverstanden und damit unbequem für den Staat waren. Diese Kinder und Jugendlichen verschwanden in staatlichen Heimen und erhielten zum Teil sogar andere Namen. Noch heute suchen viele Eltern ihre Kinder. Margot Honecker lebte bis zu ihrem Tod in Chile, erhielt Rente von Deutschland und wurde nicht zur Rechenschaft gezogen.

Mein Körper brach in sich zusammen. Ich lag auf dem Fußboden, sah mein kleines hilfloses Bündel da liegen und robbte mit letzter Kraft zu ihm hinüber. Nein, peitschte es in kalter Verzweiflung gegen meine Schläfen, nein, nein, nein. Ich nahm sein kleines Händchen und spürte, wie sich seine Fingerchen langsam um meine schlossen. Nein. Nein. Das dürfen sie nicht tun. Ich wandte den Blick nicht von ihm ab. Sein Lächeln war schwach, und es dauerte ein bisschen, bis sein zahnloses Mündchen sich geöffnet hatte, aber er schaffte es, mich anzulächeln, als wollte er sagen: Mama, wir lassen uns nicht trennen.

Stundenlang saß ich da, mit meinem Kind auf dem Schoß, und hörte den Regen gegen mein Gitterfenster trommeln. Ich sah zu ihm hinunter, seine Härchen klebten schweißnass an seinem Kopf, seine Haut schimmerte unter der starken Neonlampe, sodass ich jede kleine zarte blaue Ader auf den Schläfen und am zarten Hals sehen konnte. Ich versuchte, mir jede Falte, jedes Haar, jede Hautschuppe, jede Sommersprosse und jedes Muttermal von ihm einzuprägen, damit ich ihn eines Tages wiedererkennen würde. Seine Augen waren violett umflort vor Erschöpfung. Nie war das Licht aus, nie hatte er Ruhe. Dann fielen ihm die Äuglein zu. Ich schob den Zipfel der Decke über ihn, schützte sein Köpfchen, presste ihn an mich. Ich saß da an die Wand gelehnt, sah ihm beim Atmen zu und fand es unglaublich, dass ein Baby so unbeweglich schlafen konnte.

Die Zeit schien stillzustehen, niemand befahl mir, das Bett herunterzuklappen, niemand brüllte von draußen, ich solle aufstehen. Von draußen drang irgendwann schwach die Gefängnisbeleuchtung herein, vereinzelt waren hinter dem Riesentor Busse und knatternde Autos zu hören. Aber hier in der Zelle gab es nur noch ihn und mich und das winzige Tuckern seines kleinen Herzens, wenn ich das Ohr an seine Brust legte. Meine Finger strichen fassungslos über seine kleine zarte Wange. Ich schmiegte mein Gesicht auf seinen kleinen Körper und drückte ihm unwillkürlich die Lippen auf seine winzigen Händchen. Nein, nein, nein.

Sie nehmen dich mir nicht weg. Sein Glucksen im Schlaf war wie eine erlösende Antwort. Nein, das werden sie nicht tun. So grausam können sie nicht sein. Ich war durcheinander, aufgeregt, kurz vor einer Panikattacke, dann wieder apathisch, schlaflos, die ganze Nacht. Ich würde nicht so sehr zum Spielball des Schicksals werden, das ich schon lange nicht mehr kontrollieren konnte.

Sie hatten mir doch alles genommen, die Freiheit, die Würde, die Gesundheit, die Kraft.

Die strahlende junge Frau, die ich einmal gewesen war, gab es doch schon lange nicht mehr. Ich war ein ausgemergeltes, depressives, stilles Wesen geworden, das nur noch lebte, weil das Kind mich brauchte. Und nun wollten sie es mir nehmen.

Der Morgen kroch unbarmherzig herauf, ich hörte die bellenden Befehle: aufstehen, waschen, treten Sie raus … Stiefel auf der Eisentreppe, Hundehecheln, Wachwechsel.

Die Gewissheit, dass sie mir in wenigen Augenblicken mein Kind wegnehmen würden, traf mich plötzlich mit aller Wucht. Mein Lebensmut sank. Das würde ich nicht überleben! In meinem Inneren spielten sich Kämpfe ab. Ich war nahe daran, wahnsinnig zu werden, und geriet in Panik, hatte plötzlich Visionen, ein Löwe käme mit gefletschten Zähnen grollend auf mich zu. Ich saß in einem engen Käfig, und das Raubtier schlich sich im Zeitlupentempo an, griff mit seinen Pranken nach dem kleinen Bündel Mensch, nahm es zwischen die Zähne und trug es davon. Ich schrie, wischte mir den Schweiß, zitterte am ganzen Leib.

Laut und hart drehte sich der Schlüssel in den Nachbarzellen herum, eine nach der anderen.

»Aufstehen, Fenster auf, waschen!«

Immer näher kam das knurrende Raubtier, immer lauter hörte ich das Rasseln der Schlüssel, die Tritte, die gebellten Befehle. Nein, nicht! Nicht zu mir! Ich warf mich über mein Baby und krallte meine Hände in die rostenden Scharniere meiner hölzernen Pritsche. Nein, sie würden es nicht finden, ich würde es nicht hergeben, ich war seine Mutter …

Die Tür ging auf, und zwei uniformierte Wärter und die Ärztin, Frau Oberstleutnant, und eine Krankenschwester standen bedrohlich vor mir. Sie waren zu vier!

»Nun machen Sie hier keine Szene. Es ist nur zum Besten Ihres Kindes.«

Die Oberstleutnant streckte die Hände aus.

»Nein!«, hörte ich mich selbst aus tiefsten Urtiefen meines Körpers schreien wie ein verwundetes Tier. »Sie dürfen mir mein Kind nicht wegnehmen!«

In dem Moment wurde ich schon von den zwei Männern gepackt, einer hielt mir den Mund zu, der andere zwang mich auf die Knie, indem er meinen Haarschopf packte und mich auf die Erde drückte. Ich bekam keine Luft mehr.

Mit blitzschnellen Handbewegungen nahm die Krankenschwester das kleine Bündel Mensch und trug es im Laufschritt hinaus. Das alles ging in Sekundenschnelle, ich hörte nur noch ihre Schritte und dann das schwere Zuschlagen der Zellentür.

Ich schloss die Augen, konnte nur schwer atmen, röchelte, schwankte, fiel auf das Gesicht, wurde ohnmächtig.

Als ich wieder zu mir kam, lag ich auf der gleichen Stelle. Niemand war bei mir gewesen, niemand kam, um mich zu trösten. Die Erinnerung schlug auf mich ein wie ein kaltes Beil. Tränen rannen mir aus den Augen, ich konnte es nicht fassen! Ein verzweifelter Blick auf die Pritsche: Dort, wo mein Kind gelegen hatte, war im faulen Stroh nur noch eine kleine Kuhle.

»Das hier ist keine Umgebung für einen Säugling. Es ist nicht förderlich für seine Entwicklung«, hörte ich die kalte Stimme der Wachtel. Verzweifelt strich ich mir die Haare aus dem Gesicht, ich krümmte mich vornüber. Tief aus meinem Inneren kam ein entsetzlicher Schrei. Ich tobte und warf alles, was mir in die Hände kam, wahllos in die Zelle oder an die Tür. Mit den Füßen und Fäusten hämmerte ich gegen die Tür.

»IHR SCHWEINE! GEBT MIR MEIN KIND ZURÜCK!«

Meine Fäuste bluteten, meine Füße schienen verstaucht oder gebrochen. Ich tobte und schrie, meine ganze Verzweiflung, meine Wut, mein Zorn, meine Hilflosigkeit und das Ausgeliefertsein ließen mich wahnsinnig werden. Ich war nicht mehr bei Sinnen.

»Mein Kind! Gebt mir mein Kind!« Ich raufte mir mit solcher Verzweiflung die Haare, das sie büschelweise in meinen Händen hängen blieben. »Ich will mein Kind!«

Plötzlich krampfte sich mein Körper zusammen, und ich musste furchtbar würgen. Erschöpft sackte ich zusammen, spürte mit den Lippen die Kälte der feuchten Steine am Boden, schluckte mein eigenes Blut von den Handgelenken, würgte und kotzte.

Dann wurde ich wieder von heftigem Schluchzen geschüttelt,

schrie, schrie, so laut ich konnte. Mit geschlossenen Augen sank ich irgendwann kraftlos in mich zusammen und nahm nichts mehr wahr. Meine Seele war aus meinem Körper ausgestiegen, ich sah mich aus einer Distanz dort unten liegen, eine klapperdürre Hülle aus Haut und Knochen, die ihre Finger in die Fugen zwischen den Steinen bohrte und mit der Stirn auf die Kante knallte, um den seelischen Schmerz zu einem körperlichen werden zu lassen. Meine Stimme war nur noch ein Röcheln, ich rang um Luft, schrie wie ein sterbendes Tier … glaubte zu ersticken …

Die Tür öffnete sich, mehrere Männer eilten herbei, und jemand rammte mir eine Spritze in den Unterarm. Endlich konnte meine Seele schweben, mein jammervoller leerer Körper wurde auf die Pritsche gehievt, genau auf die Stelle, wo die kleine Kuhle war, und meine Schreie verebbten. Dankbar nahm ich wahr, dass ich gerade gestorben war.

Völlig erschöpft wachte ich auf, völlig orientierungslos. Welcher Tag war es, wie lange hatte ich geschlafen? Ich fühlte das faulige kalte Stroh unter meinen Fingern, mein Mund war ausgedörrt, und ich sehnte mich nach einem Schluck Wasser. Meine Zunge war dick und geschwollen, meine Augen waren verklebt. Ich hatte einen widerlichen Geschmack im Mund, nach Erbrochenem und nach Metallischem, Blut. Mein Blick fiel auf die Schatten, die das Gitterfenster auf die gegenüberliegende Wand warf. Stangen. Eisenstangen. Draußen die Nachtbeleuchtung, hupende Autos und Busse, eine klingelnde Straßenbahn.

Die Erinnerungen krochen aus ihren Löchern wie giftige Schlangen und bemächtigten sich zischend und züngelnd meiner langsam erwachenden Gehirnzellen.

Sie hatten mir meinen Sohn genommen! Diese Unmenschen hatten mir mein Baby genommen! Mein kleines, hilfloses, schwaches Baby, das nichts kannte als meine fade, dünne Muttermilch und meine schier endlos fließende Mutterliebe!

Taumelnd ließ ich mich von der Pritsche gleiten und tastete mich zum Wasserkran.

Ließ das eiskalte Wasser über mein verquollenes Gesicht laufen, trank in großen, durstigen Zügen. Mit jedem Schluck Wasser kam das Entsetzen in meinen Körper zurück.

Ich drückte das Kreuz durch, holte Luft und schrie. Schrie, schrie, schrie!

Ich würde nicht aufhören, um mein Kind zu kämpfen!

»Gebt mir meinen Sohn zurück, ihr mörderischen Verbrecher!« Ich hämmerte an die Tür, die Schmerzen in meinen Fäusten ignorierend.

»Geben Sie Ruhe da drin, oder Sie kommen in den Keller!«

Jemand hatte die Klappe am Guckloch zurückgeschoben und starrte hindurch. »Reißen Sie sich zusammen, sonst können wir auch anders!«

Ratsch, Klappe zu.

Ich schrie weiter, in den höchsten Tönen, war erstaunt, welche Geräusche aus mir herauskamen. Jedes Tier schreit so, wenn ihm sein Junges weggenommen wird.

Plötzlich flog die Tür auf, und vier Arme packten mich. Meine Stimme war schon ganz heiser geschrien, es kam nur noch ein Röcheln aus meinem Mund. Trotzdem presste mir jemand einen Lappen in den Rachen. Ich glaubte zu ersticken. So wurde ich über Gänge und Flure geschleift und schließlich auf einen Hocker gedrückt. Ich war wieder im Verhörraum gelandet! Der Lappen wurde herausgezogen, und jemand wischte mir damit von hinten über den Mund. Ich hatte buchstäblich Schaum vor dem Mund.

Ein älterer Vernehmer mit sichtlich vom Alkohol aufgedunsenem Gesicht ließ sich mir gegenüber nieder. Hinter mir standen die Kerle und hatten ihre Hände auf meine Schultern gelegt.

»So, mein liebes Fräulein.« Der Feiste räusperte sich und blätterte in meiner Akte. »Jetzt haben wir Sie wohl weichgekriegt.« Er sah mich freundlich, ja fast mitleidig an. »Sie sind ne ganz harte Nummer.« Er schüttelte den Kopf. »Will man gar nicht meinen, so ein nettes hübsches Mädchen, so intelligent und liebenswert eigentlich ... Krankenschwester waren Sie, könnten Sie schon bald wieder sein. Die Stelle in der Charité steht Ihnen offen.«

Ich hustete und röchelte weiter nach Luft. Die Gorillas hinter mir verstärkten ihren Druck.

»Und jetzt haben Sie auch noch so ein niedliches Söhnchen. Da sollte man doch glücklich und dankbar sein.« Er beugte sich vor, sodass die Hemdknöpfe über seinem Bauch sich spannten. »Dieser Staat tut alles für seine Kinder. Kindergartenplätze. Freizeitaktivitäten. Krippen. Jugendorganisationen. Bildung. Das wissen Sie doch. Nicht wahr? Haben doch selbst davon profitiert.« Er lehnte sich wieder zurück, faltete zufrieden die dicken Hände über der Tischplatte. »Die Deutsche Demokratische Republik fördert ihre Jugend. Haben Sie mal die Statistik gelesen? Wir stehen weltweit an zweiter Stelle, was Bildung anbelangt.«

Ich starrte röchelnd vor mich hin, sah immer noch Sterne und fühlte das Blut in meinen Adern pulsieren. Was kam der mir jetzt mit Statistik und Bildung? Als ob ich im letzten Jahr einen einzigen Buchstaben zu lesen bekommen hätte!

»Ich will mein KIND!« Meine Stimme überschlug sich rau und heiser.

»Na sehn Se, da kommen wir der Sache doch schon näher. Sie bekommen Ihr Kind, sobald Sie sich einverstanden erklärt haben, dass Sie ab sofort für die Stasi arbeiten.«

»NEIN!« Verstärkter Druck von hinten auf meine Schultern. »Ich will mein Kind!« Ich spuckte Tränen, ich kotzte Trauer, ich brüllte Entsetzen.

»Das glaube ich Ihnen nicht, dass Sie sich auf so ein großzügiges Angebot nicht einlassen. Was? So ein hübsches Köpfchen, und so stur. Denken Sie doch an Ihr Baby! Seien Sie nicht eine solche Rabenmutter!« Seine kleinen grauen Augen fixierten mich wie eine Spinne ein Insekt, das sich schon längst im Spinnennetz verfangen hat. Mit der Zunge fuhr er sich über die fleischigen Lippen. »Sie können morgen Ihre Stelle wieder antreten, oder sagen wir, wenn wir Sie ein wenig aufgepäppelt haben, wir sind ja keine Unmenschen …« Er schenkte sich Kaffee ein und hielt mir auch eine Tasse hin. »Keks?« Ich verschränkte die Arme vor der Brust und schüttelte den Kopf, obwohl ich nach einer Tasse Kaffee lechzte …

»... und einfach nur das Telefon nehmen und uns informieren, sobald einer Ihrer Kollegen mit dem Gedanken spielt, ins kapitalistische Ausland rüberzumachen. Das kriegen Sie doch hin, was?« Er ließ die Finger gegeneinander perlen, als wolle er gleich eine Chopin-Etüde spielen. »So einfach ist das!«

Die Art, wie er die Lippen schürzte und an seinem Kaffee schlürfte, verursachte schon wieder Brechreiz in mir.

»Wo ist mein KIND?!«

»Oh, bis jetzt ist es in guten Händen …« Er stellte die Untertasse ab und biss krachend in einen Keks. »Aber das kann sich natürlich ganz schnell ändern …«

Ich fühlte meine Eingeweide innerlich explodieren. Ich wollte so gerne aufspringen und ihm an die feiste Gurgel gehen, ihn beißen und würgen und treten, aber die Gorillas hielten mich in Schach, und außerdem war ich völlig geschwächt. Ich hätte keine Fliege erschlagen können. Noch nicht mal ausspucken konnte ich.

Ich schluckte schwer, räusperte mich und fühlte einen Kloß von der Größe eines Tennisballs in der Kehle. Immer noch schmerzte mich jede Bewegung. Dann holte ich Luft und sagte mit fester Stimme: »Ich würde niemals einen Menschen verraten, der diesen grauenvollen Unrechtsstaat verlassen will.«

Die Augenbrauen des Vernehmers schossen in die Höhe, und er vergaß ganz, weiter mit geschürzten Lippen an seinem Kaffee zu schlürfen.

»Im Gegenteil«, hörte ich mich sagen. Ich war über mich selbst erschrocken. »Ich würde sie warnen.«

Weiter kam ich nicht. Das Gesicht des Feisten verdüsterte sich zu einem dunkelroten Wutballon. Er krachte die Tasse klirrend auf den Tisch: »Abführen. Dunkelhaft.«

Im selben Augenblick schon wurde ich hochgezerrt und steile, enge Eisentreppen hinuntergestoßen und -geschleift. Man schubste mich in ein modriges, finsteres Kellerloch, wo ich in eiskaltem Wasser auf die Knie fiel und als Erstes eine Ratte weghuschen spürte. Es plätscherte, und mich streifte etwas Nasses, Glitschiges.

Sie hatten mich in ein Wasserloch geworfen!

Ein erschrockenes Fiepen und Rascheln kam aus den tropfenden Rohren. Ich verlor völlig die Orientierung. Mein Instinkt sagte mir, dass ich aufstehen musste, um nicht in dem eisigen, dreckigen Wasser zu erfrieren oder zu ertrinken. Ich durfte nicht wieder ohnmächtig werden! Mit hart klopfendem Herzen stand ich bis zu den Knien im Wasser, meine Gefängniskleidung war durchnässt und zog mich schwer tropfend nach unten.

Ich musste um meinen Sohn kämpfen, ich musste einfach! Der Mutterinstinkt ließ mich stehen und mit den ausgestreckten Armen das Ausmaß dieser Dunkelzelle abtasten. Mit beiden Händen stieß ich vorne und hinten, aber auch seitwärts an die tropfenden Wände.

Die Zelle war etwa so groß wie die sargähnliche Holzkiste in den Barkas-Autos, nur dass man nicht sitzen konnte. Man musste stehen. Die Wände waren nach außen gewölbt, sodass man sich noch nicht mal anlehnen konnte. Ich war so fassungslos über diese grausame Foltermethode, dass es mir unter der Schädeldecke hämmerte.

Du schaffst das, Clara, hörte ich eine innere Stimme sagen. Du schaffst das für Viktor. Für deinen Mann und für dein Kind. Und während ich diese Worte in mir fühlte, wurde mir schlagartig bewusst, dass es dieselben Worte waren, die meine Mutter sich immer wieder gesagt haben musste!

Du schaffst das, du bist stark. Du gibst nicht auf. Du gibst ihnen nicht die Genugtuung, hier um Gnade winselnd zu verrecken. Lieber Gott, betete ich mit vor der Brust gefalteten Händen. Gib mir die Kraft, das hier zu überstehen. Der Vers aus der Bibel fiel mir plötzlich ein: Der Herr ist mein Hirte, mir wird nichts mangeln, er weidet mich auf grüner Au, sein Stecken und Stab trösten mich … Die Panikwelle ebbte tatsächlich ab.

Ständig hörte ich Schreie von Frauen und Männern, hörte die peitschenden oder auch dumpfen Schläge der Aufseher, ihr zynisches Lachen, wenn dabei einer von ihren Opfern mit dem Gesicht ins Wasser fiel. Hier unten wurden Geständnisse erpresst.

»Lass mich durchhalten, wenn sie das auch mit mir machen«, flehte ich zu Gott. »Lass mich stark bleiben. Lass mich für mein Kind am Leben. Lieber Gott, verlass mich nicht in dieser dunklen Stunde.« Dabei waren es viele dunklen Stunden.

Ich betete um Kraft und Bewahrung vor diesem Martyrium. Da es sehr hellhörig war, gellten immer wieder die Schreie der Gefolterten durch die Ritzen und Fugen. Im Wasser stehend, war an Schlaf nicht zu denken. Die Angst, dass die Folterknechte kommen und mich ins Wasser prügeln könnten, überkam mich in wechselnden heißen und eiskalten Schüben.

Längst musste ich hohes Fieber haben, ich zitterte und klapperte mit den Zähnen. Natürlich hatte sich meine Brust entzündet, denn ich konnte ja nicht abstillen. Meine Brüste drohten zu platzen, dünne Rinnsale liefen mir aus den Brustwarzen.

»Lieber Gott, verlass mich nicht …« Ich spürte, wie ein lauwarmer Strahl zwischen meinen Beinen herunterlief und ins Wasser plätscherte.

Nach zwei Tagen und zwei Nächten, in denen jede Sekunde mir vorkam wie ein ganzer Tag, ging quietschend die rostige Eisentür auf. Ich hatte jede Orientierung verloren und hielt mich kaum noch auf den Beinen vor Schwäche, Hunger, Durst und Kälte. Die größte Macht über mich hatte aber die Angst. Wenn sie mich jetzt totschlugen, hatte das Elend immerhin ein Ende und konnte ich meinen Peinigern nicht mehr von Nutzen sein.

»1740, raustreten!«

Wie von außerirdischen Mächten getragen, taumelte ich hinaus ins Helle. Ich schlug mir die Hände vor die Augen, die über fünfzig Stunden im Stockdunkeln gewesen waren, und blinzelte gegen das grelle Neonlicht. Meine Beine gaben nach, ich sackte auf die Knie.

Nur schemenhaft konnte ich einige Gestalten erkennen, die mich an den Armen packten und die Treppe wieder hinaufschleiften. Meine Beine waren taub, ich spürte mich nicht mehr. Mein nasser Körper hinterließ eine jämmerliche Spur von Wasser, Verzweiflung und menschlichen Ausscheidungen.

Zurück in meiner Zelle, war die Pritsche hochgeschlossen. Ich fiel wie ein nasser Sack auf den Zementfußboden. Ich bekam unerträgliche Kopfschmerzen.

Um 22 Uhr warf mir jemand kommentarlos den Schlüssel hin. »Pritsche runterlassen. Arme auf die Decke. Und wenn Sie weiter schreien, kommen Se wieder runter.«

Peng, war die Tür zu.

CLARA

18. Dezember 1969, Ostberlin

Nummer 1740, raustreten, Sie haben Post.«

Nun war ich fast anderthalb Jahre in einer Zelle, und längst hatte der zweite graue, zermürbende Winter seine eiskalte Hand nach mir ausgestreckt.

»Nummer 1740, steht bereit.« Die Tür öffnete sich, und ich trat einen Schritt auf den Gang hinaus. Rechts und links von mir traten ebenfalls ausgemergelte, heruntergekommene Gestalten auf den Flur, mit grauer Gesichtsfarbe und dicken schwarzen Rändern um die Augen. Da ich seit meiner Verhaftung in keinen Spiegel mehr gesehen hatte, konnte ich mir nur ausmalen, dass ich einen ähnlichen Anblick bieten musste. Auch sie erwarteten demütig eine Karte oder sogar einen Brief, der hier alle vier Wochen einmal ausgeteilt wurde. Natürlich nur, wenn man sich artig und still verhalten hatte.

Nach der Sache mit der Dunkelzelle war ich still geworden, in mich gekehrt, schwer depressiv und stumm. Innerlich führte ich oft Zwiegespräche mit meinem Kind, von dem ich nicht wusste, wo es war und wie es ihm ging, und oft fühlte ich die Parallelen zum Schicksal meiner eigenen Mutter so stark, dass ich imstande war, den nächsten Atemzug zu tun.

»Für dein Kind musst du stark bleiben«, hörte ich sie sagen. »Und für deinen Mann. Du wirst sie eines Tages beide wiedersehen.«

Dann schluckte ich schwer und versuchte, mich in eine andere Welt zu versetzen. Ich sah mich mit fliegenden Haaren auf meinem Pferd reiten, sah mich mit Viktor auf dem Dach seiner Pension sitzen, sah mich im Kreise meiner Familie, wie wir das Tonband abhörten und uns danach in einer innigen Umarmung aneinander festhielten. Ich sah meine Mutter dort in Westdeutschland in ihrer Sozialwohnung sitzen und auf mich warten.

Und dann schlurfte ich mit leerem Blick zur Klappe an der Tür und nahm mein Essen entgegen und würgte es hinunter und wusste, dass ich es ihnen allen schuldete, am Leben zu bleiben.

Und heute war der fünfundsechzigste Geburtstag meines Vaters. Ich hatte ihn schon früh um sechs in meine Gebete eingeschlossen.

»Nummer 1740, zurücktreten. Sie haben zehn Minuten Zeit.« Ein grauer Brief wurde mir an die Brust geknallt. Es war die Handschrift meines Vaters!

Ungläubig taumelte ich zurück, sank auf meinen Hocker, riss das dünne Papier auf, merkte, dass der Brief bereits geöffnet worden war, faltete die eine, eng beschriebene Seite auf.

»Wir wünschen Dir ein frohes Weihnachtsfest und haben Dich sehr lieb«, schrieb Vater mit seiner sorgfältigen, steilen und leicht nach rechts gerichteten Handschrift. »Wir hoffen, dass es Dir nach wie vor gut geht, Du genug zu essen hast und Dir keine Sorgen machst. Mutter ist glücklich: Claudia hat überraschend Nachwuchs bekommen, so wie damals Elvira, man möchte es nicht glauben, wie die Zeit vergeht. Robert ist in urbaner Umgebung, kümmert sich um die Nachbarin und pflegt seine Rosen. So viel von uns, es geht uns allen gut.

Sei ganz lieb gedrückt und sei sicher, dass wir alle immer in Liebe an Dich denken. Vater.«

Ich schloss die Augen und hielt den Brief in meiner zitternden Hand.

Wenn ich alles richtig verstanden hatte, dann war mein kleiner Viktor bei meiner Familie! Die Parallele zu damals war eindeutig! Überraschend Nachwuchs bekommen, das traf damals auf Elvira und Margit auch zu – nämlich mich! Und nun war es Claudia! Robert musste Viktor sein, die ersten zwei Buchstaben rückwärts gelesen, urbane Umgebung deutete klar auf den Nachnamen Urban hin, und dass er Rosen pflegte, bedeutete, dass er wieder bei seiner Mutter Rosa im Westen war. Kluger Vater! Da war wirklich kein einziges Wort geschwärzt worden bei der harmlosen, sauber klingenden Botschaft!

Ich seufzte tief auf und drückte den Brief an meine Brust. Er roch schwach nach Mutters Veilchenparfum!

»Nummer 1740, Brief zurückgeben.«

»Nummer 1740, steht bereit.«

Das letzte Jahr meiner Haft verlief eintönig und schleppend. Aber ich hatte das Gefühl, den dunkelsten Punkt überwunden zu haben, und sah Licht am Ende des Tunnels. Ein paarmal durfte ich jetzt zu den anderen Häftlingen in den Hof hinaus, und wir schlurften schweigend, mit den Händen auf dem Rücken, im Kreis herum. Sprechen durften wir nicht, wer die Köpfe zusammensteckte, wurde sofort mit dem Schlagstock getrennt. Alle Gestalten sahen jammervoll aus in ihren viel zu großen, verschlissenen Uniformen, den unförmigen Latschen und den grauen, leeren Gesichtern mit den schwarz umrandeten Augen.

Es duftete zwischen den alten feuchten Backsteinen schwach nach Frühling, wie ein zarter Hoffnungshauch, die Sonne kämpfte sich ab und zu durch die grauen Wolken, und mit Rührung stellte ich fest, dass zwischen den Pflastersteinen kleine weiße Blümchen im Winde zitterten. Ich hätte mich so gerne gebückt und eines gestreichelt, aber ich traute mich nicht.

»Wenn ihr das schafft, dann schaffe ich das auch«, murmelte ich zwischen den Zähnen hervor, stemmte meinen schwachen, ausgemergelten Körper gegen den frischen Aprilwind und schlurfte weiter.

»Nummer 1740, mitkommen.« An der Tür zurück ins Innere wurde ich abgefangen.

Ohne dass man mir nähere Erklärungen gab, wurde ich in den Umkleideraum geführt, wo ich damals alle meine privaten Sachen hatte abgeben müssen. Wurde ich etwa entlassen?

Mein Herz fing vorsichtig an zu flattern wie ein Vögelchen, das sich über den Nestrand wagt und erste Flugversuche macht. Aber meine zwei Jahre und zwei Monate waren doch noch gar nicht vorbei? Einmal hatte ich einen Antrag gestellt auf frühere Haftentlassung wegen guter Führung, denn ich muckste kein einziges Mal mehr auf. Wegen der Zusammenführung der Mutter mit ihrem Kleinkind, hatte ich in der Sparte »Zwingender Grund« angegeben.

Mit der Begründung: »Das ist kein zwingender Grund, Sie haben ohnehin eine sehr milde Strafe erhalten«, wurde mein Antrag damals abgelehnt.

»Ziehen Sie das an!« Mir wurde meine Privatkleidung hingeworfen, die jemand aus dem Nachbarraum in einer nummerierten Kiste hergebracht hatte. Ich konnte um mich herum kaum etwas genauer wahrnehmen. Da waren die feisten Wachteln, die fordernd mit den Händen wedelten: »Nun machen Sie schon, sonst überlegen wir es uns noch anders!«

Mit staksigen Beinen stieg ich in meine einst eng sitzende Jeans; sie schlotterte mir um die Hüftknochen, und ich brauchte ein Stück Schnur als Gürtelersatz, damit sie mir nicht von den Hüften fiel. Mit ausgestreckten Armen schlüpfte ich in mein T-Shirt mit dem Micky-Maus-Aufdruck.

Er kam mir tollkühn und unpassend vor! »Nun machen Sie schon, hier, Ihre Ringe!«

Ich durfte meinen Verlobungsring wieder überstreifen und das Kettchen mit dem Kreuz, das meine Mutter mir hatte zukommen lassen! Der Ring wackelte am Finger hin und her, er war inzwischen viel zu weit geworden.

»Werde ich … bin ich … entlassen …?« Meine Lippen zuckten, mein Mund war wie ausgedörrt, und in meinem Kopf surrte ein ganzer Bienenschwarm. Das übliche Kopfweh stellte sich wieder ein und pochte warnend von innen gegen meine Schläfen.

»Sie haben hier keine Fragen zu stellen. Kämmen Se sich mal die Haare.« Ein Kamm und mein Lippenstift wurden mir zugeworfen, und jemand zerrte mich vor einen zersprungenen Spiegel. Ich prallte zurück. Wer war das magere, graugesichtige, verwahrloste Gerippe, das mir hohlwangig mit aufgesprungenen Lippen, tiefen Rändern unter den Augen und mit verfilzten Haaren entgegenstarrte? Waren das graue Strähnen da oben auf meinem Haaransatz? Das ehemalige glänzende Blond wirkte strohig und matt.

»Geht alles von Ihrer Zeit ab.« Wedelnde fordernde Hände. »Wachsen Sie hier mal nicht fest.«

»Aber wohin …?«

»Werden Sie schon noch erfahren.«

Zu meiner grenzenlosen Enttäuschung ging es nicht zur Tür ins Freie – und dort möglicherweise in ein bereitstehendes Auto, vor dem sich das fahrende Gittertor öffnen würde, sondern ich wurde wieder ins Innere des Gebäudes geführt, mehrere Treppen hinauf, durch lange Flure und Gänge und Eisentore, die sich vor uns öffneten und hinter mir schlossen. Immer wenn uns jemand begegnete, hieß es: »Stehen bleiben! Gesicht zur Wand!«, bis das andere menschliche Wesen, das ich nicht sehen durfte, wieder in irgendwelchen Biegungen oder Treppenhäusern verschwunden war.

»Sie haben Besuch.« Ich wurde in einen leeren Raum gestoßen, der an jeder Ecke mit Überwachungskameras und Mikrofonen ausgestattet war. Zwei Stasi-Bewacher standen breitbeinig von innen vor der Tür.

»Setzen.« Ich sank auf einen Hocker vor einem Tisch und wartete. Auf der gegenüberliegenden Seite des Tisches standen zwei Stühle. Sonst nichts.

Wer würde mich besuchen? Vielleicht der Rechtsanwalt Dr. Vogel? Hatte Viktor mit ihm Kontakt aufgenommen? Mein Herz polterte dumpf. Warum kam denn niemand? Eine Uhr gab es natürlich nicht, weder an der Wand noch an meinem Handgelenk. Das Einzige, was an der schmucklosen Wand hing, war ein Porträt des Genossen Honecker, der milde auf mich herablächelte, als wolle er sagen: Na, Mädchen, hast du deine Lektion jetzt endlich gelernt? Wir können auch anders, nicht wahr?

Endlich hörte ich draußen Stimmen, Schritte. Da kamen mehrere! O Gott, das war ja …

Die Tür öffnete sich, und da standen: meine Eltern, mit meinem kleinen Viktor auf dem Arm!

O Gott, er war groß geworden, fast ein Dreivierteljahr! Blond, wunderschön, aber … fremd! Sein Blick zuckte ängstlich, als er mich Schreckgespenst sah. Sein Kinn mit dem Grübchen zitterte, und die Mundwinkel sackten nach unten. O Gott, diese Wänglein, diese Härchen, diese dunkelgrauen Augen!

Unter Tränen sprang ich auf und wollte sie alle umarmen. Ich schluchzte laut los, war völlig überwältigt! Mit so etwas hatte ich überhaupt nicht mehr gerechnet.

»Sitzen bleiben!«

Meine Mama fing bei meinem Anblick auch an zu weinen, und selbst mein Vater prustete verstört in sein Taschentuch. Der Kleine presste sein Gesicht an die Halsbeuge meiner Mutter. Seine blonden Härchen vibrierten. Ich wollte doch nur einmal sein Händchen nehmen, ihn einmal an mich drücken, einmal meine Nase an seine Wange drücken …

»Sie haben hier nur über familiäre Angelegenheiten zu sprechen, kein Wort über die Haftbedingungen. Von Ihrer Stunde Besuchszeit sind noch achtzehn Minuten übrig. Bei Fehlverhalten wird die Besuchszeit sofort abgebrochen.« Der Wachmann an der Tür bellte uns so böse an, dass nun auch mein kleiner Viktor anfing zu weinen. Die ganze Atmosphäre ängstigte ihn. Er greinte jämmerlich, streckte die Ärmchen nach meinem Vater aus und wollte ganz offensichtlich sofort hier weg.

»Viktor, Liebling, ich bin es doch, deine Mama!« Ich saß wie erstarrt und hörte meine eigene Stimme sich fast hysterisch überschlagen.

Davon wollte der Kleine nichts wissen. Er brüllte und wand sich vor Angst.

»Wisst ihr was, ihr Lieben, ich habe meinen neuen Fotoapparat dabei, den ich zum Geburtstag bekommen habe, der Film ist noch nicht voll, und da habe ich mir gedacht, wir machen ein schönes Foto von Mutter und Kind …« Vater kramte nervös in seinen Taschen. Seine Stimme klang belegt und seltsam hohl.

»Unterstehen Sie sich. Fotografieren ist hier strengstens verboten.«

Ich hatte nie einen größeren Kloß im Hals gefühlt. Da saß mein eigenes Kind, versteckte sich vor mir und wollte nur noch weg!

In das Gebrüll hinein versuchten nun meine Eltern, ein paar belanglose Worte zu sagen: »Er macht schon erste Gehversuche! Was, Vikkilein, zeig doch mal der Mami, wie du schon laufen kannst!« Sie stellten den jammernden Winzling auf die Beinchen, doch der ließ sich zu Boden fallen und heulte.

»Na ja«, sagte Vater. »Vorführeffekt.«

»Und er isst schon so brav, gell Vikkilein, mit dem Löffel. Am liebsten mag er …« Mutter kramte mit zitternden Fingern einen Keks aus ihrer Handtasche und versuchte, ihn damit zu beruhigen. Doch mein Viktor brüllte inzwischen aus Leibeskräften. Er spürte ganz genau, dass hier der Teufel seine Hände im Spiel hatte, und seine Härchen stellten sich auf.

»Nehmen Sie das Kind vom Boden und stellen Sie es ruhig. Ansonsten ist die Besuchszeit zu Ende!«

»Wisst ihr was?« Ich würgte die Tränen herunter und fühlte meine Stirnadern hervortreten.

»Es ist besser, wenn ihr jetzt geht. Der Kleine quält sich nur und ich …« Ich schluckte an diesem Riesenkloß herum und warf meinem Sohn einen Seitenblick zu. Es tat so weh! Ich hatte fast ein Jahr seines Lebens verpasst, und er kannte mich nicht mehr! Ihn hierher zu schleppen, war falsch gewesen, sosehr sie mir eine Freude hatten machen wollen. »Ich … ich möchte zurück in meine Zelle.«

Ich schluckte und schluckte, mir tat der Hals so weh von dem Riesenkloß, der nicht weichen wollte, und ich sah nur durch Tränenschleier, wie meine Eltern das sich windende Bündel vom Boden aufhoben und es wegtrugen, ein zweites Mal weg von mir, weg von seiner Mutter. Ich konnte vor Tränen nichts mehr sagen. Sie winkten nur, und dann schloss sich die Tür.

»Sie warten, bis die Besuchszeit vorbei ist.« Der Mann stand mit unbewegtem Gesicht vor der Tür, der andere ebenfalls, sie starrten ins Leere und standen stramm. Nicht eine Regung zuckte über ihre Gesichter. Nach einer weiteren Viertelstunde führten sie mich zurück in meine Zelle. Vorher musste ich mich wieder umziehen und meine Sachen in die Kiste legen.

Das war der einzige Besuch, den ich in zwei Jahren bekam. Und es wäre besser gewesen, sie wären nicht gekommen. Aber trotz aller Trauer und Verzweiflung wusste ich, dass es meinem Kleinen gut ging. Er war bei meinen Eltern in Sicherheit. Und mir blieb nichts anderes übrig, als unter bitteren Tränen an die Decke zu starren.

CLARA

Oktober 1970

Nummer 1740, raustreten!«

Diesmal wurde ich wirklich entlassen. Meine zwei Jahre und zwei Monate waren um. Endgültig durfte ich die verhasste, stinkende Gefängniskleidung abstreifen und meine eigenen Sachen wieder anziehen. Diesmal schlackerten sie mir noch heftiger um die Knochen. Das Angebot, mich zu kämmen und meinen Lippenstift zu benutzen und dazu in den Spiegel zu schauen, lehnte ich ab. Ich wusste, dass ich erbärmlich aussah. Ich konnte mir meinen eigenen Anblick im Moment nicht zumuten. Vermutlich wog ich nur wenig über vierzig Kilo, bei einer Größe von eins neunundsiebzig.

In einem weiteren Raum wurde mir wieder ein Klemmbrett hingeschoben.

»Unterschreiben Sie hier, dass Sie rechtmäßig inhaftiert waren und dass Sie das im Namen des Volkes gesprochene Urteil anerkennen!« Längst war mir jeder Wille zum Widerspruch gebrochen, und ich unterschrieb fahrig an der Stelle, auf die der Finger tippte.

»So, und jetzt hören Sie sich noch folgende Belehrung an: Es ist Ihnen bei Strafe verboten, außerhalb des Gefängnisses über Ihren Haftaufenthalt zu sprechen. Bei Zuwiderhandlung werden Sie strafrechtlich verfolgt und persönlich dafür belangt und haben mit entsprechenden Konsequenzen zu rechnen. Egal, wo Sie sich befinden, die Staatssicherheit hat ihre Fühler auf der ganzen Welt ausgestreckt. Sie können sich nirgendwo sicher vor uns fühlen. Wir können Sie auch jederzeit wieder einbuchten.«

Ich schluckte und nickte, und selbst das kostete mich schon übermenschliche Kräfte.

Zwei Wachmänner führten mich hinaus, die Gittertür öffnete sich, und draußen wartete …

Mein Vater! Er stand neben seinem Trabi und starrte mich an, als wäre ich eine außerirdische Erscheinung.

»Papa!« Kraftlos sank ich in seine ausgebreiteten Arme. »Woher wusstest du …«

»Sie haben mich vor drei Wochen informiert. Dass ich hier zu stehen hätte, um dich abzuholen.« Er schaute verlegen auf die Uhr. »Halb acht. Was meinst du, wann machen die Friseurläden auf?«

Ich stand wie erstarrt. Mir war heiß und schwindelig, so als würde ich gleich in Ohnmacht fallen. »Sehe ich so schlimm aus?«

»Schlimmer. Nicht dass der Kleine wieder weint.«

Meine Wangen brannten, mein Kopf dröhnte. Es dauerte mehrere Sekunden, bis ich registrierte, dass ich vermutlich aussah wie eine drogensüchtige Obdachlose oder eine krebskranke Todgeweihte.

Er bugsierte mich in seinen Trabi und fuhr los. Schweigend saß ich neben ihm und starrte aus dem Fenster. Hier fing ein ganz normaler Wochentag an. Leute hasteten zur Arbeit, Schulkinder rannten zur Straßenbahn, ihre Schultornister wippten unternehmungslustig auf ihren Rücken. Polizisten regelten den Verkehr, U-Bahn-Schachte spuckten Pendler aus.

Vater hielt vor einem Café. »Jetzt frühstücken wir erst mal, ja?«

Verlegen schob er mich durch den schummrigen Raum in die hinterste Ecke, aber die entsetzten Blicke der Leute streiften mich, als hätte ich eine ansteckende Krankheit. Sie wichen regelrecht zurück, schützten ihre Brötchen unwillkürlich mit den Händen, damit kein Ungeziefer darauf fallen könnte. Mir rauschte das Blut so laut in den Ohren, dass es surrte und summte wie in einem Bienenstock. Es dauerte einen Moment, bis ich wahrnahm, was hinter mir mit gesenkten Stimmen getuschelt wurde.

Früher hatten sich die Gesichter meistens erhellt, ein anerkennendes Pfeifen oder ein Schnalzen waren an der Tagesordnung gewesen, wenn ich einen öffentlichen Raum betrat. Ich hatte es schon gar nicht mehr wahrgenommen. Und jetzt war ich eine verkommene Elendsgestalt. Dieses sarkastische Grinsen, dieses neugierige Drehen der Köpfe!

»Hier, setz das auf!« Vater wühlte in seinen Taschen und zog die rote Mütze hervor. Ich stopfte meine verfilzten Zotteln unter die Mütze, senkte den Blick und ließ mich auf den hintersten Stuhl fallen. Der Kaffeegeruch zog mir bittersüß in den Magen.

»Wie geht es meiner leiblichen Mutter …?« Ich wagte kaum zu fragen. Bei dem Besuch mit Klein Viktor war Barbara Urban nicht zur Sprache gekommen.

Vater winkte der Kellnerin und bestellte ein belegtes Brötchen mit Wurst und eines mit Käse.

»Sie lebt. Und sie wartet. Es geht ihr nicht gut. Aber sie hat Pakete geschickt mit Babysachen für Klein Vikki … Sie strickt und näht und … wartet. – Iss!« Vater schob mir den Teller rüber.

Mein Magen war völlig verknotet. »Ich kann nicht.«

»Doch, Clara. Du musst. Du siehst erbärmlich aus.« Er legte mir die Hand auf den Arm und sah mich mitfühlend an.

Sosehr ich es auch versuchte, unter Tränen nagte ich an einem kleinen Stück Brötchen, aber es würgte mich sofort. Ich war das Fett nicht mehr gewohnt. »Ich kann nicht.«

Vater fragte die Kellnerin diskret nach einem Friseur in der Nähe. Mit einem irritierten Blick auf mich zeigte sie auf ein Eckhaus an der Kreuzung. Ich traute mich gar nicht mehr alleine auf die Straße. Ich war es so gewohnt, am Arm geführt zu werden, dass auch Vater mich am Arm führen musste, als wäre ich blind. Dabei war ich es nicht.

Das Schlimmste am Friseurbesuch war das dauerhafte Ausgeliefertsein meines Anblicks im Spiegel. Als ich die rote Mütze runterzog, wich die Friseurin erschrocken zurück. »Was ist denn mit Ihnen passiert?«

»Ich … ähm …« Meine Wangen brannten, mein Kopf dröhnte.

»Sie war jetzt lange Zeit im Krankenhaus«, sprang Vater ein, der mit einer Zeitung in der Ecke saß. »Sie durfte keinen Kontakt zur Außenwelt haben.« Er fuhr sich mit der Hand über die Stirn.

Die Friseurin machte entsetzt einen Schritt nach hinten und riss die Arme hoch.

»Nein, keine Sorge, sie ist nicht mehr ansteckend.« Er warf mir einen Seitenblick zu.

Sie verzog sich in eine Ecke und zog sich Handschuhe an. Ich fühlte ihre Blicke auf mir, als hätte ich Wanzen oder Läuse oder Schlimmeres.

»Wollen wir das Ganze nicht abschneiden? Ich fürchte, da ist nichts mehr zu retten.« Sie wog meine fettigen Zotteln in ihren schweinchenrosa Plaste-Händen.

Fragend schaute ich meinen Vater an. Ich war es nicht mehr gewohnt, selber Entscheidungen zu treffen.

»Bitte tun Sie Ihr Möglichstes.« Vater deutete mit seiner zusammengefalteten Zeitung, in der er natürlich kein bisschen las, auf mich. »Wir haben uns sagen lassen, dass Sie weit und breit die Beste sind.« Seine Stimme war ruhig und entschieden. »Retten Sie, was zu retten ist.«

Sie sah mich mit weit aufgerissenen Augen an. »Wirklich?«

Es folgte ein unbehaglicher Moment der Stille. Ich traute mich nicht, etwas zu sagen, starrte nur fassungslos an den unteren Rand des Spiegels und wollte vor Scham im Boden versinken.

»Meine Tochter ist eine sehr schöne Frau«, sagte Vater. »Also, sie war es. Vor ihrer … Krankheit.« Er fuhr sich mit der Hand über das Gesicht, dann sah er auf die Uhr. Ich starrte mein Spiegelbild an. Früher hätte ich über diese Situation gelacht.

»Na, dann wollen wir mal.« Die Friseurin ließ mich den Kopf über das Waschbecken senken und stellte das warme Wasser an. Ich überließ mich dem festen, heißen Strahl und schloss die Augen.

CLARA

November 1970, Sassnitz

Obwohl es mir unglaublich peinlich war, hatte die Fürsorge meiner Eltern etwas Beruhigendes. Es war, als glaubten meine Eltern immer noch, ich hätte tiefe Depressionen und ich müsste mit Samthandschuhen angefasst werden. Mama legte meine Wäsche frisch gewaschen und ordentlich gefaltet an das Fußende meines Bettes und sorgte dafür, dass ich drei Mahlzeiten am Tag bekam, und wenn ich sie dabei beobachtete, wie sie mich anstarrte, lächelte sie schnell ein unbehagliches zittriges Lächeln. Ich konnte immer noch nicht richtig essen, zu entwöhnt war mein Magen. Beim kleinsten bisschen Fett bekam ich Brechreiz. Obst und Gemüse schleppte Mama von weit her herbei, um mir wieder ein paar Vitamine zukommen zu lassen. Sie pürierte es, genau wie das Essen für Vikki. Die ganze Familie war rührend um mich besorgt, aber das, was ich wirklich brauchte, hatte ich nicht:

Die Freiheit. Ich war wieder in die DDR zurück entlassen worden. Und Viktor war in der BRD.

Mein kleiner Sohn war nun anderthalb Jahre alt und mied mich eisern. Er hatte Angst vor mir, erinnerte sich vermutlich an die schreckliche Situation im Gefängnis und wandte das Gesicht ab, wenn ich die Arme nach ihm ausstreckte. Er konnte inzwischen laufen und nutzte seine Beinchen, um buchstäblich vor mir wegzulaufen.

Viktor hatte viele Kindersachen für ihn und auch für mich Kleidung geschickt – Kleidung, die mir viel zu groß war und von den mageren Schultern hing. Ich fühlte mich wie eine Vogelscheuche. Vikkilein wollte nur seine Oma und nicht mich.

»Gib ihm Zeit«, mahnte Mama mich, wenn ich wieder in Tränen ausbrach. »Er ist dein Sohn, er wird sich an dich gewöhnen!«

Das waren die Augenblicke, in denen ich meine Einsamkeit am stärksten spürte. Das Leben war hier weitergegangen, und ich fragte mich, ob Mama das nicht sehen wollte oder ob sie einfach ein unverbesserlicher Optimist war.

»Ach Liebes, du warst damals ungefähr genauso alt, als wir dich gefunden haben. Und du hast dich auch schnell an uns gewöhnt!«

Ja, und ich hatte meine leibliche Mama komplett vergessen! Ein Stich ging durch mein Herz.

Ich fühlte mich wie eine leere Eierschale. Ich hatte mir ein Versprechen gegeben!

Vikkilein, wie sie ihn hier verliebt nannten, rannte glücklich strahlend zur Tür, wenn Elvira, Claudia und Fred erschienen, streckte seine Ärmchen aus und ließ sich knuddeln, schaukeln und in die Luft werfen. Vor mir hatte er Angst. Es tat so unendlich weh!

Trotzdem war ich unendlich dankbar dafür, eine so wunderbare Familie zu haben. Auch wenn ich mit der Situation nicht meinen Frieden gemacht hatte, so fühlte ich mich nach einigen Wochen immerhin, als könnte ich langsam aus dem Schatten der letzten knapp zweieinhalb Jahre hervorkriechen. Es gab gute und schlechte Tage, manchmal fühlte ich mich so unharmonisch wie eine Motorsäge im Kirchenchor, wo alle ihre melodischen Töne kannten, und dann sah ich wieder Licht am Horizont. Viktors Mutter hatte einen gebrauchten Kinderwagen für Klein Vikki geschickt, aus dem er bereits herausgewachsen war, und jetzt, für den Sommer, einen ganz schönen Buggy mit einem kleinen Sonnenschirm, mit dem man auf der Straße Aufsehen erregte.

Klein Vikki weigerte sich allerdings mit Händen und Füßen und Gebrüll, sich von mir herumschieben zu lassen, und so übernahm das mit Stolz meine Nichte Claudia, die inzwischen neunzehn war. Man hielt sie im Ort für seine Mutter.

Mama lachte auf eine nervöse Art und legte von hinten die Arme um mich, als wir am Fenster standen und die beiden abziehen sahen: »So hat Elvira dich auch im Kinderwagen herumgeschoben! Und die Leute haben gerätselt: Ist die Kleine jetzt das Kind von Elvira oder von Margit?« Sie sah mich mit kurzem, forschendem Blick an. »Du siehst immer noch durchsichtig und hohläugig aus, Kind … kein Wunder, dass der Kleine Angst vor dir hat!«

Ich lehnte meinen Kopf an die Fensterscheibe und fühlte mich wie eine leere Hülle. Mein Herz war schwer wie ein Schwamm, der sich jahrelang mit Schmutzwasser vollgesogen hatte. Mama hatte sich hinter mir aufgetürmt, als wären wir eine Person, und stupste mich aufmunternd an: »Da kommt der Briefträger. Vielleicht hat er Post für dich.« Sie winkte ihn mit einem verschwörerischen Lächeln zu uns heran.

Ich nickte skeptisch und blickte unnahbar vor mich hin. Kein Mensch in Uniform sollte mir jemals wieder zu nahe kommen, noch nicht mal ein Briefträger.

Natürlich hatte Viktor inzwischen Kontakt mit Dr. Vogel aufgenommen, jenem Rechtsanwalt, der Freikäufe aus dem Gefängnis organisierte. Wie Viktor mir später erzählte, kostete jede Unterschrift dieses Mannes dreihundert Westmark. Und jetzt bekam ich von ihm einen Brief.

Ich riss ihn direkt an der Haustür auf, wo der Mann mit seiner gelben Karre fast lauernd wartete. Das hastige Überfliegen der wenigen Zeilen erzeugte mir solch eisiges Unbehagen, dass ich glaubte, meine Haarwurzeln würden zu Eis erstarren.

Sehr geehrtes Fräulein Burmeister,
bitte suchen Sie mich umgehend in meiner Kanzlei in Berlin in meiner Sprechstunde auf.
Es gäbe eine geheime Möglichkeit einer Ausreise für Sie, allerdings

ohne Ihr Kind. Ihr Sohn ist Staatsbürger der DDR und kann mit achtzehn Jahren einen Antrag auf Familienzusammenführung stellen.
Mit sozialistischen Grüßen
Dr. RA Wolfgang Vogel

Ich zog die Tür hinter mir zu und lehnte mich mit rasendem Herzschlag daran. Ich spürte eine mir allzu bekannte Wut aufbrausen und schob das Kinn vor, um nicht auf der Stelle loszubrüllen.

Der Briefträger heuchelte ein entschuldigendes Lächeln und zog mit seinem Handkarren weiter.

»Liebes! Was ist? Du bist ganz grau im Gesicht!« Mama starrte mich erschrocken an, und kraftlos taumelte ich ihr in die Arme. Mit schmalen, zitternden Lippen, total verletzt.

»Sie lassen Vikki nicht raus!« Meine Stimme klang erstickt an ihrer Schulter.

Mama suchte nach ihrer Lesebrille und griff nach dem Brief. Ihre Augen verengten sich mit jeder Zeile mehr. Schließlich legte sie das Schreiben auf den Tisch und ließ sich schwer auf den Stuhl fallen, nachdem sie ein Kuscheltier heruntergenommen hatte. Ich sah stumm vor Zorn zu.

»Kind …« Sie streichelte gedankenverloren den selbst gestrickten Bären.

»WAS?!« Ich fühlte das Blut in meinen Ohren rauschen. »Der Mann ist so selbstherrlich, dass er vor Selbstzufriedenheit trieft! Der spielt Gott! Wie kann er es wagen …« Mein Herz schlug hart im Rhythmus einer Pauke. »Was willst du mir sagen?!«

»Natürlich können Vater und ich uns um Vikki kümmern, bis er achtzehn ist. Wir fühlen uns kräftig genug, und dann sind da natürlich auch noch Elvira, Fred und Claudia, die haben sich so sehr ein zweites Kind gewünscht … Er wäre in einer großen Familie geborgen, und wir würden alles für ihn tun.«

»Mama …« Vor meinen Augen tanzten grelle Blitze. Meine Zähne klapperten, der kalte Schweiß brach mir aus. Ich fühlte mich wieder genauso gedemütigt, entwertet und entmündigt wie im Gefängnis. Ich ließ mich an der Wand hinuntergleiten, das Gesicht in den Händen vergraben, während mir die Tränen der Verzweiflung, Wut, Machtlosigkeit und Trauer aus den Augen quollen.

»Es ist vielleicht eine Chance für dich, deine Mutter noch einmal zu sehen!« Sie wischte sich die Augen. »Ich habe ja auch keine andere Lösung …«

»Er ist mein Sohn«, krächzte ich, als ich endlich sprechen konnte.

»Aber Kind, ich meine doch nur … Ihr könntet ja noch andere Kinder kriegen …«

»Weißt du, was du da sagst, Mama?« Ich fühlte mein Herz in der Brust hämmern.

Aufschluchzend riss ich meine rote Mütze vom Haken, stülpte sie mir über die langsam nachwachsende Mähne und rannte laut schreiend zum Strand hinunter. Die Tränen rannen mir nur so über die Wangen, ich wischte sie zornig weg und stemmte mich gegen den schon frischen Herbstwind, der an den Bäumen rüttelte.

Ich wollte da unten sitzen und zusehen, wie alles in meinem miserablen Leben den Bach runterging, endgültig! Früher saß ich hier mit Tagträumen von einer hellen Zukunft, einer heilen Familie mit Vanillegeschmack und Liebe. Ich träumte davon, eine dieser Fähren nach Schweden zu nehmen und im Land des ewigen Sommers zu leben. Damals hatte ich noch keine Vorahnung, dass ich mich bald von der Küste der Kindheit wegbewegen und mich auf dem eisigen tiefen Meer der dunklen Einsamkeit wiederfinden würde. Die Wellen züngelten an den Strand, ließen die Steine kreisen und schleuderten sie durcheinander, dann zogen sie sich mit Macht zurück, nur um wieder auf sie einzuprasseln, bis kein Stein mehr auf dem anderen war.

Früher war ich häufig allein hinunter zum Strand gegangen, in den Hafenbereich, auf die Mole. Früher war ich hier so gern geritten! Auf der Mauer konnte ich stundenlang sitzen und den Schiffen hinterherschauen, die auf dem Weg nach Skandinavien waren. Eine Gänsehaut überzog mich und ließ Millionen kleiner weißblonder Härchen auf meinem Körper senkrecht stehen.

Ich sehnte mich so unsagbar nach Viktor! Was würde er sagen, wie würde er entscheiden? Unser Kind opfern? Welche Eltern entscheiden sich »aus Liebe« für einen solchen Schritt? Mir fiel *Der kaukasische Kreidekreis* ein, als ich unter den Kreidefelsen hindurchirrte.

Ziehen und zerren an dem Kind, bis der Klügere loslässt?

Alles nur zu seinem Besten?

Würde er mir das später zum Vorwurf machen, falls wir uns überhaupt noch einmal begegnen würden? Mit achtzehn wäre er sicher ein eingefleischter DDR-Bürger, beim Militär, mit Leib und Seele würde er sein Vaterland verteidigen, gegen den Klassenfeind, also auch gegen seine Eltern.

Welcher Staat konnte so grausam sein?

Ich grübelte und dachte nach, ob ich das »Angebot« annehmen sollte, ohne meinen Kleinen in die Freiheit zu gehen. Er mochte mich doch gar nicht mehr! Er liebte die anderen! In diesem Moment verspürte ich sogar den Impuls, ins Wasser zu springen und zu einem der riesigen Fährschiffe zu schwimmen. Nur weg von hier, weg von dieser gärenden, brodelnden, perfiden Situation! Ich schrie und heulte und schlug mit den Fäusten gegen die Steine.

Was sollte ich tun? Viktor?! Willst du uns überhaupt noch? Willst du mich noch?

Die Leute gingen vorüber, stießen sich in die Rippen und tuschelten. Da ist wieder die Verrückte mit der roten Mütze und den wirren Haaren, die laut schreit und heult.

Nach der Haft hatte ich keine Freunde mehr.

»Schwester Clara, sind Sie das?« Plötzlich hörte ich eine vertraute Stimme. Ich fuhr herum, sah in das entsetzte Gesicht meiner ehemaligen Oberin. »Mein Gott, Sie sehen ja furchtbar aus!«

Ich schniefte und wischte mir brüsk über die Augen. »Guten Tag, Schwester Oberin.«

»Mädchen, was ist passiert?« Sie drückte mir die eiskalte Hand, ließ sie aber schnell wieder los. Ihr Blick war unstet und konnte meinem forschenden Blick nicht standhalten.

»Das müssen Sie doch eigentlich am besten wissen.« Meine Halsschlagader pochte wild. Ich spürte den heimlichen Abstand, der sich wie ein Riss in ausgetrockneter Erde zwischen unsere ehemals vertraute Beziehung zog.

»Nein, ganz und gar nicht.« Ihr Stimme schraubte sich in schrille Misstöne hinauf. »Ich wurde ja direkt nach Ihrer Entlassung … Verhaftung … nach Ihrem Weggehen in den Ruhestand versetzt. Ich weiß von nichts.« Sie drehte verlegen an ihrem Einkaufsnetz. »So ein Zufall, dass ich Sie jetzt hier treffe, ich denke so viel an Sie …« Sie sank neben mich auf die Mauer und sah mich von der Seite an. »Sie waren meine beste Schwester und mit dem Oberarzt ein so gutes Team …«

Mein Magen schnürte sich zusammen. »Wie geht es dem … Oberarzt?«

»Oh, dem geht es gut, der hat beste Aussichten darauf, Chefarzt zu werden, und er hat ja in Potsdam ein Haus gebaut, verheiratet ist er auch, mit Schwester Sabine, das war doch mal Ihre Zimmerkollegin … die Rothaarige, nein, das war eine schöne Braut …«

Meine Augen verengten sich zu schmalen Schlitzen. »Ich denke, Sie sind im Ruhestand und wissen von nichts?«

Sie sprang auf, riss an ihrem flatternden Halstuch und stopfte es in das Einkaufsnetz. »Ach, ich muss ja weiter, mein Bus fährt … Es war schön, Sie zu sehen, Schwester Clara. Ich wünsche Ihnen alles

Glück der Welt.« Sie tat so, als würde mich die Zukunft mit all ihren verlockenden Möglichkeiten am Kinn kitzeln.

Es sind diese niederträchtigen Lügen und Ungerechtigkeiten, die einem an die Nieren gehen. Und meine waren sowieso schwer geschädigt.

CLARA

Ein paar Tage später, Ostberlin

Als der Zug quietschend am Bahnhof Friedrichstraße einfuhr, war ich sicher, dass ich beobachtet wurde. Es war mir ja verboten, in die Hauptstadt der DDR zu fahren! Ich musste mich einmal in der Woche bei der Polizei melden und durfte Rügen nicht verlassen. Die meiste Zeit hatte ich mich in der Zugtoilette herumgedrückt. Fred hatte mir das Fahrgeld gegeben.

Immer wieder spähte ich, in Ostberlin schließlich angekommen, über meine Schulter, als ich wie ein gehetztes Reh aus dem U-Bahn-Schacht und mit dem Zettel in der Hand zu der Adresse von Dr. Vogels Kanzlei huschte.

Kühler Herbstwind zerrte an den Blättern der schon bunt gefärbten Bäume und ließ sie in die bräunlichen Pfützen gleiten.

Die Kanzlei befand sich in einer Villa, die einen noblen Eindruck machte. Über dem Eingang rankten verblühte spätherbstliche Rosen, und akkurat angeordnete immergrüne Sträucher machten sich den Platz in sorgfältig gepflegten Beeten streitig. Eine Sekretärin brachte mich kühl lächelnd in ein Wartezimmer, das mit edelsten Polstermöbeln ausgestattet war. »Wenn Sie sich noch ein wenig frisch machen wollen …« Mit manikürten Fingern deutete sie auf eine schicke Holztür mit der Aufschrift »Damen«.

Wahrscheinlich sah ich aus, als hätte ich mich gerade erst von einer schweren Krankheit erholt oder wie eine ungepflegte Obdachlose.

Nervös hastete ich in die Toilette und prallte zurück: goldene Wasserhähne! Ich ließ mir das kalte Wasser über die Handgelenke laufen und schüttete mir eine Ladung davon ins Gesicht. Unter meinen Augen lagen dunkle Schatten. Ich hatte nächtelang nicht geschlafen. Ich musste ihn unbedingt dazu bringen, mich mit meinem Sohn ausreisen zu lassen!

»Kommen Sie herein, Fräulein Burmeister.« Der Rechtsanwalt winkte mich heran. »Setzen Sie sich. Wie geht es Ihnen?« Er drückte mir kurz die Hand, die ich erschrocken zurückzog. Jemand hatte mal gesagt: »Wenn man Wolfgang Vogel die Hand gedrückt hat, muss man nachher seine Finger zählen.«

Ich schluckte trocken, knetete meine Hände auf dem Schoß. »Das erfahre ich hoffentlich gleich von Ihnen.«

Er blätterte mit seinen gepflegten Fingern, an denen einige dicke Ringe prangten, in meiner Akte. »Es ist, wie ich Ihnen schon schrieb, sehr schwierig, eine Ausreise mit Kind zu ermöglichen.« Er hob den Blick, schob sich die Brille zurecht. »Ihr Sohn gilt als DDR-Bürger und ist ja auch bei Ihrer Familie in guten Händen.«

Ich brauchte drei tiefe Atemzüge, allein um mich davon abzuhalten, laut zu schreien.

Ich starrte ihn an. »Aber ich bin seine Mutter«, stieß ich aus, bevor meine Stimme zu einem Schluchzen werden konnte.

»Das mag ja alles sein …« Er trommelte mit den Fingern auf die edle Schreibtischplatte. »Aber es gibt noch einen Weg, den ich Ihnen nur unter vier Augen und unter höchster Verschwiegenheit sagen kann …«

Ich klammerte mich an die Stuhllehnen, dass meine Fingerknöchel weiß wurden.

»Es ist alles nur pro forma«, erläuterte der Anwalt. »Sie bekommen eine neue Ladung zum Strafantritt, werden noch einmal inhaftiert, aber nur für einige Wochen oder Monate. Dann geht es per Gefangenentransport nach drüben.«

»Moment. Wegen was soll ich denn erneut ins Gefängnis? Ich habe doch meine Strafe abgesessen?« Ich war außerstande, meinen Ärger zurückzuhalten.

»Wegen Arbeitsverweigerung.« Er nickte selbstgefällig. »Sie haben ja ein Attest Ihrer Ärztin, dass sie wegen eines chronischen Nierenleidens nicht in der Fischfabrik arbeiten können. Nun, ein kleiner Besuch der Behörde, und Sie sind schon wieder verhaftet. Entweder Fischfabrik oder Strafvollzug.«

Ich starrte ihn an. Wollte er wirklich die Beine unter dieser unverschämten Lüge wegtreten?

»Ich soll noch mal ins Gefängnis?« In mir verkrampfte sich alles. »Das überlebe ich nicht!«

»Na, na, na … das kann ja nicht mehr so lange dauern.« Er lehnte sich gegen die gepolsterte Rückenlehne seines Schreibtischsessels und ließ seine Zeigefinger aneinandertippen wie ein gütiger Großvater.

»Ich habe die Erfahrung gemacht, dass Kinder in der Regel sechs oder sieben Monate später nachgeschickt werden.« Er sah mich durchdringend an. »Die ganze Angelegenheit muss natürlich streng vertraulich behandelt werden. Das ist alles eine Sache meiner Verhandlungskunst. Drängen oder Widerstreben kann die ganze Sache nur unnötig in die Länge ziehen.«

Jetzt war der Rest meiner erwartungsvollen Hoffnung in diesen Mann geschwunden. Wir saßen einen Moment schweigend da. Ich sollte ihnen in die Hände spielen, mich erneut zur Schlachtbank führen lassen, mich ihnen wieder ausliefern, um vielleicht, ganz vielleicht, in einen Gefangenentransport zu kommen, irgendwann, und dann, vielleicht und irgendwann, wenn der Herr genug Geld an meinem Fall verdient hatte, meinen Sohn zu kriegen, der mich dann erst recht nicht mehr kannte und den man als Kleinkind allein in einen Zug setzen wollte oder wie?

In mir brodelte der heiße Zorn und wollte nicht abklingen. Ich war wütend auf mich selbst. Dass ich mich mit so einer Mafia überhaupt einlassen wollte! Dass ich unter der Gefahr einer neuen Verhaftung hierhergekommen war! Denn auch mein Besuch bei ihm war ja schon wieder ein Grund, mich neu einzusperren! Vielleicht hatte er das sogar gewollt, dieser Wolf im Schafspelz?

»Wissen Sie, ich habe in Sie einfach kein Vertrauen.« Ich stand so brüsk auf, dass der Stuhl umkippte. »Wie sollte ich einem Mann vertrauen, der mich wieder zurück ins Gefängnis schickt?« Ich warf ihm ein säuerliches Lächeln hin, das meine ganze Verachtung enthielt.

Ich war zu weit gegangen. Seine Miene verschloss sich. »Tja, Fräulein Burmeister, eine andere Möglichkeit sehe ich nicht. Ich bin kein Druckautomat für Fahrkarten in den Westen. Eine andere Möglichkeit als über das Gefängnis gibt es nicht.«

Ja, weil jeder Freikauf eines Gefangenen dir fünfstellige Honorare bringt, in Westmark! Wovon du dir goldene Wasserhähne leisten kannst! Und eine Villa mit Ledergarnitur! Das ist Menschenhandel. Mein pochendes Herz stieß hart gegen meine Rippenbogen.

»Das ist also Ihre Methode, ausreisewillige Bürger in den Westen zu schaffen!« Ich fasste mir an die Brust, weil ich glaubte, ersticken zu müssen. Innerlich sah ich mich wieder in dieser eiskalten dunklen Wasserzelle stehen. »Mein einziges Verbrechen war, auf mein Herz zu hören und zu meiner großen Liebe und zu meiner leiblichen Mutter zu wollen. Meinen Willen können Sie nicht brechen, Herr Vogel, auch Sie nicht. Ich werde mit meinem Kind ausreisen, und wenn ich achtzig Jahre alt werden muss, und dann werden wir sehen, wer von uns beiden in den Spiegel schauen kann.«

Ich stürzte aus der Kanzlei, stolperte hinaus auf die Straße und weinte den ganzen Weg bis zum Ostbahnhof. Die Leute drehten sich kopfschüttelnd nach mir um. Auch als ich im Zug saß, konnte ich nicht aufhören zu weinen.

Wieder zu Hause angekommen, hatte ich einen Entschluss gefasst. Ich setzte mich in mein Zimmer und schloss die Tür hinter mir ab.

»Lieber Viktor«, schrieb ich unter Tränen.

»Ich kann Dir nicht erklären, wie schwer mir die Entscheidung gefallen ist, aber ich möchte unsere Verlobung hiermit lösen. Ich gehöre zu meinem Sohn, der mich nicht mehr kennt, und ich bin am Ende meiner Kräfte. Ich gebe Dich hiermit frei, denn ich kann, nach allem, was passiert ist, nicht von Dir erwarten, dass Du zu mir herüberkommst. Außerdem würde man Dich in der DDR sowieso nicht mehr aufnehmen. So steht es Dir jetzt frei, ein neues, hoffentlich sorgenfreies Leben anfangen. Du wirst wieder eine Frau kennenlernen, und ich hoffe, dass Du sie genauso glücklich machen kannst wie mich. Du bist der wunderbarste Mann, den ich je treffen durfte. Ich danke Dir für Deine Liebe und alles, was Du für mich getan hast.

Wie schade, dass Du Deinen Sohn nun nicht kennenlernen wirst. Ich werde immer in Liebe von Dir sprechen. Vielleicht werden wir uns als Rentner eines Tages wiedersehen, wenn wir alt und grau sind und unser Leben gelebt haben.

So bitte ich Dich, meine Mutter in Liebe von mir zu grüßen. Auch sie wird ihre Tochter nicht mehr kennenlernen. Ich habe alles getan, was ich konnte. Nun kann ich nicht mehr.

Werde glücklich, geliebter Viktor, wenn ich weiß, dass es Dir gut geht, kann ich weiterleben.

In Liebe,

Clara.«

Ich drehte mich auf die Seite und rollte mich in Embryonalstellung zusammen, während die Sehnsucht nach Viktor in mir zu zerlaufen begann wie schmelzendes Eis.

Mein Vater nahm Kontakt zu einem Freund auf, den er noch aus seiner Zeit als Maschinenschlosser auf den Schiffen kannte, und dieser brachte meinen Brief auf Umwegen über Schweden zu meinem ehemaligen Verlobten.

CLARA

Februar 1971, Sassnitz

Monatelang passierte nichts, und ich verfiel in eine tiefe Depression. Es wurde wieder Winter, ein neues Jahr begann, und der Nordwind peitschte gegen mein kleines Fenster und bog die kahlen Zweige der Rotbuche in unserem Garten genauso brutal zu Boden, so wie man mich zu Boden gedrückt hatte. Der Eisregen prasselte und setzte den Vorgarten unter Wasser. Ich sah den mageren zitternden Ästen zu, die sich gegen den wolkenverhangenen Himmel sträubten, und fühlte nichts. Meine Beine fühlten sich taub an, innerlich stand ich wieder in der dunklen Wasserzelle. Nachts schreckte ich aus Albträumen hoch und saß schweißgebadet auf meinem Bett, immer in der Angst, dass ich es an der Wand hochschließen musste.

Mama hatte mehrfach die Hausärztin geholt, und diese hatte eine beidseitige Nierenbeckenentzündung festgestellt. Außerdem litt ich an chronischer Blasenentzündung, einer hartnäckigen Bronchitis und dauerhafter Appetitlosigkeit und Depression. Ich war mit siebenundzwanzig Jahren ein Wrack. Und erkannte plötzlich frappierende Ähnlichkeiten zum Schicksal meiner Mutter.

Mein kleiner Viktor war inzwischen eindreiviertel Jahre, ging in eine Krippe und hatte sich im Zuhause meiner Eltern eingelebt. Außerdem kam fast täglich Elvira oder Claudia vorbei und holte ihn zu einem Spaziergang ab. Er liebte die Pferde und durfte bereits auf einem Pony sitzen. Jubelnd lief er ihnen stets entgegen, wenn sie an der Haustür klingelten. Ich saß in meinem abgedunkelten Zimmer und starrte vor mich hin.

Mehrmals kamen Leute vom Jugendamt und verlangten Auskünfte über den Vater des Kindes von mir. Viktor sollte natürlich

Unterhalt zahlen, und zwar an die DDR-Behörde in Westmark, im amtlichen Kurs von eins zu eins. Ich weigerte mich, mit Ihnen zu sprechen, und meine Eltern versicherten, die volle Verantwortung für das Kind zu übernehmen. Das mussten sie auch unterschreiben. Sie waren inzwischen beide Rentner und bezogen nur eine kleine Rente, da sie in den letzten Jahren nicht mehr in ihren Berufen hatten arbeiten dürfen, aber Fred und Elvira übernahmen die Hälfte der Unterhaltskosten. Es tat mir so weh, dass alle in meiner Familie etwas für Klein Vikki tun konnten, nur ich nicht. Denn ich besaß keinen Pfennig.

Vom Generalstaatsanwalt der DDR bekam ich einen Brief, in dem ich aufgefordert wurde, wieder zu arbeiten, andernfalls drohe mir eine erneute Haftstrafe. Allerdings sei mir nicht erlaubt, in meinem Beruf als Krankenschwester zu arbeiten. Ich solle mich bewähren und eine Arbeit im Fischkombinat aufnehmen. Ich hätte mich am kommenden Montag früh um sieben dort zur Arbeit zu melden. Da ich auf Bewährung auf freiem Fuß sei, sei schon eine Unpünktlichkeit oder ein anderes Fehlverhalten ein Grund, mich wieder einzusperren.

Mir war klar, woher der Wind wehte. Er verbreitete seine Selbstherrlichkeit wie eine Schmeißfliege, die überall ihre Eier legt. Selbstmitleid war ein Luxus, den ich mir schon lange nicht mehr leisten konnte.

Mit sozialistischen Grüßen. Ich sackte auf meinem Stuhl zusammen und fuhr mir durch die Haare. Ich unterdrückte meine Tränen und vergrub meinen Kopf in den Händen, als mir in immer neuen Schüben des Entsetzens klar wurde, was ich verloren hatte. Ich wollte mich für den Rest meines Lebens in meinem Mädchenzimmer verkriechen und grau und zottelig werden und mit meinem Bettbezug zusammenwachsen. Nun musste ich als Fabrikarbeiterin ins Fischkombinat gehen und dort in der klammen Kälte der scheußlichen riesigen zugigen Halle Fischdosen putzen, Fische ausnehmen, entgräten, die Köpfe abschneiden, riesige Fässer schleppen. Das hatte ich als Schülerin schon verabscheut und mir damals alle Mühe gegeben, einen guten Schulabschluss zu machen, damit ich bloß niemals so enden würde.

Mit einer weißen Plastikschürze, in Gummistiefeln, mit Gummihandschuhen und einer Sturmhaube versehen, musste ich fast zehn Stunden an den langen schmierigen Tischen stehen und mich den Blicken der Kolleginnen und Kollegen aussetzen, die hinter meinem Rücken tuschelten.

War das nicht die, die im Gefängnis war?

Die sieht ja aus wie ein Gespenst …

Reden tut sie mit niemandem …

Es heißt ja, sie hat ein Kind vom kapitalistischen Klassenfeind.

Ich kannte die früher mal, das war ein steiler Zahn …

Tja, wie man weiß, ist sie an ihrer Misere selber schuld.

CLARA

Mai 1971, Sassnitz

Kind, da ist wieder jemand von der Behörde für dich!«
Es war kurz vor halb sieben in der Früh am 25. Mai, und ich mühte mich gerade auf der Treppe kniend damit ab, dem unwilligen Viktor seine Schuhe zu binden.

»Du sollst das nicht tun! Die Oma soll das tun!« Kleine Füßchen traten nach mir.

»Aber wir wollen doch gleich in den Kindergarten gehen!« Ich strich mir eine Haarsträhne aus dem Gesicht und hielt seine Füßchen fest.

»Du sollst mich nicht bringen! Die Oma soll mich bringen!« Die senkrechte Stirnfalte meines Zweijährigen versteifte sich.

Ich machte mir den Augenblick zunutze, drückte mir das schmerzende Kreuz durch und ging zur Haustür in Erwartung einer weiteren Belehrung, Drohung oder Forderung.

Der Mann, der vor der Haustür stand, überreichte mir ein amtlich aussehendes Papier.

»Ich habe hier eine Ausreisegenehmigung für Sie. Wollen Sie die in Anspruch nehmen?«

Mir fiel der Unterkiefer herunter. Mit offenem Mund starrte ich ihn an, während der Boden unter mir sich zu einer schaukelnden Hängematte verwandelte. Mama war inzwischen nach oben gelaufen, um Klein Vikki für den Kindergarten fertig zu machen. Ich hörte sie oben schäkern: »Kommt ein Mann die Treppe rauf … klopft an … guten Tag, Herr Nasenmann!« Sogleich erklang glucksendes Lachen und ein lautes: »Noch maaal!«

Ich fasste mir an den Hals. »Eine Ausreisegenehmigung? Für

mich?« Mit einem Knoten auf den Stimmbändern nahm ich das Blatt Papier entgegen.

»Für Sie und für das Kind …« Er schob seine beschlagene Brille hoch. »… Viktor Burmeister.«

Ich schluckte, wich zurück. »Wie überaus freundlich«, fauchte ich und pfiff auf meine Selbstbeherrschung. Mein zynisches Lachen war wie das Kreischen eines aus dem Käfig entkommenen Kanarienvogels. Ich war nahe daran, hysterisch zu werden.

»Wenn ja, müssen Sie innerhalb von vierundzwanzig Stunden ausreisen und dürfen, bis auf das Kind, nichts mitnehmen. Ihr Staatsexamen müssen Sie auch abgeben, da Sie dieses auf Staatskosten der DDR erworben haben.« Er fertigte mich mit einem mürrischen Schulterzucken ab. »Unterschreiben Sie das?«

Ich starrte ihn an.

Er blickte unnahbar vor sich hin, ohne den Hauch eines Lächelns, kramte in seiner Aktentasche und überreichte mir einen grünen Pass; es war genau so einer, wie Viktor ihn hatte. Ein westdeutscher Pass. Mit dem Vermerk: »Zur einmaligen Ausreise in die Bundesrepublik Deutschland am 28. 5. 1971. Mit dem Kind Viktor Burmeister.«

»Ich bin ein dicker Tanzbär und komme aus dem Wald …« Singend kamen die beiden die Treppe hinunter, Vikkilein perfekt angezogen und mit seiner Butterbrottasche um den Hals, Mama eigentümlich ahnungslos.

»Du! Nicht!« Er zeigte mit seinem dicken kleinen Zeigefinger auf mich. »Die Oma bringt mich.«

Um die Mundwinkel des Behördenmenschen zuckte es. Kann es sein, dass der Kleine gar nicht mitwill?, stand ihm in deutlich lesbaren Buchstaben auf die Stirn geschrieben. Vielleicht gehen Sie besser alleine und lösen sich hier in Luft auf.

Er räusperte sich. »Mit diesem Pass können Sie morgen früh um sieben eine Fahrkarte nach Rostock lösen und dann weiter mit dem Interzonenzug nach Lübeck fahren. Wollen Sie nun oder nicht?«

»Tschühüss«, machten die beiden, und Vikkilein stieg auf sein Dreirad. »Tschüss, liebe Mama«, rief meine Mama belehrend, aber Viktor bedachte mich keines weiteren Abschieds.

Ich rieb mir die schmerzenden Schläfen, hinter denen es pochte und zuckte und summte. Es kam so plötzlich, so unverhofft, so unvorbereitet! Tausend Gedanken schleuderten mir durch die Gehirnwindungen, wie die Lottokugeln im Fernsehen, wenn sie in den Trichter fallen.

»Ja!«

Hatte ich das gerade gesagt? Ich lauschte dem Nachhall meiner Stimme nach. Mein plötzlicher Mut brodelte wie Brausepulver, das Herz hämmerte mir in der Brust.

»Also dann. Sie haben noch einiges zu erledigen.« Der Beamte händigte mir eine Liste aus, auf der zu lesen stand, wo ich mich überall abzumelden hatte. Bei verschiedenen Behörden musste ich mich abmelden, bei der Bank eine Bestätigung meiner Schuldenfreiheit ausstellen lassen, selbst Klein Vikki musste ich im Kindergarten und von der Krankenkasse abmelden. Einen richtigen Laufzettel hatte ich abzuarbeiten.

Ich riss meine Handtasche an mich und sprintete los.

»Ja, es ist mein nachdrücklicher Wunsch, nicht weiter DDR-Bürgerin zu bleiben, das gilt auch für mein zweijähriges Kind«, bestätigte ich schriftlich auf den Meldebogen, die irgendwelche schmallippigen Angestellten mir mit spitzen Fingern herüberschoben. Nein, ich möchte nicht wieder einreisen. Nie mehr. Als wenn ich auf Kohlen stünde, schrieb ich, dass der Kugelschreiber sich durch das Papier drückte. Nein. Danke. Aber nein danke.

Schließlich bekam ich eine Ausbürgerungsbescheinigung, aber das Kind bekam keine.

»Aber er steht doch schon in meinem Pass vermerkt!« Ich raufte mir die Haare. »Was soll ich denn drüben machen, wenn er keine Papiere hat?«

»Das Kind kann mit achtzehn Jahren selbst entscheiden, ob es BRD- oder DDR-Bürger sein will. So lange stehen ihm hier selbstverständlich alle Türen offen. Er gilt weiterhin als DDR-Bürger.«

Als ich mit fliegenden Haaren weiterhetzte, traf ich auf meine Mama, die gerade von ihren Einkäufen zurückkam.

»Kind, wo willst du hin? Warum bist du nicht im Fischkombinat? Das wird ja wieder Ärger geben …«

»Mama.« Ich schnaufte einmal tief durch. »Sie lassen mich ausreisen. Morgen. Mit Viktor.«

Augenblicklich wich jede Farbe aus Mamas Gesicht. Sie suchte rückwärts nach Halt und sank auf eine Bank bei einer Bushaltestelle. Ich sah ihre Halsschlagader über ihrem Blusenkragen pochen. Sie war genauso grau wie die Betonwand hinter ihr.

»Mama …«

»Ich weiß, Kind. Das war immer dein innigster Wunsch.« Sie sah mich unendlich liebevoll und traurig an. »Wenn es nicht so fürchterlich wehtäte, würde ich dir jetzt von Herzen gratulieren. Du hast es so was von verdient.«

Nach und nach trudelten einige Leute an der Bushaltestelle ein und sahen uns verstohlen an.

Schon rannen ihr die Tränen aus den Augen, und sie suchte verzweifelt in ihrer Jackentasche nach einem Taschentuch. Ich musste sofort mitweinen. Dass ich sie nun nie mehr wiedersehen sollte … »Und Papa«, heulte ich. »Und Elvira, Claudia und Fred. Ich verdanke euch allen so viel …« Wir klammerten uns weinend aneinander, bis weitere Passanten sich besorgt nach uns umblickten und anfingen zu tuscheln.

»Lass uns weitergehen. Was hast du noch zu tun? Kann ich dir helfen?« Mama straffte die Schultern und hob das Kinn. »Guten Morgen«, grüßte sie freundlich in die Runde.

»Ich muss mein Staatsexamen noch abgeben.« Zitternd wühlte ich in meiner Handtasche nach dem kostbaren Dokument. »Sie schreiben, ich hätte es auf Staatskosten gemacht, und ich darf es nicht mitnehmen.«

Um Mamas Mundwinkel zuckte es. »Weißt du was, mein Schatz? Da fragt bis morgen sicher keiner danach. Von was willst du denn da drüben leben, wenn …« Sie sprach den Satz nicht zu Ende aus, aber ich wusste, was sie meinte. Wenn Viktor längst mit einer anderen zusammen ist und nicht für euch sorgen wird. »Nein, alles was recht ist.« Sie nahm mich bei der Hand und zog mich nach Hause. »Das Examen hast du dir erarbeitet, und du hast ein Recht darauf. Du kannst ja schlecht mit einem Zweijährigen wieder von vorne anfangen mit deiner Ausbildung.«

»Du meinst, ich soll es rüberschmuggeln?« Irgendwie war das klar in seiner jämmerlichen Einfachheit.

»Natürlich. Wir falten es, dann steckst du es an deinen Körper, und wir kleben es mit Pflaster fest. Wenn dich jemand danach fragt, sagst du, du hast vergessen, das Zeugnis abzugeben, es liegt zu Hause bei deiner Mutter.« Sie machte eine wegwerfende Handbewegung. »Ich bin alt, ich bin schon in Rente, mir tun sie nichts mehr.«

Meine wunderbare, tapfere, starke Mama. Sie verbarg ihren eigenen Schmerz.

Den Nachmittag nutzten wir, um noch ein letztes Mal zu Fred, Elvira und Claudia zu fahren. Wir mussten uns voneinander verabschieden. Vikkilein tobte im Stall herum, fuhr mit seinem Dreirad durch die Pferdekötel und kuschelte mit den Hunden und Katzen. Claudia hatten wir nicht eingeweiht, damit sie sich nicht verplapperte. Mutter fand das besser so.

»Sie wird außer sich sein, wenn ihr kleiner Liebling weg ist. Aber du tust das Richtige.«

Fred steckte mir etwas Geld zu, für die Fahrkarten. »Mehr darfst du leider nicht ausführen, sie kontrollieren das an der Grenze. Zum Glück ist Lübeck ja direkt im Zonengrenzgebiet, und wer holt dich da ab?«

Ich zuckte mit den Schultern. »Keine Ahnung … Viktor hat ja mal da gewohnt, damals, bevor er wegen mir nach Westberlin zog, aber diese Stelle hat er ja für mich aufgegeben.« Verlegen standen wir herum. Von der Koppel her hörte man das Wiehern der Pferde, Hundegebell und das ausgelassene Geschrei meines ahnungslosen kleinen Jungen. Mein Vater hob ihn auf den Rücken eines Ponys und ließ ihn strahlend und stolz im Kreis herum reiten.

»Mach's gut, Schwesterherz. Hätte nie gedacht, dass du es schaffen wirst.« Elvira drückte mich verlegen an sich. »Was machst du, wenn dein Viktor …?« Weiter sprach sie nicht.

Ich wollte nicht darüber nachdenken, sonst würde ich verrückt werden.

»Lass sie in Ruhe, Elvira. Sie macht einen Schritt nach dem anderen.« Mutter wischte sich immer wieder verstohlen über die Augen. »Lasst uns jetzt gehen, der Kleine muss ins Bett.«

Unter Tränen winkte ich meiner Schwester, meiner Nichte und meinem Schwager, bis sie in der Rückscheibe des Trabis nicht mehr zu sehen waren.

»Du sollst nicht neben mir sitzen. Die Oma soll neben mir sitzen«, kanzelte Vikki mich ab.

Als Mama Viktor am nächsten Morgen anzog, sang und spielte sie mit ihm wie zuvor.

»Ruck zuck zuck die Eisenbahn … wer will mit, der hängt sich an … alleine fahren mag ich nicht, da nehm ich mir den Viktor mit!«

»Noch maaaal!«

»Süßer, Vikki, magst du heute mal Eisenbahn fahren?«

»Jaaaaaa! Und du sollst mitfahren, Oma!«

»Diesmal fährt die Mama mit.« Während ich in Windeseile verstohlen seine Sachen in eine Reisetasche stopfte, hörte ich die erhitzte Diskussion darüber, wer mitfahren sollte.

»Aber Opa und Oma bringen euch zum Bahnhof, ist das nicht aufregend?«

»Jaaaa!« Übermütig hopste der Kleine neben uns her, als Vater uns vor dem Bahnhof herausließ. Sein Händedruck war fest, seine Kiefer aufeinandergepresst. Er brachte kein Wort mehr heraus, aber in seinem Blick sah ich Wärme, Liebe und Zuversicht.

»So, und jetzt kauft die Mami die Fahrkarten, und die Oma bleibt mit dem Viktor hier stehen …« Gemeinsam tricksten wir den Kleinen mit gespielter Heiterkeit aus, bis der Zug einfuhr. Schnaufend und quietschend hielt er, und die Türen öffneten sich.

»So, mein Süßer, und jetzt steigen wir ein …« Mit angespannten Muskeln versuchte ich, meinen Steppke in den Zug zu hieven, doch er ließ sich trotzig auf den Boden fallen.

»Die Oma soll …«

»Und jetzt sind wir mal einen Moment ganz still und ganz brav.« Meine Mutter ging vor ihm in die Knie und sah ihn mit jenem Blick an, den ich gut aus meiner eigenen Kindheit kannte.

Der Kein-Wort-mehr-sonst-gibt's-was-Blick. Sofort war Viktor still. Sein Kinn zitterte, und seine Augen füllten sich mit Tränen. Gehorsam ließ er sich von mir ziehen und von Mutter schieben. »Vorsicht, der Zug fährt ab. Von der Bahnsteigkante zurücktreten!« Die Türen schlossen sich. Ein Pfiff gellte durch den Bahnhof, eine rote Kelle senkte sich.

Mein Herz hämmerte mir gegen die Rippen. Da saß ich nun, mit meinem schmollenden Kind und einer Reisetasche. In einem voll besetzten Abteil mit lauter alten Frauen.

Rentner durften damals ohne Weiteres die DDR verlassen. Sie brachten dem Staat ja kein Geld mehr ein, im Gegenteil, sie kosteten ihn nur Rente. Deshalb war der Anblick einer jungen, blassen, zitternden Frau mit einem trotzenden und heulenden Kleinkind eine Ausnahme.

Kaum hatte der Zug den Bahnhof verlassen, fing Viktor an zu plärren. »Ich will zu meiner Oma!«

»Mein Schatz, du musst jetzt ganz tapfer sein … Schau nur da draußen, die Kühe …«

»Ich bin nicht dein Schatz!« Viktor wendete sich ab und verschränkte die Ärmchen vor dem kleinen zitternden Körper. Seine Beinchen baumelten in der Luft.

Je mehr ich mich bemühte, ihn abzulenken, desto trotziger wurde er.

Die alten Damen im Abteil sahen uns betroffen an. »Ist alles in Ordnung mit Ihnen?«

»Ja, ja, vielen Dank.« Mir brach der Schweiß aus.

»Geben Sie ihm doch etwas Schokolade!« Eine der Omas kramte in ihrem Beutel und brach einen Riegel ab. »Geben Sie ihm das!«

Doch er nahm von mir noch nicht mal die Süßigkeit an. Er fühlte sich bestochen und betrogen und übers Ohr gehauen. Kleine Kinder haben schon ein sehr gutes Gespür dafür, was man ihnen antut.

In Herrnburg war die Grenze, und der Zug blieb eine qualvolle Stunde lang stehen.

Kontrolleure von der Polizei und von der Staatssicherheit betraten den Zug und polterten durch die Abteile, begleitet von kläffenden und schnüffelnden Schäferhunden. Der kleine Viktor erstarrte vor Angst, und endlich erlaubte er mir, sein Händchen zu nehmen.

»Es ist alles gut, Viktor. Du musst jetzt nur ganz artig sein.«

Ich war einer Ohnmacht nahe, als sie unsere Abteiltür aufrissen. Hunde riechen Angst!

»Papiere, Ausreisegenehmigung.«

Während die alten Damen ihre Papiere sofort zurückbekamen, nahmen die Männer meinen Pass mit. Eine Stunde lang standen wir da auf dem Gleis, und meine Angst wuchs ins Unermessliche. Was, wenn sie nach dem Examen fragten? Was, wenn ich mich draußen wieder ausziehen musste? Was, wenn sie das Dokument an meinem Körper finden würden? Hätten sie dann einen neuen Grund, mich einzubuchten? Was würde aus Viktor?

Sie könnten ihn jetzt immer noch ins Heim stecken, zischten giftige Pfeile der Panik durch mein Hirn. Vielleicht haben sie auf diese Chance nur gewartet.

»Ich will die Oma!« Kläglich maunzend hockte Viktor auf seinem Sitz. Was hatte ich dem armen Kleinen nur angetan? Ob ich mit ihm einfach aussteigen sollte? Erklären, dass ich es mir anders überlegt hätte? Mit dem nächsten Zug zurückfahren? Ich sah sein strahlendes Gesicht und hörte seine Beinchen, wie er die Treppe zu seinem vertrauten Kinderzimmer hochstapfen würde. Es wäre so einfach …

»Komm her, ich weiß ein Fingerspiel.« Eine der alten Damen zog den kummervollen Knirps auf ihren Schoß. »Max und Moritz gingen in den Laden, wollten für zwei Pfennig Mettwurst haben, für zwei Pfennig Mettwurst gibt es nicht, Max und Moritz ärgern sich.«

Mit den Händen hatte sie ein Haus mit Fenstern geformt, die kleinen Finger waren Max und Moritz, und als sie sich ärgerten, fiel alles in sich zusammen.

»Noch maaaal!« Auf seinem tränenverschmierten Gesicht machte sich ein Lächeln breit.

Oh, wie war ich dankbar! In diesem Moment stahl sich draußen ein Sonnenstrahl durch die Wolken, und plötzlich schöpfte ich Hoffnung. Wenn er jetzt lächelte, dann würde er später lachen. Ich durfte nicht schwach werden. Jetzt nicht mehr.

Und dann kam der Beamte wieder, drückte mir wortlos meinen Pass in die Hand, und der Zug fuhr weiter.

Zwei Tage später, Biberach an der Riß

»Wo soll ich Sie absetzen, junge Frau?« Der Lastwagenfahrer fuhr auf eine Tankstelle.

Ich war völlig erschöpft und ausgelaugt. Wie sollte ich von Lübeck anders nach Biberach kommen, als zu trampen? Trampen Sie mal mit einem verstörten, übermüdeten, bockigen Zweijährigen an der Hand.

Aber irgendwann hatte ein gnädiger Mercedes-Fahrer angehalten, und wenig später war Viktor erschöpft auf dem Rücksitz des älteren Mannes eingeschlafen. Ich war immer noch so voller Panik, verfolgt und beobachtet zu werden, dass ich es nicht wagte, den Leuten hier im Westen die Wahrheit zu sagen.

Die Eindrücke erschlugen mich fast. Der Interzonenzug war vorgestern Mittag in Lübeck eingefahren, und auf dem Bahnsteig erwarteten uns Beamte vom Zoll, vom Bundesgrenzschutz und der Polizei. Ich zerrte das heulende Kind durch die Kontrollen und erkundigte mich dann nach Möglichkeiten, in den Süden weiterzureisen. Natürlich wären Züge gegangen, mit viermaligem Umsteigen. Doch ich hatte keinen Pfennig Geld dabei, und schwarzzufahren traute ich mich nicht. Mit einem schreienden und sich wehrenden Kind erregte ich genug Aufsehen. Ich wollte absolut keine Polizei oder gar … Sicherheitsverwahrung.

Der erste Fahrer, der uns mitnahm, als ich vor dem Bahnhof den Daumen rausstreckte, fuhr bis nach Kassel. Das war der besagte ältere Herr mit dem Mercedes, und ich konnte von Glück reden, dass er keine Fragen stellte. Er war auf dem Weg zu einem Klassentreffen, wie er mir stolz erzählte: Fünfzig Jahre nach dem gemeinsamen Abitur damals in Breslau waren noch vierzehn Klassenkameraden am Leben, und dies sollte ein erstes Wiedersehen sein.

Ich war zu erschöpft, um ihm weiter zuzuhören, und schlief, ermüdet durch das gleichmäßige Dahinrauschen des weichen, bequemen Wagens, bald ein.

Der ältere Herr mochte annehmen, dass eine Mutter aus schwierigen sozialen Verhältnissen vor ihrem gewalttätigen Mann abhaut, erging sich aber in Erinnerungen an seine schlesischen Schulfreunde.

An einer Tankstelle setzte er uns ab und steckte mir sogar noch fünf Mark zu, damit wir uns ein wenig erfrischen und etwas zu essen kaufen konnten. Ich war so überwältigt von dem Angebot an der Raststätte, dass ich minutenlang auf die Konsumgüter starrte, ohne mich entscheiden zu können. Als Viktor dann eine Tafel Schokolade entdeckte, auf der ein rotbackiger Junge zu sehen war, »viel Milch, wenig Kakao«, kaufte ich sie ihm, und er war in Glückseligkeit versunken.

Ich selbst leistete mir nur einen starken schwarzen Kaffee, weil ich vor Angst und Aufregung nichts weiter herunterbrachte. Und dann stand ich wieder da und hielt den Daumen raus, immer in der Panik, beobachtet und vielleicht direkt in die DDR zurück entführt zu werden.

Nun also der fünfte Fahrer, ein Lastwagen, der Tiefkühlkost transportierte.

»Wo soll ich Sie absetzen, junge Frau?«

»Fahren Sie zufällig nach Biberach hinein?«

»Da haben Sie aber Glück. Ich beliefere dort verschiedene Supermärkte. Kennen Sie Aldi?«

»Wen?«

»Aldi! Den Großmarkt!«

»Nein, es tut mir leid, ich bin nicht von hier.«

»Aber Aldi gibt es doch überall!« Kopfschüttelnd schwang er sich wieder auf sein Trittbrett.

Kurz darauf hob ich meinen schlafenden Viktor auf einem Aldi-Parkplatz aus dem Fahrerhäuschen. Er hatte hinten im Bett des Fahrers seit Stunden fest geschlafen.

»Wo sind wir hier?«

»In Biberach.« Ich sah mich um. »Jetzt müssen wir nur noch die Siedlung finden, in der deine Oma wohnt.« Innerlich krümmte ich mich vor Angst. Was, wenn meine leibliche Mutter längst nicht mehr lebte? Was, wenn ich auch Viktors Mutter nicht finden konnte? Was, wenn sie mich gar nicht empfangen würde, weil es schon längst eine andere in Viktors Leben gab?

»Meine Oma wohnt in Sassnitz!«, verkündete Viktor. Widerstrebend ließ er sich von mir weiterziehen. Es hatte zu regnen begonnen, und die Leute spannten Schirme auf.

»Komm, wir springen in die Pfützen!«

»Ich will nicht, mir ist kalt! Ich will nach Hause!«

»Mairegen bringt Segen, und werden wir nass, dann wachsen wir lustig wie die Blumen im Gras.« Ich zwang mir ein fröhliches Lächeln ab und versuchte, ihn mit Reimen und Versen und Fingerspielen von der Stelle zu kriegen. Tragen konnte ich ihn beim besten Willen nicht, schließlich schleppte ich auch noch die Reisetasche. Wir waren im Westen. Aber ich fühlte mich so einsam und verloren, dass ich am liebsten in Tränen ausgebrochen wäre. Was machte ich nur hier? Alles sah so fremd aus, so … kapitalistisch! Überall prangten große Werbetafeln und schrien mir ihre grellbunten, lauten Botschaften ins Gesicht. »Wer wird denn gleich in die Luft gehen? Greife lieber zur HB!« – »wäscht nicht nur sauber, sondern rein!« – »Der gute Pott.« – »Genuß im Stil der neuen Zeit« – »Dr. Oetker Pudding« – »Reemtsma!« – »Ei, Ei, Ei Verpoorten!«

Es war, als ob die Menschen hier von einem anderen Stern kamen!

Es mochte gegen 18 Uhr sein, als ich endlich die Siedlung der Spätaussiedler erreichte. Sie sah etwas heruntergekommen und trostlos aus. Von den Hecken und Bäumen tropfte das Regenwasser. Und hier waren auch keine Werbeplakate mehr. Eine Kirche mit schmucklosem modernem Turm ragte in den Himmel, dessen Wolken sich jetzt verzogen hatten.

»Komm, Viktor, gleich haben wir es geschafft.«

»Das sagst du schon die ganze Zeit!«

»Aber jetzt wirklich! Ich versprech's.«

»Ist da die Oma?«

»Ja, aber eine andere Oma. Eine, die du noch nicht kennst.«

Er ließ sich heulend auf den Gehweg fallen. »Ich will meine Oma! Ich will nach Hause! Ich will mein Bett!« Es folgte eine halbe Stunde mühselige Konversation. Nur noch ein Schrittchen, nur noch um diese Straßenecke, dann sieht alles schon ganz anders aus …

Mit letzter Kraft schleppte ich das sich wehrende, jammernde Bündel, das wahrscheinlich nie wieder im Leben Vertrauen zu mir haben würde, zu dem grauen Wohnblock an der schmucklosen Straße. An den Straßenrändern parkten VWs, Opels, Fords und Fiats.

Meine Blicke irrten über die Nummernschilder. Viktors orangefarbener Käfer war nicht dabei.

An den Hauswänden lehnten Fahrräder und Kinderroller. Eine Amsel hüpfte, mit einem Regenwurm im Schnabel, über die Vorgärten. Eine andere zeterte eifersüchtig von der Dachrinne. Die Glocken der benachbarten Kirche begannen zu läuten.

Und dann stand ich vor der richtigen Hausnummer.

»Lipka« stand auf dem etwas matt gewordenen Klingelschild. Und daneben: »Urban«.

Mein Herz polterte, mein Mund war staubtrocken, meine Knie weich wie Pudding.

Das Prinzip, nie jemanden um etwas zu bitten, nie mit dem Hut in der Hand dazustehen, nie um Mitleid zu heischen, hatte mich durch weite Strecken meines Lebens getragen. Jetzt wehte es mit dem Läuten der Abendglocken davon.

Ich holte tief Luft und streckte den Rücken durch. Mit zitternden Fingern klingelte ich, nichts tat sich. Frau Lipka war vielleicht nicht zu Hause! Aber sie putzte doch längst nicht mehr in der Klinik? Hoffentlich lebte sie überhaupt noch! Ein Spatz hüpfte tschilpend vor unseren Füßen.

Die Gardine im Erdgeschoss wurde zur Seite geschoben, ein stahlgrauer Kurzhaarschnitt über einem zerfurchten Gesicht erschien. Sie sah aus wie jemand, der sein Leben lang hart gearbeitet hat. Und das hatte sie ja auch ... Sie musste jetzt um die sechzig sein und sah aus wie achtzig. Wenn sie es überhaupt war! Sie spähte misstrauisch zu mir herunter.

O Gott, sie hielt mich sicher für eine Hausiererin. Ich brauchte drei tiefe Atemzüge, um mich damit abzufinden, dass sie nicht öffnen würde. Dann würde ich mit Viktor vor der Haustür sitzen bleiben und wenn es die ganze Nacht ... Vielleicht erbarmte sie der Anblick meines kleinen Jungen, der auf der Treppenstufe saß und kläglich weinte.

Ihr Gesicht verschwand, und zu meiner unendlichen Erleichterung ging der Türsummer. Ich stemmte mich gegen die Haustür.

»Ich will da nicht rein ...« Viktors Stimme war nur noch ein Flüstern.

»Komm, Süßer. Du bekommst vielleicht einen Kakao.« Im Hausflur standen Kinderwagen und Kinderfahrräder. Es roch nach Bohnerwachs.

»Ja bitte?« Der stahlgraue Kurzhaarschnitt stand bewegungslos in der Wohnungstür.

»Frau Lipka?«

»Ja bitte?« Sie wirkte durcheinander und alt und zerbrechlich.

»Ich bin Clara, die Verlobte von ... die frühere Verlobte von Viktor ... das ist Viktor, sein Sohn. Und ich bin die Tochter von ...« Ich deutete auf die Nebentür, auf der »Urban« stand.

Die Stille im Treppenhaus war beinahe mit Händen zu greifen.

Ihr Lächeln war schwach und flüchtig. Sie fasste sich mit beiden Händen ins Gesicht.

»Ihr Sohn ist nicht zufällig da?« Meine Stimme, die fast gekünstelt schrill klang in diesem Treppenhaus, erstarb. Das feuchte Händchen meines eigenes Sohnes zerrte ängstlich an mir.

Sie reagierte gar nicht auf meine Frage. Als ich aufblickte, schaute ich direkt in ihr verschlossenes, verhärmtes Gesicht.

»Frau Lipka, ich kann nicht mehr. Wir sind seit drei Tagen ohne Geld unterwegs.«

Schließlich trat sie einen Schritt zurück: »Kommen Sie herein!« Mein Herz raste, als ich meinen sich windenden Sohn in die kleine Wohnung schob. Sie führte uns ins Wohnzimmer – jenen Raum, aus dessen Fenster sie uns beobachtet hatte, wie die zurückgezogene Gardine verriet, und bat uns, Platz zu nehmen. Es roch ein wenig muffig, nach abgestandenem Essen, Rheumasalbe und Scheuerpulver.

»Ich weiß jetzt gar nicht, ob ich Ihnen was anbieten kann …« Zerstreut machte sie sich in der winzigen Küche zu schaffen. Ich beobachtete sie verstohlen. Sie musste wohl mit dem Gedanken fertigwerden, dass sie uns über Nacht behalten würde. Ihr Profil war dem meines geliebten Viktors so ähnlich!

»Haben Sie einen Kakao?« Ich ließ die Reisetasche von der Schulter gleiten. »Ich meine natürlich nur, wenn es keine Umstände macht. Oder ein Glas Milch? Sonst tut es auch Wasser.« Ich rieb mir meine schmerzenden Handgelenke.

»Möchtest du ein Plätzchen, Kleiner?« Sie machte sich an einer Keksdose zu schaffen. Ihre Finger zitterten. Sie wirkte absolut überfordert von der Situation.

Viktor nickte betreten und glitt auf das Sofa, das mit einer selbst gestrickten Wolldecke überzogen war. Mein Blick glitt suchend über die Bilder, die an den Wänden hingen.

Drei kleine Jungen, alle blond, alle mit struppigen Kurzhaarfrisuren. Über zweien hing ein Trauerflor. Ein Mann, der Viktor ähnlich sah, mit Uniform und Helm aus dem Zweiten Weltkrieg. Paul, Rosas Mann. Auch mit Trauerflor. Und dann … meine Augen zuckten: Viktor. Mein Viktor. Mein geliebter Viktor. So wie ich ihn kannte. Er lehnte stolz neben seinem VW Käfer und winkte in die Kamera. Im Hintergrund war eine Alpenlandschaft zu sehen. Hohe Berge, ein See.

Wann war er da gewesen? Vor oder nach meiner Zeit? Wir hatten uns jetzt zweidreiviertel Jahre nicht gesehen. In der Zeit konnte viel passiert sein. Die Uhr an der Wand tickte, als wollte sie mich daran erinnern.

»Kann ich Ihnen helfen, Frau Lipka?« Um die schreckliche, lastende Stille zu überbrücken, die sich ausgebreitet hatte, seit sie in die Küche geschlurft war, begann ich durch die offen stehende Tür zu plaudern.

»Meine Eltern lassen Sie sehr herzlich grüßen, wir waren jetzt drei Tage unterwegs, nicht wahr, Viktor? Viktor ist schon zwei und sehr tapfer. Er ist zum ersten Mal Zug gefahren, und dann sind wir in einem großen Lastwagen mitgefahren, Viktor durfte sogar im Bett hinter dem Fahrerhäuschen schlafen …«

Wenn das Viktors Mutter war, dann hatte Viktor mir von einer anderen Frau erzählt. Es war fast nichts mehr von der stolzen, starken Rosa übrig, die vor meinem inneren Auge und in meiner Fantasie jahrelang gelebt hatte. In ihren Handgriffen, einen Kakao zuzubereiten, erschien sie wie erstarrt. Ihre abgearbeiteten Hände zitterten bei jeder Bewegung, und immer wieder hielt sie zerstreut inne, als wäre sie zu überwältigt von unserem überraschenden Besuch. Sie war sichtlich bemüht, aber überfordert, sich auf uns Eindringlinge zu konzentrieren.

»Ich muss mal Pipi.« Inzwischen stand Klein Viktor mit Tränen in den Augen in der Tür.

»Darf ich …?«

»Natürlich. Die letzte Tür links.« Ich lenkte meinen armen Kleinen durch den muffigen Flur, wir stolperten über einen losen Teppich und öffneten die Tür zum winzigen Bad.

Alles war picobello aufgeräumt und auf spießige Weise sauber und geputzt. Neben den Utensilien der alten Dame fiel mein Blick auf etwas, das mein Herz höher schlagen ließ.

Da lag eine Rasierklinge. Und ein Rasierpinsel. Ich roch daran. Sie war eindeutig von Viktor.

»Ich weiß, es ist eine Zumutung, hier einfach so hereinzuplatzen …« Ich fühlte mich derart bleischwer und traurig, dass ich am liebsten selbst wieder in den nächsten Zug nach Hause gestiegen wäre. In diesem Moment überkam mich das Heimweh nach meinen Eltern mit einer solchen Macht, dass ich einen dicken Kloß herunterschlucken musste. Ich hob das Kinn und räusperte mich.

»Aber ich hatte im Westen keine andere Adresse. Können Sie mir nicht sagen, wo Viktor ist, dann fallen wir Ihnen auch nicht länger zur Last?« Meine Lippen zitterten, meine Stimme war rau wie Schmirgelpapier.

»Viktor ist in Lübeck.« Sie setzte das Tablett mit den Teetassen ab und sank auf das Sofa. »Wegen Ihnen war er ein Jahr im Gefängnis. Ich habe ein Jahr kein Lebenszeichen von ihm bekommen … er war mein einziger Halt im Leben.« Zitternd fasste sie sich an die kurzen Haarsträhnen und brachte sie in Ordnung.

»Es tut mir so leid, Frau Lipka …« Mir liefen die Tränen der Erschöpfung, der Scham und der Trauer über die Wangen. »Es tut mir so unendlich leid …«

Ich erstarrte, wischte mir über die Augen. Was hatte sie da gerade gesagt? Viktor war in Lübeck? Aber da kamen wir ja gerade her! Ich hob den Blick, starrte sie an. Sie nestelte an ihrem Kittelkragen herum und trank nervös einen Schluck Tee.

»Sie können ja nichts dafür, Kind.« Sie stellte ihre Tasse ab, und zum ersten Mal, seit wir gekommen waren, schenkte sie meinem kleinen Sohn liebevolle Aufmerksamkeit.

»Schmeckt es dir, Kleiner? Er sieht aus wie Viktor, als er ein kleiner Junge war.« Sie setzte ihre Tasse ab und fuhr ihm mit ihren abgearbeiteten Händen liebevoll durch das Haar. »Damals war mein Viktor ganz schrecklich krank, wissen Sie. Ich habe ihn ein Jahr lang gepflegt, er konnte nur noch rohe Eier schlürfen, über hundert Splitter hatte er im Körper.«

Mein kleiner Viktor starrte sie entsetzt an, und schnell wechselte ich das Thema. »Ist er …« Ich schluckte, biss mir auf die Lippen … fasste mir an den Hals. »Ist er … anderweitig … gebunden?«

Sie sah mich ganz erstaunt an. »Nein. Er hat ja alles getan, dass Sie da rauskommen. Wussten Sie das nicht?«

Erstaunt schüttelte ich den Kopf.

»Er hat alle erdenklichen Anwälte eingeschaltet, auch das Bundesministerium für Innere Angelegenheiten und Familienzusammenführung hat er täglich mit Briefen und Anrufen bombardiert. Sogar das Internationale Rote Kreuz in Genf hat er eingeschaltet.« Sie seufzte tief auf. »Frau Urban und ich, wir haben mitgefiebert und mitgebangt, und immer hieß es, sie müsse sich noch ein wenig gedulden … und dann haben wir uns wieder geduldet.« Ihr trauriger Blick war weiter auf den kleinen Viktor geheftet, der mit beiden Händen Kekse in sich hineinstopfte und ihr Sofa vollkrümelte.

»All sein Geld ist draufgegangen für diese kostspieligen Anwaltsbesuche, die vielen Briefe, ja sogar ins Fernsehen wollte er gehen, und Frau Urban wollte er mitnehmen, aber der ging es über der ganzen Aufregung gar nicht mehr gut …«

»Kann ich – darf ich … ich meine, soll ich nicht rübergehen oder wollen Sie sie herholen?«

Meine Hände zitterten, als ich die Teetasse zum Mund hob. Es war Kamillentee mit Honig und schmeckte tröstlich. Wir saßen einen Moment schweigend da.

Ich knetete nervös meine Hände. »Ich meine, auf diesen Augenblick hat sie doch über sechsundzwanzig Jahre lang gewartet … und jetzt bin ich endlich da!«

Ich starrte sie an. Sie hörte mich nicht. Ihr erstaunter, liebevoller Blick war immer noch auf meinen kleinen Viktor gerichtet.

»Frau Lipka … oder darf ich Rosa sagen?«

Sie schrak zusammen, fasste sich mit zitternder Hand an den Kopf. Die Stille im Raum wurde nur von dem Knuspern und Kauen meines Sohnes unterbrochen. Und die Uhr an der Wand tickte. Ich war so nervös, dass ich kaum sprechen konnte.

»Ich möchte gern meine Mutter begrüßen. Soll ich rübergehen?« Ich lächelte unbehaglich, und eine schreckliche Ahnung schlich sich von hinten an wie ein Raubtier. »Ist sie … in guter Verfassung?«

Die alte Dame schloss die Augen. Sie sah aus, als hätte sie sich tief in sich zurückgezogen. Der Kummer hing ihr über dem Gesicht wie ein Leichentuch. Selbst Viktor hörte auf zu kauen.

»Sie kommen zu spät, Kind. – Frau Urban ist letzte Woche gestorben.«

Ich war wie in einem seltsamen Schwebezustand, als ich am nächsten Tag mit meinem kleinen Viktor am Fenster stand und auf den großen Viktor wartete. Wir hatten bei Rosa auf dem Sofa geschlafen, sie war einkaufen gegangen und hatte uns, nachdem sie ihre Fassung zurückgewonnen hatte, ein nahezu bombastisches Frühstück gemacht. Vor Aufregung konnte ich weder essen noch schlafen, und auch Viktor war weinerlich und wollte nicht einschlafen. Unablässig hatte er gefleht, doch jetzt endlich nach Hause zu fahren.

Ich brachte es nicht übers Herz, ihm zu sagen, dass wir nie wieder rüberkönnten, zu seinen geliebten Großeltern, Elvira, Claudia und Fred, seinem Kindergarten und seinen Tieren. Irgendwann schlief er hicksend auf dem Sofa ein, sein Kuscheltier an sich gepresst.

Gestern Abend, als ich aus meiner Trance erwacht war, hatte Rosa mir irgendwann den Hörer gereicht: »Viktor möchte dich sprechen.«

Und dann war alles ganz schnell gegangen: Er hatte ein bitteres Lachen ausgestoßen, als er erfahren hatte, dass wir vor drei Tagen in Lübeck angekommen waren: »Ich stand jeden Morgen am Bahnhof, ich wollte euch abholen, aber sie haben mich nicht durchgelassen zum Interzonenzug! Alles war schwer bewacht!«

»Woher wusstest du …?« Ich hielt zärtlich die Hand über die Sprechmuschel. Seine Stimme zu hören, wärmte mich von innen. Und das Wissen, dass er auf uns gewartet hatte.

»Ich hatte von meinem Anwalt den Tipp, dass es nun jeden Tag so weit sein könnte. Aber natürlich haben die DDR-Behörden uns keine Auskunft gegeben.«

»Viktor, weißt du, dass meine Mutter …« Ich schluckte.

»Ich komme natürlich, Clara. Ich setze mich sofort ins Auto und komme! Ich fahre die Nacht durch. Ich kann es nicht glauben, dass du da bist. Mit dem Kind. Bei meiner Mutter.«

Schluchzend hatten wir das Gespräch beendet.

Und nun lugten mein Kleiner und ich aufgeregt durch den Spalt in der Gardine, und Rosa machte sich in der Küche zu schaffen und backte einen Kuchen. Der Duft nach frischem Kaffee zog durch die Wohnung. Es war eine komplett unwirkliche Situation, die kaum zu beschreiben ist.

Ich durfte noch meine Eltern anrufen, dass ich gut angekommen war im Westen, sprach aber verschlüsselt und hörte auch von drüben Tränen der Erleichterung und Sehnsucht.

Und dann fuhr er vor, der orangefarbene VW mit dem Lübecker Kennzeichen! Mein Herz raste und stockte doch wieder. Er sah so fremd aus, so anders … so erwachsen, so förmlich.

Zögerlich standen wir in der Wohnungstür, als Viktor mit einem riesigen Blumenstrauß hereinkam. Wir umarmten uns, er roch vertraut. Sichtbare Spuren seiner Haft und der Sorgen danach standen ihm jedoch ins Gesicht geschrieben.

Aber wir waren uns fremd geworden. Mehr als zweieinhalb Jahre hatten wir uns nicht gesehen. Es war so unfassbar viel passiert, seit wir uns damals in Budapest am Bahnhof getrennt hatten. Damals hatten wir gedacht, wir würden uns in wenigen Tagen in Jugoslawien wiedersehen.

Mit sichtbarem Entsetzen betrachtete er mich, wollte mich vor seiner Mutter wohl auch nicht küssen, und als er den kleinen Viktor sah, kamen ihm die Tränen.

»Hallo, Kleiner.« Zögerlich trat Viktor auf seinen Sprössling zu, ging in die Hocke, wollte ihm die Hand reichen, aber der Junge presste seine Hände auf den Rücken und versteckte sich hinter dem Sofa. »Ich will nach Hause«, flüsterte er kaum hörbar unter Tränen. »Mama, wann gehen wir endlich wieder nach Hause?«

So war der Anfang sehr schwer. Wir blieben eine Woche lang bei Rosa, mussten wir doch erst meine leibliche Mutter zu Grabe tragen. Die Trauer und die verzweifelte Gewissheit, dass wir uns nun doch nicht mehr wiedergesehen hatten, lag wie eine bleischwere Decke über uns. Wir waren noch viel zu gebrochen, um uns auf eine gemeinsame Zukunft zu freuen.

Rosa versprach, sich um die Grabpflege zu kümmern. Während der Beerdigung hatte sie mit starrem Gesicht am Grab gestanden. Sie hatte schon ihren Mann und zwei ihrer Söhne zu Grabe getragen, und ein Jahr lang hatte sie glauben müssen, auch Viktor käme nie mehr zurück.

Der Kummer hatte sich in ihr verhärmtes Gesicht eingegraben. Mehr war für sie einfach nicht mehr zu ertragen.

Als wir in den Käfer stiegen, um in das Auffanglager in Gießen zu fahren, wo ich mich dringend anmelden musste, stand sie mit unbewegter Miene hinter der Gardine.

In Gießen angekommen, folgten weitere Befragungen, wenn

auch auf freundlichere und höfliche Art. Während Viktor versuchte, mit dem Kleinen zu spielen oder überhaupt mit ihm in Kontakt zu kommen, saß ich stundenlang in polizeilichen Räumen und musste Fragen beantworten. Warum und wie lange ich in der DDR in Haft gewesen war.

Im Gegensatz zu Viktor hatte ich keinen Entlassungsschein bekommen. Ich musste einen anderen Pass bekommen und erklären, warum und auf welche Weise ich in die Bundesrepublik eingereist war, noch dazu mit einem Kind, das keinerlei Papiere hatte.

Man riet mir, möglichst schnell zu heiraten, damit Viktor die Vaterschaft anerkennen konnte und der Kleine unseren gemeinsamen Namen Lipka bekäme.

Aber das war nicht möglich, denn der Kleine war laut Auskunft der DDR-Behörden immer noch Staatsbürger der DDR.

Die Unterlagen des Vormundschaftsgerichts, die Heiratsurkunde, Kopien der Pässe, all das schickten wir an die entsprechende Behörde in der DDR. Dort ließ man sich aber unglaublich viel Zeit; Jahre später wurde Viktor unter meinem Mädchennamen Burmeister eingeschult und trug nicht den gleichen Nachnamen wie seine Eltern. Für ein siebenjähriges Kind eine weitere, unnötige Belastung, unter der er sich ausgegrenzt fühlte.

Mitarbeiter einer Meldebehörde sagten uns später, einfacher wäre eine Ausbürgerung über Polen oder einen anderen Ostblockstaat gewesen. Aber für eine deutsch-deutsche Übersiedlung war die DDR schlicht nicht kooperationsbereit.

Ich bekam schließlich eine Bescheinigung ausgestellt, die mir bestätigte, dass ich nach westdeutschem Recht nicht vorbestraft sei. In der DDR hatte ich mich ja bis zuletzt an strenge Bewährungsauflagen halten müssen, und in meinem Ausweis war eine Vorstrafe eingetragen.

Einige Wochen später heirateten Viktor und ich in seiner Heimatstadt Biberach, als einziger Gast war Rosa anwesend, die sich inzwischen von ihrem Schrecken ein wenig erholt hatte. Es war eine stille, traurige Hochzeit. Und nicht in Weiß. Der kleine Viktor weinte, als wir wieder in der engen Wohnung ankamen, und wollte weiterhin nach Hause.

Inzwischen war die Wohnung meiner leiblichen Mutter frei geworden, und bevor jemand anderes diese günstige Sozialwohnung beziehen konnte, stellte Viktor einen Antrag für uns. Da ich die leibliche Tochter der Verstorbenen war, bekamen wir ohne Warteliste diese Zweizimmerwohnung. Viktor und ich renovierten sie gründlich, und das alles, während der kleine Viktor völlig verstört am Boden saß und sich uns »Fremden« ausgeliefert fühlte.

Sosehr Rosa ihn auch mit Plätzchen und neu gekauften Bilderbüchern zu sich lockte, so sehr weinte er doch, stand am Fenster und wartete verzweifelt auf den Opa, der doch sicher bald mit seinem Trabi vorgefahren käme, um ihn abzuholen. Diese herbe alte Frau mit dem fremden Akzent war ihm nicht geheuer.

All das kostete uns enorm viel Kraft und zehrte an uns. In meinen Träumen hatte ich mir immer ausgemalt, wie schön es sein müsste, wenn wir endlich eine Familie und frei im Westen wären. Viktor hatte so von der bergigen Landschaft in Biberach geschwärmt, von der Nähe zum Schwarzwald, vom milden Klima. Er hatte sich vorübergehend von seiner Arbeitsstelle in Lübeck beurlauben lassen, um die Formalitäten samt der Heirat zu erledigen. Doch auch ich fühlte mich in Biberach nicht wohl, die Berge engten mich ein, ich sehnte mich nach dem vertrauten Geruch des Meeres, nach der Weite. Außerdem war dieser Dialekt für mich unerträglich; ich kam mir vor wie im tiefsten Ausland.

Nach einem weiteren halben Jahr, das wir mehr schlecht als recht in der Sozialwohnung verbracht hatten, beschlossen wir, nun doch nach Lübeck zu ziehen, da sonst der Job von Viktor anderweitig vergeben werden würde.

Die Gefahr, dort von der Stasi bespitzelt und verfolgt zu werden, hatte mich lange davon abgehalten. Bei meiner Entlassung hatte man mir schließlich gedroht: Die Stasi hat ihre Fühler überall!

CLARA

Frühsommer 1972, Lübeck

Viktor bezog mit uns seine ehemalige Junggesellenwohnung, wieder zwei Zimmer, und diese lag tatsächlich im Zonenrandgebiet! Wenn ich mit meinem inzwischen dreijährigen Sohn zwischen den Feldern spazieren ging, standen überall Schilder: Halt! Zonenrandgebiet! Mit Totenkopf und Warnungen, dass geschossen würde. Panisch drehte ich dann mit ihm um und zog ihn weg. Er weinte immer noch viel und war verstört. Er fand kaum Anschluss und wollte nicht spielen. Einen Kindergartenplatz fand ich nicht; anders als in der DDR waren Plätze nicht automatisch vorgesehen und musste man seine Kinder lange vorher anmelden. An der Bushaltestelle fühlte ich mich verfolgt und beobachtet. Wenn Viktor abends von der Arbeit kam, stand ich zitternd da: »Vielleicht darf ich gar nicht hier wohnen! Ich habe so Angst, dass sie unser Kind entführen!« Denn »rechtmäßig« war Klein Viktor immer noch DDR-Bürger.

Inzwischen hatte ich Zugang zur deutschen Presse, und im SPIEGEL hatte ich erst vor Kurzem darüber gelesen, dass Kinder in die DDR zurückentführt worden waren und dass den Eltern in der BRD die Hände gebunden waren. Diese Kinder kamen in Heime, wurden »umerzogen« und bekamen einen neuen Namen. Diese Maßnahmen fanden unter Margot Honecker statt, die sich damit vollkommen im Recht fühlte.

Nachdem mein Schwestern-Examen schließlich durch eine Behörde in Kiel anerkannt worden war, fand ich eine Anstellung in einem Altenheim. Ich durfte Klein Viktor mitnehmen, und während ich die alten Leute versorgte, ihre Laken wechselte, sie fütterte und im Rollstuhl herumschob, zerrte ich meinen armen Kleinen immer mit. Auch diese morbide Umgebung war keine Atmosphäre für ihn, aber ich ließ ihn aus Angst nicht aus den Augen. Er weinte viel, hatte Magenschmerzen und übergab sich oft. Das Trauma seiner frühen Kindheit saß tief und fest in dem armen kleinen Kerl. Wenn es ihm besser ging, saß er artig in den Zimmern der Alten, malte oder sah sich Bücher an. Manchmal erzählten ihm die alten Leute auch Geschichten oder sangen ihm Kinderlieder vor. Er war ein ruhiges Kind, und zum Glück hatte meine Chefin für unsere Situation Verständnis.

CLARA

September 1976, Lübeck

Eines Morgens klingelte es an der Tür. Mein großer Viktor war schon zur Arbeit gefahren, und mein kleiner Viktor war inzwischen sieben Jahre alt. Er sollte bald eingeschult werden, und das versetzte mich in Angst und Panik. So konnte ich ihn nicht mehr vierundzwanzig Stunden im Auge behalten! Im Gegenteil, er musste sogar seinen Schulweg allein bestreiten, denn ich hatte im Altersheim Schichtdienst. Nicht immer würden Viktor oder ich ihn begleiten oder abholen können. Er trug nicht unseren Namen, er war immer noch DDR-Bürger.

Es klingelte wieder, schrill und lang anhaltend.

»Viktor, schließ dich im Zimmer ein!« Panisch packte ich mein armes Kind, das sich gerade damit abmühte, seine Schnürsenkel zu binden, weil wir ja zusammen zum Altersheim aufbrechen wollten. Mein Herz raste wie ein Presslufthammer.

»Wer ist da?« In gebückter Haltung stand ich vor der Wohnungstür. Ich wollte noch nicht mal durch den Spion schauen, denn ein solcher stand vielleicht davor!

»Na rate mal.«

»MAMA?!« Ich riss die Tür auf und konnte es kaum glauben. Da stand meine Mama, lachend, im Popelinemantel und mit einer Reisetasche. Ich klimperte mit den Augendeckeln. »Mama! Wo kommst du denn her …?«

»OOOOMMMMAAAAAA!« Viktor kam aus seinem Zimmer gestürmt, warf sich ihr in die Arme, und die beiden verharrten minutenlang in dieser innigen Umarmung.

»Mama, ich kann es nicht fassen …« Schluchzend lagen wir alle drei uns in den Armen. »Wie hast du die Ausreisegenehmigung …?«

»Ich bin doch Rentnerin.« Sie ließ sich von Viktor ins Wohnzimmer ziehen. Auf seine stürmische Frage nach dem Opa zuckte sie mit den Achseln: »Leider, Vikkilein. Der Opa durfte nicht mit. Er musste als Pfand dableiben. Aber er lässt dich ganz herzlich grüßen und hat mir das hier für dich mitgegeben …« Sie kramte in ihrer Reisetasche und zog ein kleines Holzboot hervor. »Das hat der Opa eigens für dich geschnitzt.«

Begeistert ließ mein Junge das Holzboot in der Badewanne zu Wasser. Seine Kleidung war bereits durchnässt, aber er hatte rote Wangen und plapperte wie ein Wasserfall. Keine Chance, dass er jetzt mit mir ins Altersheim ging!

»Mama, ich muss zum Dienst, darf ich euch allein lassen?« Nervös presste ich mir die Hände auf den Magen.

»Aber natürlich, wir kommen schon klar, was, Vikki?« Mama setzte sich gemütlich auf den Badewannenrand. »Wir haben uns ja so viel zu erzählen! Wusstest du, dass Claudia jetzt ein Baby kriegt?«

»Nein, ehrlich gesagt, haben wir gar keinen Kontakt mehr …« Ich fasste mir auf den Magen.

»Ach Oma, lass uns doch einfach jetzt wieder zu dir nach Hause fahren …«, bettelte Viktor daraufhin. »Ich will mit dem Baby spielen!«

DAS tat weh. Nach mehreren Jahren hatte sich mein Viktor hier immer noch nicht eingelebt.

Mir zog sich der Magen zusammen, ich fiel auf die Knie und umarmte die Toilette. Mama sah mich erschrocken würgen und spucken.

»Ja liebes Mädchen!« Sie hielt mir die Haare hoch und reichte mir ein Handtuch. »Ist dir mein Besuch dermaßen auf den Magen geschlagen?« Sie schaute gemeinsam mit mir in den Spiegel, und ich schämte mir für diesen unangemessenen Gefühlsausbruch. Meine Vergangenheit holte mich wohl ganz plötzlich ein!

»Ich weiß auch nicht, Mama, ich sehe dauernd Gespenster, habe schreckliche Angst, dass sie Viktor entführen, habe fürchterliches Heimweh nach Hause, und jetzt …«

Weiter kam ich gar nicht mehr, das gesamte Frühstück kam wieder ans Tageslicht.

Mama wartete geduldig ab, den unablässig plappernden Viktor am Bein. »Ist es nun gut, meine Kleine?«

Allein diese liebevolle vertraute Ansprache ließ mich auf den Badewannenrand sinken und in Tränen ausbrechen. Mir war nicht klar, wie sehr ich meine liebevolle Mama vermisst hatte!

Wieder schauten wir gemeinsam in den Spiegel, lachten und weinten gleichzeitig.

»Dass du da bist, ich kann es gar nicht fassen … wie lange kannst du bleiben? – O Gott, ich muss Viktor anrufen, wir müssen heute Abend etwas ganz Besonderes kochen …« Es würgte mich schon wieder.

»Liebes«, sagte meine Mama, und ihr Blick ruhte besorgt auf mir. »Kann es sein, dass du schwanger bist?«

Im Juni 1977 wurde unser zweiter Sohn Paul geboren. Wir waren sehr glücklich, auch wenn das Baby in der kleinen Wohnung eine weitere Umstellung für uns bedeutete.

Noch einmal durfte meine Mama uns besuchen, jedoch ohne Vater. »Das Kind von Claudia ist jetzt drei Monate alt, wie schön, dass ich jetzt gleichzeitig Oma und Uroma geworden bin!«

Sie kümmerte sich wundervoll um meine beiden Jungs, brachte Viktor mitsamt dem Kinderwagen morgens zur Schule und holte ihn mittags wieder ab. Noch immer hieß Viktor »Burmeister« mit Nachnamen, während Paul und wir Eltern »Lipka« hießen. Noch immer hatte ich Viktor gegenüber ein schrecklich schlechtes Gewissen. Er lebte sich nur allmählich in seiner Klasse ein, blieb ein Einzelgänger und blühte nur auf, wenn seine geliebte Oma in der Nähe war.

Auch Viktors Mutter Rosa kam zu Besuch; es wurde sehr eng in der Wohnung, und wir mussten alle aufeinander Rücksicht nehmen. Abends, wenn die Kinder im Bett waren, erzählten wir uns unsere Lebensgeschichten bei einem Glas Wein, und es flossen viele Tränen. Meine Schwiegermutter Rosa war nach wie vor zäh und robust, wenn sie auch oft abweisend und verhärmt wirkte. Für meine herzliche Mama Margit war das schwer zu verstehen: Sie beide waren zwar in einem ähnlichen Alter, waren sich in Allenstein an jenem Januartag des Jahres 1945 sogar einmal kurz begegnet, ihre Leben waren aber völlig gegensätzlich verlaufen. Meine Mama Margit war rundlich geworden, und ihre Herzlichkeit war ungebrochen.

»Leider muss ich euch mitteilen, dass dein Vater Klemens sehr krank ist«, rückte meine Mama bei so einer Gelegenheit mit der Sprache raus. »Er hat schon lange Prostatakrebs, und der hat nun leider gestreut.«

Trotz meiner beiden kleinen Söhne setzte ich Himmel und Hölle in Bewegung, um eine Besuchserlaubnis für die DDR zu bekommen. Wenn ich schon meine leibliche Mutter nicht mehr hatte sehen können, so wollte ich meinen Ziehvater Klemens noch einmal sehen. Er hatte so unendlich viel für mich und meinen kleinen Viktor getan!

Doch mein Besuchsantrag wurde von den DDR-Behörden abgelehnt. Mein Vater starb, ohne dass ich ihn noch einmal hatte sehen können.

Meine Mama, die zu dieser Zeit natürlich zurück in der DDR war, beantragte dann für Viktor, die Kinder und mich ein Besuchsvisum zur Beerdigung. Hierfür erhielten wir eine Einreiseerlaubnis.

Mit sehr gemischten Gefühlen fuhren wir in diesem Sommer wieder nach Rügen, in meine alte Heimat. Innerlich krampfte sich alles in mir vor Angst zusammen. Würden sie meinen Großen dabehalten? Er war weiterhin Bürger der DDR, hieß Burmeister und war bei der Adresse meiner Eltern gemeldet!

Am Grab weinten wir alle bittere Tränen. Am meisten weinte mein Sohn Viktor, hatte er doch so an seinem Opa gehangen.

Elvira und Claudia mit der kleinen Katrin waren natürlich auch da. Fred hatte zu der Zeit eine militärische Ersatzübung und war in einer Kaserne in Prora, einem kleinen Ort etwa zwölf Kilometer südlich von Sassnitz, interniert. Als Geheimnisträger hatte er strenges Ausgangsverbot, und es war ihm untersagt, mit mir, seiner Schwägerin, Kontakt aufzunehmen. Umso mehr wunderten wir uns, als wir während der Beerdigung ein Motorrad knattern hörten und mein Schwager Fred vom Sattel stieg! Schweigend gesellte er sich zu uns, legte sogar den Arm um mich und ließ seinen Schwiegervater mit uns zu Grabe.

Später saßen wir unbehaglich in einer Gaststätte, umringt von vielen alten Freunden und Fischer-Kollegen meines Vaters. Er hatte noch einige Jahre in der Fischfabrik arbeiten müssen, war aber sehr beliebt gewesen und hatte sich klaglos der Situation angepasst. Eine Situation, in die ich ihn gebracht hatte!

»Wie geht es dir da drüben im Westen, Schwägerin?« Fred suchte meine Nähe, obwohl ihm doch dieses Verbot auferlegt worden war, mit mir zu sprechen.

»Wir haben uns eingelebt«, antwortete ich vage. »Es war alles am Anfang nicht so einfach, aber jetzt haben wir Freunde gefunden und die Kinder …«

»Hast du dich eigentlich nie gefragt, wer dich damals verraten hat?« Fred griff bereits zu seinem dritten Glas Bier und rückte noch ein wenig enger an mich heran.

Mir blieb das Herz stehen. Elviras Blicke wurden zu Eispickeln, Claudia sprang auf, um sich um die Kinder zu kümmern. »Wie kannst du jetzt so eine Frage stellen, Fred. Vater ist noch kaum unter der Erde …«

»Genau deshalb«, sagte Fred ganz ruhig und trank einen langen Zug aus seiner Flasche.

»Weißt du, euer Vater hat mich immer wieder gefragt, wer es gewesen sein könnte.« Er wischte sich den Schaum vom Mund. »Jemand muss Clara ja verraten haben, ihre Pläne mit Viktor, ihre Reise in die Tschechoslowakei, ihre Reise nach Budapest … da hatte ja jemand ganz genaue Informationen.«

»Fred, ich verbiete dir …« Elviras Stimme wurde schrill. »Wenn sie dich hier erwischen, und dann noch betrunken, dann bist du der Nächste aus unserer Familie, der in den Knast wandert!«

»Ich schulde es Klemens. Klemens war ein Ehrenmann.« Fred stand auf, knallte die leere Flasche auf den Tisch und küsste Elvira auf den Kopf, da sie das Gesicht weggedreht hatte. »Ich mach mich wieder vom Acker. Aber denk mal darüber nach, Clara. Jemand hat dich verraten. Jemand, der dich gut gekannt hat.«

CLARA

Pfingstsonntag 2010, Lübeck

Ein schrilles Klingeln reißt mich aus dem Schlaf.

O nein, ich muss doch nicht mehr arbeiten, die Kinder sind aus dem Haus, Viktor ist in Rente – warum klingelt es? Ein zweiter Wecker rappelt und scheppert los, ich fahre in meinem Bett hoch und presse mir die Hände auf die Brust. Draußen ist es noch dunkel, fünf Uhr früh! Und außerdem ist Sonntag! Nicht mal die Kirchenglocken haben geläutet!

Ach natürlich. Heute ist der Tag. Wir fahren nach Berlin. Meine Stasi-Akten liegen zur Ansicht bereit. Ich habe lange gezögert, es ging mir zwischenzeitlich nicht gut, Mama ist bei uns zu Hause gestorben, Rosa ist gestorben, ich selbst hatte Brustkrebs.

Aber jetzt. Jetzt ist es so weit. Ich muss es wissen. Ich bin bereit.

»Clara? Wir müssen aufstehen.« Viktor tastet mit der Hand nach der leeren Kuhle auf meinem Kopfkissen. Ich bin schon aufgesprungen, mein Mund schmeckt nach Blei, meine Schläfen pulsieren. Mechanisch schlüpfe ich in meine Pantoffeln und taste mich im Halbdunkel die Treppe hinunter in die Küche, setze Kaffee auf. Erst als der Duft nach frischen Kaffeebohnen durch die Räume unseres Bungalows zieht, beruhigt sich mein Puls.

»Viktor, möchtest du Toast?« Ich strecke den Kopf durch die Küchentür und lausche dem Hall meiner Stimme nach. Viktor rasiert sich bereits, leise summend im Bad.

»Er will immer Toast«, höre ich mich murmeln und verrichte automatisch meine üblichen Handgriffe.

Auf der Fensterbank liegen unsere beiden Lesebrillen. Wir sind achtundsechzig und sechsundsechzig Jahre alt. Unsere Söhne haben geheiratet, das Schicksal hat uns sieben wunderhübsche, gesunde und fröhliche Enkeltöchter beschert. Ihre gerahmten Bilder hängen an der Küchenwand. Sieben rotwangige blonde Mädchen lächeln mich an.

»Oma, du schaffst das«, scheinen sie mir zuzurufen.

Na klar schaffe ich das, beschwöre ich mich selbst, während ich die pappigen Toastscheiben in den Toaster stopfe. »Viktor? Möchtest du ein Vier-Minuten-Ei?«

Die Dusche rauscht.

Ach, natürlich will er ein Ei. In Krisensituationen sind Eier immer gut.

»Berlin«, sage ich laut zu den Fotos der sieben Mädchen, die mich jede auf ihre Weise herzlich anlächeln. »Es ist lange her. Es gibt gute und schlechte Erinnerungen, wisst ihr. Damals war Berlin geteilt. Euer Opa lebte im Westen und ich im Osten. Aber das habe ich euch ja alles schon erzählt. Heute möchte ich dem letzten Geheimnis meines Lebens auf den Grund kommen. Ihr könnt mir glauben, ich bin furchtbar aufgeregt.«

Ich stelle das kochende Wasser auf den Herd, drehe die Eieruhr auf und balanciere zwei dicke braune Eier von frei laufenden Hühnern vorsichtig hinein. Eines platzt sofort auf, das andere hält. »Seht ihr, genau wie wir damals«, murmele ich und beobachte, wie das Weiße des aufgeplatzten Eis sich aus der Schale schiebt. »Der eine geht kaputt daran, der andere nicht.«

»Hältst du Selbstgespräche?« Viktor erscheint, frisch geduscht und rasiert, nach seinem vertrauten Rasierwasser duftend. »Du bist doch auch nicht daran kaputtgegangen, Clara. Du bist stark. Du schaffst das. Komm, lass mich das hier machen. Das Bad ist frei.«

Es duftet im ganzen Haus nach unseren Blumen, die draußen im Garten gerade erwachen. Auch drinnen habe ich Blumenkränze und frische Sträuße dekoriert, so weit das Auge reicht.

Später, wenn wir zurückkommen aus Berlin, wollen Viktor und Paul mit Alexandra und Bettina und den Mädels vorbeikommen, um mir moralisch Beistand zu leisten, falls es schlimm wird. Und es wird ganz sicher schlimm. Heute werde ich erfahren, wer mich damals verraten hat.

Es ist ein eigenartiges Gefühl, wenig später neben Viktor im Auto zu sitzen. Er hat seinen VW Käfer schon vor vielen Jahren gegen einen geräumigen Familien-Van eingetauscht, denn wir fahren regelmäßig mit den sieben Mädchen in Urlaub. Jedes Jahr darf eine andere bestimmen, wo es hingeht. Wir waren schon in Spanien, Italien, Österreich, in Dänemark, Holland und …

Heimlich wünsche ich mir sehr, dass wir eines Tages nach Schweden fahren. Damals habe ich immer an der Hafenmole von Sassnitz gesessen und mich auf die Fähren nach Skandinavien geträumt, in meinen Erdbeerträumen, wie ich sie nannte.

»Ich sollte mich beruhigen«, sage ich, als Viktor zügig auf die Autobahn auffährt und die strahlende Frühsommersonne sich wie ein glühender Ball zwischen rosa Wolken am Horizont hinaufschiebt. Rechts und links der Autobahn ziehen sich endlose Felder von roten Mohnblumen und gelbem Raps. »Die Gauck-Behörde ist immerhin eine von der Bundesrepublik ins Leben gerufene Einrichtung.«

Dreieinhalb Stunden später erreichen wir Berlin, die Hauptstadt Deutschlands.

Die Grenze ist seit über zwanzig Jahren offen, und die DDR ist Geschichte. Doch wie viele Narben sind auf den Seelen der Menschen und werden nie verheilen? Ich möchte, dass meine Narben endlich verheilen. Und dazu brauche ich Klarheit.

Auch wenn ich schon eine Ahnung habe, wer es gewesen sein könnte. Viktor ist ebenfalls überzeugt, dass es Jörg war. Jörg Unger, der damalige Oberarzt. Ich hatte ihm nicht nur meine Liebe verweigert – oder das, was er dafür hielt –, sondern ihn auch noch angezeigt, nachdem er Pfingsten – genau dieses Wochenende vor zweiundvierzig Jahren – mit seinen Kollegen auf dem Bau verbracht hat, statt sich um das kleine Mädchen zu kümmern, das ihm anvertraut war. Aus Stolz und Ignoranz hatte er die Medikamente im Schrank eingeschlossen.

»Wir sind da. Bist du bereit?«

Ich löse meinen Anschnallgurt, bleibe noch einen Moment angespannt sitzen. »Ja. Ich bin bereit.«

Wir betreten die Gauck-Behörde, die für uns trotz des Feiertages heute geöffnet ist. Eine junge Mitarbeiterin drückt uns die Hand und führt uns in einen großen Raum, in dem viele lange Tische stehen. An den Wänden sind Regale, über und über voller Aktenordner.

Unsere Akten liegen bereits vorbereitet auf dem Tisch.

»Möchten Sie ein Glas Wasser?«

»Ja, bitte.« Ich suche nach meiner Lesebrille, rücke den Stuhl zurecht und zucke bei dem kratzenden, scharrenden Geräusch zusammen. Augenblicklich höre ich wieder den Schlüssel im Schloss meiner Zelle.

»Bitte, lassen Sie sich Zeit. Wenn Sie mich brauchen, ich bin dort im Büro.« Die junge Frau weist auf einen Glaskasten, in den sie sich diskret zurückzieht. Dort macht sie sich konzentriert an ihrem Computer zu schaffen.

Meine Finger zittern, als ich den Aktenordner aufklappe.

Als Erstes fallen mir meine handgeschriebenen Briefe ab 1964 an Viktor entgegen.

»Das sind alles Kopien!« Ein dickes Bündel, sorgfältig nach Datum mit Heftklammern geordnet. »Die Briefe sind aber doch alle bei dir angekommen!«

»Ja, aber vorher wurden sie alle gelesen, kopiert und archiviert.« Viktor weist mit einer Kopfbewegung an die Wände, die voller Akten sind. »Die haben sich wirklich Mühe gemacht.«

Ich vertiefe mich mit zuckenden Augenlidern in die Akten, rücke meine Brille gerade, nehme sie wieder ab und putze sie gründlich. Es scheint mir, als seien die Gläser völlig verdreckt. Und so ist es auch. Es ist Dreck, der mir hier entgegenquillt. In jeder Zeile, jedem Wort. Zwei Agenten haben mich die ganze Zeit bespitzelt. Unter den Decknamen »Gunter« und »Joe«.

»Merkwürdig«, sage ich zu Viktor, der in einigem Abstand neben mir sitzt. Er will mir meine Privatsphäre lassen und gleichzeitig in der Nähe sein. »Ich kenne keinen Gunter, und erst recht keinen Joe.«

»Lies doch erst mal.« Viktor schlürft an seinem Cappuccino, den die junge Frau ihm vom Automaten gezogen hat. Er kennt sich mit der neumodischen Pappbecher-Kultur nicht so aus.

Jedenfalls haben Gunter und Joe mich überwacht, ohne dass ich je etwas davon bemerkt hätte. Es beginnt schon im Jahr 1961, als ich mich weigere, der FDJ beizutreten.

Da ich unter meinem Mädchennamen geführt werde – Clara Burmeister –, liest sich das Ganze wie ein Roman über eine Person, die mir inzwischen irgendwie fremd ist. Und es ist alles da; mein erstes Treffen mit Viktor, wie ich weinend in dem Schuppen saß, wie er mit mir auf dem Dach seiner Pension war, unsere Spaziergänge und Ausritte am Meer … wie er mit Blumen zu meinen Eltern kam, von meiner Mutter berichtete, wie er das Tonband brachte … WER IST JOE? WER IST GUNTER? Hatten die Nachbarfenster wirklich Ohren?

Ich schrecke erst auf, als noch weitere Leute den Raum betreten, sich ihre Akten aushändigen lassen und anfangen zu lesen. Hier und da schreit jemand auf, haut mit der flachen Hand auf den Tisch oder fängt an zu weinen.

Als ein Mann stöhnend zusammenbricht, wird ein Arzt gerufen.

Immer wieder werde ich gefragt: »Geht es Ihnen gut?«

Immer wieder nicke ich mechanisch, ohne von meinen über tausend Seiten aufzusehen.

Die Akteneinsicht dauert zwei Tage, wir übernachten irgendwo in Berlin in einem Hotel.

In der Nacht breche ich in Viktors Armen weinend zusammen.

In mir kommen Wut, Trauer und Hassgefühle hoch. Mit jeder Seite, die ich heute gelesen habe, hat sich mein Hals enger zugeschnürt, wurde meine Luft knapper, kroch die Panik über mich.

Ich sitze wieder mit Viktor auf dem Dach, weine in seinen Armen, als er mir von meiner Mutter erzählt, ich höre wieder das Tonband mit ihrer Stimme, ich sitze wieder im Familienkreis, und der Entschluss schält sich langsam heraus, dass ich mit Viktor in den Westen gehe, ich reite wieder auf der Ranch, rede, lache und streite mit meiner Schwester, ich fahre wieder unerlaubt mit Vaters Trabi, ich schreibe wieder Liebesbriefe und bekomme welche von ihm, ich sehe das Päckchen mit der roten Mütze, die meine Mutter für mich gestrickt hat, ich gehe wieder durch die Flure der Charité, ich beantrage wieder herzklopfend das Visum für die Tschechoslowakei und Ungarn, ich schleiche wieder durch das knackende Geäst an der Grenze zu Österreich, ich renne wieder zum bereits anfahrenden Zug nach Budapest, ich sitze wieder dem überfreundlichen Menschen dort in der Botschaft gegenüber, ich werde wieder aus dem OP geholt, wo ich gerade für ein sterbenskrankes Kind die Haken halte. Ich erlebe die Gefängniszeit noch einmal, schreie und weine, und Viktor wiegt mich beruhigend in den Armen. Es sind über vierzig Jahre vergangen, ich liege in denselben Armen wie damals. Das beruhigt mich, ich habe doch nicht alles verkehrt gemacht im Leben. Viktor ist meine große Liebe.

»Vielleicht war es nicht der richtige Entschluss, die Vergangenheit erneut hervorzuholen, Liebes. Wir können das hier abbrechen und nach Hause fahren.«

Ich schluchze und heule in seinen Armen. »Nein, Viktor. Ich habe dreißig Jahre lang gebraucht, um mich durchzuringen. Jetzt ziehen wir das durch.« Ich zerre das letzte Tempotaschentuch aus der Verpackung und schnäuze mich.

Er steht auf und holt mir ein Handtuch aus dem Bad, weil der

Berg von zerknüllten Tempotaschentüchern auf meinem Bett inzwischen aussieht, als wären wir eingeschneit.

»Willst du einen Antrag darauf stellen, die Klarnamen zu erfahren?«

Ich schniefe und schlucke. Und pruste lautstark in das Handtuch hinein. Wenn Gunter Jörg Unger war, was ich nach wie vor vermute, wer war dann Joe?

Ein halbes Jahr später, 1. Advent 2010

»Bitte, Fred. Ich muss mit ihr sprechen.« Auf dem Tisch steht der Adventskranz, und ich möchte die erste Kerze erst anzünden, wenn ich mit meiner Schwester gesprochen habe. In der Küche hockt Viktor, spielt mit dem Glasuntersetzer und hört mit besorgter Miene mit.

»Sie will nicht ans Telefon kommen, Clara. Ich habe schon alles versucht.« Durch die Leitung höre ich einen Hund bellen, eine Tür knallt, ein Baby weint.

»Aber ich will doch nur wissen, warum sie es getan hat.« Ich schlucke, greife mir in den Nacken, reiße an meinem Rollkragenpullover. »Ich will ihr keine Vorwürfe machen, ich will ihr nur zuhören.«

»Sie hat den Mut nicht, Clara.« Fred raucht nervös. »Ich habe ihr schon seit dem Tod eures Vaters gesagt, dass sie es dir beichten muss.«

»Aber warum, Fred, warum hat sie mich verraten?« Meine Stimme schwankt, mein Hals fühlt sich kratzig an. »Ich habe ihr vertraut, ihr alles erzählt, ihr aus Viktors Briefen vorgelesen … sie wusste doch, was Viktor für mich bedeutete.«

»Ich kann es dir nicht sagen, Clara.« Fred wäre nicht Fred, wenn er nicht nach wie vor wortkarg und verschlossen wäre. Auch er war in der Partei, hat mit den Wölfen geheult, war sogar im Militär-Reservedienst. Als Verteidiger seines Staates. Es war ja nicht alles schlecht …

Mir ist kalt und heiß zugleich. Ich bin jetzt sechsundsechzig Jahre alt, und ich will mit allem Frieden schließen. Ich kann meinen Zorn und meinen Hass nicht mit ins Grab nehmen.

»Fred, ich will ihr verzeihen. Verstehst du das?« Dankbar greife ich nach dem Glas Wein, das Viktor mir reicht. »Ich habe in meiner Not damals im Gefängnis so oft zu Gott geschrien, und es ist eine innere Ruhe über mich gekommen, wenn ich das Gefühl hatte, dass auch er den Menschen immer wieder verzeiht.«

Fred raucht. Schließlich brummt er: »Da bist du bei mir an der falschen Adresse.«

»Ich habe mir damals im Gefängnis ein Gedicht ausgedacht, das hat mich davor bewahrt, wahnsinnig zu werden …«, plappere ich nervös drauflos, weil ich Angst habe, Fred könnte einfach auflegen. Die Röte schießt mir in die Wangen, ich zerre am Kragen meines Pullovers, eine fliegende Hitze krallt sich an mir fest wie ein Adler an einer Maus. Warum ist meine Schwester zu feige, ans Telefon zu gehen? Wo ich es doch jetzt schwarz auf weiß habe?

Stille in der Leitung. Fred raucht. Ich habe das Gefühl, er verdreht die Augen.

»Nur das Verzeihen lässt uns innerlich zur Ruhe kommen.« Ich nehme einen tiefen Schluck von dem samtigen Rotwein, der wärmend meine Kehle hinunterrinnt. Augenblicklich hört mein Magen auf, sich zu verkrampfen.

Er stößt Rauch aus. »Sie ist mit dem Hund rausgegangen.«

»Kannst du ihr bitte ausrichten, dass ich auf ihren Rückruf warte?« Meine Stimme hat sich in kindliche Höhen geschraubt. Ich bin wieder die kleine Schwester, die auf die Gunst der großen Schwester hofft. »Wirklich, ich will nur eines: ihr verzeihen. Das kann ich aber schlecht ohne sie.«

Viktor schüttelt unmerklich den Kopf. Er steht mit den Händen in den Hosentaschen im Türrahmen. »Leg auf«, bilden seine Lippen tonlos. »Es hat doch keinen Zweck.«

»Ich werd's ihr ausrichten«, sagt Fred.

Dann legt er auf.

24. Dezember 2010

»So Leute, rein mit euch in die warme Stube!« Viktor öffnet die Haustür, vor deren Milchglasscheibe sich sieben rote Mäntelchen in verschiedenen Größen herumdrücken.

Zwei Familienkutschen parken in unserer engen Einfahrt. Viktor und Paul schleppen Geschenke herein, die Schwiegertöchter Töpfe, Schüsseln und Kuchenbleche.

»Vorsicht, heiß! Nicht naschen!«

»Achtung, das sind die Vanillekipferl!« Zwei Hunde umkreisen uns schwanzwedelnd.

Sie sind alle gekommen: Viktor mit Alexandra, Paul mit Bettina und unsere Enkeltöchter, zwischen vierzehn und drei Jahren alt. Rosa, Barbara, Margit, Clara, Viktoria, Julia und Paula.

Eine nach der anderen fallen sie Oma und Opa um den Hals.

»Frohe Weihnachten«, tönt es aus dem engen Flur. Als endlich alle ihre Mäntel ausgezogen haben, fällt fast der Garderobenständer um. Sieben Paar Stiefelchen reihen sich der Größe nach an der Wand, und die Schwiegertöchter machen sich bereits in der Küche zu schaffen, packen ihre mitgebrachten Köstlichkeiten aus, werfen den Herd und den Mixer an.

Opa Viktor schüttet den aufgeregten Mädchen einen Kinderpunsch ein, der heftig dampft.

»Vorsicht, sehr heiß. Erst pusten.« Seine Sommersprossen sind inzwischen so weiß wie seine Augenbrauen, sein Haar hat sich gelichtet.

»Der Baum sieht wunderschön aus, Oma!« Die Kinder staunen, und ihre Augen strahlen.

Sie sitzen aufgereiht wie die Hühner auf der Stange auf unseren beiden Sofas, verfolgen jede meiner Bewegungen. Nach und nach zünde ich vorsichtig und andachtsvoll die Kerzen an.

Als alle sitzen und die beiden Elternpaare sich endlich zu uns gesellen, klingele ich mit dem kleinen Glöckchen. Sieben Augenpaare aus runden, rosigen Gesichtern schauen mich erwartungsvoll an. Die Geschenke türmen sich unter dem Baum.

Die Älteste legt eine Weihnachts-CD auf. Stille Nacht, heilige Nacht …

Andachtsvoll stimmen wir ein und singen mit.

»So, Oma, und jetzt aber die Geschenke.«

»Natürlich, und die hat wie immer das Christkind gebracht.« Ich senke meine Stimme, fühle diese innere Erregung und Vorfreude, die sich jedes Jahr in mir ausbreitet, wenn die Kinder mich so erwartungsvoll anstarren, und mache geheimnisvolle Augen.

Von drauß' vom Walde komme ich her, ich muss euch sagen, es weihnachtet sehr …

Dann werden die Geschenke ausgepackt, und das dauert fast zwei Stunden. Opa hat mit feuchten Augen sieben identische Päckchen in rotem Geschenkpapier unter den Baum gelegt, und alle Enkelinnen packen ihres gleichzeitig aus.

»Ein Buch!«

»Ja, es ist das Tagebuch von Opa für euch Mädchen, damit ihr wisst, wie der Opa als Kind war.« Ich fange einen sehr bewegten Blick von ihm auf. »Er hat es für euch drucken und binden lassen.«

»Oh, bitte, lies uns daraus vor …«

»Aber es ist sehr traurig, vielleicht warten wir noch ein bisschen damit, bis ihr älter seid?«

Es klopft.

»Ihr sollt auch eure Urgroßmutter Rosa auf diese Weise kennenlernen«, sagt Viktor mit belegter Stimme. »Sie war eine unglaublich starke Frau, und ich glaube, ihr habt alle ihre Stärke geerbt.«

»Und von dir natürlich auch, Mama.« Mein Sohn Viktor legt den Arm um mich. »Wann kommen denn deine Memoiren?«

»Ach, ich weiß nicht … noch ist meine Geschichte ja gar nicht fertig!«

Es klopft, lauter diesmal.

»Oma, es klopft.« Irritiert halte ich inne. Sind wir zu laut? Beschweren sich die Nachbarn? Haben die Hunde zu laut gebellt? Ich habe sie kurzerhand in den Garten gelassen, wo sie wie besessen im Schnee herumtollen.

Es klopft, und zwar ans Fenster, an die geschlossenen Rollläden.

Das kann ja nur die Nachbarin von nebenan sein. Die kommt schnell über die Terrasse, wenn was ist.

»Moment, Kinder, ich kläre das mal schnell.«

Mit energischen Griffen ziehe ich die Rollläden hoch. Draußen schneit es in dicken Flocken. Ich sehe im ersten Moment gar nichts, außer unsere völlig zugeschneite Rotbuche, und dann schälen sich die Schatten der Hunde aus dem Gebüsch. Sie bellen wie verrückt und wedeln mit dem Schwanz.

Oje, hoffentlich waren sie nicht im Nachbargarten, schießt es mir durch den Kopf. Nicht dass sie die Lichterkette zerbissen haben. Doch die Lichterkette flackert sanft im Winde schaukelnd zu uns herüber.

Dann sehe ich zwei vermummte Gestalten da stehen. In unserem Garten.

Sie schauen in unser hell erleuchtetes Wohnzimmer. Ich kneife die Augen zusammen. Meine Nachbarn sind es nicht. Hat Viktor doch einen Weihnachtsmann und einen Knecht Ruprecht bestellt, für die Kinder? Warum hat er mir denn nichts gesagt?

Da legt mir Viktor plötzlich den Arm um die Schulter und drückt mich an sich.

»Ich wollte dir nichts verraten, falls sie es sich anders überlegen. Aber ich habe ihnen Feuer unter dem Hintern gemacht, und Fred hat sie hergebracht. Er sucht nur noch einen Parkplatz.«

In unserem Garten stehen Elvira und Claudia und Katrin. Beladen mit Geschenken.

Es wird ein wunderschönes Weihnachtsfest, das schönste, das wir je hatten. Während des Essens plaudern wir, ja wir lachen sogar, und unsere Enkelinnen haben nicht die geringste Ahnung, welcher Vulkan seit der Akteneinsicht in mir brodelt.

Und dennoch schaffen wir es, den Rest der Familie heute Abend damit nicht zu belasten.

Immerhin sind nun acht kleine Mädchen im Raum, und die haben nichts als Liebe und Harmonie verdient.

Nach der Bescherung und dem Abendessen bleibe ich mit meiner Schwester und meiner Nichte am Tisch sitzen, während Viktor, unsere Söhne, Schwiegertöchter und alle sieben Enkelinnen wie die Heinzelmännchen die Küche aufräumen. So viele Personen passen fast nicht hinein, aber sie reichen sich gegenseitig schweigend die Teller und Platten, wir hören es leise klappern. Nach kurzer Zeit klauben sie alle ihre Mäntelchen von den Haken im Flur, ziehen sich ihre Stiefel an und machen sich flüsternd auf in die Christmette.

Fred bringt die kleine Katrin bei uns oben ins Bett, sie hat ein wenig Fieber und hustet. Einen Mann hat Claudia nicht, sie ist auf einen Blender hereingefallen. Die Familie muss zusammenhalten.

Es ist die Zeit zu verzeihen, und ich bin fest bereit, mit Claudia Frieden zu schließen. Dass sie sich heute, am Heiligen Abend, aufgemacht haben, mit ihrem kranken Kind hierherzukommen, dass sie mir in die Augen schauen und mich um Verzeihung bitten wollen, rechne ich ihnen hoch an. Elvira hat es immerhin gewusst, genau wie Fred.

Little Joe war Claudias Deckname! Das Little war immer geschwärzt, sodass ich nur »Joe« lesen konnte. Sie war während der Zeit, in der sie mich bespitzelte, zwischen vierzehn und achtzehn Jahre alt.

Als wir endlich unter uns dreien sind, Elvira, Claudia und ich, fängt sie stockend an zu erzählen.

Eines Tages kam ganz zufällig und unverbindlich ein junger Arzt aus der Charité auf den Reiterhof, er wollte sich die Pferde ansehen. Claudia stand gerade im Stall und putzte Little Joe, und der Mann sprach sie an. »Bist du hier die Tochter des Hauses? Kann man bei euch Reitstunden nehmen?«

So kamen sie ins Gespräch, und die damals etwas mollige, pubertäre Claudia fühlte sich geschmeichelt. Mit der sorglosen Unbekümmertheit eines Kindes fasste sie Vertrauen zu dem Mann aus der Hauptstadt. »Er sah gut aus, er war zwar viel älter als ich, aber er war total nett zu mir. Irgendwann fing er an, mich über dich auszufragen, Clara. Ob du auch fleißig für dein Examen lernst. Er hätte dich nämlich gern in seiner Abteilung.«

Ich fasse mir an die Schläfen. Meine Gehirnzellen arbeiten. »Das war in dem Sommer, als ich Viktor kennenlernte.« Auf einmal ist meine Kehle wie zugeschnürt.

»Ganz genau.« Sie nickt fast eifrig. »Ich dachte, ich tu dir einen Gefallen, wenn ich mit deinem zukünftigen Chef rede. Damals wirklich noch ganz naiv habe ich ihm gesagt, dass du gerade nicht lernen kannst, weil du Besuch aus dem Westen bekommen hast.«

»Sie war wirklich naiv«, schaltet sich Elvira ein. »Sie war ein einsamer Teenager, sie wollte gefallen. Das ist in dem Alter ganz normal.«

Ich nicke.

»Der Mann kam öfter an den Wochenenden vorbei, wollte ausreiten, aber wirklich geritten ist er gar nicht. Meistens lehnte er am Gatter, schaute mir zu und fing dann wieder an, nach dir zu fragen. Ob du denn im Sinne hast, in den Westen zu gehen.«

Ich sehe sie unverwandt von der Seite an. Die Bilder ziehen wie ein Film an meinem inneren Auge vorbei. Ich habe der Kleinen damals einiges anvertraut. Sie wirkte so neugierig, kindlich und auch ein bisschen einsam. Ich hatte sie immer als kleine Schwester betrachtet.

»Da habe ich irgendwie schon gemerkt, dass er mich aushorchen wollte.« Claudia spielt an ihrem Weinglas herum. »Aber ich fühlte mich … so interessant. Du hattest mir die Briefe von Viktor gezeigt, du hattest mir von deiner leiblichen Mutter erzählt, und ich fand es einfach wahnsinnig aufregend, eine so tolle Geschichte in petto zu haben.«

Ich nicke wieder.

»Es war oft langweilig da auf der Ranch, meine Eltern hatten kaum Zeit für mich, eine Freundin hatte ich auch nicht, aber dieser Mann mit seinem Motorrad, der war eben was Besonderes. Und ich merkte natürlich, dass er auf dich stand.«

»Hm«, mache ich.

»Er hat mich dann ein paarmal mitgenommen, das wussten meine Eltern gar nicht, das war natürlich aufregend und verboten. Am Strand unten hat er mir dann gesagt, es wäre sehr nett von mir, wenn ich ihn einfach ein bisschen über dich auf dem Laufenden halte. Er würde dich nämlich sehr mögen, und es wäre doch sehr schade, wenn du auf dumme Gedanken kämest.«

»Hattest du denn da keine Schuldgefühle? Du wusstest doch, wie sehr ich Viktor liebe.«

Ich spüre, wie alter, heißer Zorn in meinem Magen aufsteigt und sich in Richtung meiner Kehle bewegt.

Sie schüttelt den Kopf. »Nein, eigentlich nicht. Es war so ein Machtgefühl für mich damals, weißt du. Du warst so interessant für alle, die ganze Familie scharte sich immer um dich, wenn du nach Hause kamst. Deine leibliche Mutter, dein toller Freund aus dem Westen, deine Findelkind-Geschichte. Alles drehte sich immer nur um dich. Ich war eben nur die kleine dicke Claudia, die immer nach Stall roch und nichts zu bieten hatte.«

Ich schüttele den Kopf, habe einen dicken Kloß im Hals, starre auf die flackernden Kerzen am Weihnachtsbaum und stelle fest, dass sie fast heruntergebrannt sind.

Claudia fährt sich über die Augen: »Ja, ich war einfach so verdammt eifersüchtig auf dich …«

Wenn es nicht um den Verrat an mir selbst gegangen wäre, hätte ich sie in diesem Moment vielleicht sogar umarmt.

Ich stehe auf, befeuchte meine Finger und lösche zischend die Kerzen. Jeder einzelne heiße Stich lässt den Schmerz in meiner Seele noch einmal aufflammen.

Irgendwann begriff Claudia, dass sie längst als IM, als Inoffizielle Mitarbeiterin, für die Stasi arbeitete. Sie erstattete regelmäßig Bericht über mich und kam aus der Nummer nicht mehr raus.

Sie erzählte Jörg, der sie immer mehr unter Druck setzte, von meinen Plänen, über die Tschechoslowakei auszureisen, berichtete ihm von meinem Plan B, es über Ungarn zu versuchen, und schließlich, als letzte Lösung, Plan C: Jugoslawien.

Und so lief ich ihnen schließlich in die Falle.

Sie hatten jeden Schritt beobachtet und alles haargenau im Vorfeld einkalkuliert.

Elvira wusste irgendwann davon und hat ihre Tochter gedeckt. Sie konnten nicht mehr zurück. Sie hielten die Füße still. Als ich im Gefängnis saß und da bereits schwanger war, tauchte die Stasi bei meinen Eltern auf. Claudia weinte schrecklich, und ihr wurde bewusst, was sie mir angetan hatte. Fred sorgte durch seine Beziehungen dafür, dass der kleine Viktor nicht ins Heim kam, sondern bei meinen Eltern bleiben konnte.

»Der Rest ist Geschichte.«

Claudia legt mir die Hand auf den Arm und sieht mich unter Tränen an.

»Ich war dumm und geschwätzig und wollte Aufmerksamkeit. Ich fühlte mich wichtig als Geheimnisträgerin und wollte dir auch ein bisschen eins auswischen.« Sie schluckt und wischt sich über die Augen. »Dann kam eine Lawine ins Rollen, die ich nicht mehr stoppen konnte.« Sie steht auf, kommt auf mich zu. Ich habe mich auf das Sofa verschanzt, halte zwei Kissen schützend in den Armen vor der Brust. Muss das alles erst mal verarbeiten.

Bis eben dachte ich noch, dass Elvira …

»Es tut mir so leid, Clara.« Claudia senkt den Kopf. »Ich habe seitdem einen Stein im Magen, der mich fast umbringt. Seit ich selbst Mutter bin, begreife ich erst das Ausmaß dessen, was ich dir angetan habe. Ich möchte mich bei dir in aller Form entschuldigen.« Sie hält inne, schüttelt den Kopf. Ihr fließen die Tränen. »Nein, das ist falsch ausgedrückt. Ich kann mich gar nicht entschuldigen. Ich kann dich nur innig um Entschuldigung bitten.«

Ich habe mein Gesicht in den Sofakissen vergraben, mein Herz klopft dumpf. Auf diesen Moment habe ich so lange gewartet. Seit wir die Akteneinsicht hatten, seit der dumpfe Schock mir fast die Sinne geraubt hat.

Elvira steht ebenfalls auf. Sie legt den Arm um ihre Tochter. »Ich habe letztlich zu Claudia gehalten und geschwiegen. Blut ist dicker als Wasser.« Nickend putzt sie sich die Nase. »Jede Mutter würde zu ihrem Kind stehen, auch wenn es unfassbaren Mist gebaut hat.«

»Unfassbare gequirlte Scheiße«, sage ich in meine Kissen hinein.

»Wir bitten dich um Entschuldigung. Bitte verzeih uns. Wir haben dir Entsetzliches angetan.«

Ich warte auf eine Rechtfertigung. »Aber ich wusste ja nicht … aber es ging ja nicht anders … aber du hast es auch herausgefordert … aber die Umstände waren eben so.«

Nichts dergleichen kommt. Sie lassen diese Bitte so im Raume stehen.

Einen Moment lang herrscht vollkommene Stille. Dann läuten plötzlich die Glocken. Die Christmette ist vorbei, gleich werden sie alle nach Hause kommen.

Ich hebe den Kopf. »Nur eine letzte Frage noch. Wussten unsere Eltern davon?«

Die beiden schütteln mit dem Kopf. »Nein. Sie haben es nie erfahren. Es hätte unsere Familie zerstört.«

Ich bin erleichtert. Das mussten Margit und Klemens nicht mit ins Grab nehmen. Den Verrat in der eigenen Familie.

Ich stehe auf, breite die Arme aus, und meine Schwester und meine Nichte sinken erleichtert hinein.

So stehen wir alle drei, weinend aneinandergepresst, als die Tür auffliegt und die sieben Mädchen mit roten Wangen und roten Mäntelchen wieder im Flur stehen. Getöse, Gerangel, der Garderobenständer fällt um. Dumpfes Klopfen von den Stiefeln, die draußen auf der Matte von Schnee abgetreten werden.

»Oh, das war so schön, die hatten eine echte Krippe mit lebendigen Tieren, und ein ganz kleines Lämmchen war dabei … und wie alle ›Stille Nacht‹ gesungen haben, mit dem Chor …«

Viktor, unsere Söhne und Schwiegertöchter tauchen im Hintergrund auf, Fred kommt mit der schniefenden Katrin auf dem Arm die Treppe herunter. »Ihr macht ja ein Getöse!«

»Opa, liest du uns jetzt aus deinem Tagebuch vor?«

»Von der bockigen Lotte und von dem Hund, den du gerettet hast? Von dem Schlitten und wie du Fische gefangen hast?«

»Fragt mal die Oma.« Viktor schiebt sein weißhaariges Haupt zur Tür herein.

»Kommt alle mal her«, rufe ich, das Gesicht noch gerötet vom Weinen, und putze mir unauffällig die Nase. Ich fange einen fragenden Blick von Viktor auf. »Alles in Ordnung?«

Ich nicke in tiefer Dankbarkeit. »Alles in Ordnung. Frohe Weihnachten!« Ein dicker Knoten in meiner Brust hat sich gelöst. Sie sind meine Familie. Und ich liebe sie alle.

Und dann sind wir plötzlich ein riesiges Knäuel aus Armen, Händen und rotwangigen Gesichtern, die sich alle aneinanderdrücken.

CLARA

Juni 2021, auf dem Kreuzfahrtschiff

Als ich den Speisesaal betrete, werde ich von rauschendem Beifall der anderen Gäste bis zu unserem Tisch begleitet. Der Kellner geht mir voran, ich erröte unter meinem weißen Blumenkranz in den langen, weißblonden Haaren. Mein weißes, bodenlanges Kleid erregt natürlich Aufsehen. Meine Schwiegertöchter und Enkelinnen haben es über und über mit kleinen bunten Blumen bestickt.

Viktor springt auf, sein weißes Haar ist in der Menge der tafelnden Gäste sofort zu sehen, hinter seinen Brillengläsern blitzt es feucht. Irgendwo setzt Klaviermusik ein, es ist Mendelssohns Hochzeitsmarsch! Die Leute hören alle auf zu essen, recken die Hälse und klatschen, bis ich neben meinem Mann stehe, der mich liebevoll in die Arme nimmt.

Der auf einem Podest stehende Tisch in der Mitte des Saales ist für zwei Personen festlich eingedeckt. Auf dem weißen Leinentuch liegt ein goldenes Band, in der Mitte vom Tisch ein kleiner Aufbau mit einem aus Marzipan geformten Brautpaar. Ich klatsche in die Hände und erröte vor Freude. Wie entzückend! Der Bräutigam aus Marzipan hält die Zahl fünfzig in der Hand, und die Braut strahlt ihn aus ihrem Zuckergussmund an. Auf die Torte ist unser Hochzeitsdatum mit dünner schwarzer Flüssigschokolade aufgebracht: 18.6.1971.

»Dieses Kunstwerk wurde vom Chefpatissier gestaltet«, sagt der Kellner stolz.

Ein anderer steht mit zwei Gläsern Champagner bereit.

Hinter dem Aufbau strahlt ein goldener Kerzenständer mit zwölf goldenen Kerzen, die bereits brennen. Auch das Besteck ist aus

Gold, auf jeder Seite des goldenen Platztellers liegen Messer, Gabel und Löffel für acht Gänge. Die Gläser sind aus schwerem Kristall und haben goldene Ränder.

Das Blumengesteck besteht aus fünfzig weißen Rosen. Davor lehnt ein Foto von unserer ganzen Familie: Viktor und ich, unsere Söhne und Schwiegertöchter und sechs strahlende junge Damen, eine hübscher als die andere.

Unsere Kinder haben uns diese Reise zum fünfzigsten Hochzeitstag geschenkt.

Wir gleiten gerade unter hellem Sonnenschein durch die Schären Schwedens. Die kleinen Inseln reihen sich dunkelgrün im blauen Wasser aneinander; von ferne sieht man Leute am Ufer sitzen, manche winken uns, andere spielen Ball oder grillen. Rote Häuschen verstecken sich hinter dichten grünen Bäumen. Es ist Mittsommer.

Ganz gelöst und tief beglückt lasse ich mir von dem Kellner den Stuhl zurechtrücken.

»Kaum zu glauben, dass es um diese Zeit noch taghell ist!« Die Sonne scheint durch den festlich geschmückten Speisesaal und taucht die roten Samtvorhänge in ein geheimnisvolles Licht. Mir ist, als säße ich in einem Theaterstück und spielte selbst die Hauptrolle.

Die Kellner gleiten genauso lautlos und elegant wie unser Schiff herbei und servieren zeitgleich die Vorspeise: »Warme Weizenblinis mit russischem Kaviar, Beluga.«

»Darf ich Champagner nachschenken, gnädige Frau?«

»Aber gerne.« Ich strahle den philippinischen jungen Mann an, der mit weißen Handschuhen und in seiner adrett sitzenden Uniform ehrfürchtig die Gläser füllt. Diese Uniformen mag ich, da unglaublich freundliche und herzliche Menschen darin stecken.

»Ach Viktor, ist das wunderschön!« Aufseufzend lehne ich mich zurück, genieße den Blick aus dem Panoramafenster, vor dem die grüne Sommerlandschaft vorbeizieht. Es ist wie in einem Traum. Wie kann ein Schiff so dicht durch den Wald gleiten?

»Weißt du, dass ich früher immer im Hafen von Sassnitz gesessen und davon geträumt habe, einmal auf so ein Schiff zu kommen, das nach Schweden fährt?«

»Du hast es in fünfzig Ehejahren irgendwann mal flüchtig erwähnt, ja.« Viktor blinzelt mich liebevoll an. »Deshalb haben die Kinder uns ja auch diese Reise geschenkt und nicht eine nach Timbuktu.«

»Obwohl ich da auch gerne hinfahren möchte.«

»Uns steht die Welt offen, Liebste.« Viktor greift meine Hand. »Wir können jetzt jedes Jahr so eine Reise machen.«

Die Kellner räumen dezent den ersten Gang ab, und kurz darauf schweben zwei Suppentassen synchron vor uns, von rechts serviert: »Klare Schildkrötensuppe.«

»Oh.« Ich lache. »Wir haben schon mal schlechter gegessen, nicht wahr, Viktor?«

»Na ja, irgendein Getier schwamm halt immer in der Suppe.« Viktor zieht die Augenbraue hoch und betrachtet das golden dampfende Süppchen. »Aber dieses hier kann man essen.«

Ich führe mir andachtsvoll und unendlich dankbar jeden einzelnen Löffel zum Mund. Es schmeckt unsagbar köstlich! Um uns herum tönt gedämpftes Stimmengewirr.

Der Bordpianist spielt inzwischen Peer Gynt von Edvard Grieg. Leise summe ich mit. Wir gleiten durch die taghelle Abendstimmung, und mir ist ganz unwirklich zumute.

»Aber wenn ich es so recht bedenke …« Ich nicke dem Kellner dankbar zu, der mir eine neue Leinenserviette auf den Schoß legt, weil die erste, ohne dass ich es gemerkt habe, unter den Tisch gefallen ist. »Möchte ich doch unsere Ferien weiterhin mit den Mädchen verbringen. All das hier ist mir zu viel … Firlefanz.« Ich grinse hinter vorgehaltener Hand. »Und unsere Zeit mit unseren

Enkelinnen ist das Kostbarste, was wir haben.« Viktor ist völlig meiner Meinung. »Was sind wir doch reich beschenkt.«

Die Kellner servieren in einer sorgfältig einstudierten Choreografie den Hauptgang, indem sie auf die Sekunde gleichzeitig die silberne Haube vom Teller heben.

»Rinderfilet Tournedos Rossini für den Herrn und für die Dame eine Seezunge aus Dover, Gemüsepotpourri aus frischem Brokkoli, Artischockenböden, Schwarzwurzeln und Blattspinat. Guten Appetit.«

Wir fassen einander an den Händen, und es ist, als hätten wir beide einen sanften Stromschlag bekommen.

»Wir haben es geschafft. Jetzt!« Das ist ein Jetzt-Moment. Immer, wenn etwas ganz besonders schön ist, halten wir uns an den Händen und sagen »Jetzt«.

»Guten Appetit, mein Liebster. Danke für jedes einzelne Jahr.«

Viktor muss sich kurz die Nase putzen und dafür meine Hand loslassen. »Ich danke dir, Clara. Vom ersten Moment an wusste ich: die oder keine.« Er greift nach seinem Besteck und dreht den Teller, bis er für ihn richtig steht. »Wir sind durch die Hölle gegangen, aber ...«

»... das war der Preis für unser Glück.« Ich hebe das Glas. »Ich wusste auch sofort: der oder keiner.«

Von den Nebentischen her nickt man uns gratulierend und lächelnd zu. »Sie sind so ein schönes Paar!«

Viktor schließt genießerisch die Augen. »Zergeht auf der Zunge.«

Ich bemühe mich, das richtige Besteck zu nehmen, denn die Kellner schnellen ständig herbei, nehmen etwas davon weg und legen anderes hin, fast wie bei Mikado ... Ist das hier das Fischmesser? Bei uns sehen die ganz anders aus ... und zerteile das butterweiche, zart gebratene Fischfleisch, das sich perfekt von der krossen Haut löst.

»Hmmm.« Ich verdrehe die Augen. Draußen ziehen ganze Tannenwälder vorbei, mal perlen kleine Wellen auf tiefblauem Wasser, und woanders sitzen Leute angelnd vor ihren roten kleinen Häuschen und winken uns zu. Es ist surreal.

»Wo geht es denn dieses Jahr hin?«

»Wie?«

»Na, du weißt doch, die Mädchen entscheiden, und dieses Jahr?«

»Nach Schweden«, grinse ich. »Oder meinst du, ich will hier nur vorbeifahren und zuschauen?« Ich tupfe mir mit der Leinenserviette vornehm die Mundwinkel ab. »Ich will mit den Mädels da draußen sitzen, selber angeln und den Fisch über dem offenen Feuer grillen.«

»Und mit ihnen in Stockbetten in kleinen roten Häuschen schlafen, nehme ich an?« Viktor lässt sich dankend ein Glas Rotwein einschenken und prostet mir zu. Ich habe den kräftigen weißen Sancerre gewählt.

»Davon habe ich als junges Mädchen immer geträumt …«

Ich lasse meinen Blick schweifen. Alle Tische im Saal haben sich inzwischen gefüllt.

Die Leute an den Achtertischen lachen laut, an einem Sechsertisch haben die Offiziere und der Kapitän Platz genommen, selbst die Streifenhörnchen drehen sich zu uns um und prosten uns zu.

Und plötzlich zucke ich zusammen. Ich starre hinüber an die Fensterfront. Im Hintergrund zieht ein kleines schmuckes Dorf vorbei, dessen weißer Kirchturm in der Abendsonne leuchtet.

Ich sehe einen groß gewachsenen Mann mit steifem Kragen, dessen Tränensäcke wie Girlanden über die Äderchen seiner Wangen hängen.

Da hinten, an einem kleinen Zweiertisch am Fenster, da sitzt er. Mit seiner Frau.

Der, den ich schon am ersten Tag erkannt habe, an seinem Gang, seinen kalten Augen.

Diesmal hat er keine Maske vor dem Gesicht, wie vor zwei Tagen, als wir in Kiel eingestiegen sind und zusammen im Aufzug standen. Er ist im wahrsten Sinne des Wortes demaskiert. Er ist es.

Ich würde ihn unter Tausenden von Menschen wiedererkennen. Ich habe ihn mir nicht eingebildet. Schon zu Beginn der Reise war ich mir sicher, ihn erkannt zu haben, doch dann war er auf Deck 12 weitergefahren, wo die Luxussuiten sind.

»Viktor, er ist es! Bitte schau nicht hin!« Hier passiert etwas Hochexplosives, das ich noch gar nicht fassen kann. »Gunter!«

»Wer?« Viktor dreht sich natürlich doch um, und ich möchte im Erdboden versinken. Er soll nicht merken, dass wir ihn anstarren!

Der Mann trägt ein weißes Dinnerjacket mit einer schwarzen Fliege. Sein Haar ist schwarz gefärbt, sein von Falten durchzogenes Gesicht etwas zu braun gebrannt. Er sieht aus, als würde er viel rauchen. Er löffelt gerade seine Suppe, wobei etwas davon in seinem Schnurrbart hängen bleibt. Am Handgelenk prangt eine goldene Rolex. Dann lässt er sich schon wieder nachschenken.

»Ach der Typ, der immer so affektiert tanzt?« Viktor dreht sich zurück zu mir. »Ich habe gehört, wie herablassend er seine Kabinenstewardess behandelt hat, als ich zufällig auf Deck 12 war.«

Wir wohnen nicht auf Deck 12. Wir haben eine Außenkabine auf Deck 5, das war das Beste, was unsere Kinder sich finanziell aus den Rippen schneiden konnten. Und wir finden es großartig.

Der Nachtisch wird serviert, doch ich nehme ihn gar nicht wahr. Mein Appetit ist wie weggeblasen, mein Herz klopft stark, und ich sehe meine eigenen Handgelenke pulsieren.

»Geht es dir gut, meine Liebe?« Viktor schaut mich besorgt an.

»Er ist es, Viktor. Ich habe es dir schon zu Beginn der Reise gesagt.«

Seine Frau sitzt mit dem Rücken zu mir, ich sehe nur ihr geschmackloses, großgeblümtes Kleid mit einem sehr unvorteilhaften

Rückenausschnitt, das sie schon auf der Tanzfläche getragen hat. Ist das Sabine? Oder seine zweite, dritte oder … wievielte Frau?

Wieder dreht sich Viktor mit einem Ruck um.

»Du meinst, es ist … er?«

»Ja«, wispere ich und nehme einen großen Schluck Wein. »Dr. Jörg Unger. Deckname Gunter. Mein damaliger Oberarzt und Verräter.«

Mir schnürt sich der Hals zu, und ich habe Mühe, mein Essen nicht sofort wieder von mir zu geben. Ich klammere mich an die Tischkante, dass meine Knöchel weiß hervortreten.

Vor mir verschwimmt das wundervolle Essen, die Musik, die Kerzen, die traumhafte Landschaft draußen, zu einem grauen Brei. Der Jetzt-Moment ist wie durch einen Tsunami zerstört.

Ich sehe mich im Gefängnis sitzen. Ich sehe mich in der Wasserzelle stehen. Ich sehe mich schreien und auf Knien darum flehen, mir mein Kind zurückzugeben. Ich sehe mich in der Zelle auf dem Boden liegen, die leere Kuhle auf meiner Pritsche. Die Beruhigungsspritze. Die Verhöre. Arbeiten Sie für uns, dann sehen Sie Ihr Kind wieder. Ich sehe mich als ausgemergelte Frau in der Fischfabrik Dosen putzen. Ich sehe mich mit Klein Viktor an der Autobahn im Regen stehen. Ich höre ihn rufen: Ich will nach Hause! Ich sehe mich bei Rosa in der Sozialwohnung und die verschlossene Wohnungstür meiner Mutter, die dahinter einsam gestorben ist. Ich sehe mich in der Zweizimmerwohnung, Nacht für Nacht aus Albträumen erwachend, weil ich denke, ich muss meine Pritsche hochklappen, ich sehe mein verstörtes Kind, das jahrelang nach Hause wollte und seinen Vater für einen fremden Mann hielt.

Wenn er mich nicht verraten hätte, wäre ich an jenem Morgen im Sommer 1968 unbehelligt über die tschechisch-österreichische Grenze spaziert. Damals trug ich den kleinen Viktor schon unter dem Herzen. Ich hätte in Westdeutschland entbunden, hätte mein

Kind behalten dürfen und hätte Viktor als strahlende junge Mutter geheiratet. Wir wären glücklich geworden.

Viktor beugt sich zu mir rüber, nimmt meine Hände, schaut mich liebevoll an. Sein Blick sagt: Sind wir das nicht? Ist das Glück, das man sich hart erarbeitet, nicht viel mehr wert als das Glück, das einem in den Schoß fällt?

Ich spüre, dass mein Kinn zittert. Ich liebe diesen Mann so sehr, dass es wehtut.

Und er hat recht.

Wir durften fünfzig wunderbare Ehejahre miteinander verbringen. Wir haben es geschafft.

Wir haben wunderbare Kinder und Enkelkinder. Ich durfte meine große Liebe behalten. Wir sind gesund. Wir freuen uns an jedem schönen Jetzt-Moment.

Jörg Unger richtet das Wort an seine Frau, sie schüttelt nur kurz den Kopf und starrt wieder aus dem Fenster. Die schräg stehende Sonne beleuchtet ihre fleischigen Arme. Zwischen ihnen herrscht eine so gelangweilte Kälte, dass mir schon beim Hinschauen kalt wird.

Draußen fliegen zwei Möwen vorbei, mit kräftigen Schwüngen begleiten sie uns ein Stück.

Sie fliegen im Gleichtakt. Majestätisch und erhaben. Ihr Flügelschlag ist kräftig und zielgerichtet. Fast gleichzeitig hören sie auf, mit den Flügeln zu schwingen. Sie schweben einfach durch die Luft dahin.

Von Liebe getragen.

»Zeit zu verzeihen«, sagt Viktor, und dann erhebt er sein Glas.

NACHWORT DER AUTORIN

Diese Geschichte besteht aus vier Einsendungen, die mir im Laufe der letzten Jahre buchstäblich ins Haus flatterten. Die Geschichte von Ruth und Eberhard, sie aus Sassnitz, er aus Lübeck, kam als kleines gebundenes Büchlein schon vor einigen Jahren bei mir an. Sie erinnerte mich stark an die Vorlage zu *Die Hölle war der Preis*, allerdings mit dem Unterschied, dass Ruth tatsächlich ihren kleinen Sohn im Gefängnis zur Welt brachte und dieser ihr dann weggenommen wurde. Voller Ergriffenheit und Betroffenheit sagte ich dem sehr liebenswürdigen Ehepaar, das ich in der Nähe von Lübeck in seinem Bungalow traf, die Zusammenarbeit zu.

Bei unserer Verabredung – die ist ja immer so etwas wie ein Blind Date! – kam das rüstige Ehepaar meinem Mann und mir bereits auf der Straße entgegengelaufen; sie mit Sonnenhut über ihrem langen, weißblonden Haar, er mit verschmitzten Lachfältchen im Gesicht, und spontan fielen wir uns auf dem Bürgersteig um den Hals.

Bei Kaffee und Kuchen erzählten beide noch einmal ihre Geschichte, und als es klingelte, standen die Söhne mit den Schwiegertöchtern und vier der sieben Enkelinnen vor der Tür.

Unfassbar, wie andächtig und respektvoll die Mädchen den Erzählungen ihrer Großeltern lauschten. Eine große gegenseitige Wertschätzung, Liebe und Hochachtung lag in der sommerlichen Luft in dem kleinen Garten, während die Vögel zwitscherten.

Aber mir fehlten noch ein, zwei oder mehrere Puzzleteile, um diese Geschichte nicht allzu ähnlich zu Peasys *Die Hölle war der Preis* zu gestalten. Mehrmals bat ich die freundliche, redselige Ruth, die ich im Roman Clara nenne, um Geduld. Mehrmals rief sie mich an und las mir, erzürnt und fassungslos, aus immer wieder neu aufgedeckten Stasi-Berichten vor. Sie wurde auch in ihren Jahren in Lübeck noch lange von der Stasi beobachtet.

Uns war klar, dass wir ihre wahren »Verräter« und »Täter« schon aus Gründen des Persönlichkeitsrechtes ändern mussten, ich möchte aber betonen, dass Ruth und Eberhard ihnen in einem persönlichen Gespräch verziehen haben.

Daher auch der Titel *Zeit zu verzeihen.*

Die beiden und ihre ganze Familie sind sehr christlich orientiert und Mitglieder einer freikirchlichen Gemeinde, in der »Verzeihen« eine wichtige Rolle spielt.

Im Sommer 2021 erreichte mich dann die Einsendung einer vierundneunzigjährigen Dame aus einem Seniorenheim in Bad Oeynhausen, und sie lieferte mir die Geschichte von dem russischen Offizier, der der jungen Frau im letzten Moment das Baby aus den Armen genommen und es vor dem kleinen Bahnhof in Ostpreußen abgelegt hatte. Sie erzählte von Margit und Elvira, die die kleine Clara mitnahmen, und von der nach zwanzig Jahren aufgetauchten Barbara, die in der Klinik ihren Mann Gerhard wiedertraf, der längst eine andere Familie hatte. In ihrer Geschichte war die Tochter Ilona, von der Ziehmutter Clara genannt, nicht bereit, ihre Mutter wiederzusehen, und die Geschichte verlief traurig, aber wahr im Sande.

Etwa zur gleichen Zeit erhielt ich von einer Anwältin aus New York die Aufzeichnungen ihres Vaters, der als kleiner Junge seine beiden Brüder in Ostpreußen durch eine Minenexplosion verlor und dessen Mutter Rosa mit ihm allen Widerständen zum Trotz in dem kleinen Dorf bei Hirschberg verblieb, sich und ihn selbst versorgte und erst achtzehn Jahre später, um seiner Bildung willen, schließlich aufgab und in den Westen ausreiste, als Spätaussiedlerin. Sie ging in einem Krankenhaus putzen. Astrid, so der Name der New Yorker Anwältin, schrieb mir, ihr Vater leide seit Langem an Krebs, habe aber die Hoffnung, dass die Geschichte seiner Mutter Rosa und auch die seiner eigenen Kindheit sowie das Andenken seiner verunglückten Brüder und das seines im Krieg gefallenen Vaters aufrechterhalten werde.

Und da reifte in mir die Idee, diese drei Geschichten zu verbinden. Es war mir ganz wichtig, dass man auch die Kindheit von Viktor hautnah miterlebt beim Lesen, und noch wichtiger war es mir, zu schildern, wie unfassbar stark die autarke, stolze Rosa war. Sie steht ja stellvertretend für Tausende solcher Mütter, die damals ihre Heimat verloren, die mit ihren Kleinkindern fliehen mussten und ohne ihre Männer, die im Krieg geblieben waren, ihre Kinder großzogen.

Immer wieder bekomme ich Leserbriefe, in denen Frauen wie Männer mir mitteilen, dass sie nun einen besseren Zugang zu längst verstorbenen Müttern und Großmüttern haben und ihr oft zurückweisendes, hart wirkendes Schweigen inzwischen deuten können. Viele von ihnen konnten sich noch mit ihnen innerlich versöhnen.

Im Winter 2022/23 ging ich mit diesen drei Geschichten im Gepäck auf Weltreise auf einem Schiff. Ich gab dort Schreibseminare und Lesungen, hatte aber an Seetagen auch immer noch Zeit – und den wachsenden Drang –, mit Blick auf das Meer diese drei Geschichten zu einem großen Roman zu fügen.

Und dann erreichte mich in Sydney noch das fehlende i-Tüpfelchen: die Geschichte von Barbara, deren Waggon von einem Zug nach Sibirien abgekoppelt und die von Nomaden in Kasachstan aufgenommen wurde. Ihren Originalbericht schickte mir eine Dame aus Biberach, die ehrenamtlich Deutschkurse für Aussiedler gegeben und Barbara auf diese Weise kennengelernt hatte. Ich habe ihn fast im O-Ton belassen, sie schildert auf atemberaubende Weise ihr hartes, schlichtes Leben dort in den Jahren zwischen 1946 und 1962. Dinge, die man sich beim besten Willen nicht ausdenken kann!

Nun gab es für mich kein Halten mehr: Meine vier Geschichten hatten einander gefunden.

Mit der Erlaubnis aller Beteiligten – die ich von der Südsee, von zum Teil winzigen Inseln aus, nur sehr schwer erreichen konnte – begann ich zu schreiben und spürte, dass dies ein großer Wurf über drei Generationen werden konnte. Meine Aufgabe bestand darin, diese vier Geschichten miteinander zu verbinden, aus mehreren Protagonisten meine Haupt-Protagonisten und auf Wunsch vieler Leserinnen auch das Liebespaar zu machen und – wie könnte es anders sein – auf einem Kreuzfahrtschiff das Happy End anzusiedeln.

Ich bin unendlich dankbar für die Menschen, die mir so vertrauen und genau wie ich das Bedürfnis verspüren, solche Schicksale einem großen Lesepublikum buchstäblich ans Herz zu legen.

So bedanke ich mich bei Ruth und Eberhard, bei Astrid und Günther, bei Margarete und Annedore. Dank Euch konnte das Werk rund werden und gelingen. Ich verneige mich mit großem Respekt vor Euch und Euren Eltern!

Mitten während des Schreibens erreichte mich eine Mail von Astrid, der Anwältin aus New York, dass ihr Vater im Sterben liege, und ob sie ihm erzählen dürfe, dass die Geschichte von Rosa und ihrem kleinen Sohn Günther es in meinen Roman geschafft hätte.

Da die Verbindung über Wochen so schlecht war, hatten sie meine E-Mails nicht erreicht. Ich bat meinen Sohn in Köln, ganz schnell eine Mail nach New York zu schicken und es zu bestätigen!

Einen Tag später schrieb mir Astrid: »Mein Vater ist gestern mit einem Lächeln im Gesicht gestorben.«

Das sind die großen Momente, in denen ich mich demütig und dankbar fühle und die mich tief berühren! Ich habe meine große Aufgabe gefunden und werde sie weiterführen.

Wenn Sie, meine lieben Leserinnen und Leser, glauben, auch eine so spannende, tiefgründige Schicksalsgeschichte für mich zu haben, die eine große Leserschaft interessieren, fesseln und berühren könnte, dann nehmen Sie gerne Kontakt zu mir auf:

heralind@a1.net

oder ausgedruckt per Post an

Roman- und Schreibwerkstatt
Universitätsplatz 9
A-5020 Salzburg

(Keine Originale, möglichst keine Handschrift, und bitte unbedingt Ihre Kontaktdaten auf das Manuskript und nicht nur auf die Verpackung oder das Begleitschreiben! Eine ausführliche »Spielregel« für den optimalen Austausch erhalten Sie per Mail: heralind@a1.net auf Anfrage.)

Trotz der steigenden Zahl von Einsendungen lese und beantworte ich sie alle selbst, denn so etwas Wertvolles wie Ihre wahren Geschichten kann ich nicht aus der Hand geben. Wenn bei mir der Funke überspringt, wird er auch bei meinen Leserinnen und Lesern überspringen. Deshalb bitte ich Sie um Geduld und bedanke mich gleichzeitig sehr respektvoll für Ihre Mühe und Ihr Vertrauen.

Geschichten, die das Leben schreibt, müssen unbedingt erzählt werden. Sie gehen meinen Leserinnen und Lesern ans Herz, wie ich den zahlreichen Leser- und Leserinnenstimmen entnehmen darf.

Ich bedanke mich bei jedem Menschen, der mir sein Leben anvertraut.

Wenn Sie Ihre Geschichte lieber für einen kleinen, privaten Kreis, für Ihre Familie und Freunde aufschreiben möchten, aber Ihnen der professionelle Kick fehlt, sind vielleicht meine Schreibseminare in meiner Romanwerkstatt in Salzburg etwas für Sie …

www.heralind.com/schreibseminar

Mein ganz besonderer Dank geht an:

Meine bisherigen Protagonistinnen und Protagonisten, mit denen ich in letzter Zeit wunderbare Bestseller erschaffen durfte …

Meinen Mann, der sich unermüdlich die neu eingetroffenen Storys anhört und mit mir gemeinsam abwägt …

Meine Lektorin Michaela Kenklies und das gesamte hochengagierte Team bei Droemer Knaur, die den Wert der wahren Geschichten erkannt haben und alles dafür tun, dass die Menschen sie nicht mit ins Grab nehmen müssen …

Und natürlich an Sie, meine Leserinnen und Leser, die sich begeistern, fesseln und berühren lassen und mir dies nicht nur durch die Verkaufszahlen, sondern auch durch sehr motivierende, ergreifende Briefe zurückmelden.

DANKE DANKE DANKE

10. März 2023
Hera Lind

Herzlich willkommen in meiner Roman- und Schreibwerkstatt im Herzen Salzburgs!

www.heralind.com/schreibseminar

TEILNEHMERSTIMMEN:

Von Herzen sage ich Dir und Engelbert DANKE für dieses außergewöhnlich inspirierende Wochenende in der Mozartstadt. Euer gemeinsames Projekt, die »Romanwerkstatt«, ist kein Seminar im üblichen Sinne. Es ist ein einzigartiges Schatzkästchen, gefüllt mit lauter Puzzleteilen, wovon jedes einzelne Eure innige Verbindung widerspiegelt und als Ganzes das Wort LIEBE ergibt. – *Kathrin*

Die Hingabe zum Schreiben, die Empathie zu den unterschiedlichsten Menschen, der Gaumenkitzel der Gourmetküche, die Liebe zu Salzburg und Österreich und die Heimat, die ihr gefunden habt und in der ich mich von der ersten Sekunde an wohlgefühlt habe – das alles und noch viel mehr sind die einzelnen Bausteine, die insgesamt ein tolles Seminarprogramm ergeben haben. – *Bernd*

Mit Leichtigkeit, Spaß, Lebensfreude und echtem Interesse an jedem von uns führst du uns durch die Übungen, und im richtigen Moment, sobald die Köpfe rauchen und ein Funke der Anstrengung in unseren Gesichtern aufgetaucht ist, serviert uns Engelbert die nächste Köstlichkeit. – *Isolde*

Jede Anleitung und jedes immer wertschätzende Feedback war klar, präzise und sofort schnell umsetzbar. Die Lust am Schreiben ist mit jeder Übung gewachsen. Jede einzelne Träne der Erleichterung, jeden Glücksmoment und den einzigartigen Geschmack des

Kalbsgulaschs habe ich in meinen Zellen gespeichert und kann alles jederzeit wieder in der Erinnerung abrufen. – *Claudia*

Zur Masterclass: Dir ist es gelungen, uns alle vier da abzuholen, wo wir mit unseren Werken zwischenzeitlich waren. Wir haben voneinander gelernt wie von Dir: Mimik, Gestik, Körpersprache! Lebendige Dialoge! Atmosphäre, Tempo, Spannung, roter Faden! Du hast uns immer wertschätzend Rückmeldung gegeben und uns ebenso humorvoll wie liebevoll motiviert! Und Engelbert hat uns jeden Wunsch von den Augen abgelesen. Einfach großartig, ich weiß jetzt, wie ich weiterschreiben kann, und es war jede einzelne Minute wert! – *Roland*

Ein Wochenende der Superlative. Mit perfekt aufeinander abgestimmten Kurseinheiten kitzelt Hera Lind dein verborgenes Potenzial hervor. Liebevoll und professionell wird aktuelles Schreibhandwerk vermittelt. Dazu wirst Du königlich verköstigt. Für mich war es Lebensschulung pur. Eine wahre Freude und Bereicherung. Tausend Dank an Hera und Engelbert. – *Franziska*

Ich hab schon einige Schreibseminare besucht ... und dort war es nicht immer angenehm, wenn ein Text oder eine Formulierung gnadenlos zerpflückt wurde. Bei Hera Lind und Engelbert Lainer-Wartenberg war das GANZ ANDERS – durch wertschätzende Kritik und eine sehr angenehme Atmosphäre in ihrer Privatwohnung im Herzen von Salzburg fühlte ich mich jederzeit sehr wohl und gut aufgehoben. Es war das mit Abstand beste Seminar, das ich mitgemacht habe: viel Neues gelernt und ganz viel Motivation mitgenommen! Hera verriet uns zahlreiche Techniken und Kniffe zum literarischen Schreiben, die mir viel gebracht haben. Dazu kamen interessante und gewinnbringende Gespräche über das Bücherschreiben, das Aufspüren von Themen und das Leben an sich.

Auch durch die vorzügliche kulinarische Betreuung von Engelbert fühlten wir uns alle – obwohl die Schreibübungen bisweilen herausfordernd und anstrengend waren – wie in einem Urlaub, den man gern verlängern würde. Zwei außergewöhnliche Menschen, frei von jeglicher Arroganz, mit großem Herzen, viel Lebenserfahrung und Humor geleiteten uns Teilnehmer:innen durch drei wundervolle Tage. Es war eine interessante Mischung – intensiv, locker, anstrengend, bewegend, lehrreich, traurig, lustig ... in Summe FÜNF STERNE SUPERIOR! 1000 DANK, liebe Hera und lieber Engelbert! – *Sibylle*

Auch auf diesem Wege möchte ich mich ganz herzlich für das tolle, inspirierende und genussvolle Wochenende bei Euch bedanken. Ich hatte keine Vorstellung, was mich erwartet. Die Realität hätte und hat alles übertroffen. »Eingetaucht« bin ich in eine Welt, die sich mir sicher sonst niemals erschlossen hätte, von der ich bis dahin nicht wusste, dass es sie gibt. Es hat unbeschreiblichen Spaß gemacht, und ich konnte viel lernen, auch, dass es möglich ist, das zu tun, was mich glücklich macht. Meiner Fantasie freien Lauf zu lassen. IHR seid richtige Herzensmenschen! Engelbert, dein Name ist Programm: Engel. Du kochst überirdisch. – *Martina*

Der Aufenthalt in Salzburg, ganz besonders bei euch in euren privaten Räumen mit der hervorragenden und einzigartigen Bewirtung, hat einen solch bleibenden Eindruck bei mir hinterlassen, dass die Fahrt von Salzburg nach Hause (immerhin 7 1/2 Stunden) nur so ein Gucken war. Gedanklich habe ich das komplette Seminar noch einmal erlebt, die vielen Eindrücke verarbeitet und mich über die neuen Bekanntschaften gefreut. Mein erster Roman ist auch schon in meinem Kopf entstanden. Das Handwerkszeug habe ich bei euch lernen dürfen. Jetzt geht's ans Anwenden. Ich bin so unglaublich motiviert wie schon seit Jahren nicht mehr. Nicht nur, was das Schreiben angeht. Habe ich mich letzte Woche noch jeden Morgen frustriert auf den Weg zur Arbeit gemacht, bin ich heute früh mit Schwung aufgestanden und verbreite seitdem gute Laune im Büro :-) – *Anke*

Auf meinem Lebensbogen thront das Erlebte und Erfahrene der drei Tage des Schreibseminars nun ganz oben! Mit Offenheit, Humor, liebevoller Fürsorge und klingenscharfem Sachverstand habt Ihr eine Atmosphäre kreiert, in der sich seelische Schleusen öffnen, die Kreativität explodiert wie ein Vulkan und komprimiertes, fundiertes Wissen vermittelt, das mich jahrelang bereichern wird. Welches Wort drückt die Steigerung von »Danke!« aus? Es muss noch erfunden werden, um auszudrücken, welches Geschenk und auch Ehre es war, kurz ein Teil Eures Lebens zu sein und so viel Inspiration und Motivation mitnehmen zu dürfen. Ich hoffe: Auf bald! Ich mache mich an die Arbeit. – *Birgit*

Liebe Hera, ich habe das Buch »Die nächste Depperte« von Susanne Kristek gelesen, in dem Dir ein Kapitel gewidmet ist. Dabei habe ich an die kreative Schreibwerkstatt in Eurem gemütlichen Heim mit der wunderbaren Betreuung von Deinem sympathischen Engelbert gedacht, und mich noch mal gefreut, dass ich teilgenommen hatte und mir für meine privaten Reisedokumente und für einige Kurzgeschichten über alltägliche skurrile Ereignisse sehr viel mitnehmen konnte, was meinen Schreiballtag bunter macht: Kino im Kopf ... allzeit präsent! Danke, dass ich durch Deine wirksamen Übungen wenigstens kleine Türchen in meinem Hirn öffnen konnte, aus denen so manche brauchbare Quelle sprudelt. – *Trixi*

NACHWORT

Liebe Leserinnen und Leser,

ich habe die große Ehre, gemeinsam mit meinen Eltern, das Nachwort zu verfassen. Ich bin in in dem Roman Paul und komme eigentlich nur sehr kurz vor. Im wahren Leben heiße ich Jens und wohne mit meiner Familie in einer kleinen Stadt vor den Toren Lübecks. Da meine Familie und ich meinen Eltern bei der Erstellung des Skripts für den Roman geholfen haben, kam Hera Lind auf die Idee, dass meine Eltern und ich das Nachwort gemeinsam verfassen.

Sie fragen sich sicher, wie es meinem Bruder Olav (im Buch Viktor) weiter ergangen ist. Er lebt schon seit vielen Jahren in Österreich. Zuerst einige Jahre in Graz. Später zog es ihn mit seiner Frau an den Bodensee. Dort wurden auch ihre 3 Kinder geboren. Er fährt im Winter gerne Ski und ist im Sommer gerne am Wasser. Wenn der Bodensee nicht ausreicht und er das Meer vermisst, fährt er gerne an die Adria. Die Freude ist bei uns Nordlichtern immer sehr groß, wenn er uns mit seiner Familie besucht.

Ich bin derjenige aus unserer Familie, der schon in der Freiheit groß geworden ist, circa acht Jahre, nachdem meine Eltern den Kern ihrer Geschichte erlebt haben. Es war sehr spannend, Teile ihrer Lebensgeschichte aus erster Hand zu hören. Das wurde verstärkt durch die Reisen in die ehemalige DDR, die in dieser Zeit für uns wieder möglich waren. Wir fuhren meist in das alte Wohnhaus meiner Großeltern, in dem meine Tante und Onkel mit Familie lebten. So konnte ich die Unterschiede zwischen Ost und West selbst erfahren.

Im Nachhinein betrachtet war es krass, dass meine Eltern mit ihrer Vergangenheit regelmäßig wieder in die ehemalige DDR gefahren sind, um unsere lieben Verwandten und Freunde zu besuchen. Es war jedes Mal für uns als Familie ein Highlight, allerdings gab es auch diverse spannende Geschichten, die wir auf den Reisen erlebten.

Ich kann mich noch gut daran erinnern wie gründlich unsere Einreise immer überprüft wurde. Wie ich vor kurzem erfuhr, wurden alle Fahrzeuge und Insassen im Schritttempo mit radioaktiven Gammastrahlen »durchleuchtet«. Es kam vor, dass wir die Fahrspur verlassen und in die »Garage« mussten. Dort konnte es dann passieren, dass man ein bis zwei Stunden komplett durchsucht wurde. Es wurden alle Gepäckstücke und Mitbringsel geröntgt. Es wurde bei uns nie etwas gefunden. Jahre später erfuhr ich, dass auf einigen Fahrten etwas hätte gefunden werden können.

Der Ablauf einer Einreise war insgesamt sehr kompliziert, so musste man sich am Zielort erst einmal bei der Behörde anmelden und dann 25 Deutsche Mark pro Tag und Erwachsenen in Ostmark tauschen.

Als Kinder haben wir die Freiheit beim Spielen genossen und hatten jede Menge Spaß zusammen. Es gab jedoch auch Situationen, an die ich mich erinnere, die potenziell gefährlich hätten enden können. Zum Beispiel erinnere ich mich daran, dass wir Schneebälle auf eine Lenin-Statue geworfen haben oder dass ich einen faulen Apfel einen Hang hinuntergeworfen habe, der dann vor einem Grenzbeamten auf der Straße landete. Es war sicherlich nicht die beste Entscheidung meinerseits, blieb aber ohne Konsequenzen.

Ich bin zwar in der Freiheit groß geworden, habe aber die Auswirkungen gespürt, dass meine Eltern nach ihrer Flucht bei Null angefangen haben. Sie haben sich wirklich alles selber aufgebaut, und mussten hart dafür arbeiten Sie haben uns als Kinder versucht alles zu ermöglichen und es ging uns gut, auch wenn Geld oft knapp war.

Mein Bruder und ich merkten einen Unterschied zu Kindern, die unter anderem Umständen groß geworden sind, z. B. hatten wir kein Haus, und Bekleidung kauften wir oft auf dem Flohmarkt oder bekamen sie geschenkt. Das war für mich eigentlich kein Problem, aber ich kann mich auch an unangenehme Situationen erinnern, in denen man z. B. komisch angeschaut wurde. Scheinbar gab es auch in der freien Welt Vorgaben durch Gruppen oder Trends.

Ja, es ist wirklich interessant zu sehen, wie sich die Vorlieben und Trends im Laufe der Zeit verändern. Es scheint, dass Nachhaltigkeit und der Kauf von Vintage-Produkten heutzutage immer beliebter werden, so auch bei meinen Kindern. Sie kaufen gerne »Vintage« Kleidung und präsentieren sie mir stolz. Eine tolle Wendung. Verglichen mit dem, was die Eltern erlebt haben, waren es Kleinigkeiten. Insgesamt würde ich sagen, die Geschichte meiner Eltern hat mich positiv geprägt. So habe ich bis heute Probleme damit, Ressourcen zu verschwenden und versuche, Dinge wieder zu verwerten. Mir wird nachgesagt, das icsh ein unerschütterlicher Optimist bin. Nur selten sage ich, dass etwas nicht geht.

Abschließend würde ich sagen, dass man für Freiheit kämpfen muss. Es ist jederzeit möglich, sich für die Freiheit neu zu entscheiden, auch wenn man Entscheidungen getroffen hat, die einem selbst oder anderen Menschen nicht der Freiheit dienten. Habe ich dann den Mut, Veränderung zuzulassen, jemanden zu vergeben auch wenn er mir Leid zugefügt hat? Vergeben kann der Schlüssel zur Veränderung sein, und damit zur Freiheit. Und die Freiheit ist das, was jedes Lebewesen zur vollen Entfaltung bringt.

Und nun sitze ich hier gemeinsam mit meinen Eltern in ihrer gemütlichen Wohnung bei einer Tasse Kaffee und werde ihnen gleich einfach ein paar Fragen stellen. Sie zogen vor circa fünf Jahren aus ihrer Wohnung in Lübeck in unsere Nähe. Der Umzug aus ihrer alten Wohnung war ein Schritt in die Freiheit, da mein Vater Probleme mit der Hüfte hatte und eine barrierefreie Dusche benötigte.

NACHWORT MAMA UND PAPA:

(An Mama) Wie hast du eigentlich deine Geschichte verarbeitet? Wie hast du Frieden über die ganze Sache gefunden?

Lange habe ich überlegt, wie kann ich Frieden finden, mit all dem Erlebten über die Monate und Jahre in meinem Leben. Freunde und gute Bekannte und gaben mir den Rat einen Psychologen aufzusuchen. Das Erlebte kannst du nicht alleine verarbeiten und Frieden finden.

Aber das wollte ich nicht. Also bin ich irgendwann nachts aufgestanden und habe angefangen, unsere Geschichte aufzuschreiben. Erst allein, dann mithilfe einer Lektorin. Nachdem die Geschichte aufgeschrieben war, erkundigten wir uns, was eine private Veröffentlichung kosten soll. Der Preis war sehr hoch. Meine Lebensgeschichte lag viele Jahre im Schrank, fast vergessen, bis ich ein Buch von Hera Lind las. Zum Schluss stand: »Wenn Sie, liebe Leser, auch etwas erlebt haben, schreiben Sie es mir«. Das tat ich und erhielt Antwort, und so ist unsere Lebensgeschichte Teil von »Zeit zu verzeihen« geworden.

Vielen Dank, Hera Lind. Auch für den Besuch mit ihrem Mann bei uns, bei dem wir uns kennenlernen konnten.

(Mama) Was hat geholfen, die Zeit im Gefängnis zu überstehen?

Sich positive Gedanken zu machen, auch wenn es schwerfällt, z. B. daas diese Zeit irgendwann vorbei geht.

Die Gespräche mit anderen Insassen durch die leer geschöpften Toilettenrohre. Es gab Gerüchte über Insassen, die gegen Westgeld oder Dollars freigekauft wurden.

Gymnastik und Bewegung waren sehr wichtig, um nicht körperlich komplett zu verfallen.

Ich habe in dieser Zeit Gott um Hilfe gebeten.

(Mama und Papa) Wenn ihr die mit einer Zeitmaschine zurückreisen würdet zum Zeitpunkt vor der Flucht, würdet ihr etwas anders machen?
Eine Flucht und die Planung war mit unbekanntem Risiko verbunden. Wir waren keine Profis, und konnten auch niemanden im Vorfeld fragen. Somit muss man abwägen und es dann irgendwann, einfach probieren.

Vielleicht würde man Kleinigkeiten anders machen. Z. B. war die Übernachtung an der Tschechischen Grenze gefährlich, da wir dort unsere Pässe zeigen mussten.

Aber Fakt ist, wir würden es wieder probieren, auch mit dem Wissen der Konsequenzen.

Was war eigentlich das größte Unrecht, das dir Mama zugefügt wurde?
Es war der Diebstahl der Selbstbestimmung durch die Machthaber und das System der DDR. Ich durfte z. B. nicht als Krankenschwester auf dem Schiff zwischen Sassnitz und Schweden arbeiten.

Und dass meine Schwangerschaft lange Zeit als »Haftpsychose« abgetan wurde.

(Mama und Papa) Was hat euch geholfen, im Westen neu zu starten?
Wir mussten zwar alles hart erarbeiten als Krankenschwester und Maschinenschlosser, doch das Gefühl, frei zu sein, war ein tolles Gefühl und hat uns motiviert. Endlich konnten wir reisen, wohin wir wollten, ohne Grenzen und jemanden um Erlaubnis fragen zu müssen. Das freie Denken und die Meinungsfreiheit. Die Nähe zur Ostsee in Lübeck hat es leichter gemacht eine neue Heimat zu finden.

(Mama) Wie hast du es geschafft Menschen zu verzeihen?

Eigentlich war es auch für mich wie eine Befreiung, den Menschen die mir Unrecht getan haben zu verzeihen. Der Glaube an einen Gott der auch mir vergibt, hat mir dabei geholfen. Ich hatte das Gefühl das auch den Menschen denen ich vergeben habe das Gespräch über das Unrecht und die Folgen geholfen hat.

DANKSAGUNGEN

Im Roman sind Personen und Taten fiktiv. Deshalb ist es uns wichtig zu sagen, dass in Wirklichkeit kein Verrat der engen Verwandten vorlag. Im Gegenteil möchten wir erwähnen, dass mein Onkel und meine Tante durch die Geschichte meiner Eltern auch betroffen und benachteiligt wurden. Z. B. wurde von ihnen verlangt, den Kontakt zu meinen Eltern komplett abzubrechen. Als sie das ablehnten, hatte es berufliche und damit auch finanzielle Konsequenzen. Das war sehr mutig und ehrenwert.

Ein besonderer Dank auch an Ingmar N. aus Schweden. Er war ein guter Bekannter der Familie meiner Eltern aus Sassnitz. Er brachte meine Mutter und meinen Bruder mit seinem Auto zum Zug nach Rostock, der sie dann über Herrnburg nach Lübeck in die Freiheit fuhr. Er schmuggelte im Anschluss Kleidung und wichtige Gegenstände meiner Mutter und meines Bruders von Sassnitz über die Grenze der DDR nach Lübeck. Auch das war sehr mutig und selbstlos.

Wir möchten als Familie Hera Lind und ihrem Team von ganzem Herzen danken, dass dieser Roman entstehen konnte. Ohne sie wäre die Geschichte wahrscheinlich nur in einem kleinen Kreis gelesen worden.